BASTEI LÜBBE

Michael A. Arnzen

TATTOO

Horror-Roman

Ins Deutsche übertragen
von Marcel Bieger

BASTEI
LÜBBE

BASTEI-LÜBBE-TASCHENBUCH
Band 13 734

Erste Auflage
April 1996

Deutsche Lizenzausgabe 1996
Bastei-Verlag Gustav H. Lübbe
GmbH & Co., Bergisch Gladbach
Originaltitel: Grave Markings
Lektorat: Dr. Lutz Steinhoff,
Skripta/München,
Dr. Edgar Bracht
Titelbild: Miken Companies, Inc.
Umschlaggestaltung:
Quadro Grafik, Bensberg
Satz: KCS GmbH,
Buchholz/Hamburg
Druck und Verarbeitung:
Brodard & Taupin, La Flèche,
Frankreich
Printed in France

ISBN 3-404-13734-5

FÜR MEINEN DAD & MEINE MOM
und all die anderen Künstler
in meiner Familie
&
FÜR OPADIAH ELIHUE PARKER

DANKSAGUNG

Meiner Frau schulde ich Millionen Küsse und Umarmungen. Ohne ihre Liebe und Geduld wäre dieses Buch nie geschrieben worden. *Danke, Frau, für alles. Ich liebe dich sehr.*

Ganz besonderen Dank schulde ich Michelle Delio, Casey Exton, Karl Edward Wagner und Steve Rasnic Tem für ihre freundliche Unterstützung. Gleiches gilt für Mike V. (›Tätowier *das!*‹, der nicht nur viel Zeit mit mir verbrachte und dabei vor Ideen nur so sprühte, sondern mich auch noch beim Pool Billard gewinnen ließ. Ein augenzwinkerndes Grinsen geht an Ree Y. & Marge S., J.C. & Barb. H., SPWAO, HWA, das gelehrte Volk vom USC und all die anderen Initialen und Abkürzungen. Ein großes ›Howdy‹ an die Gang for Four und The Gnarlers und Site 98. Euch allen schulde ich einen *großen* Drink.

Unendlicher Dank gilt schließlich Jeanne Cavelos und Tony Gangi für den tintigen Chiaroscuro, mit dem dieses Buch getränkt ist.

Das moralische Leben eines Menschen schlägt sich teilweise in der subjektiven Vorgehensweise des Künstlers nieder, doch die Moralität der Kunst besteht im perfekten Gebrauch eines nicht perfekten Mediums.

Oscar Wilde
Das Bildnis des Dorian Gray

Die Empfindungen, die mittelmäßige Kunst hervorruft, äußern sich … entweder als Sehnsucht oder als Abscheu. Sehnsucht drängt uns, zu besitzen, etwas anzustreben; Abscheu drängt uns, zu verlassen, von etwas wegzutreten.

James Joyce
Jugendbildnis

HAUT

In diesem Kostüm
Kennt man dich,
In dieser Maske,
Hinter der du dich versteckst.
Unter der Haut
Sind die Sprungfedern
Bequem zusammengebogen,
Doch die Polsterung verrottet,
Was immer du auch tust. Dieses Leichentuch
Hält die Luft ab,
Doch nicht die Stimmen,
Die deinen geheimen Namen rufen
Und fragen, wohin du gegangen bist,
Während du in deinem Versteck
Durch zwei unbewegliche Löcher blickst.

Steve Rasnic Tem

INNEN-ANSICHT

Kein Arsch versteht mehr was von Kunst.

Der Gedanke schlug Wellen, jede einzelne Silbe verflüssigte sich zu einem vulkanisch pulsierenden Sprachzorn, der im Innern seines Kopfes kochte und brodelte, bis die brüchigen Knochen barsten und die Schädeldecke explodierte.

Sein Verstand sickerte aus und rann an seinem Fleisch hinab, lief schmerzend über seine Arme und Beine hinunter, sammelte sich zu seinen Füßen und füllte den Raum, bis er zu ertrinken und, mit Lava in den Lungen, an seinen eigenen Gedanken und Gefühlen zu ersticken drohte. Er versuchte hektisch zu schwimmen, doch der Boden hielt ihn fest, als die Flüssigkeit sich verdickte und versteifte und ihn mit sich verschmolz. Er war sie, und sie war er. Und er – sie – war … was?

Mark Michael Kilpatrick dachte, er sei tot. Ein blendend heller Lichtblitz erfüllte seine Augen, Sterne in den Augenhöhlen, Feuer im Gehirn, kein Platz zum Atmen, kein Blut … und so schnell, wie es begonnen hatte, endete es, so wie jener Moment der Dunkelheit, wenn die Lider kurz blinzeln.

Kilpatrick stand im Innern seines Kopfes, der sich von innen nach außen gekehrt hatte, um ihn aufzunehmen. Sein Schädel hatte sich ausgedehnt, erfüllte jetzt das ganze Zimmer und verkleidete die Wände mit riesigem elfenbeinfarbenem Knochen. Die wurmähnlichen Windungen des gelben Gehirns hatten seinen Körper vollständig verschlungen und sich in einen Irrgarten aus grauer Materie verwandelt, in dunkle Passagen voller Ideen und Erfahrungen, die er besuchen und mit ihnen spielen, die er verändern und umwandeln konnte. Er sah an seinem Körper hinab, der nackt und unbehaart war, auch wenn die Tätowierungen, die er im Lauf der Jahre gesammelt hatte, dunkel und tintig tief in seiner Haut verblieben waren. Ein langer Schaft rosafarbenen Fleisches hing dort herab, wo sich eigentlich sein Bauchnabel befinden sollte, eine harte, knöcherne Nabelschnur, die unter ihm über den Boden kreischte wie die Elektrode eines Bumper Car. Es war elektrisch, alles war elektrisch und lebendig. Ein Karneval des Geistes.

Und es war *heiß*. Er machte einen Schritt vorwärts, und das feuchte Zeug unter seinen Füßen spritzte auseinander wie heißes Schmierfett.

Doch die Hitze fühlte sich gut an.

Fröhlich warf sich Kilpatrick in die Luft, drehte sich wie ein Turner und landete auf seinem Rücken. Er ließ sich von dem hügeligen Labyrinth seines Gehirns durch die Erfahrungen seines Lebens tragen, durch seine Vergangenheit. Verschwommene Erinnerungen, die zum Leben erwachten, Reminiszenzen an den Mutterschoß, an die Schule, die Arbeit ...

Arbeit. Die meisten dieser Erinnerungen ähnelten sich: Kilpatrick in seiner Garage, dem behelfsmäßigen Tätowierstudio, wo er die Haut gleichgültiger Kunden für einen Hungerlohn inkte, der kaum ausreichte, um die Rechnungen zu bezahlen. Doch es war nicht das Geld, das zählte; Geld war nichts als totes Papier, ohne jeden Wert. Das Tattoo – lebende, atmende Kunst, eingebettet in menschliche Haut – war das einzige, was ihn wirklich antrieb. Er hatte sein Herzblut in Hunderte von Häuten vergossen, dauerhafte Visionen des Lebens geschaffen, Kunstwerke, die einen Rembrandt eifersüchtig gemacht hätten. Selbst wenn jemand nur einen simplen Totenschädel auf den Arm tätowieren lassen wollte, so verfügte Kilpatrick doch über unzählige Arten, einen Schädel zu betrachten, und jede davon war eine wahrhaftige, einzigartige Vision – ein Blick auf die Welt, wie *er* sie sah – und verdiente es, mit dem Fleisch herumgetragen zu werden, um sich den Unwissenden mitzuteilen und sie zu erleuchten.

Während er die Entstehung längst vergangener Tattoos verfolgte, begeisterte er sich immer mehr. So viel hatte er seit jenen frühen Tagen gelernt, soviel angeborenes Talent in die Poren seiner Kunden gestichelt ... doch noch etwas anderes, etwas nicht zu Fassendes verbarg sich in diesen Erinnerungen, ein konstantes, stets wiederkehrendes Thema, das jedem einzelnen Tattoo zugrunde lag ...

Und dann erkannte er, was es war: Gleichgültigkeit. Keiner der Menschen, deren Fleisch er mit seiner Kunst ausgezeichnet hatte, war Kunstliebhaber gewesen. Keiner wußte seine Arbeit zu schätzen. Es gab Männer, die sich tätowieren ließen, um Mädchen aufzureißen, um hartgesotten zu wirken oder um sich einer Gang anzuschließen … doch nicht einer von ihnen scherte sich um das Wesen des Kunstwerks selbst. Es gab auch Frauen, die sich aus den gleichen Gründen tätowieren ließen, doch auch von ihnen verstand keine die wahren Nuancen von Kilpatricks Schöpfungen oder war auch nur ernsthaft daran interessiert.

Niemand scherte sich darum.

Die Wut kehrte zurück, und Kilpatrick wünschte sich das Ende dieser Reise durch sein Leben herbei. Zur Hölle, er wünschte sich das Ende seines *Lebens* herbei – der Besuch seiner Vergangenheit machte ihm deutlich, daß alles nur eine wertlose Farce gewesen war, nichts als die Erfüllung der kleingeistigen Wünsche anderer. Einst hatte der Lohn der Arbeit in der Schöpfung selbst gelegen, doch das war nun nicht mehr genug.

Gewaltsam strebte er dem Ende dieser Gerichtsverhandlung zu – die Bilder jagten vorbei und verschwammen vor seinen Augen. Und plötzlich endete die rasende Fahrt. In einer Sackgasse.

Er befand sich wieder in dem Tätowierstudio in seiner Garage. Von den Wänden tropfte es feucht und rot, in den Neuronen war der Abdruck der jüngsten Erinnerungen frisch eingebrannt. Die Bilder wirkten technicolorscharf und surreal; es war fast, als hätte die Zeit einen Sprung zurück getan und er besuche sich selbst, wenige Augenblicke bevor er in sein eigenes Gehirn eingestiegen war …

Langsam bewegte er die Tintenpistole über Coolies Bizeps, während er den letzten Teil einer Panoramacollage seiner besten ›Blitzbilder‹ einfügte, jener Zeichnungen und Entwürfe auf dem Display des Tätowierungsstudios, aus denen ein Kunde seine Wahl treffen konnte. Ein Adler stieß auf Coolies Bizeps einen wütenden Kampfschrei aus, während er mit den ausgebreiteten Schwingen Schädel, Schlangen und einen sinister wirkenden Satz Postkarten, der nur aus schwarzen Pik-Assen bestand, umhüllte. All das übliche Zeug eben, kombiniert zu einem einzigen Bild … und mehr. Kilpatrick hatte ein klaffendes Einschußloch in den weißen Adlerkopf eingefügt, und Blut und Knochensplitter spritzten auf den Hintergrund, der von einer windgepeitschten, brennenden amerikanischen Flagge gebildet wurde.

Kilpatrick begann gerade mit dem Inken der Hand, die die auf den Adler gerichtete Pistole hielt, als Coolie endlich bemerkte, was vor sich ging.

»Was soll'n der Scheiß?« brüllte er und zuckte vor der Nadel zurück, was zu einem langen schwarzen Kratzer auf seinem Unterarm führte. »Was zum Teufel machst du?«

Kilpatrick lehnte sich selbstzufrieden zurück und grinste. »Du hast doch gesagt, du willst ein realistisches Tattoo. Na, und genau das kriegst du auch.«

Coolies dunkle Augen glotzten ungläubig. »Scheißdreck! Ich bezahl' dich doch nicht, damit du das ganze Zeug wieder versaust, das du mir gerade erst auf den Arm tätowiert hast! Ich will diese Kacke nicht. Übermal es. Aber sofort.«

»Man kann die Wahrheit nicht übermalen. Das ist die Realität. Die Hölle. Mein Leben und deins. Amerika und die ganze Welt. Und es bleibt so. Sinnlos, dem auszuweichen …«

Metall blitzte auf, und dann wurde eine Messerklinge gegen seine Halsschlagader gepreßt. »Du stehst auf Realität?« Coolie drückte den kalten, scharfen Stahl gegen seinen Hals, und Kilpatrick spürte, wie seine Schlagader gegen die Klinge pochte. »Das hier ist Realität, du Arschficker!«

Urplötzlich war Kilpatrick ganz ruhig, so als würde er in einen Tagtraum hinübergleiten. »Dann verstehst du also, was ich meine«, sagte er und genoß die Kühle der Klinge an seiner Kehle.

Coolie verdrehte die Augen. »Du bist ja krank, Mann. Ich verschwinde jetzt. Versuch nicht, mich aufzuhalten.«

Er stieß Kilpatrick mit dem Ellbogen zurück und ritzte dabei dessen Ohr mit dem Messer. Dann schnappte er sich Kilpatricks Zigarrenkiste und nahm eine Handvoll Geld heraus. »Ich bezahle nicht für den Mist, den du auf meinem Arm fabriziert hast, aber du wirst fürs Übermalen blechen. Und paß auf, daß du mir nicht noch mal unter die Augen kommst. Kapiert?«

Coolie bewegte sich rückwärts in Richtung der Garagentür, als rechne er damit, Kilpatrick würde eine Kanone herausholen.

Der Künstler verschränkte die Arme wie einen tätowierten Schild. »Du bist blind, Coolie. Blind.«

Coolie huschte durch die Tür und schwang sich auf seine Maschine. Ein Tritt auf den Kickstarter, und er floh die Straße hinab. Kilpatrick konnte Coolies Gelächter über dem schwächer werdenden Dröhnen des Motors hören.

Kein Arsch versteht noch was von Kunst, dachte er, und dann …

Wieder in seinem Verstand. Er wandte sich eher traurig als verärgert von der Szene ab. Coolie hatte ihn bestohlen. Nicht nur sein Geld, sondern vor allem sein letztes Meisterwerk. Hatte es einfach geklaut, um es für seine eigenen Zwecke zu verwenden. So wie jeder andere auch.

Niemals wieder.

Kilpatrick wanderte mit gesenktem Kopf umher und schaute zu, wie seine Füße durch die aufspritzende Gehirnmasse stapften, als würde er über eine Straße voll heißer Pfützen laufen. Rings um sich spürte er die tosenden Szenen seines vergangenen Lebens, während er ziellos durch seinen Schädel streifte.

Coolie und all die anderen hatten ihn bestohlen. Ihm sein Leben genommen. Er fühlte sich wie tot.

Nein, ICH BIN tot, dachte er. *Vielleicht HAT Coolie mir die Kehle durchgeschnitten und mich verblutend zurückgelassen. Das würde auch erklären, warum mein Leben vor meinen Augen noch einmal abläuft ... angeblich soll es ja so sein, wenn man ins Gras beißt: Du durchlebst die Vergangenheit und stellst dich dann dem Urteil: Himmel oder Hölle ...*

Er hob den Kopf, schaute sich um und fragte sich, wann das Urteil wohl gefällt würde.

Und dann öffnete sich der Boden unter ihm.

Dunkelheit – nicht Schwärze, sondern die Abwesenheit jeglicher Farben – ergriff ihn, zog ihn hinab, umgab ihn, als er in den höllischen Abgrund stürzte ... sie umhüllte ihn wie ein Schließmuskel, und er spürte die wellenförmige Bewegung der Fasern, die ihn packten. Flammenzungen, die über sein nacktes Fleisch tanzten. Er schluckte die Dunkelheit, sie füllte seine Nasenlöcher, und wieder erstickte er, doch diesmal konnte er nicht aufschreien, er konnte nicht denken, nicht fühlen ... die Dunkelheit nahm ihn, verschlang ihn von innen wie von außen, und ...

Dann befand er sich in einem anderen Zimmer. Nein, keinem Zimmer, sondern einer Höhle mit glatten, rosafarbenen Wänden. Es war der hellste und heißeste Raum, den er je gesehen hatte. Die Wände glänzten schleimig und pulsierten wie das Innere eines pochenden Herzens.

Und jetzt sah er ... Flash.

Aufgereiht mit der für Kunstgalerien typischen abgezirkelten Präzision waren sieben gerahmte Porträts in die rosafarbenen, feuchten Wände seines Gehirns eingebettet, wo sie wie rechteckige Schorfstücke wirkten. Sieben dunkle, aufwühlende Bilder. Sieben düstere Erinnerungen, jede durch Tinte in einer Zeitkapsel gefangen. Kilpatrick ging auf eines zu, dessen schattenhaft dunkle Farbe deutlich wurde, je näher er kam: *Sein Vater, gefangen in einer statuenhaften Haltung, wie er vor ihm aufragte, eine Sperrstange in der hoch über den Kopf erhobenen behaarten Hand, bereit zuzuschlagen ...*

Kilpatrick fiel nach hinten und wandte den Kopf ab von dem machtvollen Abbild. Er rollte sich wie ein Fötus auf dem heißen Boden zusammen und weinte.

Das muß die Hölle sein. Ich bin tot und in die Hölle gekommen.
Durch tränenumflorte, brennende Augen schaute er hoch,

wobei er den Anblick der Porträts mied. Es gab kein Dach, keine Decke – nur die Dunkelheit, die ihn verschlungen hatte. Kein Ausweg. Er war gefangen, eingekerkert.

Kilpatrick überlegte, daß vielleicht die Isolation selbst seine Strafe war. Hölle ist ein Ort der Einsamkeit. Hölle heißt, nicht tun zu können, was man möchte, nicht die geringste Freiheit zu haben, sich selbst auszudrücken. Hölle macht dich zum Opfer, nicht zum Täter. Hölle bedeutete Begrenzung, die Freiheiten des Lebens in Eis eingefroren. Oder Leben, gefangen in der Zeit, so wie die Bilder in den Händen dieser Galerie, in der er gefangen war.

Kilpatrick weinte.

Er weinte, bis er die Tätowiermaschine in der Ecke entdeckte. Sie war mit der Wand durch ein Kabel verbunden, das der Nabelschnur ähnelte, die aus seinem Körper ragte. Kilpatrick beschloß, sich die Zeit zu vertreiben, indem er auf dem Boden seines Gehirns herummalte, so wie ein Kind, das sich beim Rektor melden muß, seine Initialen in den Tisch einritzt, während es auf die Bestrafung wartet. LASST MICH RAUS AUS DIESER LEBENDIGEN HÖLLE, gravierte er als erstes in fetten, altmodischen Buchstaben in den Boden seines Gehirns. Der Satz wirkte ein wenig wie ein Titel für die Ausstellung, und so signierte er ihn: VON MARK MICHAEL KILPATRICK.

Es fühlte sich gut an, wie die Tätowiermaschine in seiner Hand vibrierte. Irgendwie wirkte es wie eine Betäubung. Und bevor ihm richtig bewußt wurde, was er tat, zeichnete er schon seine eigene Version einer lebendigen Hölle in den fleischigen Boden, umgab die Worte mit quälenden Visionen brennender Körper, stachelbesetzter Peitschen, Flammenspeeren und einem See voller Rasierklingen. Die Skizze wuchs, während er wie wild arbeitete, die verzerrten Gesichter der geschundenen Seelen malte, die ausgerissenen Gliedmaßen, die Enthauptungen. Die Schmerzen.

Ohne es richtig zu bemerken, bearbeitete er auch die Wände, tätowierte gesichtslose Wesen, die gekreuzigt, mit Stacheldraht gehenkt oder auf nagelbesetzten Streckbänken gefoltert wurden.

Er war so gefangen in seiner Arbeit, daß er die Bildergalerie längs der Höhlenwände nicht mehr fürchtete. Er ignorierte sie, arbeitete um sie herum und skizzierte die bunte, vielgliedrige Gestalt des Dämons, der das Museum der Schmerzen beherrschte ... dreigesichtig, tierhaft, mit gebleckten Fangzähnen, die die Qualen rings um ihn reflektierten wie ein schleimiger Spiegel aus Speichel und Blut. Die fein ausgearbeiteten Details in jedem der Münder zeigten eigene winzige Quälereien: Geschichten in den Geschichten, Schmerzen in den Schmerzen, Foltern in den Organen des Folterers selbst.

Kilpatrick lehnte sich zurück und lächelte. Er fühlte sich weise, erfahren. Wie ein alter Mann. Jahre waren in seinem Verstand vergangen, und das war ihm bewußt. Die Isolation und die Bestrafung spielten keine Rolle mehr, denn er hatte die Kontrolle übernommen. Er blieb beschäftigt, tat etwas, schuf *Kunst* – das war ohnehin alles, was er je gewollt hatte. Sein Aufenthalt hier war keine Strafe mehr, sondern ein Vergnügen. Er fühlte sich wohl dabei.

Und dann erkannte er: Wenn er überhaupt etwas empfinden konnte und wenn er die Freiheit besaß, sein Wandgemälde zu schaffen, dann *fühlte* er und war *frei.* Er war nicht tot. Er war überhaupt nicht in der Hölle.

Gefangen war er allerdings schon. Es gab keinen erkennbaren Ausweg aus diesem mentalen Gefängnis. Ärgerlich schlug er gegen die Wände der Höhle und versuchte, sich gewaltsam einen Weg hinauszubahnen. Das hier war nicht der Tod, aber eine Sackgasse des Lebens.

Wut explodierte in seiner Brust, eine flammende Feuerkugel der Erbitterung, die ihn antrieb. Er rannte gegen die Wände an, warf seinen Körper gegen die feuchte Dunkelheit, schlug mit den Fäusten auf das nasse, tintige Gefängnis aus grauer Materie ein. Feuchte Fleischbrocken spritzten in sein Gesicht, bedeckten seine Arme mit braunem Gallert und gelbem Schleim, doch ein Flechtwerk aus Dendriten blieb übrig, ein undurchdringliches Nervennetz, das er nicht durchbrechen konnte.

Ein Gedanke rammte ihn, schnitt sich in seinen Verstand. Plötzlich wußte er, wie er seinem privaten Gefängnis entrinnen konnte: indem er es *öffentlich* machte.

Er ließ sich auf die Knie fallen und begann seine Arbeit, indem er einen schwarzen Kreis inmitten des Wandgemäldes der Hölle zeichnete. Dann schattierte er den Kreis mit einem Regenbogen aus Farben. Als er fertig war, hatte er eine runde Luke geschaffen, eine Tür, in eine prachtvolle Landschaft, die seiner Vorstellung der Realität entsprach. Es war ein Abbild der Welt *außerhalb* seines Verstandes.

Aber es war nicht nur ein Weg hinaus, sondern auch eine Methode zu überleben. Eine Möglichkeit, die Menschen sein Talent schätzen zu lehren, ihnen seine künstlerischen Meisterwerke nahezubringen, der Welt zu zeigen, wie begnadet er war. Bekannt zu werden. Sich seinen Weg aus dieser lebenden Hölle hinauszuzeichnen.

Kilpatrick trat ein paar Schritte von der Fluchtluke zurück, die er gezeichnet hatte. Dann zielte er auf das wundervolle Loch in seiner mentalen Höhle und stürzte mit heftig stampfenden Beinen darauf zu.

Doch als er sich bewegte, bewegte sich auch das Wandgemälde der Hölle, das er in die Wände seines Verstandes eintätowiert hatte. Hände streckten sich aus, um seine Knöchel zu packen und ihn zurückzuziehen … Tentakel schlugen auf Rücken und Schultern, schleuderten ihn herum, ohne jedoch festen Halt zu finden … lautes, donnerndes Gelächter schüttelte die Wände, und das Loch, das er gezeichnet hatte, zog sich zusammen, verschluckte seine Hoffnung, verschlang die reale Welt, wurde zu einer schrumpfenden Scheibe der Erlösung …

Und dann war er draußen. Der Rand aus herrlicher Tinte reinigte sein Fleisch, als er sich durchschob.

Die Bilder, die sich noch im Innern befanden, würden ebenfalls bald gesäubert sein. Jene Bilder, die noch immer an den Wänden seines Verstandes hingen, würden gereinigt werden, reingewaschen vom wundertätigen Wasser seiner Tätowiertinte, freigewaschen. Kilpatrick mußte nur an die Öffentlichkeit gehen. Sich seinen Weg von dem Inneren seiner mentalen

Hölle inken. Selbst sich von diesen höllischen Bildern befreien, indem er jene verschorften Erinnerungen mit der Spitze einer Nadel aufpickte. Indem er die Bilder aus seinem Verstand herausnahm und sie in die Haut versetzte.

Kilpatrick spürte, wie sein Verstand wieder an den angestammten Platz zurückschrumpfte, sich selbst ins Innere seines Schädels zurücksog und sich längs der Knochenwände aufstapelte. Er hatte die Kontrolle zurückgewonnen, war zurück in der farbgetränkten Realität seiner Garage – er konnte die Inschrift sehen, die er einst über die Tür gemalt hatte: KILLER'S INK TATTOO SHOP.

Er war in die Welt der Öffentlichkeit zurückgekehrt, in jene Welt, die er kontrollieren konnte.

Die Bilder in seinem Innern würden ebenfalls bald herauskommen. Sie würden ebenfalls an die *Öffentlichkeit* gehen. Er war sich noch nicht ganz sicher, wie er damit umgehen würde, aber es würde ebenso leicht sein, wie mit der Hand ins Innere seines Schädels zu greifen und die Wände der Galerie einzureißen. Vielleicht würde das Tageslicht die Bilder ausbrennen. Vielleicht würden sie schrumpfen und sich auflösen wie ein Stück Schlangenhaut. Oder sich verhärten und ihn schützen wie der Panzer einer Schildkröte.

Und wie beim Panzer einer Schildkröte würden die Menschen die bestechende Schönheit des Ganzen bewundern und dabei für den Moment die Kreatur vergessen, die sich im Innern verbarg.

Kapitel 1

1.

James ›Coolie‹ Kuhlman schwang sich draußen vor Chet's Bar 'n Grill von seiner chrom- und lederverzierten Harley und war felsenfest davon überzeugt, jeder in der näheren Umgebung würde seinen stolzen, cowboyhaften Bewegungen volle Aufmerksamkeit schenken. Mit dicken, ölverschmierten Fingern zog er einen Zigarrenstummel zwischen den feuchten Lippen hervor und schnippte ihn beiseite.

Coolie war Mechaniker, aber er gab sich alle Mühe, nicht wie einer auszusehen. Mädchen standen auf Motorräder und nicht auf die armen Traumtänzer, die nur die Böcke anderer Leute reparierten. Es war das Aussehen, was zählte – und Coolie wollte wie ein Harley-Händler aussehen, denn das war sein Traum. Jedenfalls köderte er die Mädchen, indem er ihnen erzählte, er würde mit Harleys dealen. Und das war nicht einmal gelogen, denn immerhin verscherbelte er hin und wieder eine oder zwei Maschinen, die auf dem Hinterhof der Werkstatt von Bob's Cycles standen, wo er seine Tage damit zubrachte, sich in Öl und Schmierfett zu wälzen.

Langsam öffnete er die Knöpfe seiner schwarzen Lederweste, während er auf die verspiegelten Türen von Chet's zuging. Er schaute zu, wie sein Spiegelbild anwuchs, als er sich näherte: Sein langes braunes Haar war vom Fahrtwind zerzaust, die Jeans über den Wölbungen im Schritt und an der Brieftasche zufriedenstellend abgewetzt, und sein Gang wirkte so cool wie der eines mit Steroiden vollgepumpten James Dean. Alles war perfekt. Bevor er die Tür erreichte, öffnete er die Weste ganz und schob die Schöße zurück wie ein Revolverheld, der die Halfter freilegt.

Er ging hinein. Der Barraum war so schmutzig und düster wie immer, und Coolie wußte, daß er jedem Mädchen in diesem Schuppen wie ein Diamant in einer schäbigen Fassung erscheinen mußte. Er ließ den Blick durch den Raum schweifen auf der Suche nach derjenigen, die er für diese Nacht abschleppen würde. In der Nische hinten links saßen zwei Brünette, rauchten lange Zigaretten und brüteten über ein paar Flaschen Budweiser. Eine einsame Rothaarige hockte breitbeinig auf einem Barhocker, beugte sich zu Chet, dem Inhaber, hinüber und quatschte über irgendwelche sexuellen Dinge. Eine Blondine, die ihre Jeans so hoch gezogen hatte, daß der Stoff jede Ritze und Falte ihrer intimen Teile nachzeichnete, kam gerade aus dem schmalen Gang, der zu den Toiletten im hinteren Teil der Bar führte. Coolies Konkurrenten – zwei andere Biker, beide viel größer als er – saßen am Ende der Bar, der Tür genau gegenüber, und schüttelten sich entweder gerade die Hände oder versuchten sich im Armdrücken. Auf der linken Seite und mit dem Rücken zu ihm hockte ein Möchtegern-Hippie mit langen, mausbraunen Haaren und einem roten Halstuch, das er als Stirnband benutzte. Coolie ignorierte ihn. Er hielt Abstand zu allem, was seine Wirkung beeinträchtigen könnte.

Coolie trat zwischen den Bikern und dem geschwätzigen Rotschopf an die Bar und zog sich mit dem Stiefel einen der lederbezogenen Hocker heran. Er hatte die Ärmel hochgerollt, um die prächtigen Tattoos zu enthüllen – eingeschlossen die Neuerwerbung, die dieser Arsch Kilpatrick fabriziert hatte. Im Grunde mochte er das Bild nicht besonders, aber er hatte nichts dafür bezahlt, es war immer noch cool genug, um sich damit in der Öffentlichkeit zu zeigen, und wer weiß – vielleicht würde er ja gerade dadurch eine Puppe für die Nacht aufreißen? Es war immerhin einen Versuch wert. Wenn es nicht funktionierte, konnte er das Bild immer noch übermalen lassen. Er spannte die Armmuskeln, um das frische Tattoo in Bewegung zu versetzen. Der Adler spreizte seine Schwingen zu voller Pracht. Doch niemand beachtete Coolie.

Er drehte den Kopf und betrachtete die Rothaarige. »Wie

wär's mit 'nem Bier und 'nem Tequila zum Nachspülen?« Der verdrehte Satz brachte auch keinen Lacher.

Chet blickte zu ihm hinüber, während die Augen der Rothaarigen fest auf die Schulter des Barkeepers gerichtet blieben. Chet starrte Coolie an, der ihn ignorierte und erfolglos versuchte, Blickkontakt mit dem Mädchen herzustellen. Der Barkeeper nickte ungeduldig, doch Coolie bemerkte nicht einmal das.

Die Brünetten hinter ihm kicherten. Die Männer neben ihm grunzten. Ihre Hände waren noch immer verklammert. Vielleicht waren beide plötzlich auf die Idee gekommen, den Griff des anderen zu brechen. Vielleicht waren sie auch einfach nur blöd oder Schwuchteln.

Das Geräusch von Glas auf Holz machte ihn darauf aufmerksam, daß Chet die Drinks vor ihm abgestellt hatte. Er hob das Schnapsglas, spannte den reichlich tätowierten Arm und kippte den Tequila in einem Schluck hinunter. Das Bier hob er sich für später auf.

Die Blonde, die aus den Toilettenräumen gekommen war, setzte sich neben ihn und verstellte ihm dabei den Ausblick auf die Rothaarige. Sie betrachtete ihn von oben bis unten und wandte sich dann an Chet: »Bringst du uns noch zwei von dem, was er hat?«

Ohne hinzusehen, gab Coolie Chet eine Fünf-Dollar-Note und nahm dann einen Schluck Bier. Die Blonde neben ihm lächelte.

»Ich mag Männer, die wissen, wie man Takeel-ya richtig trinkt«, meinte sie und leckte sich über die bemalten Lippen.

Coolie schnappte nach dem verbalen Köder. »Wirklich, Süße? Und wie geht das?«

Sie zog sein Handgelenk an ihre Lippen. »Lecken«, erklärte sie, ließ ihre rosa Zunge herauszucken und fuhr damit über seine behaarte Haut. Dann griff sie nach einem Salzstreuer. »Schütteln«, fuhr sie fort und schüttete mit einer langsamen, lasziven Armbewegung Salzkristalle auf seine Haut.

Coolie zog die Hand zurück und legte sie in seinen Schoß. »Und dann was?« fragte er lächelnd.

Sie lehnte sich etwas vor und sah ihm mit ihren erweiterten, glasigen Pupillen in die Augen. Dann beugte sie sich nach unten und leckte hungrig das Salz von seinem Handgelenk. Coolie betrachtete ihren Hinterkopf, das Schimmern des blonden Haars, das Auf und Ab ihres Nackens über seinem Schoß. Sie setzte sich wieder hin, griff nach dem Tequilaglas, hob es mit einer nachlässigen Bewegung, zwinkerte ihm zu und sagte: »Schlucken.« Dann kippte sie den Kakteen-Schnaps hinunter, wobei ihr kleiner Adamsapfel hüpfte.

Coolie drückte auf den Steifen in seinem Schoß, bevor er das eigene Glas erhob. »Darauf trinke ich«, meinte er und verdrehte die Augen. Nachdem er das Gebräu geschluckt hatte, knallte er das Glas wieder auf die Theke. »Hartes Zeug«, bemerkte er.

Die Blonde kicherte. »*Hart* ist genau richtig, Süßer.«

Coolie sah zu Chet und dem Rotschopf hinüber. »Noch zwei«, grunzte er.

Chet ließ sich Zeit.

Während sie auf die Drinks warteten, ließ die Frau ihren Blick langsam über Coolie wandern, angefangen bei den Stiefeln bis hinauf zum Kinn.

»Du mußt mich nicht mit den Augen ausziehen, Schätzchen. Darum kümmere ich mich schon …«

Die Frau grinste schief, als wäre sie von ihrer eigenen Wahl enttäuscht. Dann riß sie plötzlich die Augen auf, beugte sich vor und betrachtete seinen Arm. »Wow, tolles Kunstwerk!«

»Hä?«

Sie strich mit einem Finger über seinen Arm und Coolie zuckte vor Schmerz zusammen. »Paß auf! Das ist ganz frisch.« Schützend legte er eine Hand über die empfindliche Stelle. »Willst du mir erzählen, dir gefällt ausgerechnet diese Tätowierung?«

»Nun, wenn du es mich mal genauer ansehen läßt …«

Coolie ließ seinen Arm los und griff nach dem Glas, das Chet vor ihnen abgesetzt hatte. Er konnte es kaum glauben. Das Tattoo funktionierte tatsächlich.

»Zum Wohl«, prostete er seinem Spiegelbild hinter der Bar

zu und beglückwünschte sich für den Diebstahl am vergangenen Abend. Dieser Arsch Kilpatrick war ein verrückter Hund, aber zeichnen konnte er.

Als Coolie und die Blondine – die übrigens Cheri hieß, wie er mittlerweile herausgefunden hatte – ihr fünftes Glas miteinander geleert hatten, ruhte ihre Hand fest in seinem pulsierenden Schoß, während er einen Arm um ihre biegsame Taille gelegt hatte und gelegentlich mit den Fingern über ihre üppige, nicht durch einen Büstenhalter gebändigte linke Brust strich. Coolie erzählte schmutzige Witze, und sie tauschten ebenso oft Zungenküsse aus wie anzügliche Bemerkungen. Die Biker am Ende der Bar, die mit dem Armdrücken aufgehört hatten, bedachten die beiden mit eifersüchtigen und geilen Blicken. Die Brünetten in der Nische waren gegangen. Der Fremde mit dem Stirnband saß noch immer an seinem Platz.

Als Coolie und Cheri bezahlt hatten und Arm in Arm aus der Bar geschlendert waren, stand der Fremde mit dem Stirnband auf, warf etwas Geld auf den Tisch und folgte den beiden in vorsichtigem Abstand.

2.

Kilpatrick schwitzte am Arsch, und der Vinylsitz in der Nische der Bar fühlte sich gleichermaßen heiß wie klebrig an, als er zusah, wie Coolie von einer blonden Barnutte gestreichelt wurde. Die ganze Szene widerte ihn an: Coolie benutzte Fusel und gestohlene Kunst *(meine Kunst)*, um die Braut zu verführen, so wie eine Prostituierte etwas Fleisch herzeigt.

Er bemühte sich, nicht hinzusehen. Wenn er ihnen zuviel Aufmerksamkeit schenkte, könnte seine Tarnung auffliegen.

Kilpatrick ließ den Kopf wieder sinken, schloß die Augen und durchdachte nochmals den ganzen Plan, wobei er sich in Erinnerung rief, daß er Coolie schon immer gehaßt hatte.

Coolie war der einzige halbwegs regelmäßige Kunde in

Kilpatricks Tätowierstudio und einer der wenigen, die durch Mundpropaganda davon gehört hatten. Er tauchte regelmäßig dann auf, wenn Kilpatrick gerade damit beschäftigt war, sich selbst zu tätowieren, und er bestand stets auf sofortiger Bedienung. Jedes Mal ließ er sich dann schnell ein einfarbiges Bild eininken. Kilpatrick wußte, daß Coolie alles andere als ein Kunstliebhaber war. Coolie ähnelte mehr einem Pillenschlucker: Ein neues Tattoo betrachtete er als Allheilmittel für seine Probleme, als eine Möglichkeit, ein Mädchen flachzulegen oder sich selbst davon zu überzeugen, daß er etwas darstellte. Und zu Kilpatricks finanziellem Vorteil funktionierte das nie. Jedes neue Tattoo war nichts als ein weiteres Stück bemalter Haut, ein abgestempelter Brief, der nie abgeschickt wurde.

Als Coolie vor zwei Tagen hereinspaziert kam und nach einem ›realistischen‹ Tattoo verlangte, hatte Kilpatrick versucht, ihm zu erklären, was es mit Kunst auf sich hatte. Coolie verdiente eine derartige Aufmerksamkeit eigentlich gar nicht, doch andererseits stellte er Kilpatricks einzige regelmäßige Einnahmequelle dar. Also bedachte er ihn mit einer freien Collage, einem großartigen Meisterstück …

Kilpatricks Ohr schmerzte noch immer von dem Schnitt, den Coolie ihm beigebracht hatte, bevor er mit einer Handvoll Scheine abgehauen war. Er fragte sich, ob Van Gogh auch so empfunden hatte, als man ihm ebenfalls etwas gestohlen hatte, das er liebte.

In gewisser Weise, dachte Kilpatrick, *haben sie mich alle beraubt. Jeder, den ich je geinkt habe, hat meine Arbeit gestohlen, um sie für seine eigenen kleinlichen Wünsche zu benutzen.*

Einzig aus diesem Grund.

Kilpatrick war nicht länger bereit, sich in seiner Garage einzuschließen, um das Fleisch von Menschen zu verschönern, die das nicht zu schätzen wußten. Er würde nicht länger im Verborgenen wirken, wo seine Ausdrucksmöglichkeiten eingeschränkt, ja gefesselt waren. Es war an der Zeit, an die *Öffentlichkeit* zu treten, der Welt seine großartigen Schöpfungen zu zeigen, seinen Verstand von diesen verdammten, unvorstellbaren Bildern zu reinigen ... und Coolie sollte der erste sein, der *sehen* durfte ...

Drüben an der Bar lachte Coolie laut auf. Kilpatrick öffnete die Augen und sah, wie der angeberische Kunstdieb mit der blonden Frau schäkerte. Kilpatrick wischte sich die Handflächen an den Jeans ab und spürte, wie der Stoff naß wurde. Er sah hinunter und bemerkte, daß seine Hände bluteten, weil er die Fäuste so fest geballt hatte, daß sich die Fingernägel in die Haut gebohrt hatten. Kilpatrick wünschte, er könnte zu Coolie hinübergehen und dessen häßliches, lüsternes Gesicht dermaßen bearbeiten, daß *er* blutete. Aber auf diese Weise würde er nicht an die *Öffentlichkeit* treten, sondern nur hinter Gittern landen.

Seine Nerven standen in Flammen, doch er bewahrte Ruhe, während er darauf wartete, daß Coolie und die Frau aufbrachen. Als sie endlich gingen, rückte er sein Stirnband zurecht, gab ihnen etwas Vorsprung und folgte ihnen dann mit einigem Abstand.

Kilpatrick steuerte einen gemieteten Ford und folgte Coolies Harley durch die Straßen von Colorado Springs. Er behielt das wehende Haar und den tränenförmigen Hintern der Blondine aus einem Block Abstand im Auge, was ausreichte, damit Coolie ihn nicht im Rückspiegel erkennen konnte. Auf der Nevada Avenue herrschte gerade genug Verkehr, um ihm ausgezeichnete Deckungsmöglichkeiten zu bieten. Auf der Union war schon fast zu viel los, doch Kilpatrick verlor Coolies Hobel nie aus den Augen. Die Maschine schlingerte hin und her, weil der Fahrer betrunken war und immer wieder die Hände vom Lenker nahm, um die Schenkel des Mädchens zu tätscheln.

Schließlich bog Coolie in eine Straße ein, in der Kilpatrick noch nie gewesen war. Die Eisenhower Street war frisch geteert und von frischgestrichenen Apartmenthäusern gesäumt. Wahrscheinlich Wohnungen für die Soldaten aus Fort Carson. Soldaten waren Kilpatricks bevorzugte Kundschaft, da sie seine Kunstwerke wirklich zu schätzen schienen – und sie waren stolzer auf ihre Tattoos als andere Menschen, weil die bemalte Haut so ziemlich die einzige Möglichkeit war, ihre eigene Persönlichkeit in einer uniformierten Welt auszudrücken. Man konnte ihnen die Kleidung abnehmen und sie in eine Gemeinschaft einfügen, doch ihre Haut konnte man ihnen nicht nehmen. Von daher bestand Kilpatricks größte Genugtuung auch in dem Wissen, daß man seine Kunstwerke überall im Land und sogar auf der ganzen Welt auf den Armen und Brüsten junger Männer mit geschorenen Köpfen bewundern konnte.

Coolie und die Frau torkelten in eines der Apartments. Kilpatrick wartete.

3.

Alles, was Coolie in seinem spärlich eingerichteten Apartment anzubieten hatte, war Bourbon, doch das störte Cheri Carvers nicht. Sie spielten im Wohnzimmer. ›Strip-By-Sip‹, ein Trinkspiel, das Coolie, einer Eingebung des Augenblicks folgend, erfunden hatte. Es bestand darin, einen großen Schluck aus der Flasche zu nehmen, dafür mit dem Ablegen eines Kleidungsstücks zu bezahlen, um dann die Flasche an den Nächsten weiterzugeben. Bei nur zwei Mitspielern waren Flasche und Spiel bald zu Ende.

Der Spaß jedoch nicht. Coolie saß splitternackt und mit steifem Glied auf der braunen Couch und beobachtete Cheri, die im Schneidersitz auf dem Teppich saß, die leere Flasche zwischen den Beinen. Die Flasche verwehrte ihm teilweise den Blick auf ihre Muschi, doch Coolie konnte sich den Rest gut ausmalen. Er wußte, daß sie feucht und bereit war. Ihre großen Brüste ruhten schwer auf ihrer Haut, die Warzen waren hart und zeigten wie die Hörner eines Bullen nach oben.

»Und was machen wir jetzt?« fragte Cheri und zog die

kalte Glasflasche dichter zwischen ihre Beine. »Ein bißchen Flaschendrehen spielen?«

Coolie klopfte sich auf die behaarten Schenkel und stand schwankend auf. Als er zu ihr hinüberging, schwang sein Glied bei jedem Schritt hin und her. Er beugte sich vor und strich mit der Hand durch ihr feines blondes Haar. »Möchtest du aus meiner Flasche trinken, Schatz?«

Sie bewegte ihren Kopf vorwärts und nahm das Glied in ihren heißen Mund. Bevor er den Rücken vor Wollust durchbog, bemerkte er noch, daß sie den Flaschenhals auf ihre Leistengegend gerichtet hatte.

»Da hab' ich dich wohl mit runtergelassenen Hosen erwischt, was?«

Coolie riß die Augen auf und drehte den Kopf in Richtung der Stimme. Er sah die Silhouette eines Mannes, der in der Türöffnung stand. Irgend etwas Langes, Gekrümmtes hatte er in der einen Hand und in der anderen etwas Rechteckiges. Verrückterweise sah es so aus, als hielte er ein Brecheisen und eine Brieftasche.

Cheri hatte von allem nichts mitbekommen und lutschte weiter an Coolies schrumpfendem Stolz. Ein feuchtschmatzender Laut erklang zwischen ihren Beinen. Coolie schaute nach unten und mußte gegen seinen Willen über diese ganze irrsinnige Szene kichern. Seine Wagen liefen vor Verlegenheit rot an, als er lachte, und Cheri unterbrach sich und sah zu ihm hoch. »Was ist denn so lustig? Mache ich es nicht richtig?«

Coolie kam eine spaßige Bemerkung in den Sinn, doch er erhielt nie die Chance, sie auch auszusprechen. Das letzte, was er hörte, war ein Seufzen des dunklen Mannes, dann explodierte ein weißer Lichtblitz in seinen Augenhöhlen.

4.

Coolie erwachte von einer Reihe abgehackter, mißtönender Schreie. Er drehte den Kopf zur Seite und sah Cheri, die zusammengerollt in der Ecke seines Wohnzimmers lag. Ihre Augen waren weit aufgerissen und tränennaß, die Wangen im Gegensatz zu ihrer ansonsten blassen, käsigen Haut stark gerötet. Sie hatte Angst – Todesangst.

»Was 'n los?« Die Worte auszusprechen tat weh. Sein Mund war trocken und rissig, doch der Schmerz kam von einer anderen Stelle. Von den Lippen? Er wußte es nicht, doch allein der Versuch, darüber nachzudenken, ließ seinen Kopf schmerzhaft pochen. Nein, sein ganzer Körper klopfte und pulsierte wie unter einem gigantischen Herzschlag.

Das, dachte er, *muß der schlimmste Kater sein, den ich je hatte.*

»Wa...« Er konnte nicht sprechen. Zu viel Schmerz – als würden seine Lippen an den Mundwinkeln einreißen, wenn er den Mund öffnete. Er wollte Cheri schon fragen, was letzte Nacht passiert war, wieviel er getrunken und was er gesagt und getan hatte, als sein Gehirn plötzlich die Antwort ausspuckte: Jemand hat uns angegriffen.

Mit schmerzverzerrtem Gesicht fragte er: »Hat der Scheißkerl dich vergewaltigt?«

Ihr Körper zuckte, und sie schrie auf, als hätte Coolies Stimme sie geschlagen.

Coolie stemmte sich auf die Ellbogen und versuchte sich aufzurichten. Als er den Kopf bewegte, fühlte sich der klopfende Schmerz an, als würde eine Atombombe nach der anderen in seinem Schädel explodieren. Seine Brust brannte, und seine Arme schmerzten, als hätte man sie in siedendes Öl getaucht. Schließlich stand er, kämpfte um sein Gleichgewicht und machte einen Schritt vorwärts.

Ein scharfer Schmerz unter den Fußsohlen, als wäre er auf Nägel getreten, zwang ihn wieder zu Boden. Noch mehr Schmerzen. Der Teppich glich einem Nagelbett.

Er schrie auf. »Ich kann doch nicht so verkatert sein.«

Und dann sah er seinen Körper. Er war nackt, doch sein

Fleisch war ihm unvertraut, fremd. Arme, Beine und Brust waren wie von blauschwarzen Quetschungen verfärbt. Im ersten Moment dachte er, er hätte von dem Mann, der in seine Wohnung eingedrungen war, die wüstesten Prügel seines Lebens bezogen, doch als er sich der unwirklichen Farben bewußt wurde, die sein Fleisch bedeckten, erkannte er, daß das hier viel schlimmer war als jede nur vorstellbare Abreibung.

Elfenbeinfarbene Rippen verbogen sich auf seiner Brust, offen und scharf wie das Maul eines Hais ... die Knochen umhüllten eine riesige verchromte Maschine, die im Rhythmus seines Herzschlags schimmerte und funkelte ... die schreckliche Maschine selbst verwandelte sich in ein verdrehtes, metallisches Herz mit nassen, glänzenden Kolben. Glänzend schwarze Leitungen und Schläuche führten zu anderen phantastischen Teilen aus Stahl und Blut, die sich über seine Brust, die Leisten und bis hin zum Nacken zogen. Arme und Beine waren häßliche, nasse Muskeln, die sich eng um ein Chassis aus eisernen Knochen wanden, festgehalten von Reifen aus schwarzem Metall und verchromtem Stahl, eine Landkarte aus dicken roten Drähten und blaue Venen, die unter dem zirkulierenden Blut pulsierten und klopften.

»SCHEISSE!« Er stand auf und stolperte ins Badezimmer, als liefe er über glühende Kohlen.

Cherie schrie auf und hob schützend die Arme über den Kopf.

Coolie schaltete das Licht im Bad ein. Im Spiegel sah er sich einer unwirklichen Kreatur gegenüber, einem mechanischen Wesen, aus dessen Bauch groteske Innereien quollen. Sein Gesicht war ein der Haut beraubter Schädel mit roten Muskeln und drahtartigen rosafarbenen Arterien, die seine Augen wie das Netzwerk eines elektrischen Systems umgaben. Sein Herz pumpte heftig in der Brust, und die Maschine auf der Brust dröhnte mit pumpenden Kolben. Sein Fleisch wand sich und prickelte voller Leben, und *alles bewegte sich ...*

Er umklammerte seinen Unterarm, der sich glitschig und ledrig anfühlte wie die Haut einer Schlange, die sich gerade gehäutet hatte. Unter seinem Griff brannte das Fleisch voller Schmerz, aber es war Fleisch – *Fleisch* – und das bedeutete, er war noch immer real, noch immer hier, irgendwo innerhalb des Dings, zu dem er geworden war.

Coolie hörte, wie sich Cheri rasch ihre Sachen überstreifte, die Wohnungstür öffnete, hinter sich zuknallte und die Treppe hinunterklapperte, wobei sie leise vor sich hinbrabbelte und wimmerte. Coolie blinzelte und schaute wieder auf seinen Arm. Als er vorsichtig auf den venendurchzogenen metallischen Muskel tippte, knisterte es unter seinen Fingerspitzen wie getrocknete Farbe.

Von plötzlicher Hoffnung erfüllt, griff er rasch hinter den Duschvorhang und stellte den Mischer auf heiß. Langsam füllte sich das Bald mit Dampf, und Coolie trat unter die Dusche. Das brühheiße Wasser rann über sein Fleisch, und Coolie heulte, als er mit der Seife über den Körper fuhr. Sie brannte wie Stahlwolle, als sich die Hautfetzen von den verschorften Stellen lösten. Er blinzelte und sah zum Abfluß hinunter, wo Farbflecken im Wasser wirbelten, als er sich hektisch abschrubbte.

Doch schon bald wurde der Schmerz unerträglich. Coolie stolperte unter der Dusche hervor und riß den Vorhang mit sich, als er in einer Explosion des Schmerzes auf den harten Fliesen aufschlug. Sein Körper zuckte, während das Duschwasser wie ein Strom aus Säure neben ihm herabregnete.

Er holte tief Luft und hielt dann den Atem an. Dann öffnete er langsam die Augen und entfernte den Plastikvorhang von seinem Körper.

Die Farben – die schreckliche Kombination menschlicher und mechanischer Innereien – war noch immer da, die Maschine lief mit voller Kraft, die Organe pumpten und arbeiteten, als sein Körper sich auf dem Badezimmerboden krümmte und wand.

Nein, keine Farben ... *Tinte.* Unter der Haut. Eintätowiert in sein Fleisch. Dauerhaft.

Die Maschine schüttelte sich ein letztes Mal und blieb dann stehen. Coolie schaltete ab.

5.

Der Schmerz war weg. Zwei Fünftel Jack Daniels, ein paar Valium und eine Flasche Aspirin hatten dafür gesorgt.

Coolie saß auf der Couch und beugte sich vor, um die Drahtbürste vom Kaffeetisch zu nehmen. Er fing mit der Kniescheibe an – einer gemusterten Stahlplatte, die wie die polierte Schutzkappe eines Kugellagers wirkte – und preßte die harte Oberfläche der Bürste gegen sein gefärbtes Fleisch. Die nadelscharfen Spitzen bohrten sich durch die Haut, und warmes Blut drang an die Oberfläche.

Die Wärme fühlte sich gut an, als sie an seinem Bein hinabrann.

Coolie lächelte unter Schmerzen, während die Bürste langsam die geinkte Haut entfernte. Das Fleisch verwandelte sich in vielfarbigen Brei, als er die Drahtspitzen fest in sein Bein drückte und so lange polierte, bis ein kleines Stück vom weißen Knochen sichtbar wurde.

Coolie lehnte sich zurück, verschränkte die Arme und betrachtete, was er getan hatte.

Nichts. Keine Veränderung in den Mustern, die über seine Haut wucherten – nur ein leichter Wechsel im Aussehen und im Gefühl des gesamten Mechanismus, nicht mehr, nicht weniger. Er war noch derselbe, innen wie außen. Er konnte seine Maschine nicht zerlegen, aber warum sollte man ein gut laufendes Modell ruinieren?

Coolie spürte, wie sein Motor stotterte, und beobachtete wie aus weiter Ferne, daß seine metallische Brust keuchte und schnaufte. Er fühlte sich schläfrig – seine Maschine tuckerte im Leerlauf.

Coolie stand auf, humpelte zur Küche und öffnete die Tür, die zu der kleinen Garage führte, wo er sein Motorrad abzustellen pflegte. Der Raum war düster und grau – keine Farben. Selbst sein eigener Motor war jetzt nur noch ein unscharfer Fleck aus Schwarz, Blau und Silber. Er benötigte alle Kraft, um ein Bein über den Ledersitz der Harley zu schwingen.

Coolie betätigte den Kickstarter. Sein Knie platzte aus der

Haut heraus, die sich jetzt anfühlte, als hätte er lederne Überziehhosen an seinen Schienbeinen befestigt.

Nach dem dritten Versuch erwachte die Harley brüllend zum Leben. Der Klang wirkte beruhigend, und die Vibrationen zwischen seinen Beinen weckten Coolies Lebensgeister. Er bewegte sich zum Lenker vor und drehte das Gas weiter auf, bevor er von der Maschine krabbelte und zu einem Pappkarton in der Ecke der Garage ging.

Coolie ließ sich auf den öligen Betonboden sinken und riß die Kiste auf wie ein Kind einen Spielzeugkarton. Im Innern fand er, wonach er gesucht hatte – zwei Kupferkabel mit Klammern an jedem Ende. Er befestigte sie an den Brustwarzen, wobei er darauf achtete, sich nicht zu verletzen.

Anschließend kroch Coolie zur Harley zurück und verband die freien Enden mit den Batteriepolen unter der Maschine – seinem mechanischen Bruder.

Und dann gab er sich selbst Starthilfe.

FLASH

Der Gedankenblitz eines explodierenden Lichtes. Der Gedankenblitz eines Bildes aus der höllischen Galerie im Kern seines Verstandes, enthüllt wie das Foto der Sofortbildkamera, das aus der Rückwand des Geräts in seine Hand gleitet.

Er blinzelt, um das schreckliche Bild auszulöschen und langsam verschluckt die Dunkelheit das Licht. Das Bild wird vom Verschluß gefangen, vom fleischigen Augenlid transformiert in ein Negativ, eingeätzt in nasses Papier.

Das dunkle Porträt der Erinnerung ist verschwunden, eingehüllt in Schwärze. Fort, doch immer noch da – DORT DRAUSSEN *– irgendwo in der Welt des Lichtes.*

Irgendwo anders.

Mark steht zitternd in der kalten, muffigen Werkstatt seines Vaters. Arthur Kilpatrick, ein gelernter Mechaniker, der kaum genug Geld verdient, um seine Frau und sein Kind zu ernähren, arbeitet an der heißen, hochdrehenden Maschine eines großen Choppers. Mark weiß, daß er eigentlich in der Schule sein sollte, aber er ist nicht hingegangen, weil sein Dad gesagt hat, Schule sei etwas für Weichlinge, und er brauche einen richtigen Mann, der ihm heute nachmittag im Laden hilft … und wozu brauche er die Schule überhaupt. Das einzige, was Mark werden könne, sei Mechaniker, so wie er selbst, und um ein paar Schrauben festzudrehen, brauche man ja wohl keinen Abschluß, oder?

Klatsch.

»Hast du's?«

»Hab' ich was, Dad?« Tränen verschleiern seinen Blick. Er sieht Arthur vor sich aufragen, stämmig und verschwitzt, der sich die ölverschmierten Hände an seinem braunen Polyester-Overall abwischt wie ein Metzger das Schweineblut an seiner Schürze. »Ich habe dir gesagt, du sollst eine anständige Felge vom Schrottplatz holen. Hast du das nun gemacht, oder nicht?«

Mark reibt sich die Augen und verschmiert dabei seine Tränen mit dem öligen Abdruck der Hand seines Vaters auf seiner Wange. Das Öl brennt in seinen Augen, doch Mark weiß, daß er den Blick nicht von Dad abwenden darf. Wegzusehen macht alles noch schlimmer, denn dann schlägt er so hart zu, daß du auf dem Boden landest. Und mach niemals die Augen zu. Niemals. Zwinkere nicht einmal, sonst kommt er mit dem Schraubenzieher – oder, noch schlimmer, Momma kommt.

Er richtete den Blick auf den ölverschmierten Overall. »Ich hab's vergessen.«

»Du hast was?!« Arthur sucht nach einem geeigneten Werkzeug. Die Sperrstange muß ausreichen. Sie paßt in die Augenhöhle.

Blut quillt hervor, und das linke Auge schließt sich hinter dem riesigen Bluterguß, der sich auf dem linken Wangenknochen bildet, doch Mark kann noch immer durch den Schlitz sehen, und er wird nicht wegschauen …

Vaters Gesicht verzieht sich und läuft so rot an wie ein Feuerwehrwagen. »Du und deine verdammte Phantasiewelt … Junge, kannst du denn nicht wenigstens einmal was richtig machen? Ich wollte eine Felge haben. Eine simple Scheißfelge. Und was bringst du mit, hä? Nichts. Gar nichts.«

»Ich habe Teile mitgebracht, Dad. Teile für mein Projekt im Kunstunterricht. Willst du es sehen?«

»TEILE? Was für Teile? Du wirst keine Teile mehr übrig haben, wenn ich erst mit dir fertig bin, du kleiner ...«

Dad holt aus. Dann packt Momma ihn von hinten, bohrt ihre Fingernägel in seine Armbeugen und zieht ihn an ihre große, gummiartige Brust, als wäre er noch immer ein Baby. Aber das ist er nicht. Er ist sieben, und es macht ihn verlegen, aber immerhin hat Daddys große behaarte Hand sein Gesicht verfehlt. Mommas Brustwarzen drücken sich hart wie Schrauben in seinen Rücken, und ihre Stimme kreischt Daddy an und sagt ihm, er soll wieder an seine Arbeit gehen. Ihr Atem stinkt wie faules Fleisch, doch ihr Parfüm ist noch schlimmer, der Geruch verrotteter Blumen füllt seinen Mund und brennt in seinen Lungen. Es ist, als würde man ein Begräbnis inhalieren.

Dann küßt sie sein Ohr, berührt es mit der Zungenspitze und flüstert ihm zu, alles sei in Ordnung. »Hab keine Angst vor dem großen bösen Wolf, Markie-Warkie. Er knurrt und schnauft, aber er wird das Häuschen nicht umblasen.«

»Behandle den kleinen Scheißer nicht wie ein Baby, Alura«, sagt Arthur und öffnet seinen Gürtel. »Er muß langsam lernen, ein Mann zu sein, und ein Mann muß wissen, was Respekt bedeutet.« Er zieht den Ledergürtel aus den Schlaufen seines Overalls.

»Er wird immer mein Baby bleiben, Arthur. Also steck den Gürtel sofort wieder weg!«

Marks Auge klopft schmerzhaft. Die Garage verwischt sich zu schwarzen und chromblitzenden Flecken, und dann wird er ohnmächtig, er wird ohnmächtig wie diese dummen Leute in den Cartoons ...

Dieses kleine Schweinchen ging zum Markt. Dieses kleine Schweinchen blieb daheim. Dieses kleine Schweinchen hatte ein Roastbeef. Dieses kleine Schweinchen hatte keins.

Er pfeift das Lied nur, doch er hört, wie die Worte in seinem Kopf widerhallen, während er ins Wohnzimmer schlendert. Sein Kunstprojekt trägt er in einer zerknitterten braunen Einkaufstüte unter dem Arm.

Arthur sitzt in seinem Sessel – jenem Sessel, in den Mark sich nicht setzen darf, sofern er nicht will, daß er sich für den Rest seines Lebens nie wieder hinsetzen kann –, schaut sich in einem staubigen Schwarzweiß-Fernsehgerät die Sportsendung an und trinkt dabei ein Bier. Ein achtspuriges Tonbandgerät dröhnt aus seinen aschefarbenen Lautsprechern Led Zeppelins ›Trampled under Foot‹ und übertönt die Stimme des Sportkommentators.

Mark kramt geräuschvoll den Inhalt der Einkaufstüte hervor und stellt das Objekt auf Dads Aluminium-Serviertischchen. »Sieh mal, Dad. Das ist mein Kunstprojekt. Der Lehrer hat mir dafür eine Eins plus gegeben!«

Arthur bewegt die Augen, ohne den Kopf zu drehen, und betrachtet das Objekt. Es ist eine Statue aus verschiedenen Einzelteilen, ein phallischer Klumpen aus rostigen Schrauben und Bolzen und verdrehten Blechstücken, alles durch weißen Klebstoff zusammengehalten ... Schrottkunst, ausgebrütet auf dem Schrottplatz. »Das ist ein Haufen Müll.«

Mark läuft rot an, seine zarten Züge bekommen einen rötlichen Schimmer, der das Blitzen in seinen dunklen Augen noch hervorhebt. »Es ist *Kunst*, Dad. *Kunst*. Und ich bin der Künstler ...«

Dad packt die Skulptur und schleudert sie quer durchs Wohnzimmer. Das Metall knallt gegen die Wand, reißt Löcher in die Tapete und verspritzt kleine Stahlsplitter in alle Richtungen.

»NEIN, DAD, NEIN!«

Arthur kichert und trinkt einen Schluck Bier, als Mark zur Wand hinüberläuft und die verbogenen Teile seiner Skulptur aufsammelt.

»Ich habe es dir schon tausendmal gesagt, mein Junge. Aus dir wird kein hochnäsiger, verdrehter Künstler. Du meinst wohl, du bist zu fein, um Mechaniker zu werden? Glaubst, du bist was Besseres, was? Besser als dein alter Herr?«

Marks Antwort ist ein Schluchzen. Er blickt zu Boden. Seine Augäpfel pochen, als er sich vorbeugt, so als würde von hinten ein kleiner kalter Hammer dagegen klopfen.

Und dann ist Arthur über ihm, packt ihn an seinem feinen braunen Haar und zerrt ihn nach draußen und zur Werkstatt hinüber, um ihn zu bestrafen.

Er hat die Grundregel vergessen.

Sieh niemals weg.

Kieselsteine zerkratzen seine Schienbeine, während er erfolglos um sich schlägt, um den eisernen Griff des Vaters zu lösen. In der Werkstatt läßt Arthur seinen Sohn los. Ein paar Strähnen bleiben in seiner Hand zurück. Mark windet sich vor Schmerzen auf dem Boden. Arthur stellt sich breitbeinig über sein Motorrad, startet die Maschine und läßt sie so laut aufheulen, daß die an einem Wandbrett befestigten Werkzeuge wie morsche Schädel klappern. Der Junge versucht in Richtung Tür zu krabbeln, doch es ist schon zu spät: Arthur erwischt ihn und stößt ihn zu dem dröhnenden Motorrad hinüber. Auspuffgase dringen in seine Nase und füllen seine Lungen.

Arthur packt die rechte Hand seines Sohnes und drückt die Innenseite gegen die heiße, öldampfende Maschine. Der erhitzte Stahl des Motors brennt das Logo und die Seriennummer in die kleine Hand ein.

Diesmal merkt Mark Kilpatrick nicht einmal, daß er ohnmächtig wird …

Dieses kleine Schweinchen ging zum Markt. Dieses kleine Schweinchen blieb daheim. Dieses kleine Schweinchen hatte ein Roastbeef. Dieses kleine Schweinchen hatte keins.

Kapitel 2

1.

Cheyenne Mountain war trotz des sonnigen blauen Himmels über Colorado Springs noch immer von Pulverschnee bedeckt. Der mächtige Berg, der die gesamte Umgebung dominierte, diente nicht nur wilden Pumas und den grüngelben Espen, die seine felsigen Flanken bedeckten, als Heimatstatt. Er bot Platz für versteckte Manövergelände für die Soldaten aus Fort Carson und geeignete Übungsplätze für die Nationalgarde, und selbst die Luftwaffe unterhielt hier verborgene Landeplätze. Tief im Innern des Berges schließlich befand sich die Kommandozentrale von NORAD, dem wichtigsten Verteidigungszentrum des Landes für den Fall eines Atomkrieges. Der schneebedeckte Gipfel des Cheyenne Mountain war gespickt mit Radarschüsseln und mehreren spitzen Antennenmasten, die wie Nadeln emporstachen und den Himmel mit blauer Farbe tätowierten.

Die meisten dieser Antennen dienten militärischen Zwecken, doch ein paar fungierten auch als Relaisstellen der lokalen Fernsehsender, die ihre Signale bis weit über die Grenzen des südlichen Colorado ausstrahlten. Für kleine, abgelegene Städte ohne Kabelanschluß und einsame Bergfarmen ohne Satellitenschüssel bildeten diese Sender die einzige Quelle für Nachrichten und Unterhaltung, stellten gewissermaßen ein Gottesgeschenk, ein Signal der Hoffnung dar.

KOPT Channel 12 war einer dieser Sender, dessen Studiogebäude sich nicht weit vom Fuß des Cheyenne Mountain befand. Wie die meisten anderen TV-Stationen besaß auch dieses Studio eher bescheidene Dimensionen: Ein für zwölf Fahrzeuge ausreichender Parkplatz umgab das aus sechs Räumen bestehende Ziegelsteingebäude mit den winzigen, schuhkartonförmigen Fenstern, die sich in Schulterhöhe um den quadratischen Bau zogen. Gleich daneben war ein Hubschrauberlandeplatz angelegt, auf dem der selten benutzte, nagelneue KOPT-KOPTER stand, dessen Propellerschaufeln wie die Flügel eines toten Insekts herabhingen.

Roy Roberts, für die Lokalnachrichten zuständiger Redakteur, starrte aus dem winzigen, nikotinverschmierten Fenster neben seinem Schreibtisch. Er fühlte sich in dem Ziegelbau wie gefangen und wünschte sich, er wäre daheim. Der Nachrichtenticker rührte sich nicht – wie üblich, im lokalen Bereich schien sich so gut wie nie etwas zu ereignen –, und Roberts wußte, daß er sich bald etwas ausdenken mußte, wenn der Fernschreiber weiterhin stumm blieb. Keine Neuigkeiten waren gute Neuigkeiten, bedeuteten aber zugleich, daß Roberts einen Füller von lokalem Interesse produzieren mußte – ein Interview mit einem Grundschullehrer, einen Bericht über die neue Spielhallen-Gesetzgebung oder zur Not auch einen Beitrag über ein völlig abgebrochenes Thema wie den nationalen Eiersandwich-Tag. Kreativität war nicht gerade seine Stärke, und tief in seinem Innern wußte er, daß er Berichte eher zusammenstöpselte, statt zu recherchieren.

Roberts nahm den Hörer des schmierigen gelben Telefons ab und beschloß, auf sein As im Ärmel zurückzugreifen: auf seinen Nachbarn und Freund im Polizeirevier, John Lockerman. John konnte ihm stets irgendeinen Fingerzeig geben, einen Hinweis auf einen Bandenkrieg oder auf einen schweren Unfall oder sonst etwas, das sich für die Nachrichtenecke ausschlachten ließ. Andererseits wußte er aber auch, daß John es inzwischen leid war, ständig Gratisinformationen zu verbreiten, und daß es ihn diesmal etwas kosten würde.

Nach einigen Sekunden in der Warteschleife, die mit Musikberieselung ausgefüllt wurde, knackte es in der Leitung. »Sergeant Lockerman hier.«

Roberts setzte sich aufrecht hin. »Hallo, John. Hier ist Roy.«

»Oh, Scheiße«, seufzte Lockerman. »Das paßt ja ausgezeichnet. Ich nehme an, du bist mal wieder scharf auf irgendwelches Material, richtig?«

Roberts verzog sein Gesicht. »Genau. In der Stadt ist nichts los, und Buckman löchert mich wegen einer Story. In zwei Stunden gehen wir auf Sendung, und ich sitze schon den ganzen Tag hier und bohre in der Nase auf der Suche nach Inspirationen. Hast du irgendwas?«

Lockerman kicherte wie ein Verschwörer. »Ich habe tatsächlich etwas, Roy, aber diesmal kommst du nicht so billig davon. Du schuldest mir sowieso noch ein Grillessen für den letzten Tip, den ich dir gegeben habe.«

»Schon gut, schon gut. Ich erhöhe das Honorar auf zwei T-Bone-Steaks statt Hamburger und Hot Dogs.«

»Ich will dazu auch noch Bier haben. Importiertes Bier in Flaschen.«

»Also schön«, stimmte Roberts zu. »Aber das muß dann reichen. Und jetzt erzähl schön, was du für mich hast.«

»Mach dir nicht gleich ins Hemd.«

»Ich denke, dein Job besteht darin, den Menschen zu helfen. Also leg endlich los.« Roberts warf einen Blick auf die Uhr. Fünfzehn Uhr dreißig. Zwei Stunden, um die Geschichte sendefertig zu machen – sofern sie etwas taugte. Lockerman machte mitunter auch viel Wind um nichts. Der Reporter schnappte sich einen Stift. »Dann mal los.«

»Also schön.« Lockerman räusperte sich geheimnisvoll. »Vor zwei Stunden hat hier eine völlig hysterische Frau, Cheri Carvers heißt sie, angerufen und eine wilde Geschichte über einen irren Roboter erzählt, der hinter ihr hergewesen wäre. Sie sagt, sie wäre heute morgen in der Wohnung eines Fremden aufgewacht und da hätte dieses Weltraummonster sie angeknurrt und versucht, ihr die Kleider vom Leib zu reißen. Dann fing sie an, wie ein kleines Kind ins Telefon zu heulen. Irgendwie landen die Verrückten immer bei mir. Ich habe sie dann gefragt, welches Verbrechen denn nun eigentlich begangen worden sei, worauf sie uns einfach eine Adresse nannte und dann auflegte.«

»Das war's schon? Das war die ganze Geschichte?« Roberts verdrehte die Augen und seufzte. »Dafür kriegst du nicht mal einen Hamburger, geschweige denn …«

»Nein, das ist noch nicht alles. Ganz und gar nicht.« Lockerman verlieh seiner Stimme einen dramatischen Klang. »Wir haben die angegebene Adresse überprüft, alles ganz nach Vorschrift, und ihren Roboter tatsächlich dort gefunden. Allerdings jagte er hinter niemandem her.«

Pause.

»Und?«

»Der Bursche war tot. Knusprig geröstet. Der Mann hatte sich über ein Starterkabel an seinen Brustwarzen an ein Motorrad angeschlossen. Muß genug Saft gekriegt haben, um einen Panzer zu starten. Außerdem war überall Blut. Sein Knie war völlig demoliert. Mann, dieser Gestank ...«

»Ich kapier' das nicht. Was ist denn nun passiert ... hat diese Frau den Kerl mit dem Strom umgebracht und dann selbst Angst gekriegt, oder was? Und was sollte der ganze Quatsch mit dem Roboter?«

»Seine Haut, Roy. War ein bißchen verkocht, aber nicht zu übersehen. Eine riesige Tätowierung, lauter Stahl und Blut, die sich über seinen ganzen Körper hinzog. Seine Maschine mit Zylindern und Kolben und allem anderen war auf Brust, Arme und Beine gezeichnet. Völlig irre. Ich kann's gar nicht beschreiben, Mann. Sieht aus wie etwas aus dem Film *Alien* – total krank, aber gleichzeitig realistisch. Ich gebe dir mal die Adresse, falls du dir die Sache selbst ansehen willst ...«

Roy notierte sie rasch auf einem gelben Notizblatt und grinste. »Hast du Farbfotos?«

»Klar, der Leichenbeschauer hat seine Aufnahmen gemacht. Hier in der Akte ist auch eine. Ich krieg' schon eine Gänsehaut, wenn ich nur dran denke. Du wirst deinen Augen nicht trauen, wenn du es siehst.«

Roy hatte schon aufgelegt, stand eilends auf und warf sich eine braune Wildlederjacke über. In seinen Eingeweiden rumorte eine vertraute Empfindung – die Begeisterung darüber, tatsächlich selbst etwas zu tun, um eine eigene Story über die Nachrichten zu beschaffen, gepaart mit einem gewissen Zögern, dabei Leid und Schmerz eines menschlichen Wesens auszubeuten.

Aber das war nun einmal sein Job. Und zur Hölle damit, es war auch ein *gutes* Gefühl. Er wußte, daß er sich beeilen mußte, wenn er diese Geschichte noch in den Abendnachrichten bringen wollte, aber Bilder oder nicht, es würde eine verdammt gute Story werden.

2.

Kilpatrick besaß ebenfalls Farbfotos. Zwei Polaroidschnappschüsse seiner Arbeit, die er in dem zu einem Atelier umgewandelten Schlafzimmer seines neuen Apartments aufbewahrte. Die Bilder waren fein säuberlich an eine leere Wand geheftet – wie Trophäen.

Oder wie Ausstellungsstücke in einer Kunstgalerie.

Direkt vor ihm befanden sich, ordentlich nebeneinander angepinnt, zwei Fotos von Coolie – nein, eigentlich nicht von Coolie, sondern von dem, was aus Coolie geworden war, was er aus dem wertlosen Fleisch dieses undankbaren Dreckskerls geschaffen hatte.

Coolies mechanische Tattoos und noch mehr ... das Bild in seinem Verstand, der schreckliche Gedankenblitz, die Erinnerungsgeschwulst, sauber herausgeschnitten aus seinem Geist. Die Vision aus seiner höllischen mentalen Galerie entfernt und verpflanzt auf lebende, atmende Leinwand. Für immer gefangen in Papier und auf Haut. Fort.

Kilpatrick verschränkte die Arme und betrachtete die Fotografien. Herrlich. Ein bewegliches Meisterwerk. Seine beste Arbeit.

Eines der Fotos bog sich ein wenig, stand von der Wand ab und warf einen Schatten. Kilpatrick nahm eine Heftzwecke aus der vollen Schale auf der Kommode und glättete das Hochglanzfoto. Es zu durchbohren war ein gutes Gefühl, das ihn vage an das Tätowieren selbst erinnerte.

Er lehnte sich zurück und begutachtete sein Werk. »Perfekt.«

Die ganze Sache war einfacher verlaufen, als Kilpatrick erwartet hatte. Das Mädchen war bei seinem Anblick ohnmächtig geworden, und so mußte er nur Coolie niederschlagen. Ein rascher Hieb mit dem umwickelten Ende seines selbstgemachten Schlagstocks gegen den Hinterkopf hatte völlig ausgereicht.

Dann hatte er sich in einem wahnsinnigen Tempo an die Arbeit gemacht und Coolies nackten Körper von Kopf bis Fuß mit der eigens für diesen Zweck hergestellten Nadel tätowiert. Das Ereignis selbst – die Schaffung des Tattoos – war wie ein Rausch gewesen. Im Grunde konnte er sich nicht einmal richtig daran erinnern, und daß er so rasch, so perfekt gearbeitet hatte ... wie ein wütender Rausch der Geschwindigkeit war es gewesen, eine zügellose Bearbeitung des Fleisches, die zu einer organischen Begeisterung geführt hatte ... und dann war er fertig gewesen. Ausgelaugt und erschöpft. Er hatte die Fotos gemacht, und in seinem Verstand blitzte es auf – buchstäblich. Sein Schädel brannte, als hätte jemand einen heißen Punktstrahler auf die Innenseite seines Kopfes gerichtet und damit würde eines dieser abscheulichen Bilder seiner mentalen Galerie direkt aus der feuchten tätowierten Hand herausbrennen ...

Es ergab eigentlich keinen Sinn, trotzdem glaubte er zu verstehen, was geschah, wie er die verschorften Gedächtnisbilder aus seinem Verstand herauspickte. Als er das erste Bild von Coolie machte, war das Gleißen des Blitzlichts irgendwie in seinen Schädel eingedrungen – vielleicht hatte sich das tätowierte Fluchtloch, das er gezeichnet hatte, doch nicht ganz hinter ihm geschlossen und gewährte jetzt dem Licht Zutritt – und die aufflammende Beleuchtung erweckte das Porträt zum Leben. Das Gedächtnisbild hatte sich von einem Standfoto in einen Film verwandelt, der ihn in die letzte Zeit zurückschickte, als er sieben Jahre alt gewesen war und sein Vater seine Handflächen gegen den heißen Motor gedrückt hatte ...

Doch jetzt war es dort. Er erinnerte sich nur noch vage an alles und war sich nicht einmal sicher, ob es real oder nur eine Einbildung gewesen war. Doch das spielte keine Rolle. Es befleckte nicht länger sein Gehirn.

Schon vor langer Zeit hatte Kilpatrick die Tatsache akzeptiert, daß manche Kunst nur durch Zufall entstand. Und in diesem Fall war er durchaus bereit, dem Licht die Kontrolle zu überlassen. Es war, als hätten sich die Tattoos selbst ihren Weg in Coolies Haut geinkt. Als wären sie lebendig und folgten aus eigenem Antrieb seinem Befehl, an die *Öffentlichkeit* zu gehen, sich einen Weg hinaus aus seiner privaten Hölle zu suchen.

Er wußte, daß er schon bald frei sein würde – frei von sich selbst, seiner Vergangenheit, von jenen Bildern, die sich unsichtbar in seinem Verstand wanden. Frei, um zu schaffen. Nur von sich selbst kontrolliert. Bald.

Kilpatrick wandte sich von den Fotos ab und begann damit, seine Ausrüstung auf den schmutzigen, zerknitterten Laken des Bettes auszubreiten. Die fleckigen Latexhandschuhe warf er sofort in den Mülleimer. Nachdem er eine Reihe halbleerer Plastikfläschchen, die Tinte in allen Regenbogenfarben enthielten, achtlos auf dem Bett verstreut hatte, holte er mit einem stolzen Lächeln seine preiswürdige Schöpfung aus der Tragetasche.

Die ultimative tragbare elektrische Nadel. Im Grunde genommen war sie einfach herzustellen gewesen. Er hatte einfach den Mechanismus eines elektrischen Schraubenziehers benutzt, ein paar Justierungen verändert, eine Zuflußröhre aus Plastik hinzugefügt und den Lauf einer Tintenpistole aufmontiert, den er zuvor für die Aufnahme einer extradicken Nadel präpariert hatte – und voilà, fertig war der professionelle Inker, bereit zum Einsatz, wo immer er es wünschte. Sicher, das Tattoo fiel ein wenig grobschlächtig aus, und die Angelegenheit wurde auch etwas blutiger als üblich, aber dafür konnte er auch einen ganzen Körper in der gleichen Zeit tätowieren, die man normalerweise für einen einzigen Bizeps benötigte. Es war, als trüge er eine industrielle Nähmaschine mit sich herum. Eine perfekte Erfindung – und selbst schon ein kleines Kunstwerk.

Eine Schnellfeuer-Maschine. Ein Mechanismus, den ich mit eigenen Händen geschaffen habe. Dad wäre sicher stolz darauf gewesen.

Es war der einzig sinnvolle Weg, an die Öffentlichkeit zu gehen. Er mußte seine Arbeit schnell und ohne große Umstände erledigen können, wann immer und wo immer er wollte.

Kilpatrick überlegte, ob das Mädchen aus Coolies Apartment ihn identifizieren konnte. Möglich war das schon. Aber er machte sich keine übermäßigen Sorgen … Kilpatrick hatte vorgesorgt. Sehr gründlich vorgesorgt. Er hatte die Garage und seine Wohnung aufgegeben, alle Rechnungen bezahlt und seinen Nachbarn mitgeteilt, er werde die Stadt verlassen. Anschließend war er zur Untermiete bei einem Biker eingezogen, den er früher einmal tätowiert hatte. Dieser Biker war der einzige, der wußte, wo Kilpatrick sich derzeit aufhielt. Erfreulicherweise war der Mann die meiste Zeit nicht zu Hause, und wenn er einmal auftauchte, war er üblicherweise sternhagelvoll. Außerdem wußte Kilpatrick, daß er ihm trauen konnte – Biker pflegen die Klappe zu halten, wenn Bullen herumschnüffeln, teils, um sich selbst zu schützen, aber auch, um den Cops das Leben schwerzumachen. Bei den übrigen Bewohnern des Hauses handelte es sich ebenfalls um Biker, die wahrscheinlich ähnlich wie er selbst für eine Weile untergetaucht waren.

Kilpatrick wußte aus Erfahrung, daß es schwierig war, in Colorado Springs in einem Bikerunterschlupf aufgenommen zu werden, insbesondere wenn man Einzelgänger war und keiner Gang angehörte. Es existierten noch ein paar vergleichbare Unterkünfte, doch die befanden sich in der weiteren Umgebung der Stadt oder am Fuß der Berge, in abgelegenen Gegenden jedenfalls, und es wäre schwierig, an einem Ort an die *Öffentlichkeit* zu gehen, an dem es überhaupt keine Öffentlichkeit gab.

Doch dieser Platz hier war perfekt.

Lächelnd reinigte Kilpatrick die elektrische Nadel im Waschbecken, und während er zusah, wie die Farben wirbelnd im Abfluß verschwanden, stellte er sich vor, wie Coolie, einer bösartigen Maschine gleich, die Straßen heimsuchte. Sein Meisterstück, das umherlief, damit die Welt es sehen konnte. Ein wandelndes Museum, aus sorgfältig bearbeitetem Fleisch. Kilpatricks innerer Gedankenblitz, lebendig und in Freiheit.

Du wolltest ein ›realistisches‹ Tattoo, Coolie. Und das hast du bekommen. Verdient hast du so ein Kunstwerk nicht, aber du hast es bekommen.

Du hast Leben bekommen, Mann. Leben. Und ich habe es geschaffen.

Kilpatrick kehrte ins Schlafzimmer zurück und setzte die frischgereingte Nadel auf die eigene Haut. Die summende Vibration und der betäubende Stich wirkten beruhigend und vertraut. Er schaltete den winzigen Schwarzweiß-Fernseher ein, um etwas Gesellschaft bei der Arbeit zu haben.

Kilpatrick begann an seinem rechten Handgelenk und zeichnete eine Reihe von runden, miteinander verbundenen und ineinander verdrehten Röhren. Keine ernstzunehmende Arbeit, nur ein paar Handschellen aus Stacheldraht. Die tiefschwarze Tinte, die er benutzte, wurde von der porösen Haut aufgesogen, als sei sie völlig ausgetrocknet. Jetzt, wo er darüber nachdachte, fiel ihm auf, daß es tatsächlich schon geraume Zeit her war, seit er sich selbst tätowiert hatte. Er setzte die Inkpistole ab und betrachtete seine anderen Tattoos. Es waren erstklassige Arbeiten, insbesondere jene, die er selbst angefertigt hatte. Da gab es auf einem Bizeps einen braunen und hellroten Dobermann mit drohend gebleckten Fängen, der im Begriff war, den Betrachter anzuspringen. Auf seinem Rücken befand sich ein von Geschossen zersiebtes Kreuz, auf dem zwei groteske Geier nach den roten Fleischfetzen hackten, die von rostigen Nägeln an den Enden des Kreuzes herabhingen. Schlangen in irrealen Farben und mit metallischen Schuppen wanden sich um seine unbehaarten, mädchenhaften Schenkel und streckten ihre gespaltenen, rosigen Zungen in Richtung seines Schoßes. Seine Brust schließlich zeigte eine farbige Montage: In der Mitte kämpften Drachen und Sumpfwesen um den Körper einer Frau und zerrissen sie, während sie vor Schmerz aufschrie und ihre Augen wie in einem Comic aus den Höhlen traten. Die Szene wurde von den gängigen kleinen Tattoobildern umrahmt, die das Geschehen mit neidischen Blicken beobachteten: Adler, Panther, Piratenschädel …

Kilpatrick wich dem Anblick der rosigen Narben in seiner Handfläche aus, der Seriennummer und dem Logo eines Bikes aus ferner Vergangenheit.

Eine Weile starrte er sich schweigend an. Der Inker summte noch immer in seiner Hand und vertröpfelte Tinte.

Schließlich schaltete Kilpatrick die Inkpistole aus und wandte sich dem Fernsehgerät zu. Die Stacheldrahthandschellen konnte er auch später noch vollenden … schließlich hatte er jetzt alle Zeit der Welt.

Der Bildschirm wirkte neblig und verschwommen. Wie die Bilder in seinem Verstand. Kilpatrick träumte von einem Fleisch, das so wandelbar und veränderlich war wie der TV-Schirm, von Bildern, die er kontrollieren und erschaffen, miteinander vermischen und zu ganzen Szenen verschmelzen konnte.

Und dann starrte ihn Coolies Gesicht aus dem Fernsehschirm an. Mechanische Augen … ein freigelegter Schädel.

Kilpatrick sank wie betäubt auf das Fußende des Bettes.

Die Stimme der Nachrichtensprecherin sagte: »… Jim Kuhlman war sechsundzwanzig Jahre alt, arbeitete beim Colorado Springs Municipal Water Department und besitzt offenbar keine nächsten Angehörigen. Die Beerdigung findet …«

Entgeistert schaute Kilpatrick zu, wie das Bild von Coolies verschmortem Fleisch – mitsamt dem subtil mechanisierten Schädeltattoo, den drahtartigen Venen und den feingezeichneten Computerschaltkreisen – durch ein paar schwarzweiße Polizeifotos ersetzt wurde, die einen grinsenden Coolie zeigten, von dessen Nacken eine Nummerntafel wie ein Hundehalsband herabhing. »Falls Sie sachdienliche Hinweise über Mr. Kuhlman geben können, werden Sie dringend gebeten, sich an das Colorado Springs Police Department ...«

Hatte diese Nachrichtensprecherin gerade ›nächste Angehörige‹ gesagt? ›Beerdigung‹?

Kilpatricks Schultern sanken herab. Er kochte innerlich vor Wut. Und dann spürte er, wie sich das kleine Loch in seinem Hinterkopf öffnete, sich ausdehnte und ihn in die verdammte Hölle hineinsog, der er erst vor kurzem entkommen war. Er fühlte das Brennen imaginärer Seile, die sich um die zarte Haut seiner Achselhöhlen schlangen und ihn in das dunkle Labyrinth seines Verstandes zurückzogen. Er riß die Arme hoch, schlug um sich und entkam tatsächlich dem schmerzhaften Zugriff.

Kilpatrick landete in der Ecke des Zimmers und rollte sich neben dem Mülleimer zusammen. Von dort aus beobachtete er, wie die Nachrichten durch einen Werbespot abgelöst wurden. Ihm war zum Heulen zumute. *Was war geschehen? War Coolie wirklich TOT? Habe ich ihn mit dem verdammten Brecheisen so fest getroffen? Habe ich den Scheißer wirklich GETÖTET?*

Die Seile, denen er gerade erst entkommen war, verwandelten sich in geschuppte metallische Tentakel mit Widerhaken an den Enden, die von der Schlafzimmerdecke auf der Suche nach ihm herabschwangen.

Panik überschwemmte seinen Verstand, ein Heuschreckenschwarm wütender, verwirrter Gedanken. Der Umstand, daß Coolie tot war, störte ihn gar nicht so sehr. Das war nicht weiter von Bedeutung – falls es überhaupt jemals wichtig gewesen sein sollte. Was ihn wirklich ärgerte, ihn regelrecht verrückt machte, ihn ANPISSTE, war die Tatsache, daß sein Plan irgendwie mißlungen war. Coolie konnte schließlich nicht als sein wandelndes Museum dienen – sein Gedankenblitz konnte nicht *lebendig* und *öffentlich* sein – wenn er sechs Fuß unter der Erde in einer Kiste verrottete wie ein vergrabener Schatz – ein Meisterstück, nach dem die Welt verlangen würde, wüßte sie nur, daß dieses Kunstwerk existierte.

Und jetzt kehrte seine Hölle zu ihm zurück.

Kilpatrick fragte sich, ob er dieser infernalischen Ausstellung alptraumhafter Bilder überhaupt jemals entkommen war. Die Tentakel streichelten seine Wangen, die tätowierte Haut, die Leistengegend, und ganz plötzlich erkannte Kilpatrick, was geschah.

Seine tätowierte Hölle – das Wandgemälde, das er in der mentalen Galerie des Schmerzes während seiner Isolation in der tropfenden Höhle gezeichnet hatte – erwachte zum Leben.

Weil sein Meisterwerk – Coolies Fleisch – ruiniert war, gebraten, ausgelöscht.

Weil sein Plan, an die *Öffentlichkeit* zu gehen, gescheitert war.

Jetzt hakten sich die stachelbewehrten Enden der Tentakel in sein Fleisch und zogen ihn sanft, fast liebevoll zurück in das Labyrinth. Er wußte, daß der Dämonenherrscher sein zahnbewehrtes Maul lächelnd verzog, während er die lebenden Seile einholte …

Und dann durchzuckte ihn ein Gedanke.

Als sich die dicken Seile der Seelenpein von seinen Schultern lösten, stürzte Kilpatrick zurück in seine himmlischen Vorstellungen von Rache, vom Gang an die *Öffentlichkeit*, von der Flucht vor den Folterungen. Er hatte endlich erkannt, daß es gar keinen besseren Weg geben konnte, um an die *Öffentlichkeit* zu treten, als durch die Präsentation seiner meisterlichen Schöpfungen in den Abendnachrichten.

Tot oder lebendig, die Tattoos würden weiterleben.

Die Welt war jetzt sein Museum.

3.

Als sie durch die aluminiumgefaßte Fliegengittertür auf die rückwärtige Terrasse hinaustraten, deutete Roy Roberts mit einer ausladenden Handbewegung auf den blauen Maihimmel und verkündete wie ein Zirkusdirektor, der eine Attraktion anpreist: »Du kommst wieder einmal genau zur rechten Zeit, Danny. Das Wetter ist perfekt!« Eine sanfte Brise zupfte wie zustimmend an seinem feinen braunen Haar.

Dan Schoenmacher drückte stolz die Brust heraus, bis er aussah wie ein Orang-Utan in einem schwarzen T-Shirt. »Kein Job ist zu schwer für den Wettermann!« Er nahm eine erstklassige Supermanpose ein – Hände in die Hüften gestemmt, Ellbogen abgewinkelt, Bizeps gespannt –, bis Roberts kichern mußte. Kaum jemand konnte weniger Ähnlichkeiten mit einen Superhelden aufweisen als Dan Schoenmacher mit seinen dünnen Muskelsträngen, den übergroßen Händen und Füßen und dem langen, dünnen Hals, mit dem er wie ein Storch wirkte. Allerdings kaschierte er seine Mängel recht gut mit den Sportlershorts und dem schwarzen T- Shirt, auf dessen Brust das fluoreszierende Logo eines Tennisschuhherstellers prangte, als wäre der Wettermann von KOPT ständig im Dienst und verpflichtet, stets für den Sponsor zu werben. Was Roberts allerdings wirklich zum Lachen brachte, war Schoenmachers Haar: schmutzig, perfekt geschnitten und mit Haarcreme in Form gebracht, so daß es perfekt aussah, als trage er eine Perücke, die noch aus der Zeit der alten Superman-TV-Serie stammte. Und so schlecht, wie er als Schauspieler war, hätte er diese Rolle durchaus übernehmen können.

Trotzdem fühlte sich Roberts sogar noch unattraktiver als Schoenmacher. Er verschwendete nie einen zweiten Gedanken an seine Kleidung, denn schließlich war er auch keine lokale Berühmtheit wie Dan. Jetzt fühlte er sich fast verlegen, wie er in seinen Bermudashorts und dem weißen, mit Brusttaschen besetzten T-Shirt neben ihm stand – er kam sich vor wie ein alter Mann. Oder, um es genauer auszudrücken, wie ein obdachloser Mann in Heilsarmee-Klamotten, der versucht, sich unter die bessere Gesellschaft zu mischen.

Anders als Schoenmacher, der in einem der teuren Häuser in den am Fuß des Berges gelegenen Vororten von Colorado Springs wohnte, sah Roberts keinen Anlaß, mit seinem Einkommen zu protzen. Er fühlte sich wohl dort, wo er lebte, mitten in der Stadt zwischen lauter Arbeitern und Soldaten.

Nur wenn Schoenmacher ihn besuchte, kam er sich arm vor.

Roberts wühlte in der roten Kühlbox neben dem Grill und förderte eine eiskalte braune Flasche zutage.

Er warf sie hoch, und KOPT's Wettermann fing sie elegant aus der Luft. Dann stießen sie auf das herrliche Wetter an – den wolkenlosen blauen Himmel und die große orangefarbene Sonne, die dort, wo in Roberts Garten die Sprinkleranlage ihren Dienst verrichtete, bunte Regenbogen über den Grashalmen zauberte.

Sie setzten sich in zwei Liegestühle, leerten zwei Flaschen Bier, und Roberts hörte sich ein paar von Dans albernen Witzen an, bevor er Kohlen auf den Grill schüttete, sie mit einem stechend riechenden Anzünder übergoß und ein paar Streichhölzer hineinwarf. Die roten, blutigen T-Bone-Steaks lagen auf Papptellern auf einem kleinen Picknicktisch neben den Liegestühlen. Fliegen umschwirrten das Fleisch, doch die beiden achteten nicht darauf, sondern schauten zu, wie die Kohlen sich langsam grau und rot verfärbten.

Das Bier war gut, und langsam verdrängte Roberts die Erinnerung an Kuhlmans Tätowierung – als wäre das alles in einem anderen Leben geschehen. Die Geschichte zu schreiben und Judy Thomas – KOPT's Moderator (›Moderatorin‹, pflegte sie feministisch spitzfindig stets zu betonen) – zu sehen, wie sie seine Worte verlas, hatte Kuhlmans abscheulich aussehende Leiche für ihn realer gemacht, zugleich aber auch einen größeren Abstand dazu geschaffen. Die Abendnachrichten hatten seine entsetzten, verworrenen Gefühle in eine objektive Realität umgewandelt. Die Sache war erledigt, gehörte der Vergangenheit an. Doch was ihm wirklich half, war das Bier.

»Was hältst du denn von diesem Burschen, der wie eine Maschine tätowiert war?« fragte Roy neugierig.

»Für die Geschichte wirst du ein paar Preise einheimsen.« Dan ließ die Fingerknöchel knacken, eine Angewohnheit, die Roberts immer wieder auf die Nerven ging.

»Ja, schön. Aber was denkst du wirklich über die Sache? Er kann sich das doch nicht selbst angetan haben, oder?«

»Ich weiß nicht. Vielleicht schon.« Schoenmacher beugte sich vor und schob einen seiner Tennissocken nach unten, wobei er einen weißen Knöchel enthüllte, dessen bleiche Farbe in starkem Kontrast zu der Sonnenbräune auf seinen Beinen stand. »Das hier habe ich selbst gemacht.«

Roberts lehnte sich nach vorn. Unter Schoenmachers Knöchel, auf der kleinen, fleischigen Stelle direkt über der Ferse, war ein eher dürftiger Tätowierungsversuch zu erkennen. Die Form erinnerte vage an einen kleinen Pterodaktylus mit langen, dünnen Schwingen, einem gezackten Schnabel und einem merkwürdig verdrehten Kopf. Roberts war überrascht. »Ich wußte gar nicht, daß du ein Tattoo hast, Dan. Aber was zum Teufel soll das darstellen?«

»Einen Vogel! Bist du blind?«

»Für meinen Geschmack sieht das aus wie Rodan.«

Dan runzelte die Stirn. »Rodin? Dieser Maler?« Schoenmacher legte den Kopf schief und betrachtete das eigene Werk wohlwollend. »Ich meine, klar, das war schon gute Arbeit, aber ...«

»Laß gut sein.«

Eine Weile blickten beide stumm auf den Knöchel.

Dann sagte Dan: »In der Army haben sie mich Birdy genannt. Teils, weil ich so dünn war, vor allem aber, weil ich einmal von einem Baum gefallen bin.« Er nahm einen großen Schluck Bier. »Wir waren im Manöver und sollten einen Hinterhalt legen. Ich kam auf die Idee, mich auf einem Baum zu verstecken, so wie die Cong das in Nam gemacht haben.«

»Soso«, murmelte Roy, der schon viele von Schoenmachers ›Kriegsgeschichten‹ gehört hatte. Er fand es komisch und irgendwie auch traurig, daß Dan so viele Geschichten aus seiner Militärzeit erzählte, obwohl er nie an einem richtigen Krieg teilgenommen hatte. Noch schlimmer wurde das Ganze durch den Umstand, daß Schoenmacher so weich und unkriegerisch wirkte, daß man sich kaum vorstellen konnte, er sei überhaupt einmal in der Army gewesen.

»Nun, als die Jungs auftauchten, die den Feind spielen sollten, war ich bereit, sie alle abzuschießen – natürlich nur mit

Platzpatronen – doch genau in dem Moment brach der Ast ab, auf dem ich lag, und ich landete genau vor ihnen auf der Erde. Mann, tat das weh.« Dan rieb sich den Ellbogen, als könne er den Schmerz noch immer fühlen.

»Teufel, auch, hast du dafür wenigstens das Purple Heart bekommen?«

»Sehr witzig, du Zivilist, du!« Dan nahm noch einen Schluck Bier und setzte sein bestes Kameragrinsen auf. »Jedenfalls schleppten mich die Jungs dann als Kriegsgefangenen in ihr Lager, wo mich alle nur Birdy nannten wegen der Art, wie ich aus dem Baum gefallen bin. Und dieser Name ist dann hängengeblieben.«

»Und deshalb hast du dich selbst tätowiert?«

»Klar«, meinte Dan und lehnte sich zurück. »Während des Manövers saßen wir die meiste Zeit über doch nur auf unseren Ärschen. Eines Tages hatte ich Langeweile, und so nahm ich eine Nähnadel und einen Füllfederhalter. »Sieht verdammt gut aus für einen Amateur, was?«

»Tja.« Roberts wußte durchaus, wozu Langeweile einen Mann treiben konnte. Wenn er in seinem Büro der TV-Station hockte und auf Faxe, Anrufe und irgendwelche todlangweiligen Berichte wartete, fühlte er sich vermutlich ganz ähnlich wie Dan während des Manövers. In gewisser Weise bewunderte Roberts Schoenmacher. Dan war einer der wenigen Glücklichen bei KOPT, die tatsächlich vor der Kamera standen. Das waren nämlich diejenigen, die den ganzen Ruhm ernteten, während die übrigen die richtige Arbeit erledigten, die Nachrichten sammelten, die Texte schrieben, die technischen Geräte bedienten. Die Moderatoren wurden berühmt, und für Roberts und die übrigen blieben nur der Nachspann – das kurze, sekundenlange Aufblitzen des eigenen Namens während des Berichts. Zwei armselige, wenig einprägsame Namen auf dem Bildschirm: ROY ROBERTS.

Worte waren sein Leben. Er schrieb die Berichte, legte die Worte in Judys Mund, er las die Berichte der Mitarbeiter und korrigierte ihre katastrophalen Rechtschreib- und Grammatikfehler; er studierte sorgfältig die Zeitungen, um zu prüfen, ob der Sender noch konkurrenzfähig war; er durchwühlte Bücher und Zeitschriften in den Bibliotheken auf der Suche nach brauchbarem Hintergrundmaterial, oder um Daten und Zahlen zu verifizieren ... und alles, was ihm diese Millionen und Abermillionen von Worten einbrachten, waren abermals Worte – die zwei Worte seines Namens, die kurz über den Bildschirm huschten. Und vermutlich waren das auch die einzigen beiden Worte in all seiner Arbeit, die von den Menschen regelmäßig ignoriert wurde. Unwichtige Füller eben.

Außerdem war Schoenmacher auch noch der Wettermann. Die einzigen schlechten Nachrichten, mit denen er sich befassen mußte, waren ein drohender Schneesturm, ein hoher Windchill-Faktor oder ein wolkenverhangener Tag in den Ferien. Keine Terroristen, Bürgerkriege, Wirtschaftskrisen oder lokale Probleme wie Arbeitslosigkeit und Kriminalität. Das Wetter änderte sich ständig, doch die Nachrichten blieben immer gleich: schlecht. Niemals gab es etwas Gutes zu berichten, denn solche Dinge interessierten die Öffentlichkeit nicht. Und wenn Roy auch nicht begriff, weshalb sich die Zuschauer ernsthaft für eine Fünftages-Wettervorhersage interessierten, so war ihm doch klar, daß sich so etwas allemal weitaus besser anhörte als ein Bericht über Bombenterror im Nahen Osten oder eine Schießerei in der Innenstadt.

Außerdem besaß Schoenmacher Persönlichkeit. Roberts genoß es, Dans trockenen, abgedroschenen Witzen und albernen Kriegsgeschichten zuzuhören. Dan war altmodisch und sentimental, doch das war eben sein Stil. Es dauerte seine Zeit, bis man sich daran gewöhnte, aber sobald Roy sich auf Dans Sichtweise der Welt eingestellt hatte, begann er sie zu genießen. Weil Dan verrückt war. Er hatte in seinem Leben ein paar reichlich dumme Dinge angestellt, und man konnte sich nicht auf ihn verlassen – er schaffte es, einen Tag völlig depressiv zu sein, nur um am nächsten übermütig wie ein Schulbub aufzutauchen – aber genau das war es, was Roy an Dan mochte. Er verdrehte die Realität auf eine Weise, die Roy die Augen dafür öffnete, daß es auch noch andere Möglichkeiten gab, die Dinge zu betrachten.

Und jetzt noch dieses Tattoo. Birdy. Irgendwie war es erfrischend, diesen Teil von Dan kennenzulernen. Roy erhielt einen unerwarteten Einblick in dessen Vergangenheit. Und es machte ihn einzigartig.

Schoenmacher rülpste.

Roberts warf einen Blick auf die Uhr. »Was meinst du, sollen wir schon mit den Steaks anfangen? John müßte jeden Moment hier auftauchen.«

»Leg schon los.«

Schoenmacher lehnte sich wieder zurück und ließ die Tätowierung von der Sonne bescheinen. Die alte Tinte erwärmte sich rasch.

4.

Lockerman betrat Roys Grundstück auf die übliche Weise, indem er einfach über den niedrigen Zaun sprang, der beide Gärten voneinander trennte. Der große, massige schwarze Police Officer ignorierte das Wasser aus den Sprinklern, das sein graues Hemd und die blauen Jogging Shorts durchnäßte, so daß sie wie eine zweite Haut an seinen Schenkeln klebten und die Muskelstränge nachzeichneten. Nachdem er durch das feuchte Gras auf die Veranda marschiert war, stampfte er kräftig mit den Füßen auf und grinste: »Zahltag.«

»Ich brate ja schon, ich brutzele ja schon!« Roberts hob zum Beweis die geschwärzte Grillgabel hoch. Dann zeigte er damit auf die Kühlbox. »Bier ist da drin.«

»Es ist gut und zudem auch noch kalt«, fügte Schoenmacher hinzu.

Lockerman und Dan klatschten die Handflächen zusammen, ließen die Handgelenke kreisen, verhakten die Finger und schüttelten sich schließlich die Hände. Das Ganze wirkte wie das geheime Erkennungszeichen eines Clubs, und in gewisser Weise bildeten die drei Männer tatsächlich einen

Club – eine Gruppe guter Freunde, die es immer wieder irgendwie fertigbrachten, die Wochenenden gemeinsam zu verbringen. Wenn nicht mit Grillen, dann mit Skifahren. Wenn nicht mit Pokern, dann mit Bowling. Und wenn gar nichts anderes anlag, dann mit Trinken – dann spülten sie einfach die Arbeit der vergangenen Woche hinunter.

Drei Freunde. Einer Single, einer geschieden, einer Witwer. Ein Chefredakteur für Lokalnachrichten, ein TV-Wettermann und ein Cop. Zwei Weiße, ein Schwarzer, altersmäßig nicht weit auseinander. Zwei Nachbarn in einer Mittelklasse-Umgebung, ein Yuppie aus einem schicken Vorort am anderen Ende der Stadt. Eine wahrhaftig seltsame Mischung, doch ihre Einsamkeit kettete sie aneinander wie Blutsbrüder.

Ein paar Sekunden später waren die Steaks fertig – außen schwarzgebrannt, innen blutig rot, knusprig und zart, genau wie sie es mochten. Zum Fleisch aßen sie Kartoffelsalat und spülten alles mit Bier hinunter. Sie dippten Chips in geöffnete Konservendosen mit geschnittenen Peperoni. Anschließend erzählte John von der beginnenden Bronco-Saison und trank, und Dan geilte sich über eine Frau aus der Nachbarschaft auf und trank, und Roy machte Witze über Dans Tattoo und trank noch mehr.

Einige Zeit später machte sich Schoenmacher, der offenbar noch nicht so betrunken war wie die anderen, auf den Weg, um in einem Laden in der Nähe alkoholischen Nachschub zu besorgen. Allein mit Roberts wirkte Lockerman plötzlich besorgt, ja fast schon verängstigt.

»Was ist los, John?«

»Nichts, Mann. Vergiß es.« Er hob seine fast leere Flasche, schüttelte sie kurz und schluckte den Rest. »Es ist Wochenende.«

Roberts zog eine Zigarette aus der Packung und steckte sie an. »Auch eine?«

»Nee. Du weißt doch, daß ich aufgehört habe.«

»Du siehst aber so aus, als könntest du eine brauchen.«

Die beiden Männer schwiegen und schauten zu den Sprinklern hinüber, die mit leisem Zischen Millionen von

Wassertropfen versprühten. Schließlich stand Roberts auf, schnappte sich einen Metallstab und marschierte wie Charlie Chaplin zu den Kontrollen der Sprinkeranlage hinüber, um sie abzustellen.

Lockerman schaute zum Himmel. »Wir haben noch eins gefunden.«

»Hä?« Roberts suchte den Himmel ab in der Hoffnung, dort zu entdecken, worauf sich Lockermans Bemerkung bezog.

»Noch ein Tätowierungsopfer.«

Tätowierungsopfer. Das Wort klang albern, doch Roberts spürte die Ernsthaftigkeit in Lockermans Stimme, und bemerkte auch den besorgten Ausdruck in seinen Augen. Er gab sich Mühe, nicht wie ein Reporter zu klingen, als er fragte: »Was ist passiert?«

»Eine Nutte. Wurde im Abfall hinter diesem Stripladen drüben in Nevada gefunden. Die haben sie vielleicht zugerichtet ...«

Lockerman sah betreten zur Seite, als schäme er sich für etwas, das er selbst getan hatte. »Sie hatte Tattoos am ganzen Körper, überall. Auf ihre Stirn war ein, äh, weibliches Geschlechtsorgan eingeinkt, so ein psychedelisches Ding, wie eine Mischung aus Blüte und Schmetterling, aber mit Zähnen. Irgend etwas war daran ... es hätte mich fast kotzen lassen. Als wäre es lebendig oder so.« Lockerman runzelte die Stirn und schüttelte den Kopf. »Und das war noch nicht mal das Schlimmste. Rings um ihren Mund waren Penisse gezeichnet. Und auch auf die Innenseiten ihrer Schenkel – überall Schwänze. Aber nicht etwa ganz normale Schwänze. Das waren Monster, Mann, mit Zähnen und Armen und Venen und tropfendem Blut und all solchem ekligen Mist. Ein Riesenschwanz entsprang zwischen ihren Brüsten und zog sich dann nach unten. Der hatte Flügel, Mann, von Adern durchzogene Flügel wie eine Fledermaus, und hinten noch einen mächtigen Stachel.« Lockerman hielt inne und wünschte sich, es wäre noch etwas Bier in seiner Flasche. »Sie hatte sogar Tattoos in ihrem Innern, Mann. *Innen drin.* Kleine Punkte mit

Schwänzen. Sollten wohl Sperma sein, nehme ich an. Sah für mich aber eher wie Insekten aus, wie Spinnen und Bienen.«

»Argh«, keuchte Roberts, als ein Bild der so schrecklich entstellten Frau vor seinem inneren Auge auftauchte. Sein Magen verkrampfte sich, und Essen und Bier drängten in seiner Kehle hoch. Roberts grunzte und schluckte schwer. Er hatte nicht die Absicht, hier vor seinem Freund zu kotzen.

Und dann bemerkte Roberts das Glitzern in Lockermans Augenwinkeln. »Ist alles ... John! Was ist los?«

Lockerman wandte beschämt das Gesicht ab. Roberts konnte die Worte kaum verstehen. »Ich kannte sie, Roy. Sie gehörte zu meinen Informanten. Tina Gonzales. Sie war süß, Roy, so süß. Tina hat diese Scheiße einfach nicht verdient. Ihre Haut ... so zart ...«

Roberts schluckte abermals schwer. Lockermans Haltung machte ihn verlegen. Es war das erste Mal, daß sich sein nach außen hin so machohaft gebender Kumpel menschlich genug zeigte, um Tränen zu vergießen. Außerdem konnte er sich leicht ausrechnen, daß sein Freund – ein angesehener Beamter – eine weit über das Berufliche hinausgehende Beziehung zu dieser Prostituierten unterhalten hatte. Im vergangenen Jahr hatte Lockerman nicht einmal gejammert, geschweige denn eine Träne vergossen, als sein Partner während eines Raubüberfalls erschossen wurde. Und jetzt heulte er wie ein kleines Kind ...

Lockerman rieb sich hart über das Gesicht und meinte dann grimmig: »Da draußen läuft ein krankes Arschloch herum, Roy. Irgendein Psycho, und wenn ich den jemals finde – und glaub mir, das werde ich –, dann tätowiere ich ihn mit meinem Schlagstock höchstpersönlich grün und blau.« Roberts lehnte sich etwas erschrocken zurück. Er hatte John noch nie so emotional erlebt – in der einen Sekunde weinend, in der nächsten von wahnsinniger Rache erfüllt. Und hinter der Wut in seiner Stimme klang noch etwas Schlimmeres durch – Angst.

Roberts verschränkte die Hände im Nacken und richtete sich steif auf, als wollte er die ganze Geschichte auf diese

Weise besser verdauen. »Willst du mir erzählen, daß derselbe Kerl, der diesen Kuhlman in eine häßliche Maschine verwandelt hat, auch die Nut … auch Tina Gonzales tätowiert hat?«

»Bis jetzt liegt kein Beweis dafür vor. Aber mir reicht ein Blick auf seine Arbeit, um das zu wissen. So realistisch, daß man zweimal hinsehen muß. Und gleichzeitig völlig abartig. Außerdem stimmt auch die Vorgehensweise überein.«

»Demnach wäre das bei Kuhlman kein Selbstmord gewesen. Er wurde umgebracht.«

»Das wissen wir noch nicht.« Lockerman wandte wieder den Blick ab. »Wenn jemand erfährt, daß ich dir all das erzähle, verliere ich meinen Job. Aber wir haben überhaupt keine Beweise. Wir wissen nicht einmal, ob Tina – meine Informantin, meine ich – getötet wurde. Sie hat gefixt und offensichtlich eine Überdosis erwischt. Es könnte also noch ein Selbstmord sein. Wenn ich so aussähe, würde ich mir bestimmt die Pistole an den Kopf halten. Mann …«

Roberts kam zu dem Schluß, daß er wahrscheinlich ebenso handeln würde.

»Aber wie auch immer«, fuhr Lockerman fort, »wer die Tätowierungen gemacht hat, ist auch für den Tod der Opfer verantwortlich. Diese Sachen gehören nicht zu der Art von Tattoos, die man sich freiwillig eininken läßt. Irgendein Irrer macht diese Sachen, und den werde ich finden.«

Wenig später tauchte Schoenmacher wieder auf und schleppte grinsend einen Kasten Bier.

»Die Party ist vorbei, Dan«, erklärte Roberts, und dann erzählten sie ihm die ganze Geschichte.

FLASH

Und wieder erfüllt das Licht seinen Verstand. Die nackte Gestalt zu seinen Füßen verschwindet im Nachglimmen, das Bild wird ersetzt durch ein gerahmtes Porträt aus seiner mentalen Galerie. Und das Porträt beginnt sich zu bewegen …

Alura Kilpatrick hält Marks Hand in ihrem Schoß fest und schaut traurig auf das verbrannte Fleisch hinunter.

»Es tut weh, Momma.«

»Ich weiß, ich weiß.« Momma gibt Marks Hand frei, läßt sie aber auf ihrem Schoß liegen, als sie nach der neben ihr stehenden Weinflasche greift. Sie dreht die Metallkappe ab und nimmt geräuschvoll schlürfend mehrere Schlucke aus der Flasche. Dann drückt sie das kühle Glas gegen die Hand ihres Sohnes. »Ist es jetzt besser?«

Es schmerzt, die paar Tropfen Alkohol außen an der Flasche brennen in seiner Wunde. Doch Mark sagt nichts.

Momma blickt ihrem Sohn in die dunklen Augen. »Du weißt doch, daß Dad es gut meint. Er möchte nur das Beste für dich.«

»Aber er hat mein Kunstprojekt zerbrochen! Ich hab' es nur für ihn gemacht, um ihm zu zeigen, daß ich so etwas ...«

Alura Kilpatrick ignoriert ihn. Sie ist von der Weisheit ihrer eigenen klugen Ratschläge ganz gefangen. »Manchmal ist der Schmerz gut. Er lehrt uns Dinge. Er lehrt uns, für die Freude dankbar zu sein. So wie ich dich geboren habe – es hat furchtbar weh getan, aber das war es wert. Oder nicht?«

Wie immer versteht Mark kein Wort. Momma spricht immer zu ihm, als würde sie mit sich selbst reden. Wenn sie ihm genau in die Augen schaut, weiß er, daß sie in Wirklichkeit nur ihr eigenes Spiegelbild in seinen Pupillen betrachtet. So war es immer. Selbst in dem Schönheitssalon, wo sie arbeitet – und Mark haßt es, sie dorthin zu begleiten –, redet sie ununterbrochen auf die Person ein, deren Haar sie schneidet oder wäscht, und betrachtet dabei doch eigentlich nur sich selbst im Spiegel. Mark sieht auf seine Hand hinab. Die Worte seiner Mutter treiben durch das Zimmer wie ihr Atem. Er fühlt sich unbehaglich und rückt auf dem Bett hin und her, auf dem sie sitzen. Dann überlegt er, ob seine Skulptur wohl noch immer zerschmettert auf dem Wohnzimmerboden liegt.

»Natürlich verstehst du das. Natürlich. Was macht deine Hand? Tut es noch weh?«

Mark nickt. »Es brennt, Momma.«

Sie sieht ihn stirnrunzelnd an.

»Ich wollte ...«, sagt Mark und schluckt schwer, »ich wollte, Daddy wäre nicht so böse. Ich wollte, wir könnten fortgehen, nur du und ich, Momma ...«

Das Stirnrunzeln verschwindet, Mommas Gesicht versteinert.

»... ist schon gut.«

Alura reibt sich über die Stirn und verdreht die Augen. »Wenn du mich nur unterstützen könntest, Baby.« Sie sieht ihre Weinflasche an, und ihre Stimme sinkt zu einem Flüstern ab. »Eines Tages. Wenn du der Mann im Hause bist. Vielleicht ...«

Alura nimmt noch einen Schluck Wein. Sie hebt Marks gerötete, verbrannte Hand an die Lippen und küßt die Wunde. Ihre falschen Augenwimpern berühren die Spitzen seiner Finger, kitzeln ihn und bestäuben seine Hand mit Mascara. Mark kichert und krümmt seine Schultern.

Alura hält noch immer ihre Lippen gegen seine Hand gepreßt, während sie weiterredet und dabei kühle Schauer durch seinen Unterarm schickt. »Das gefällt dir, nicht wahr? Fühlt sich gut an, oder? Verstehst du jetzt, was ich über Schmerz gesagt habe?« Seine Mutter streckt die Zunge heraus und läßt den rosafarbenen Muskel über sein verletztes Fleisch gleiten. Ihr Speichel vermischt sich mit der offenen Wunde.

Mark wird rot, seine dunklen Augen zucken.

Und etwas in seiner Jeans zuckt ebenfalls.

Alura bemerkt seine Reaktion und stößt Marks Arm beiseite. Verlegen bedeckt der Junge seinen Schoß mit den Händen.

Momma schlürft den letzten Rest Wein aus der Flasche. Dann rutscht sie ein Stück weiter aufs Bett und zieht die Beine an, bis sie im Schneidersitz dahockt. »Hast du eine Freundin, Mark?«

Bisher hat er noch nie an Mädchen gedacht. Die plötzliche Verlegenheit läßt das Blut in seinen Ohren rauschen. Er schüttelt heftig den Kopf und weicht dabei dem Blick seiner Mutter aus.

»Nein? Bist du da auch ganz sicher?« Alura sieht ihn

ungläubig an und sucht nach Anzeichen für eine Lüge. »Aber du magst Mädchen doch, oder?«

Mark möchte am liebsten gehen. Irgend etwas stimmt hier nicht, das merkt er. Momma benimmt sich so, wie sie es manchmal spät in der Nacht mit Dad tut. Albern und mädchenhaft. Wie in Filmen.

Alura nimmt wieder seine verbrannte Hand, die noch in seinem Schoß liegt, und beugt sich vor, um Marks Blick einzufangen. Dann begreift sie etwas. Ihre Augen blitzen und werden groß. »Lieber Himmel, wir haben noch nie über die Vögel und die Bienen gesprochen, nicht wahr? Du mußt ja völlig verwirrt sein! Herrgott! Ich weiß noch genau, wie es mir ging, als ich in deinem Alter war.«

Stille füllt das Zimmer wie ein Geruch. Unbehaglich räuspert sich Mark. »Was ist mit den Vögeln und den Bienen, Momma? Meinst du die Zeichentrickfilme am Samstag …«

»Aber nein, Dummerchen.« Sie packt seine Hand fester, und ihre Fingerspitzen bohren sich in die Wunde. »Dabei geht es nicht um Trickfilme. Die Vögel und die Bienen, also …«

Alura runzelt die Augenbrauen, sie weiß nicht recht, wie sie anfangen soll. »Nun … hast du dich je gefragt, wie du gemacht worden bist?«

»Äh …«

»Oh, das macht nichts. Du kommst schon noch dahinter.«

Mark sieht verwirrt in die kräftig geschminkten Augen seiner Mutter. Zum ersten Mal versucht sie, tatsächlich mit *ihm* zu reden, nicht nur mit sich selbst. Und außerdem, jetzt, wo sie es erwähnt hat, ist er tatsächlich neugierig.

Momma lächelt ihn an und verdreht die Augen.

Mark lehnt sich zurück. »Wie, Momma? Wie?«

»Ich kann es nicht erklären. Es ist etwas, worüber man nicht spricht. Ich kann dir nicht erzählen, was es mit den Vögeln und Bienen auf sich hat. Unmöglich. So etwas kann ich nicht in Worte fassen, verstehst du? Ich kann es dir nicht *sagen*, aber …«

Eine Pause. »Aber was, Momma?«

Und nun wird Alura rot. »Aber vielleicht könnte ich es dir *zeigen.*«

»Du willst ›Zeigen und Erklären‹ spielen?«

Ihr wissendes Lächeln sagt alles.

Ihre Hand liegt in seinem Schoß und zählt sanft seine Finger ab. Ihre Stimme erklingt dicht an seinem Ohr und läßt die Wände seines Gehirns vibrieren. »Dieses kleine Schweinchen ging zum Markt. Dieses kleine Schweinchen blieb daheim. Dieses kleine Schweinchen hatte ein Roastbeef ...«

Ihre Hand bewegt sich auf seine Jeans zu. »Und *dieses* kleine Schweinchen ...«

Kilpatrick zittert. Das Foto gleitet aus der Sofortbildkamera und trudelt wie eine Feder abwärts, bis es schließlich auf der tätowierten Brust der Nutte landet. Er beugt sich vor, um das Bild aufzuheben, und bemerkt dabei, daß seine Hose feucht ist.

Und in seinem Verstand verhärtet der Schorf und überdeckt das Porträt – warm wie gerinnendes Blut.

Kapitel 3

1.

Lockerman ging im Geist die Einzelheiten des Falls durch, als müsse er eine erste Zusammenfassung für die Polizeiakten schreiben.

Das Szenario:

Zwei ähnliche Todesfälle würden in den meisten Großstädten nicht für besondere Aufregung sorgen. Doch in Colorado Springs – einer eher mittelgroßen, von vielen Militärangehörigen bewohnten Stadt mit einem der höchsten Bevölkerungszuwächse im ganzen Land, in der trotz dieser beiden Faktoren die Kriminalitätsrate eher niedrig lag – waren zwei derartige Fälle völlig ausreichend, um die Polizei in Alarmbereitschaft zu versetzen.

Durchsuchungsbefehle wurden ausgestellt, Tätowierläden durchschnüffelt, Inker verhört und Geschäftsunterlagen als Beweismittel beschlagnahmt. Stamm- und Laufkundschaft eines jeden Ladens wurden angerufen und befragt, und sämtliche Namen mit den bundesstaatlichen Computernetzen abgeglichen. Zu brauchbaren Ergebnissen führte der ganze Aufwand nicht, wenn man einmal davon absah, daß zwei der Läden geschlossen wurden – der eine diente als Tarnung für Drogengeschäfte, im anderen waren auch Minderjährige tätowiert worden.

Natürlich fahndete die Polizei auch nach etwaigen Verbindungen zwischen Jim ›Coolie‹ Kuhlman und Tina Marie Gonzales, den beiden Opfern. Gefunden wurde nichts, doch allgemein nahm man an, Kuhlman habe Gonzales' Dienste in Anspruch genommen, und einige Spekulationen machten den – bislang noch unbekannten – Zuhälter der Frau für die Tätowierungen verantwortlich. Ein paar Cops beschworen sogar die Entstehung eines neuen Typs von Sexualdelikten, bei dem reiche Freier sich ihre Huren regelrecht maßschneidern ließen, indem sie Tätowierungen bestellten, die ihren Phantasievorstellungen entsprachen. Derartige Spekulationen tauchten bisher allerdings noch nicht in den Akten auf, und die meisten höherrangingen Beamten hielten diese Vorstellung ohnehin für eine Schnapsidee. Lockerman kamen derartige Überlegungen ebenfalls lächerlich vor, zumal sie auch nicht zur Bevölkerungsstruktur der Stadt paßten – selbst die Bewohner des Prominentenvororts Broadmoor hätten sich den Luxus einer speziell nach ihren Wünschen tätowierten Prostituierten nicht leisten können. Und wenn man daran dachte, wie diese Tattoos aussahen … dann erschien es wirklich unvorstellbar, jemand könne verdreht genug sein, um sich an einem derartigen Anblick aufzugeilen.

Cheri Carvers war nirgendwo aufzutreiben. Ein Blick in ihr Vorstrafenregister förderte die Tatsache ans Licht, daß sie ebenfalls Verbindung zum Milieu hatte. Drei Jahre zuvor war sie wegen Prostitution angezeigt worden, was den Anhängern der Theorie vom ›Tattoo-Zuhälter‹ neue Munition lieferte. Die leitenden Beamten ließen sich davon trotzdem nicht überzeugen, ein paar argwöhnten allerdings, Carvers selbst sei die Täterin. Gleich nach der Entdeckung von Kuhlmans Leiche hatte man Fahnder zu Carvers' letzter bekannter Adresse geschickt, die allerdings nur herausfanden, daß der gesamte Apartmentkomplex schon seit Monaten leerstand. Besonders überraschend war das freilich nicht, die meisten Prostituierten gaben unbewohnte Häuser als Wohnadresse an. Mittlerweile hatte man eine Fahndung nach ihr eingeleitet, auch wenn die Erfolgsaussichten eher gering eingeschätzt wurden.

Beide Leichen wurden einer umfassenden Autopsie unterzogen. Das endgültige Ergebnis würde erst in einigen Wochen vorliegen, doch die Zwischenberichte deuteten bisher ausschließlich auf Selbstmord hin. Von besonderer Bedeutung war der Umstand, daß die Tätowierungen beider Opfer frisch waren. Dicker, kaum verkrusteter Schorf bedeckte das von den Nadeln verwüstete Fleisch. Trotzdem stand unzweifelhaft fest, daß Kuhlmans Tod das Ergebnis der Strombehandlung war, und ebenso offensichtlich war, was ihn dazu getrieben hatte. Er hatte gewissermaßen gleich zwei Schocks erlitten und war dann ganz einfach verblutet. Und die Drogen, die in seinem Wagen entdeckt worden waren, hatten sicher ebenfalls ihren Teil dazu beigetragen. Bei Gonzales schienen die Dinge ganz ähnlich zu liegen. Sie war an einer massiven Überdosis Heroin gestorben, und die Einstichmale in ihrer Ellbogenbeuge ließen nur den Schluß zu, daß es sich um Selbstmord handelte. Die offene Frage in beiden Fällen lautete nun, ob es sich bei den Selbsttötungen um Unfälle oder geplante Aktionen gehandelt hatte. Und da sich die vorläufigen Autopsieberichte fast wie Lehrbuchdarstellungen von Suizidversuchen lasen, schien eine Mordanklage ausgeschlossen, selbst wenn es dem Department gelingen sollte, denjenigen ausfindig zu machen, der für die Tätowierungen verantwortlich war.

Der ganze Fall unterlag strenger Geheimhaltung, und obwohl Roy Roberts und Dan Schoenmacher von KOPT über das letzte Tätowierungsopfer Bescheid wußten, bestand doch eine private Abmachung zwischen den beiden Nachrichtenleuten und Lockerman: Über den Fall Gonzales wurde nichts veröffentlicht, und man ließ auch nirgendwo durchsickern, daß es bereits zwei Opfer gab, deren Haut von diesen entsetzlichen Tattoos verunstaltet war. Alle anderen Redaktionen waren gar nicht erst über den zweiten Todesfall informiert worden. Tina Marie Gonzales' Name tauchte zwar in den Lokalblättern auf, allerdings nur im normalen Polizeibericht, wo ihr Tod als Selbstmord dargestellt worden war. Alle Polizisten – selbst jene, die Tattoo Shops und Biker Bars auf den Kopf stellten – hatten strikte Anweisung, kein Wort über den Grund ihrer Nachforschungen verlauten zu lassen, nicht einmal ihren Angehörigen gegenüber.

Die aktuelle Situation:

Es gab keinerlei Hinweise. Nach drei Tagen Arbeit waren die Fahnder mit leeren Händen zurückgekommen. Mittlerweile machten zwar ein paar Gerüchte in der Stadt die Runde, doch die Öffentlichkeit zeigte sich nicht beunruhigt. Noch nicht.

Lockerman überdachte das Szenario und die aktuelle Situation. Was er aufgelistet hatte, waren die Tatsachen, doch es galt, auch die Wahrheit aufzudecken. Er war sich bewußt, daß Tatsachen und Wahrheit niemals identisch waren. Kein Polizeibericht konnte die Leichen des Opfers darstellen oder das wirkliche Motiv eines Täters. Tatsachen waren Worte auf einem Blatt Papier, die Wahrheit hingegen etwas völlig anderes.

Doch es entsprach sowohl den Tatsachen als auch der Wahrheit, daß Tina Gonzales tot war. Tot; ein Name in einer Polizeiakte. Eine Fotografie, eine Leiche. Fort für immer.

Und es war ebenso unbestreitbar eine Tatsache, daß John Lockerman zutiefst unter ihrem Tod litt.

Schuldgefühle und Gewissensbisse quälten ihn. Der Tod seiner Frau vor fünf Jahren war schon mehr gewesen, als er ertragen konnte. Jetzt auch seine geheime Liebe zu verlieren erschien ihm sogar noch schlimmer.

In jener Zeit kurz nach dem Tod seiner Frau hatte Lockerman viel Mühe darauf verwandt, Gonzales als Informantin zu gewinnen – und sie genoß schon bald seine Abhängigkeit von den Informationen, die sie, zum Müll der menschlichen Gesellschaft gehörend, ihm liefern konnte. Zugleich war ihr aber auch bewußt, daß sie von ihm, dem Müllmann der Gesellschaft, und dem Schutz, den er ihr gewährte, abhing. Und so überließ sie ihm schließlich die gewünschten Informationen, ohne dafür eine Bezahlung zu verlangen. Und ein paar Monate später überließ sie sich ihm sogar selbst, ebenfalls ohne Bezahlung. Als Paar hätte man sie deswegen trotzdem nicht bezeichnen können. Sie waren einfach nur zwei einsame und verzweifelte Menschen, getrennt durch den imaginären Zaun, der die Gesellschaft durchzog, gefangen in den Rollen, die man ihnen aufgezwungen hatte. In den Armen des anderen fanden sie Trost, konnten die Masken und Uniformen ablegen und nichts weiter sein als menschliche Wesen mit menschlichen Bedürfnissen.

Lockerman hatte nicht sehr oft mit ihr geschlafen, und er war auch nie mit diesem Vorsatz zu ihr gegangen. Es schien stets einfach geschehen zu sein, meist nach nächtelangen Gesprächen in ihrem Hotelzimmer oder langen, stummen Fahrten in seinem Dienstwagen. Bei solchen Gelegenheiten hatte Lockerman ihr immer wieder nahegelegt, sich einen ordentlichen Beruf zu suchen, und er war sogar fast bereit, ihr eine Stelle als Haushaltshilfe anzubieten, doch Tina pflegte auf solche Vorschläge mit einem Kuß zu reagieren.

Was John regelmäßig entwaffnete.

Lockerman fragte sich, ob die Wahrheit über seine Beziehung zu Gonzales jemals aufgedeckt werden würde. Hoffentlich nicht. Besser als jeder andere wußte er, daß eine derartige Beziehung nicht nur unethisch, sondern regelrecht tabuisiert war: ein Mann der Mittelschicht und ein Straßenmädchen, ein Bulle und eine Kriminelle, ein Schwarzer und eine Hispanoamerikanerin ... es würde nicht nur schlimm aussehen, man würde ihn dafür feuern. Und so fand er sich jetzt zwei einander widersprechenden Aufgaben gegenüber. Er mußte die Wahrheit kaschieren und die Tatsachen aufdecken. Doch Wahrheit hin und Tatsache her, es gab eine Angelegenheit, die Lockerman auf jeden Fall erledigen wollte: Er mußte den Dreckskerl finden, der für Tinas Tod verantwortlich war.

2.

Wo ist meine verdammte Schöpfung? Mein Meisterwerk?

Das kitschige Jingle, mit dem das Ende der Nachrichten angezeigt wurde, drang aus dem kleinen Lautsprecher von Kilpatricks Schwarzweiß-Gerät. Er drückte heftig auf den Ausschaltknopf, und das Logo von KOPT schrumpfte zu einem weißen Punkt zusammen, der langsam verblaßte. Kilpatrick schluckte den Rest Gin hinunter und schleuderte die leere Flasche in den Mülleimer.

Dann warf er einen Blick auf sein privates Heiligtum – die säuberlich an die Wand gehefteten Fotos von Coolie und der Nutte – und fluchte. »Das sind Klassiker, verdammt noch mal! Wie können sie es wagen, sie nicht zu senden? Was muß ich denn noch alles tun?«

Er ließ sich auf das Bett fallen und starrte die Polaroids an. Es war ein angenehmes Gefühl, die Bilder aus der Galerie, die sich einst in seinem Verstand befunden hatte, dort an der Wand zu wissen, wo er sie anschauen und kontrollieren konnte und zugleich mit absoluter Sicherheit wußte, daß nicht sie es waren, die ihn kontrollierten.

Aber sie gehörten an die Öffentlichkeit. Die Wand in seinem Schlafzimmer reichte da längst nicht aus.

Er war sicher gewesen, sie würden in den Nachrichten über sein jüngstes Werk berichten. Wenn sie Coolies Tod meldeten, den er gar nicht absichtlich umgebracht hatte, weshalb dann nicht auch den Tod dieser Nutte? Schließlich hatte er sich doch extra die Mühe gemacht, ihr all das Dope zu injizieren. Als er ihre Haut tätowierte, hatte er seine ganze, lebenslange Erfahrung als Künstler eingebracht – so viele, wunderbar ausgefeilte Details – und er konnte einfach nicht glauben, daß man ihm die Chance verwehrte, mit seiner besten erotischen Hautmalerei an die *Öffentlichkeit* zu treten. Es war ganz einfach nicht fair.

Er gab den Menschen doch, was sie wollten. Warum dankten sie ihm seine Mühe dann nicht?

Nachdenklich betrachtete er die Bilder, die Hochglanzabzüge nackter Gestalten, das tätowierte Fleisch an seiner Wand.

Kilpatrick erkannte, daß es im Grunde keine Rolle spielte, ob diese beiden schon an die Öffentlichkeit getreten waren oder nicht. Sie waren die Eltern, die Vorfahren – Mann und Frau, Maschine und Natur. Sie würden insgeheim in seinem Schlafzimmer beisammensein, so wie die meisten geilen Paare die Dunkelheit suchten, und hier würden sie den Grundstock für Kilpatricks Mission bilden. Diese Fotosammlung, diese an die Wand geheftete Ausstellung, würde wie ein

Familienstammbaum wachsen und sich in alle Ewigkeit ausdehnen.

Sie waren wie Adam und seine Eva. Seine Schöpfung. Die Schöpfung selbst. Und alle, die ihnen folgten, würden seine Familie bilden, seine Kinder sein. Seine geliebten, toten Kinder.

Kilpatrick warf einen Blick zum Fernsehapparat hinüber, dessen grauschwarze Mattscheibe sein Gesicht reflektierte. Schwarze Ringe umgaben seine Augen wie eine makabre Clownsmaske. Dunkle Schatten zeigten sich auf seiner unrasierten Haut. Seine Lippen waren aufgesprungen und verschorft, das seit vier Tagen ungewaschene Haar verklebt und fettig.

Vier Tage. Kein Bericht über Tina, die Tussi, über die Vögel und die Bienen.

Es mußte etwas geschehen.

Das Spiegelbild auf der Mattscheibe veränderte sich, bekam Farbe. Es verzerrte sich, wurde zu einer Spirale aus Rot, Schwarz und Silber.

Langsam begann der Raum zu vibrieren und zu schimmern, und er spürte, wie sein Verstand von der Vakuumröhre angezogen wurde. Das vertraute Pulsieren von Elektrizität erfüllte das Zimmer. Plötzlich überwältigte ihn die Kraft. Er stemmte sich mit aller Macht dagegen ... doch seine Wangen wölbten sich vor, die Sehnen, die seine Augäpfel in den Höhlen hielten, gaben nach, die Luft entwich aus seinen Lungen, und sein Fleisch wurde von seinem Körper gerissen.

Es wollte ihn im Fernsehen haben. Nicht das Gerät selbst wollte ihn verschlingen, soviel war ihm klar – es war etwas weit Schlimmeres, weit Realeres als das ...

Und es ließ ihn wieder los.

Er fiel zurück aufs Bett. Jeder einzelne Nerv schmerzte, als hätte man ihm die Haut abgezogen.

Und dann sah er ihn: den monströsen dreigesichtigen Dämon, den er auf die Wände in der Höhle seines Verstandes gemalt hatte. Sein Maul eine Grube höllisch gequälter Seelen. Die Seelen verwandelten sich in schleimige Würmer, in sich windende Maden, die sein langsam rotierender Kopf in Kilpatricks Schoß spie.

»Ich tue es ja, laß mich in Ruhe«, sagte Kilpatrick zu den wabernden, sich verändernden Gesichtern der Bestie auf dem Bildschirm. Er war ganz ruhig; es gab keinen Grund, sich vor dem Ding zu fürchten, das er selbst geschaffen hatte. Es war nicht das erste Mal, daß es ihn heimsuchte. Er war schon früher von ihm bestraft worden, doch mittlerweile hatten sie eine Übereinkunft getroffen: Wenn er Erfolg mit seiner Mission hatte, an die *Öffentlichkeit* zu treten, würde es ihm erlauben, außerhalb der höllischen Galerie zu leben. Der schreckliche Dämon war sein Freund und selbst ein Kunstwerk, wunderschön in seiner außerweltlichen Pracht. Ein Teil seiner selbst, seiner eigenen Schöpfung, so wie Gott das Böse schuf, damit es existierte.

Der farbenbedeckte Bildschirm blieb stumm.

»Ich weiß, ich weiß! Ich gehe ja an die Öffentlichkeit, aber das braucht seine Zeit, verdammt! Es wird keine weiteren Pleiten geben. Hab Geduld.«

Die Augen des Dämons wurden zu grotesken Uhren, auf denen Mistgabeln die Zeit anzeigten. Kilpatrick sah sich selbst im Maul der Bestie, wo er wieder gefoltert wurde – Rasierklingen schnitten in Augen und Nasenflügel, stachelbesetzte Tentakel zerrissen seine Haut in der einsamen, dunklen Zeile in seinem höllischen Schädel.

Die Zeit wurde knapp. Wenn er nicht bald an die *Öffentlichkeit* trat, würde sich die ganze Welt um ihn herum schließen, die Fluchtluke, die er einst gezeichnet hatte, zuschlagen, und er wäre für alle Ewigkeit im Innern gefangen. Nur wenn er an die *Öffentlichkeit* ging, würde er frei sein. Er mußte diese Porträts aus seiner Vergangenheit loswerden, sie Stück für Stück austätowieren, um die Kontrolle über sich selbst zurückzuerhalten. Und inzwischen wußte er – eine Tatsache, wie die Fotos an der Schlafzimmerwand bewiesen –, daß die Bilder in seinem Verstand nicht nur entfernt werden mußten, weil sie ihn beeinflußten, sondern weil sie seine Kunst, sein Talent beeinträchtigten. Es waren nicht nur Bilder, sondern *andere*

Menschen, die seine Kreativität und sein ganzes Leben einschränkten. Sobald sie verschwunden waren, würde er wahrhaft frei sein.

Kilpatricks Handgelenke begannen zu schmerzen. Als er nach unten sah, stellte er fest, daß die tätowierten Stacheldrahthandschellen, die er letzte Woche begonnen hatte, jetzt vollendet waren und ihre scharfen Spitzen und Widerhaken in sein Fleisch bohrten. Aus den Einstichen blutete dicke, schwarze Tinte.

»Nein, warte!« kreischte er. »Ich habe einen Plan. Niemand wird mich aufhalten. Und alle werden es sehen.«

3.

Roberts saß an der Schreibmaschine und zwang die Worte regelrecht aus seinem Gehirn heraus. Worte, die angemessen erschienen, um die jüngsten Ereignisse in der Stadt zu schildern: Die Angestellten des Colorado Springs Transit Systems – in erster Linie die Busfahrer – streikten; in der Nähe einer der örtlichen High-Schools hatte es eine Schießerei gegeben (keine Opfer, aber vermutlich handelte es sich um eine Auseinandersetzung zwischen Straßengangs); und schließlich waren ein paar Soldaten aus Fort Carson bei einer Fahrt unter Alkoholeinfluß umgekommen – ironischerweise war an dem Unfall auch ein mit Kadetten der Air Force Academy besetzter Wagen beteiligt.

Und ein wahnsinniger Tattoo-Killer lief frei herum, über den er nicht berichten durfte.

Doch ganz gleich, wie sehr es ihn auch drängte, der Welt über Tina Marie Gonzales zu berichten – die Öffentlichkeit zu warnen, wie es seiner journalistischen Pflicht entsprach –, er würde das Lockerman gegebene Versprechen nicht brechen. Sie hatten die Sache mit einem Handschlag besiegelt, und Lockerman hatte dabei zugesagt, ihm einen Exklusivbericht zu geben, sobald er den Burschen geschnappt hätte. Im Gegenzug versprach Roberts, nichts zu veröffentlichen oder auch nur mit irgendwem außer Schoenmacher darüber zu reden, solange der Fall nicht geklärt war.

Mittlerweile schmerzte ihn diese Abmachung.

Aber Lockerman hatte recht: über Gonzales' Tod (Selbstmord? Oder Mord?) zu berichten, könnte eine Massenhysterie auslösen, die alles nur noch schlimmer machen würde. Und sie wollten auch nicht für einen Nachahmungstäter verantwortlich sein, so wie damals, als sie über den Skipisten-Würger berichtet hatten, was zu allgemeinem Chaos und fünf vermeidbaren Todesfällen geführt hatte. Nein, weder Lockerman noch Roberts wollten so etwas noch einmal erleben. Aber irgend jemand lief dort draußen frei herum und verbreitete den Tod.

Und das jagte ihm höllische Angst ein.

Roberts versuchte, sich wieder auf die Berichte zu konzentrieren, die später von den Moderatoren vorgelesen werden sollten – Antworten auf die fünf großen Ws, dabei kurz, knapp und auch für Zwölfjährige verständlich.

Was spielt es schon für eine Rolle, ob die Arschlöcher von Busfahrern streiken, wenn Menschen ohne ersichtlichen Grund sterben?

Roberts steckte sich eine neue Zigarette an. Er war heute schon bei der zweiten Packung angekommen. Die fünf Ws (wer, was, wo, wann und vor allem *warum)* wirbelten wie ausgeworfene Angelhaken durch seinen Verstand. Wenn er sie einzog, hingen weder Köder noch Fische daran, doch die Haken selbst waren verdreht und von Bißspuren gezeichnet. *Wer* machte diese furchtbaren Tätowierungen? *Was* bezweckte er damit? *Wo und wann* würde er das nächste Mal zuschlagen? *Warum* tat dieser Verrückte so etwas? *WARUM?*

Roberts blickte auf seine Schreibmaschine. Sie schien ihn anzugrinsen, sich über ihn lustig zu machen, weil er diese Geschichte nicht schreiben durfte. Er schlug mit der geballten Faust auf die Tasten, um dem Grinsen die Zähne auszuschlagen. Die Typen verhakten sich in der Maschine. Auf dem eingespannten Papier waren die Buchstaben MKJL zu lesen.

»Ich brauche eine Kaffeepause.«

Er ging in den Aufenthaltsraum hinüber, ein kaum schrankgroßes Zimmerchen, in dem ein altmodischer brauner Tisch und drei harte gelbe Plastikstühle standen, deren Sitzflächen Zigarettenspuren aufwiesen. Das laute Summen der Getränkeautomaten erfüllte den Raum. Roberts rauchte noch eine Zigarette, um die Zeit totzuschlagen.

Er versuchte, sich auf den Busfahrerstreik zu konzentrieren. Oder den Autounfall. Waren diese Dinge ebenso wichtig wie ein verrückter Mörder? Natürlich waren sie das. Nachrichten waren immer schlecht. Es gehörte zu den Grundregeln des Journalismus, schmutzige Wäsche auszugraben. Und die Menschen mußten darüber informiert werden. So etwas trug zur Stabilität der Gesellschaft bei.

Zumindest hatte man ihm das erzählt. Allerdings glaubte er kein Wort von diesem akademischen Scheiß.

Roberts fuhr sich ungeduldig durchs Haar. Es ging nicht nur um den unterdrückten Bericht über den Killer. Das eigentliche Problem lag tiefer. Es war der Job selbst. Er konnte sich nicht auf die anderen Berichte konzentrieren, weil er das eigentlich gar nicht wollte. Sein Verstand ließ ihn hängen, indem er sich weigerte, die richtigen Worte auszuspucken, die er brauchte, um die Tagesmeldungen zu schreiben. Tief in seinem Innern wußte er, sein Job diente lediglich dazu, die Aufmerksamkeit der Menschen auf einen ganz bestimmten Sender zu richten. Die Nachrichten und die geistlosen Serien unterschieden sich gar nicht so sehr voneinander – der einzige Unterschied bestand darin, daß die Nachrichten wenigstens eine vage Verbindung zur Realität besaßen.

Dan Schoenmacher wedelte mit der Hand vor Roberts Augen, als wolle er sich überzeugen, ob der Nachrichten-Mann überhaupt wach war. »Alles in Ordnung, Roy?«

Roberts schaute zu Dan auf, der einen blauen Blazer und eine rote Strickkrawatte trug. Schoenmacher grinste ihn breit an.

»Weiß nicht. Vermutlich bin ich nur übermüdet.«

»Der alte Nachrichten-Blues, was?«

»Kann schon sein.« Roberts drückte die Zigarette im überquellenden Aschenbecher aus. »Dieser Job bringt mich um. Wenn ich nur irgend etwas außerhalb von Rundfunk und Fernsehen finden könnte, wäre ich sofort von hier verschwunden ...«

Schoenmacher runzelte die Stirn. »Und deinen alten Kumpel willst du einfach im Stich lassen?«

Roberts warf ihm einen Blick zu. Schoenmacher zog ein Gesicht wie ein kleiner Junge, dem man gerade befohlen hat, auf sein Zimmer zu verschwinden. Roy war sich nicht ganz sicher, ob diese Miene nur gespielt war oder nicht.

»Nein, Dan, das würde ich doch nie tun. Ich habe letzte Nacht wohl einfach nur zuwenig Schlaf gekriegt.«

»Das ist der wahre Geist!« rief Schoenmacher albern und kitzelte Roberts unter den Armen. »Was hältst du davon, wenn wir uns nach der Arbeit bei O'Connor's noch ein paar Bier hinter die Binde gießen?«

Roberts lief bei dem Gedanken an ein gutes kaltes Bier der Speichel im Mund zusammen.

Sie tauschten einen Händedruck, und dann verließ Schoenmacher mit übertrieben munterem Schritt den Aufenthaltsraum. Roberts mußte an sein Vogeltattoo denken, jene Tätowierung, die niemand unter den Seidenstrümpfen und den sorgfältig polierten Schuhen vermutet hätte.

Er kehrte an seinen Schreibtisch zurück und zwang sich, den Bericht zu beenden. Der Test taugte nichts, aber er wußte, daß Judy Thomas mit der Art ihres Vortrags selbst Scheiße wie Parfüm duften lassen konnte. Also überließ er alles getrost ihrem hübschen kleinen Mund.

Üblicherweise blieb er im Studio, um zuzusehen, wie die Sprecher vortrugen, was er geschrieben hatte. Doch heute hatte er von allem die Schnauze voll, und so machte er früh Feierabend, um heimzufahren und zu duschen, bevor er sich mit Schoenmacher bei O'Connor traf.

Für den Heimweg wählte er die übliche Route, vorbei an den kleinen Malls und Supermärkten am Academy Boulevard und dann durch die enge, von Wohnhäusern und Schulhöfen gesäumte Bijou Street. Es war wenig Verkehr, abgesehen von den halbwüchsigen Schulkindern, die im üblichen angeberischen Fahrstil von der Schule nach Hause fuhren – von der Sommerschule höchstwahrscheinlich, denn immerhin schrieb man schon Ende Mai.

Und dann sah er es: CORKY'S TATTOOS.

Es war ein Ladenlokal, an dem er täglich auf dem Heimweg vom Sender vorbeikam. Ein kleines, schmieriges Schaufenster unter einem aufdringlich gefärbten, handgemalten Schild in den gleichen geschwungenen Buchstaben, wie sie auch ein Stripschuppen für seine Reklame benutzen würde. Der Laden befand sich im mittleren von drei Geschäftshäusern, und die beiden anderen Gebäude standen ganz offensichtlich leer.

Roberts hatte das Geschäft praktisch jeden Tag gesehen, doch jetzt bemerkte er es zum erstenmal wirklich, nahm seine Existenz wahr, als handle es sich um einen neuen Mitarbeiter beim Sender, oder einen neuen Hausarzt, jemanden eben, bei dem Name und Persönlichkeit mit einem bestimmten Gesicht verbunden waren. Den Tattoo-Laden zu entdecken machte Roberts abermals deutlich, wie abgestumpft er der Stadt gegenüber geworden war, wie wenig von dem, was tagein, tagaus an seinen Wagenfenstern vorbeihuschte, er tatsächlich noch registrierte. Die Stadt war ihm fremd geworden, und dabei sollte doch gerade er sich um die Lokalnachrichten kümmern.

Er konzentrierte seinen Blick auf den neuentdeckten Laden, der sich schon Gott weiß wie lange an diesem Ort befand.

Die beiden ›Os‹ in dem Wort ›Tattoo‹ waren zwei mit roten Adern durchzogene Augäpfel. Drohend schwarze Pupillen, die an gekrümmte Dolche erinnerten, starrten ihn an, als würden sie tief in seine Seele hineinschauen und den sich windenden Wurm entdecken, der sich dort verbarg. Die Augen forderten ihn auf, den Laden zu betreten. Und als er an dem Haus vorbeifuhr, folgte ihm ihr Blick, wollte ihn nicht loslassen …

Roberts konzentrierte sich wieder auf die Straße und drückte das Gaspedal durch.

Er fürchtete sich. Er fürchtete sich vor den Augen und ihrem anklagenden Blick. Und auch, weil im Innern des Ladens, dort hinter dem schmutzigen, dunklen Fenster, das unter den Augen wie ein aufgerissenes Maul wirkte, jener Tätowierer lauern mochte, der das Fleisch zweier unschuldiger Menschen entstellt hatte. Vielleicht mordete er dort, vielleicht mißbrauchte er gerade in dieser Minute wieder jemanden auf brutale Weise. Hier, in dieser Straße, so nah bei seinem eigenen Heim.

Am meisten ängstigte ihn jedoch etwas ganz anderes: daß er fast den Wagen angehalten hätte, um sich der Herausforderung dieser blutunterlaufenen Augen zu stellen. Einfach hineinzugehen, das Hemd auszuziehen und seinen bleichen Bizeps der wartenden Nadel auszusetzen.

Er fühlte sich leer, innerlich wie äußerlich. Doch als er sich von dem Tätowierladen entfernte, erschien ihm der ganze Heimweg plötzlich irreal und neu – als wäre er in einer ganz anderen Stadt –, und die Leere in seinem Innern füllte sich mit Furcht.

4.

O'Connors Pub zählte zu den ruhigeren Bars der Innenstadt und lebte von Angestellten, die nach der Arbeit rasch auf einen Martini hereinschauten. Außer Schoembacher und Roberts hielten sich fast nur noch der Barkeeper und zwei junge, möglicherweise noch minderjährige Mädchen in Trainingsanzügen auf, die miteinander tuschelten.

Schoenmacher stellte das halbleere Bier ab und stieß seinen üblichen Rülpser aus. »Also, was ist los, Roy? In den letzten Tagen hast du einfach miserabel ausgesehen. Und ganz besonders heute nachmittag.«

»Keine Ahnung«, erwiderte Roy und drehte die Flasche in der Hand. »Vermutlich habe ich einfach nur ein Bier gebraucht. Mann, das tut wirklich gut.«

»Was du wirklich brauchst, ist eine Sitzung bei den A. A., mein Freund.« Dan hob seine Flasche. »Also dann auf die Anonymen Alkoholiker. Prost!« Sie stießen an und stürzten dann den Rest Bier fast so schnell hinunter wie Jugendliche, die sich etwas beweisen wollen.

»Du hast recht gehabt«, erklärte Schoenmacher und wieder rülpste er dabei vernehmlich, »das tut wirklich gut. Besonders meiner Leber!«

Roberts versuchte vergeblich einen Rülpser zu unterdrücken. Seine Augen fingen an zu tränen. Er kaschierte es, indem er lachte.

»Noch einen?« fragte der Wettermann mit schiefem Lächeln.

»Klar.«

Dan holte noch zwei Flaschen und brachte auch noch zwei mit dunklem Whiskey gefüllte Gläser mit.

»Um genau zu sein«, setzte Dan eine Untersuchung fort, die eigentlich noch gar nicht begonnen hatte – auch eine seiner neurotischen Angewohnheiten –, »benimmst du dich wie ein Zombie, seit ich damals bei unserem Grillabend das Bier geholt habe. Ganz im Ernst, Roy. Was ist los?«

Roberts hielt die Antwort eigentlich für offensichtlich: Der Tattoo-Killer war unterwegs, und er, Roberts hatte die Hosen gestrichen voll. Er konnte einfach nicht glauben, daß Lockermans Bericht über den Irren Schoenmacher nicht im geringsten beunruhigte. Er erwog kurz, mit Dan darüber zu sprechen, hielt es dann aber für vernünftig, wenigstens den Versuch zu unternehmen, die ganze Sache zu vergessen. Außerdem war Dan nur sehr selten derart guter Laune.

»Schlechtes Steak. Hat mir völlig die Eingeweide umgekrempelt.« Roberts zuckte die Achseln. »Es wundert mich, daß du dir nicht auch was gefangen hast.«

»Niemals! Ich werde nie krank.« Schoenmacher kniff ein Auge zu wie Popeye, der Seemann, schwenkte die Bierflasche und erklärte: »Nicht, solange ich regelmäßig meine Medizin bekomme.«

Sie lachten. Roberts fragte sich, ob Dan nicht gerade auf richtige Medizin angespielt hatte – er vermutete schon seit langem, der Wettermann sei in ständiger Behandlung –, oder ob er wirklich nur den Alkohol meinte. Aber wie auch immer, Roberts interessierte sich nicht wirklich für diese Frage. Sein Verstand wurde auf angenehme Weise von Alkohol überschwemmt, der zugleich auch die Erinnerung an den Tattoo-Laden fortspülte.

»Oh, Entschuldigung, aber sind Sie nicht der Wettermann von Kanal 12? Dan Schoenmacher?«

Roberts und Schoenmacher starrten mit alkoholumnebeltem Blick auf das junge Mädchen in Sportbekleidung, das zu ihrer Nische herübergekommen war. Sie spielte mit ihrem roten Haar und hatte gleichzeitig den Kopf etwas geneigt, so daß es fast so wirkte, als würde sie sich selbst an den Haaren ziehen.

»Aber ja, meine Liebe. Der bin ich.« Schoenmacher hatte rasch auf seine Fernsehstimme umgeschaltet.

»Könnte ich vielleicht ein Autogramm haben?« Nervös schob sie ihm einen Stift und eine Cocktailserviette hin. Schoenmacher schrieb etwas auf die Serviette, unterzeichnete und gab sie ihr mit einem Lächeln zurück, das jedem Haifisch Ehre gemacht hätte. Roberts hielt den Atem an, als das Mädchen eine Pirouette andeutete, als wolle sie ihm ihren Körper präsentieren, und dann leichtfüßig in ihren Aerobicschuhen davonhüpfte.

»Kommt so was oft vor?« fragte Roberts mit einem Anflug von Neid in der Stimme.

Schoenmacher grinste verschlagen. »Nicht so oft, wie mir lieb wäre, aber es gehört zu den vielen Vorteilen eines TV-Meteorologen. Du würdest es nicht glauben, aber Wettermann zu sein ist ein guter Job. Ein sehr, sehr guter Job.« Er schaute über Roberts Schulter und zu dem Mädchen hinüber und blinzelte ihr zu.

»Na, wenn du es sagst.«

»Ach ja? Dann sieh dir das erst als an ...« Schoenmacher hob eine Cocktailserviette auf und wedelte damit vor Roberts' Gesicht hin und her. Es war etwas mit blauer Tinte darauf geschrieben. »Sie hat mir ihre Telefonnummer gegeben. Das schlägt doch alles, oder?«

»Alles außer zwölf Jahren wegen Vergewaltigung.« Dan senkte den Blick, als wolle er die Röte verbergen, die sich auf seinen Wangen zeigte.

Roberts wechselte eilig das Thema. »Was gibt's Neues über Judy Thomas?«

Schoenmacher nahm den Faden dankbar auf. »Da gibt's nicht viel zu berichten, Roy. Ich habe sie schon seit Wochen nicht mehr gesehen, außer natürlich im Studio.« Er runzelte die Stirn. »Kommt mir so vor, als würde sie versuchen, mir aus dem Weg zu gehen.«

Roberts wußte, daß er gerade einen Schalter umgelegt hatte, und zwar möglicherweise den falschen. Er wollte eigentlich nicht, daß Schoenmacher jetzt einen seiner ›Gott, ich bin ja so deprimiert‹-Anfälle bekam, aber das war immer noch besser, als wegen des minderjährigen Mädchens am anderen Ende der Bar in Schwierigkeiten zu geraten. »Wie kommst du auf diese Idee, Dan?«

»Nun, sie spricht nicht mehr wie früher während der Werbepausen mit mir. Entweder beschäftigt sie sich mit ihrem Text oder mit dem Make-up. Irgendwie hat sie sich verändert – man kann es an den Augen erkennen. Früher ist sie sogar während der Pausen zu mir herübergekommen oder hat mir zugewinkt, wenn ich meine Vorhersage gemacht habe. Aber jetzt nicht mehr.« Wie um den letzten Satz zu unterstreichen, nahm er einen kräftigen Schluck Whiskey.

Roberts folgte seinem Beispiel.

»Wahrscheinlich hat sie einen anderen. Vielleicht Mr. Co-Moderator höchstpersönlich, Rick Montag ... diesen Clown.«

»Blödsinn«, erklärte Roberts. »Rick ist ein häßlicher Scheißer. Auf den würde Judy nie hereinfallen. Wie lange behandelt sie dich eigentlich schon so? Ich wette, seit genau einer Woche.«

Schoenmacher riß verdutzt die Augen auf. »Ja! Woher weißt du das? Ist es dir auch aufgefallen?«

Roberts grinste bloß.

»O je. Jetzt kapier ich's auch. Unsere Moderatorin hat ihre Tage, wie?«

»Tja, so was kommt selbst bei TV-Stars vor.«

Ein leises Lächeln umspielte Schoenmachers Lippen, als er die Augen verdrehte und in seine Bierflasche starrte.

»Ich bin sicher, in spätestens zwei Wochen ist zwischen euch beiden wieder alles in Ordnung.«

Schoenmacher hielt den Blick gesenkt und schob die Serviette mit der Telefonnummer wie beiläufig in die Tasche, als hätte er wirklich vor, das Mädchen anzurufen.

Roberts nahm einen Schluck Bier und steckte sich eine Zigarette an.

»Ich glaube, das ist alles Quatsch, Roy. Sie will mich einfach nicht mehr, das ist alles.«

Dan machte ein Gesicht wie ein kleiner Junge. Roberts setzte sich aufrecht hin und warf einen Blick auf die Straße. »Weißt du, was du mal tun solltest? Für sie kochen. Und zwar bei dir.«

»Ha! Wen spielst du denn jetzt? Oprah Winfrey?«

»Nein, im Ernst. Lade sie ein und schenk ihr die romantischste Nacht ihres Lebens. Zeig ihr, daß du ein echter Mensch bist. Und gib etwas von dir preis. Erzähl ihr ein paar kleine Geheimnisse, Dinge, die sie nie vermutet hätte.«

»Was zum Beispiel? Das meine Ex-Frau Steroide schluckt? Ich will sie doch nicht vergraulen ...«

»Ach, da gibt es doch eine ganze Menge, was du ihr verraten könntest. Beispielsweise, wie du zu deinem Spitznamen in der Army gekommen bist. Wie war das doch gleich? Birdy, nicht wahr?«

»Ja«, erwiderte Dan ohne große Begeisterung.

»Birdy ... das ist doch wirklich ungewöhnlich und interessant. Vielleicht nenne ich dich in Zukunft auch so.« Roberts kicherte. »Na, jedenfalls könntest du ihr alles darüber erzählen und ihr sogar das Tattoo an deinem Bein zeigen. Berichte ihr ruhig auch, wie du den Hinterhalt versaut hast und Kriegsgefangener wurdest. Erzähl ihr einfach solche Sachen, verstehst du?«

»Und du meinst, das funktioniert? Ich möchte schließlich nicht, daß sie denkt, ich wäre sonderbar oder so was.«

»Sonderbar ist gut. Sonderbar ist anders, ungewöhnlich. Und wenn du – was ich nicht glaube – recht haben solltest mit dem, was du mir eben über Judy gesagt hast, dann hast du doch sowieso nichts zu verlieren, oder?«

Dan lächelte, setzte sich aufrecht und nickte. »Du hast recht.« Er nahm einen Schluck Bier. Wie auf Kommando erschien der Barkeeper mit zwei neuen Flaschen. Diesmal bezahlte Roberts, und dabei sah er, wie die beiden minderjährigen Mädchen die Bar verließen. Die Rothaarige schaute über die Schulter zu ihnen hinüber, doch Dan reagierte nicht darauf, und das war gut so. Offenbar hatte sein Ratschlag gewirkt.

Sogar besser, als er geahnt hatte, stellte er fest, denn Schoenmacher fragte: »Meinst du, ihr gefällt meine Tätowierung?«

»Natürlich«, erwiderte Roberts und rief sich das an einen Pterodaktylus erinnernde Bild ins Gedächtnis zurück.

»Aber du mußt dir noch einen guten Grund dafür ausdenken, warum du sie hast. Langeweile allein reicht nicht!«

»Aber genauso war es doch, Roy.«

»Du brauchst einen besseren Grund. Etwas, daß Judys Interesse weckt.« Roberts drückte seine Zigarette aus und steckte sich sofort eine neue an. »Schließlich willst du sie doch beeindrucken.«

»Aber es gibt keinen anderen Grund …«

»Dann denk dir einen aus!«

»Ich soll sie anlügen?«

»Klar … warum denn nicht?« Roberts wippte unter dem Tisch mit den Beinen und kam langsam in Fahrt. »Du hast doch in der Army bestimmt viele Typen gekannt, die tätowiert waren. Warum haben die das gemacht? Haben sie dir das je erzählt?«

»Ja!« Schoenmacher verfiel in eine gedehnte Sprechweise, sicheres Zeichen dafür, daß jetzt eine weitere seiner ›Kriegsgeschichten‹ folgte. Roberts war das nur recht. Er wollte wissen, *warum* Menschen sich tätowieren ließen, welchen Grund sie dafür hatten, sich für den Rest ihres Lebens mit Tinte zeichnen zu lassen. Der Alkohol hatte seine Neugier geweckt. Roberts war sich durchaus bewußt, daß er selbst langsam in die Welt der Tattoos hineingezogen wurde ... zur Hölle noch mal, fast hätte er ja heute auf dem Heimweg angehalten und sich selbst tätowieren lassen. Es übte eine Anziehungskraft aus, fast schon einen Zwang, den er selbst nicht verstand.

Er hatte noch nie jemanden gekannt, der tätowiert war – Dans ›Birdy‹ war das erste Tattoo, das er mit eigenen Augen gesehen hatte, und jetzt wollte er unbedingt herausfinden, was ihn daran so gefangennahm.

Natürlich verlangte der Journalist in ihm nach dieser Information. Das war auch völlig in Ordnung. Roberts überließ seinem Alter ego, dem Reporter, bereitwillig die Kontrolle. Und so lauschte er gespannt Schoenmachers Geschichte und machte sich dabei im Geist Notizen.

»Ich kannte während meiner Dienstzeit eine Menge Leute mit Tattoos. Teufel, fast jeder in meinem Platoon war tätowiert. Ein Bursche namens Ollie trug ein großes, rundes Porträt von Oliver Hardy auf dem rechten Brustmuskel. Wenn er die Muskeln spannte, bewegte sich das Doppelkinn der Zeichnung auf und ab. Sah schon toll aus, besonders, wenn er Gewichte stemmte. Und dann gab es einen, der hieß Pederson. Der hatte eine Standardtätowierung, ein blutendes Herz mit der Inschrift MOM. Völlig sentimental, der Junge, aber so war er nun mal.« Dan kicherte bei der Erinnerung.

»Und warum haben sie sich so alberne Tattoos verpassen lassen? War ihnen genauso langweilig wie dir?«

»Ein paar von ihnen schon. Die Army ist viel langweiliger, als du dir vorstellen kannst. Sicher, mitunter hat man um sieben Uhr morgens schon mehr getan als andere den ganzen Tag über, aber die meiste Zeit lungert man doch nur herum. Außerdem können die Soldaten über ihren Sold frei verfügen, also warum sollen sie ihn nicht für ein Tattoo rauswerfen. Außerdem bringen sie auf diese Weise auch noch etwas mit nach Hause, das Mom und Dad beweist, wie sehr sie sich verändert haben, daß sie jetzt erwachsen sind und all so was.«

Roberts hatte Schwierigkeiten, in Schoenmacher einen Erwachsenen zu sehen. Er war ein großes Kind, ein Junge, der nie erwachsen wurde.

»Andere wollten sich einfach selbst ausdrücken, nehme ich an. Es ist ziemlich schwierig, deine Persönlichkeit zu bewahren, wenn jeder in deiner Umgebung genauso aussieht, redet und sich anzieht wie du selbst.«

Roberts nickte. Eine eigene Identität bewahren. Das ergab durchaus Sinn.

»Aber es gab auch ein paar Typen, denen ihre Tätowierungen viel mehr bedeuteten als solchen Jungs wie Ollie oder Pedersen. Manchmal hatte man den Eindruck, sie wären nicht mehr ganz dicht. Ich erinnere mich da besonders an einen Kerl, O'Brian hieß er. Der machte aus der ganzen Geschichte ein regelrechtes Ritual. An jedem Zahltag ließ er sich ganz allein in der Kaserne vollaufen. Anschließend zog er, ohne jemanden mitzunehmen, los und machte die Straßen rings um den Stützpunkt unsicher. Wir anderen haben ihn einfach ignoriert. Am nächsten Tag kam er dann zurück, sah ganz furchtbar aus und hatte irgendwo an seinem Körper eine neue Tätowierung. An jedem Zahltag, den Gott werden ließ, ging das so. Nach der Haut des Jungen hätte man die Uhr stellen können. Und er war so stolz auf seine Tattoos, daß er sie bei jeder Gelegenheit zur Schau stellte. Ich kann dir sagen, sein Tarnanzug wirkte richtig dezent im Vergleich zu all den Farben auf seiner Haut. Nun, als O'Brian kurz vor der Entlassung stand, rastete er regelrecht aus, lief überall herum und jammerte, seine Tattoos wären noch nicht fertig. *Ich bin unvollständig,* heulte er. Aber wer wußte schon, was er damit meinte? Wir haben den blöden Hund nicht beachtet. Ich habe sogar mal vermutet, er hätte noch nie etwas mit einem Mädchen gehabt. Doch eines Tages haben wir es dann alle begriffen.

O'Brians Tätowierungen bestanden nicht etwa aus vielen

Einzelstücken, so wie bei den meisten Leuten. Sie sollten sich vielmehr wie einzelne Puzzlestücke zu einem einzigen, großen Tattoo verbinden.« Schoenmacher schob die gespreizten Finger ineinander wie zwei Teile eines Puzzles. »Ich habe keine Ahnung, warum er das überhaupt machte, aber sein Ziel bestand offenbar darin, am ganzen Körper tätowiert zu sein. Doch das hat er nicht geschafft. Er hatte wie immer noch eine Reihe weißer Flecken am Rücken, in der Leistengegend und an anderen Stellen – du hättest ihn mal unter der Dusche sehen sollen. Allerdings blieb ihm nicht mehr genug Zeit, um die leeren Stellen ausfüllen zu lassen. Damals kam er ganz schön ins Schwitzen … er lieh sich von den anderen Geld und verschwand jede Nacht zu diesem Tätowierladen. Trotzdem blieben noch immer zu viele unbemalte Stellen.

Schließlich kam der Tag seiner Entlassung, und er weigerte sich, zu gehen. Der Captain stauchte ihn zusammen, der Sergeant Major ließ ihn unzählige Liegestütze machen, aber er wollte trotzdem nicht gehen. Ich erinnere mich, daß er wirklich geweint hat, als er schrie: ›*Ich kann so nicht nach Hause gehen! Ich bin noch nicht fertig! Ich bin unvollständig!*‹ Es war richtig unheimlich, mit anzusehen, wie dieser Riesenkerl sich anstellte wie ein Baby.

Nun, es endete damit, daß der Sarge die MP rief, um ihn mit Gewalt fortschaffen zu lassen. Man sollte ja meinen, sie hätten dem armen Kerl damit einen Gefallen getan, nicht wahr. Aber als die MP eintraf, war es schon zu spät. O'Brian war vom Dach der Kaserne gesprungen und hatte sich umgebracht.«

Roberts glaubte kein einziges Wort. »Du meinst, er hat Selbstmord begangen, weil er nicht von Kopf bis Fuß tätowiert war? Das ist doch verrückt!«

Schoenmacher wiegte nachdenklich den Kopf. »Das sehe ich nicht so, Roy. Ich glaube, er war durchaus bei Trost. Du mußt eines wissen: Manche Jungs gehen zum Militär, um ihr Leben zu ändern. Das hat mitunter schon fast religiöse Züge. Die Vergangenheit ausradieren und als ganz andere Person zurückkommen. Die meisten wollen nicht nach Hause, bevor diese Veränderung nicht vollzogen ist – bis sie *vollständig* sind, um es mal so auszudrücken. O'Brian konnte nicht zurück, bevor nicht seine Tätowierung fertig war. Deshalb hat er sich umgebracht.« Schoenmacher kicherte unbehaglich. »Ich weiß gar nicht, weshalb er sich nicht einfach für eine zweite Dienstzeit verpflichtet hat. Aber um das zu tun, hätte er wohl wirklich verrückt sein müssen.«

Roberts leerte seine Flasche und grinste. »Weißt du was, Dan?«

»Was?«

»Du hast nichts als Scheiße im Kopf.«

»Siehst du! Genau das wird Judy sagen, wenn ich ihr irgendeine Geschichte über meine Tätowierung auftische.«

Roberts sah ein, daß die ganze Sache zu nichts führte. »Vielleicht hast du ja recht. Vergiß besser, was ich gesagt habe.« Im Grunde hatte er nichts über Tätowierungen herausgefunden, außer der Bestätigung seiner Ansicht, man müsse schon etwas daneben sein, um so etwas mit sich machen zu lassen. Er versuchte, sich einen großen, tätowierten Soldaten vorzustellen, der jammerte, er sei nicht vollständig. Was war in den Gedanken dieses Mannes vorgegangen? Offensichtlich wollte O'Brian sein Ganzkörperpuzzle unbedingt von dem Mann beenden lassen, der es auch begonnen hatte ... aber warum konnte er sich nicht einfach woanders *vervollständigen* lassen? Was war so Besonderes an diesem bestimmten Tätowierer?

Über sie wollte Roberts etwas erfahren – diese mysteriösen Tattoo-Künstler. Und schließlich ließ sich der Kerl, hinter dem Lockerman her war, nicht tätowieren, sondern er tätowierte selbst.

Die beiden tranken noch ein Bier, redeten über die Arbeit, bezahlten dann und gingen.

Auf dem Weg zu ihren Autos sagte Roberts: »Hey, Dan!«

»Ja?«

»Deine Ex-Frau hat doch nicht wirklich Steroide genommen, oder?«

Schoenmacher grinste. »Klar hat sie! Sie wollte unbedingt an den Olympischen Spielen teilnehmen und ...«

»Jetzt reicht's aber.« Die beiden tauschten ihren üblichen Händedruck aus und machten sich dann auf den Heimweg.

Obwohl es ein Umweg war, fuhr Roberts noch an CORKY'S TATTOOS vorbei. Die Augen auf dem Schild schienen im Dunkel zu glühen.

5.

In seinem Traum kehrte Roy Roberts immer wieder zu dem gesichtslosen Tätowierer zurück.

Lange Jahre verdichteten sich zu den Stunden seines Schlafs. Alle paar Minuten bekam er seinen Soldscheck, und jedesmal durchlief er dann die gleiche Routine. Er ging zur Bank, flirtete mit der Kassiererin, zeigte ihr die Fortschritte seiner Hautmalerei: »Sehen Sie, genau hier verwandelt sich die Schlange in eine Meerjungfrau ... habe ich erst letzte Woche bekommen ...«, dann direkt von der Bank aus zum Tattoo-Shop, eine dicke Rolle grüner Scheine in der Hand.

Der Tätowierladen war eigentlich kein richtiges Geschäft. Er befand sich im Erdgeschoß eines Wohnhauses, das gebaut war wie kein anderes in ganz Colorado Springs. Es stand in einem Ghetto, wie man es in New York finden mochte, und jeder Besuch dort kam einem Abenteuer gleich. Einmal war er an eine Streetgang geraten und hatte sich den Weg regelrecht freikämpfen müssen. Bei einer anderen Gelegenheit kroch er durch ein dschungelähnliches Dickicht aus Bäumen und Efeu, das er mit seiner Geldrolle wie mit einer Machete niederhackte. Da er der Held war, erreichte er natürlich immer sein Ziel, und dabei fühlte er sich wie ein Soldat.

Das Wohnhaus ragte wie eine aztekische Ruine über dem Rest der Stadt auf. Tief in ihrem dunklen Herzen würde er den Tätowierer finden und seiner Weisheit lauschen. Bei jedem Besuch hörte er eine Geschichte, erkannte am Ende die Moral ... und wenn er dann ging, hatte er am Arm oder am

Bein ein neues Tattoo, auch wenn er sich gar nicht daran erinnern konnte, geinkt und mit Nadeln behandelt worden zu sein. Es war, als würde sich die Geschichte selbst in seine Tätowierungen einfügen und auf seinem Fleisch eine Malerei voller Weisheit schaffen.

All diese Geschichten handelten natürlich von ihm selbst, und er übernahm auch die Rolle des Protagonisten, wenn er ihnen lauschte – Träume innerhalb des Traumes –, und er erhielt dabei wertvolle Lehren für sein Leben. Doch als das Tattoo vollständig und sein ganzer Körper mit herrlicher Tinte bedeckt war – vom Rot und Blau auf seiner Stirn angefangen, bis zu dem wunderbaren Smaragdgrün, das seine Zehennägel umspielte –, da war er nicht zufrieden. »Ich brauche noch mehr Weisheit«, erklärte er dem gesichtslosen Tätowierer.

»Es gibt nur eine bestimmte Menge Weisheit auf der Welt, und ein Mensch besitzt nur eine bestimmte Menge Haut.« Die Stimme des Tätowierers klang in der Tat, als wäre sie voller Weisheit und Wissen.

»Aber es muß noch mehr geben. War das nicht eine der Lehren, die du mir beigebracht hast? Sieh her, betrachte diesen Teil der Tätowierung ...« Er deutete auf seine Brust, wo eine unendliche Kette aus immer größer werdenden Fischen seinen Rumpf umlief. »Diese Fische stellen Weisheit und Wachstum dar ... etwas, das nie endet. Der kleine Fisch, mit dem die Kette beginnt, wird vom großen weisen Fisch am Ende gefressen. Dieser Kreis muß sich fortsetzen.«

Der Gesichtslose nickte. »Du bist wirklich sehr weise, Roy Roberts. Du bist wie der große Fisch, der den kleinen frißt. Du bist voller Wissen und mußt die Kette von neuem beginnen.«

»Ist das meine nächste Lehre?«

»Nein, Roy Roberts, das ist es nicht. Es ist das erste Glied in der nächsten Kette.«

»Ich verstehe.«

»Ja, aber du verstehst nicht, was wahre Weisheit ist. Denn es gibt etwas, das du nicht weißt!«

In seinem Traum lächelte Roberts den gesichtslosen Künstler in Erwartung neuer Weisheiten an. »Und was ist das?«

»Es gibt nur sieben Kreise des Wissens, genau wie es nur sieben Schichten der Haut gibt!«

Der gesichtslose Künstler packte Roberts am Hals dicht unter dem Adamsapfel und riß ihm die Haut vom Körper. Brennender Schmerz erfaßte jeden Zentimeter seines Körpers, als ihm die Haut vom Leib geschält wurde wie ein Taucheranzug. Voller Schmerz blickte er an seinem enthüllten, haarlosen Körper hinab. Blut rann wie ein roter Ozean über seine frische zweite Haut. Zerrissene, verdrehte Kapillaren tanzten wie Seetang darin.

Und wie seine tätowierte Haut, so wurde auch Roberts aus dem Traumreich herausgerissen. Er fand sich schreiend in seinem schweißdurchtränkten Bett wieder. Seine Stimme hallte durch das leere Zimmer und wurde von den mit gelber Tapete bedeckten Wänden zurückgeworfen.

Es war nicht so sehr die Häutung in seinem Traum, die ihn derart erschreckte, obwohl er die Schmerzen noch immer in jeder einzelnen Pore fühlte. Was ihm wirklich Angst einjagte, war das letzte Bild, das er vor seinem Erwachen gesehen hatte.

Der gesichtslose Künstler schlüpfte in Roberts' Haut und trug sie wie ein billiges Halloweenkostüm.

Kapitel 4

1.

Lockerman ging es nicht besonders gut. Das wurde Roberts klar, kaum daß er einen Fuß in Johns Haus gesetzt hatte. Überall im Wohnzimmer war Kleidung verstreut: Zerknitterte Uniformen stapelten sich neben dem Sofa, T-Shirts, unter den Achselhöhlen gelblich verfärbt, lagen unter dem Kaffeetischchen, die Arme ausgebreitet, als wären es Leichen. Auf dem Teppich waren blaue Socken wie Landminen verstreut, und Roberts entdeckte sogar auf der Couch jene Jogginghose aus blauem Satin, die Lockerman bei dem gemeinsamen Grillabend vor einer Woche getragen hatte.

Zudem lagen überall leere Bierdosen herum, manche waren auch zu Pyramiden aufgestapelt. Die Spüle war mit gebrauchtem Geschirr vollgestopft, an dem alte Essensreste klebten. Die ganze Wohnung stank wie eine Mischung aus schmutzigem Barbetrieb und einer rund um die Uhr geöffneten Automatenwäscherei. Und wenn Roberts bedachte, daß John Lockerman ansonsten von einem fast schon krankhaften Ordnungs- und Sauberkeitsfimmel besessen war, dann mußte es wirklich sehr schlimm um ihn stehen.

Roberts tat so, als bemerkte er das Durcheinander nicht, während sie auf dem Sofa hockten und Eistee tranken. Der Tee war lauwarm und natürlich ohne Eis, da Lockerman den Eiswürfelbehälter schon seit Wochen nicht mehr aufgefüllt hatte. Roberts brachte das Thema seines Besuchs direkt zur Sprache, denn er wußte, daß auch Lockerman sich mit nichts anderem beschäftigte. »Noch keine Hinweise, nehme ich an.«

Lockerman blies die Wangen auf wie Louis Armstrong und atmete langsam wieder aus. »*Nada*. Wir haben überhaupt nichts. Diese Cheri Carvers – die, die uns wegen Kuhlman angerufen hat, erinnerst du dich? – ist nirgendwo aufzufinden. In meinen Augen ist sie die Hauptverdächtige. Ich wette, sie hat die ganze Geschichte arrangiert und sich dann aus dem Staub gemacht. Im ganzen Bundesstaat läuft eine Großfahndung, aber ich bezweifle, daß sie sie finden. An ihrer Stelle hätte ich schon längst den Staat verlassen. Erst recht, wo ich hinter ihr her bin.«

Roberts wußte, daß Lockerman sich in den Fall verrannt hatte, aber jetzt klang er schon wie ein Detektiv aus einer der uralten Fernsehserien. Konnte er derart daneben sein? »Laß dich nicht zu sehr davon fesseln, John. Die ganze Sache zerrt auch schon an meinen Nerven. Ich hatte sogar schon Alpträume deswegen.«

»Du auch?«

»Ja, und frag nicht, was für welche.«

»Das freut mich zu hören.« Lockerman lächelte düster. »Ist nicht persönlich gemeint. Es kam mir nur fast so vor, als wäre ich der einzige in der ganzen Stadt, der sich überhaupt Sorgen deswegen macht.«

»Weißt du, ich sollte wirklich darüber berichten.«

John schnappte sofort ein. »Nein, dieser Meinung bin ich ganz und gar nicht. Weißt du noch, was beim letzten Mal passiert ist? Damals, beim Skipisten-Würger, habe ich einen Großteil meiner Zeit mit der Suche nach einem Nachahmungstäter verschwendet. Und alles nur wegen deiner Berichterstattung …«

Roberts hob die Hände, als wolle er sich ergeben. »Ich weiß, ich weiß. Es ist nur so, wenn ich über die Sache berichten könnte, bekäme ich die ganze Geschichte vielleicht aus dem Kopf, verstehst du? Ich komme mir ja selbst schon fast wie ein Krimineller vor, wenn ich alles unter den Tisch kehre, als ginge es um völlig unwichtige Dinge.«

Lockerman beruhigte sich wieder und grinste seinen Freund an. »Ja, das verstehe ich.« Seine Augen schimmerten düster. »Aber ich kriege den Dreckskerl, da mach dir mal keine Sorgen. Und dann kannst du alles berichten. Hab nur noch etwas Geduld. Ich kenne mich mit diesen psychotischen

Typen aus. Die sind einfach scharf auf Publicity. Früher oder später kriechen sie alle aus ihrer Höhle.«

»Hoffentlich früher.« Roberts hob die blaue Jogginghose hoch, die neben ihm lag. »Desto eher räumst du dann vielleicht mal diesen Saustall auf.«

Die beiden Männer lachten und tranken ihren Tee aus. Lockerman schaltete die Glotze ein, wo gerade die Nachrichten liefen, und starrte den Schirm an, als wäre er verlegen – oder als wolle er etwas verbergen. Roberts überlegte, welche Geheimnisse John für sich behalten mochte ... gab es einen entscheidenden Durchbruch in dem Fall?

»Erzähl mir mal von deinen Alpträumen«, sagte Lockerman.

»An allzuviel erinnere ich mich nicht mehr, nur an den Schluß ...«

Das Telefon klingelte lautstark. Es klang wie das Zirpen eines riesigen mechanischen Grashüpfers. Beide zuckten zusammen.Lockerman lief in die Küche, als wäre er froh, das Gespräch unterbrechen zu können. Roberts hörte, wie er leise in die Muschel sprach, zu leise, als daß er etwas hätte verstehen können.

Roy wandte seine Aufmerksamkeit dem Bildschirm zu und schnitt eine Grimasse. Die Wochenendsprecher bauten den üblichen Mist, stolperten über jedes Wort mit mehr als drei Silben und schafften es nicht einmal, ihre Unzulänglichkeit halbwegs zufriedenstellend zu kaschieren. Judy und Rick, die wochentags eingesetzten Moderatoren, waren entschieden besser und arbeiteten auch ausgezeichnet zusammen. Roberts fragte sich, ob Buckman, der Manager des Senders, diese drittklassige Wochenendmannschaft mit Absicht einsetzte, um Rick und Judy durch den Kontrast noch besser erscheinen zu lassen.

Roberts löste den Blick vom Fernsehgerät und ließ ihn über Lockermans Schmutzwäsche gleiten. Er hatte das Gefühl, Schoenmacher mit seinen Gedanken in den Rücken zu fallen, und so dachte er statt dessen über den Traum der vergangenen Nacht nach.

Normalerweise konnte er sich recht gut an die Einzelheiten seiner Träume erinnern, denn er gehörte zu jenen Menschen, die an die Macht von Traumbildern glauben. Träume wirkten auf Roberts wahrhaftiger, ausdrucksvoller und realer als das alltägliche Leben. Das Traumreich war der einzige Ort, an dem er sich wirklich frei fühlte. Keine langweilige Routine, keine Verpflichtungen, kein Zwang zur Anpassung – jeder Traum war anders, einzigartig und aufregend. Das war sehr viel mehr, als man vom wirklichen Leben sagen konnte.

Nur der Traum der letzten Nacht, der war gar nicht gut gewesen. Sein ganzer Körper begann zu kribbeln, wenn er nur daran dachte, wie er von dem gesichtslosen Mann gehäutet worden war. Wieso hatte er einen derartigen Traum gehabt? Wie war er nur auf die Idee gekommen, irgendein mystischer Tattoo-Künstler könne soviel Weisheit besitzen, daß es sich lohnen würde, ihn aufzusuchen?

Er erinnerte sich an Schoenmachers Pseudo-Kriegsgeschichte über diesen Irren namens O'Brien, der sich umgebracht hatte, weil er sich noch nicht *vollständig* fühlte. Wirklich verrückt. Wer war denn schon jemals vollständig? Leben bedeutete Veränderungen und nicht etwa irgendein Puzzle, das auf magische Weise einmal vollendet wurde. Und warum ausgerechnet Tattoos? Hätte er sich nicht etwas Besseres suchen können, um sich selbst zu verwirklichen? Religion oder Philosophie vielleicht? Oder wenigstens eine Freundin?

Der Gedanke traf Roberts wie ein Hammerschlag. In seinem Leben gab es keine Veränderungen, seine Arbeit war ein Witz, der ihn langsam innerlich auffraß, er war nicht religiös, und er hatte auch keine Freundin. Er besaß nichts außer ein paar offenkundig neurotischen Freunden. So gesehen war auch er selbst *unvollständig*.

Roberts fragte sich, wie weit er noch davon entfernt sein mochte, von einem Dach zu springen. Er fühlte sich nicht selbstmordgefährdet, aber das hatte wenig zu besagen, weil er im Grunde überhaupt nichts fühlte. Was also wäre nötig, um diesen Schritt zu vollziehen?

Langsam fühlte er sich unbehaglich. Er stellte sich selbst zu viele Fragen, auf die es keine Antworten gab. Roberts schüttelte heftig den Kopf wie ein nasser Hund und schaute wieder zur Küche hinüber. Lockerman hing immer noch am Telefon und hielt mit einem Finger das freie Ohr zu, um besser verstehen zu können. Es sah fast so aus, als versuche er, seinem Gesprächspartner gleichzeitig zuzuhören und nicht zuzuhören.

Roy hatte Lust auf eine Zigarette. Er sah sich suchend nach einem Aschenbecher um, dem einzigen, den Lockerman noch hatte und den er nur für Roberts aufbewahrte.

Und dann sah er ihn: den weißen Rand eines Hochglanzfotos, das unter einer der Polizeiuniformen in der Zimmerecke hervorragte. Ein schlanker nackter Fuß war zu erkennen, dessen bemalte Nägel ihn wie Augen anblickten.

Roberts bückte sich und zog das Bild aus seinem Versteck. Es war eine Fotografie von Tina Gonzales. Sie lag mit einladend gespreizten Beinen da wie ein Mädchen aus einem Pornomagazin. Nur stammte dieses Bild offensichtlich aus einer Polizeiakte und war am Tatort aufgenommen worden.

Roberts richtete seine Aufmerksamkeit auf das attraktive Gesicht der Frau. Das braune Haar war kurzgeschnitten und glatt und lag eng am Kopf an. Sie trug Ohrringe, die aus langen Goldkettchen bestanden, an deren Ende rote Steine hingen. Ihre offenen *(toten)* Augen blickten verführerisch *(tot)* in die Kamera. Einladende Schlafzimmeraugen *(sie ist tot, Roy, TOT)* …

Roberts spürte, wie er rote Ohren bekam, und konzentrierte sich auf die Tätowierungen. Ihre Stirn wurde von einem herrlichen Schmetterling bedeckt, dessen in bunten Farben schillernde Flügelmuster seinen Blick wieder auf ihre Augen lenkten. Er riß sich los und betrachtete das große geflügelte Wesen auf ihrer Brust. Obwohl er sofort erkannte, daß es sich um ein Sexualorgan handelte, so war es gleichzeitig sehr viel mehr, ein Etwas, so detailliert und komplex gezeichnet, daß es selbst auf dem Foto zu leben und zu pulsieren schien. Und es zwang seine Aufmerksamkeit auf die Schönheit von Gonzales' Körper, auf die unter der grotesken

Hülle verborgene Eleganz ... auf die verdammte *sexuelle* Ausstrahlung, die diese tote Frau besaß ...

Lockerman legte den Hörer mit einem lauten Knacken auf die Gabel. Rasch schob Roberts das Foto unter die Uniform zurück. Ihm war bewußt, daß er rot wurde. Seine Ohren pochten heiß, und in seinem Schoß regte sich etwas ...

John bemerkte nichts davon. Auf seinem Gesicht lag ein Lächeln, das den ganzen Raum erhellte. »Roy! Wir haben eine Spur!«

Roberts sprang auf, angesteckt von Lockermans Freude. »Rede weiter? Was gibt's denn? Diese Carvers?«

»Nein, noch besser. Das war gerade der Leichenbeschauer. Er hat Überstunden gemacht und auch am Wochenende gearbeitet, um die Autopsien möglichst rasch zu erledigen. Mit Tina sind sie noch nicht ganz fertig, aber ...« Lockerman machte eine effektvolle Pause. Hatte er gerade verstohlen zu dem versteckten Foto hinübergesehen?

»Aber was, John?«

»Aber sie haben bei der ersten Leiche etwas sehr Interessantes entdeckt.«

Roberts starrte ihn an. »Ja? Nun sag schon!«

»Du wirst es nicht glauben. Dieser verrückte Hund hat seine Arbeit signiert. Wie ein Maler. Er hat einen Bildtitel und seine Initialen auf Kuhlman hinterlassen – in winzigen Buchstaben neben dem Herzen dieser Maschine eintätowiert. Genau wie ein Maler seine Signatur unter ein Bild setzt.« Lockerman nickte und lächelte dabei grimmig. »Jetzt habe ich diese Arschloch.«

»Das ist doch nicht möglich! Was hat er denn geschrieben?«

»Dieser Irre hat Kuhlman einen richtigen Titel gegeben, ihn ›Menschliche Maschine‹ oder so ähnlich genannt. Und darunter standen die Initialen MKI.«

»M-K-I? Teufel auch, ich glaube, du kannst diesen Kerl auftreiben, indem du einfach einen Blick ins Telefonbuch wirfst!« Roberts lief zum Telefon hinüber, schnappte sich das Buch, das je zur Hälfte aus gelben und weißen Seiten bestand, und fing an zu blättern. Das Gewirr von Buchstaben und Zahlen wirkte beruhigend auf ihn. Es löschte das Bild von Tina aus, das sich in seinen Verstand eingebrannt hatte.

2.

Leider gab es reichlich M.I.s im Telefonbuch. Marty Ingalls und Melanie Illoise, Misty Ironsky und Mike Iacocca. Lockerman machte ein paar Testanrufe, was allerdings nur zu wenig hilfreichen Ergebnissen führte. Die Hälfte der Leute ging gar nicht erst an den Apparat, und die anderen klangen zumindest nicht wie Irre.

Schließlich begab sich Lockerman in Zivilkleidung zum Revier und verzichtete auf sein freies Wochenende, um die Computerdateien nach Menschen mit den Initialen MKI zu durchsuchen.

Bevor Roberts aufbrach, schlug er noch vor, beim Finanzamt und anderen öffentlichen Einrichtungen nach dem mysteriösen MKI zu forschen, worauf Lockerman ihm höflich zu verstehen gab, er solle ihm nicht erzählen, wie er seine Arbeit zu tun hatte.

Als Roberts zu seinem Haus zurückging, kam er sich fast vor wie ein Hilfspolizist. Endlich hatte er ein besseres Gefühl, was den ganzen Fall anging, weil er John tatsächlich dabei half, den Verrückten zu suchen. Statt nur schlechte Nachrichten zu verkünden, unternahm er diesmal selbst etwas, und das war entschieden aufregender, als den ganzen Tag am Schreibtisch zu hocken und mit Worten zu ringen.

Die Stille des Hauses wirkte wie eine große schwarze Decke, die Roberts' einsame Leere reflektierte. Sein Kopf schwirrte vor Aufregung, und es drängte ihn, das Haus zu verlassen.

Es drängte ihn, wieder zu John zu gehen und sich dieses Foto noch einmal anzusehen.

Roy fluchte. Langsam benahm er sich wie Schoenmacher, den auch die verrücktesten Sachen scharf machten. Wie konnte er sich von so einem schrecklichen Bild anmachen lassen?

Aber sie war sehr attraktiv gewesen. Zumindest bevor dieser Kranke sie umgebracht hatte.

Roberts fühlte sich schuldig … aber wozu bewahrte Lockerman das Bild auf? Roy erinnerte sich daran, wie John sich während des Grillabends benommen hatte. Er mußte ein Verhältnis mit dem Mädchen gehabt haben, gar keine Frage.

Roberts dachte über die Tätowierungen nach. Auf ihre Art waren sie wirklich gut gewesen. Dieser Typ war ohne jeden Zweifel völlig verrückt, aber er war auch ein verdammt guter Künstler.

Roy ging ins Bad hinüber und betrachtete sich im Spiegel. Seine Wangen waren noch immer gerötet, doch ansonsten wirkte sein Gesicht blaß und ausgemergelt, und die Haut rings um die Augen schien fast grün und schuppig wie die eines Fisches. Es war der Job, dieser sinnlose und zu nichts führende Job, der ihn so aussehen ließ. Er wünschte, er könnte sein Gesicht einfach abwischen und sich ein neues besorgen.

Für einen Moment versuchte er sich vorzustellen, er sähe aus wie dieser O'Brien, kurz bevor er vom Dach sprang.

Die Stille des leeren Hauses dröhnte ihm in den Ohren, tosend wie ein schaumiger roter Ozean.

Roberts holte seinen Wagen aus der Garage und fuhr los.

3.

Selbst als Roberts schon mit entblößtem Oberkörper auf dem Ledersessel saß, der jenen ähnelte, die in Friseurgeschäften standen, und auf seine blasse, von nervösem Schweiß bedeckte Brust hinabblickte, konnte er kaum glauben, daß er sich wirklich hier befand.

Er konnte sich nur noch daran erinnern, daß die blutunterlaufenen Augen draußen auf dem Schild über CORKY'S TATTOOS in der strahlendhellen Sonne von Colorado plötzlich nicht mehr bedrohlich, sondern eher einladend gewirkt hatten. Und als er den Laden betrat, schienen sie ihm sogar zuzuzwinkern.

Corky war ein sympathisch wirkender Bursche, was Roberts' Ängste ganz erheblich minderte. Er hatte nämlich erwartet, der Tätowierer würde wie ein finsterer Hell's Angel aussehen, häßlicher noch als der gesichtslose Künstler aus seinem Alptraum. Aber natürlich war das nicht der Fall, obwohl Corky ganz offensichtlich ein Biker war, was nicht nur die vor dem Laden geparkte Harley-Davidson bewies, sondern auch die zahlreichen Utensilien überall an den Wänden. Corky war ein Mann mittleren Alters mit angegrautem Haar und einem langen, fast weißen Bart, der ihn wie einen in Leder gekleideten Weihnachtsmann wirken ließ. Die Tätowierungen auf seinen kräftigen, muskulösen Armen erzählten eine ganze Geschichte: Jahreszahlen in Verbindung mit gekreuzten M-16 auf seinem Bizeps erinnerten ganz offensichtlich an Vietnam; auf einem der Unterarme waren orientalische Schriftzeichen und fremdartig wirkende Drachen zu sehen. Die Innenseite des anderen Arms zeigte Damenbeine, so schwülstig und erotisch gezeichnet, als hätte man sie von einem Titelbild der *Vogue* übertragen. Außerdem gab es sehr detailliert gezeichnete Schädel samt gekreuzter Knochen, eine verkorkte Schnapsflasche mit seinem Namen darauf, die von feuchten weiblichen Zungen abgeleckt wurde, und noch vieles mehr. All diese Kunstwerke reflektierten Geschehnisse aus seiner Vergangenheit und Gegenwart, als wäre seine Haut ein lebender Skizzenblock.

Auf Roberts wirkte der Mann mit seinem grauen Bart und den bohrenden blauen Augen wie ein Sinnbild der Weisheit … oder zumindest wesentlich weiser, als er erwartet hatte. Weise, erfahren und auch ein wenig gefährlich.

Der Laden selbst war klein, und Roberts war der einzige Kunde. Ein Stuhl, keine Wartezeit. Das Ganze hätte wie ein

Friseurladen gewirkt, wären da nicht die Magazine *Iron Horse, Easyrider* und *Outlaw Biker* auf der von Brandflecken bedeckten Vinylcouch gewesen, dazu die winzigen handgemalten Bilder, die ohne besondere Ordnung an die braunen, zerkrümelnden Korkwände gepinnt waren.

Doch mit seinem langen grauen Haar, das, zu einem Pferdeschwanz zusammengebunden, über den Rücken herabfiel, wirkte Corky ganz und gar nicht wie ein Friseur. Und verglichen mit einem Haarschnitt war seine Arbeit wohl eher schmerzhaft zu nennen.

Roberts schluckte den bitteren Geschmack in seiner Kehle herunter. »Ich muß gestehen, daß dies hier meine erste Tätowierung wird.«

»Ach, wirklich!« erwiderte Corky sarkastisch und rieb das weiche, jungfräuliche Fleisch über Roberts' rechtem Schulterblatt mit Alkohol ein.

Roy kicherte nervös. »Ja, genau. Aber ich habe mich irgendwie schon immer dafür interessiert.« Das war natürlich eine glatte Lüge.

Corky hielt inne. »Hey, Mann, wenn Sie sich für Tattoos nur interessieren, sollten Sie sich besser keins zulegen. Diese Dinger sind dauerhaft, verstehen Sie?«

Roberts nickte. »Ich weiß. Darf ich hier rauchen?«

»Sicher, solange Sie teilen.« Corky nahm die unterbrochene Arbeit wieder auf, rieb aber sanfter über die Haut als zuvor.

Roberts zog zwei Zigaretten aus der Packung, steckte eine zwischen die Lippen und zündete sie mit zitternden Händen an. Die andere gab er Corky.

»Was ist das denn? Ach so.« Der Tätowierer schnippte die Zigarette weg. »Als Sie von Rauchen sprachen, dachte ich, Sie meinten wirklich *Rauchen*.«

Roberts lachte laut auf, aber es klang nicht echt. Mittlerweile stand ihm der Schweiß auf der Stirn und rann zu seinen Ohren hinab. Er wagte kaum, sich zu rühren, als könne jede Bewegung den Künstler ablenken. Abermals verglich er die ganze Aktion mit einem Besuch beim Friseur.

Corky beendete seine Vorbereitungen. Er drehte sich um

und legte sich die Nadeln zurecht. Roberts hatte nicht das geringste Bedürfnis, ihm dabei zuzuschauen. »Mal sehen, ob ich alles richtig verstanden habe. Sie möchten also eine kleine *Schreibmaschine* auf Ihr Schulterblatt tätowiert bekommen?«

Roy kam es so vor, als würde Corky ein Lachen unterdrücken.

»Ja, ganz genau.«

»Was machen Sie denn so beruflich?«

»Ich bin Reporter.«

»Aha … ich verstehe.«

Etwas summte ein paarmal rasch. Es klang so ähnlich wie der Bohrer beim Zahnarzt.

»Ich wette, Sie sind auf der Suche nach einer Story, richtig?«

»Nun, nicht ganz. Ich wollte nur …«

Er hörte, wie etwas aufgeschraubt wurde. Tintenfläschchen? »Hier.« Corky schob Roberts eine Flasche Bourbon zwischen die Beine. »Ein kleines Betäubungsmittel.«

Roberts nahm einen Schluck. Sofort fühlte er sich besser, sehr viel besser.

Und dann setzte Corky die Nadel auf seine Haut.

4.

Es war gar nicht so schmerzhaft, wie er erwartet hatte. Natürlich stach es anfangs, doch nachdem er eine halbe Flasche Bourbon geleert hatte, empfand er es mehr als eine Art Kitzeln. Fast kam es ihm so vor, als würde ein lästiger Moskito hinter seinem Rücken herumschwirren.

Corky trank ein Bier bei der Arbeit. Nach einer Stunde hatte er den größten Teil der Umrisse des fünf Zentimeter breiten Rechtecks fertiggestellt, das sich bald in eine farbige Schreibmaschine verwandeln würde. Die meiste Zeit über schwiegen sie. Roberts war noch immer zu nervös, um zu reden, obwohl der Alkohol ihm langsam die Zunge löste.

Corky schaltete die elektrische Nadel aus und legte sie auf die Arbeitsplatte neben sich. Gemächlich nippte er sein Bier, während er Roberts' Rücken betrachtete. Dann schraubte er eine Tube auf und verrieb Creme auf der Haut. »So weit, so gut. Das muß sich jetzt ein bißchen setzen. Sie haben eine richtige Babyhaut, wissen Sie das? Sie werden sehr leicht wund.«

»Toll.« Roberts verdrehte die Augen. Das paßte ja wunderbar. So langsam bedauerte er die ganze Angelegenheit schon. Da wurde er von einem sehr erfahrenen Mann tätowiert, doch bis jetzt hatte er keine magische Erkenntnis gespürt. Keine von Weisheit erfüllte Erzählung gehört. Für sein Geld hatte er nichts erhalten als einen wunden Rücken. Aber natürlich war es dumm, irgendeine plötzliche, mystische Erleuchtung zu erwarten, nur weil er hier saß und sich für immer zeichnen ließ. Kindische Wunschvorstellungen, nichts weiter.

Und warum ausgerechnet eine Schreibmaschine? Er war aus einem Impuls heraus hergekommen, ohne wirklich zu wissen, was für eine Tätowierung er haben wollte, doch das Wort Schreibmaschine hatte sich automatisch über seine Lippen gedrängt, als Corky ihn nach seinen Wünschen fragte. Roberts war sich gar nicht so sicher, ob er wirklich für den Rest seines Lebens mit einer Schreibmaschine auf dem Rücken herumlaufen wollte – schließlich haßte er seinen Job, warum sollte er sich da auch noch einen Teil davon in seine Haut sticheln lassen? Der Inspiration wegen? Er wußte es nicht. Doch jetzt war es ohnehin schon viel zu spät, um noch etwas zu ändern.

Stille herrschte in dem Raum, als die Salbe kühl auf seine Haut einwirkte. Corky holte sich noch ein Bier aus dem kleinen Kühlschrank hinter dem alten Eichenschreibtisch.

Der Tätowierer schaute Roberts genau in die Augen. »Ich habe gefragt, ob Sie hinter einer Geschichte her sind, weil Sie so einen gewissen Blick haben. Irgendwie machen Sie den Eindruck, als wären Sie an etwas anderem als einer Tätowierung interessiert. Und möglicherweise hat das etwas mit den Cops zu tun, die kürzlich hier herumgeschnüffelt haben.«

»Cops?« Sein Rücken fing an zu schmerzen. Am liebsten

hätte er sich dort gekratzt, doch statt dessen umklammerte er die Bourbonflasche, als enthielte sie Medizin.

»Ja. Sie waren letzte Woche hier, haben einen Haufen blöder Fragen gestellt und mir ein paar Fotos gezeigt. In den anderen Läden der Stadt sind sie auch gewesen. Sind allen schwer auf die Nerven gegangen. Da muß irgendwer eine richtig üble Sache gedreht haben, sonst gäb's nicht so einen Bullenauftrieb.«

Bullenauftrieb. Offensichtlich hatte Corky nicht viel für die Polizei übrig. Es war wohl besser, wenn Roberts nicht erwähnte, daß einer seiner Freunde selbst ein Cop war.

»Davon wußte ich nichts«, log er.

Corky nickte mit einem schiefen Grinsen.

»Ich interessiere mich tatsächlich nur für Tätowierungen, genau wie ich es gesagt habe. Ich wollte einfach herausfinden, was für ein Gefühl das ist. Einer meiner Freunde«, erklärte er und dachte an Schoenmacher, »ist selbst tätowiert und schwört darauf. Da dachte ich, ich probiere das selbst mal aus.«

Corky grinste so breit, daß sein Bart knisterte. »Ich kenne Sie erst seit ungefähr einer Stunde, aber ich glaube, ich weiß, was los ist.« Er trank sein Bier mit großen Zügen. »Sie haben überhaupt keine Ahnung von Bildern, was?«

»Hä?«

»*Bilder*. Sie sind das, was man einen Bilderkrüppel nennt.«

»Ein was?« Die Worte rutschten einfach aus ihm heraus. *Wer war dieser Kerl?*

»Das ist mir schon in dem Moment aufgefallen, als Sie zur Tür hereinkamen. An Ihren Augen. An der Art, wie Sie die Bilder an der Wand und in meinem Musterbuch betrachtet haben ... und Sie konnten Ihren Blick ja keine Sekunde von meinen eigenen Tätowierungen lassen. Sie benehmen sich, als hätten Sie nie zuvor Kunst gesehen.«

Das stimmte nicht. Er hatte nur noch nie echte Tätowierungen gesehen, so richtig aus der Nähe und auf lebendem Fleisch. Aber das würde er Corky gegenüber nicht zugeben. »He, Moment mal! Was ist ein ... wie haben Sie das genannt?«

Corky schüttelte den Kopf. »Ist nicht so wichtig. Um es laienhaft auszudrücken – Sie sind ein Mann der Worte, nicht der Bilder.«

Das stimmte. Roberts wurde blaß.

»Sie *denken* Dinge, aber Sie *sehen* sie nicht. Und ich glaube, Sie genieren sich deswegen. Ich würde sogar darauf wetten, daß Sie die Tätowierung nur haben wollen, um diesen Teil Ihres eigenen Ichs zu verdecken.«

Roberts fühlte sich durchschaut. Nicht als Journalist auf der Suche nach Hintergrundmaterial und auch nicht als Lockermans selbsternannter Hilfspolizist – sondern als Mensch, der sich in Worten verfangen hatte. Corky hatte auf Anhieb erkannt, wer und was er war. Erstaunlich.

»Haben Sie sich schon mal einen ausländischen Film angesehen?«

»Hin und wieder.«

»Dann sagen Sie mir jetzt die Wahrheit. Achten Sie überhaupt auf den Film, oder kleben Sie mit den Augen an den Untertiteln, als würden Sie ein Buch lesen?«

Roberts antwortete nicht, aber er spürte, wie er nickte. Bin ich derart durchschaubar? überlegte er.

Corky nippte schweigend an seinem Bier und holte sich dann ein neues.

»Woher wissen Sie all diese Sachen?«

Corky riß die Dose auf und schlürfte den Schaum ab. Ein paar Biertropfen hingen gelb in seinem Bart. »Teufel, ich war auch mal auf dem College, genau wie Sie.«

Roberts war nicht auf dem College gewesen, aber er äußerte sich nicht dazu – immerhin lernte er ja ständig dazu.

Corky fuhr fort. »Englisch im Hauptfach, Kunst im Nebenfach. Heute wünsche ich mir, es wäre andersherum gewesen. Jedenfalls hätten sie mich fast dazu gebracht, die Welt genau wie Sie in Worten zu betrachten.«

»Wie meinen Sie das?« fragte Roberts. »Denken wir nicht in Worten? Kommunizieren wir nicht in Worten? Benutzen wir nicht gerade jetzt Worte?«

»Lieber Himmel, waren Sie im Debattierclub, oder was?«

Corky lachte und warf einen prüfenden Blick auf Roberts' Schulter. »Jedenfalls stimmt das nicht ganz. Worte sind Worte – Symbole. Bilder sind Realität. Wenn Sie etwas sehen können, ist es wirklich da. Wenn Sie nur darüber lesen, eben nicht ... es existiert dann nur in Ihrem Kopf. ›Ein Bild sagt mehr als tausend Worte.‹ Kennen Sie diesen Spruch? Nun, ich behaupte, tausend Worte sagen überhaupt nichts – es ist das Bild selbst, das wirklich zählt. Kapiert?«

Roberts ließ die Worte auf sich einwirken.

»Nun, Sie werden es schon noch verstehen. Darum geht es nämlich bei den Tätowierungen. Um Bilder. Um die innere Realität. Etwas, das Worte nicht zum Ausdruck bringen können.«

Roberts trank einen Schluck Bourbon und versuchte, sich über Corkys Philosophie klarzuwerden. Das Ganze schien durchaus einen Sinn zu ergeben, doch immer, wenn Roberts sich bemühte, die Worte aus seinem Verstand zu verdrängen, geschah gar nichts. Der Journalist in seinem Innern versuchte weiterhin, die Welt rings um sich zu beschreiben – die Bilder an der Wand, den Eichentisch, den grauhaarigen Biker mit seiner Ader für Philosophie. Worte. Gedanken waren Worte.

Roberts versuchte, all das loszuwerden. Sätze. Fragen. Die fünf Ws. Worte. Buchstaben.

Die Initialen des Verrückten, die Signatur eines verdrehten Verstandes ... die Realität eines Irrsinnigen.

Corky unterbrach seinen Gedankengang. »Ich glaube, wir können jetzt mit der Tinte weitermachen. Und auch mit dem Bourbon.« Er holte eine neue Flasche aus einer Schublade im Tisch. Roberts hörte das Klirren von Glas und erkannte, daß Corky dort genug Alkohol für seine Kunden aufbewahrte, um eine Bar zu eröffnen. Corky gönnte sich selbst einen tüchtigen Schluck, bevor er die fast leere Flasche zwischen Roberts' Beine setzte.

Dann füllte er die Nadel mit silberfarbener Tinte, um das metallische Schwarz zu erzeugen, das er für die Schreibmaschine vorgesehen hatte. Es mochte ja ein fragwürdiges Objekt für eine Tätowierung sein, dachte er, aber das war noch lange kein Grund, schlampig zu arbeiten. Es war sinnlos, überhaupt etwas zu tun, wenn man es nicht ordentlich machte. Wenn schon, dann mußte man auch dafür sorgen, daß es die Zeit und Energie wert war, die man hineinsteckte.

Roberts konnte nicht sehen, wie Corky an seinem Rücken arbeitete, und das war ihm auch ganz recht. Sein Magen rebellierte auch so schon genug.

Neben seinem Ohr sagte Corky: »Wissen Sie was? Ich erzähle Ihnen mal so eine Geschichte über einen Bilderkrüppel wie Sie, der vor einiger Zeit hier war. Vielleicht verstehen Sie dann besser, wovon ich eigentlich rede. Lehnen Sie sich einfach zurück, und trinken Sie, während ich Ihnen davon erzähle.«

Unheimlich, dachte Roberts. Das entwickelte sich ja fast wie in seinem Traum. Ein bißchen zu sehr wie in seinem Traum. »Sie haben doch nicht vor, mir das Gesicht abzureißen, oder?«

»Was?«

»Vergessen Sie's.« Roberts spürte, wie er rot wurde.

»Na schön. Entspannen Sie sich, und hören Sie zu. Aber ich muß Sie warnen: Ich liebe es, Geschichten zu erzählen. Manchmal finde ich kein Ende. Aber das ist eine wahre Geschichte, deshalb würde ich sie gerne erzählen. Falls ich zu sehr abschweife, dann sagen Sie einfach, ich soll mit dem Scheiß aufhören. Okay?«

Roberts lehnte sich zurück und nickte. Der Raum drehte sich ein wenig um ihn, doch er fühlte sich gut. Er nahm sich vor, sich auf die Bilder zu konzentrieren und nicht auf die Worte, falls das überhaupt möglich war.

»Dann fangen wir mal an.« Die Nadelpistole erwachte summend zum Leben, und Corky begann seine Geschichte.

5.

»Dieser obdachlose Biker rollte seine rostige alte Harley auf den Bürgersteig, lehnte sie draußen neben der Tür gegen die Wand und marschierte in meinen Laden, als wäre es sein eigener. Er kam immer am Donnerstagnachmittag, wenn hier absolut nichts los war. Ich habe keine Ahnung, ob der Laden donnerstags wie ausgestorben war, weil das donnerstags eben so ist, oder ob die Leute mein Geschäft wie die Pest mieden, weil *er* dann hier war, ausgemergelt und stinkend wie ein öffentliches Klo.

Ich weiß, ich hätte den nach Pisse stinkenden Arsch rausschmeißen sollen, gleich als er zum ersten Mal hier auftauchte, aber irgendwie tat mir der arme Kerl leid. Offenbar war die heruntergekommene Maschine das einzige, was ihm das Leben erträglich machte, und das mußte ich ihm immerhin zugute halten.

Er nannte sich selbst One-Eyed-Jack, vermutlich wegen seiner Augenklappe ... ich weiß nicht, ob er das Ding aus Angeberei trug oder nicht, aber so verdreckt wie es war, schien es mir doch echt zu sein. Seine Kleidung bestand aus Lumpen. Das bierfleckige Unterhemd war an den Rändern ausgefranst, und sein schorfbedeckter Bauchnabel ragte über abgetragenen, zerrissenen Jeans hervor. Er hatte überhaupt keine Tätowierungen und kam mir richtig nackt vor. Wenn er nicht ständig seine schrottreife Maschine mit sich herumgeschoben hätte, wäre man nie auf die Idee gekommen, daß er ein Biker war ... man hätte ihn einfach für einen Penner mit einer blöden Klappe über dem rechten Auge gehalten.

Nun, jedenfalls marschierte er an jenem Donnerstag herein und pflanzte seinen Arsch auf den Platz, wo meine Kunden üblicherweise sitzen und in Magazinen blättern, wenn ich beschäftigt bin, oder mit mir quatschen, wenn ich gerade Zeit habe. So ging das zwei Monate lang. Jack kam jeden Donnerstag, obwohl er sich meine Preise nicht leisten konnte, so niedrig die auch sind.

Jedesmal, wenn er hereinkam, fragte er: ›Hey, Corky, wie läuft das Geschäft?‹, und ich ignorierte ihn jedesmal. Seine Stimme knirschte wie Reifen, die über Kies rollen, und es lag ein Unterton darin, der sagte *Ich habe Hunger*, obwohl er zu stolz war, diese Worte wirklich auszusprechen.

Dann nahm er eins meiner Musterbücher und blätterte es durch. So, wie er sich dabei aufführte, hätte man ihn für meinen größten Fan halten können. Vielleicht war er das ja wirklich, obwohl ich natürlich auch regelmäßige Kunden habe, die gutes Geld für meine Arbeit bezahlen. Aber er schien meine Werke wirklich zu schätzen. Vielleicht war das ja auch der Grund, warum ich ihn mochte, während alle anderen ihn ablehnten.

Eines Tages unterbrach er seine Routine nach einer halben Stunde, warf das Buch auf den Tisch und sah mir direkt in die Augen. ›Ich möchte dir einen Vorschlag machen, Corky. Willst du ihn hören?‹

›Was denn?‹ fragte ich. Meiner Stimme merkte man es nicht an, aber ich war doch ziemlich überrascht über die Art, wie sich der Unterton in seiner Stimme verändert hatte. Es hörte sich nicht mehr an wie Räder, die über Kies rollten, sondern eher wie nagelneue Reifen auf einer glatten Asphaltdecke. Er klang plötzlich wie einer dieser verdammten Handelsvertreter, die ab und zu hier auftauchen.

›Wenn du mich tätowierst, gebe ich dir meine Harley dafür.‹

Sein Bike war völlig im Arsch, trotzdem konnte ich kaum glauben, daß er mir tatsächlich seinen wertvollsten Besitz anbot. Ich sagte ›Nein‹ und verschränkte meine tätowierten Arme vor der Brust, um meine Entschlossenheit zu bekunden.

›Dann arbeite ich für dich. Ich kann hier saubermachen, und ich verstehe auch etwas von …‹

›Nein‹, wiederholte ich.

›Ach, komm schon, Corky. Du weißt, daß ich es wert bin.‹

›Nein‹, sagte ich wieder. Dachte er wirklich, ich würde Zeit und Farben an ihn verschwenden?

›Einen Augenblick‹, meinte er und fing an, in den Taschen seiner Jeans zu wühlen. ›Bevor du dich endgültig entscheidest, möchte ich, daß du dir etwas ansiehst.‹ Schließlich zog er ein zerknittertes Papier hervor, strich es glatt und gab es mir, wobei er mich mit seinen Zahnlücken angrinste wie ein alter Pirat.

Ich warf einen Blick auf das Blatt. Es handelte sich um eine aus einem Hochglanzmagazin herausgerissene Seite mit dem Foto irgendeines Yuppie-Typen. Der Yuppie – wahrscheinlich eins von diesen männlichen Fotomodellen – grinste mich an, daß es mir den Magen umdrehte. Ich drehte das Blatt herum und suchte nach einer Besonderheit, irgend etwas Auffälligem. Schließlich fragte ich ihn: ›Was zum Teufel soll das?‹

›Der Kerl, Corky, sieh dir den Kerl an.‹ Also starrte ich auf diesen Typen, der mich aus dem Foto heraus angrinste. ›Was soll mit ihm sein? Stehst du auf Schwuchteln?‹

›Ich will sein Auge haben.‹

›Was?‹

Ich sah zu One-Eyed-Jack hinüber. Er hatte eine Pistole auf mein Gesicht gerichtet. Sie sah geladen aus, und er wedelte aufgeregt damit herum. ›Ich will sein Auge, Corky. Und ich will es heute haben.‹

Scheiß-Donnerstage.«

Corky schaltete den Inker aus und füllte ihn mit einer anderen Farbe – einem Tarnfarbengrün, um die Schreibmaschine zu schattieren. »Sind Sie eingeschlafen, Roy?«

»Nein, ich höre nur zu. Gute Geschichte. Und Sie machen die Stimme des Burschen sehr gut nach, fast wie ein Imitator. Haben Sie ihm nun das Auge gegeben oder nicht?«

»Immer mit der Ruhe. Hören Sie einfach weiter zu.« Corky nahm einen großen Schluck aus der Bourbonflasche, die Roberts noch immer auf dem Schoß hielt. Wieder erwachte die Nadel summend zum Leben, und Corky setzte seine Erzählung fort …

»Nun, nachdem er sich so oft im Laden herumgetrieben hatte, wußte er, wo ich meine 44er aufbewahre und holte sie sich jetzt einfach. Als nächstes zog er die Blenden vor die Fenster und verschloß die Tür.

Als es schon düster im Laden war, riß er sich die Augenklappe herunter, schleuderte sie auf den Boden und zeigte mir sein entstelltes Gesicht. Die gesamte rechte Seite war glatt und blaß, als wären sowohl Auge wie Braue sauber entfernt worden. Er hatte auch keine Augenhöhle wie auf der linken Seite ... es gab einfach nur eine flache, glatte Oberfläche aus weißem, jungfräulichem Fleisch.

›Was starrst du mich so an?‹ fragte er und wedelte mit der Pistole herum.

›Es ist nichts, Jack‹, sagte ich, ›überhaupt nichts.‹

Da wurde er sauer. ›He, verarsch mich nicht, Mann. Ich habe dir die Chance gegeben, das hier auf die einfache Art durchzuziehen. Ich hatte gedacht, du wärst anders, Corky. Aber das bist du nicht. Du bist genauso geizig wie die anderen Arschlöcher, die mich jeden Tag anspucken, wenn sie an den Schlafstellen der Obdachlosen vorbeikommen.‹

Ich sagte keinen Ton. Ganz offensichtlich stand er schon auf der Kippe, und ich wollte ihm nicht den letzten Schubs geben. Jedenfalls nicht, solange er in jeder seiner zitternden Hände eine Kanone hielt.

Schließlich seufzte er. ›Also dann‹, sagte er, latschte zu diesem Sessel und ließ sich hineinfallen. ›Ich will, daß du mir ein Auge gibst, und es soll genauso aussehen wie die von dem Burschen auf dem Foto.‹ Er benutzte den Lauf meiner 44er als Zeigestock und tippte damit auf die häßliche Seite seines Gesichts. ›Du sollst es hier eininken, genau hier.‹ Ich hoffte, die Kanone würde losgehen, solange sie auf seinen Kopf gerichtet war, doch nichts geschah.

Mir blieb nichts anderes übrig, als zu tun, was er sagte. Ich war doppelt so groß wie er und kam mir wie ein Arschloch vor, weil ich seinen Befehlen gehorchte, aber mir war klar, daß er verrückt genug war, um zu schießen. Also bereitete ich meine Nadeln vor.

Schließlich setzte ich mich mit der Nadelpistole in der Hand auf meinem Hocker und überlegte, wie ich anfangen sollte. Die Stelle, die ich tätowieren sollte, sah so aus, als würde sie wie eine Seifenblase platzen, wenn ich sie nur berührte. Die Oberfläche wirkte nicht lederartig wie richtige Haut, sondern ganz glatt und fremdartig. Zugegebenermaßen war das Ganze so unheimlich, daß ich mich nicht einmal traute, es zu berühren.

Dann spürte ich, wie sich sein Lauf in meine Rippen bohrte. ›Und du sollst besser gute Arbeit liefern. Ich habe gesehen, was du sonst so machst, und das ist wirklich nicht schlecht, aber diesmal sollst du ein Meisterwerk abliefern. Es muß *echt* aussehen.‹ Er stieß mit der Pistole zu. ›Hast du kapiert?‹

Ich nickte. Er machte mir die Arbeit nicht gerade leichter.

Also ging ich ans Werk und legte die Umrisse fest, wobei ich mich an dem Magazinfoto orientierte. Die Augenfarbe des Yuppies unterschied sich von der Jacks, aber ich hatte nicht vor, seine Anweisungen in Frage zu stellen. Dann inkte ich es ein, Linie um Linie, und fügte auch eine passende Augenbraue hinzu. Die ganze Zeit über hätte ich schwören können, daß sich irgend etwas unter Jacks Haut bewegte, ungefähr so, als befände sich der Augapfel direkt unter dem Fleisch und versuche, jede meiner Bewegungen zu verfolgen und aufzupassen, daß jeder einzelne Punkt am richtigen Platz saß. Verdammt unheimliches Gefühl.

Jack zappelte nicht soviel herum wie die meisten anderen, die zum ersten Mal tätowiert werden. Er saß ganz entspannt da und hielt die Pistole auf mich gerichtet. Sein gesundes Auge wurde feucht, doch offensichtlich störten ihn die Tränen nicht, die über sein Gesicht liefen, wenn er blinzelte. Ich glaube, ihm gefiel der Schmerz irgendwie.

Nachdem ich etwa eine Stunde lang sein unheimliches Fleisch geinkt hatte, zerrte das Summen der Nadel langsam an meinen Nerven. Mir war so unheimlich, daß ich versuchte, ein Gespräch mit ihm anzufangen, was ich unter normalen Umständen niemals getan hätte. Meine ersten Worte kamen ziemlich gezwungen heraus. ›Erzählst du mir deine Geschichte, Jack?‹

›Keine Geschichte.‹

Ich bemühte mich, meine Stimme nicht zittern zu lassen. ›Wo hast du die Kanone her?‹

›Das ist meine, Corky.‹ Er klang so, als hätte er sich etwas beruhigt. Jedenfalls hoffte ich das. ›Ich habe sie schon sehr lange. Neben meinem Bike ist sie alles, was mir noch geblieben ist.‹

›Aha.‹ Der Klang seiner Stimme verriet mir, daß er irgend etwas mit sich herumschleppte, das er loswerden wollte. Ich wartete.

›Ich nehme an, ich kann es dir erzählen‹, meinte er. ›Schaden wird es nicht, denn wenn du fertig bist, wirst du mich nie wiedersehen, und ich glaube auch nicht, daß du zu der Sorte gehörst, die die Bullen rufen.‹ Er zog eine Zigarette aus der Packung, die immer für die Kunden auf dem Tisch liegt, und zündete sie an. Seine Kanone hielt er noch immer in der Hand, aber meine 44er hatte er entladen und neben sich auf den Tisch gelegt.

›Ich bin auf der Flucht. Daß ich wie ein Obdachloser rumlaufe, ist nur Tarnung. In Wirklichkeit bin ich verdammt reich, aber ich komme im Moment nicht ran. Muß abwarten, bis der richtige Zeitpunkt da ist und keiner mich erwischen kann. Das ist übrigens auch einer der Gründe, warum ich das Auge haben will.‹

›Aha‹, sagte ich, um ihn zum Weiterreden zu bringen. Ich war mir nicht ganz sicher, ob er die Wahrheit sagte oder einfach nur einen Knall hatte, aber solange er die Pistole auf meine Brust richtete, war mir das auch herzlich egal.

›Weißt du, ich habe meinen eigenen Steckbrief in einem Postamt gesehen ... kannst du dir so was vorstellen? War sogar ein Foto von mir drauf mitsamt der Augenklappe. Stammte wahrscheinlich von einer der Überwachungskameras in der Bank, die ich geknackt habe. Na, jedenfalls hing mein Foto dort in dem Postamt, damit die ganze Welt es sehen konnte, und darüber stand: GESUCHT. Natürlich bin ich schleunigst aus dem Postamt verschwunden, aber ich werde nie vergessen, was in fetten Buchstaben auf dem Steckbrief stand: ›BESONDERE KENNZEICHEN: Rechtes Auge fehlt. Der Gesuchte trägt eine schwarze Augenklappe, um die Narbe zu verdecken.‹ Sein Gesicht lief rot an, und ich konnte spüren, wie seine Haut vor Wut heiß wurde. ›Was sollte ich gegen diese Beschreibung unternehmen? Danach konnte mich doch jeder sofort identifizieren. Schließlich bin ich so eine Art wandelnde Kuriositätenshow‹, sagte er und heulte dabei fast.

Seine Hand verkrampfte sich – diejenige, mit der er die Pistole hielt. ›Deshalb hast du also beschlossen, dich bei den Pennern im Park zu verstecken, hm?‹

Er schwieg eine Weile und kicherte dann. Offenbar war er froh, daß wenigstens einer die verdrehte Logik seiner Tarnung begriff.

›Ja! Ich dachte mir, jeder ignoriert diese Typen. Verdammt, niemand will einem Penner auch nur in die Augen sehen. Und wenn es doch einer tut … nun, das sind ja sowieso alles Freaks, also passe ich da gut hin. Es ist das perfekte Versteck, eine narrensichere Deckung!‹ Wieder lachte er. ›Sogar dich habe ich getäuscht, Corky!‹

Ich begann damit, die grüne Iris des Auges zu schattieren, das ich gezeichnet hatte. Die Arbeit war fast fertig, und dieser Jack würde – hoffentlich – bald aus meinem Leben verschwinden.

Irgend etwas an der Art, wie er so voller Stolz über sich selbst sprach, drehte mir den Magen um. Er war nicht besser als die Leute, die die Obdachlosen anspuckten. Im Gegenteil, er benutzte sie, und das war noch viel schlimmer. Jetzt, wo er Farbe bekannt hatte, bedauerte ich Jack noch mehr als zuvor. Doch ich mußte ihn fragen: ›Warum dann das hier? Warum willst du diese Tätowierung haben?‹

›Du hast es noch nicht kapiert, was?‹ Er hatte immer noch sein Piratengrinsen aufgesetzt, doch ohne die Augenklappe wirkte es eher armselig. ›Ich habe dich getäuscht, und die ganze Stadt. Aber jetzt bin ich dieses Pennerdasein leid. Ich will aus dem Versteck herauskommen und mein Geld holen, damit ich hier verschwinden kann.‹ Seine Stimme klang angespannt und schrill. ›Und ich will *normal* aussehen, damit niemand mehr mein *besonderes Kennzeichen* bemerkt. Es kotzt mich an, *One-Eyed*-Jack zu sein. Diese Tätowierung ist die perfekte Lösung für all meine Probleme.‹

Völlig verrückt. Wen glaubte er damit täuschen zu können?

Rasch beendete ich die letzten Striche und lehnte mich dann zurück, um mein Werk zu betrachten. Es war das realistischste Kunstwerk, das ich je gesehen hatte … sogar echter als das Foto, nach dem ich es gezeichnet hatte. Das Weiße des Augapfels war von dünnen Adern durchzogen, die Pupille hatte einen feuchten Schimmer, die Augenbraue wirkte ein wenig zerzaust, damit es nicht so aussah, als wäre jedes Härchen einzeln gezeichnet. Das ganze Auge erschien so natürlich wie sein eigenes, trotz der unterschiedlichen Farben. Es war tatsächlich meine beste Arbeit. Vermutlich schafft man so etwas nur unter starkem Druck.

Ich gab ihm einen Spiegel, und als er das Auge sah, heulte er vor Begeisterung auf. ›Du hast es geschafft! Ich kann es nicht glauben, du hast es wirklich geschafft!‹ Und dann drehte er wirklich durch.

Es konnte einem übel werden bei dem Anblick. Jacks echtes Auge rollte wie eine haltlose Kugel in seinem Gesicht herum, als er sich im Spiegel bewunderte. Es wirkte im Vergleich zu der Tätowierung fast schon unmenschlich.

Im Gegensatz dazu blickte das tätowierte Auge ruhig und gelassen in den Spiegel, als gehörte es zu einem gesunden Menschen. Das Tattoo war so gelungen, so echt, daß es ganz offensichtlich nicht in Jacks verzerrtes, psychotisches Gesicht gehörte. Er sah aus wie dieser Fernsehdetektiv Columbo auf einem LSD-Trip.

Jack war so mit sich selbst beschäftigt, daß er die Pistole völlig vergessen hatte. Sie lag jetzt auf seinem Schoß und flehte mich geradezu an, sie zu ergreifen und diesen Wahnsinnigen zu entwaffnen.

Und genau das tat ich. Er merkte es nicht einmal. Er saß einfach nur da und starrte seine häßliche Fresse im Spiegel an.

Ich richtete die Pistole auf ihn, doch er hätte sich ebensogut auf einem anderen Planeten befinden können, so wenig nahm er davon Notiz.

Er flüsterte irgend etwas, brabbelte vor sich hin wie ein Baby. Ich beugte mich etwas vor, um ihn zu verstehen. Er sagte wie ein Irrer immer wieder dieselben Worte: ›Ich kann sehen, ich kann sehen ... mein Gott, ICH KANN MIT BEIDEN AUGEN SEHEN!‹

Ich versuchte nicht länger, ihn mit der Pistole in Schach zu halten. Allerdings hielt ich sie weiterhin auf ihn gerichtet, als ich zum Telefon ging und wählte. Die ganze Zeit über brabbelte er vor sich hin und erzählte sich selbst von den psychedelischen Visionen, die er hatte. Es war fast rührend. So rührend, daß ich ihm beinahe geglaubt hätte ...«

»Lieber Himmel, was für eine Geschichte! Wenn ich das in den Nachrichten bringen könnte, wären Sie berühmt! Was hat der Kerl gekriegt? Lebenslänglich?«

Corky machte eine Pause. Überlegte. Wandte sich wieder Roberts' Tattoo zu.

»Nein, ich habe die Bullen nicht angerufen. Er hatte recht, ich gehöre nicht zu der Sorte, die jemanden verpfeift, der ohnehin schon am Boden liegt. Ich habe die Irrenanstalt angerufen, und die haben ihn dann abgeholt. Er kreischte, als sie ihm den Spiegel wegnahmen, aber sie verpaßten ihm irgendeine Spritze, damit sie ihn ohne großes Theater fortschaffen konnten. Als sie ihn durch die Tür schleppten, war sein linkes Auge geschlossen, nur das Lid zitterte ein wenig. Doch sein anderes Auge – das neue – sah mich direkt an ... genau in mich hinein. Es war, als würde Jack mir zublinzeln, und die Tätowierung warf mir diesen besonderen Blick zu, der ausdrückt: *Wir wissen Bescheid.*

Ich habe ihn seitdem nicht mehr gesehen, aber an jedem Donnerstagnachmittag, wenn der Laden wie ausgestorben ist, frage ich mich, was dieser Blick damals bedeuten sollte. Und ich frage mich, ob es im Irrenhaus so zugeht wie im Knast – wo man sich Tränen auf die Backe tätowiert. Eine für jedes Jahr …«

6.

Die Tätowierung war *gut*. Sie schmerzte noch etwas unter dem mit Salbe bestrichenen Stück Mullbinde, das Corky zum Schutz darüber geklebt hatte, doch das hielt Roberts nicht davon ab, den Baumwollstoff zu entfernen und das Bild zu inspizieren, sobald er nach Hause gekommen war.

Es war *wirklich* gut – eine altmodische, in schimmerndem Schwarz und Silber gehaltene Royal-Schreibmaschine, die fast so aussah, als würde sie wie ein Rennwagen Kurs auf Roberts Rückgrat nehmen. Die Tastatur bestand aus Silberdollars und Smiley-Gesichtern, und auf jeder einzelnen Taste befanden sich, wie Bilder innerhalb des Bildes, winzige Muster oder Symbole. Und je länger Roberts das Bild betrachtete (wobei er den Kopf verdrehte, bis sein Hals schmerzte), desto besser gefiel es ihm. Es wirkte fast schon lebendig und schien ihn anzulächeln. Wie ein Haustier oder ein Freund. Und mit Sicherheit würde es ein Freund fürs ganze Leben sein.

Roy erinnerte sich an Schoenmachers Kriegskameraden, dessen Oliver Hardy-Tattoo gekichert hatte, wenn er Gewichte stemmte. Er spannte die Schultermuskeln, ließ die Arme kreisen und krümmte den Rücken. Die Tätowierung bewegte sich zwar, aber es sah nicht so aus, als würde die Schreibmaschine tippen oder etwas Ähnliches tun. Roberts fragte sich, was so ein sonderbares Ding denn tippen *würde*, wenn es so etwas überhaupt könnte. Mit Sicherheit keine Worte, wenn man Corkys Philosophie bedachte.

Zumindest aber kam er sich dank des Tattoos physisch und psychisch so stark vor wie seit vielen Jahren nicht mehr. Es war fast so, als stelle seine Neuerwerbung eine Art Rüstung dar – oder besser noch einen Waffenrock. Sie machte eine Aussage, die er selbst nicht hätte in Worte fassen können. Sie erklärte der ganzen Welt: Seht her, Roy Roberts besteht nicht nur aus schlechten Nachrichten und Langeweile.

Während er sich im Spiegel betrachtete, verglich er unwillkürlich Corkys Tattoo der Schreibmaschine mit dem Foto von Tina Gonzales, das er in Lockermans Haus entdeckt hatte. Er warf sich selbst vor, daß er sich von der toten, aber dennoch schönen Frau angezogen gefühlt hatte. Rückwirkend kamen ihm die Tätowierungen wie eine schreckliche, gewaltsame Entweihung vor, so als hätte man die Mona Lisa mit Graffiti beschmiert. Roberts begriff jetzt, weshalb ihn das Foto sexuell erregt hatte. Die düsteren Bilder hatten durch den ihnen eigenen Kontrast die innere Schönheit der Frau hervorgehoben – vielleicht hatte ihn der Anblick der abscheulichen Tattoos aber auch einfach nur schockiert, so daß sein Verstand gewissermaßen zwanghaft nach dem Guten unter dem Schlechten suchte, mochte es nun vorhanden sein oder nicht. Die Tätowierung auf seiner Schulter erinnerte ihn daran, daß Häßlichkeit keineswegs notwendig war, damit Schönheit existieren konnte, daß manche Dinge, manche Bilder, von Natur aus freundlich und anziehend waren.

Das alles führte ihn wieder zu dem Dilemma gute Nachrichten – schlechte Nachrichten zurück, mit dem er sich schon sein ganzes Leben lang herumschlug. Weshalb gierte die Gesellschaft Tag für Tag nach Unglücken, Katastrophen und Skandalen? Damit sich die Menschen überlegen fühlen konnten? Ließe sich das nicht auch durch Berichte über all die positiven Dinge erreichen? Würde dann das positive Bild, das die Medien vermittelten, nicht auch das Aussehen der ganzen Gesellschaft verändern … und vielleicht sogar das Verhalten der Menschen?

Die Gedanken an seine Arbeit machten ihn ärgerlich. Er befestigte die Mullbinde wieder über der Tätowierung, um sie vor der Welt zu verbergen, bis sie verheilt war. Irgendwie fühlte er sich aufgekratzt und munter. So ähnlich war es ihm vor zehn Jahren gegangen, als er gerade zum ersten Mal einen nagelneuen Wagen gekauft hatte – er konnte es kaum erwarten, damit um den Block zu fahren und allen zu zeigen, was er sich geleistet hatte. Andererseits wußte er natürlich, daß er dafür noch sein ganzes Leben Zeit hatte, sobald sich die Tinte gesetzt hatte und der Schorf abgefallen war. Und er hoffte, der Stolz auf die Tätowierung würde ebenso anhalten wie die Freude, die ihn auch heute noch erfüllte, wenn er mit dem Chevy unterwegs war.

Er *betete* geradezu darum.

Roy mußte an Corky denken, der ihn eingeladen hatte, jederzeit wiederzukommen, falls er die Tätowierung ändern, eine neue machen lassen oder einfach nur quatschen wollte. Roberts mochte Corky. Der Mann war ein guter Erzähler und verstand es, mit Worten umzugehen, ungeachtet seiner ständigen Betonung, wie wichtig Bilder seien. Dank dieser wundervollen Tätowierung auf seiner Schulter begriff Roy langsam Corkys Standpunkt. Bilder waren etwas, das er bisher kaum wahrgenommen hatte – ganz ähnlich wie den täglichen Heimweg von der Arbeit. Fünf Tage die Woche von morgens bis abends mit Worten zu arbeiten hatte ihn der Welt gegenüber praktisch blind gemacht.

Und selbst in seinem Privatleben mangelte es ihm an Vorstellungskraft. Der blaue Anstrich seines Hauses war heruntergekommen und häßlich, in Mitleidenschaft gezogen von den kalten Colorado-Wintern und der harten ultravioletten Höhenstrahlung, der Garten verwandelte sich langsam in einen sumpfigen Dschungel, seine Kleidung war unmodern und phantasielos, und einen Haarschnitt konnte er ebenfalls vertragen. Schoenmacher hatte ihm erklärt, er sehe in letzter Zeit ziemlich beschissen aus, und langsam erkannte Roberts, daß das nicht nur so dahingesagt gewesen war.

Die Tätowierung der Schreibmaschine war der erste Schritt, sein Image zu ändern. Er war jetzt fest entschlossen, dem Rest der Menschheit nicht nur zu zeigen, wie er die

Umwelt sah, sondern auch sich selbst. Denn jedes Bild war einzigartig. Und langsam erkannte Roberts, daß vielleicht auch er selbst einzigartig war.

Doch er wollte auch sichergehen, daß er nicht so endete wie One-Eyed-Jack, der so besessen davon war, sehen zu können, daß er am Ende *tatsächlich* Dinge sah. So etwas war verrückt. Irre.

Doch wieviel von dem, was wir wahrnehmen, existiert AUSSCHLIESSLICH in unserem Verstand?

Roberts fragte sich, welche Rolle die Bilder im Fall des Tattoo Killers spielten. War er ein Mann, der über den Bildern verrückt geworden war? Besessen von der Vorstellung, seine ureigenen Visionen auf menschliche Haut zu übertragen ... oder war er nur ein bösartiger, eiskalter Killer, der nichts Besseres zu tun hatte, als noch ein bißchen mit seinen Opfern herumzuspielen, nachdem er sie getötet hatte?

Die Fragen kehrten zurück – die fünf großen Ws.

»Scheiße!« brüllte Roberts frustriert.

Fast wie ein Echo läutete in diesem Moment das Telefon im Wohnzimmer. Er ging so hinüber, wie er war – tätowiert, mit nacktem Oberkörper – fühlte sich dabei wie ... wie was? Wie ein Macho?

Lockerman war am Apparat.

»Rate mal, was ich heute getan habe, John«, sagte Roberts. »Ich habe mir ...«

»Keine Zeit, Roy. Ich muß wieder zurück an die Arbeit.«

Mein Gott, beschäftigt er sich noch immer mit diesen Initialen? Das konnte nur eines bedeuten. »Noch nichts rausgefunden, was?«

»*Nada.* Außer einer Sache. Aus dem Bericht des Leichenbeschauers geht hervor, daß Kuhlman, ungefähr zehn Stunden, bevor er Selbstmord beging, niedergeknüppelt wurde. Diese Biker prügeln sich zwar ständig herum, aber ich glaube trotzdem, der Bursche – oder das Mädchen – hinter dem wir her sind, hat ihn niedergeschlagen, bevor er ihn in eine Maschine verwandelt hat.«

»Klingt einleuchtend.«

»Ach ja, noch etwas. Muß nicht unbedingt etwas zu bedeuten haben, aber …« Lockerman unterbrach sich und hustete. Roberts fragte sich, ob er wieder angefangen hatte zu rauchen. »Auf Tina Gonzales, dem zweiten Opfer, wurden die gleichen Initialen entdeckt, *MKI*. Damit wissen wir also, daß es in beiden Fällen derselbe Dreckskerl war. Ich kann immer noch nicht begreifen, daß der Typ seine Opfer *signiert*. So was ist doch wirklich krank.«

»Er ist eben ein Künstler. Stolz auf seine Arbeit.«

»Seit wann verstehst du denn soviel von Künstlern?«

Roberts überlegte kurz und beschloß dann, noch nichts zu erzählen. Er konnte warten. »Sag mal, hat er der zweiten Tätowierung auch einen Titel gegeben?«

»O ja«, erwiderte Lockerman. »Hör dir das an: *Mommy-Vögel und Killer-Bienen*. Hat der Kerl einen Sprung in der Schüssel oder nicht?«

Es klang wirklich verrückt. Roberts überlegte, was für einen Titel Corky seiner Schreibmaschine geben würde. Wahrscheinlich gar keinen, da er ja der Ansicht war, die Bilder würden für sich selbst sprechen.

Lockerman unterbrach Roberts' Gedankengang. »Weißt du, ich glaube, er wird langsam nervös. Ihm ist klar, daß wir ihn bald finden. Ich meine, niemand signiert seine Opfer und erwartet gleichzeitig, man würde ihn nicht schnappen, oder? Die Inschrift auf Tinas Leiche war schlampig ausgeführt, noch schlampiger als bei Kuhlman – so als hätte er es höllisch eilig gehabt, mit der Arbeit fertig zu werden. Aber vielleicht hat er ja auch einfach nur Probleme mit dem Schreiben. Wer weiß das schon?«

»Wäre auch möglich«, erwiderte Roberts. Es mißfiel ihm, sich einen Vortrag anhören zu müssen, ohne selbst etwas beisteuern zu dürfen. Wie er Lockerman kannte, schüttete sich der Polizist mit Kaffee voll, um sein Gehirn zu Höchstleistungen anzutreiben. Doch Roberts kam es so vor, als verstünde er den Tattoo Killer besser, als das Lockerman jemals möglich wäre – so als ob die Tätowierung seinen Erkenntnisstand erweitert hätte. Ihn *wissend* gemacht hätte.

»Ich glaube jedenfalls, er dreht langsam durch. Und wenn er nervös wird, heißt das, er macht Fehler. Und dann können wir ihn schnappen. Nur so kriegt man diese Irren. Man muß sie unter Druck setzen.«

»Sag mal, meinst du wirklich, du findest heute nacht noch irgendwas raus?« Roberts warf einen Blick auf die Digitaluhr – einen roten L.E.D.-Timer, der noch aus den Siebzigern stammte. Die Leuchtziffern zeigten dreiundzwanzig Uhr dreiundzwanzig an. Irgendwie war die Zeit wie im Flug vergangen … Es war tatsächlich schon Samstag nacht. »Wie wäre es, wenn ich dich abhole und wir noch irgendwo ein paar Bier trinken?«

»Auf keinen Fall, Roy. Ich kann ihn dort draußen spüren. Und irgendwie habe ich das Gefühl, daß ich heute nacht noch über etwas sehr Wichtiges stolpere. Ich rufe dich wieder an, okay?«

»Ist gut.«

Lockerman legte auf. Roberts empfand plötzlich das dringende Bedürfnis, die Tätowierung zu kratzen. Statt dessen rieb er vorsichtig mit den Fingerknöcheln über die Mullbinde. Sie fühlte sich feucht und klumpig an. Er fragte sich, ob die Haut über One-Eyed-Jacks Auge sich so ähnlich angefühlt hatte.

Für einen winzigen Moment spürte Roberts, wie sich das Tattoo unter der Binde bewegte, sich feucht gegen die Baumwolle drückte, als versuche es, aus seiner Schulter herauszukommen.

Roberts ließ sich aufs Bett fallen und sagte sich, all der Bourbon, den er in dem Tätowierladen getrunken hatte, müsse ihm wohl zu Kopf gestiegen sein. Der Schlaf kam rasch und betäubend, und in dieser Nacht wurde Roy Roberts nicht von Träumen heimgesucht, nicht einmal von Alpträumen.

Kapitel 5

1.

Eine Woche war vergangen, ohne daß neue Spuren aufgetaucht wären – oder weitere Opfer, von denen sie erfahren hätten. Lockerman hoffte unverdrossen, der Tattoo Killer (wie Roberts ihn getauft hatte) hätte die Stadt nicht verlassen. Er wollte ihn haben, und zwar aus ganz persönlichen Gründen. Ganze Nächte hatte er damit verbracht, die Fotos der Opfer zu studieren – insbesondere die von Tinas Leiche – in der Hoffnung, irgend etwas zu entdecken, das ihm weiterhelfen konnte. Er hatte die unzähligen Tätowierungen Zentimeter für Zentimeter abgesucht, um vielleicht ein verborgenes Muster zu finden, das der Killer in den miteinander verbundenen Zeichnungen versteckt hatte. Doch das erwies sich als unmöglich. Ebenso gut hätte man nach einer Nadel im Heuhaufen suchen können. Doch wenn er spät in der Nacht in Tinas Augen sah, wünschte er sich vor allem, die Chance zu erhalten, den Killer auf seine Weise zu tätowieren. Und wenn er mit ihm fertig wäre, würden die Gerichte nicht mehr viel Arbeit mit dem Mann haben.

Ihm war durchaus bewußt, daß seine Absicht, dem Killer das Lebenslicht auszublasen, gegen alles verstieß, wofür er eigentlich einstehen sollte, doch in letzter Zeit fühlte er sich selbst fast wie ein Krimineller, wie ein Verurteilter, der seine Zeit absaß und auf jenen befreienden Moment wartete, in dem er seinen Haß auf den gesichtslosen Mörder in wahre Gerechtigkeit verwandeln konnte. Er selbst war zum Opfer geworden, war bestohlen worden … er war ein Unschuldiger, der von Zeit und Fakten und Wahrheiten eingekerkert wurde … und wenn er den Mörder fand, würde nicht nur der Arm des Gesetzes zuschlagen.

Lockerman trank gerade seinen Morgenkaffee auf dem Revier, als der Anruf aus dem Museum kam. Die Meldung war auf den ersten Blick keineswegs ungewöhnlich, es sah nach einem einfachen Einbruch aus.

Das Historische Museum der Stadt hatte wenig mit den entsprechenden Einrichtungen anderer Großstädte gemein. Es besaß weder Marmorsäulen noch prächtige Kuppeln oder verzierte Wände, sondern war eigentlich nur eine simple Adobe-Hütte, kleiner als ein durchschnittliches Wohnhaus in Colorado Springs, umgeben von Kentucky Bluegrass und drei Fahnenmasten, an denen das U.S.- Banner, das goldene C der Fahne von Colorado und die von jedermann ignorierte städtische Flagge hingen. Besondere Schätze waren in dem Museum nicht zu finden. Im Grunde handelte es sich um eine Touristenfalle, in der Fundstücke aus archäologischen Grabungen sowie ein paar Kuriositäten aus der Zeit der ersten Siedler ausgestellt wurden, die zumeist aus Schenkungen wohlhabender Familien stammten. Durchaus absichtsvoll wurden hier Erinnerungen an den Wilden Westen wachgerufen: Cowboys und Indianer, Sporen und Stacheldraht, rostige Goldwäscherpfannen und Pfeilspitzen.

Das war alles. Nichts Besonderes. Kein kulturelles Mekka. Nichts, was einen Einbrecher anlocken könnte.

Noch bevor Lockerman in den schwarzweißen Streifenwagen stieg, hatte er sich schon seine Meinung über den Fall gebildet. Wahrscheinlich waren nur ein paar Kids von der High-School in das Museum eingebrochen. Solche Vorfälle hatten sich schon immer ereignet. Lockerman kümmerte sich nur deshalb persönlich um die Angelegenheit, weil er allein sein wollte. Er mußte endlich einmal den kalten Betonwänden des Reviers entkommen, die er schon seit Tagen anstarrte, während er die Zeit damit totschlug, Akten und Computerdateien nach dem mysteriösen MKI zu durchforschen. Er brauchte frische Luft – und außerdem würde es nicht schaden, eine Pause zu machen, um sich in der mit Kultur vollgestopften Hütte ein bißchen umzusehen. Sich *echte* Kunst anzuschauen, die so angefertigt worden war, wie es sich *gehörte*:

mit Könnerschaft, Mühe und einem Sinn. Kunst, die für *seine* Seite der Gesellschaft gemacht war.

Er trat unter den Bogen aus Adobe-Ziegeln, öffnete die windschiefe Holztür und registrierte dabei die schwachen Angeln. Hier konnte wirklich jeder mit Leichtigkeit eindringen, ob die Tür nun abgeschlossen war oder nicht.

Die Klimaanlage arbeitete mit voller Kraft, und Lockerman empfand die kalte Luft auf der Haut fast so wohltuend wie ein Bad im Meer. Ein hölzerner Indianer, wie er früher einmal vor Tabakläden gestanden hatte, starrte über seinen Kopf hinweg. In dem Raum hinter einem zweiten Bogen konnte er aufgereihte Glaskästen erkennen. An den Wänden hingen gerahmte Gemälde. Es war einfach, aber hübsch.

Er ging durch den Bogen, näherte sich dem ersten Glaskasten und blickte hinein. Pfeilspitzen aus verschiedenem Gestein lagen dort nach Größe sortiert. Die Ausmaße der am Ende der Reihe liegenden Spitzen überraschte ihn. Sie waren größer als manche der Messer, die er Straftätern schon abgenommen hatte.

Die Gewalt hat uns stets begleitet, dachte er unbehaglich.

»Sergeant Lockerman, nehme ich an?«

Lockerman fuhr auf dem Absatz herum und stand einem kleingewachsenen, kahlköpfigen Hispano gegenüber, dessen pechschwarzer Vollbart sehr sorgfältig gestutzt war. Der Mann wirkte wie ein pensionierter College-Professor, der sich in der tourismusarmen Saison ein wenig zu oft am Süßigkeitenautomaten bediente. Lockerman hatte den Eindruck, er gehörte einfach in dieses Museum und paßte perfekt zu der Umgebung. »Richtig. Sind Sie derjenige, der einen Einbruch gemeldet hat?«

»Ja, ich bin Michael Rodriguez. Ich war mir eigentlich sicher, ich hätte meinen Namen genannt, als ich angerufen ...« Er strich sich über den Bart. »Na, spielt auch keine Rolle. Bitte nennen Sie mich einfach Mike.« Sie schüttelten sich die Hände. »Kommen Sie bitte her, und tragen Sie sich ein.«

»Mister ... äh, Mike, wenn ich recht verstanden habe, wollen Sie ein Verbrechen melden ...«

»Bitte.« Rodriguez stand an einem antiken Tischchen gleich neben dem inneren Torbogen und hielt einen Schreibstift hoch. »Es kommen nicht allzu viele Besucher her, und jede Unterschrift in diesem Buch zählt, wenn die staatlichen Subventionen vergeben werden. Dafür haben Sie sicher Verständnis.« Er streckte den Arm mit dem Stift wie ein Roboter vor.

Lockerman zuckte die Achseln, seufzte, nahm den Stift und trug sich in das ledergebundene Buch ein. Anschließend fragte er: »Sie sagten, es hätte einen Einbruch gegeben. Wurde irgend etwas aus dem Museum gestohlen?« Er ließ den Stift im Buch liegen, drehte sich um und sah den Mann säuerlich an.

»Nun, ich bin mir nicht sicher. Kommen Sie mit, ich zeige es Ihnen.« Rodriguez setzte sich in Bewegung, und Lockerman folgte ihm. Sie gingen an indianischem Schmuck, Planwagenrädern, viktorianischen und indianischen Kleidungsstücken vorbei. Dann steuerte Rodriguez auf ein goldgerahmtes Gemälde in der Mitte der gegenüberliegenden Wand zu. Er betrachtete das Bild und stieß dabei fast mit der Nase gegen die gläserne Schutzabdeckung. Lockerman fand es etwas sonderbar, daß ein halbblinder Mann ausgerechnet für Kunstwerke verantwortlich war, doch andererseits hatte er schon merkwürdigere Dinge erlebt. Staatliche Aufgaben konnten schließlich von jedem erfüllt werden, der dafür auch nur halbwegs qualifiziert war. *Die Bürokratie hat wieder zugeschlagen,* dachte Lockerman. »Heute morgen habe ich wie üblich abgestaubt und die Halterungen überprüft, und dabei fiel mir dieses merkwürdige Gemälde auf. Zuerst hielt ich es für eine Neuerwerbung, doch es ist irgendwie so … ich weiß auch nicht … so verstörend. Also habe ich in unseren Unterlagen nachgeschaut. Unsere Akten werden erstklassig geführt, müssen Sie wissen. Aber dort fand sich keinerlei Eintragung über dieses Gemälde.«

Lockerman machte sich ein paar Notizen auf einem kleinen Stenoblock (mit dem verdammten Ding kam er sich immer vor wie ein plattfüßiger Detektiv aus einem miesen Kriminalroman) und schaute zu dem Bild hoch.

Natürlich erkannte er den Stil des Künstlers sofort wieder. Die gleichen breiten, gezackten Linien, ineinander verwoben und sich überschneidend wie Glassplitter, die auf dem Pflaster verstreut liegen. Die Schlampigkeit des Ganzen, die Muster, die sich aus der Verbindung der einzelnen Elemente ergaben.

Es war derselbe Zeichenstil, mit dem er sich die ganze Woche über auseinandergesetzt hatte bei der Suche nach unterschwelligen Bedeutungen. Ohne jeden Zweifel war das die Arbeit des Tattoo Killers, und es kotzte Lockerman regelrecht an, daß er schon in der Lage war, den Stil des Irren ebenso schnell und sicher zu erkennen wie das Gesicht eines alten Freundes.

Und dieses spezielle Gesicht, diese aufgedunsene Visage, starrte ihn fast lächelnd an, als weide sie sich an seinen Qualen.

Der verquollene Körper eines Mannes mit schweren, herabhängenden Fettwülsten und dicken, nässenden Pusteln und Abszessen saß ... oder besser, rann über die Ränder eines juwelenbesetzten Thrones, ein grotesker Klecks aus krebskrankem Fleisch, das über einem Paar gigantischer haarloser Hoden aufragte. Der Stuhl selbst war ein Gebilde aus zerborstenen, vom Alter gelb gefärbten Knochen. In den Zwischenräumen war Haut ausgespannt wie eine Plane, befestigt mit drahtartigen blauroten Venen. Die Juwelen, die diesen Thron aus Knochen bedeckten, waren keineswegs Edelsteine, wie Lockerman bald erkannte, sondern bestanden aus blauen und grünen Organen, die rings um das Wesen metallisch glänzten. Es war, als hätte man das Skelett desjenigen, der auf dem Thron hockte, entfernt, um den Thron zu schaffen, der ihm jetzt Halt verlieh. Und wenn man in das Gesicht der Kreatur schaute, gewann man den Eindruck, das häßliche Wesen habe den Thron selbst geschaffen und sei stolz auf diese Scheußlichkeit.

Das Gesicht: augenlose Höhlen – doch nicht wie die eines Skeletts, sondern abgrundtief dunkle Höhlen aus Schatten und hellem, rosafarbenem Schleim –, und doch entdeckte Lockerman Augen darin. Das Grinsen: keine Zähne, keine

Kieferknochen, nur fettes Fleisch, das sich wand wie geschmolzenes Wachs. Der Schädel: geformt wie ein Amboß, umkränzt von einer mit Rasierklingen besetzten Stacheldrahtkrone.

Lockerman mußte alle Kraft zusammennehmen, um seinen Blick von der thronenden Scheußlichkeit zu wenden und ihn auf den unteren Rand des Bildes zu richten, wo er fand, was er bereits erwartet hatte: Initialen und ein Titel.

In archaischen Buchstaben – griechische oder römische, Lockerman wußte es nicht genau – stand dort:

mEET YOUR mAKER
RULER OF FLESH AND ivORY!

Unter dem Titel befanden sich die üblichen Initialen: MKI.

Lockerman wollte das Bild nicht länger ansehen. Er drehte sich zu dem Kurator um. Rodriguez betrachtete das gerahmte Porträt, als wolle er sich jede Einzelheit einprägen, doch Lockerman bezweifelte, daß er überhaupt begriff, was er da vor sich hatte.

»Wie ist dieses … dieses *Ding* hierhergekommen?«

Rodriguez blinzelte, als er sich von dem Bild abwandte. »Wie ich schon sagte, in den Unterlagen war nichts darüber verzeichnet. Es ist einfach über Nacht aufgetaucht! Ich habe keine Ahnung, wie es hergekommen ist oder wer es aufgehängt hat. Jemand muß letzte Nacht eingebrochen sein und es dort angebracht haben. Anders kann es nicht hergekommen sein. Allerdings gibt es keine Spuren, die auf einen Einbruch hindeuten. Ich weiß nicht, wie der Betreffende das Museum betreten hat, aber hineingekommen ist er auf jeden Fall. Gestohlen hat er übrigens auch nichts. Wirklich alles sehr merkwürdig.«

»Vielleicht hat es jemand dort aufgehängt, als Sie gerade nicht hingesehen haben«, meinte Lockerman, der Rodriguez nicht gerade für die Aufmerksamkeit in Person hielt.

»Das bezweifle ich, Sergeant. Wir haben hier so wenig Besucher, daß ich jeden einzelnen persönlich herumführe und ihm die Sammlung erläutere. Und Sie sind seit einer Woche der erste, der gekommen ist.«

Lockerman stieß einen unterdrückten Fluch aus. Er hatte gehofft, Rodriguez hätte den Tattoo Killer gesehen und könnte eine brauchbare Beschreibung liefern.

»Also schön, Mr. Rodriguez. Ich gehe jetzt zu meinem Streifenwagen und rufe die Spurensicherung her. Für heute werden Sie das Museum schließen müssen, fürchte ich, denn die ganze Geschichte wird schon ein paar Stunden dauern.«

»Ich verstehe.«

»Außerdem werden wir das Bild von der Wand abnehmen müssen, um es auf Fingerabdrücke und dergleichen zu untersuchen. Haben Sie etwas im Museum, womit wir es abdecken können?«

»Ja, im Lagerraum befinden sich noch Vorhangstoffe.«

Lockerman ging zu seinem Wagen hinaus, während Rodriguez den Vorhang holte. Nachdem Lockerman über Funk den Trupp der Spurensicherung benachrichtigt hatte, holte er eine Schachtel aus dem Kofferraum, die Handschuhe, Fingerabdruck-Staub, Kreide und andere Utensilien für eine erste Tatortsicherung enthielt. Doch Lockerman war im Grunde nur an der Polaroidkamera interessiert.

Er kehrte in das Museum zurück und machte ein Foto. Das Blitzlicht blendete ihn für einen Moment und brannte ein Nachbild des schrecklichen Kunstwerks auf seine Netzhaut – ein Bild, das er nicht einfach wegblinzeln konnte.

Rodriguez verhängte den Rahmen mit dem Tuch, nachdem Lockerman seine Fotos geschossen hatte. »Womit haben wir es denn Ihrer Meinung nach zu tun, Sergeant? War das nun ein Einbrecher oder nicht?«

Lockerman wollte dem kurzsichtigen Mann gegenüber nicht enthüllen, daß ein irrsinniger Mörder in das Museum eingedrungen war, um seine abscheulichen Kunstwerke der Öffentlichkeit zugänglich zu machen. »Sieht eher so aus, als hätten wir es mit einem sehr frustrierten Künstler zu tun. Nichts, worüber man sich Sorgen machen müßte.«

Als sich das Tuch über den Rahmen herabsenkte, betete

Lockerman insgeheim, daß Rodriguez die Fehlstellen in der Leinwand nicht bemerkte, die ihm aufgefallen waren, nachdem er die Signatur des Bildes erkannt hatte: Poren, kleine blonde Haare, Sommersprossen.

2.

Judy Thomas packte den wie ein Messer geformten Brieföffner und schlitzte den Umschlag auf, als wolle sie sein Herz herausreißen. Sie warf einen Blick hinein und zog dann ein Blatt des üblichen Collegepapiers heraus, das die vorgeschriebenen drei Löcher am Rand aufwies und in Blau und Grün liniert war. Mit Bleistift gemalte Buchstaben bedeckten in Kinderschrift das ganze Blatt. Judy genügte ein Blick auf die Anrede: ›Meine wunderschöne Prinzessin …‹ Sie knüllte das Blatt zusammen und warf es in die Kiste, die das Papier für den Reißwolf enthielt.

Sie haßte Fanpost. Und ganz besonders die Fickbriefe von irgendwelchen geilen Pennern. Moderatorin zu sein war nicht gerade ein angenehmer Job, und die schrecklichen Fanbriefe machten ihn fast unerträglich. Die Post verstärkte Judys Paranoia, die Angst vor der Öffentlichkeit, die Hand in Hand mit wachsender Berühmtheit einherging.

Schoenmacher öffnete die Tür ihres Büros und steckte den Kopf hinein. Jetzt mußte sie sich also auch noch mit ihm auseinandersetzen. Konnten die Männer denn niemals mit dem Versuch aufhören, einer Frau ständig an die Wäsche zu gehen?

»Hast du ein paar Minuten Zeit?« fragte Schoenmacher lächelnd.

Sie stand auf und ging zu ihm hinüber, um ihm den Zutritt zu verwehren. »Heute nicht. Ich stecke bis über beide Ohren in Arbeit und …«

»Wirklich nur eine Minute.« Er zwängte sich an ihr vorbei und zog sich einen Stuhl heran. Judy verspürte den schon vertrauten Stich, wie immer, wenn sich ein männliches Wesen in ihre Privatsphäre drängte. Sie drehte sich um und blickte Dan an.

Schoenmacher starrte auf ihren Körper, als sie eine Hüfte vorstreckte und sich mit den langen, rotlackierten Fingernägeln durch die pflegeleichte Kurzhaarfrisur strich. Die braunen Haare fielen trotz der heftigen Bewegung sofort wieder an ihren Platz zurück. Schoenmacher stellte sich Judy nackt vor, wie sie sich durch das Haar fuhr, bevor sie ihn in ihrem eigenen Büro vergewaltigte. Er lächelte lüstern.

Judy gähnte demonstrativ, weil sie schon ahnte, daß er beabsichtigte, sie zum fünften Mal an diesem Nachmittag einzuladen. »Hör zu, Dan, ich bin im Moment einfach nicht in der Lage, mich zu sehr auf jemanden einzulassen, okay? Wir sind diesen Weg schon einmal gegangen, und mir scheint, das war eine Sackgasse.« Schoenmacher konnte nicht glauben, was er da hörte. Wie sollte er sich nicht auf sie einlassen wollen, wo er sich doch nichts sehnlicher wünschte als eine möglichst enge Beziehung – in gefühlsmäßiger wie sexueller Hinsicht? Davon abgesehen hatten sie schließlich schon einmal miteinander geschlafen – war sie denn damals, in jener wundervollen Nacht, etwa nicht bereit gewesen, sich auf ihn einzulassen? Er wußte, eigentlich meinte sie, sie wolle keine feste Bindung, doch ihre Wortwahl war völlig falsch. Oder ... war das etwa wirklich eine Sackgasse?

Judy erkannte, was in ihm vorging, seine Gedanken spiegelten sich deutlich in seinem Gesicht wider. Schoenmacher schnitt eine Grimasse, als würde er jeden Moment in Tränen ausbrechen. Sie wollte nicht, daß der Wettermann in ihrem Büro anfing zu heulen. Das wäre nichts als peinlich und ließe sich zudem auch ihren Mitarbeitern nur schwer erklären. Sie legte eine Hand auf seine Schulter und gab ihrer Stimme einen warmen, tröstenden Klang. »Ich wollte nicht so kraß sein, Danny. Es ist nur so, daß ... ich weiß auch nicht. Was beim letzten Mal geschehen ist ...« Am liebsten hätte sie ihm gesagt, daß ihre gemeinsame Nacht nichts als ein großer Fehler gewesen war, doch so konnte sie es nicht darstellen, nicht solange er sie anschaute wie ein Ertrinkender, der um Hilfe fleht. Dieser Gesichtsausdruck mochte süß wirken, und vermutlich erreichte er damit oft sein Ziel, doch für ihren Geschmack war er ein bißchen zu jungenhaft. »Es war einfach falsch. Wir hätten noch warten sollen.«

»Sieh mal, Judy, ich möchte doch nichts anderes, als für dich kochen. Das ist alles. Ein hübsches, ruhiges Abendessen, nur wir beide, und ganz entspannt. Das ist es nämlich, was du wirklich brauchst – Entspannung.« Er schlug einen Tonfall an, als befände er sich auf Sendung. »Ich schwöre. Keine Bindung, kein Herumfummeln, gar nichts. Wir müssen uns einfach nur ein bißchen besser kennenlernen. Natürlich können wir warten oder was immer du sonst möchtest, aber wir sollten wenigstens versuchen, etwas draus zu machen, okay?«

Judys Schultern sackten herab. »Also gut.« Sie schenkte ihm ein dünnes Lächeln, beugte sich dann vor, zwickte ihn in die Wange und flüsterte: »Aber ich nehme dich beim Wort. *Gar nichts.*«

Schoenmachers Lippen berührten ihr Haar. »Ich hab's begriffen«, sagte er fast schon zu eifrig.

»Gut«, erklärte sie und klopfte ihm auf die Schulter. »Verschwindest du jetzt, damit ich wieder an die Arbeit kann?«

»Jawohl, Ma'am!« Er sprang auf und rannte fast aus dem Büro.

Judy machte sich wieder daran, Briefe aufzuschlitzen. Die Arbeit eilte nicht. Im Moment hatte sie überhaupt nichts Dringendes zu erledigen. Aber sie war froh, daß Schoenmacher sie nicht länger wie ein hungriger Wolf belagerte. Sie würde ihm eine einzige Chance geben, zu beweisen, daß sämtliche Vorurteile, die sie ihm gegenüber hegte, falsch waren: daß er nicht nur ein Schönredner war, der sich selbst am besten verkaufen konnte; daß er emotional nicht so schwankend und selbstzerstörerisch war, wie er den Anschein erweckte; daß er hinter seinem glatten Äußeren ein richtiger, lebendiger Mann mit allen Stärken und Schwächen war.

Und am wichtigsten, daß er nicht auch nur so ein kranker Wirrkopf war wie die Leute, die ihr diese schmutzigen Briefe schickten.

3.

Schoenmacher entdeckte Roberts im Nachrichtenraum. Er trug einen blauen, klassisch geschnittenen Nadelstreifenanzug, der offenbar nagelneu war. Sein Haar war sorgfältig gescheitelt und gestutzt, die Ringe unter seinen Augen verschwunden, und insgesamt erweckte er den Eindruck eines Mannes, der auf sein Äußeres achtet.

Schoenmacher klopfte sich im Geiste selbst auf die Schulter. Offenbar hatten seine Bemerkungen bei O'Connor's den armen Kerl beträchtlich aufgerüttelt.

Der Wettermann suchte sich einen Weg durch den Irrgarten aus glasverkleideten Bürowürfeln, die das Hämmern der Schreibmaschinen und den üblichen Bürotratsch etwas dämpften. Unterwegs winkte er dem Sportchef zu, der aber nicht darauf reagierte (er suchte vermutlich nach geeigneten Worten, um den jüngsten Boxkampf zu schildern).

Roberts' Augen waren zusammengekniffen, während er heftig auf die Maschine einhämmerte. Er wirkte wie ein völlig neuer Mensch.

Schoenmacher schlug ihm auf die Schulter und verursachte dadurch einen Tippfehler.

Und Schmerzen. Seine Hand landete direkt auf der Tätowierung. Roberts zuckte zusammen.

»Tut mir leid, Roy. Ich habe deinen Sonnenbrand vergessen.«

Roberts kicherte, als der Schmerz nachließ. Die Tätowierung war jetzt eine Woche alt, doch aus irgendeinem Grund blieb die Haut sehr empfindlich. Roberts vermutete, daß er die Schulter am Tag nach der Tätowierung etwas zu heftig gewaschen hatte und sich sein Rücken deshalb so anfühlte, als hätte man ihn mit einem Brandeisen gezeichnet.

Er hielt die Zeit für gekommen, Schoenmacher in sein Geheimnis einzuweihen. Das nun schon eine Woche alte Märchen vom Sonnenbrand wurde langsam unglaubwürdig. Bisher hatte er noch nichts gesagt, weil er das Tattoo Schoenmacher und Lockerman bei ihrem nächsten Grillabend vorführen wollte – ohne große Zeremonie allerdings, vielleicht indem er einfach sein Hemd auszog unter dem Vorwand, etwas Sonnenbräune abbekommen zu wollen. Er hatte sie regelrecht schockieren, sie ohne jede Vorwarnung überraschen wollen. Aber jetzt konnte er einfach nicht mehr länger warten. Schon gar nicht, wenn Schoenmacher ihm jedesmal auf die Schulter schlug, wenn sie sich begegneten.

»Ich habe gute Neuigkeiten für dich, Roy.« Schoenmacher grinste und zuckte mit den Augenbrauen wie Groucho Marx. »Ich habe auch eine Überraschung für dich, mein Junge. Gehen wir in den Aufenthaltsraum, ja?«

Schoenmacher verschwendete keine Zeit und kam gleich zur Sache. »Deine Idee hat funktioniert, Roy! Am Sonntag koche ich für Judy. Außerdem habe ich mir auch schon eine Geschichte über mein Tattoo ausgedacht. Sie gehört mir, Roy! Ich kann's richtig spüren!« Er klimperte nervös mit dem Wechselgeld in seiner Tasche und zog dann ein paar Münzen hervor, um sich Soda aus dem Automaten zu ziehen.

Roberts freute sich für seinen Freund. Es tat gut, Schoenmacher so begeistert zu sehen. Und vielleicht würde er auch nicht mehr so unsicher sein, wenn er erst mit Judy zusammen war.

»Also, das sind keine guten Neuigkeiten … das sind großartige Neuigkeiten!«

»Ja, und dafür muß ich mich bei dir bedanken!« Schoenmacher riß eine Dose auf und reichte sie Roy. »War wirklich eine gute Idee von dir, sie mit Kochen, Reden und all solchem Scheiß einzuwickeln. Da steht sie wirklich drauf, kann ich dir sagen.«

Roberts zögerte. *War es das, was ich ihm geraten habe? Sie mit irgendwelchem Blödsinn einzuwickeln?*

»Wir werden ja sehen«, meinte Roberts düster und nahm einen Schluck aus der Aluminiumdose. »Willst du jetzt meine Überraschung sehen?«

»Klar, was ist es denn?« Schoenmacher legte den Kopf schief und flüsterte: »Hast du ein Kondom für mich?«

»Nein, was ich habe, gehört nur mir. Und das gilt übrigens auch für meine Kondome.« Roberts schlüpfte aus dem Jackett, legte die neue Seidenkrawatte ab und knöpfte dann langsam sein Hemd auf.

Schoenmacher lehnte sich nervös zurück und sah verwirrt zu, wie Roberts eine Seite seines Hemdes zurückschlug. »Und was soll das jetzt? Führst du hier einen Striptease vor, oder was?«

Roberts mußte kichern. »Nein, nein. Wirf einfach einen Blick auf meinen Rücken, ja?«

Schoenmacher betrachtete Roberts' Rücken. Die Schreibmaschine grinste ihn an. »Das gibt's doch nicht! Ist das wirklich das, wofür ich es halte?«

Roberts nickte, sehr zufrieden über Schoenmachers Reaktion.

»Das ist doch nicht etwa eines von diesen gefälschten Dingern, oder? So eine Art Abziehbild?« Schoenmacher beugte sich vor und berührte vorsichtig die geinkte Haut. »Teufel, das ist echt gute Arbeit. Und garantiert keine Fälschung. Macht mich richtig neidisch.« Roberts zuckte leicht zusammen, als die kalten Finger über seinen Rücken strichen. »Wo hast du das machen lassen, Roy? Und wann? Ich hatte ja keine Ahnung, daß du dich tätowieren lassen wolltest ... Warum hast du es mir nicht erzählt? Ich hätte doch mitkommen können.«

»Ich wußte selbst nicht, daß ich es tun würde. Bin einfach einem Impuls gefolgt. Und ich bin froh darüber.«

»Jedenfalls hast du großes Glück gehabt, einen Künstler zu finden, der es schafft, daß eine simple Schreibmaschine so gut aussieht. Mann, sieh dir nur all die Einzelheiten an. Du bist wirklich genau im richtigen Laden gelandet. Es gibt nämlich auch Tätowierer, die eigentlich gar nicht wissen, was sie tun.«

Roberts dachte an den Tattoo Killer. Schoenmacher ahnte gar nicht, wie recht er hatte. »Ich bin zu einem Laden in der Innenstadt gegangen. Corky heißt der Typ. Ist echt in Ordnung.« Schoenmacher setzte sich neben Roberts auf einen Plastikstuhl, der unter seinem Gewicht bedenklich knackte. Roberts knöpfte sein Hemd wieder zu.

Grinsend schüttelte Schoenmacher den Kopf. »Ich will verdammt sein. Roy ist jetzt ein richtiger Mann. Hat sich ein Tattoo besorgt.«

Roberts knotete die Krawatte.

»Das müssen wir feiern!« Sie einigten sich darauf, am nächsten Samstag wieder einen ihrer üblichen Grillabende zu veranstalten. Diesmal wollte Schoenmacher einkaufen gehen, um Roberts zu zeigen, wie dankbar er für den Ratschlag war (und in der Hoffnung, noch weitere Tips für die große Nacht mit Judy zu bekommen), und natürlich, um seinem Freund zu gratulieren, daß er den Mut besessen hatte, sich tätowieren zu lassen. »Weißt du, bei der Army hatten wir einen bestimmten Brauch, wenn ein Neuling sich seine erste Tätowierung geholt hatte. Wir haben den Jungen ordentlich abgefüllt, und dann haben sich die Jungs in einer Reihe hinter ihm aufgestellt, und jeder hat ihm, so fest er konnte, auf die Tätowierung geschlagen. Wenn du möchtest, könnten wir das auch tun.«

»Nein, danke, lieber nicht.«

»Was ist denn los? Hast du Angst, du könntest den Schmerz nicht ertragen?«

»Nein«, erwiderte Roberts und kam sich Schoenmacher irgendwie überlegen vor, »ich möchte nur nicht mit ansehen, wie ihr beiden euch verletzt.«

Ihr Gelächter klang nicht echt, als sie den Raum verließen. Roberts fragte sich, wie übel Schoenmacher geschlagen worden war, als er sich vor vielen Jahren selbst eine Tätowierung zugelegt hatte.

4.

Lockerman steuerte den orangefarbenen Chevy Nova in seine kiesbestreute Einfahrt. Die scharfen Steinchen knirschten und knackten unter den Reifen wie tote Käfer.

Seine Reaktion auf die Geschichte im Museum fiel ausgesprochen gemischt aus. Der Tattoo-Killer hatte nicht nur ein weiteres unschuldiges Opfer ermordet (jemanden, dessen Leiche sie bisher noch nicht einmal gefunden hatten), sondern auch den Beweis geliefert, daß er wirklich verrückt war (nur ein echter Psychopath konnte auf den Gedanken verfallen, so ein grauenvolles Kunstwerk gehöre in ein Museum). Und je verrückter ein Krimineller war, desto schwerer würde es, ihn zu stellen, denn er hielt sich an keinerlei Regeln und arbeitete allein. Auf der anderen Seite war Lockerman glücklich – ja geradezu begeistert –, daß der Killer das Verbrechen begangen hatte. Es bedeutete, daß er sich noch immer in der Stadt aufhielt und somit aufgespürt werden konnte. Und er hatte weitere Spuren hinterlassen, was bedeutete, daß Lockerman seiner privaten Rache wieder einen Schritt näher gekommen war. Sicher war es ein schmerzvoller Schritt – einer, der mit der Leiche eines weiteren Opfers gepflastert war –, aber es war auch ein bedeutsamer Schritt.

Lockerman stellte den Motor ab und stieg aus dem Wagen, wobei er sich einen großen, gelben Umschlag unter den Arm klemmte. Unter seinen schwarzen Schuhen knisterte es, als er über die dürre, vertrocknete braune Masse marschierte, in die sich der Rasen seines Vorgartens verwandelt hatte.

»Hey, John!« Das war Roberts, der von seinem eigenen Haus aus herüberlief, um ihn abzufangen. Lockerman registrierte, daß Roberts seinen eigenen, saftig grünen Rasen frisch geschnitten hatte. Es sah fast so aus, als hätte man über Nacht ein neues Haus auf dem Nachbargrundstück errichtet.

»Gibt's was Neues?«

»Nicht viel, mein Freund. Nur ein paar schlechte Nachrichten. Unser Tattoo-Killer war wieder unterwegs.« Lockerman schloß die Haustür auf. »Komm rein, dann zeige ich dir, was heute geschehen ist.«

Sie gingen ins Wohnzimmer. Hier türmte sich jetzt noch mehr Wäsche auf als bei Roberts' letztem Besuch. Und es stank hier – oder war das Lockerman selbst? Es stank wie alter, verrottender Fisch. Lockerman trug wahrscheinlich eine schmutzige Uniform.

Die beiden setzten sich. »Also, was hast du für mich, John?« fragte Roberts mit einem Blick auf den Umschlag. »Etwa ein Geschenk? Ein Geburtstagsgeschenk vielleicht? Mein Geburtstag ist doch erst in ein paar Monaten. Das wäre wirklich nicht nötig gewesen ...«

»Herzlichen Glückwunsch zum Geburtstag, Roy.« Ein kaum wahrnehmbares Lächeln umspielte Lockermans Lippen, als er ihm den Umschlag gab. Roberts lief rot an. Sein Versuch, Lockerman aufzuheitern, kam ihm plötzlich albern vor. Roberts zog ein Foto der gerahmten, tätowierten Haut aus dem Umschlag heraus. Die groteske königliche Gestalt starrte ihn aus leeren, dunklen Augenhöhlen an. Der stechende Blick erinnerte ihn vage an die in Corkys Firmenschild.

»Lieber Himmel! Wo hast du das denn her? Was ist passiert?«

»Dieser Irre ist in das Städtische Museum eingebrochen und hat dieses Ungeheuer direkt neben die anderen Gemälde an die Wand gehängt. Der Kerl ist völlig verrückt und hält das wohl für eine Art Meisterstück oder so was. Lies mal die Inschrift.«

Roberts betrachtete das Foto prüfend, weil ihm gerade ein bestimmter Gedanke gekommen war. »He, einen Moment mal. Das ist doch nicht etwa das, wofür ich es halte, oder?«

»Doch«, erwiderte Lockerman. »Echte Haut. Ich bin nicht gerade scharf darauf, dieses Opfer zu sehen.« Er knöpfte sich den Uniformkragen auf. »Möchtest du ein Bier?«

Roberts nickte, obwohl ihm leicht übel war. Aus irgendeinem Grund empfand er es als schlimmer, die Arbeit des Mörders auf einem Stück Haut zu sehen als auf einer vollständigen Leiche. Das hier war ein noch brutalerer, kaltblütigerer Mord gewesen, denn er machte das Opfer in viel stärkerem Umfang zu einem reinen Objekt als bei den früheren Tötungen, benutzte es einfach als Leinwand für seine verdrehten Schöpfungen. »Weißt du«, sagte Roberts, sah zu Lockerman hinüber und schwenkte das Foto, »das hier könnte bedeuten, daß der Killer keineswegs aus Rache mordet. Diese Tätowierung ist nicht speziell für das Opfer gedacht, oder?«

»Nun, das wissen wir nicht genau, weil wir das Opfer bis jetzt noch gar nicht gefunden haben.«

»Ja, aber dieses hier ist anders als die anderen. Kuhlman war Mechaniker, nicht wahr? Ihn in eine Maschine zu verwandeln, ergibt durchaus Sinn. Tina war Prostituierte, und all das sexuelle Zeug, daß der Mörder ihr eintätowiert hat, paßt auf eine gewisse, kranke Weise. Doch das hier ...« Roberts schwenkte das Foto wie eine Flagge, »das ist nicht *auf* irgend jemandem, und daraus folgt, daß er seine Opfer zufällig auswählt.«

»Klingt einleuchtend. Jedenfalls ist er eindeutig ein Psychopath.«

Jetzt nahm Roberts endlich den Titel und die Signatur in Augenschein. »›Begegne deinem Schöpfer.‹ Wahrscheinlich stellt er hier dar, wie er sich selbst sieht. So was wie ein Selbstporträt. Er hält sich für eine Art König. ›Herrscher über Fleisch und Elfenbein.‹ Was sollte er sonst damit meinen?«

»Für mich sieht das satanisch aus.« Lockerman leerte seine Bierdose mit großen Schlucken.

»Auch möglich ...« Roberts starrte die Buchstaben an. »Mann, du hast recht. Die Schrift von dem Kerl ist so unbeholfen wie die eines Drittklässlers.« Er betrachtete die Buchstaben und spürte, wie der Redakteur in ihm erwachte. Die Titel selbst waren grammatikalisch korrekt, doch die Buchstaben folgten nicht den üblichen Regeln der Groß- und Kleinschreibung, sondern wirkten eher, als wären sie nach dem Zufallsprinzip benutzt worden. Roberts kicherte. »Das sieht ja fast so aus wie die albernen Erpresserbriefe im Kino, wenn wahllos ausgeschnittene Buchstaben benutzt werden, damit niemand die Handschrift des Kidnappers erkennen kann.«

Bier spritzte durch die Luft, als Lockerman sich verschluckte und hustete. »Vielleicht ist es genau das ... eine Botschaft!«

»Du meinst, er hat jemanden gekidnappt und benutzt jetzt die Haut für seine Botschaften? Also wirklich ...«

»Nun, vermutlich entspricht das nicht ganz den Tatsachen, trotzdem sehen diese Bildtitel reichlich sonderbar aus. Vielleicht ist doch irgendeine Botschaft darin verborgen. Zeig mir das Foto noch mal.«

Roberts gab ihm das Bild. Er war ganz froh, es loszuwerden. So kühl und glatt, wie es sich anfühlte, war es ihm fast schon so vorgekommen, als halte er wirklich ein Stück Haut in der Hand. Lockerman betrachtete das Foto prüfend, fast schon begierig. Er wirkte wie ein hyperaktives Kind, das eines dieser ›Was stimmt auf diesem Bild nicht?-Rätsel‹ lösen will.

Lockerman rutschte neben Roberts, damit sie das Foto gemeinsam betrachten konnten. »Sieh mal ... diese Buchstaben hier sind alle klein geschrieben.«

»Die dort?«

»Ja, genau.«

»Und was soll das bedeuten?«

»Die Ms sind klein. Das K auch. Und dann das I und das V von Ivory.«

»Hm ... versuch mal, es ohne diese Buchstaben zu lesen.«

»Eet your a-er, ruler of flesh and ory? Nein, das ergibt doch überhaupt keinen Sinn, oder?«

»Es sei denn, er ist Kannibale oder so was. Aber Kuhlman und Gonzales hat er doch nicht angenagt, oder?«

Lockerman warf ihm einen finsteren Blick zu und schüttelte heftig den Kopf. »Nein, du blöder Hund.«

»Aber warte mal ...« Lockerman hob das Foto näher an die Augen. »Sieh mal, die kleineren Buchstaben lauten M-M-K-I-V. Das ergibt zwar keinen Sinn, aber es sind fast die gleichen Buchstaben, die er auch für seine Signatur verwendet.«

Roberts deutete auf die Initialen. »Er zeichnet einen Bindestrich vor das M-K-I. Könnte auch ein Minuszeichen sein. Versuch mal, diese Buchstaben wegzulassen.«

»M-V?«

»He, vielleicht sind *das* ja seine Initialen?«

»Glaubst du wirklich, er ist so schlau?«

»Teufel, woher soll ich das denn wissen? Du bist doch der Kriminalexperte, nicht ich.«

»Ich weiß nicht, das kommt mir alles zu weit hergeholt vor.«

»Was ist denn mit den anderen Titeln? Sahen die auch so aus?«

»Ich bin mir nicht sicher. Einen Augenblick.« Lockerman ging in sein Schlafzimmer hinüber und kehrte mit Hochglanzfotos von Kuhlman und Tina zurück. Roberts fragte sich unwillkürlich, was die Fotos ausgerechnet in dessen Schlafzimmer zu suchen hatten. Er ahnte zwar, daß es mit Lockerman und dem Bild von Tina irgendeine besondere Bewandtnis hatte, aber ... *Nein, das kann nicht sein,* dachte Roberts und schämte sich für seine Spekulationen. *Schlag dir diese abwegigen Gedanken schleunigst aus dem Kopf.*

Lockerman legte Kuhlmans Foto obenauf. Es war eine Nahaufnahme des winzigen Titels, aufgenommen vom Leichenbeschauer. Die Haut war aufgeplatzt, die Haare von der Nadel mitsamt den Wurzeln ausgerissen. ›mACHINE OF mANkiND‹, stand dort in eilig hingeworfenen Buchstaben zu lesen. »Ja, ich glaube, da haben wir etwas gefunden. Die beiden Ms und das K-I sind klein geschrieben. Aber wenn man hier das M-K-I abzieht, bleibt nur der Buchstabe M übrig.«

»Hm ... und was ist mit dem anderen?« Roberts verspürte ein leises Schuldgefühl. Er wollte sich Tinas nackten Körper wirklich nicht noch einmal ansehen. Lockerman legte Tinas Bild nach oben, und augenblicklich kam sich Roberts schäbig vor, obwohl das hier nicht jenes Foto war, das er schon kannte. Es war ebenfalls eine Nahaufnahme der Signatur des Killers, und der Text lautete: ›MOmmY BiRDS AND kiLLER BEES.‹

»Die gleiche Geschichte«, erklärte Lockerman. »Zwei Ms, ein K und ...« Er blinzelte kurz. »Diesmal sind es zwei Is.«

Zwei Is. Roberts konnte fast hören, wie es in seinem Gehirn Klick machte, und er sah den Schlüssel deutlich vor sich. »Römische Zahlen.«

»Hä?«

»Römische Zahlen!« Roberts zählte an den Fingern ab. »Kuhlman war das erste Opfer, und dort gibt es nur ein I. Tina war Opfer Nummer zwei, und da haben wir zwei Is. Römisch eins und römisch zwei.«

Lockerman drehte den Kopf und sah Roberts an. »Mein Gott! Du hast recht!«

»Nun, vielleicht auch nicht. Was ist mit dem aus dem Museum?« Er nahm Lockerman die Fotos ab und blätterte rasch zu dem eingerahmten König durch. »M-M-K-I-V.« Roberts runzelte die Stirn. »I-V … römisch vier? Es gibt doch gar keine Nummer drei.«

»Scheiße«, sagte Lockermann, und das Lächeln verschwand aus seinem Gesicht. »Ich wette, es gibt eine Nummer drei. Nur haben wir die Leiche noch nicht gefunden.«

»Meinst du?«

»Ja. Der Kerl ist ein Serienkiller. Genau das hatte ich mir schon gedacht. Aber um Himmels willen einer, der seine Opfer durchnumeriert?«

Roberts wünschte sich plötzlich, er hätte das Rätsel nicht gelöst.

»Nun, vielleicht sind wir auch am Ziel vorbeigeschossen«, meinte Lockerman und schnitt eine Grimasse. »Diese Ms und Ks in der Signatur passen nicht so recht zu unserer Theorie. Aber wenn du recht hast, bedeutet das, wir müssen jetzt zwei Leichen suchen.«

FLASH

Mark ist glücklich. Er sitzt allein in seinem Zimmer und liest die Comics, die er aus Dads dicker Sonntagszeitung geklaut hat. Er ist begeistert. Normalerweise muß er sich mitten in der Nacht hinausschleichen, um die Comics zu lesen, lange nachdem Dad ins Bett gegangen ist. Aber Dad hat die Zeitung schon seit Wochen nicht mehr gelesen. Er ist seit Wochen nicht einmal mehr aus der *Garage* herausgekommen. Mark glaubt, Mommy hätte ihm befohlen, draußen zu bleiben, aber ganz sicher ist er sich da nicht. Aber es kümmert ihn auch nicht weiter. Solange er ›Prinz Eisenherz‹ lesen kann, ist er glücklich.

Mommy schläft noch. Sie schläft immer lange, ganz besonders an den Wochenenden. Seit Mark Dad nicht mehr gesehen hat, hat Mommy auch nicht mehr mit ihm geredet. Es ist, als würden sie mit ihm Verstecken spielen, und er ist derjenige, der suchen muß. Nur müssen sie erst zählen, bevor er sie suchen darf. Und das ist nicht fair, denn sie sind noch immer nicht mit dem Zählen fertig.

Mark glaubt, er sieht so ähnlich aus wie Prinz Eisenherz. Nur besser. Er hält sich die farbige Zeitungsseite neben sein Gesicht und vergleicht sich im Spiegel mit dem jungen Prinzen. Mark lächelt. Er weiß, er könnte anstelle des Prinzen in dem Bild sein und würde mit allem noch besser fertig werden. Prinz Eisenherz ist ein Schlappschwanz. Trotzdem gefällt er Mark immer noch, denn er hat ein großes Schwert, und jedermann mag ihn. Und er wird der nächste König sein.

»Ich sehe dich!«

Mark läßt den Comic fallen und sieht im Spiegel, daß sein Dad hinter ihm steht. Aber er sieht nicht aus wie Dad. Sein Bart ist dicht und schmierig, die Augen sind rot, und seine Haare stehen wirr durcheinander. Er sieht aus wie Pig Pen aus den Snoopy Cartoons. Und er stinkt auch. Er riecht wie Mommy.

»Ich sehe dich«, singt er mit hoher Stimme. Er klingt nicht einmal wie Dad. Aber Mark weiß, daß er es ist.

Mark hat Angst. »Es tut mir leid, Dad. Ich wollte nicht in deiner Zeitung lesen.« Er versucht, Dad in die Augen zu schauen, aber das ist schwer. Dad sieht schrecklich aus. Er ist häßlich.

Dad lächelt und entblößt dabei gelbe Zähne und einen Mund voller Speichel. Noch immer sehen sich die beiden im Spiegel an, und Mark weiß nicht recht, ob das alles wirklich geschieht ... vielleicht passiert es ja auch im *Innern* des Spiegels, in einer anderen Welt.

Dad pfeift »Ich sehe dich«.

»Dad?« Mark versucht zu lächeln, damit Dad aufhört. Doch das gelingt nicht. Dad grinst nur noch breiter. Mark denkt, er sieht aus wie der Kürbis, den Mommy letztes Jahr zu Weihnachten geschnitzt hat, derjenige, bei dem sie zu tief geschnitten hat und den sie deshalb wegwerfen mußten. Sie hatte ein so breites Lächeln hineingeschnitten, daß der Kürbis in sich zusammenklappte, als würde er sein eigenes Gesicht verschlingen. Mark erinnert sich, wie sie ihn in den Mülleimer geworfen hat und er einfach zusammensackte und ganz platt war, einfach so. Aber das Lächeln verschwand trotzdem nicht. Genausowenig wie Dads Lächeln.

Daddy wackelt mit den Augenbrauen, und trockene weiße Flocken rieseln wie Schnee über sein Gesicht.

»Was denn, Dad? Was?« Mark möchte sich umdrehen, weglaufen, fort von Daddy. Doch seine Augen bleiben starr auf ihn fixiert. Er weiß, wenn er wegsieht ...

Doch diesmal spielt das keine Rolle.

Daddy hebt die Hände zu Marks Schultern empor. Ganz leicht liegen sie dort und kitzeln seine Haut, als würden Spinnenbeine darüberlaufen. Und ganz langsam gleiten die Hände auf seine Kehle zu. »Ich habe dich gesehen. Ich habe dich gesehen. Ich habe dich gesehen.« Immer weiter geht das kurze Liedchen, manchmal gepfiffen, manchmal gesummt, während sich Dads haarige Finger immer fester um seine Kehle schließen.

Und weiter geht das Lied, weiter und weiter, und Dads Stimme wird immer tiefer und tiefer, langsamer und langsamer, während die Welt im Spiegel weiß und unscharf wird, doch das Lied verstummt niemals ganz.

Als er die Augen öffnet, fragt er sich, weshalb er in Daddys Garage sitzt, und plötzlich fällt ihm alles wieder ein. *Dad hat mir wieder weh getan. Er hat mir WEH GETAN.* Dad beschäftigt sich mit irgend etwas neben der Werkbank. Er hat Mark den breiten Rücken zugewandt. *Und er wird mir wieder weh tun, wenn ich nicht von hier verschwinde ...*

Mark vergewissert sich, daß Dad nicht hersieht, und steht dann auf, aber er kann nicht, er macht nur eine Menge Lärm, als er wieder auf dem Stuhl landet. Sehr viel Lärm.

Er ist an den Stuhl gefesselt. Dicke Ledergürtel sind fest um

Hand- und Fußgelenke gebunden, ihre Kanten schneiden in seine Haut.

Daddy dreht sich nicht um. »Ich habe dich gesehen«, sagt er ruhig.

Die Lehne des Stuhls besteht aus kaltem Metall. Der ganze Stuhl ist aus Metall. Es ist einer derjenigen, die sonst rund um den Küchentisch stehen. Mark spürt, daß Dad die Polsterung herausgenommen hat, um ihn zu bestrafen. Der stählerne Rahmen beißt in seine Knochen und drückt schmerzhaft gegen das Rückgrat. Mark kämpft gegen die Fesseln an, doch sie sitzen zu fest, als daß er seine Hände oder Füße befreien könnte. Es gibt keine Möglichkeit, dem Schmerz zu entkommen.

»Wo ist Mommy?« fragt Mark.

Daddy lacht. »Ich habe dich gesehen.«

Warum hört er nicht auf, das immer wieder zu sagen? Was hat er denn gesehen?

Und dann trifft ihn die Erkenntnis.

Mich und Mommy. Er hat mich und Mommy gesehen.

Und er ist WAHNSINNIG.

Mark fühlt sich plötzlich schuldig. Er weiß nicht genau, weshalb, aber er erkennt jetzt, daß das, was Mommy getan hat, irgendwie falsch war. Es fühlte sich schmutzig an, als sie es tat … aber sie ist doch *Mommy*, und sie hat gesagt, es wäre in Ordnung. Sie hat gesagt, es wäre *gut*.

Dad dreht sich zu Mark um. Er hat noch immer diesen sonderbaren Ausdruck im Gesicht, und er ist immer noch schmutzig und furchteinflößend.

Und er hat etwas in seinen Händen. »Was hast du mit mir vor, Dad?« Mark hat bereits akzeptiert, daß er bestraft, gequält werden wird. Das ist schon früher passiert, und er ist an den Schmerz gewöhnt. Bestrafungen schmerzen immer noch, aber nicht mehr so sehr wie zu Anfang. Es ist die Überraschung, die wirklich weh tut, wenn er nicht, wie jetzt, darauf vorbereitet ist. Er weiß, daß etwas auf ihn zukommt, und er akzeptiert es, damit es nicht so schmerzt, wenn es schließlich eintrifft.

Er erwartet, daß Daddy ein Werkzeug in der Hand hält, doch das ist nicht der Fall. Dafür ist das , was sein Vater hinter der Handfläche verborgen hält, zu klein.

Dad lächelt wieder dieses verrückte Kürbislächeln, als würde er sein eigenes Gesicht verschlingen.

Und dann sieht Mark den Draht. Er führt von dem Ding in Dads Hand zu einem Kabel. Das Kabel ist mit Dads großem Generator verbunden, und das andere Ende des Kabels führt zu …

Seinem Stuhl. Seinem Metallstuhl.

Dad langt hinüber und schaltet den Generator ein. Er ist laut, so wie die Züge, die manchmal nachts das Haus erschüttern, oder wie das Motorrad, mit dem Dad ihn verbrannt hat.

»NEIN!« schreit er so laut, wie er kann, bis seine Kehle schmerzt, doch Daddy kann ihn nicht hören, Mark hört sich ja selbst kaum, und ganz bestimmt kann ihn niemand sonst über den Lärm der dröhnenden Maschine hören. Daddy sieht aus, als würde er lachen, aber Mark kann ihn nicht hören, und das spielt auch keine Rolle mehr, denn Daddy dreht jetzt an der Wählscheibe auf dem kleinen schwarzen Kasten in seiner Hand. Er legt den Schalter um, und jetzt kann Mark etwas hören, etwas Scharfes, etwas, das klickt und summt, fast wie ein Funke, der singt ›ICH SEHE DICH‹, während er durch das dicke, ölverschmierte Kabel immer näher und näher an seinen kalten Metallstuhl herankommt, und er fühlt sich wie Prinz Eisenherz, der auf seinem eigenen Thron gefoltert wird …

Kilpatrick krümmt sich unter dem mentalen Einschlag des weißen, heißen Lichts in seinem Kopf und reißt die Augen auf, um sich zu vergewissern, daß er wieder in der Realität ist.

Er sieht die offene Wunde, die freiliegenden Innereien, und das nagelneue Foto … eine Trophäe für seine Wand … ein neues Kind, gezeugt aus einer mentalen Galerie … und er weiß, daß alles in Ordnung sein wird.

Kapitel 6

1.

Mord war selbst zu einer Kunstform geworden. Ein Handwerk, das präzise Kenntnisse und Fertigkeiten erforderte, damit ein bestimmter Effekt erzielt werden konnte. Schöpfung und Zerstörung griffen beide auf dieselben Quellen zurück, bedurften einer gleichartigen künstlerischen Vision, damit sie von Erfolg gekrönt wurden. Es war der Künstler, der zählte, genau wie die Kunst selbst, denn beide existierten gleichzeitig. Mark Michael Kilpatrick war sich dessen bewußt, und er lebte danach, um das eine und einzige Ziel zu erreichen: an die *Öffentlichkeit* zu treten.

Und er war sicher, daß er sich auf dem richtigen Weg befand: Coolie war in den Nachrichten zu sehen gewesen, und sein wie eine Leinwand aufgezogenes Meisterstück war im Museum ausgestellt. Er hatte erkannt, daß es keine Rolle spielte, ob sich die Tattoos auf lebenden oder toten Körpern befanden, ob die Haut noch an Ort und Stelle war oder nicht. Alles, worauf es wirklich ankam, war, daß seine Kunst in der Öffentlichkeit verbreitet wurde, daß sie dort draußen zirkulierte, außerhalb seines Verstandes.

Das Fernsehgerät in seinem Zimmer war ausgeschaltet, eine graue Scheibe, die wie eine Tafel nach der Kreide zu schreien schien. Kilpatrick hätte gern die Nachrichten eingeschaltet, um zu sehen, wie seine wunderbaren Visionen in der Öffentlichkeit verbreitet wurden. Der dreiköpfige Dämon seiner eigenen Schöpfung hatte ihn seit dem Museum nicht mehr gestraft – tatsächlich hatte er ihn sogar mit traumlosem Schlaf belohnt –, doch Kilpatrick wußte auch, daß der Dämon ihn sofort wieder bestrafen würde, falls in den TV-Nachrichten nicht über ihn berichtet wurde. Er hatte gehofft, die im

Museum ausgestellte Arbeit würde ihm den endgültigen Durchbruch verschaffen, doch nur in der Lokalzeitung war darüber berichtet worden. Aber das ging schon in Ordnung. Er war zuversichtlich, daß es nur eine Frage der Zeit sein würde, bis eine breite Öffentlichkeit auf ihn aufmerksam wurde. Die entsprechenden Pläne waren schon in Arbeit, die Eisen lagen im Feuer und glühten hellrot. Für den Augenblick mußte der Zeitungsartikel reichen. Der Artikel sagte nichts über den Gehalt seiner Arbeit aus, doch immerhin verkündete er deren Existenz. Das war wenigstens schon ein Fortschritt. Er machte sich langsam einen Namen.

Er lag auf dem Bett und las zum siebten Mal an diesem Morgen den Artikel auf Seite 7 B in der *Gazette*. Die Überschrift lautete: EINBRECHER STIEHLT LOKALEM MUSEUM DIE SHOW. Der Artikel selbst berichtete, wie sich ein unbekannter ›frustrierter Künstler‹ ins Museum eingeschlichen und dort seine Arbeit ausgestellt hatte. In dem Artikel wurde auch Michael Rodriguez, der Kurator des Museums, zitiert, der sagte: ›Ich habe noch nie ein Kunstwerk wie das des unbekannten Einbrechers gesehen. Ich werde es Ihnen nicht beschreiben, denn Sie würden meine Worte doch wieder aus Ihrem Artikel herauszensieren. Alles, was ich Ihnen dazu sagen kann, ist: Ich bin schockiert und entsetzt.‹

Kilpatrick ließ sich die Worte auf der Zunge zergehen. »Künstler!« rief er laut. »Sie nennen mich einen Künstler! Endlich! Endlich haben sie mein Talent erkannt und zollen mir Beifall!«

Er dachte über die Worte ›schockiert und entsetzt‹ nach. Er fühlte sich etwas verärgert, aber nicht sehr. »Ich *bin* schockierend und entsetzlich. So, wie es jeder große Künstler sein sollte ... Scheiße, sie haben doch noch gar nichts gesehen. Schocks wollen sie haben? Dann gebe ich ihnen Schocks.«

Er schüttelte den Kopf und las auch den Rest des Artikels, die schlechten Nachrichten, die den guten folgten. Es hieß, sein großes Meisterwerk sei vom Police Department beschlagnahmt worden. Es sei ungesetzlich, Kunstwerke in einem öffentlichen Gebäude auszustellen, das von Steuergeldern finanziert wurde. Der Polizist, der sein Kunstwerk beschlagnahmt hatte, hatte sich geweigert, einen Kommentar abzugeben. Der Name dieses Polizisten war in großen, fetten Buchstaben angegeben: Sergeant John F. Lockerman.

Beschlagnahmt. Das bedeutete, sein größter Versuch, an die Öffentlichkeit zu treten, war vereitelt worden. Oder sogar – wie hatte sich der Kurator ausgedrückt – *zensiert* worden.

Aber immerhin hatte er es bis in die Zeitung geschafft, und für den Moment reichte das, um seinen mentalen Dämon zu beschwichtigen. Seine Pläne wurden zwar langsam, aber stetig verwirklicht, und er trat tatsächlich an die *Öffentlichkeit*. Fast war er schon den schmerzenden Schlägen seines Folterers entronnen.

Kilpatrick stand auf und benutzte eine Rasierklinge, um den Artikel aus der Zeitung auszuschneiden – ein perfektes Quadrat, genau wie er zuvor seine Leinwand aus dem Fleisch herausgeschnitten hatte, und heftete ihn in die Mitte seiner von Polaroids bedeckten Wand. Dieser Artikel sollte von nun an das Kernstück seiner Fotogalerie sein. Die glänzenden Farbbilder formten einen Kasten rings um das ausgeschnittene Zeitungsblatt, einen Rahmen aus tätowiertem Entsetzen.

Er betrachtete die Fotos von der Arbeit, die er dem Museum vermacht hatte, den thronenden König. Es war, als würde man in einen Spiegel blicken. Kilpatrick richtete sich auf und streckte die Brust vor. »Gehorcht mir, meine Gefolgsleute! Ich bin euer Schöpfer. Ich bin der Herrscher über Fleisch und Elfenbein! Ich bin Mark Michael Kilpatrick der Erste, König des Tintenlandes!«

Er salutierte vor der Fotogalerie.

»Du bist krank.«

Kilpatrick fuhr herum. »Halt die Schnauze, du Hure!« Er lief zum anderen Ende des Raums hinüber, bückte sich neben dem Mülleimer und drückte seinen buntscheckigen Unterarm gegen das verquollene Gesicht von Cheri Carvers.

2.

Es war schon spät am Donnerstag morgen. Roberts saß allein in seiner Küche und überließ es dem frisch aufgebrühten Kaffee, seinen morgendlichen-trüben Verstand zu klären und die tote Welt seiner Träume zu vertreiben.

Das Bild des letzten Tattoo-Opfers – praktisch nur ein unförmiger Haufen Fleisch – hatte ihn bis in den Schlaf hinein verfolgt. In seinem Traum war er nackt gewesen und buntscheckig tätowiert, ein Hofnarr der häßlichen Kreatur, die als König über einen Friedhof thronte. Er hatte für den König getanzt, und seine knochigen Zehen waren in der feuchten Erde frischer Gräber versunken, während die Untertanen des Königs zusahen und lachten. Die Höflinge hockten mit gekreuzten Beinen auf Grabsteinen – Tafeln aus Fleisch, auf denen Namen und Daten eintätowiert waren. Die Untertanen selbst bestanden aus gehäuteten Knochen, die an dünnen Muskeln und Sehnen herabbaumelten, fleischige Skelette ohne Augen, deren Kieferknochen klappernd zusammenstießen, wenn sie über seinen Tanz lachten.

Das war so ziemlich alles, woran er sich noch erinnern konnte, den Friedhof und den König, der über seine Faxen lachte. Außerdem hatte er noch irgendwelche Jonglierstücke vorgeführt, doch er wußte nicht mehr genau, was er da eigentlich gemacht hatte. Drei nasse, schleimige Kugeln hatte er in den Händen gehalten, und das Gefühl war so abscheulich gewesen, daß er davon erwacht war. Sie hatten sich wie blutgefüllte Beutel angefühlt oder wie knochenlose Schädel oder wie kastrierte Hoden. Er wollte sie fallen lassen, doch der König ließ sie weiterhin in der Luft über ihm herumwirbeln.

Roberts rieb sich die Augen (die ihn ebenfalls an die feuchten Kugeln erinnerten, mit denen er im Traum jongliert hatte) und versuchte, so den Alptraum fortzuwischen.

Wieso verfügt das simple Foto aus dem Museum über so viel Macht, daß es mich mit einem solchen Alptraum quälen kann?

Roberts schlürfte den heißen, bitteren Kaffee und erinnerte sich an Corkys Worte: *Bilder sind Ansichten, Mann. Realität. Wenn du etwas sehen kannst, ist es wirklich da.*

Und wenn das stimmte, folgte daraus, daß die Realität für den Tattoo Killer wirklich beschissen aussah. Es war schon schlimm genug, durch Lockerman von den Opfern des Psychopathen zu hören ... doch nun hatte ihm der Anblick der goldgerahmten Drohung, die Lockerman ihm gezeigt hatte, zugleich einen Blick in diese kranke Realität gewährt. Und das hatte sich angefühlt, als hielte er die Haut eines toten Menschen in seinen Händen.

Es war, als hätte er die Dinge bisher nur aus einer gewissen Entfernung wahrgenommen. Doch jetzt war er der bitteren Realität ausgesetzt worden; die Psychose war nun ein Teil seiner selbst. Der Tattoo-Killer hatte einen kranken Teil seines Ichs nicht nur in die Haut seines Opfers eingestichelt, sondern auch in Roberts Verstand. Es war, als würde man bei einer Vergewaltigung zuschauen und niemandem davon erzählen. Eine Infektion durch Komplizenschaft, einfach dadurch, daß man der Sache selbst ausgesetzt war.

Er fühlte sich krank und schmutzig. Innen wie außen.

Ohne zu duschen, schlüpfte Roberts in T-Shirt, Jeans und Tennisschuhe und dachte darüber nach, daß die Nachrichten, die er tagaus, tagein verbreitete, sich nicht von den Wahnvorstellungen des Killers unterschieden. Beide setzten die Welt der Psychose aus, infizierten die Unschuldigen. Und genau wie der lethargische Konsument, der sich die Fünf-Uhr-Nachrichten ansah, war auch Roberts ein passiver Beobachter.

Es war an der Zeit, sich einzumischen.

Roberts zündete sich eine Zigarette an und warf einen Blick auf den Kalender über dem Kühlschrank. In fetten schwarzen Buchstaben stand dort über einem Foto des Cheyenne Mountain zu lesen, daß noch immer Mai war. Er stand auf und blätterte den Kalender weiter, bis das korrekte Datum erschien: Donnerstag, 4. Juni.

Roberts ging zur Vordertür hinaus, schloß hinter sich ab und machte sich dann auf den Weg zu Corky. Es war an der

Zeit, ihm die Wahrheit zu sagen. Immerhin war Corky vertrauenswürdig. Und vielleicht konnte er mehr darüber herausfinden, wie dieser Irre dort draußen dachte, was ihn zum Ticken brachte ... und vielleicht sogar, welche Fehler er machen würde. Und hatte Roberts sich nicht schließlich selbst zu Lockermans Hilfspolizisten ernannt? Jede Hintergrundinformation mochte von Nutzen sein.

Also würde er mit dem Typen reden. Auch ihm selbst würde das helfen. Roberts brauchte einen Bilderschöpfer um sich, der real war – real und nicht krank. Einen Künstler mit starkem Willen, der allein aufgrund seiner Visionen das Gute in die Welt bringen konnte. Jemanden, der sein Talent freiwillig mit anderen teilte, ohne es ihnen aufzuzwingen. Nicht jemanden, der das Fleisch auf die schlimmste nur mögliche Weise vergewaltigte und die Seelen für immer mit seiner verdrehten Realität befleckte.

Einen Freund.

Einen neuen Freund, der die ›beschissenen Donnerstage‹ am wenigsten leiden konnte. Vielleicht gelang es ihm, den Tattoo-Killer aus seinem Verstand zu vertreiben und dabei gleichzeitig seinen neuen Kumpel ein wenig aufzuheitern.

Oder vielleicht brauchte er auch einfach nur einen starken Drink.

3.

Als er den Laden betrat, schepperte die Kuhglocke über der Tür, und Corky schaute über die Schulter zu ihm herüber. »Na, wenn das nicht unser Schreibmaschinen-Mann ist!«

»Hallo, Corky.«

Roberts ging zu dem bärtigen Biker hinüber, dessen mächtiger Rücken neben einem Aluminiumtisch im hinteren Teil des Ladens aufragte. Corky trug eine blaue Baumwolljacke, einen breiten Ledergürtel, Bluejeans und schwarze Lederstiefel. Zwei weiße Stoffbänder waren um seine Hüften verknotet.

Eine Schürze?

Roberts warf einen Blick über Corkys Schulter.

Der Künstler hielt etwas Schleimiges, Längliches in den Händen, einen Tubus aus Fleisch, aus dem zwei Stielaugen über einer Masse langer, verdrehter Tentakel hervorragten. Er schleuderte das Ding hart auf die mit Schlachthofpapier bedeckte Tischplatte. Es quietschte und platschte laut.

Roberts wich erschrocken einen Schritt zurück. Das Ganze erinnerte ihn an etwas Schreckliches, Übernatürliches, ganz ähnlich den Dingen, mit denen er in seinem Traum jongliert hatte.

Warum bin ich bloß hergekommen …

»Was ist denn los, Mann aus den Bergen? Noch nie einen Tintenfisch gesehen?« Corky kicherte amüsiert, und von der Zigarette zwischen seinen Lippen fiel etwas Asche auf das Tier hinunter.

»Das ist ein Tintenfisch?« Roberts wagte einen zweiten Blick auf das feuchtrosa Ding. »Wo zum Teufel haben Sie den denn her?«

»Kam heute morgen mit UPS.« Corky blies eine Rauchwolke durch die Nase. »Da gibt es diese Fischereigesellschaft in Seattle, die verschiffen diese Tierchen auf Eis. Ziemlich billig sogar, wenn man bedenkt, was sie eigentlich kosten müßten. Teufel, wenn ich nicht meinen Kasten hätte, wüßte ich nicht, wie ich mir diesen Luxus leisten sollte.« Er streichelte das Seegetier wie eine Katze und sah Roberts an. »Wissen Sie, Tätowieren ist nicht unbedingt das ertragreichste Geschäft?«

»Was für ein Kasten?« fragte Roberts, der den Tintenfisch anstarrte und nur mit einem Ohr zugehört hatte.

»Mein Haus. Mir gehört diese beschissene Bude, in der ich wohne, und die anderen Zimmer habe ich vermietet. Bringt aber so gut wie nichts. Damals, als ich mein Veteranengeld reingesteckt habe, war's noch was wert, aber heutzutage … Scheiße, es bringt mir kaum soviel ein, wie es mich kostet. Tintenfische sind da schon echter Luxus, aber sie sind es wert, selbst wenn ich deswegen pleite gehe.«

Corky zog ein langes, dünnes Messer aus der Scheide an seinem braunen Ledergürtel, entfernte rasch die Saugnäpfe an den sechs Armen und zwei längeren Tentakeln, die dem Tier wie ein ekliger Schnurrbart vom Maul herabhingen, und trennte dann die Fangarme vom Rest des Körpers. Als nächstes schlug er mit einem Gummihammer darauf ein, offenbar um das Fleisch zart zu klopfen. »Wirklich gutes Zeug, diese Tintenfische. Habe ich in Nam in rauhen Mengen gefuttert. Wenn Sie schon meinen, das hier sähe unappetitlich aus, müßten Sie mal erleben, was die Jungs da drüben mit den Tierchen anstellen. Sie schieben ihnen die Finger in die Kehle und drehen das Innere nach außen …« Corky warf einen Blick auf Roberts, der die zerlegte Kreatur mit weit aufgerissenen Augen anglotzte. »Naja, vergessen Sie's.«

Er nahm die Fangarme und warf sie in einen gußeisernen, mit kochendem Wasser gefüllten Topf, der ein paar Schritte entfernt auf einer heißen Platte stand. Dann wischte er sich die Hände an der Schürze ab, holte zwei Dosen Bier aus dem Kühlschrank und gab eine davon an Roberts weiter.

Corky hob die Dose, um Roberts zuzuprosten, und leerte sie dann in einem Zug. Anschließend rülpste er lauter, als Schoenmacher das je zuwege brächte, und meinte: »Ich wußte, daß Sie wiederkommen würden. Sie wollen noch ein Tattoo haben, richtig?«

»Nun …« Roberts hielt seine Bierdose am unteren Rand, um den Tintenfisch-Schleim zu vermeiden, den Corky darauf hinterlassen hatte.

»Na klar wollen Sie eine. Aber wenn es Ihnen nichts ausmacht, möchte ich erst das hier zu Ende bringen.« Er stapfte mit schweren Stiefelschritten zum Rest des Tintenfischs zurück. »Kommen Sie her, ich möchte, daß Sie sich das mal ansehen.«

Roberts folgte ihm.

Corky zog abermals das Messer hervor und hob den Tintenfisch hoch. Ein fremdartiges Gesicht starrte zu ihnen auf.

»Wenn man einen Tintenfisch kochen will, muß man zuerst die unbrauchbaren Teile entfernen.« Mit raschen Schnitten trennte Corky das schnabelähnliche Maul des Tieres heraus, drehte es dann um und verfuhr mit dem Anus ebenso. Anschließend legte er es wieder auf den Bauch, so daß die toten Augen ziellos nach oben blickten.

Für Roberts sahen sie aus wie die leeren Augenhöhlen des Königs aus seinem Alptraum, dem Kunstwerk des Tattoo-Killers.

Sorgfältig trennte Corky die Haut rings um die Augen auf, entfernte die gelblichen Kugeln mitsamt den anhängenden Ganglien und warf die Organe auf das Fleischpapier. »Aber dieses Kerlchen werde ich gar nicht kochen – abgesehen von den Tentakeln, die am besten schmecken. Was ich haben will, steckt hier hinten ...« Corky führte das Messer vorsichtig und gekonnt in die Öffnung, die er hinter den Augenhöhlen des Tiers geschaffen hatte, und machte einen raschen Schnitt. Dann wühlte er mit zwei Fingern der freien Hand im Gesicht des Tintenfischs und zog einen schwärzlich gelben Beutel heraus.

Roberts fühlte sich angeekelt, doch seine Stimme klang fest. Das Bier war ihm in Sekundenschnelle zu Kopf gestiegen. »Was ist das? Sein Gehirn?«

»Nein. Sepia.« Corky machte vorsichtig einen Knoten in die dünne Röhre am Ende des Beutels. »Tinte.«

»Oh!«

»Ja, es gibt nichts Besseres.«

»Das ist aber eine ziemlich extravagante Methode, um an Tinte zu kommen. Könnten Sie die nicht billiger in Flaschen kaufen?«

»Nun, Schreibmaschinen-Mann ... Wie ich schon sagte, esse ich die Tentakel gern. Erinnert mich an die gute alte Zeit in Nam. Und außerdem«, er schwang das Messer wie ein Bajonett durch die Luft, »mag ich es, Dinge zu zerschneiden.«

Dinge zerschneiden? DINGE? Wie das Stück Haut aus dem Museum ... solche Dinge? Roberts spürte, wie er blaß wurde.

Plötzlich war er sich gar nicht mehr so sicher, was Corky anging. Er glaubte zwar nicht, Corky könnte der Tattoo-Killer sein … aber so ganz bei Trost war er offensichtlich auch nicht. Schon gar nicht, wenn er voller Stolz an seine Zeit in Vietnam zurückdachte.

»Was ist denn los? Ich hab' Ihnen doch keine Angst eingejagt, oder?« meinte Corky grinsend.

»Nein, aber hören Sie auf, so mit dem Messer herumzufuchteln. Sie hätten mich fast getroffen.«

»Na schön, okay.«

Corky steckte den Tintenbeutel – der wie ein schwabbeliger, mit Tinte gefüllter Luftballon aussah, ein feuchtes, schleimiges Ding, das ungefähr die Größe der Bälle aufwies, mit denen Roberts in seinem Traum jongliert hatte – in ein Glas für Babynahrung und schraubte es zu. Dann band er die Schürze ab, warf sie neben den Tintenfisch auf den Tisch und wusch sich die Hände in einer Aluminiumspüle.

Roberts war übel. Er überlegte, ob er einfach weglaufen sollte.

»He, Schreibmaschinen-Mann«, rief Corky über die Schulter, während er seine Hände mit einem Stück grüner Seife schrubbte. »Tut mir leid, daß ich mit dem Messer rumgespielt habe. Ich wollte Ihnen wirklich keinen Schrecken einjagen. Wir haben schließlich alle unsere Ängste. Bei mir sind es Insekten. Ich ertrage die Biester einfach nicht. Kriege schon eine Gänsehaut, wenn ich nur daran denke. Sie sollten mich mal erleben, wenn ich von einem Moskito gestochen werde – da benehme ich mich wie eine alte Dame, die eine Maus sieht …«

Roberts lachte, als er sich vorstellte, wie sich dieser riesige Biker vor einem winzigen Insekt fürchtete. Er lachte – vielleicht zu laut und zu lange –, aber es war ein Lachen der Erleichterung, mit dem er all seine Befürchtungen abschüttelte.

Und er lachte auch über sich selbst, weil er sich so verdammt paranoid aufführte.

Corky runzelte die Stirn. »Nun aber mal halblang, mein

Freund! Sie hätten Ihr eigenes Gesicht sehen sollen, als ich den Tintenfisch zerlegt habe!«

Roberts kam sich plötzlich sehr dumm vor. Sein Lachen erstarb. Er zündete sich eine Zigarette an und holte sich noch eine Dose Bier aus dem Kühlschrank.

Dann sah er wieder zu dem ausgenommenen Tintenfisch hinüber. Der Anblick störte ihn nicht mehr.

Corky bemerkte Roberts' Blick. »Wollen Sie's haben? Ist noch 'ne Menge Fleisch dran.«

Roberts zuckte zurück. »Äh, nein, danke.«

»Ganz wie Sie wollen.« Corky drehte den Wasserhahn ab, trocknete sich die Hände an einem tintenfleckigen Tuch und holte sich auch noch ein Bier aus dem Kühlschrank. »Was kann ich denn heute für Sie tun?« fragte er mit dem dienstbeflissenen Tonfall eines Verkäufers.

»Tja, eigentlich wollte ich nur ein bißchen reden. Mir sind in letzter Zeit eine Menge Sachen durch den Kopf gegangen.« Ganz sicher war sich Roberts allerdings selbst nicht. Genau wie bei seinem ersten Besuch war er aus einem Impuls heraus hergekommen, hauptsächlich, um seinem Alptraum zu entfliehen.

»Wem geht's nicht so? Aber ich werde nicht nur fürs Reden bezahlt.«

»Nun ...«

»Ich sag' Ihnen was. Wir können reden, über was immer Sie wollen, solange ich dabei irgend etwas zeichnen kann. Was halten Sie davon?«

Roberts war sich noch immer nicht klar darüber, ob er Corky soweit trauen konnte, um ihm das zu sagen, was er ihm eigentlich mitteilen wollte ... doch schließlich erzählte er es trotzdem. »Das, worüber ich sprechen möchte, hängt mit dem Grund zusammen, weshalb die Polizei vor ein paar Wochen hier und in anderen Tätowierläden herumgeschnüffelt hat ...«

»Na, um so besser. Aber jetzt schwingen Sie erst mal Ihren Hintern hier herüber.«

Roberts nahm auf dem Friseursessel Platz und überlegte,

ob es noch eine Möglichkeit gab, aus dieser Geschichte wieder herauszukommen. Er war nicht nur im Begriff, wichtige Informationen weiterzugeben, sondern er würde dabei auch noch eine weitere Tätowierung erhalten. Dabei hätte er nicht einmal genau sagen können, welcher der beiden Punkte ihn mehr beunruhigte.

Corky tauchte mit einem neuen Hocker neben ihm auf. Er besaß Rollen und eine hydraulische Höhenverstellung und ähnelte den Sitzen, wie sie von technischen Zeichnern benutzt werden.

»Hübscher Stuhl«, sagte Roberts in dem Versuch, Zeit zu schinden.

Corky lächelte so breit, daß sich sein weißer Bart kräuselte. »Das will ich hoffen. Schließlich haben Sie ihn bezahlt. Aber jetzt wollen wir mal anfangen. Ich weiß doch, daß Sie etwas Besonderes haben wollen.« Er warf Roberts eine Mappe in den Schoß. »Suchen Sie sich etwas aus dem Skizzenbuch aus. Sie bekommen auch Rabatt. Mache ich bei allen Stammkunden.«

Stammkunden. Roberts fühlte sich geehrt.

Er blätterte durch die Seiten: U.S.-Flaggen, Motorräder, Drachen und Schwertkämpfer, ein Dutzend Adler in verschiedenen Posen, langbeinige Frauen mit nackten Brüsten, Monster, die aussahen, als stammten sie von Heavy Metal-Postern. Bei manchen der Bilder handelte es sich um Fotografien, andere waren colorierte Bleistiftzeichnungen. Roberts schaute auf. »Ich ...«

Corky schüttelte langsam den Kopf. Ein Tentakel des Tintenfischs baumelte zwischen seinen Lippen herab. »Ich mache Ihnen einen Vorschlag. Der Scheiß da interessiert mich sowieso nicht mehr ... wird auf Dauer langweilig. Wie wär's, wenn ich bei Ihnen ohne Vorlage arbeite?«

»Hä?«

Corky sah Roberts direkt in die Augen. »Vertrauen Sie mir?«

Nein, tue ich nicht. »Natürlich, aber ...«

»Also gut.« Corky rollte zum Tisch hinüber und ergriff eine Nadel. »Wo soll es hinkommen?«

Roberts warf einen Blick zur Decke empor, sackte dann in seinem Sessel zusammen und ergab sich seinem Schicksal. »Warum sorgen Sie nicht dafür, daß sich die Schreibmaschine auf meinem Rücken nicht so einsam fühlt?«

Corky grinste. »Endlich ein Mann nach meinem Geschmack! Genau das wollte ich Ihnen auch vorschlagen. Seit Sie letztes Mal hier rausmarschiert sind, habe ich mir überlegt, was man dort noch hinzufügen könnte.«

Die Inkmaschine erwachte summend zum Leben.

Roberts lächelte. Es war angenehm zu hören, daß Corky an ihn gedacht hatte. Er warf einen Blick auf den Mann, der immer noch grinste. »Sie sahen ja richtig fröhlich aus. Ich dachte, Sie hassen die Donnerstage.«

»Eigentlich nicht. Sie sind nur so tot, wissen Sie. Kein Geschäft. Stocklangweilig ... eben tot.«

Tot. Wie die Opfer des Tattoo-Killers.

Das vertraute Summen an seiner Schulter beruhigte Roberts. Es war fast, als würde ein Masseur ihn mit Öl einreiben. Er fühlte sich schuldig, daß er jemals an Corky gezweifelt hatte. Wenn du einem Kerl nicht traust, der mit einer scharfen Nadel auf deinem Rücken arbeitet, wem dann?

Das Brummen der Nadel wirkte so besänftigend, daß Roberts völlig entspannt war, als er Corky die Geschichte vom Tattoo Killer erzählte.

4.

»Er *signiert* seine Arbeiten?« Corky konnte es kaum fassen. »Sein Stil müßte doch eigentlich für sich selbst sprechen. Die Tätowierungen, die ich mache, erkennt schließlich auch jeder auf Anhieb. Das ist doch einer der wesentlichen Aspekte des Künstlertums! Jedes Kunstwerk, jedes Bild ist so einzigartig wie der Künstler, der es schuf. Was für ein Wichser!«

Roberts fühlte sich erleichtert. Corkys Reaktion war völlig

normal, und er kam sich dumm vor, daß er je an ihm gezweifelt hatte. »Ihnen fällt niemand mit diesen Initialen ein, oder?«

»Hm ... ich kenne niemanden im Geschäft, auf den die Initialen MKI oder MMK passen würden. Wundert mich aber auch nicht. Niemand arbeitet unter seinem richtigen Namen.«

»Was?«

»Wir benutzen Pseudonyme, Markenzeichen, irgendwas in der Art.« Roberts sah ihn verständnislos an. »Meinetwegen auch einen Spitznamen. So wie ich. Oder glauben Sie, meine Mutter hätte mich Corky getauft?«

Roberts kicherte leise, teils wegen Corkys beleidigtem Tonfall, teils auch, weil die Nadel auf seinem Rücken ihn kitzelte.

»Hey!« rief Corky plötzlich. »Ich wette, dieser Kerl kommt von außerhalb. Diesen angebrutzelten Typen habe ich damals im Fernsehen gesehen – wie hieß er doch gleich? ›Cooling‹ oder so ähnlich?«

»Kuhlman.«

»Genau, Kuhlman. Den habe ich in den Nachrichten gesehen. Soweit ich mich erinnere, ähnelte der Stil keinem der hier ansässigen Tätowierer. Wirkte eher ungebunden, etwas europäisch. Verstehen Sie jetzt, was ich damit meinte, man könne einen Künstler an seiner Arbeit erkennen? Jedenfalls verwette ich meinen Arsch darauf, daß er nicht aus der Stadt stammt. Wahrscheinlich fällt mir auch deshalb niemand ein, zu dem diese Initialen passen würden.«

Roberts zuckte die Achseln. Vermutlich hatte Corky recht – Colorado Springs war auch nicht unbedingt wegen seiner psychotischen Killer berühmt. Er dachte über Pseudonyme nach und erinnerte sich, wie Schoenmacher in der Army zu seinem Spitznamen Birdy gekommen war. »Wie sind Sie eigentlich zu dem Namen Corky gekommen?« fragte er neugierig.

Corky setzte die Nadel ab und zeigte Roberts seinen Unterarm. »Sehen Sie das?«

Roberts betrachtete die Tätowierung. Er hatte sie schon bei seinem letzten Besuch gesehen, damals jedoch nicht erkannt, wie detailliert sie ausgeführt war. Auf der braunen, vage wie ein männliches Glied geformten Flasche klebte ein Etikett mit der Aufschrift CORKY. Darunter stand XXX. Die Flasche schleuderte den Korken aus ihrem pulsierenden Hals, und weibliche Zungen tanzten und leckten die herausspritzende Flüssigkeit auf.

Doch die ausgefeilte Tätowierung hatte noch mehr zu bieten als simple männliche Pornographie. Wenn man genau hinsah, erkannte man, daß sich im Innern der Flasche nicht etwa Alkohol befand, sondern ein pazifischer Küstenstreifen mit Palmen und Booten. Nein, keine Boote ... *Kriegsschiffe.* Zerstörer, die winzige Flugzeuge vom Himmel schossen. Rauchwolken stiegen in die Luft, der Hintergrund wurde von Explosionen zerrissen, nackte Körper sonnten sich am Strand, während die Soldaten heranstürmten ... und all das halb verborgen hinter dem braunen Glas der Schnapsflasche, eine Geschichte hinter der Geschichte.

»Erstaunlich«, sagte Roberts und ließ verblüfft den Mund offenstehen.

»Genau. Begreifen Sie jetzt, was ich über Bilder gesagt habe? Sie erzählen eine Geschichte sehr viel besser als Worte. Der Name Corky selbst ist auch nur ein Wort und bedeutet nichts Besonderes. Aber genau wie dieses Bild bin auch ich sehr viel mehr als nur mein Name.«

»Ja«, erwiderte Roberts. »Das macht Sinn.«

Corky konzentrierte sich wieder auf seine Arbeit. Seine Augenbrauen zogen sich zusammen. »Ich frage mich, wer das sein mag, der uns Künstler so in Verruf bringt.«

»Das wüßte ich auch gern.«

Corky schaltete die Nadel aus und legte sie auf den Tisch. Dann stand er auf und ging zum Kühlschrank, um mehr Bier zu holen. Unterwegs stellte er die Kochplatte ab, auf der der Tintenfisch kochte. Schließlich hockte er sich auf die Tischkante, stieß dabei einen aus Rechnungen und Skizzen bestehenden Stapel Papier um und sagte: »Was mich an diesem Typ am meisten ankotzt, ist sein Stil. Er hat keine Klasse.«

»Ist das alles? Keine Klasse? Da sterben Menschen, Corky ...«

»Oh, natürlich, das gefällt mir auch nicht, verstehen Sie mich da nicht falsch. Es ist nur so, daß das, was er macht, gegen alles verstößt, weshalb ich in diesem Gewerbe bin. Und das kotzt mich wirklich an.« Er nahm einen Schluck Bier und strich nachdenklich über den Bart. »Dieser Scheiß stellt nicht das dar, worum es beim Tätowieren wirklich geht.«

»Dann erzählen Sie mir, worum es wirklich geht, Herr Professor.«

Corky preßte die Lippen zusammen.

»Na, kommen Sie schon. Und benutzen Sie Worte ... ganz so furchtbar sind die nämlich nicht, wissen Sie?« Roberts lächelte.

Corky gab nach. »Okay, okay«, sagte er und stützte sich auf der Tischplatte ab. »Bei Tätowierungen geht es um Freiheit. Ich stelle es mir gern so vor: Wenn ich jemanden tätowiere, befreie ich damit einen Teil seiner Seele. Ich helfe ihm, etwas ans Tageslicht zu bringen, das die ganze Zeit über in seinem Innern verborgen war. Genau wie die Nadel bin auch ich nur ein Werkzeug, das den Menschen hilft, jenen Teil ihres Ichs hinauszulassen, den sie befreien wollen.«

Es war still in dem Raum, und Roberts glaubte fast hören zu können, wie die kleinen Rädchen in Corkys Verstand arbeiteten. *Freiheit*, dachte Roberts, *genau das ist es, was ich brauche. Freiheit von meinem Job, meinem langweiligen Leben ... von allem. Und ich fühle mich tatsächlich besser, seit ich diese Schreibmaschine auf meinem Rücken habe ...*

»Doch dieser Kerl, dieser ›Tattoo-Killer‹, wie Sie ihn nennen, ist das lebende Beispiel für *zu viel* Freiheit, die nur ihm allein gilt. Er hilft niemandem außer sich selbst. Er besitzt keinerlei Wert, und solche Menschen sollten nicht einmal eingesperrt werden – sie sollten tot sein.« Das Wort ›tot‹ sprach Corky mit unterdrückter Wut aus. »Und das Töten würde ich gern selbst übernehmen.« Seine Muskeln waren angespannt. Er stand auf und schüttelte die Arme aus.

Roberts verspürte eine leise Nervosität. Er glaubte durchaus, daß Corky dazu in der Lage wäre ... irgend etwas in seiner Stimme verriet, daß er schon früher getötet hatte. Und zwar nicht nur während des Krieges.

Corky stieß ein dumpfes Knurren aus und steckte sich eine Zigarette an. »Hören Sie, warum lassen wir es nicht gut sein für heute. Ich will nicht noch länger über diese Geschichte reden, nicht nur, weil es mich ankotzt, sondern auch, weil ich dann vielleicht Ihre Tätowierung verderbe, und das wäre mir gar nicht recht.«

Roberts stimmte von ganzem Herzen zu.

Schweigend rieb Corky Salbe über das frische Tattoo und befestigte dann etwas Verbandsmull darauf. Dann stand er auf und fing an, im Laden auf und ab zu gehen. Seine Armmuskeln spannten sich, und er ballte die Fäuste wie ein Mann, der sich auf einen Kampf vorbereitet.

Warum regt er sich derart über den Tattoo Killer auf? überlegte Roy. *Fühlt er sich bedroht?*

»Dieser Dreckskerl vergrault mir noch meine ganze Kundschaft«, erklärte Corky, als würde er auf Roberts' Gedanken antworten. »Scheiß-Donnerstage … genau, wie ich's immer sage.«

Roberts schlüpfte in sein T-Shirt. Er hatte es eilig, fortzukommen. »Ich versuche, Samstag oder Sonntag wiederzukommen.« Er zog die Brieftasche aus der Jeans. »Wieviel macht es heute?«

Corky machte eine ablehnende Handbewegung. »Vergessen Sie's. Bezahlen Sie mich, wenn es vollständig ist.«

Wieder dieses Wort. *Vollständig.* Roberts fiel ein, daß er gar keine Ahnung hatte, was Corky auf seinen Rücken tätowiert hatte. Jetzt konnte er es kaum erwarten, heimzukommen und einen Blick darauf zu werfen.

Roberts gab Corky seine Karte, auf der sowohl seine Dienst- wie auch seine private Telefonnummer sowie beide Adressen standen, nur für den Fall, daß ihm etwas einfiele, was ihnen weiterhelfen könnte. Noch ein selbsternannter Hilfspolizist, dachte Roberts. »Sie können mich jederzeit anrufen. Ganz gleich, aus welchem Grund. Auch wenn Sie nur die Zeit totschlagen wollen.«

Corky nickte und schien sich angesichts dieser überschwenglichen Freundlichkeit etwas unwohl zu fühlen.

Roberts ging zur Tür und öffnete sie. Die Kuhglocke schepperte.

»Moment!«

Roberts drehte sich um.

»Sind Sie sicher, daß Sie den Tintenfisch nicht haben wollen?«

Roberts lachte. »Ich glaube nicht.«

»Na, kommen Sie schon! Ich will nicht, daß er mir die Bude vollstinkt.«

»Ich mache Ihnen einen Vorschlag, Corky. Sie sagen mir Ihren richtigen Namen, und ich nehme den Tintenfisch.«

Grinsend meinte Corky: »Leck mich.«

Roberts lachte und verließ den Laden. Unterwegs überlegte er sich, welcher Künstlername wohl zu ihm passen würde.

Kapitel 7

1.

Roberts beobachtete die Monitore in der Sendezentrale von KOPT und schaute zu, wie Schoenmacher seine übliche Wetterprognose abgab. Mit der einen Hand deutete er auf nicht existierende Muster auf der vom Computer erstellten Satellitenkarte der Vereinigten Staaten, während die andere Hand den versteckten Signalgeber umklammerte, mit dem er die Kartenprojektion hinter sich weiterschalten konnte. Seine beruhigende Stimme ließ die angekündigten Wetterunbilden wie Gewitter und Regenschauer weniger unangenehm erscheinen. Hin und wieder warf er verstohlene Blicke zu Judy hinüber, die am Tisch der Nachrichtenredaktion saß. Roberts mochte seinen Freund wirklich, doch die schleimige Art, die er bei der Ausübung seines Berufs an den Tag legte, mißfiel ihm zutiefst.

Roberts glaubte, niemand könne die Zukunft vorhersagen, nicht einmal erstklassig ausgebildete Wissenschaftler. Und Wetterleute waren im Grunde nicht mal Wissenschaftler. Sicher, sie besuchten die technische Hochschule und bezeichneten sich selbst als Meteorologen, doch wenn es darauf ankam, waren sie nichts anderes als moderne Propheten, die ihre Mutmaßungen über die nächsten Tage zum Besten gaben. Roberts fragte sich, ob die Menschen Schoenmacher tatsächlich jedes Wort glaubten und ihre Aktivitäten aufgrund seiner Behauptung planten, er wisse, was der nächste Tag bringen werde? Würde es denn überhaupt einen nächsten Tag geben?

Roberts steckte sich eine Zigarette an und schaute weiter zu. Ja, wahrscheinlich glaubten sie, was Schoenmacher ihnen erzählte. Dan wirkte glatt und überzeugend. Doch Roberts wußte es besser.

Am meisten störte ihn bei Schoenmachers Arbeit der Mangel an journalistischer Integrität. Nachrichten basierten auf Fakten – oder zumindest dem Anschein von Fakten – und Fakten ließen sich nur in der Vergangenheit und der Gegenwart finden. Der Wetterbericht gehörte nicht in die Nachrichten, denn er behandelte die Zukunft, als ginge es dabei um Fakten. Das war keine Berichterstattung, das war Alchimie, Zauberei, Magie, Hexerei.

Und außerdem war es verdammt langweilig.

Als Roberts es leid war, sich weiter die Wochenvorhersage anzuhören, wandte er sich von den Monitoren ab und schaute durch die Glasscheibe ins Studio, das in erster Linie für Besucher anderer Networks und High-School-Führungen gedacht war. Schoenmacher stand vor einer leeren blauen Wand und fuchtelte mit den Armen herum, wobei er über irgend etwas in Texas redete. Roberts schaute zum Nachrichtentisch mit dem großen KOPT-Logo hinüber, hinter dem das Moderatorenteam saß. Rick Montag flüsterte Judy Thomas etwas ins Ohr. Judy nickte lächelnd. Auf dem Bildschirm gaben sie ein gutes Team ab, doch sobald die Kameras ausgeschaltet waren, wurde mehr als deutlich, daß sie von Journalismus keinen Schimmer hatten. Judy hatte in jungen Jahren tatsächlich mal bei einer Zeitung gearbeitet, doch mittlerweile benahm sie sich, als hätte sie alles, was sie jemals gelernt hatte, in dem Moment vergessen, als sie diesen bequemen Job ergattert hatte, der nichts weiter als ein hübsches Gesicht verlangte.

Wieder einmal Bilder. Genau das waren Rick und Judy: Bilder, die jeden Abend um siebzehn Uhr dreißig eine Welt objektiver, ernsthafter Fakten symbolisierten. Bilder von Kleinstadtberühmtheiten. Freundliche, beruhigende Bilder, mit denen man sich identifizieren konnte. Vorgetäuschte, falsche Bilder.

Und Roberts legte ihnen die Worte in den Mund.

Er fragte sich, ob das der Punkt war, der ihn in letzter Zeit an seinem Job störte. Daß seine ganze Karriere aus dem Bemühen bestand, falschen Bildern wie diesem glänzenden

Moderatorenteam Worte, Fakten in den Mund zu legen, die ihre Existenz real erscheinen ließen. Und das war, wie er in jüngster Zeit erkannt hatte, eine unmögliche Aufgabe. Die Bilder sprachen für sich selbst, ganz gleich, welche Worte aus ihren plappernden Köpfen drangen.

Roberts schaute auf die Monitore und dann wieder durch die Glasscheibe. Leeres Blau. Schoenmacher war nicht mehr da.

Roberts machte sich auf die Suche und entdeckte ihn im Waschraum, wohin sich der Wettermann üblicherweise begab, wenn er sein Angebot an klaren Tagen und kühlen Nächten unter die Menschen gebracht hatte. Roberts vermutete, daß Schoenmacher seinen Job nicht besonders mochte – oder sich diesbezüglich etwas vormachte. Zumindest würde jemand, dem es gefiel, im Fernsehen aufzutreten und die Zuschauer anzulügen, wohl kaum jeden Abend aus lauter Lampenfieber den Waschraum aufsuchen müssen.

Schoenmacher war wütend und starrte sich selbst im Spiegel an. »Hast du sie gesehen? Läßt sich von Rick die Zunge ins Ohr stecken, wenn sie denkt, niemand sieht zu ihr hin. Himmel!« Sein Gesicht war rot angelaufen und die Krawatte dort zerknittert, wo das Minimikrophon festgeklemmt gewesen war.

»Ich habe zugeschaut«, erklärte Roberts und lehnte sich an die Wand. »Ich habe nichts von Zungen in irgendwelchen Ohren gesehen, Dan. Du bildest dir das nur ein.«

Schoenmacher blies die Luft geräuschvoll aus dem Mundwinkel, so ähnlich wie Popeye, wenn er seine Pfeife als Signalhorn benutzte. »Wenn es nicht das war, dann haben sie garantiert über mich geredet. Und Judy tut so, als wäre überhaupt nichts …«

»Komm, reg dich wieder ab.« Roberts legte ihm eine Hand auf die Schulter. »Immerhin bist du am Sonntag mit ihr verabredet. Das ist doch viel wichtiger.«

»Ich weiß gar nicht, ob sie den Aufwand überhaupt wert ist.« Schoenmacher betrachtete sich wieder im Spiegel. »Aber vielleicht habe ich sie ja gar nicht verdient.«

Jetzt geht das schon wieder los. Dan Schoenmachers Stunde des Selbstmitleids. Der Kerl ist noch schwerer vorhersagbar als das Wetter.

»Halt die Klappe, ja? Gehen wir lieber ein Bier trinken.«

Schoenmacher schloß langsam die Augen und nickte. Roberts kam es so vor, als wäre das Make-up in seinen Augenwinkeln feucht.

Er klopfte Dan auf den Rücken und rief, mehr um sich selbst aufzumuntern: »Komm schon, es ist Freitag abend!«

»Da hast du recht«, meinte Schoenmacher und grinste schief. »Gehen wir zu O'Connors. Vielleicht habe ich ja Glück, und das Mädchen ist wieder dort, das ein Autogramm von mir haben wollte.«

Typisch Dan, dachte Roberts. Allerdings wunderte es ihn, daß er das Mädchen noch nicht angerufen hatte. Vielleicht hatte sich sein manisch-depressiver Freund ja tatsächlich in Judy Thomas verliebt. Zumindest würde die beiden ein gutes Gespann abgeben. Trickbetrüger arbeiteten bekanntlich am besten paarweise.

2.

Lockerman gingen die Buchstaben nicht aus dem Sinn.

Noch einmal war er alles durchgegangen, hatte die Unterlagen von Tätowierläden und Zulieferern überprüft, Telefonverzeichnisse kontrolliert und sich durch wahre Papierberge gewühlt. Doch er war nirgendwo auf einen MKI gestoßen, auch nicht auf einen MMK. Langsam bezweifelte er Roberts' Theorie, wonach es sich bei den Buchstaben um eine Botschaft handeln sollte … oder um Initialen. Wahrscheinlich war das nichts als eine Verschleierungstaktik, ein Trick, der ihn auf eine falsche Spur locken sollte, wo er dann seine kostbare Zeit vergeudete. Den Killer auf diese Weise ausfindig zu machen, würde ewig dauern. Doch andererseits war das seine einzige Spur.

Die einzige Spur, die ihn zu zwei Leichen führen konnte.

Also wieder zurück zum Anfang.

Der einzige Fortschritt bestand im Bericht des Leichenbeschauers über den Fund aus dem Museum. Das scheußliche Kunstwerk, das sie dort beschlagnahmt hatten, barg unter dem gerahmten Glas ein paar wichtige Informationen. Beispielsweise war die Rückseite der Haut – das Unterhautfettgewebe also – noch frisch gewesen. Der Leichenbeschauer schätzte, daß die Haut lediglich etwa zehn bis zwanzig Stunden, bevor sie in seinem Labor landete, aus dem Körper des Opfers herausgeschnitten worden war. Damit verfügte Lockerman über einen Zeitrahmen, mit dem er arbeiten konnte. Der Killer war nach Mitternacht aktiv geworden.

Zusätzlich hatte der Leichenbeschauer eine Blutuntersuchung vorgenommen und dabei die Blutgruppe B positiv festgestellt. Außerdem war eine Probe der Haut nach Denver geschickt worden, um die DNS festzulegen, was Lockerman allerdings wenig helfen würde, solange man die Leiche noch nicht gefunden hatte – man brauchte nun mal ein Opfer, um die DNS zu vergleichen. Erst dann, wenn es längst zu spät war, würde die DNS von Nutzen sein.

Aber es gab noch einen Hinweis, der möglicherweise nicht viel zu bedeuten hatte ... zumindest *hoffte* Lockerman, er hätte nichts zu bedeuten, denn falls doch, wäre er seinen einzigen Verdächtigen los.

Die Blutgruppe B positiv und die blonden Haare paßten zu den Krankenblättern einer Frau namens Cheri Carvers.

Lockerman wußte, daß sich Fakten und Wahrheit oft zu einem verwirrenden Bild vermischten. Das war es ja, was seine Arbeit so schwer machte. Doch wenn es, wie jetzt, keine Fakten gab, dann blieb auch die Wahrheit auf der Strecke, und das war etwas, das er nicht akzeptieren konnte. Tina war ihm genommen worden, und solange ihr Verlust ihn antrieb, würde er nicht aufgeben, Fakten und Wahrheit zum Trotz.

3.

Der Regen weckte Schoenmacher auf.

Die für den Samstag nachmittag vorgesehene kleine Grillfeier hatten sie verschoben. Lockerman war erschöpft und nicht in der Laune, sich mit den Freunden zusammenzusetzen. Roberts wollte, daß die Arbeit an seinem neuen Tattoo weiterging. (»Es soll eine Überraschung werden«, hatte er erklärt.) Und das Wetter war genauso schrecklich, wie er vorhergesagt hatte – eher sogar noch schlimmer. Bereits um zehn Uhr morgens waren mehrere Zentimeter Niederschlag gefallen, und es goß ständig weiter. Wenn man in den Bergen wohnte, wurden die Vorhersagen immer zu einem Ratespiel.

Die Stadt wirkte grau und farblos. Schoenmacher schaute aus dem regenüberspülten Schlafzimmerfenster und versuchte, einen Blick auf den Himmel zu erhaschen. Doch das erwies sich als unmöglich.

Er war ganz froh, daß sie das Grillfest verschoben hatten. Sein Kopf dröhnte von dem Alkohol, der noch immer durch seine Adern strömte. Roberts und er hatten den Abend bei O'Connor's (das Mädchen mit der Telefonnummer war übrigens nicht wieder aufgetaucht) damit beendet, daß sie sich einen Literkrug Martini geteilt hatten. Roberts hatte ihn zwar ein wenig aufgeheitert, doch den ganzen Abend über wollte so recht keine fröhliche Stimmung aufkommen. Roberts wirkte ständig etwas abwesend und fragte ihn Dinge wie »Hast du jemals Tintenfisch gegessen?« oder »Hat sich dein Knöchel entzündet, als du dich selbst tätowiert hast?« Schließlich hatte Schoenmacher das Gespräch auf Judy gebracht, doch zu dem Zeitpunkt war er schon so abgefüllt gewesen, daß sein Atem selbst Wildblumen zum Verdorren gebracht hätte, und jetzt konnte er sich beim besten Willen nicht mehr erinnern, worüber sie eigentlich gesprochen hatten.

Schoenmacher verknotete den Gürtel seines grauseidenen Morgenmantels und marschierte ins Bad, um zu duschen.

Anschließend fühlte er sich erheblich besser, und als er sich abtrocknete, merkte er, daß sein Blick immer wieder von der Vogelfigur auf seinem Knöchel angezogen wurde. Er fragte sich, ob das winzige Bild ausreichen mochte, um Judy anzuturnen. Immerhin war sie in gewisser Weise intellektueller als die anderen Mädchen, mit denen er üblicherweise schlief. Sie besaß einfach mehr Klasse. Würde das Tattoo überhaupt bei ihr wirken?

Aber es war seine einzige Chance. Die einzige Möglichkeit, sich von all jenen zu unterscheiden, die, wie er glaubte, Tag und Nacht versuchten, sie zu verführen. Und Rick Montag hatte sicher kein Tattoo ... nein, doch nicht der glatte Rick aus San Francisco. Der war viel zu zimperlich für so etwas.

Er beugte sich vor und strich sanft über die Tätowierung. Die Farbe war mittlerweile etwas verblaßt, und auch ein paar Haare wuchsen aus der Tätowierung heraus, doch sie war immer noch gut erkennbar. Als er sie damals gemacht hatte, lediglich ausgerüstet mit einem Kugelschreiber und einer rostigen Nadel, hatte das Ergebnis eher wie eine blutige Rorschachkarte ausgesehen. Doch jetzt schien es so, als wäre das Kunstwerk im Lauf der Zeit gewachsen und gereift, als führe es unter seiner Haut ein eigenes Leben.

Birdy, dachte er. *Niemand nennt mich mehr so.* Er erinnerte sich an seine Zeit in der Army. Harte Tage waren das gewesen, aber sie hatten auch viel Spaß gehabt. Die Tätowierung hatte ihm damals oft gute Dienste geleistet. Er konnte sie den Mädchen zeigen, die kicherten und sie berührten und dann manchmal auch noch andere Teile seines Körpers sehen wollten. Und er hatte sie auch anderen Soldaten gezeigt und damit sofort deren Respekt erworben – oder manchmal auch die Überlegung provoziert, wie verrückt er eigentlich in Wirklichkeit wäre. Jedenfalls war es etwas, worauf man stolz sein konnte.

Heutzutage allerdings nicht mehr. Jetzt führte er das Tattoo höchstens noch nachts vor, wenn er in irgendeiner Bar ein Mädchen aufgerissen hatte. Roberts war seit Jahren der erste, dem er es ›offiziell‹ gezeigt hatte; genauer gesagt sogar der erste seit seinem Studium an der meterologischen Hochschule in Denver.

Und jetzt besaß Roy selbst eine Tätowierung und bezahlte einen Haufen Geld, um noch eine zu bekommen.

Es war schon merkwürdig, wie ansteckend diese verdammte Tinte war, wie ein einfacher Blickkontakt genügte, um jemanden zu infizieren. Als wäre eine Tätowierung so etwas Ähnliches wie ein Stempel, der einem Zutritt zu einem exklusiven Club gewährte. Es gab kaum etwas Persönlicheres und Intimeres als eine Tätowierung, und doch stellte sie zugleich auch eine Art Fessel dar.

Plötzlich fiel Schoenmacher wieder Lockermans Geschichte über den flüchtigen Tattoo Killer ein. Bisher hatte er sich noch nicht sehr viele Gedanken darüber gemacht – Nachrichten interessierten ihn grundsätzlich nicht besonders, schließlich waren es immer die anderen, denen etwas zustieß. Doch jetzt, als er auf seinen tätowierten Knöchel hinabsah, fragte er sich unwillkürlich, was er tun würde, wenn dieser Killer eines Tages durch sein Schlafzimmerfenster kletterte und damit drohte, ihn umzubringen oder zu Tode zu tätowieren oder was immer er mit seinen Opfern anstellte. Könnte er das Tattoo an seinen Knöcheln benutzen, um ihn loszuwerden? Sollte er ihm sagen, *He, sieh mal, ich hab' schon eins, ich bin genau wie du!* Oder tötete dieser Killer nur Menschen, die bereits tätowiert waren? Verdammt, hätte er doch nur besser zugehört.

Doch der Gedanke, er könnte dem Tod entkommen, indem er einfach seine Tätowierung vorzeigte, besaß etwas Anziehendes. Birdy könnte als Schild dienen. Vielleicht als die Sorte von Schild, die Judy gern fallen sah (zusammen mit seinen Hosen). Er konnte es kaum noch erwarten, ihr das Vögelchen zu zeigen.

Judy. Sie ging ihm einfach nicht aus dem Kopf. Er erinnerte sich an das einzige Mal, als sie zusammen ausgegangen waren. Sie hatten sich an das übliche Ritual gehalten – Schoenmacher glaubte, daß sie auf so etwas stand. In seinen Augen wirkte sie wie der Typ Frau, der sein Leben lang verwöhnt worden war und keinem Mann traute, der nicht dem Klischee des erwachsen gewordenen Footballspielers entsprach. Dan hatte sie erst zum Essen und dann ins Kino ausgeführt, und anschließend waren sie noch in die einzige Piano-Bar der Stadt gegangen. Dort hatte Judy eine Menge getrunken und war aus sich herausgegangen, als wolle sie sich von der Rolle befreien, die sie schon so lange gespielt hatte. Für Dan hatte sich dieser Versuch positiv ausgewirkt, denn der gemeinsame Abend endete in ihrem Schlafzimmer.

Doch es lag nicht an jenem Abend, weshalb er sich so verzweifelt wünschte, ständig in ihrer Nähe sein zu können. Es lag vielmehr an ihrer Art. Das sanfte Streicheln, bevor sie im Kino nach der Popcornschachtel auf seinem Schoß griff, ihr Lächeln, wenn sie über seine Scherze lachte (von denen einige noch aus seiner Militärzeit stammten und entsprechend schmutzig waren), die Art, wie sie sich nach ein paar Drinks in der Bar an ihn geschmiegt hatte. Und vor allem, wie sie ihn sanft, einfühlsam und langsam in ihrem satinbezogenen Bett geliebt hatte, als wären sie schon seit Jahren ein Paar. Das waren die Erinnerungen, die in seiner Seele brannten, die Gedanken und Gefühle, die jedesmal neu aufflammten, wenn er sie im Studio sah. Hitzewellen, die ihn überliefen, wann immer sie ihn anlächelte oder auch nur in seine Richtung schaute, ein warmes Kribbeln an seinem Rückgrat, wenn sie mit ihrer samtigen, erotischen Stimme seinen Namen aussprach (»... und nun zum Wetter mit Dan Schoenmacher«). Er wußte nicht genau, ob das nun Liebe oder Lust war, doch mit Sicherheit war es das stärkste Gefühl, daß er, von seiner Ex-Frau einmal abgesehen, je für eine Frau empfunden hatte – und er hatte mit vielen geschlafen. Judy war etwas Besonderes. Er mußte sie für sich allein haben.

Am Spätnachmittag hörte der Regen auf. Trotzdem war es draußen noch immer grau, und über der Stadt schien der Himmel in dunklen Streifen herabzuhängen – dort regnete es noch immer.

Schoenmacher verbrachte den Nachmittag damit, sich auf die Verabredung vorzubereiten. Alles sollte perfekt sein. Er saugte jeden Zentimeter des hellbraunen Teppichbodens, klopfte die Läufer draußen am Verandagitter aus, putzte Fenster und Spiegel, taute den Kühlschrank ab, wusch die Schmutzwäsche (insbesondere das Bettzeug) und reinigte das Katzenklo.

Er fragte sich, wo Clive stecken mochte. Clive war seine Calico-Katze – eigentlich ein Weibchen, doch er hatte ihr einen männlichen Namen gegeben, weil sie mit ihrer großen, flachen Nase und dem muskulösen Körper einfach wie ein Kater aussah. Alle paar Monate erinnerte sie sich allerdings ihres wahren Geschlechtes, wurde rollig und durchsuchte die ganze Umgebung nach einem entsprechend scharfen Kater. Und wie bei Männern üblich, fand sich auch stets einer, um die ihm zugedachte Aufgabe zu erfüllen. Clive begriff nicht, daß all die Mühe zu nichts führen würde, weil sie schon als junges Kätzchen sterilisiert worden war, und so verschwand sie in regelmäßigen Abständen für jeweils eine Woche, um dann plötzlich und unvermutet wieder vor seiner Wohnungstür aufzutauchen – mager, schmutzig und halb verhungert. Und da sie aus dieser Erfahrung nichts lernte, wiederholte sich das Spiel alle paar Monate.

Dan reinigte das Katzenklo trotzdem, auch wenn es nicht benutzt worden war, seit er die Streu zuletzt gewechselt hatte. Als er mit dem Haus fertig war, wusch er auch noch den Wagen und räumte die Garage auf.

Anschließend durchsuchte er sein winziges Gartenstück (etwas Rasen und ein junges Bäumchen, das durch ein paar Drähte zu einer aufrechten Haltung gezwungen wurde) nach Abfällen, obwohl die Wohnanlage einen Reinigungsdienst unterhielt. Die Zigarettenkippen und die Laschen von Bierdosen, die er entdeckte, landeten in seinem Mülleimer.

Ihm war durchaus bewußt, daß er übertrieb, doch das war es ihm wert. Absolut nichts sollte schiefgehen, wenn Judy zum Essen herkam.

Als die Nacht hereinbrach, kramte er ein Beatles-Album heraus und programmierte den CD-Player so, daß er das Stück ›Hey Jude‹ wieder und immer wieder spielte.

Schließlich saß er zufrieden mit seiner Arbeit auf der Wildledercouch (die er so gründlich gebürstet hatte, daß sie sich wie neu anfühlte), hielt eine Dose Bier in der Hand, ließ die Zehenspitzen im Takt wippen und sang zusammen mit Paul, wobei er immer ein ›Y‹ an ›Jude‹ anhängte, über die angenehmem Dinge, die einem unter die Haut gingen. Er konnte es kaum noch erwarten.

4.

Seit dem Zeitungsartikel über das mysteriöse Bild hatte der Besuch lediglich zugenommen. Selbst an einem regnerischen Tag wie heute. Mike Rodriguez hatte an diesem Samstag mehr Besucher durch das Museum geführt als in den vergangenen drei Wochen zusammengenommen (er wußte das genau, weil er während der Mittagspause die Eintragungen im Buch nachgezählt hatte). Soweit es ihn betraf, fand er das herrlich. Endlich mal etwas anderes zu tun, als Däumchen zu drehen oder Kleingeld in den Süßigkeitenautomaten zu werfen. Anstrengend war es allerdings auch, immer wieder und wieder die gleichen Dinge zu erklären und den Menschen die Pfeilspitzen zu zeigen und die Geschichten zu erzählen, die sich hinter den zerbrochenen Wagenrädern verbargen.

So viel hatte er schon seit Jahren nicht mehr gearbeitet.

Er warf einen Blick auf seine goldene Uhr. Sechzehn Uhr fünfundfünfzig, Zeit zu fegen und den Laden endlich dicht zu machen.

Rodriguez stand von seinem Schreibtisch hinter dem inneren Bogen auf, schloß das Besucherbuch und schob den Stuhl ordentlich unter den Tisch. Dann holte er einen alten, staubbedeckten Besen aus dem Aktenraum und machte sich laut pfeifend an die Arbeit.

Er hoffte, der Lärm, den er dabei machte, würde den letzten Besucher darüber aufklären, daß es an der Zeit war, zu gehen.

Der einzelne Mann, der sich noch im Museum befand und sich bereits seit zwei Stunden dort aufhielt, betrachtete die Ausstellungsstücke an der gegenüberliegenden Wand. Die meiste Zeit verbrachte er allerdings damit, jene Stelle anzusehen, an der das ›beunruhigende‹ Bild gehangen hatte. Rodriguez hatte die freie Stelle an der Wand mit einem indianischen Regentänzerkostüm ausgefüllt, das mit Elfenbeinperlen und roten Steinen verziert war.

Der Kurator fand es merkwürdig, daß der Mann genau diese Stelle anstarrte – wußte er etwa, daß sich dort das schreckliche Kunstwerk befunden hatte? –, doch in erster Linie kam es ihm darauf an, möglichst rasch mit der Arbeit fertigzuwerden. Daheim warteten ein kaltes Bier und Charles Dickens auf ihn. Er wollte so schnell wie möglich verschwinden.

Rodriguez begann mit seiner Putzarbeit an der Wand, die von dem Fremden am weitesten entfernt war. Doch als er sich zu ihm vorgearbeitet hatte, blieb der Mann einfach stehen, als wären seine schwarzen Lederstiefel an dem grauen Betonboden festgewachsen.

Der Kurator fegte um den Mann herum, dessen Äußeres ihn nervös machte. Der Fremde war bärtig und schlank, aber muskulös, und er trug ein Stirnband, das sein fettiges schwarzes Haar teilte. Er erinnerte vage an ein Gangmitglied oder einen Biker, doch vor allem wirkte er wie ein Überbleibsel aus den Sechzigern. Insbesondere die verspiegelte Sonnenbrille, die auf seiner schmalen, gekrümmten Nase saß, erweckte diesen Eindruck.

Und er stank wie die Pest.

Ein Gedanke durchzuckte Rodriguez. *Konnte das der frustrierte Künstler sein?*

In einer Ecke des Museums – nicht sonderlich weit von dem Hippie entfernt, aber immerhin weit genug, um außer Reichweite der ihn einhüllenden Duftwolke zu sein – schüttelte Rodriguez den Besen über dem Häufchen Unrat aus, das er zusammengekehrt hatte. Der herabrieselnde Staub vermischte sich mit den Staubflocken, Kaugummipapieren und Kupfermünzen auf dem Boden. Dann lehnte der Kurator den Besen gegen die Wand und ging weiter in den Aktenraum. Es sollte so aussehen, als würde er von dort ein Kehrblech holen.

Doch statt dessen wählte er die Notrufnummer 911. Er sagte nichts – er war sich nicht sicher, ob der sonderbare Fremde ihn hören konnte –, sondern ließ den Hörer einfach über den Rand des Tisches baumeln. Aus dem Fernsehen wußte er, daß die Polizei den Anruf zurückverfolgen würde. Rodriguez ging zu einem Wandschrank hinüber und holte Handfeger und Kehrblech heraus, schloß die Augen und seufzte schwer. Er wußte, was er jetzt zu tun hatte. Es mochte sich als schwierig erweisen, doch er mußte diesen Mann in ein Gespräch verwickeln. Wenn ihm das gelang – möglicherweise, indem er mit ihm über dessen schreckliches Kunstwerk sprach –, würde der Fremde vielleicht so lange hier bleiben, bis die Polizei eintraf und ihn festnahm.

Vielleicht bekam er sogar eine Belohnung, wenn er mithalf, einen Verrückten einzufangen. Möglicherweise sogar eine öffentliche Belobigung seitens der Stadt. Er packte den Griff des Kehrblechs fester, wobei er sich wünschte, es wäre ein Revolver, und marschierte ohne aufzusehen in den Ausstellungsraum zurück, so wie es seiner Meinung nach jemand tat, der ganz in seine Arbeit vertieft war. Schließlich hob er den Kopf, um nicht unbeabsichtigt in den Fremden hineinzulaufen …

Der Mann war fort.

Rodriguez spürte, wie seine Muskeln erschlafften. Seine Schultern sanken herab, seine Lungen leerten sich, und er verspürte plötzlich das dringende Bedürfnis, den Waschraum aufzusuchen.

Und dann entdeckte er, daß das indianische Kostüm fehlte.

Nichts fehlte. Es war gestohlen. Dem Dreckskerl gefiel wohl nicht, daß es an ›seinem‹ Platz hing, deshalb hatte er es heruntergerissen! Wußte er überhaupt, wieviel es wert war? Geradezu unbezahlbar!

Er mußte unbedingt die Polizei anrufen. Noch einmal. Er stürmte zurück zum Telefon, damit er ihnen mitteilen konnte, es gäbe keinen Grund zur Beunruhigung. Kein Notfall, nur ein Diebstahl.

Der Hörer lag auf der Gabel. Rodriguez fragte sich, ob er die 911 überhaupt gewählt hatte. Immerhin hatte er sich zu jenem Zeitpunkt fast in Panik befunden. Hatte er sich alles nur eingebildet?

Und dann schlang sich der Stoff des indianischen Kostüms um seinen Hals und schnitt die Blutzufuhr zu seinem Gehirn ab. Rodriguez sank in die Knie.

Die Tätowierungen auf Kilpatricks Armen spannten sich und zitterten, als er an den Ärmeln des Kleidungsstücks zerrte wie ein Cowboy an den Zügeln seines Pferdes. Er stemmte den Fuß auf den Rücken des Kurators, um die Hebelwirkung zu verstärken. Die Brille rutschte Rodriguez von der Nase, als er keuchend nach Luft schnappte, während sich seine Gesichtszüge rot verfärbten. Staub stieg aus dem alten Stoff empor und legte sich über die weit aufgerissenen Augen des Kurators. Doch er war nicht mehr in der Lage, zu blinzeln.

Die Erregung in Kilpatricks heiserer Stimme war deutlich zu erkennen, als er dem Sterbenden zuflüsterte: »Mal sehen, wie es *dir* gefällt, zensiert zu werden, du Arschloch!«

5.

Er griff nach der Flasche Johnnie Walker Red Label und schraubte den Verschluß ab. Die Flasche war zur Hälfte geleert, und Lockerman versuchte sich auszurechnen, wieviel von dem Zeug sich jetzt in seinem Magen befand, vermischt mit dem Kaffee und den Donuts, die er sich zum Frühstück einverleibt hatte.

Zwei leere Flaschen lagen in der Mülltonne. Sieben weitere, noch ungeöffnet und bis zum Rand gefüllt, standen in einem Karton unter dem Küchentisch, wo sie geduldig warteten, daß ihre Stunde kam.

Johnnie Walker war Tinas Lieblingsgetränk gewesen. Tatsächlich hatte er den Karton für Tina gekauft. Es sollte eine Überraschung zum Memorial Day werden, ein Dankeschön für ihre Hilfe (und eine Ersatzdroge, die ihr vielleicht den Abschied vom Heroin etwas hätte erleichtern mögen). Dem Tattoo-Killer hatte er es zu verdanken, daß er dieses Geschenk jetzt nicht mehr persönlich überreichen konnte. Jetzt mußte er alles zu ihren Ehren allein trinken.

Lockerman prostete ihrem Foto zu und trank dann direkt aus der Flasche.

Er wischte sich über den Mund und betrachtete mit glasigem Blick das Etikett: Johnnie Walker. Es kam ihm wie ein Wortspiel vor, eine Kombination aus seinem Vornamen und ihrem Gewerbe. Oder wie der Name des Kindes, das sie zusammen hätten haben können, wenn er nur den Mumm aufgebracht hätte, sie zu heiraten.

Aber er wußte auch, daß Tina niemals eingewilligt hätte. Es war jedesmal die gleiche Geschichte, wenn sie sich auf ihren fleckigen Satinlaken liebten, gemeinsam aus einer Flasche Johnnie Walker tranken und über die Zukunft sprachen. Lockerman malte sich dann aus, auf welche Weise sie zusammenkommen könnten, doch Tina wischte all seine Vorschläge beiseite. »Du kannst mich nicht ändern«, sagte sie. »Ich muß mich selbst ändern. Und dazu bin ich jetzt noch nicht bereit.« Und vielleicht küßte sie ihn dann sanft oder spielte mit den Haaren auf seinem Bauch. »Und ich glaube, dir geht es nicht anders.«

Lockerman rieb sich die Schläfen und wünschte sich, es gäbe eine Möglichkeit, noch einmal mit ihr zu reden, eine Möglichkeit, in die Vergangenheit zurückzukehren und die Dinge zu ändern, alles besser, richtig zu machen. Wenn er es nur wirklich versucht hätte, wäre nichts von alledem geschehen. Sie würde immer noch leben. Sie würde immer noch für ihn da sein. Sie wäre immer noch Tina.

Oder nicht? Hätte er sie verändert? Sie in eine andere Person verwandelt?

Doch jetzt war ihm ein anderer zuvorgekommen und hatte sie für immer verändert. Ob dieser psychotische Künstler ihr den Stoff nun selbst injiziert hatte oder nicht, er hatte sie auf jeden Fall getötet und sie gewaltsam zu etwas gemacht, was sie nicht war. Genau wie es Lockerman wahrscheinlich selbst getan hätte, wäre er dumm genug gewesen, es zu versuchen.

Er nahm noch einen Schluck aus der Flasche. Der Alkohol schmeckte sogar wie Tina. Er schloß die Augen und wünschte sich, er könnte bei ihr sein, wo immer sie auch war.

6.

Roberts erwachte am Samstag morgen pünktlich um acht Uhr. Das war noch etwas, das er seinem Job verdankte – der innere Wecker, der keine Ahnung vom Wochenende hatte.

Sein Tattoo war undurchschaubar. Verschlungene Linien ballten sich zu einer unsinnigen Wolke über der grinsenden Schreibmaschine zusammen. Roberts bekam fast Kopfschmerzen, als er es im Badezimmer anstarrte und im Geist versuchte, die Kurven und Punkte zu etwas Sinnvollem zu verbinden, ohne jedoch zu einem Ergebnis zu gelangen.

Was hatte Corky da vor?

Er duschte den Kater vom Freitag abend fort, wobei er darauf achtete, daß die frische Tätowierung nicht naß wurde. Die Wassertropfen hämmerten wie ein Maschinengewehr auf das Stück eines Plastikbeutels, das Roberts über die wunde Stelle geklebt hatte.

Als er mit dem Duschen fertig war, schluckte er zwei Aspirin.

Lockerman rief an und sagte den Grillabend ab. Roberts gab die Nachricht an Schoenmacher weiter, den das nicht störte, weil er, wie er sagte, genug mit Putzen zu tun hätte.

Draußen regnete es in Strömen, und Roberts stellte fest, daß dadurch sein gesamter Bewässerungsplan ruiniert wurde. Binnen kürzester Frist würde sich der Rasen in ein Reisfeld verwandeln.

Nach dem Frühstück steckte Roberts' Hausschlüssel und Brieftasche ein, um Corky aufzusuchen, damit die Arbeit an der Tätowierung weitergehen konnte. Das Rätsel auf seinem Rücken trieb ihn noch in den Wahnsinn – es kam ihm vor wie ein Fernsehfilm, der mit den Worten ›Fortsetzung folgt‹ endete. Ganz wohl war ihm nicht bei dem Gedanken, in den Laden zurückzukehren, doch er hoffte, daß Corky mittlerweile wieder besserer Laune war. Es hatte ihn etwas erschreckt, zuzusehen, wie der riesige Biker in Wut geriet und sich offenbar noch mehr als Lockerman über den Tattoo-Killer aufregte. Und nachdem er gesehen hatte, wie Corky mit dem Tintenfisch umgegangen war, konnte er sich lebhaft vorstellen, was mit jemandem geschah, der dem Biker in die Quere kam.

Corky hockte im Inneren des Ladens und las in einer Zeitung, deren Ränder feucht waren. Die riesigen Stiefel hatte er auf den Tisch gelegt, wo sie wie gewaltige Briefbeschwerer ruhten. Er sah nicht von seiner Lektüre auf, als die Kuhglocke schepperte und Roberts im Flur heftig aufstampfte.

»Was gibt's Neues, Corky?«

»Nicht viel, Schreibmaschinen-Mann.« Auch ohne hinzusehen, wußte Corky, daß es Roberts war, der den Laden betreten hatte. »Nur das übliche: Bomben im Vorderen Orient, Streiks in der Ukraine, Firmenübernahmen, Ann Landers macht sich über ihre Familie lustig … das Übliche eben. Und selbst?«

»Alles wie immer, fürchte ich.«

Schließlich senkte Corky die Zeitung, die bisher sein Gesicht verborgen hatte, und sah Roberts aus blauviolett schimmernden Augen an. »Lieber Himmel!« rief Roy. »Sind das Veilchen?«

Corky grinste über Roberts' Erschrecken. »Genau. Nachdem Sie damals gegangen waren – und ich möchte mich auch gleich für mein Benehmen entschuldigen – bin ich losgezogen, um mir ein Arschloch zu suchen, an dem ich mich abreagieren konnte.«

Roberts konnte es kaum glauben. »Wie geht's dem anderen? Lebt er noch?«

»Bestens«, erwiderte Corky. »Ich bin sicher, die Schwestern kümmern sich ausgezeichnet um ihn.«

»Schwestern?«

»Ja, soweit ich weiß, liegt er im Krankenhaus. Hat einen gebrochenen Arm.« Er kicherte.

Auch Roberts lachte. »Sieht so aus, als hätte er ihn sich gebrochen, während er gerade Ihr Gesicht bearbeitete.«

Wenig später bereitete Corky Roys Rücken vor und rieb Alkohol über die tätowierte Stelle. Der Wattebausch färbte sich schwarz vor Tinte. »Teufel! Ist die Stelle naß geworden? Sieht ja aus wie eine ätzende Brustwunde.«

»Nein.« Roberts dachte an seine morgendliche Dusche – war dieses Maschinengewehrfeuer etwa durch Plastik und Mullbinde gedrungen? »Und was ist eine ätzende Brustwunde?«

»Wenn man sich versehentlich auf die Zunge beißt.«

»Hä?«

»Vergessen Sie's.« Corky schüttelte langsam den Kopf. »Es geht nur um Schußwunden, wie ich sie in Nam oft gesehen habe. Etwas, worüber ich keine Witze reißen sollte.« Er fuhr mit der Reinigung von Roberts' Rücken fort. »Seh sich einer diese Scheiße an! Sie lügen mich doch nicht an, oder?«

»Nein, garantiert nicht. Ich habe mir das Ding ja selbst kaum angesehen.« Roberts spürte, wie seine Ohren bei dieser Lüge rot anliefen. Er hatte die Tätowierung stundenlang angestarrt, um herauszufinden, was sie darstellte.

»Tja, Scheiße.« Corky kramte eine Tube Salbe heraus und rieb sie in die Haut ein. »Sieht so aus, als müßten wir noch etwas warten, bis wir das Tattoo beenden können. Das Zinkoxid hier müßte helfen.« Er schraubte die Tube zu und gab sie Roberts. »Tragen Sie das zweimal pro Tag auf, dann müßte es in ungefähr einer Woche wieder in Ordnung sein.«

Roberts fluchte. »Ich sterbe vor Neugier, was das auf meinen Rücken werden soll! Und jetzt erzählen Sie mir, ich soll noch warten?«

»Tja, so geht es eben, Schreibmaschinen-Mann. Zum Teufel, das ist schließlich Ihr Rücken, nicht meiner. Ich habe Ihnen zwar gesagt, Sie sollten ein Auge darauf haben, aber Sie haben es angestarrt, nicht wahr? Wahrscheinlich auch noch berührt.«

Roberts spürte, wie jetzt noch seine Nasenspitze rot wurde. »Nun, können Sie mir wenigstens einen Hinweis geben, was Sie da hinten treiben? Haben Sie ein Foto oder sonst etwas, das ihm ähnlich sieht?«

»Nein, Sie werden warten müssen.« Corky kehrte zu seinem Tisch zurück, verschränkte die Arme im Nacken und ließ die Füße auf die Tischplatte krachen. »Um die Wahrheit zu sagen, ich weiß es selbst noch nicht. Ich habe nur so eine allgemeine Vorstellung. Die Einzelheiten arbeitete ich dann beim Tätowieren aus.« Er grinste schief.

»Sie machen was? Sie malen einfach so auf meinem Rücken herum?«

»Wie ich schon sagte ... ich entwerfe etwas ohne Vorlage. Was ist denn los? Vertrauen Sie mir nicht, Schreibtisch-Mann?«

Die Röte in Roberts' Gesicht rührte jetzt nicht mehr von seiner Scham her, sondern von seinem Ärger. Trotzdem versuchte er, nicht wütend zu klingen, um den Biker nicht gegen sich aufzubringen. »Nein, es ist nicht so, daß ich Ihnen nicht vertrauen würde. Nur ...«

»Dann ist ja alles in Ordnung. Schmieren Sie einfach das Zinkoxid auf Ihren Rücken, dann kommt alles in Ordnung. Vertrauen Sie mir, Mann. Sie sind in guten Händen.«

Roberts nickte und zog sich das Hemd über. Er hatte es eilig zu verschwinden.

»Ein bißchen Spannung hat übrigens noch niemandem geschadet«, meinte Corky.

Roberts war sprachlos. Als er ging, hörte er Corkys typisches Kichern hinter sich.

Er beschloß, ein wenig in der Stadt umherzufahren, um seinen Ärger loszuwerden. Corky hatte natürlich recht. Wenn sein Rücken wie eine frische Schußwunde aussah, war es keine besonders gute Idee, mit einer tintengetränkten Nadel darin herumzustochern. Doch er wollte wissen, was das für ein Bild war, das er für den Rest seines Lebens auf seinem Rücken mit sich herumtragen würde, und wenn Corky selbst nicht einmal wußte, was es werden sollte, war es dann überhaupt den ganzen Aufstand wert? Schließlich heiratete man doch auch keinen Fremden, oder? Natürlich nicht. Es sei denn, es war eine Zwangsheirat. Also was für ein Tattoo zwang Corky ihm da auf?

Roberts trat heftig auf die Bremse. Beinahe wäre er auf einen Audi aufgefahren. Der Verkehr war fast zum Erliegen gekommen, die Autos krochen nur noch dahin.

Sofort wußte er, was geschehen war: ein Unfall.

Als er die Unfallstelle erreichte, sah er einen alten roten Lastwagen, der an der Straßenecke umgekippt war und dabei ein Straßenschild umgeknickt hatte. Sperrholzbretter ragten von der Ladefläche des Lastwagens in die Luft.

Das Straßenschild war mit Blut beschmiert, denn ein Teil der Metallplatte hatte sich in die Brust eines kleinen Jungen gebohrt.

Roberts blinzelte. Er versuchte, den Blick von der Szene abzuwenden, doch der Journalist in ihm schrie: *Mach schon, Roy! Halt an, und verschaff KOPT einen Exklusivbericht*. Roberts wünschte sich, er könnte dem Journalisten in seinem Innern ins Gesicht schlagen.

Er setzte seine Fahrt fort, doch der Verkehr kroch so langsam weiter, daß er praktisch gezwungen war, wieder zu der Unfallstelle hinzuschauen. Die Details strömten auf ihn ein: Das Gesicht des Jungen war vom Aufprall auf den Bürgersteig aufgeschürft, ein Farmer im Overall beugte sich über die offene Brust des Kindes, in der klaffenden Wunde blubberten Blutbläschen, ein Stück daneben lag ein mit Leuchtfarben beklebtes Skateboard, die ziegelsteinrote Motorhaube des Lastwagens stand offen, Rauch stieg hervor, die roten und blauen Lichter eines Polizeiwagens warfen ihre Lichtblitze über den Platz, das Schild auf der Ladefläche des Lastwagens verkündete DU BIST VERDAMMT und …

Roberts sah genauer hin. Die Sperrholzplatten, die von der Ladefläche des Wagens aufragten wie Grabsteine, waren Schilder, bemalt mit knallroten Bibelsprüchen und Warnungen. Roberts waren ganz ähnliche Lastwagen schon früher in der Stadt begegnet – sie gehörten religiösen Fanatikern, die in der Stadt wohnten und versuchten, ihre Botschaft durch diese Schilder den desinteressierten Massen von Colorado Springs zu vermitteln. Wahrscheinlich stellten sie eine Gegenreaktion auf die militärische Präsenz in der Stadt dar, auf NORAD und die damit verbundene Angst vor nuklearer Vernichtung.

Endlich konnte Roberts weiterfahren. Er war froh, daß er dem Journalisten nicht blindlings gehorcht hatte, der versuchte, ihn in das Unfallgeschehen hineinzuziehen. Vor drei Wochen wäre er noch darauf eingegangen – doch mittlerweile hatte er sich verändert. Eine Veränderung zum Besseren, wie er glaubte.

Trotzdem hatte der Unfall etwas an sich, das ihn beunruhigte, ja verstörte. Möglicherweise lag es daran, daß ihn die religiösen Schilder an die Art erinnerten, wie der Tattoo Killer seine Werke signierte, aber das allein schien es nicht zu sein. Und auch die drohenden Warnungen vor der ewigen Verdammnis beunruhigten ihn nicht, denn er glaubte nicht an die Hölle. Roberts glaubte zwar an eine übergeordnete Macht, doch die Hölle betrachtete er als Schöpfung des Menschen, erwachsen aus den eigenen Schuldgefühlen.

Und dann erkannte er, was ihn wirklich berührte: Er empfand mehr Mitleid für den predigenden Farmer, der den Unfall überlebt hatte, als für den kleinen Jungen, der sein Leben schon so jung verloren hatte. Denn der Farmer würde für den Rest seines Lebens mit dieser Schuld fertig werden müssen. Er war blind genug gewesen, um zu glauben, daß die Vernichtung von einer anderen Macht als der seiner Hände am Lenkrad kommen würde, und jetzt mußte er sich sein restliches Leben lang fragen, ob alles, woran er je geglaubt hatte, falsch war, und er würde sich selbst nie mehr trauen können.

Und so empfand auch Roberts, seit er von dem Tattoo Killer gehört hatte.

7.

Lockerman hielt sich im Museum auf und wünschte, er hätte eine Tasse Kaffee, um sich einen klaren Kopf zu verschaffen. Es war sieben Uhr morgens, und überall schwirrten die Leute von der *Gazette* umher und stellten ihm Fragen, auf die er keine Antworten wußte.

Er verdrehte den Kopf und schaute zur Lobby des Museums hinüber. »Krantz und Collins! Kommt gefälligst her, und schaffte mir diese Arschlöcher vom Hals!«

Die beiden Grünschnäbel, die neben den Verkaufsautomaten gestanden hatten, ließen sich Zeit auf ihrem Weg zum Museumseingang, wo sich Lockerman den Fragen der Reporter stellte. »Laßt keinen von ihnen hinein, und beantwortet keine Fragen. Habt ihr das verstanden?«

»Jawohl, Sir«, erwiderte Krantz ungerührt. Sein Gesicht war von roten Pickeln übersät, die ihn wie einen übergroßen Teenager aussehen ließen. Collins stellte sich neben ihm auf und ahmte seinen Kumpel nach. Lockerman haßte die beiden. Seit zwei Wochen gehörten sie jetzt zur Truppe und führten sich auf, als sei ihre Arbeit ein einziger großer Witz. Er wußte, daß sich das ändern würde, sobald sie zum ersten Mal mit Gewalt konfrontiert wurden. Manche Polizisten begriffen erst auf diese Weise, worum es bei ihrem Beruf wirklich ging.

Lockerman wandte sich ab und betrat das Museum. Die Rufe der Presseleute verklangen, als sich die Tür hinter ihm schloß. Er hielt sich seit der verspäteten Reaktion auf den Notruf hier auf. Der Beamte in der Notrufzentrale hatte den

Anruf, bei dem plötzlich aufgelegt worden war, zu seinem Ursprung zurückverfolgt und dann einfach ignoriert. Bis Lockerman die Adresse wiedererkannte. Das Gebäude stand leer, und jetzt durchkämmte ein kleiner Trupp von Untersuchungsbeamten die Räume nach möglichen Spuren. Lockerman wußte, daß ihre Anstrengungen sinnlos waren. Der Killer hattet noch nie irgendwelche Spuren hinterlassen, abgesehen natürlich von seinen Initialen auf der Haut der Opfer. Doch hier gab es kein Opfer ... hier war überhaupt nichts. Als sie hier eintrafen, war das Gebäude leer gewesen. Die Eingangstür stand weit offen, und niemand war da, um die Ausstellungsstücke zu bewachen. Rodriguez war nirgendwo aufzutreiben.

Zweifellos war Rodriguez tot.

Obwohl es keinen Anhaltspunkt gab, der auf den Tattoo Killer hingewiesen hätte, war sich Lockerman sicher, daß der Irre zurückgekommen war, denn ein bestimmtes Ausstellungsstück fehlte: das indianische Regentänzerkostüm, das dort gehangen hatte, wo der grausige ›Herrscher über Fleisch und Elfenbein‹ die Wand befleckt hatte.

Und weil irgend jemand die *Gazette* benachrichtigt hatte.

»Sergeant Lockerman, ich glaube, sie haben draußen etwas gefunden.« Das war Collins, der die Eingangstür halb geöffnet hatte, um nach ihm zu rufen.

Lockerman eilte nach draußen.

Als erstes fielen ihm die Blitzlichter auf, die die Morgendämmerung wie winzige Sonnen erhellten. Die Leute von der *Gazette* beugten sich über die Schultern eines der Untersuchungsbeamten. Krantz stand hinter der Menge und unternahm nicht einmal den Versuch, die Reporter zurückzuscheuchen.

»Verschwindet da, aber sofort!« brüllte Lockerman und zog im Laufen den Schlagstock aus der Schlaufe an seinem Gürtel. »Weg mit den Kameras, oder ich ...«

Einer der Reporter machte noch schnell ein letztes Foto, und dann rannten alle wie aufgeschreckte Hühner davon.

Jetzt erst erkannte Lockerman, worum sich die Meute

gedrängt hatte. Die Hecktür eines roten Kombiwagens klaffte wie ein riesiges Maul, und Krantz und Collins starrten voller Grauen ins Innere.

»Was zum ...« Lockerman warf einen Blick in den Wagen. Er brauchte nicht lange, um Rodriguez' Gesicht zu erkennen, das mit dicken, nachlässig gezogenen roten Linien tätowiert war. Das Gesicht war von einer dunkelroten, breiten, kreisförmigen Linie umgeben. Eine ganz ähnliche Linie, dick wie ein Klebeband, verlief über Nase, Lippen und die Augenhöhlen.

Augenhöhlen. Die Augen selbst waren vollständig entfernt.

Das ganze Gesicht war in ein Verbotszeichen verwandelt worden, wie man sie verwendete, um vor dem Gebrauch von offenem Feuer oder Ähnlichem zu warnen.

Kein Rodriguez.

Als wäre dieser Hinweis noch nötig gewesen, als wäre es nicht offensichtlich, daß Rodriguez' Identität völlig zerstört worden war, wie schon ein kurzer Blick auf die Tattoos bewies, die praktisch jeden Zentimeter seiner braunen Haut bedeckten. Lockermans Augen richteten sich auf Brust und Bauch des nackten Mannes, als sie die Leiche aus dem Wagen zogen: Ein Reigen rosafarbener, grotesker Menschen mit Schweineschnauzen und Ringelschwänzen wand sich in einer dämonischen Orgie unter einem von Blitzen und Flammen zerrissenen Himmel. Über dieser Szene ragte eine dreiköpfige Monstrosität und leckte mit einer rasierklingenbesetzten Zunge an Rodriguez' Brustwarzen. Eine Hand des Wesens umklammerte einen phallischen Blitz, der andere Arm war nach hinten ausgestreckt, verlief über Rodriguez' Schlüsselbein und verschwand hinter seinem Rücken.

Ohne die rosa Brustwarzen hätte Lockerman das Etwas, das sie auf den Bürgersteig legten, kaum als menschliches Wesen erkannt. Er konnte den Anblick kaum ertragen, als sie den Körper umdrehten, um ihn in den Leichensack zu heben, den einer der Beamten ausgerollt hatte. Normalerweise stellte diese Arbeit immer den schlimmsten Teil bei einer Morduntersuchung dar – erst wenn die Leiche in den Sack verpackt wurde, war der Tod real und unwiderruflich –, doch diesmal empfand Lockerman sie fast schon als Segen. Er wollte die Tätowierungen so schnell wie möglich zugedeckt wissen.

Anders als üblich schoben sie Rodriguez mit dem Gesicht nach unten in den Sack. Auch auf seinem Rücken gab es Tattoos, doch sie waren nicht annähernd so erschreckend wie jene auf der Brust. Ein abscheulich haariger Unterarm – die Verlängerung des Dämonenarms von der Vorderseite – umklammerte ein riesiges, scharfes silbernes Breitschwert. Rodriguez' Rücken sah damit aus wie das Titelbild auf einem zweitklassigen Fantasy-Roman, dachte Lockerman. Auf der Klinge stand in kalten, weißen Großbuchstaben, als wäre es dort eingraviert, das Wort:

SENSWORD

Zensiert.

Lockerman zog den Reißverschluß des Leichensacks zu und wünschte sich dabei, er könne mit den Aasgeiern von der *Gazette* ebenso verfahren.

FLASH

Plötzlich und ohne Übergang ist er wieder in der Kunstgalerie seines Verstandes, verbunden mit einem der Porträts, die wie die Bilder eines Films an der Wand aufgereiht sind ... ein Film, den er nicht sehen will, aber erneut durchleben muß ... ein Film, der angeschaut werden muß, bevor sein mentaler Regisseur SCHNITT *ruft ... und der Regisseur ist dort, hinter ihm, massiert seine Schultern, während er in dem höhlenartigen Kino seiner inneren Hölle steht und der dreigesichtige Dämon die Muskeln seines Verstandes manipuliert ...*

Der Stuhl vibriert unter dem Strom, kitzelt sein Fleisch.

Mark kichert die Angst fort, die Überraschung, daß er nicht tot ist, daß es nicht weh tut.

Das alles verschlingende Grinsen auf Dads Gesicht verschwindet. Ungläubig schaut er auf das Gerät in seinen Händen, die selbstgebastelte Kontrollschaltung, mit der er die Stromzufuhr des Kabels steuern kann, das mit dem Stuhl verbunden ist. Hektisch dreht er an dem schwarzen Knopf und hämmert dann mit der Faust darauf, bis seine Fingerknöchel bluten.

Mark spürt, wie sich seine Muskeln entspannen. Er hat keine Angst mehr. Die Lederriemen um seine Hand- und Fußgelenke sitzen nicht mehr so fest, fühlen sich weniger beengend an. Wahrscheinlich könnte er sich selbst von seinen Fesseln befreien, doch das ist jetzt nicht mehr so wichtig. Er schaut zu, wie Dad mit dem Kontrollschalter kämpft, am Kabel zerrt und alles mögliche versucht, damit die Foltermaschine, die er sich ausgedacht hat, funktioniert. Es ist ein schönes Gefühl, mit anzusehen, wie Daddy versagt. Er kann Dinge reparieren, aber er kann nichts *schaffen*, so wie Mark.

Und dann sieht Mark Mommy, die durch die quadratischen Fenster im Garagentor hereinschaut. Mommy lächelt.

Daddy schreit Mark jetzt an. Mark kann nicht verstehen, was er brüllt, aber ihm ist klar, daß er flucht. Mark lächelt, denn er weiß, daß Prinz Eisenherz unbesiegbar ist. Fleisch ist stärker als Stahl – hat das der Prinz nicht selbst einmal gesagt?

Daddy stürzt sich auf Mark und schlägt ihn mit dem Plastikregler, den er noch immer in der Hand hält. Es tut weh, aber nicht sehr – neben dem Dröhnen des Generators klingen die Schläge, mit denen das Plastik seinen Kopf trifft, dumpf, so als würde jemand an die Tür klopfen. Es macht auch nichts, daß er sein Gesicht nicht mit den Händen schützen kann. Er schließt die Augen nicht, ja er blinzelt nicht einmal.

Er nimmt die Bestrafung hin. Sie schmerzt nicht. Er spürt nichts, ist gefühllos. Mark stellt sich vor, er wäre wie eine dieser Schaufensterpuppen in den Geschäften oder wie einer der Kunstköpfe in dem Schönheitssalon, denen Mommy immer die Perücken überstülpt. Hohl und leer und gefühllos. Sein Schädel ist ebenso fest und hart wie diese Köpfe aus unzerbrechlichem Plastik.

Mark kichert, als ihm ein bestimmtes Lied einfällt: *Ich bin Gummi, du bist Leim. Was von mir abprallt, das bleibt dein.*

Dad schlägt noch einmal zu und hört dann auf, als das Steuergerät zerbrochen aus seiner Hand fällt. Er weint. Er heult und zittert, und echte Tränen quellen aus seinen Augen. Es ist das erste Mal, daß Mark seinen Daddy weinen sieht.

Und jetzt hat Mark mehr Angst als je zuvor in seinem Leben. Denn er fühlt sich *stärker* als Dad. Mächtiger. Und er weiß nicht, wie er damit umgehen soll.

Doch ihm bleibt keine Zeit, darüber nachzudenken, denn jetzt steht Mommy hinter Dad und schwingt ein langes blitzendes Messer über dem Kopf. Dad wirft Mark einen tränenerfüllten Blick zu – *Tut es ihm leid*? – und schreit dann voller Schmerz zur Decke empor. Mark hört nichts. Es ist ein stummer Schrei, überdeckt vom Dröhnen des Generators. Er sieht auch nicht echt aus, eher wie ein Schrei im Film, wenn man den Ton abgedreht hat, so wie das Dad immer macht, wenn er samstags die Sportsendungen anschaut.

Mommy hebt die Klinge wieder. Sie hinterläßt eine Spur aus roten Tropfen, als sie durch die Luft schneidet. Jetzt ist sie es, die lächelt, die grinst wie Dad. Die Augen sind wie schwarze Teiche, so viel Make-up hat sie aufgetragen. Ihre Haare sind statisch aufgeladen und stehen an den Spitzen hoch, genau wie die von Mark, wenn er morgens direkt nach dem Aufstehen in den Spiegel sieht. Und trotz des Geruchs von Schweiß und Schmieröl in der Garage kann er ihr nach fauligen Blumen riechendes Parfum wahrnehmen.

Dad fällt auf sein Gesicht, die Arme liegen schlaff ausgestreckt neben seinem Körper. Mommy kniet sich hin, um wieder zuzustechen.

Und jetzt begreift Mark, daß die Szene vor ihm *real* ist. Langsam zieht er an den Lederriemen, die seine Handgelenke an die metallenen Armstützen des Stuhls fesseln. Doch sie geben nicht nach. Es ist, als ob der Stuhl selbst ihn umklammert, ihn auf seinem metallenen Schoß festhält.

Plötzlich schaut Mommy zu ihm hinüber, so als würde sie erst jetzt bemerken, daß er dort gefesselt auf dem Stuhl sitzt. Ihre schwarz umrandeten Augen starren auf die Stelle zwischen seinen Beinen. Und dann kriecht sie auf ihn zu. Ihr Kopf ist wie der eines Hundes vorgestreckt, und das Messer zieht eine blutige Spur über den Boden.

Mark sieht das Messer, und er weiß, was sie mit der scharfen Klinge vorhat …

Dieses kleine Schweinchen hatte keins, dieses kleine Schweinchen hatte KEINS, DIESES KLEINE SCHWEINCHEN HATTE KEINS!

Und dann stürzt sich Dad auf Mommy, reißt sie mit sich. Ihr Körper verdreht sich, ihr Kopf knallt mit der Schläfe auf den harten Betonboden.

Danach rührt sie sich nicht mehr. Sie sieht aus wie eine zerbrochene Puppe.

Daddy kriecht blutend über ihren reglosen Körper in Richtung der Werkbank.

Und bricht zusammen.

Die nächsten Stunden starrt Mark in Daddys sterbende Augen. Blut tropft aus den Gehörgängen des Vaters, und sein Rücken ist eine riesige rote Pfütze. Doch Mark weiß, daß Dad noch lebt, denn hin und wieder hebt sich seine Brust. Und bei jedem Atemzug läuft die Pfütze auf seinem Rücken über und tropft auf den Boden.

Selbst als er aufhört zu atmen, rinnt das Blut weiter, zieht dicke rote Linien quer durch die Garage, unter Marks Stuhl hindurch, um Mommys Hinterkopf herum, an der Werkbank entlang …

Doch Marks Blick ruht auf Daddys reglosen Augen. *In* Daddys Augen, als würde er in einen wirbelnden Strudel hinabgleiten. Als würde er in Daddys leeren, toten Schädel hineingezogen und fände das Haus aus Knochen unbewohnt vor.

Jetzt ist Mark an der Reihe. Er beugt sich auf seinem Stuhl vor, soweit die Fesseln das zulassen: *Ich sehe dich, Dad. Diesmal sehe ich DICH. Ich SEHE dich!*

Und mit plötzlicher, wohltuender Klarheit begreift Mark, weshalb Dad immer wollte, daß er niemals wegsah, warum er ihn schlug, wenn er den Blick abwandte. Weil es *schwach* war, wegzusehen, weil es zeigte, daß man *Angst* hatte. Und jetzt hat Mark vor nichts mehr Angst, jetzt wo Mommy und Dad tot sind. Jetzt hat Mark nicht einmal mehr vor dem Tod Angst.

Und alles hat seinen Sinn, seinen eigenen, perfekten Sinn, bis das Blut, das aus der Pfütze auf Daddys Rücken heraustropft, das funkensprühende Kabel neben dem Generator erreicht und nun ein ganz eigenes Lied zu singen beginnt.

Kapitel 8

1.

Es hätte auch besser laufen können.

Kilpatrick marschierte in sein Apartment und ließ die Tür mit lautem Krachen hinter sich zuschlagen. Die Tasche mit den Tätowierutensilien landete scheppernd auf dem Fußboden und kippte um. Auf dem Weg zur verriegelten Schlafzimmertür trat er mit Absicht nach der Katze, die wie eine Fledermaus aufquietschte und zwischen den Pappkartons Deckung suchte, mit denen Kilpatricks Wohnzimmer möbliert war. Er wühlte in seiner Hosentasche nach den Schlüsseln und atmete erleichtert auf, als er sie endlich fand.

Kilpatrick griff nach dem Vorhängeschloß und schob einen rostigen Schlüssel hinein. Als der Bügel mit einem Klicken aufsprang, zog er ihn aus den Löchern des Riegels heraus, schob das Stück Metall zur Seite und hängte das geöffnete Schloß wieder ein. Es pendelte hin und her und hinterließ dabei eine geschwungene Linie auf dem Türrahmen, die an ein Lächeln erinnerte.

Dann riß er die Tür auf.

Carvers lag auf dem Bett. Ihr nackter Rücken war Kilpatrick zugewandt.

Gut, sie war also noch hier. Er warf das indianische Gewand neben ihr aufs Bett.

Während die Frau schlief und dabei leise schnarchte, wanderte Kilpatrick im Schlafzimmer auf und ab und versuchte, seine Gedanken zu sammeln. Er hatte seine Arbeit zufriedenstellend erledigt, obwohl der Museumskurator die Bullen angerufen hatte. Trotzdem hätte die Sache besser laufen können. Eigentlich hatte Kilpatrick vorgehabt, den Kerl an der Wand des Ausstellungsraums aufzuhängen, so wie Jesus am

Kreuz, und zwar genau an der Stelle, wo sich das Indianerkostüm befunden hatte. Doch der Anruf bei den Bullen hatte ihn gezwungen, sein Vorhaben woanders durchzuführen.

Nachdem er den Kurator erwürgt hatte, entdeckte er die Autoschlüssel in dessen Hosentasche (sie hingen an einer Goldkette mit der Gravierung KÜNSTLER WISSEN, WO SIE EINE LINIE ZIEHEN MÜSSEN – ein Spruch, der mehr Wahrheit enthielt, als der Mann vermutlich geahnt hatte). Kilpatrick zerrte den Kurator am Hals bis zum Notausgang, wobei er das Gewand wie eine Art Leine benutzte, und dann zu dessen Auto, einem großen roten Chrysler Kombiwagen. Dann warf er die Leiche auf den Rücksitz und fuhr in Richtung Fort Carson. In den ausgedehnten Wäldern in der Nähe des Ortes würde er genug Zeit und Ruhe finden, um seine Arbeit zu erledigen.

Es dämmerte schon, und die hinter den Bergen versinkende Sonne ließ den Wagen düster aufglühen. Kilpatrick klappte die Rücksitze um und schuf so eine Art vinylbezogenes Bett, das sich als hervorragende Staffelei für seine nächste Fleischmalerei erwies. Mit andächtigen Bewegungen breitete er seine transportable Tätowieranlage auf dem Teppichboden des Wagens aus – große Tintenflaschen, Nadeln, Latexhandschuhe und seine selbstgemachte elektrische Tattoomaschine, die Krönung des Ganzen.

Und dann machte er sich an die Arbeit, die Haut des Mannes zu inken.

Zuletzt schrieb er quer über den Rücken das Wort SENSWORD. Ein neuer Titel, und ein irreführender, doch das geschah mit voller Absicht. Wenn sie nicht bereit waren, das Spiel auf seine Weise zu spielen, dann mußten sie eben alles allein herausfinden. Trotzdem signierte er das Breitschwert – schließlich wollte er nicht anonym an die Öffentlichkeit treten – mit seinen königlichen Initialen: MKI; Mark Kilpatrick der Erste. Mark, König von Inkland.

Als nächstes folgte der beste, der wichtigste Teil seiner Arbeit – das Foto. Er spähte durch den Sucher der Kamera und drückte dann auf den Auslöser.

Der Blitz wurde ausgelöst, ein blendender Ausbruch reinen Lichts, der endlos schien, wie ein Blinzeln in Zeitlupe. Er konnte sich kaum noch an seinen letzten Besuch in der mentalen Galerie erinnern ... nur, daß er seine Eltern wiedergesehen hatte. Doch das war vorbei, existierte nicht einmal mehr als Erinnerung. Der Blitz endete, und er war zurück in der realen Welt und blickte auf die zensierte, stinkende Leiche hinab. Draußen war es dunkel, fast schon Nacht. Er fühlte sich gereinigt. Ein weiteres Bild der inneren Galerie war fort, für immer befreit.

Doch ihm blieb noch etwas zu tun.

Kilpatrick fuhr durch die leeren Straßen zum Museum zurück. Ein Streifenwagen stand vor dem Gebäude, doch soweit er erkennen konnte, befanden sich die Polizisten im Innern des Museums. So stellte er den Wagen unbemerkt ein Stück entfernt auf und lief dann die drei Blocks bis zu seinem Chopper, startete die Maschine und raste dröhnend davon. Als er eine abgelegene Telefonzelle entdeckte, rief er die *Gazette* an und machte sich dann auf den Heimweg.

Heim. Dort, wo er sich jetzt befand und geistesabwesend auf die Fotos und Trophäen an der Wand starrte. Kilpatrick zog die neuen Bilder aus der Gesäßtasche, fischte ein paar Heftzwecken aus der Plastikschale und befestigte die Fotos neben den anderen. Coolie, die Nutte, die quadratische Leinwand seines Selbstporträts ... und jetzt diese. Seine Familie vermehrte sich rings um den Artikel aus der *Gazette*. Die gesamte Fotogalerie hatte mittlerweile eine achteckige Form angenommen, wie ein glänzendes, psychedelisches Stoppzeichen. Oder wie ein fotografischer Skizzenblock, der seine Flucht aus der Hölle nachzeichnete.

Er hörte ein leises Stöhnen. Das Bett knarrte.

Kilpatrick drehte sich um und sah zu Carvers hinüber. »Steh auf, meine Hübsche.«

Ihre Augen öffneten sich, rot und blutunterlaufen, doch sie wirkten so ausgetrocknet wie zu lange gekochte Eier. Ausgetrocknet von den vielen Tränen.

Kilpatrick verschränkte die Arme und schenkte ihr ein aufmunterndes, väterliches Lächeln. Die Tattoos, die Carvers' Körper bedeckten, bildeten eine exzellente Komposition. Alle stellten im Grunde dasselbe Objekt dar, doch jedes der runden, halbdollargroßen Bilder besaß seine eigene, einzigartige Nuance und seine besondere Bedeutung für Kilpatrick. Jede der Zeichnungen war ein Unikat – die winzigen Details waren es, die sie voneinander unterschieden.

Ein jedes wies andere Farben, andere Schattierungen auf. Sie unterschieden sich in der Anzahl der Adern, in der Größe der schwarzen Kreise in der Mitte und in der Form der Haare, die sie umgaben. Einige wirkten erschrocken, andere liebevoll.

Doch all diese Bilder – alle sechstausendzwanzig – stellten Augen dar. Wenn Carver' sich auch nur ein bißchen bewegte, erwachten sie zum Leben: sie blinzelten, starrten, neckten, zwinkerten, glotzen ... eine unendliche Menge von Augen.

Die angemessene Tätowierung für eine Augenzeugin. Denn dazu war sie in Coolies Apartment geworden, in jener Nacht, als alles begann. Er durfte keine Risiken eingehen. Sie in Chet's Bar aufzutreiben war leicht gewesen. Etwas schwieriger dann schon, sie aufzureißen und mit nach Hause zu nehmen, doch es war die Anstrengung wert. Ganz zu Anfang hatte er ihr keine Bedeutung beigemessen, doch nach Coolies Tod war sie zur Augenzeugin geworden.

Augenzeugin ... genau wie die Nachrichten.

Und mittlerweile hatte sie eine ganze Menge gesehen. Mit all ihren herrlichen Augen. Ihre ganze Haut war zu einem sehenden Gemälde geworden.

Kilpatrick blickte auf Carvers hinunter. Sie schlief schon wieder ein, ihre eigenen Augen schienen sich in ihre Höhlen zurückzuziehen. Rasch griff er nach der Schale mit den Heftzwecken und stieß eine in ihre Schulter, genau in eines der Augen. Eine rote Träne rann aus der Pupille. »Wach auf, meine Hübsche. Wach auf.« Er nahm eine weitere Heftzwecke aus der Schale. »Das Auge der Nadel schließt sich niemals ...«

2.

Lockerman seufzte. »Jetzt hören Sie mal zu. Wenn ich Ihnen das nächste Mal sage, Sie sollen die Presse zurückhalten, dann halten Sie sie auch zurück. Kapiert?«

Krantz zog die Schultern hoch und drehte die Handflächen nach oben. Lockerman zuckte innerlich zusammen, als er den Eiter sah, der wie milchiger Schweiß auf dem pickeligen Gesicht stand. »Woher sollte ich denn wissen, daß etwas in dem Wagen war, Sarge? Ich bin doch kein Hellseher …«

»Ach, halten Sie die Klappe«, sagte Lockerman. Es gefiel ihm im Grunde nicht besonders, den harten Vorgesetzten herauszukehren, doch andererseits tat es auch gut, etwas Dampf abzulassen. »Jedenfalls kann ich Ihre Zukunft durchaus vorhersehen, wenn Sie Ihre beschissene Einstellung nicht ändern und endlich anfangen, Befehle zu befolgen. Und was Sie angeht, Collins …«

Collins schluckte vernehmlich.

»Sie sollten sich auch endlich zusammenreißen. Seit Sie diesem Department zugeteilt wurden, haben Sie nichts als Scheiße gebaut.«

Collins schaute betreten zu Boden.

»Und jetzt raus hier, aber sofort.« Lockerman wandte sich ab und starrte die Betonwand an.

Er hörte das Scharren der Stühle und dann sich eilig entfernende Schritte, die schließlich in den anderen Bürogeräuschen untergingen.

Auf Lockermans Schreibtisch lagen die *Gazette* und der Bericht der beiden Anfänger. Beide waren fast identisch, enthielten Fotos zur Dokumentation und schilderten das Verbrechen akkurat.

Doch es gab etwas, wovon die Presse keine Fotos besaß – etwas, das die zu erwartenden Ängste der Bevölkerung ganz erheblich verstärken würde, sollte es bekannt werden. Eine Art irres Manifest nämlich, in winzigen, schiefen Buchstaben in Rodriguez' Ohrmuscheln eintätowiert: KEINE HISPANOS.

KEINE NIGGER. KEINE INDIANER. KEINE WEIBER. KEIN MITLEID. KEINE NACHRICHTEN.

Lockerman haßte den gesichtslosen Dreckskerl jetzt noch mehr als zuvor – falls eine solche Steigerung überhaupt möglich war. Der Kerl war nicht nur ein Irrer mit einer völlig verdrehten Vorstellung von Kunst, sondern auch noch ein Rassist der übelsten Sorte. Und jetzt, wo Lockerman herausgefunden hatte, daß der Tattoo-Killer ein Rassist war, wurde er allein durch diese Tatsache wieder an all die Schlachten erinnert, die er selbst in seinem lebenslangen Kampf gegen die Diskriminierung ausgefochten hatte.

Sein schlimmster Kampf gegen die Bigotterie hatte nicht aus persönlichen Gründen stattgefunden, sondern eher im öffentlichen Interesse. Als junger Polizist war er suspendiert worden, weil er einen Skinhead zusammengeschlagen hatte, der sich selbst als Führer einer Gruppe von Neonazis bezeichnete. Das hatte ihn seine Streifen gekostet und fast auch seinen Job. Lockerman war sich – selbst in dem Moment, als er dem bleichgesichtigen Arsch die Nase einschlug – durchaus bewußt, daß seine Brutalität nichts anderes als das Ergebnis der aufgestauten Frustrationen eines ganzen Lebens war. Der Neonazi stand als Symbol für jeden Rassisten, dem er je begegnet war, für jede höhnische Bemerkung, die man ihm auf der Straße nachgerufen, für jeden Job, den er nicht bekommen hatte. Und jeder einzelne Schlag war ein Genuß, auch wenn der kahlgeschorene Teenager schon längst im Koma lag.

Mittlerweile hatte er seine Methoden geändert – wie lange war das jetzt her? Seine Frau lebte damals noch, also etwa … sechs Jahre? – und langsam die Stufen erklommen, mit denen ihm das Department den Weg zur Rückgewinnung seiner Streifen bahnte. Alle drei Stufen befanden sich jetzt auf seinem Ärmel, und dort würden sie auch bleiben.

Zumindest, bis er diesen Irren gefunden hatte.

Er lehnte sich zurück, so daß der Holzstuhl unter seinem Gewicht knackte. Noch immer gab es keine Spur in diesem Fall, über den dank Collins und Krantz bald die ganze Stadt

Bescheid wissen würde. Zum Glück hatte niemand das rassistische Gekritzel auf Rodriguez Ohren bemerkt ... das hätte nur zusätzlich zu Spannungen geführt. Und der *Gazette* waren auch die Initialen des Killers verborgen geblieben. Das übliche und scheinbar bedeutungslose MKI war in die rosafarbenen, verschorften Stellen eintätowiert, an denen sich eigentlich Rodriguez' Zehennägel befinden sollten. Allerdings waren die Blockbuchstaben diesmal mit einem großen, häßlichen ›X‹ durchkreuzt. Lockerman betete zu Gott, daß ›X‹ möge lediglich ein Symbol für die vom Künstler angeprangerte Zensur darstellen. Kaum vorstellbar, daß es sich bei dem Buchstaben abermals um eine römische Ziffer handelte – *zehn* noch nicht entdeckte Leichen?

Lockerman schob diese Überlegung energisch beiseite und dachte an die Durchsuchung des Museums und das indianische Regentänzerkostüm. Zweifellos hatte der Killer das Gewand mitgenommen, auch wenn nur der Himmel wissen mochte, aus welchem Grund. Möglicherweise hatte er es benutzt, um Rodriguez zu erdrosseln ... der Hals des Kurators wies Verletzungen auf, die durchaus für eine solche Annahme sprachen. Doch weshalb sollte ein Killer, der alle anderen Rassen haßte, ausgerechnet ein indianisches Kleidungsstück mitnehmen? Als Andenken? Um sich zu verkleiden?

Abrupt setzte sich Lockerman aufrecht hin. Ihm wurde klar, daß er gerade über zwei bedeutsame Schlußfolgerungen gestolpert war. Die erste bestand darin, daß der Killer höchstwahrscheinlich ein Weißer war, denn das war die einzige Rasse, die nicht auf der eintätowierten Liste aufgeführt wurde. Und die zweite Schlußfolgerung lautete: Stieß er auf das indianische Gewand, fand er damit höchstwahrscheinlich auch den Mörder. Diese beiden Spuren waren natürlich nicht gerade weltbewegend, aber immerhin etwas, mit dem er arbeiten konnte. Ergiebiger jedenfalls als ein paar Buchstaben, bei denen es sich vielleicht um Initialen handelte, vielleicht aber auch nicht.

Der Polizist warf einen forschenden Blick auf den Artikel

in der *Gazette* und überlegte, wie die Reporter überhaupt von der Geschichte im Museum erfahren haben mochten. Offenbar hatte der Killer selbst sie informiert – jedenfalls hätten sie sich kaum wegen einer im Polizeifunk aufgeschnappten Meldung über einen Museumseinbruch in Bewegung gesetzt. Traf Lockermans Vermutung zu, besaß der Mörder selbst großes Interesse daran, die Aufmerksamkeit der Öffentlichkeit auf sich zu lenken. Rasch machte er sich eine Notiz, sich in der Telefonzentrale der *Gazette* zu erkundigen. Vielleicht erinnerte man sich dort, ob der Anrufer sich durch eine besondere Stimmlage oder einen bestimmten Dialekt ausgezeichnet hatte. Einen Versuch war es immerhin wert.

Ein anderer Gedanken durchzuckte ihn: Wenn die *Gazette* über den Fall berichtete, würden die anderen Medien auch bald hier auftauchen. Wie hieß doch gleich dieser Spruch? »Schlechte Nachrichten verbreiten sich schnell?« Irgendwas in der Art jedenfalls. Und auf die Nachrichtenleute selbst traf dieser Satz genauso zu.

Er wählte die Nummer von KOPT in der Hoffnung, man hätte Roberts' Wochenende ebenso wie sein eigenes verdorben, indem man ihn zur Arbeit rief.

Die Stimme, die sich meldete, klang vertraut. »Lokalredaktion.«

»Schön, du bist selbst dran. Ich dachte mir schon, daß sie für diese Sache die großen Stars einsetzen. Hast du schon die Zeitungen gelesen?«

Roberts hatte Lockermans Stimme ebenfalls auf Anhieb erkannt. »Ja, ich habe mir den Artikel in der *Gazette* schon vorgenommen. Welches Arschloch hat sie denn informiert?«

»Der Tattoo Killer selbst, wenn ich mit meiner Vermutung recht habe. Die Fotos gehen allerdings auf das Konto meiner Grünschnäbel. Dämliche Bande. Man sollte eigentlich erwarten, daß sie sich bemühen, ihren Boß zu beeindrucken, statt ständig nur Mist zu bauen.«

»Hör mal, hier sind alle ganz heiß auf eine Geschichte über den Tattoo Killer. Buckman sitzt mir schon die ganze Zeit im Nacken. Der Zusammenhang zwischen Kuhlman und Rodriguez ist ihm sofort aufgefallen. Er will die Sache nicht nur heute in den Nachrichten groß rausbringen, sondern auch noch eine Reportage über die Tätowierläden in der Stadt nachschieben. Führt sich auf, als ginge es um die Präsidentschaftswahlen oder etwas ähnlich Wichtiges. Sogar einen hübschen Arbeitstitel hat er sich ausgedacht: ›Tätowierungen – Modetorheit oder Wahnsinn?‹ Was für ein Arsch!«

»Schöne Scheiße. Ich nehme nicht an, daß du das noch abbiegen kannst, oder?«

»Sieht nicht so aus. Die anderen Sender bringen diese Rodriguez-Geschichte auch. Mann, ich hasse diesen Job. Wir benehmen uns alle wie Vampire, die darum wetteifern, wer den ersten Blutstropfen aufsaugt.«

Lockerman reagierte nicht auf diese Bemerkung. »Verdammter Mist! Ist denen denn nicht klar, daß sie damit genau das tun, was der Tattoo Killer will? Seine Werke bekannt zu machen, darum geht es ihm doch nur! Er hat diesen ekelhaften Dreck doch sogar im Museum ausgestellt, Himmel, Arsch und Zwirn!«

»Es gibt nichts, was ich daran ändern könnte, John. Ich werde zusehen, ob wir die Geschichte wenigstens ohne Bilder bringen können, aber selbst das dürfte schwer werden, nachdem die Zeitungen schon Fotos veröffentlicht haben.«

»Versuch es trotzdem. Wir müssen alles tun, um die Geschichte so weit wie möglich geheimzuhalten.«

»Ich werd's probieren.«

Beide Männer seufzten gleichzeitig.

Lockerman räusperte sich und wechselte das Thema. »Tut mir leid, daß ich den Grillabend am Samstag abgesagt habe. Ich mache es nächstes Mal wieder gut.«

Roberts kicherte. »Steaks? Flaschenbier?«

»Bier? Ich brauche Tequila. Aber, na gut, wenn du es schaffst, diese Bilder aus den Nachrichten rauszuhalten, besorge ich dir, was immer du willst. Teufel auch, ich würde sogar persönlich nach Mexiko fahren, um Meskalin zu holen. Aber du mußt mir dafür versprechen, daß du nichts von dem verwendest, was ich dir vertraulich mitgeteilt habe – über

Tina, die beiden fehlenden Leichen, die Initialen und die anderen Dinge –, bis wir den Irren gefunden haben. Unser Handel gilt noch, klar?«

»Mach dir deswegen mal keine Sorgen.« Roberts grinste. Zum ersten Mal war es Lockerman, der Schulden bei ihren Grillabenden einlösen mußte. Das war eine angenehme Veränderung.

»Ich muß jetzt los.« Roberts hörte, wie Lockerman mit Papieren raschelte.

»Gibt's irgendwas Neues über den mysteriösen MKI oder MMK oder über die römischen Ziffern oder sonst etwas?«

»*Nada*.«

»Mir ist nur die Idee gekommen, der Kerl könnte vielleicht eine Art Pseudonym benutzen. Vielleicht sind die Buchstaben eine Abkürzung seines Spitznamens oder so was.«

»Das habe ich mir auch schon überlegt. Hat mich aber auch nicht weitergebracht. Teufel, es gibt Millionen von Spitznamen, genug, um ein ganzes Lexikon damit zu füllen.«

»War auch nur so ein Gedanke.«

»In Ordnung. Bleib weiter dran. Ich brauche jede Hilfe, die ich kriegen kann. Wir sehen uns ... und die Nachrichten heute abend werde ich mir auch anschauen. Versuch bloß, den Wirbel so klein wie möglich zu halten.«

»Ist schon klar.«

Beide legten auf. Roberts beeilte sich, den Text für die Abendnachrichten fertigzustellen, wobei er sich alle Mühe gab, den Artikel in der *Gazette* nicht zu offensichtlich zu plagiieren. Die Reportage über die Tätowierläden wollte er allerdings nicht machen, und wenn er deswegen kündigen mußte. Oder vielleicht ... ob sich Buckman zufrieden gab, wenn er ihm ein Interview mit einem der lokalen Tätowierer lieferte?

3.

Das Treffen stand noch immer bevor.

Das Haus war fleckenlos sauber, trotzdem polierte Schoenmacher noch einmal alles, nur um ganz sicher zu gehen. Dabei spielte er zum Zeitvertreib ›Hey, Jude‹, doch das machte ihn nur noch nervöser.

Er spülte das Geschirr vom vergangenen Abend, und auch den Kaffeetopf und die Tasse, die er am Morgen benutzt hatte. Dann saugte er den längst porentief reinen Teppich und wechselte den leeren Staubbeutel aus. Als nächstes nahm er sich den Futternapf der Katze vor, obwohl auch dafür keine Notwendigkeit bestand. Er hatte zwar geglaubt, die Katze an der Tür kratzen zu hören, doch als er nachsah, war es nur ein schwarzer Kater aus der Nachbarschaft gewesen, der Clive besuchen wollte. Schoenmacher fütterte ihn mit ein paar Brocken Trockenfutter und schickte ihn dann wieder fort. Anschließend staubte er die Stereoanlage ab und polierte die rauchfarbene Plastikschutzhülle des Plattenspielers, den er kaum noch benutzte.

Er kaute vor lauter Nervosität an den Fingernägeln, feilte und polierte sie dann, nur um anschließend wieder von vorn zu beginnen.

Schließlich machte er Konditionstraining und stellte sich danach zum zweiten Mal an diesem Tag unter die Dusche.

Noch eine Stunde, bis Judy kam.

Schoenmacher trug ein Sporthemd und weitgeschnittene Designerjeans. Die Sachen waren bequem und sahen (dank reichlicher Verwendung von Stärke) auch akkurat genug aus, um einen guten Eindruck zu erwecken. Die Sonnenbräune, auf die er so stolz war, wurde an den Armen, im Halsausschnitt und an den Knöcheln sichtbar. Auf Socken hatte er verzichtet, damit Judy von selbst auf das Tattoo aufmerksam werden konnte. Das ersparte ihm die Mühe, umständlich darauf hinweisen zu müssen. Er wollte, daß sie ganz allein das Gespräch darauf brachte.

Die Türglocke läutete. Erleichtert legte Schoenmacher den hölzernen Kochlöffel aus der Hand, und schnappte sich ein Handtuch, um sich die schweißnassen Hände zu trocknen, und eilte zur Tür.

Judy sah blendend aus. Ihre Augen strahlten ihn wie grüne Smaragde an, und ihre Frisur saß perfekt. Sie trug ebenfalls eine weitgeschnittene Jeans und dazu eine enganliegende hellgrüne Bluse. Judy neigte den Kopf mit einem amüsierten Lächeln und sagte: »Hallooo?«

Schoenmacher schüttelte den Kopf, um den Zauber zu brechen. »Oh, tut mir leid. Du siehst wundervoll aus.«

»Danke.« Judy stellte sich auf Zehenspitzen und schaute über seine Schulter. »Irgend etwas riecht hier ziemlich gut. Darf ich reinkommen?«

Schoenmacher nahm ihre Hand – wobei er sich Mühe gab, nicht zu fest zuzudrücken – und führte sie in sein bescheidenes Heim. Judy war sichtlich beeindruckt.

Schoenmacher legte das Beatles-Album auf und ließ es einmal von Anfang bis Ende durchlaufen. Judy hatte irgendwann einmal erwähnt, daß sie die Beatles sehr mochte.

Sie aßen irgend etwas Chinesisches, und Schoenmacher genoß es, Judy zuzusehen, die sich mit den Eßstäbchen abmühte, die er der Atmosphäre wegen besorgt hatte.

Nach dem Essen schenkte Schoenmacher ihnen Wein ein. Er hatte zwar keine Ahnung von Rebsorten oder wie man den passenden Wein zu einer Mahlzeit auswählte, doch der ausländische Name auf dem Etikett war unaussprechlich genug, um beeindruckend zu wirken. Judy hatte zunächst die Stirn gerunzelt, als er den Wein servierte, doch nachdem sie ein paarmal daran genippt hatte, trank sie ihn mit großen Schlucken, wie Schoenmacher zufrieden vermerkte. Selbst die gläsernen Bierkrüge, die er für den Wein benutzte – elegantere Gefäße besaß er nicht –, schienen sie nicht weiter zu stören.

Schließlich gingen sie ins Wohnzimmer hinüber und setzten sich auf die Wildledercouch. Schoenmacher dämpfte das Licht und legte ein anderes Beatles-Album auf.

»Erzähl mir von deiner Ex«, sagte Judy und zog ein Bein unter sich, um es sich auf der Couch bequem zu machen. »Wie war sie so?«

Dan errötete. *Wenn du wüßtest.* »Sie hat mir das Kochen beigebracht. Ich glaube, das sagt mehr über sie aus, als ich in Worte fassen könnte.«

Judy kicherte und runzelte dann in gespieltem Ernst die Stirn. »Komm schon, Dan. Erzähl es mir. Ich möchte wissen, weshalb ihr euch getrennt habt.«

»Nun«, begann Dan, beugte sich zu ihr hinüber und suchte den Blick ihrer großen, grünen Augen, »sie war absolut nichts im Vergleich zu dir. Deshalb haben wir uns scheiden lassen.«

»Das ist süß«, meinte Judy und wich etwas vor ihm zurück.

Dan ließ sich nach vorn fallen. Seine Lippen landeten hart auf ihren. Judy rutschte sofort zurück, doch Schoenmacher folgte ihr unerbittlich.

Judy öffnete ihre Lippen, um zu protestieren, doch Schoenmacher schob rasch seine Zunge in ihren Mund. Er legte die Arme um sie und zog ihre Bluse hinten aus der Hose heraus. Ihre Brüste drückten leicht gegen seinen Oberkörper, und er glaubte fast zu spüren, wie die Brustwarzen im schnellen Rhythmus ihres Herzschlags gegen seine Brust hämmerten.

Judy rückte von ihm ab, und Dan nutzte die Gelegenheit um schnell und mit routinierten Bewegungen die Knöpfe ihrer Bluse zu öffnen. Er drückte sein Gesicht gegen ihren Hals und küßte sie sanft, während seine Hand in ihre Bluse glitt, sich um eine volle Brust legte und mit der harten Warze spielte.

»Dan«, flüsterte Judy in sein Ohr. »Bitte, nicht.«

Schoenmacher griff mit der freien Hand nach unten und zog am obersten Knopf ihrer Jeans.

»Nein!« Judy sprang wütend auf. Schoenmacher kippte nach vorn, zog dabei ihre Hose halb herunter und enthüllte ihre weiße Spitzenunterwäsche, die das Dreieck aus dunklem Haar kaum verdeckte. Der Wettermann starrte ihre offene Hose an und grinste.

Judy wandte sich ab, damit Schoenmacher nicht zusehen

konnte, während sie Hose und Bluse zuknöpfte. »Dafür bin ich nicht hergekommen. Ich hatte gedacht, wir würden uns unterhalten.« Die Worte drangen nur undeutlich über ihre Lippen, und ihre Zunge kam ihr wie ein vollgesogener Schwamm vor. Dans Geschmack war noch immer in ihrem Mund, vermischt mit dem billigen Wein. »Aber ich glaube, dieser Moment ist ebenso gut geeignet wie jeder andere, um dir zu sagen, daß wir uns nicht mehr auf diese Weise treffen sollten. Das ist einfach unprofessionell. Und außerdem denke ich, daß wir nicht zueinander passen.« Sie drehte sich um und blickte mit hochgezogenen Brauen auf ihn hinab.

Schoenmacher stieß einen Rülpser aus, der ihm die Tränen in die Augen trieb und seine Nase brennen ließ. »Aber denk doch an letztes Mal, Judy. Du kannst mir doch nicht erzählen, es hätte dir nicht gefallen. Oder daß du mich damals nicht wolltest, oder jetzt ...«

»Es war ein Irrtum, ein Fehler. Ich hatte damals zuviel getrunken, genau wie heute abend.« Sie griff nach ihrer Handtasche. »Zuviel Alkohol und zuviel von deinem schmeichlerischen Gerede. Du solltest Gebrauchtwagen verkaufen, weißt du das?«

Dan merkte selbst kaum, was er tat. Als sie sich nach ihrer Handtasche bückte, wirkte ihr Hintern wie ein Magnet auf ihn.

Schoenmacher sprang auf, packte Judy an den Hüften und stieß sie auf den Teppich. Judy kreischte, als sie mit dem Gesicht auf dem Boden aufschlug. Sie versuchte sich wegzurollen und ...

Heftiges Kratzen an der Tür.

Schoenmacher hörte auf, an ihren Jeans zu zerren, und runzelte die Stirn.

Judy sah, daß er abgelenkt war, und versuchte das auszunutzen. »Ich glaube, es ist jemand an der Tür, Dan. Sieh besser mal nach.«

»Ja«, sagte Schoenmacher gedehnt. Seine Stimme klang, als befände er sich in einem Traum. Wie ein Schlafwandler schlich er zur Tür. Sein Blick glitt über das Wohnzimmer, als betrachte er einen fremden Planeten. *Was tue ich da eigentlich?* dachte er.

Er öffnete die Tür.

Ein vielfarbiger Wirbel raste an seinen Füßen vorbei, ein außerirdisches Wesen, das in Richtung Couch schoß.

Judy kreischte auf, als das Ding von der Couch abprallte und auf ihrem Schoß landete. Sie sprang auf, und das dürre Wesen rutschte ihre Beine hinab und landete auf allen vieren. Judy packte ihre Handtasche und stürmte zur Tür, wo sie Schoenmacher fast umrannte.

Schoenmacher blickte zu dem Wesen hinüber, das jetzt in der Ecke des Wohnzimmers neben der Stereoanlage hockte. Hinter ihm fiel krachend die Tür ins Schloß.

Clive?

Die Katze hatte kein Fell mehr. Nicht einmal mehr Schnurrhaare. Sie war von der Nasenspitze bis zum Ende des Schwanzes rasiert und sah wie ein Wesen aus einem billigen Zeichentrickfilm für Erwachsene aus. Schlackernde Haut und Knochen.

Glatt rasiert … und tätowiert.

Angsteinflößend wilde rote Augen umgaben die echten smaragdgrünen Augen der Katze – Augen innerhalb von Augen, überschattet von monströsen schwarzen Augenbrauen, die an Groucho Marx erinnerten. Die Ohren trugen ein spiralförmiges Muster, daß sich die Muscheln hinabwand wie zusammengerolltes Linienpapier. Ein bösartig rotlippiges, zahnbewehrtes Lächeln ging vom Maul der Katze aus und verbreitete sich über das ganze Gesicht wie das Grinsen eines Clowns.

Das Tier bewegte sich und rieb seinen Körper an der Kante der Stereoanlage. Leises Glockenläuten war zu vernehmen, und Schoenmacher bemerkte, daß winzige silberne Glöckchen an ihrem knochigen Schwanz – der so purpurn und rosa wie ein überlanger Penis wirkte – befestigt waren. Jemand hatte Drähte durch die Haut gestoßen. Über die Tatzen der Katze waren menschenähnliche Finger gezeichnet worden. Auf dem Brustkorb prangten die weißen Rippenknochen.

Sechs menschliche Brüste baumelten herab, die sich mit grotesken, dämonischen Fingern an den Knochen festklammerten, Brüste mit Krallen, die irgendwie mit den echten rosa Brustwarzen der Katze verbunden waren.

Schoenmacher schwankte, seine Beine gaben unter ihm nach. Er lehnte sich schwer gegen die Wohnungstür. »Clivey? Clivey?«

Die Katze maunzte und tapste dann auf ihn zu.

Schoenmacher sah die Zeichnung auf ihrem Rücken, die er im ersten Moment für die Unterseite eines Fisches hielt. Doch dann erkannte er, daß es eher wie die weißblaue Unterseite eines bestimmten Helikopters wirkte ... die des KOPT-KOPTERS, von dem aus er mitunter Verkehrsdurchsagen machte.

Und in der Mitte von Clives schmalem Rücken: Das KOPT -Logo.

Schoenmacher wurde schwindelig. Er streckte sich auf dem Boden aus und schloß die Augen. Der Teppich fühlte sich haarig, schmutzig an, fast wie das Fell eines Lebewesens. Er glaubte, seinen eigenen Herzschlag zu vernehmen, doch es war Clive, die sich schnurrend an sein Ohr lehnte. Seine Katze ... das undefinierbare Ding in seinem Haus ... rieb über seine Augenlider und schnüffelte mit der feuchten, schnurrbartlosen Nase an seinen Lippen. Es roch wie fauliger Fisch. Die heiße Haut fühlte sich weich und ledern an, wie die einer kranken Eidechse. Schoenmacher erschauderte. Doch er rührte sich nicht und hielt die Augen geschlossen. Er wollte Clive nicht sehen, er wollte überhaupt nichts mehr sehen. Er hatte seine Chancen bei Judy verloren, er hatte seine Katze verloren, er hatte sogar die Kraft verloren, die Augen offen zu halten.

Die Katze leckte die salzigen Tränen auf, die an Schoenmachers Nase entlangrannen. Die rauhe Sandpapierzunge strich über seine Augenlider und versuchte sie aufzuschieben. Als wolle die Katze ihn zwingen, sich anzusehen, was aus ihr geworden war.

Und dann wurde er in etwas hineingezogen, das vage an Schlaf erinnerte.

4.

Judy weinte und hämmerte auf das harte Plastiklenkrad, als sie auf den Highway 115 einbog, der sie von den Luxuswohnungen am Berghang fort und zurück in die Innenstadt, in die Zivilisation, führen würde. Trotzdem kam es ihr so vor, als wäre Schoenmacher noch bei ihr, als würde er sie auf ihrem Weg nach Hause begleiten. Ständig tauchten in ihrem Rückspiegel blendende Lichter auf, die sie an Dans blitzende Augen erinnerten, als er versucht hatte, sie in sein Bett zu zwingen.

Wieder hieb sie gegen das Lenkrad. »Blöde Kuh!« Sie klagte sich selbst dafür an, daß sie ihm überhaupt noch eine Chance gegeben hatte. Mit der flachen Hand hämmerte sie auf ihren Oberschenkel. »DU (klatsch) BLÖ-(klatsch)-DE (klatsch) KUH!«

Sie dachte nicht einmal mehr an diese widerlich aussehende Katze, die auf ihrem Schoß gelandet war. Dans tastende Finger waren viel widerlicher gewesen. Aber was sie am meisten ankotzte, war die Tatsache, daß sie ihm das alles fast hätte durchgehen lassen – schließlich war sie ja beinahe auf sein Gesülze hereingefallen. Doch dann hatte er das Schlimmste gemacht, was er überhaupt tun konnte. Er hatte sie zu Boden geworfen, als sie ganz eindeutig im Begriff gewesen war, zu gehen.

Judy blickte auf ihre Jeans hinunter. Der oberste Knopf stand offen, und sie versuchte, ihn zu schließen. Doch das Knopfloch war eingerissen und jetzt zu groß, um den Knopf zu halten.

Vergewaltigung. Genau das wäre passiert, wenn dieses gesegnete Monster nicht an der Tür gekratzt hätte ...

Judy nahm die Circle-Drive-Abfahrt. Noch immer leuchteten Scheinwerfer in ihrem Rückspiegel. Sie redete sich ein, daß es nicht Dan war, der hinter ihr herfuhr.

Sie fragte sich, wie sie sich jetzt verhalten, wie sie ihm Tag für Tag begegnen und gemeinsam mit ihm auf Sendung gehen sollte. Wie sollte sie ›Und nun zum Wetter ...‹, sagen, ohne zugleich einen Schwall von Vorwürfen loszulassen oder in Tränen auszubrechen? Wie sollte sie es ertragen, dort zu sitzen und ihn am Ende der Nachrichten anzulächeln, ohne ein paar eigene Bemerkungen anzufügen und der Welt zu verkünden, daß Dan Schoenmacher ein VERBRECHER und VERGEWALTIGER war?

Was sollte sie machen? Auch wenn er sie vergewaltigt hätte, wäre sie nicht in der Lage, das zu beweisen. Sie würde es nicht einmal schaffen, den Dreckskerl wegen sexueller Belästigung feuern zu lassen, weil sie ihn freiwillig in seinem Haus besucht hatte. KOPTs Management, allesamt Männer, würden ihr berufliche Eifersucht oder irgendeinen anderen Mist unterstellen und sie glatt auslachen.

Doch irgend etwas mußte sie unternehmen.

Und im Moment sah es so aus, als könne sie sich höchstens nach einem anderen Job umsehen.

Der Gedanke gefiel ihr ganz gut.

Vielleicht ging sie sogar wieder zur Zeitung, wo die Menschen sie nicht jeden Abend anstarrten. Und wo sie auch dieser schweinischen Fanpost entgehen konnte.

Sie bog in ihre Auffahrt ein und war froh, endlich daheim zu sein.

Und gleichzeitig hatte sie furchtbare Angst, weil sie so verdammt allein war.

5.

Roy Roberts war in seinem Traum noch immer unterwegs auf einer nachtlangen Reise einem sonnenbeschienenen, unerreichbaren Horizont entgegen. Der orangerote Halbkreis war eine durchlöcherte Scheibe, die unbeweglich wie eine an die flache Landschaft festgenagelte halbierte Dartscheibe vor ihm hing, so als hätte die Erde selbst sie an die Himmelswand gepreßt, eine Erde, die nicht mehr rotierte, abgebremst durch den blauen Himmel, der jede Bewegung knirschend zum Stehen brachte.

Der Highway, über den er raste, dehnte sich leer und schnurgerade vor ihm aus. Verkehrszeichen huschten an ihm vorbei, und obgleich er sie nicht erkennen konnte, schienen sie alle die gleiche Bedeutung zu haben.

Roberts steuerte ein Cabrio. Er fand das merkwürdig, denn er hatte noch nie zuvor in einem offenen Wagen gesessen. Die Geschwindigkeit, mit der er fuhr, war erschreckend hoch. Es gab keinen Sicherheitsgurt, und der Fahrtwind brüllte in seinen Ohren. Das Lenkrad vibrierte unter seinen Händen. Die grüne Digitalanzeige auf dem Tachometer – der sich in eine riesige Uhr verwandelt hatte, wie er jetzt erkannte – flackerte hin und wieder auf und zeigte Ziffern, die keine Bedeutung besaßen. Er war gefangen in einer Tretmühle des Nichts und raste einem Ziel entgegen, das er niemals erreichen würde, so als würde sich nicht der Wagen bewegen, sondern die Straße selbst unter ihm dahinrasen. Als wäre der Highway ein endlos langer Teppich aus Teer, der unter ihm fortgerissen wurde.

Und gerade als er sich wünschte, die Reise möge enden, bemerkte er einen Punkt, der ihm auf dem Highway entgegenkam. Ein anderes Auto?

Der Punkt wurde zu einem Fleck. Einem silbernen Fleck, der auf ihn zuraste. Als er näher kam, wurde seine Form deutlicher: Der Fleck streckte sich zu einer Röhre, einem Zylinder ... einem Pfeil. Einem langen Dartpfeil, einem geflügelten Speer, zurückgeworfen von der numerierten Sonnenscheibe am Horizont. An seiner Spitze befand sich eine scharfe Nadel. Das ganze Fahrzeug war eine Spitze, die auf ihn zujagte und dabei ständig größer wurde ... Roberts erkannte, daß die silbermetallische Farbe keine Lackierung war, sondern eine Flüssigkeit im Innern der Spritze, wo sie hin und her schwappte ... nein, nicht einfach eine Flüssigkeit, sondern *Tinte*. Eine Tätowiernadel, gefüllt mit silberner Tinte, und der Fahrer war der gesichtslose Tätowierer aus seinen Alpträumen, der genau an der Stelle eine schmierige schwarze

Klappe trug, wo sein Auge sein sollte, ein gesichtsloser Pirat, der eine gigantische Spritze über diesen einspurigen unendlichen Highway steuerte ... und jetzt war er schon so nah, daß die Spitze der heranrasenden Nadel die Sonne verdeckte und Roberts in Dunkelheit hüllte ...

Er stemmte den Fuß auf den Boden, doch in diesem Cabrio gab es keine Pedale, keine Bremse, kein Gas, keine Kupplung, und er versuchte, das Lenkrad zu drehen, doch es bestand aus Beton und bewegte sich nicht. Das mikroskopische Loch in der Spitze der Nadel befand sich jetzt direkt vor seinen Augen, und der gesichtslose Pirat lachte, obwohl er keinen Mund hatte ...

Die beiden Fahrzeuge krachten gegeneinander, und Roberts flog durch die Luft, flog in seiner leeren Traumwelt auf die Dartscheibensonne zu. Es tat gut, zu fliegen, und er fühlte sich frei ... frei genug, um vielleicht sein Ziel am Horizont zu erreichen ...

Bis er gegen ein Straßenschild knallte, daß ihn fein säuberlich halbierte, den Schädel genau zwischen den Augen aufschnitt. Und auf dem Schild – dem gleichen Schild, an dem er wieder und wieder vorbei gerast war – stand zu lesen DU BIST VERDAMMT. Es drang in sein Gehirn, wurde zu einem Teil von ihm, und die Buchstaben verschmolzen mit seinem Bewußtsein ...

Und als er schreiend erwachte, klang seine zitternde Stimme wie die eines Fremden.

Kapitel 9

1.

Roy Roberts hockte hinten neben der klappernden Ausrüstung im KOPT-Übertragungswagen, mit dem das Kamerateam durch die Straßen der Stadt fuhr, und litt an heftigen Kopfschmerzen. Es war ihm gleichgültig, ob die anderen ihn für etwas sonderbar hielten, weil er nicht vorne im Wagen mitfahren wollte, aber nach dem Traum der letzten Nacht war ihm grundsätzlich nicht besonders nach Autofahren zumute. (Am Morgen war er mit einem Taxi zur Arbeit gefahren, was ihm als willkommene Entschuldigung für seine Verspätung diente, doch in Wahrheit hatte er einfach nur zuviel Angst gehabt, selbst ein Auto zu steuern.)

Der Traum ergab in seinen Augen keinen Sinn. Und wieso überhaupt ein Alptraum? Seit er sich die Schreibmaschine auf den Rücken hatte tätowieren lassen, hatte er keinen mehr gehabt – das Tattoo war eine Art Talisman, der ihn vor seinen Ängsten schützte. Zumindest hatte er das geglaubt. Doch jetzt erschien ihm die Tätowierung ohne Wert zu sein.

Nein, sie ist nicht wertlos, und das weißt du genau. Es ist deine Arbeit, die diese Alpträume hervorruft, die dich zu Dingen zwingt, die du gar nicht tun willst. Deine eigenen Schuldgefühle sind es, die dich heimsuchen … so wie jetzt, bei diesem Auftrag.

Er rieb sich die Schläfen und wünschte sich, er könnte den Schmerz einfach mit den Fingerspitzen wegstreichen.

Daß er Schoenmachers Katze letzte Nacht gesehen hatte, war auch nicht eben hilfreich gewesen. Dan hatte Lockerman und Roberts angerufen – mitten in der Nacht und sturzbetrunken, obwohl er behauptete, er wäre gerade erst aus dem Bett gekommen – und irgend etwas über den Tattoo-Killer gefaselt. Seine beiden Freunde waren sofort zu ihm geeilt.

Roberts erinnerte sich, wie er sich geekelt hatte, als ihm die entstellte Katze zum ersten Mal begegnet war. Clive zitterte wegen des fehlenden Fells vor Kälte und leckte sich den haarlosen, tätowierten Körper. Es war ein groteskes Schauspiel, wie sie sich selbst mit ihrer rosa Zunge putzte, doch Roberts glaubte, daß darin auch ein gewisser Stolz zum Ausdruck kam. Die Katze war mit den Wahnvorstellungen eines Irren gezeichnet worden und hatte sich trotzdem den Instinkt bewahrt, sich zu säubern, ihre Wunden zu lecken. So wie ein Mannequin auch fünfzig Jahre nach ihrer besten Zeit die Häßlichkeit des Alters verleugnete, indem sie Make-up auflegte und die neueste Mode trug, ganz gleich, wie übel die Zeit mit ihrem Körper umgesprungen sein mochte. Sie weigerte sich ganz einfach, die Veränderung zur Kenntnis zu nehmen.

Entweder das, oder die Katze war einfach nur ein blödes Vieh.

Es war schrecklich, wie Schoenmachers Katze von dem Killer tätowiert worden war, doch etwas anderes machte Roberts weit mehr Sorgen: Der Irre wußte, wo Schoenmacher wohnte. Und in seiner letzten Botschaft drohte er weitere Tattoos – weitere *Morde* – an, wenn sie die Katze nicht in den Nachrichten zeigten.

Sie hatten die entsprechende Botschaft auf Clives Bauch entdeckt, wo sie zwischen den Linien, die die herabhängenden Brüste bildeten, eintätowiert war. Die Nachricht war in Form eines simplen Kinderreims gehalten:

PUT mEOW-mEOW kITTY
ON THE NEWS
OR I'LL GiVE THiS CiTY
MORE TATTOOS
-MKI

Roberts und Lockerman hatten bedeutungsvolle Blicke getauscht. Die drei kleinen ›Is‹ in dem Text zeigten, wer das dritte Opfer war – Clive, tätowiert und am Leben gelassen, damit er seine Botschaft dem Nachrichtenteam überbringen konnte. Die vierte Leiche, jene, aus deren Haut das im Museum aufgehängte Bild herausgeschnitten worden war, fehlte allerdings noch immer.

KOPT brachte die Sache mit der Katze als eine Art Fortsetzung des ›Museum Massakers‹ am Montag sowohl morgens als auch am Nachmittag. Bill Buckman, Roberts' Chefredakteur, hatte darauf bestanden und zeigte sogar ein Video der Katze, wie sie nackt und zitternd durch das Studio lief und dabei das Logo von Kanal 12 präsentierte. Für KOPT bedeutete das einen Exklusivbericht über den Tattoo Killer; keiner der anderen Sender wußte etwas von der tätowierten Katze. Buckman glaubte, damit die Einschaltquoten hochtreiben zu können und hoffte, die Zuschauer würden Kanal 12 jetzt zumindest so lange treu bleiben, bis der Irre gefaßt war.

Schoenmacher wurde für eine Woche beurlaubt, und Roberts veränderte die Fakten in seinem Bericht so weit, daß die Privatsphäre seines Freundes gewahrt blieb. In der veröffentlichten Version des Vorfalls wurde behauptet, Clive sei eine Art Studiomaskottchen, eine streunende Katze, die nachts auf der Suche nach Futter um das Gebäude des Senders strich. Auf diese Weise würde die Öffentlichkeit die ganze Angelegenheit eher mit KOPT als mit Schoenmacher in Verbindung bringen, so als sei eigentlich Kanal 12 die Zielscheibe gewesen. In gewisser Weise stimmte das sogar, wenn man bedachte, daß der Killer Schoenmacher gezielt ausgesucht hatte, um in den Nachrichten Erwähnung zu finden. Roberts verdrehte die Tatsachen zwar in erster Linie, weil er Schoenmachers Kummer nicht an die Öffentlichkeit zerren wollte, doch er fand auch Buckmans Beifall, der sofort erkannte, daß auf diese Weise beim Zuschauer Mitgefühl für den Sender erweckt wurde.

Roberts hatte Schoenmacher angeboten, in seinem Haus zu wohnen, bis der Killer gefaßt war, und der Wettermann hatte sofort akzeptiert. Nachdem ihm aufgegangen war, daß der Mörder wußte, wo er wohnte, hatte er viel zuviel Angst, um in seinem Haus zu bleiben. Lockerman stellte die beiden Grünschnäbel Krantz und Collins ab, um Schoenmachers

Wohnung zu überwachen für den Fall, daß dem Killer die Form der Berichterstattung nicht gefiel und er beschloß, seinen Unwillen an Dan persönlich auszulassen.

Der Übertragungswagen hielt an, und Roberts schloß dankbar die Augen, weil sie ihr Ziel heil erreicht hatten. Die Dinge entwickelten sich in letzter Zeit so rasch und betrafen ihn in gewisser Weise sogar persönlich, wenn man bedachte, daß der Tattoo Killer nicht nur gegen seinen Freund, sondern auch gegen seine Arbeitsstelle anging, daß es kein Wunder war, wenn seine Alpträume wiederkehrten. Die Ereignisse überrollten ihn fast, während er selbst noch nichts unternommen hatte. Wie in dem Cabrio seines Traums besaß er auch jetzt keine Kontrolle über das, was geschah. Ihm blieb nichts, als die Tatsache zu akzeptieren, die irgendwo weit hinten in seinem Gehirn lastete. Daß er verdammt war.

Scheiße! Ich bin NICHT verdammt. Es muß doch irgend etwas geben, das ich tun kann …

»He, Schlafmütze, können wir anfangen?«

Roberts schaute zu dem Kameramann hinüber und zuckte nur die Achseln.

»Also dann los. Schließlich sollen wir hier ein Interview machen.« Der Kameramann öffnete die Wagentür und trat auf den Bürgersteig vor CORKY'S TATTOOS hinaus.

2.

Der graue Bildschirm summte vor Elektrizität.

Judy lächelte: »… um Ihnen zu zeigen, wie Tätowierungen funktionieren, hat Roy Roberts einen Tattoo-Künstler unserer Stadt aufgesucht, der uns Einblick in seine Arbeit gewähren wird. Roy?«

Die kleine Videofläche über Judys linker Schulter dehnte sich aus und füllte den Schirm.

Die Kamera erfaßte in Großaufnahme das Werbeschild

über Corkys Laden. Als sie nach links hinunterschwenkte, kam ein großer, elegant gekleideter Mann ins Bild, der ein Mikrophon hielt. Am unteren Rand des Bildschirms blitzten kurz ein paar Worte auf: Roy Roberts für KOPT. Die scharfe Stimme des Mannes drang aus dem Lautsprecher in der Seitenwand des Fernsehgeräts. »Woran denken Sie, wenn Sie das Wort ›Tätowierung‹ hören? An einen Rocker auf seinem Motorrad? An einen Söldner? Einen Piraten, der einen Haken anstelle der Hand trägt? Oder vielleicht auch an einen Zigeuner?«

Die Kamera zoomte auf das Gesicht des Mannes und enthüllte den leichten Schweißfilm auf seiner Stirn, der in der Nachmittagssonne glänzte. »Nun, es wird Sie vielleicht überraschen, aber solche Vorstellungen gelten heutzutage als überholte Klischees. Tätowierungen sind eine weitaus populärere Kunstform als etwa die Malerei oder die Bildhauerei. Tatsächlich tätowieren sich die Menschen schon seit dem Anbeginn der Zeiten.«

Das Bild wechselte zu einer Innenansicht des Ladens. Ein großer, graubärtiger Mann mit einem Pferdeschwanz, der ein schwarzes T-Shirt und eine Lederweste trug, bewegte eine Tätowiermaschine über den Arm einer nicht erkennbaren Person. Das summende Geräusch des Geräts wurde lauter, als die Kamera auf die Spitze der Nadel zufuhr, die eine Tintenspur auf der Haut hinterließ.

Das nächste Bild zeigte den bärtigen Mann hinter seinem Schreibtisch, die Füße auf die Tischplatte gelegt. Sein Mund bewegte sich, doch die Stimme des Reporters übertönte seine Worte: »Dies ist ein Tattoo-Künstler aus unserer Stadt, der unter dem Namen Corky auftritt. Ich habe Corky ein paar Fragen nach seiner Arbeit gestellt, und was er von der zunehmenden Popularität von Tätowierungen hält.«

Die Tonqualität schwankte deutlich, als das Galgenmikrofon zugeschaltet wurde. »Sagen Sie mir, Sir, weshalb Sie dieser Arbeit nachgehen?«

Corky blinzelte dem Reporter zu, der sich nicht im Blickfeld der Kamera befand, und lehnte sich zurück. »Nun, in erster Linie mache ich das wegen des Geldes ...« Im Hintergrund hörte man, wie das Aufnahmeteam über diese Antwort kicherte. Corky grinste schief. »Aber ich muß zugeben, daß noch mehr dahintersteckt. Ich mache diese Arbeit gerne, und ich glaube fest daran, daß man einen Beruf ausüben sollte, der einem Freude bereitet. Das Tätowieren ist in erster Linie eine Kunstform, eine Art, die Dinge zu sehen. Es erlaubt mir, mich selbst auszudrücken, und eine bessere Möglichkeit, seinen Lebensunterhalt zu verdienen, gibt es gar nicht. Natürlich bedarf es auch einer gewissen Kunstfertigkeit, um mit den Arbeitsmaterialien umzugehen. Das ist genau wie bei einem Maler, nur daß der Ölfarbe und Pinsel benutzt, während ich Tinte und Nadel verwende.« Er grinste in die Kamera. »Nadeln machen manche Leute nervös, aber das gehört mit zu dem Spaß.«

»Und was hat jemand davon, wenn er sich von Ihnen ein Tattoo machen läßt?«

»Nun, im Grunde ist es ein fairer Tausch. Jemand stellt mir ein kleines Stück seiner Haut zur Verfügung, und dafür bekommt er die beste Arbeit, die mir möglich ist. Eine Tätowierung ist schließlich kein Allerweltsgeschäft, sondern eine Art sehr persönlicher, intimer Kommunikation. Man muß ebenso bereit sein, etwas zu geben, wie etwas zu empfangen. Außerdem ist eine Tätowierung etwas Dauerhaftes ... selbst mit modernster Lasertechnik läßt sie sich nur unvollkommen wieder entfernen. Wirklich eine sehr spannende Sache.«

»Und schmerzhaft.«

Corky zuckte die Achseln. »Schmerz gehört zum Leben. Und ob sie es nun glauben oder nicht, ich habe hier schon mehr Männer als Frauen heulen sehen. Aber wie ich schon sagte, man braucht Mut, um sich tätowieren zu lassen. Nicht nur wegen des Schmerzes, sondern weil man für den Rest seines Lebens damit klarkommen muß. Doch das ist es auch wert.«

»Das bringt mich zu meiner nächsten Frage. Was für Menschen lassen sich tätowieren?«

»Jeder und niemand. Heruntergekommene Biker ebenso

wie seriöse Geschäftsleute. Manche Menschen finden es modisch oder trendy – solche Wellen gibt es ungefähr alle fünf Jahre. Doch die meisten beschäftigten sich ihr Leben lang damit. Natürlich sind ein paar ziemlich abgefahrene Typen darunter, aber man sollte nicht vergessen, daß auch sie Menschen sind. Tätowierungen sind kein Stigma mehr, so wie früher. Heutzutage gehen die Menschen offener an diese Dinger heran, und die Kunst selbst hat sich seit den Sechzigern enorm weiterentwickelt. Doch eine Sache haben alle Menschen, die ich tätowiert habe, miteinander gemein.«

»Und das wäre?«

»Sie alle besitzen eine einzigartige Persönlichkeit. Eine Identität. Ich helfe ihnen nur, sie ans Tageslicht zu bringen. Und alle meine Kunden besitzen jene Art von Mut, von der ich vorhin sprach. Und vor allem muß man den Mut haben, man selbst zu sein. Bei dem ganzen Druck, der seitens der Gesellschaft ausgeübt wird, ist das natürlich schwer. Es bedarf einer gewissen Tapferkeit, einer besonderen Art der Stärke, um sich auf diese Weise für immer zeichnen zu lassen. Davon bin ich fest überzeugt.

Auf der anderen Seite«, fuhr Corky fort und legte die Beine übereinander, »können Tattoos natürlich ebensogut etwas verbergen, wie sie etwas enthüllen. Kunden haben mich schon gebeten, Muttermale, Aknenarben und sonstige Entstellungen zu kaschieren. Und natürlich auch alte Tattoos, aber das ist eine andere Geschichte. Ich habe nie so recht verstanden, weshalb Menschen ihre Muttermale oder Aknenarben verbergen wollen, denn … dabei handelt es sich doch um *natürliche* Zeichen ihrer Identität, genau wie die Tattoos das auf einer künstlerischen Ebene sind. Und wenn Tätowierungen zu einer Art Maske werden sollen – zu etwas, das die Realität verbirgt –, dann hat jemand die wahre Bedeutung der ganzen Sache völlig mißverstanden.«

Roberts räusperte sich. »Und was halten Sie von den Fällen gewaltsamer Tätowierungen, die derzeit die Stadt in Atem halten?«

»Das ist eine ganz be-*(Pfeifton der Zensur)* Sache. Menschen wie ich, die ihre Arbeit ernst nehmen, geraten dadurch in Verruf, und wahrscheinlich werden eine Menge potentieller Kunden dadurch abgeschreckt. Es ist so ähnlich wie bei den Graffiti: Vandalismus auf der Haut, den niemand sehen will.

Aber ich glaube, es gibt etwas, das Ihre Zuschauer wissen sollten …«

»Sagen Sie ruhig, was Sie denken«, erklärte Roberts mit leichtem Unbehagen.

»Tattoo-Künstler sind ordentliche Geschäftsleute. Ich jedenfalls bin einer. Mir gehört dieser Laden hier und dazu ein Mietshaus drüben in Abriendo. Und ich kenne andere Künstler, die angesehene Mitglieder der Gesellschaft sind. Es ist eine Schande, mit ansehen zu müssen, wie der Respekt, den wir uns so hart erworben haben, von diesem be-*(Pfeifton)* Irren ruiniert wird, der herumläuft und die Menschen gegen ihren Willen tätowiert.«

Das Gesicht des kräftigen Mannes verdüsterte sich. »Und noch etwas … falls du jetzt zuschaust, du verrückter Tätowierer – und ich wette, du siehst zu –, dann laß dir eines gesagt sein: Wenn dich die Bullen jemals schnappen, kannst du froh sein, daß *wir* dich nicht zuerst erwischt haben.«

Das Interview endete mit einem Schnitt auf Roberts, der in dem Friseursessel saß. Corky beugte sich mit der Tätowiermaschine in der Hand über seinen Arm. »Das war Roy Roberts mit einem Bericht aus CORKY'S TATTOOS.«

Das Bild schrumpfte zusammen und verschob sich in die rechte Ecke des Bildschirms. Judy wandte sich kichernd an Rick Montag. »Wäre das nichts für dich?«

Rick legte nachdenklich den Kopf schief. »Ja, vielleicht sollte ich wirklich mal hingehen.«

Judy lächelte wieder in die Kamera. »Wir sind gleich wieder da.«

Das KOPT-Jingle übertönte ihr gezwungenes Lachen, während das Senderzeichen auf dem Schirm erschien. In einem kleinen Bildausschnitt war eine tätowierte Katze zu sehen, die in einem Verschlag auf und ab lief. Dann kamen die Werbespots.

3.

Kilpatrick stand auf und schaltete das Fernsehgerät aus. Mit hochrotem Kopf starrte er auf den leeren Schirm und grinste den Dämon an, der darin wohnte.

Dann schüttelte er die Fäuste und ließ die Schultern wie ein Boxer kreisen. »Ich hab's geschafft! Ich hab's verdammt noch mal geschafft!« Seine Unterwäsche schlackerte, als er die Hüften kreisen ließ, als fickte er die Luft. »JA!«

Als Kilpatrick über den Schlafzimmerboden hüpfte, der wie das Innere eines Vogelkäfigs mit aufgeschlagenen Zeitungen bedeckt war, dachte er, in diesem Augenblick könnte er glücklich sterben.

Er war unsterblich geworden. In die Annalen der Geschichte eingegangen. Auf Videobändern, Filmrollen, Computerdisketten und in Zeitungen. Seine Kunst war für immer in den Verzeichnissen der Menschheit aufbewahrt.

Er hatte es geschafft. Er war an die *Öffentlichkeit* getreten.

Kilpatrick tanzte herum und zwang Cheri Carvers aufzustehen und mit ihm zu tanzen. Er preßte sie fest an seinen verdreckten Körper, während er sie durchs Zimmer wirbelte (wobei er sorgfältig darauf achtete, nicht in ihre Urinpfützen oder die Fäkalien zu treten).

Sie kippte in seinen Armen von einer Seite zur anderen und glitt langsam an seiner nackten Brust hinunter, doch er schaffte es trotzdem, sie in seinem Freudenwalzer mitzuzerren.

Ein plötzlicher Gedanke durchfuhr ihn. Abrupt blieb er stehen. Carvers sank zu Boden. Die tätowierten Augen betrachteten blinzelnd die ausgebreiteten Zeichnungen, nur die auf ihren Knien erblindeten durch die abfärbende Druckerschwärze.

Kein Videorecorder.

Wie sollte er sich den Film noch einmal ansehen? Und wie konnte er diesen jüngsten Sieg seiner Trophäensammlung angliedern, neben den Artikeln aus der *Gazette* unterbringen?

Aber wenigstens war er jetzt an die *Öffentlichkeit* gegangen. Und dort würde er auch bleiben.

Er dachte an all die anderen großen Meister, jenen Kreis, dem er jetzt angehörte. Diese Künstler – Rembrandt, Dali, Mapplethorpe und wie sie alle hießen–, diese Künstler hatten genau wie er einen besonderen Augenblick erlebt, an dem sie ihre Popularität erlangten. Er durfte nicht zulassen, daß sein Stück von diesem Kuchen trocken und fade wurde. Er mußte sich das Interesse der Öffentlichkeit erhalten, bis er zu den Klassikern gehörte.

War das möglich?

Er warf einen Blick auf die Wand mit den Zeitungsausschnitten und Fotos. *Zähl deine Meisterwerke …*

Aber zunächst würde er sich einen Videorecorder besorgen. Vielleicht konnte er bei Schoenmacher einen stehlen. Der Kerl war bestimmt nicht arm. Selbst wenn er gewollt hätte, konnte er jetzt nicht aufhören. Die Öffentlichkeit mußte weiter zuschauen, der Sender weiterhin über ihn berichten. Und er brauchte einen Recorder, um diese siegreichen Momente zu bewahren.

Aber auch ohne ein derartiges Gerät war sein jüngster Erfolg fest in seinem Gedächtnis verankert. Er war so wichtig, so bedeutsam, daß er nichts davon jemals vergessen würde. Das Bild der Katze war für immer in seine Augen eingebrannt. Und auch die anderen Informationen … Namen, Gesichter, Orte, Dinge, mit denen er sich befassen würde, wenn es an der Zeit war. Informationen, die ihm sicher helfen würden, seine Mission weiterzuführen und in der Öffentlichkeit lebendig zu bleiben. Die Nachrichten standen jetzt im Dienst *seines* Königreiches, gehörten zu *seinem* Hof.

»Mann, läuft das alles toll! Ist doch so, oder, meine Hübsche? Oder? Ich weiß, daß du sehen kannst, wie gut alles läuft!«

Die Augen auf Carvers Rücken starrten ihn blind an und gaben keine Antwort.

Kilpatrick stieß sie mit seiner schmierigen, von Druckerschwärze beschmutzten Zehe an. Der schwarze, scharfe Nagel kratzte über ihre Haut.

Keine Reaktion.

Er beugte sich vor, schob seine Arme unter ihre Achseln und hob sie hoch. Ihre Haut wirkte bleich und tot, der Kopf kippte zur Seite, als er den Arm um ihre Taille legte, um sie aufrecht zu halten. Ihre Beine gaben nach, als wären sie aus Gummi, die Muskeln zeigten nicht die geringste Spannung.

»Na, komm schon, Baby. Tanz für mich. So wie eben.«

Cheris Kopf blieb gesenkt, als wäre sie schüchtern.

Kilpatrick packte sie rauh am Kinn und drückte ihren Kopf hoch, damit sie ihm ins Gesicht sah. »Ich habe gesagt, du sollst tanzen! Du wagst es, ungehorsam zu sein?«

Ein grauer Speichelfaden hing von ihrer Unterlippe herab.

Wenigstens lebt sie noch.

Er ließ sie los, und sie landete ausgestreckt auf den Zeitungen. Wütend marschierte Kilpatrick aus dem Zimmer und ging in die Küche. Die Schlafzimmertür ließ er offen. Carvers besaß wohl kaum genug Energie für einen Fluchtversuch. In der Küche riß er eine Besteckschublade auf, in der sich jetzt die Spritzen und das andere Zeug befanden, das er in der Handtasche der Nutte gefunden hatte. Die Mutter all seiner Schöpfungen – und zugleich die größte Zeitverschwendung, weil sie überhaupt nicht in den Nachrichten aufgetaucht war. Aber sie hatte ein paar interessante Sachen in ihrer Tasche gehabt. Dinge, die ihm gerade jetzt sehr gelegen kamen …

Kilpatrick kehrte mit den Drogen ins Schlafzimmer zurück und injizierte Carvers eine Ladung davon in die Vene, die sich deutlich auf ihrem mageren, unterernährten Nacken abzeichnete. Dieses Zeug, was immer es sein mochte, bewirkte wahre Wunder.

Carvers' Augen klappten auf, als hätte man einen Schalter betätigt.

»Aufwachen«, sagte Kilpatrick.

Sie lächelte beim Klang seiner Stimme. Die Augen auf ihrem Körper bekamen Farbe und blickten voller Wärme zu ihm auf. Wie richtige Schlafzimmeraugen blinzelten sie ihm verführerisch zu.

»Tanzt du für mich, Süße?«

»Klar«, nuschelte sie, krabbelte zum Bett hinüber und richtete sich mühsam daran auf, bis sie mit zitternden Knien dastand.

Kilpatrick sprang aufs Bett, streifte seine fleckige Unterhose bis zu den Knöcheln hinunter und lehnte sich gegen das hölzerne Kopfteil. »Warum führst du mir nicht noch mal den Bauchtanz vor, Schätzchen?«

Carvers' Augen bewegten sich unter den geschlossenen Lidern hin und her. Ihr Mund verzog sich zu einem Lächeln, das Zahnlücken und schwarzverfärbtes Zahnfleisch enthüllte.

Kilpatrick lächelt ebenfalls. Seine Hand glitt zu seinem erigierten Glied hinunter.

Langsam ließ die von der Droge halb betäubte Carvers ihre knochigen Hüften kreisen. Sie summte dabei leise, und der Speichel in ihren Mundwinkeln warf schaumige Blasen. Die Augen auf ihren Brüsten strahlten und schleuderten helle Lichtblitze auf Kilpatrick, während das Fleisch klatschend vor und zurück schwang. Die Brustwarzen wirkten wie rotweiße Flecken.

Kilpatrick richtete seinen Blick auf ihren Schritt, den eingefallenen Unterleib ... die einzige Stelle ihrer krankhaft bleichen Haut, die nicht von Tinte bedeckt, die nicht tätowiert war.

Er fand es bemerkenswert, wie perfekt die Muskeln des Körpers zusammenarbeiteten, um eine so erotische Bewegung wie den Bauchtanz zu vollführen. Sein Blick wanderte über die rotverschorfte freigelegte Stelle – jenes Stück, das ihm als Leinwand für das im Museum ausgestellte Gemälde gedient hatte, jenes große Rechteck, das er durch eine Fensterscheibe ersetzt hatte, damit das andere Kunstwerk, die Augen, die sich über den ganzen Körper hinzogen, nicht verdarb. Die Ecken der dicken Glasscheibe waren abgerundet, die Kanten mit Silikon überzogen und das Ganze an den Rändern perfekt zwischen den oberen Hautschichten und dem Unterhautfettgewebe eingepaßt. Lange Streifen aus stoffverstärktem Paketklebeband begrenzten die Wunde, die ihre

Innereien freilegte, und versiegelten die im Grunde tödliche Verletzung sehr effektiv mit einer Mischung aus Klebstoff und Schorf. Als Kilpatrick den Hautlappen herausschnitt, hatte Carvers sehr stark geblutet, doch er hatte vorsichtshalber nur so tief geschnitten, daß eine dünne Membran übrigblieb, die die Organe an Ort und Stelle hielt. Außerdem hatte er die Wundränder mit Hilfe eines Streichholzbriefchens und einer Flasche Feuerzeugbenzin verätzt. Die Aktion war nicht ganz perfekt verlaufen, denn mittlerweile breitete sich eine Infektion von der Wunde aus, doch das fügte dem Kunstwerk lediglich eine interessante Farbnuance hinzu. Carvers stellte für Kilpatrick ein lebendes Stück Performance-Art dar, eine Tänzerin, die dem Privatvergnügen des Königs diente, und ihre Schönheit zog ihn ebenso in ihren Bann wie seine eigene Geschicklichkeit.

Er hatte nicht erwartet, daß sie so lange überleben würde. Doch sie tanzte noch immer für ihn. Kilpatrick fragte nicht nach dem Warum: Es mochte an den Drogen liegen oder an seiner magischen Tinte, doch er glaubte, der Dämon sei dafür verantwortlich. Ihr Überleben war ein Geschenk, eine Belohnung, weil endlich *öffentlich* im Fernsehen über ihn berichtet worden war.

Doch genau wie eine Fernsehsendung würde auch ihre Existenz einmal enden, und deshalb mußte er sich mit ihr vergnügen, solange das möglich war. Die weißen Sehnen und die roten Muskeln boten in ihren Bewegungen einen geradezu hypnotischen Anblick, während ihre Hüften hin und her schwangen und ihre magische Botschaft an sein Geschlecht aussandten. Es war, als würde man vor einem Farbfernseher sitzen und dem schäumenden Blut zusehen und den Gedärmen, die sich wie mutierte Aale in einem roten Aquarium gegen die Glasscheibe preßten und sich windend nach einem Ausweg suchten.

Auf den blankgeputzten Schirm in ihrem Bauch zu blicken, wo die Muskeln ohne Hoffnung auf Entkommen arbeiteten, erinnerte ihn daran, daß er selbst einmal allein und isoliert in der Falle gesessen hatte. Doch jetzt war er frei von den düsteren, glitschigen Höhlen und Gängen seines Gehirns. Frei von seiner Hölle, seinem Dämon.

Nur drei der ursprünglich sieben Bilder, die er in der Galerie entdeckt hatte, waren noch übrig. Die ersten vier hatte er mit dem Blitz seiner Kamera ausgebrannt, sie umgewandelt in die Bilder, die jetzt an der Wand seines Schlafzimmers hingen. Drei weitere Fotos standen noch aus. Drei weitere Blitze. Intuitiv war ihm klar, daß Fotos von Carvers oder der Katze ihn nicht von den Bildern in seinem Gehirn befreien würden. Carvers war schließlich nur ein Spielzeug, eine Art Skizzenblock, mit dem er sich die Zeit vertreiben konnte, während er seine künftigen Meisterwerke plante. Und die Katze war nichts als eine Botschaft, ein auf tierische Haut geschriebener Brief. Schon bald würde seine Galerie ausgeräumt sein, würde er nicht länger von den Bildern kontrolliert werden, die in den Wänden seiner Psyche verborgen waren. Bald würde er frei sein.

Frei. Frei, um zu schaffen, unbelastet, ungestört. Um endlich die ultimativen Tattoos zu schaffen. Bisher hatte die Welt im Grunde noch gar nichts gesehen. Sein eigenes Museum nahm gerade erst Form an. Schon bald würde die Welt ihn um den Stich seiner Nadel anflehen … die heiligen Zeichen des Königs erbitten.

Doch im Augenblick wollte er erst einmal eine kleine, private Feierstunde mit Carvers abhalten, seiner Königin der Visionen.

4.

Der Übertragungswagen fuhr an und verschwand. Roberts blieb zurück.

Corky mußte lachen, als er sich das Make-up mit eiskaltem Wasser aus dem Gesicht wusch. »Ihr habt wirklich gute Arbeit geleistet beim Überschminken meiner Veilchen.« Das hautfarbene Make-up blätterte von seinen Lidern ab und enthüllte die rötlichen Verfärbungen um seine Augen, die noch von jenem Tag herrührten, als er seinen Gegner ins Krankenhaus geschickt hatte. Corky richtete sich auf und betrachtete sich in dem Spiegel über der Aluminiumspüle. Er schüttelte leicht den Kopf und meinte: »Jetzt war ich also zum ersten Mal im Fernsehen. Hoffentlich bringt mir das ein paar neue Kunden.« Roberts saß auf der Ledercouch im vorderen Teil des Ladens und rauchte eine Zigarette. Er legte die Füße auf den mit Zeitschriften bedeckten Tisch und erklärte: »Ja, das sind echte Künstler. Es ist schon erstaunlich, was diese Maskenbildner zustande bringen.«

Immer noch grinsend, setzte sich Corky an seinen Schreibtisch. »Ich hoffe, ich habe nicht zu sehr nach einem Bücherwurm geklungen, oder? Es wäre mir gar nicht recht, vor Millionen Menschen wie ein Angeber zu wirken.«

»Ich bezweifle, daß KOPT von Millionen Zuschauern gesehen wird. Und was Ihre Frage angeht: Nein, Sie waren perfekt. Wahrscheinlich werden sie noch ein paar Stellen herausschneiden – die Flüche und so was – aber ich bin sicher, Sie kommen gut rüber.«

»Wissen Sie was, Schreibmaschinen-Mann? Ich glaube, Sie haben recht. Ich war wirklich gut!«

Roberts blickte ihn direkt an. »Danke, Corky. Ich schulde Ihnen was.«

»Ach was, mein Freund. Ich schulde *Ihnen* etwas. So, wie ich die Sache sehe, war das ganze Interview nichts als eine kostenlose Werbesendung für diesen Laden.«

»Ja, und wenn man bedenkt, wieviel ›kostenlose Werbung‹ der Tattoo-Killer bekommt, war es wirklich gut, daß Sie ein paar klare Worte zu der Sache gesagt haben.«

Corky kicherte. »Vielleicht habe ich ihn ja aufgescheucht, wer weiß. Wenn mir dieses Arschgesicht jemals über den Weg läuft, dann werde ich …«

»Tja, es wäre aber auch möglich, daß Ihre Drohung gar nicht über den Sender geht. Vielleicht schneidet mein Boß sie ja raus.«

»Zum Teufel mit Ihrem Boß. So was mußte mal gesagt werden.«

»Ganz meiner Meinung.«

Corky warf einen Blick auf die Uhr (das Werbegeschenk einer Brauerei mit Händen statt Zeigern und ohne Ziffern). »Was halten Sie davon, wenn ich hier dichtmache und wir losziehen, um mein TV-Debut zu feiern?«

Roberts wurde durch das Angebot überrascht. Er dachte an Schoenmacher, der jetzt allein in seinem Haus hockte, und er fragte sich, ob Lockerman inzwischen eine neue Spur entdeckt hatte. Und was war mit Corky? Betrachtete der ihn jetzt als *Freund?* Doch dann fiel ihm ein, daß er ohne seinen Wagen hier war (er verwünschte sich selbst, weil er am Morgen zu ängstlich gewesen war, um selbst zu fahren – inzwischen konnte er sich kaum noch daran erinnern, weshalb eigentlich), und er dachte, daß Corky ihn vielleicht heimfahren würde, nachdem sie ein paar Bier getrunken hatten. »Tja ... wenn Sie sicher sind, daß Ihnen dadurch keine Kunden entgehen ...«

»Hier geht es nicht nur donnerstags ziemlich ruhig zu.«

Corky schaltete die Lampen aus, verschloß die Hintertür und brachte sein Handwerkszeug in den Schränken unter.

Dann schnappte er sich seine Lederjacke – sie war nagelneu und pechschwarz, aber überall mit Flicken besetzt, die offensichtlich von einer älteren Jacke stammten –, ging zur Vordertür und wartete darauf, daß Roberts ihm folgte.

Der Fernsehmann blieb sitzen. *Was ist los, Roy? Zuviel Schiß, um mit einem Biker ein Bier zu trinken?*

»Teufel auch«, meinte er dann, »ich glaube, ich könnte wirklich ein Bier vertragen.« Sie gingen nach draußen, wo die Abendsonne den Himmel rot gefärbt hatte. »Und wohin?«

Corky verschloß die Tür und rüttelte noch einmal prüfend an der Klinke. »Zu mir.«

Kapitel 10

1.

Dan Schoenmacher lehnte sich in Roberts' schwarzglänzendem Sessel zurück. Das Leder quietschte unter seinem Rücken, als käme es frisch aus dem Schaufenster.

Typisch Roy. Kauft sich einen sündhaftteuren Sessel und setzt sich nie in das Ding. Möbel sind wie Frauen – man muß sie benutzen, damit sie etwas bequemer werden.

Andy Griffith war auf dem Bildschirm zu sehen. Schoenmacher ignorierte die Sendung – nur bei der Titelmusik pfiff er mit. In dieser Episode wurde gezeigt, wie der glotzäugige Barney seine Freundin aus irgendeinem blödsinnigen Grund hinter Gitter brachte. Schoenmacher konnte der Handlung nicht so recht folgen, vor allem aber wollte er nicht begreifen, weshalb sich ein so nettes junges Mädchen mit dem dürren, häßlichen Deputy abgab.

Er hob die warme Bierflasche hoch und kratzte sich mit dem Flaschenhals am Kinn. Die schwarzen Barthaare gaben ein schabendes Geräusch von sich. Vermutlich fühlte es sich ganz ähnlich an, wenn man ein Stachelschwein streichelte.

Er stellte die Flasche auf den Teetisch neben ein ungelesenes Exemplar von *Newsweek* und drei leere Bierflaschen. Dann rieb er sich heftig über Kinn und Wangen. Die stoppelige Haut fühlte sich ungewohnt an, fremd – als wäre es gar nicht seine eigene. Zum ersten Mal seit seiner Collegezeit hatte er auf die tägliche Routine des Rasierens verzichtet. Selbst an der Metro State University hatte er sich jeden Morgen rasiert und nur am Semesterende, wenn die Abschlußarbeiten geschrieben wurden, darauf verzichtet. Damals war ihm allerdings nur so eine Art Pfirsichflaum gewachsen, doch jetzt …

Schoenmacher stand auf und ging quer durch Roberts' Wohnzimmer zum Bad hinüber. Dort pinkelte er das morgendliche Bier aus – der Urin war hellbraun – und betrachtete sich dann im Spiegel. Das Bild, das er sah, ähnelte ihm überhaupt nicht. Ein bärtiger Typ mit dunklen Ringen unter den Augen starrte ihn an und äffte jede seiner Bewegungen nach.

Sein erster richtiger Bart. Er kam sich vor wie ein waschechter Naturbursche.

Das paßte zwar nicht zu ihm, doch andererseits verspürte er auch keinen Drang, zum Rasierer zu greifen und den Bart zu entfernen. Statt dessen ging er in die Küche, um sich noch ein Bier zu holen, das er mit der Mayberry Gang zu teilen gedachte. Andy erteilte Barney gerade eine Lektion in Liebesdingen. Schoenmacher haßte Andy ... das war so ein verdammter Besserwisser, perfekt in allen Fragen des Lebens.

Er erinnerte Schoenmacher an Roy.

Dan warf einen Blick auf die Zeitanzeige an Roberts' Videorecorder. Nur noch eine Stunde bis zu den *Eyewitness News.* Sechzig endlos lange Minuten, bis er seine hübsche Judy auf dem Bildschirm sah, wie sie ihr Lächeln mit dem niedlichen Überbiß der ganzen Welt zeigte. Einem Überbiß, den er allein mit seiner Zunge berührt hatte. Ein Hals, den er liebkost, Ohrläppchen, an denen er geknabbert, ein Parfum, das er eingeatmet hatte, Brüste, die nackt in seinen Händen gelegen ...

Ein perfekter Abend, zunichte gemacht.

Was war es noch, was sie gesagt hatte? Daß sie ihn nie wiedersehen wollte? Glaubte sie wirklich, sie könnte ihre Beziehung einfach so beenden?

Sie weiß selbst nicht, was sie eigentlich will. Jemand muß es ihr zeigen, und dieser Jemand könnte ich sein.

Er dachte über ihre Verabredung nach und versuchte herauszufinden, was falsch gelaufen war. An *ihm* konnte es nicht gelegen haben, dessen war er sich sicher. Die Katze war es. Der Schock, als die Katze hereinstürmte und auf ihren Schoß sprang. Und dazu noch so schrecklich tätowiert.

Tätowiert ... Eigentlich wollte ich ihr mein Tattoo zeigen. Statt dessen hat sie Clives gesehen.

Die Erinnerung an den Anblick der entstellten Katze blitzte in ihm auf. Wie ein dürrer, nackter menschlicher Körper hatte sie ausgesehen, mit zwei seitlich am Kopf befestigten Narrenkappen. Und das Gesicht, clownhaft und bedrohlich, wild und verführerisch, sah Clive überhaupt nicht mehr ähnlich … *aber Judy.*

Die Katze war Judy.

Eigentlich war die Katze schon immer wie Judy gewesen. Frigide. Wenn ihr danach war, trieb sie sich herum, ohne zu wissen, weshalb eigentlich, ohne Verständnis für die eigene Sexualität. Niemals fand sie Befriedigung, und stets kehrte sie nach Hause zurück, weil sie nicht wußte, wohin sie sonst sollte, wenn sie genug davon hatte, mit den Männern zu flirten, die sie umschwärmten. Und sie erkannte es nie, wenn sie mal einen wirklich guten Fang gemacht hatte.

Dan warf einen Blick auf sein Birdy-Tattoo. Sie hatte ihn gefressen und die Federn ausgespuckt. Das war nicht fair.

Wieder rieb er sich über den Bart.

Aus dem Fernsehgerät drangen Pfiffe, und Schoenmacher bemerkte, daß Andy und Barney endlich am Ende angelangt waren. Er pfiff die Titelmelodie mit und schnippte dabei mit den Fingern.

Abrupt setzten die Werbespots ein, und Schoenmacher trank einen Schluck Bier. Er dachte über seinen Bart nach – irgendwo hatte er einmal gehört, Männern würde im Lauf ihres Lebens mehr Haar im Gesicht wachsen als auf dem Kopf. Welche Haarmenge mochte er sich in all den Jahren schon abrasiert haben?

Clive war ebenfalls rasiert. Doch ihr Haar würde nachwachsen, oder nicht? Ihr Fell würde diese häßlichen Tätowierungen überdecken. Ganz sicher. Wahrscheinlich würde es anfangs jucken – ganz furchtbar jucken –, genau wie die ungewohnten Stoppeln an seinem Kinn. Nur bei ihr eben am ganzen Körper.

Die Natur würde ihren schmerzhaften Lauf nehmen.

Auch Schoenmacher war nicht mehr aufzuhalten. Er würde Judy zeigen, daß sie sich ändern konnte. Sie lehren, ihn zu lieben. Alles, was er brauchte, war eine Chance. Eine Chance, um die frigide Hexe ein wenig anzuheizen …

Er nahm noch einen großen Schluck Bier. Nur noch eine halbe Stunde, bis er diese wunderschöne Stimme wiederhörte, die ein Liebeslied sang, das ganz allein für ihn bestimmt war.

2.

Lockerman dachte an Tina und fragte sich, warum zum Teufel er sich nicht mehr an ihr Aussehen erinnern konnte, ohne die Fotos in der Polizeiakte zu Hilfe zu nehmen.

Ich habe mit ihr geschlafen, sie geküßt, ihren Duft eingeatmet und ihr tief in die Augen gesehen … Ich habe sie angestarrt, als sie über Nacht blieb und neben mir schlief … Und jetzt kann ich mich nicht einmal mehr daran erinnern, wie sie aussah!

Wütend beugte er sich vor und griff nach der Akte auf seinem Schreibtisch. Er zog den Stapel Hochglanzfotos heraus – mittlerweile eine beachtliche Sammlung, genug, um ein ganzes Buch über Leichen zu illustrieren – und blätterte rasch zu den Bildern von Tina Gonzales durch. Der ursprünglich weiße Rand des Fotopapiers hatte sich gelb verfärbt, es verblaßte langsam, genau wie seine Erinnerungen.

Er sehnte sich nach jenen vergangenen Zeiten zurück und wünschte, er hätte alles anders machen können. Eine echte Beziehung mit ihr eingehen, sie aus dem Sumpf ziehen, sich irgendwo mit ihr niederlassen und eine Familie gründen können. Dann würde er jetzt andere Bilder in seinen Händen halten, Fotos von ihrer Hochzeit vielleicht.

Er sehnte sich nach dem Moment, wo er die üblichen Polizeifotos des Kerls in Händen hielt, der Tina – und ihm – all das angetan hatte. Sein Gesicht würde blutig und zerschlagen von den Prügeln sein, die er beziehen würde, wenn er ihn erst ausfindig gemacht hätte.

Ich muß ihn unbedingt zuerst in die Finger kriegen.

Lockerman lehnte sich in seinem Holzstuhl zurück und grübelte über all die eintätowierten Botschaften nach. Verbarg sich irgendein Hinweis in dem rassistischen Geschreibsel auf Mr. Rodriguez' Ohrmuscheln?

Er zog sich ein Blatt Papier heran, schrieb die Buchstaben einzeln auf und versuchte, Anagramme daraus zu bilden. Doch es kam nichts dabei heraus außer einem Haufen sinnloser Buchstaben – genauso sinnlos wie die Morde selbst.

Der Fotostapel auf seinem Schreibtisch brachte ihn auf eine neue Idee: Alle Opfer paßten perfekt zu der Haßliste des Killers. Sie alle gehörten Minderheiten an … außer Kuhlman und der Katze (die zwar auch zu den Opfern zählte, aber nicht tot war …: nur ihrer eigenen Identität beraubt, was vielleicht noch schlimmer war). Aber weshalb hatte er Kuhlman getötet? War das ein Unfall gewesen? Wie paßte der Mann überhaupt in das Muster? Welche Logik stand dahinter?

Es gibt keine Logik. Ich habe es mit einem Psychopathen zu tun.

Lockerman warf noch einen Blick auf die Buchstaben und Zahlen, die er notiert hatte. Nichts als ein sinnloses Durcheinander. Er knüllte das Blatt zusammen und schleuderte es in den Papierkorb.

Aber warum schreibt er dann überhaupt etwas auf seine Opfer?

Sein Verstand lieferte eine Antwort, eine Erinnerung an einen andern Psychopathen, der eine ähnliche Technik benutzt hatte wie der Tattoo-Killer: Adolf Hitler hatte eintätowierte Nummern zur Identifizierung der Gefangenen in den Konzentrationslagern verwendet. Er tätowierte die unterdrückten Menschen, stahl ihnen ihre Identität, raubte ihnen durch Schmerz und Folter ihre Kultur und ihre Persönlichkeit, um sie durch Buchstaben und Zahlen aus Tinte zu ersetzen, die für immer in ihre Haut eintätowiert wurden. Und dann, nach Jahren der Verfolgung, vernichtete er selbst diesen kümmerlichen Rest von Identität, indem er sie tötete. Alle sechs Millionen.

Hitler hatte sich in seiner Jugend selbst als Künstler betrachtet, erinnerte sich Lockerman. Ein frustrierter Künstler und ein Mörder.

Er stand auf und gab dem Sachbearbeiter am Computer die Anweisung, alle bekannten Neonazis in der Umgebung zu überprüfen. Dann ging er in den Aktenraum und suchte persönlich die Unterlagen über den Nazi-Zwischenfall heraus, in den er vor Jahren verwickelt gewesen war – jenen Fall, bei dem er seine Streifen und fast auch den Job verloren hatte.

Stunden später war er noch immer keinen Schritt weitergekommen. Er hatte sich durch Namen, Fotos und Berichte gewühlt und dabei nichts als schmerzliche Erinnerungen wachgerufen. Es gab nicht den geringsten Hinweis auf einen MKI oder MMK.

Ob die Botschaften auf eine neue politische Splittergruppe hinwiesen? Ausgeschlossen.

Lockerman schloß die Augen und ließ die Stirn auf die verschränkten Arme sinken. Er brauchte eine Pause. Diese Nachforschungen führten zu gar nichts. Ihm war klar, daß man einen Psychopathen nicht fangen konnte, indem man Tag und Nacht hinter einem Schreibtisch hockte und in Berichten, Akten und meterlangen Computerausdrucken nach Antworten suchte.

Wenn der Killer nicht zu einer der bekannten gesellschaftsfeindlich eingestellten Gruppen wie etwa den Biker-Gangs oder den Neonazis gehörte, dann arbeitete er allein. Das hatte er zwar schon die ganze Zeit über angenommen, doch nach dem Studium der Akten hatte sich diese Vermutung in eine unumstößliche Tatsache verwandelt. Und wenn der Killer wirklich allein arbeitete, würde er auch draußen in den Straßen nicht auf die gesuchten Antworten stoßen. Dann konnte er diesen Dreckskerl nur fassen, wenn er ihn auf frischer Tat ertappte.

Er betete zu Gott, daß die Grünschnäbel, die Schoenmachers Haus überwachten, nicht schon wieder Mist bauten.

Mit einem Gefühl der Hilflosigkeit räumte Lockerman seinen Schreibtisch auf und machte sich auf den Weg nach Hause. Er sehnte sich danach, abermals eine der verwaisten Flaschen von Tinas Lieblingsalkohol zu adoptieren.

3.

In einem Punkt hatte Corky recht gehabt: Seine Mietskaserne war heruntergekommen. Auf den ersten Blick wirkte das Gebäude so, als hätte man vier Schuhkartons notdürftig neben- und übereinandergestapelt. Die Frontseite war mit gelbem gewellten Aluminium verkleidet, wodurch der Eindruck erweckt wurde, als bestünden sämtliche Wände wie bei einem Kartenhaus nur aus gegeneinandergelehnten Platten. Das Haus sah aus, als müsse man nur kräftig pusten, um es umzuwerfen. Roberts fühlte sich unwillkürlich an den großen bösen Wolf und die drei kleinen Schweinchen erinnert. Gelbe, nikotinfleckige Plastikblenden hingen vor den meisten Fenstern, und bei den übrigen verwehrten Vorhänge jeden Blick ins Innere. Zwei Treppen aus verrottendem Holz führten zu den beiden Eingangstüren im oberen Stockwerk, und rissige, abgesplitterte Betonstufen zu den entsprechenden Öffnungen im unteren Teil des Hauses. Die Treppen wirkten an der Fassade des Hauses wie ein riesiges ›X‹ auf einer gelben Kiste oder wie das Kreuz, das auf einer Piratenkarte das Versteck des Schatzes kennzeichnet.

Die linke der Betontreppen führte zu Corkys Apartment. Auf dem Weg nach unten mußte sich Roberts zwingen, nicht ständig die Motorräder und Maschinenteile anzugaffen, die überall in dem steinigen, von Ölflecken bedeckten Vorgarten verstreut waren.

Corky schloß die Tür auf und ging hinein.

Das erste, was Roberts auffiel, war nicht die Einrichtung oder der Geruch, sondern der Lärm in Corkys Apartment. Wer immer über ihm wohnte, stapfte herum wie Godzilla. Roberts schaute nach oben, betrachtete die dunkle Decke, die wie mit Glitzerstaub bestreuter Hüttenkäse aussah, und erwartete, daß jeden Moment ein riesiger grüner Fuß die Balken durchbrechen würde.

Erst jetzt sah sich Roberts um. Die Wohnung war gar nicht so übel, wie er erwartet hatte. Die Wohnzimmereinrichtung bestand in erster Linie aus alten, bierfleckigen Sofas (das eine in Krankenhausgrün, das andere in Gelb). An der Wand über der größeren Couch hing eine riesige schwarze Fahne mit dem Harley-Davidson-Logo in der Mitte und über der anderen die Zeichnung eines bärtigen Mannes auf einem Chopper, der aus einem Grab herausschoß, als sei er mitsamt seiner Maschine lebendig begraben worden. Unter dem Bild standen die Worte BAT OUT OF HELL. Der Wohnzimmertisch war von Motorradmagazinen und leeren Bierflaschen bedeckt. Auf einem Regal neben dem Fernsehgerät stapelten sich Taschenbücher, bei denen es sich zu Roberts' Überraschung in erster Linie um Klassiker handelte. Wie es aussah, verbrachte Corky den größten Teil seiner Zeit im Wohnzimmer. Ein dunkler Flur verband das Wohnzimmer mit der Küche, dem Schlafzimmer und dem Bad.

Roberts setzte sich auf die Couch, während Corky kurz im Flur verschwand und dann mit zwei Bier und zwei gekühlten Krügen zurückkehrte. Offensichtlich hatte er die Glashumpen im Gefrierfach aufbewahrt.

Corky ließ sich neben ihm auf die Couch fallen. Roberts spürte, wie sie unter dem Gewicht einsank.

Sie füllten ihre Gläser, prosteten sich zu, tranken und seufzten zufrieden.

»Meinst du, sie bringen es heute abend?«

»Schon möglich, Corky. Wenn Buckman es schneidet, kommt es wohl erst in den Morgennachrichten. Aber ich vermute, sie werden es schon heute senden – mein Chef ist ganz scharf auf alles, was mit dem Tattoo-Killer zusammenhängt.«

Corky trank schweigend sein Bier, und Roberts fühlte sich langsam etwas unbehaglich. »Nett hast du's hier.«

»Ja, und es gehört alles mir. Hab' ich mir von meinem Entlassungsgeld gekauft. Hab' ich dir das schon erzählt?«

»Klar hast du.« Roberts sah sich nervös um und betrachtete erst jetzt die kleinen Bilder, Zeichnungen und Poster an den Wänden etwas genauer. Die meisten waren ziemlich gut. *Ein Künstler umgibt sich mit seiner Kunst,* dachte Roberts.

»Immerhin habe ich schon mehr an Mieten eingenommen,

als ich damals für den Kasten bezahlt habe. Im Grunde lebe ich von den Mieten, der Tätowierladen trägt sich kaum selbst.«

»Wenn ich das so höre, kommt es mir fast so vor, als hättest du mich mit dem Honorar für die Schreibmaschine auf meinem Rücken übers Ohr gehauen!«

»Tja, die erste Tätowierung ist immer die teuerste. Das habe ich dir ja gesagt. Ich benutze den Preis als eine Art Test, um herauszufinden, ob der Kunde das Ding auch wirklich haben will. Wenn sie sich wegen des Tattoos ganz sicher sind, dann akzeptieren sie auch den Preis. Außerdem bedeutet es, daß sie mir gute Arbeit zutrauen. Jedenfalls ist es eine bewährte Methode, und versuch jetzt bloß nicht, mir das Geld wieder abzuschwatzen.«

»Hatte ich nicht vor.«

Corky trank einen Schluck Bier. Der tiefgekühlte Krug hinterließ winzige Eisreste in seinem Bart. »Und erzähl auch sonst niemandem davon. Ich muß mir schließlich meinen Lebensunterhalt verdienen. Das bleibt unser kleines Geheimnis, klar?«

Roberts lehnte sich zurück. Er fühlte sich jetzt schon wohler hier. »Wenn es so ist, sollte ich dir vielleicht auch ein kleines Geheimnis anvertrauen.«

»Nämlich?«

»Das Interview in deinem Laden war meine erste richtige Reportage. Verdammt, normalerweise hocke ich den ganzen Tag an meinem Schreibtisch und tippe. Ich suche nicht selbst nach Nachrichten, sondern nur nach den Fehlern in den Berichten anderer Leute. So sieht nämlich der Job eines Nachrichtenredakteurs aus.«

Corky nippte an seinem Bier. »War mir schon klar, daß das deine erste Reportage war.«

»Was? Wieso?«

»Du warst ungefähr so nervös wie eine Jungfrau beim Anstich.«

»Blödsinn! Das Nervenbündel warst du!«

Beide lachten. »Nein, wirklich, ich hatte mir das schon

gedacht.« Corky leerte seinen Krug. »Ich schaue mir nämlich die Nachrichten auf Kanal 12 an, seit du mir erzählt hast, daß du dort arbeitest, aber du bist nie auf dem Schirm aufgetaucht. Ich hab' das nicht gemacht, um dir nachzuspionieren oder so was – ich wollte nur sehen, ob ich vielleicht eine Berühmtheit tätowiert hab'. Naja, ehrlich gesagt habe ich dich doch gesehen. In winzigen Buchstaben, wenn der Nachspann kam.«

Roberts blinzelte. »Wenigstens *du* hast das bemerkt. Niemandem sonst fällt das auf.«

»Ach, mach dir nichts draus, mein Junge. Dafür hast du heute echt gute Arbeit geleistet.« Corky stand auf und marschierte in Richtung Küche. »Auch noch eins?«

»Na klar!« Roberts leerte sein Glas, um mit Corky Schritt zu halten.

In der Wohnung über ihm lief gerade GODZILLAS RÜCKKEHR: Rumms, rumms, rumms.

Corky kehrte mit dem Bier zurück und gab sich alle Mühe, wie ein zivilisierter Gastgeber zu wirken, indem er die Gläser wieder auffüllte. Beide nahmen einen großen Schluck.

»Was zum Teufel macht der Kerl da oben? Trainiert er in seinem Wohnzimmer für den Marathonlauf?« Roberts steckte sich eine Zigarette an und inhalierte den Rauch.

Corky kicherte. »Oh, du meinst Jocko. Nee, der wiegt nur ungefähr eine Tonne. Ist der größte Wal, den ich je gesehen habe, und ich meine *wirklich* groß. Du müßtest ihn mal sehen. Soll ich dich vorstellen?«

»Äh, nein danke.« Roberts hob seinen Krug. »Wir müssen erst mal mit dem Bier fertig werden.«

»Er würde dir gefallen«, meinte Corky. »Ist ein lustiger Kerl. Macht ständig Witze über sein Gewicht. Was nicht heißt, daß ein anderer sich eine dumme Bemerkung darüber erlauben dürfte. Hab' ihn in Charlies Bar kennengelernt. Schon mal dort gewesen?«

»Nein, nicht mal davon gehört«, erwiderte Roberts.

»Hätte mich auch gewundert. Einen wie dich würden sie gar nicht erst in den Laden reinlassen.« Corky zwinkerte ihm zu. »Na, jedenfalls brauchte er einen Ort, wo er für eine Weile untertauchen konnte, also habe ich ihn für ein paar Wochen dort wohnen lassen. Und hier gefiel es ihm so gut, daß er geblieben ist. Nicht so wie die anderen.«

»Die anderen?«

»Meine anderen Mieter. Die Leute marschieren hier rein und raus, als wäre es der Hauptbahnhof. Aber mich stört's nicht. Ich würde nie jemanden zu seinem Glück zwingen. Früher oder später bezahlen die meisten sogar ihre Miete. Einer hat mal mein Bike wirklich erstklassig repariert, weil er keine Kohle hatte. Ich verlange ja nicht viel, aber ... Die meisten sind schon ganz in Ordnung. Und da jeder einen Ort braucht, an dem er überwintern kann, ist die Bude immer schnell voll, sobald der erste Schnee fällt.«

»Ich hab' die Bikes draußen gesehen. Gehören sie dir oder ... äh ... Jocko?«

»Zwei davon. Die anderen gehören Killer und Skully.«

Roberts verzog ungläubig das Gesicht. »Jocko? Killer? Skully? Was zum Teufel betreibst du hier eigentlich? Eine Fluchtburg für entflohene Sträflinge?«

Corky prustete Bier durch die Nase und erstickte fast an seinem Gelächter. »Ganz ruhig, mein Junge. Die Typen sind schon in Ordnung. Und beleidige meine Nachbarschaft nicht, sonst müßte ich dir leider einen Arschtritt verpassen.«

Corky kicherte immer noch, als er aufstand und in die Küche ging, um noch mehr Bier zu holen.

»Was meinst du, wann du mein Tattoo fertig machen kannst?« rief Roberts.

Corky kehrte wieder zurück. »Nun, als ich es mir zuletzt angeschaut habe, sah es schon ganz ordentlich aus, nur noch ein bißchen wund. Sagen wir mal Samstag oder so. Paßt dir das?«

»Warum nicht morgen?«

»Weil ich morgen meinen Kater ausschlafen muß.« Corky holte eine noch nicht angebrochene Flasche Jack Daniels unter dem Tisch hervor und schraubte den Verschluß auf. Er nahm einen mächtigen Schluck und reichte die Flasche an Roberts weiter. Roberts trank den bitteren Whiskey und bedauerte das sofort.

»Dauert es eigentlich immer so lange, bis ein Tattoo fertig ist?« Roberts dachte an Schoenmachers Birdy, der in ein paar Stunden der Langeweile entstanden war, wenn man dieser Geschichte Glauben schenken konnte.

»Nun, üblicherweise nicht. Die Schreibmaschine auf deinem Rücken hätte ich auch in vielleicht zwei Stunden schaffen können. Aber ich mag es nicht, mich bei der Arbeit zu überschlagen. Nicht etwa, weil ich zu alt wäre, um das Tempo noch durchzuhalten. Ich möchte nur die Details gut hinkriegen.« Er nahm wieder einen großen Schluck Whiskey. »Und ganz besonders, wenn ich ohne Vorlage arbeite. Eine falsche Bewegung mit dem Handgelenk, und schon ist dein Rücken für den Rest deines Lebens versaut. Deshalb gehe ich lieber sorgfältig vor. Aber warum fragst du? Hast du es eilig?«

»Nein, ich war nur neugierig. Außerdem könnte es uns helfen, den Tattoo-Killer zu erwischen … wenn wir wissen, wie lange er für ein Tattoo braucht, könnten wir vielleicht einen Zeitrahmen aufstellen, nach dem er vorgeht.« »Teufel, so wie der Scheiß in der Zeitung aussah – und wenn ich Scheiß sage, meine ich auch Scheiß –, kümmert sich der Kerl einen Dreck darum, wie es aussieht. Er arbeitet einfach schlampig. Mehr als drei Stunden kann er dafür auf keinen Fall gebraucht haben.«

»Plus die Zeit, um sein Opfer zu ermorden.«

Corky warf einen Blick auf die Uhr. »He, laufen die Nachrichten noch nicht?«

»Oh, Mist. Hab' ich glatt vergessen.«

Sie schalteten Corkys großen, holzverkleideten Farbfernseher ein. Das Interview wurde ungeschnitten gesendet.

Roberts empfand einen gewissen Stolz, als er sich auf dem Bildschirm erblickte. Er wirkte anders, als er erwartet hatte, dunkler und knochiger. Corky grinste, als er im Bild erschien. Beide schauten schweigend zu und rauchten dabei eine Zigarette nach der anderen.

Als der Bericht endete, schaltete Corky das Gerät wieder aus. »Teufel, hab' ich gut ausgesehen!«

»Alles Make-up«, erwiderte Roberts grinsend und zündete sich noch eine Zigarette an. Es war ein sonderbares Gefühl, sich selbst in den Nachrichten zu sehen – als hätte ein ganz anderer das Interview gemacht.

»Du warst auch nicht übel, Schreibmaschinen-Mann. Was hältst du davon, wenn ich uns zur Feier des Tages einen Joint besorge?«

Roberts hatte seit der High-School kein Gras mehr geraucht. »Nein, danke. Das Zeug rühre ich nicht an.«

»Ganz sicher?«

»Ja. Aber laß dich deswegen nicht abhalten. Ich warte hier so lange.«

Corky nahm einen großen Schluck aus der Flasche. »Okay, geht in Ordnung. Warum soll nicht wenigstens einer von uns Spaß haben.« Er ging zur Wohnungstür und zog sich dabei eine Stoffweste über, die Roberts bisher noch nicht an ihm gesehen hatte. »Ist nur eine Treppe höher. Ich bin sofort zurück.«

Roberts nickte und gönnte sich noch einen Whiskey.

»Und rühr nichts an«, sagte Corky und legte die Hand auf die lederne Messerscheide an seinem Gürtel. Dann ging er hinaus, wobei er die Tür angelehnt ließ. Roberts hörte irgendwo in der Nachbarschaft Kinder schreien und Autos, die draußen vorbeifuhren.

Roberts lehnte sich auf der Couch zurück und fragte sich, wie zum Teufel er überhaupt in diese Lage gekommen war – er hockte hier in der Bude eines Bikers, betrank sich mit ihm und wartete darauf, daß der Kerl einen Joint besorgte.

Doch er empfand keine Angst ... eher eine merkwürdige Erheiterung. Es kam ihm so vor, als würde er das Beste aus zwei Welten übernehmen – mit der Tätowierung auf der Schulter fühlte er sich frei und rebellisch, und zugleich war er der Mann in den Nachrichten, der einen vornehmen Anzug trug und offenbar ganz oben war.

Noch gestern hast du auf deinen beschissenen Job geflucht, und jetzt bist du plötzlich stolz darauf. Was, zum Teufel, ist mit dir los?

Obwohl er schon ziemlich angeheitert war, kam er dahinter, was los war. Durch das Interview mit Corky war er nicht nur auf dem Bildschirm aufgetaucht, es war auch etwas, das er wirklich hatte machen *wollen*. Er wollte die Nachrichtensendung benutzen, um die optimistische Seite des Lebens, die positive Seite der Tattoos darzustellen.

Und außerdem würde ihm die ganze Sache zumindest einen gewissen Respekt einbringen.

Corky war seit fünfzehn Minuten verschwunden, und Roberts hatte mittlerweile die Hälfte der Flasche allein geleert. Langsam gewann er den Eindruck, er sollte besser woanders sein, auch wenn ihm Corkys Bude zunehmend angenehmer vorkam. Hatte er nicht eigentlich vorgehabt, Corky zu bitten, ihn nach Hause zu fahren?

Langsam wurde er kribbelig. Er marschierte in die Küche und betrachtete die schmutzige, mit Töpfen gefüllte Spüle und den von gebrauchten Tellern bedeckten Tisch. Der Fußboden klebte. Roberts öffnete Corkys Kühlschrank, auf dessen Tür das Faltblatt aus einem Pornomagazin prangte, festgehalten von zwei karottenförmigen Magneten, die genau auf den Brustwarzen des nackten Mädchens saßen. Er holte sich eine Flasche Bier aus dem Kühlschrank, um den Jack Daniels in seinem Magen zu verdünnen. Das war übrigens alles, was sich im Kühlschrank befand: Bier.

Er ging zur Schlafzimmertür hinüber und drückte auf die Klinke, doch das Zimmer war verschlossen.

Schließlich kehrte er ins Wohnzimmer zurück und betrachtete die Bilder an den Wänden. Das mit dem Titel BAT OUT OF HELL war mit Buntstiften gezeichnet. Roberts nahm an, daß Corky es selbst gemalt hatte – die Kopie eines Schallplattencovers. Es kam ihm allerdings etwas merkwürdig vor, daß Corky ein Bild kopierte und an die Wand hängte. Schuf der Künstler keine Originale?

Roberts setzte sich wieder auf die Couch. Langsam spürte er den Alkohol in den Beinen. Und die Kopie an der Wand stimmte ihn nachdenklich … vielleicht war Corky doch nicht so weise und überlegen, wie er geglaubt hatte.

Er beugte sich vor und zog ein Biker-Magazin aus dem Stapel auf dem Tisch. Als er sich zurückfallen ließ, löste er eine Staubwolke aus. Auf dem Cover des Heftes posierte ein Mädchen. Sie wandte ihm den Rücken zu und raffte das lange braune Haar zusammen. Von ihrem Ohrläppchen baumelte ein roter Rubin herab, der Roberts an das Foto von Tina erinnerte, das er in Lockermans Haus entdeckt hatte.

Auch dieses Mädchen war tätowiert ... allerdings sahen ihre Tattoos wesentlich verführerischer aus. Ihr zarter, muskulöser Rücken zeigte eine Collage aus hellen, lebendigen Farben – eine Dschungelszene, in der ein eindeutig weiblicher schwarzer Panther hinter einer hohen Palme hervorschaute. Schlingpflanzen umspielten die Pfoten der Katze, und auf leuchtend grünen Blättern glitzerten Tautropfen. Beleuchtet wurde die Szene von einer orangeroten Sonne.

Als Roberts das Foto genauer in Augenschein nahm, bemerkte er, daß der Panther eine Maus unter seiner Pfote gefangen hatte, und eine seiner scharfen Krallen bohrte sich durch den Schädel des kleinen Tiers. Der Panther war stark und herrschte über diese Idylle, genau wie die halbnackte Frau selbst – Roberts konnte lediglich die Andeutung einer Brustwarze erspähen, alles andere wurde durch ihren Rücken verdeckt –, die in engen Hosen mit Leopardenmuster auf dem ledernen Sattel eines verchromten Motorrads saß.

Roberts wünschte sich, er wäre das Motorrad und der Sattel sein Schoß.

Sie war schön, eine richtige Traumfrau ... und dabei konnte er nicht einmal ihr Gesicht sehen. Nur das Haar und die tolle Frisur. Doch das reichte schon. Das und die Tätowierung sagten alles.

Er blätterte durch die Seiten des Magazins. Es enthielt in erster Linie Fotos: Bilder von Tätowierungen, feiernde Biker, Frauenbrüste in nassen T-Shirts, Großaufnahmen von Motoren, Anzeigen für Telefonsex und Lederkleidung und ein herrliches Centerfold des Mädchens auf dem Titelbild. Roberts hatte mit seiner Vermutung über ihr Gesicht richtig gelegen. Sie besaß die Qualitäten eines Top-Models. Nein ...

sie sah weitaus besser aus als jede Schönheitskönigin. Diese Brünette strahlte Ehrlichkeit aus, Persönlichkeit, ganz anders als professionelle Models. Und ganz offensichtlich war sie eine Frau mit Erfahrung, die es nicht nötig hatte, die Unschuldige zu spielen. Und sie mußte ihrer Schönheit auch nicht mit Make-up nachhelfen, es reichte völlig, daß die Farben der Tätowierung ihre Persönlichkeit widerspiegelten. Es war der Panther, der ihre *innere* Schönheit zum Vorschein brachte, und eben das machte sie so attraktiv.

Roberts überlegte, wie attraktiv die Tätowierung auf seinem eigenen Rücken sein würde, wenn sie erst einmal fertig war.

Er blätterte weiter in der Hoffnung, auf andere Fotos seiner neuen Liebe zu stoßen ... als ihn plötzlich ein rasender Hund mit bluttriefenden Fängen ansprang.

Doch nein, es war nur die Zeichnung eines Hundes, die ihn anknurrte. Der Dobermann sprang regelrecht aus der Seite heraus, die Fänge bedrohlich aufgerissen. Hinter dem Hund hing ein großer Chopper mit blitzenden Chromteilen und überlangen Auspuffrohren in der Luft und zog eine lange schwarze Rauchwolke hinter sich her. Es war erstklassige Illustration, ähnlich gut wie Corkys Bilder. Roberts überlegte, ob das Bild auch als Tätowierung so toll wirken würde.

In der Wohnung über ihm wurde es laut. Offenbar marschierten Corky und Jocko auf und ab. Ihre Stimmen drangen geisterhaft durch die Decke. Plötzlich erklang Musik und übertönte die Unterhaltung. Roberts nahm an, daß es wohl noch eine Weile dauern würde, bis Corky zurückkam.

Er warf einen Blick auf die Seite gegenüber der Zeichnung mit dem Doberman. Eine Story mit dem Titel ›Ausgebrannt‹ war dort abgedruckt. Roberts fragte sich, ob die Geschichte wenigstens halb so gut war wie die Illustration. Um sich die Zeit zu vertreiben, beschloß er, das herauszufinden.

4.

AUSGEBRANNT
von
J. R. Corcorrhan

Sie selbst war schön. Aber *das* da war die häßlichste Tätowierung, die Bonz in seinem ganzen Leben gesehen hatte: der mißlungene Versuch, einen Totenschädel im Profil zu zeichnen, dem die widerlich schleimige Zunge zwischen den verrotteten Zähnen baumelte. Die Zunge war doppelt so groß wie der Schädel, und es sah so aus, als würde sie den Kopf beißen, und nicht umgekehrt. Der Schädel war oval und in die Länge gezogen und erinnerte an einen Hundekopf, nachdem ein mittelschwerer Lastwagen darübergefahren war. Unter der schlampigen Zeichnung stand der Name Patrick in roten, gezackten Buchstaben.

Der Anblick dieser Anfängerarbeit mißfiel Bonz so sehr, daß er den Kopf abwandte und eine abfällige Handbewegung machte.

»Also, machst du es nun?« fragte Mary. Ihre blauen Augen blitzten Bonz an und verlangten nach einer Antwort. Sie hielt ihm den tätowierten Bizeps unter die Nase und zwang ihn so, sich die Zeichnung noch einmal anzusehen.

Bonz gefiel es nicht besonders, daß sie hier vor all den Leuten im Corkscrew Bar und Grill so ein Theater abzog. »Wie könnte ich bei so einem beschissenen Tattoo ablehnen?« Irgendwer an der Bar kicherte laut, als wollte er dieser Einschätzung zustimmen.

Bonz entspannte sich wieder, als Mary den Ärmel herunterrollte und so den häßlichen Schädel verbarg. »Also schön. Dann mal los.«

Die beiden verließen das Corkscrew, und Bonz folgte Marys Chopper bis zu ihrem Heim. Als sie ihn in die abbruchreife Hütte führte – graue, rissige Schindeln, schmutzigweiße Wände, abgestorbenes Gras –, zuckte Bonz zusammen, weil irgendwo hinter den mit gelber Tapete beklebten Wänden des Wohnzimmers ein Hund bellte.

Mary bemerkte seine Nervosität. »Mach dir deswegen keine Sorgen. Chewy ist im Schlafzimmer eingesperrt. Ist ein höllischer Köter. Manchmal jagt er sogar mir Angst ein, aber ich brauche ihn zum Schutz. Seit Pat fort ist ... Die Stimme wurde zu einem Flüstern, während Mary nach einer Packung Winston griff, die auf dem hölzernen Wohnzimmertisch lag.

Bonz verschränkte die mächtigen Arme und nickte. Er verstand, was es für eine Frau bedeutete, heutzutage allein zu leben, obwohl er sich kaum vorstellen konnte, daß dieser Patrick sie freiwillig verlassen hatte. *Aber was geht mich dieser private Scheiß an,* dachte er. *Kommen wir lieber schnell zum Geschäft.*

»Wo wir gerade von ›Patrick‹ sprechen – wenn wir gleich anfangen, haben wir es auch bald hinter uns. Dir ist hoffentlich klar, daß meine Methode nicht gerade schmerzlos ist und auch nicht völlig narrensicher ...« Er zog die Augenbrauen hoch und warf Mary einen forschenden Blick zu, um zu sehen, ob sie vielleicht einen Rückzieher machte. Trotz des Geldes, das sie ihm angeboten hatte, hoffte er, sie würde es sich noch anders überlegen.

Sie zog an ihrer Zigarette und nickte. »Ja, ja, das habe ich alles schon gehört. Scheiß auf den Schmerz.« Sie grinste Bonz schief an. »Ich will einfach nur das verdammte Ding loswerden, also erspare mir den Vortrag.«

»Also schön, du bekommst, wofür du bezahlst. Aber ich bin kein Arzt, deshalb kann ich dir auch nichts versprechen.« Bonz setzte seine blaue Sporttasche auf dem Tisch ab und öffnete den Reißverschluß. »Bis jetzt habe ich allerdings noch jedes Tattoo entfernen können. Ich weiß nicht genau, was die Leute dir über meine, äh ... *Arbeit* ... erzählt haben, deshalb erkläre ich es dir schnell. Die ganze Sache kostet dich fünfzig Mäuse. Du hast nichts dabei zu tun als stillzusitzen, während ich den Scheiß ausbrenne. Das ist alles. Keine Hautverpflanzung, keine Kaschierungen, keine Skalpelle oder Laserstrahlen, gar nichts ... nur die reinen Flammen.«

Mary drückte die Zigarette aus. Sie hatte nur ein paar Sekunden gebraucht, um die Winston bis zum Filter aufzurauchen. »Ist in Ordnung. Bringen wir es endlich hinter uns, ja?«

»Nicht so schnell«, meinte Bonz und zeigte ihr grinsend die Zähne. »Zuerst ein kleines Betäubungsmittel ...« Er griff in die Tasche und holte eine halbe Flasche mit hochprozentigem Rum heraus, die er ihr wie ein Kellner überreichte. »Sehr zum Wohl, Madame.«

Marys Brust hob sich, als sie erleichtert aufseufzte. Rasch schraubte sie die Flasche auf und nahm einen Schluck.

Bonz zog noch eine Flasche aus der Tasche. Und noch eine.

Zuerst tranken sie langsam, nahmen zwischen dem Bier nur gelegentlich einen Schluck des harten Alkohols zu sich. Led Zeppelins drittes Album klang leise aus den Boxen, die oben in den Ecken des Wohnzimmers hingen. Doch schon bald stürzten sie den Rum nur so hinunter, schluckten ihn wie Ertrinkende, die nach Luft schnappen. Irgendwie ähnelte der Alkohol der Luft, so sanft und geschmacklos glitt er ihre Kehlen hinab. Nun dröhnte Judas Priests Schrei nach Rache aus den Lautsprechern, ließ die Wände erzittern und übertönte Chewys gieriges Gebell.

Bonz fand die Art nett, in der sich Mary wie eine Lady entschuldigte, wenn sie das Bad aufsuchen mußte, um dann bei ihrer Rückkehr den Alkohol wie ein altgedienter Soldat hinunterzukippen. Er hoffte, sie würde auch das Feuer wie ein hartgesottener Kämpfer ertragen.

Eines mußte er allerdings zugeben: Dieses Mädchen verstand sich darauf, richtig zu feiern. Es hatte ihm wohl schon seit Jahren nicht mehr so viel Spaß gemacht, sich auf eine Tattoo-Entfernung vorzubereiten. Vermutlich lag es daran, daß er es diesmal mit einer rassigen Blondine zu tun hatte und nicht mit irgendeinem Penner, der den Gedanken an die bevorstehenden Schmerzen nicht verdrängen konnte. Mary besaß mehr Mumm als die Hälfte der Arschlöcher, bei denen er diese Arbeit bisher durchgeführt hatte, und irgendwie wirkte selbst diese Tatsache erotisch. Wenn sie mit dem Schmerz der Verbrennung fertig wurde, dann mochte nur Gott wissen, womit sie noch alles fertig werden würde ...

Als die Priest-Kassette endete, war auch die erste Flasche leer. Die Stille im Raum wurde langsam unangenehm, deshalb fragte Bonz schließlich nach dem Tattoo. »Okay, also schön. Wer ist Patrick, und wie bist du zu dem beschissenen Tattoo auf deinem Arm gekommen?«

»Pat ist mein Ex«, erwiderte Mary und verdrehte die Augen, als wäre das eine allgemein bekannte Tatsache. »Manchmal taucht er hier noch auf, aber dann hetze ich ihm Chewy auf den Hals. Aber wie auch immer, nachdem wir ungefähr ein Jahr zusammen waren, bat er mich ... nein, er *verlangte*, daß ich mir ein Tattoo mit seinem Namen zulege. Er meinte, das sei ein ›Treueschwur‹ oder irgend so ein Blödsinn. Als hätte es nicht schon völlig gereicht, den Arsch zu heiraten!« Sie fischte eine neue Zigarette aus dem zweiten Päckchen, zündete sie an und legte sie dann auf den Rand des überquellenden Aschenbechers. »Aber der gute alte Patrick mußte eben immer seinen Willen durchsetzen, und so zwang er mich zu der Tätowierung, dem Treueschwur. Wahrscheinlich wäre das gar nicht mal so schlimm gewesen, wenn er es nicht selbst gemacht hätte – und er war wirklich kein Künstler, das kannst du mir glauben. Mann, er hat es völlig versaut, angefangen von der falschen Ausrüstung bis hin zu der Zeichnung selbst. Was für ein Penner ... ich weiß selbst nicht mehr, was ich mal an dem Kerl gefunden habe.«

Sie schob den Ärmel hoch und betrachtete die häßliche Tätowierung auf ihrem Bizeps. Die verdrehten Buchstaben bewiesen Bonz nachdrücklich, was für ein Idiot dieser Patrick war. »Tja, Mary, ich verstehe schon, was du meinst. Wenn ich den Typ jemals treffen sollte, reiße ich ihm *seine* Ausrüstung ab, wenn du weißt, was ich meine.«

Die Frau kicherte und blies den Rauch durch die Nasenlöcher wie ein betrunkener Drache. »Ich weiß, ich weiß ... ich habe ein Arschloch geheiratet. Aber nachdem er seinen

Namen auf meinen Arm geschrieben hatte, sagte er: Jetzt bist du für immer mein. Und damit hatte er recht.« Sie runzelte die Stirn.

»Da kann ich dir nicht ganz folgen«, meinte Bonz vorsichtig. »Ich dachte, du haßt diesen Kerl.«

Mary starrte zu Boden, als sie antwortete. »Manchmal ist es so, als wäre er noch immer hier. Ich sehe fern und könnte schwören, ich höre ihn im Keller, wo er immer rumgekramt hat. Oder ich wache mitten in der Nacht auf und denke, er liegt auf mir, weil er Lust auf eine schnelle Nummer hat. Ich kriege Alpträume von dem Mistkerl, und die wirken so verdammt real. Ehrlich, ich könnte schwören, er ist noch hier, um mich zu bestrafen.« Sie schaute sich im Zimmer um, als erwarte sie, einen Geist zu sehen.

Bonz beugte sich vor und legte sanft eine Hand auf ihre Wange, um ihre Aufmerksamkeit auf sich zu lenken. »Na, komm schon, Mary. Du weißt, daß er fort ist. Vermutlich hängt er irgendwo bei einem anderen Mädchen rum und nutzt sie genauso aus, wie er das bei dir gemacht hat. Und ich wette, er würde sich gar nicht ins Haus trauen, solange du deinen Dobermann hier hast.« Er lachte und war fast selbst überzeugt von dem, was er gerade behauptet hatte.

Mary sah ihm direkt in die Augen. »Du hast es noch nicht kapiert, was? Er ist noch immer hier, Mann. Und ich weiß auch, wie er das macht.« Sie steckte sich eine neue Zigarette am Rest der alten an. »Er hat sich mit Okkultismus beschäftigt. Ich habe mich nicht weiter darum gekümmert, wenn er seinen Scheiß im Keller abgezogen hat – schwarze Kerzen angezündet, stinkenden Weihrauch verbrannt, rumgejault wie ein Schwachsinniger, all das Zeug eben, was man auch im Kino sieht –, aber jetzt kann ich nicht mehr so tun, als wäre da nichts. Es hört einfach nicht auf. Ist so, als wäre er noch immer dort unten und würde seine dämlichen Rituale durchziehen!«

»Aber er ist doch fort, Mary. Er ist weg. Du bildest dir diese Sachen nur ein. Es sind deine Erinnerungen, die dir so zu schaffen machen. Denk einfach nicht mehr daran.«

»Das kann ich nicht. Ich weiß, daß er irgendwas mit diesem

Tattoo gemacht hat. Es ist verflucht oder so was, das spüre ich einfach.« In ihren Augen stand wieder dieser flammende Blick, den sie auch im Corkscrew gezeigt hatte, als sie ihn ansprach. Dieser Blick, der ihn wider besseres Wissen bewogen hatte, ihrem Wunsch nachzugeben. »Und du mußt dafür sorgen, daß ich dieses beschissene Tattoo loswerde! Es ist Teufelswerk! Brenn es aus! Jetzt sofort!«

Sie schob sich den Ärmel bis zur Schulter hoch wie ein Junkie, der sich einen Schuß verpassen will, und enthüllte die groteske Zeichnung des ovalen Schädels. Die Augen wirkten wie glühende Perlen, und die morschen, abgesplitterten Zähne grinsten Bonz an. Es war fast so, als würde die Tätowierung ihn warnen, auch nur den Versuch zu unternehmen, sie zu entfernen.

Bonz runzelte die Stirn. Er blickte in Marys feuchte, hungrige blaue Augen und war plötzlich überwältigt von der Intensität, die sie ausstrahlte. Das blonde Haar umrahmte ihre weit aufgerissenen Augen wie ein seidener Schleier, und ihre Lippen wirkten sanft und einladend. Es kostete ihn erhebliche Mühe, den drängenden Wunsch zu unterdrücken, sie an sich zu reißen, auf seinen Schoß zu ziehen und zu küssen.

Und plötzlich wurde ihm klar, daß er diese Arbeit nicht erledigen konnte. Wie sollte er denn das Fleisch verbrennen, das er so begehrte? Wie sollte er die gebräunte Haut verschmoren, die er streicheln und küssen wollte?

Marys Wangen liefen vor Wut rot an. »Also schön, wenn du es nicht tun willst, dann mache ich es eben selbst.« Bevor Bonz richtig merkte, was geschah, hatte Mary sich die Flasche mit Rum geschnappt und den leicht entzündlichen Alkohol über ihren Arm gegossen. Ein Feuerzeug tauchte in ihrer Hand auf, und ihr Daumen lag schon auf dem Rad.

Bonz stürzte vorwärts und stieß sie zu Boden. Sie kämpfte gegen sein Gewicht an und schlug wie eine Irrsinnige um sich. »Laß es mich tun! Du verdammter Mistkerl, laß es mich doch tun!«

Bonz preßte sie an seine Brust und nahm ihr das Feuerzeug

ab. Dann drückte er ihre Arme hinter ihren Rücken und hielt sie wie eine menschliche Zwangsjacke fest, bis ihre Zuckungen nachließen und sich ihre Muskeln entspannten. Schließlich ging ihr Atem wieder normal, doch sie wich seinem Blick aus, als würde sie sich schämen.

»Du mußt es loswerden, Mary, aber nicht auf diese Art. Wenn man das Tattoo ausbrennt, bleibt für immer eine Narbe zurück – dann hast du an der Stelle zwar keinen Schädel mehr und auch keinen ›Treueschwur‹, aber die Narbe wird dich für immer an diesen Arsch und das, was er dir angetan hat, erinnern.«

Mary warf die Lippen auf, aber Bonz hatte den Eindruck, sie hätte trotzdem begriffen, was er meinte.

»Was du wirklich brauchst, ist etwas, wodurch die Zeichnung versteckt werden kann – womit *er* versteckt werden kann.« Bonz spürte, wie er errötete. »Du brauchst jemanden, der sich um dich kümmert. Nicht so ein Arschloch wie ihn … sondern, du weißt schon, jemand, bei dem du es gut hast.« Er war sich ihres heißen Körpers nur zu deutlich bewußt. »Jemanden wie mich.«

Sie sah mit feuchten Augen zu ihm auf. Es war, als hätte sie nur auf diese Worte gewartet. Ihre Lippen trafen voller Gier aufeinander. Mary wand sich wie eine Katze unter ihm.

Sie rissen sich die Hemden vom Leib und schleuderten sie fort, doch genau in diesem Moment überkam Bonz ein drängendes Bedürfnis. Er mußte pissen. Er hob den Kopf von ihrem Hals und wußte nicht recht, wie er sich ausdrücken sollte. »Äh … kann ich dich für einen Moment allein lassen, um dem Ruf der Natur zu folgen?«

Mary lächelte. »Aber natürlich. Hier brennt nichts außer der Hitze in mir.«

Sie war betrunken, dessen war sich Bonz bewußt, aber es schien ganz so, als hätte sie ihre Meinung über die Entfernung des Tattoos geändert. Sicher würde sie keine Dummheiten anstellen, während er fort war. Bonz stand auf und ging in Richtung Bad. Ein BH landete auf seiner Schulter. »Beeil dich, Süßer.«

Das Badezimmer war hübsch eingerichtet, fast wie ein Tempel für Ihre Kosmetika. In gewisser Weise war es schon ein merkwürdiges Gefühl, in diesem so absolut weiblich ausstaffierten Bad zu stehen und sich zu erleichtern, doch andererseits tat es auch unendlich gut, als der Strom aus ihm herausfloß.

Auf dem Rand des Waschbeckens bemerkte er eine Medizinflasche. Er beugte sich zur Seite, nahm sie und studierte das Etikett. Die Flasche enthielt Barbiturate, und er hielt es für eine gute Idee, sich ein paar davon einzustecken. Bonz schraubte den Verschluß auf und stellte fest, daß die Hälfte der Tabletten fehlte.

Sie hat die Pillen genommen, um den Schmerz zu dämpfen. Kein Wunder, daß sie sich so sonderbar benimmt.

Als er fertig war, stürmte er ins Wohnzimmer zurück, ohne den Reißverschluß hochzuziehen.

Während er fort war, hatte sie sich ausgezogen und lag jetzt völlig nackt auf dem Boden. Ihr Fleisch wirkte bleich, fast so weiß wie Papier.

Und sie atmete nicht.

Fassungslos starrte er auf die erschreckende Szene. Plötzlich bellte Chewy hinter der Wand des Wohnzimmers auf, als wolle er ihm raten, schleunigst von hier zu verschwinden.

Eine Woche später saß Bonz mit einer Flasche Tequila in der Hand auf ihrer Couch. Er wartete, daß dieser Patrick hier auftauchte. Er hatte keine Chance gehabt, das Tattoo zu entfernen, das Mary so verzweifelt loswerden wollte, doch wenigstens den Künstler konnte er ›entfernen‹, der es geschaffen hatte. Mary hatte gesagt, der Kerl würde hin und wieder hier auftauchen, und genau darauf wartete Bonz jetzt. Das war sein eigener ›Treueschwur‹, das Versprechen, das er Mary gegeben hatte, als sie tot auf dem Boden lag.

Die Bullen waren in jener Nacht sofort auf seinen Anruf hin gekommen. Offensichtlich mißtrauten sie ihm aufgrund seines Äußeren, doch sie schienen seine Version der Geschehnisse geschluckt zu haben. Sie wiesen ihn an, in der Stadt zu bleiben, bis die Untersuchung abgeschlossen sei, nur war von einer Untersuchung wenig zu bemerken. Seit sie Mary in einen schwarzen Sack gelegt und mitgenommen hatten, hatte er keinen Bullen mehr gesehen.

Bonz selbst brauchte keine Untersuchung, um zu wissen, was wirklich passiert war. Sie war an einer Überdosis gestorben, das stimmte schon, aber es war nicht die Mischung aus Tabletten und Alkohol, die sie das Leben gekostet hatte. Patrick und sein verdammtes Zeichen auf ihrem Arm hatten sie umgebracht, genauso sicher, als hätte er eine Pistole an ihre Schläfe gehalten und abgedrückt.

Es war nicht unbedingt Liebe, die ihn bleiben ließ, obwohl auch das möglich gewesen wäre. Eher das Gefühl, es sei seine Pflicht, die einmal begonnene Arbeit auch zu beenden – und das wiederum war Teil seiner Mission, die Welt von der Häßlichkeit zu befreien. Den Menschen ihre Lasten wegzubrennen mochte ein schrecklicher Job sein, aber es war auch ein notwendiger.

Das Telefon schellte, und Bonz hielt den Atem an.

Schließlich riß er den Hörer hoch. »Wer zum Teufel ist da?«

»Sir, hier ist Lieutenant Grace vom Sheriff's Departement. Wir möchten, daß Sie ins Leichenschauhaus kommen, um die Leiche zu identifizieren.«

»Was? Ich war doch hier, als ihr sie in den Sack gesteckt habt.«

»Sir, ich weiß, das ist nicht sehr angenehm für Sie, aber es ist leider eine notwendige Formalität, die erledigt werden muß, bevor die Tote, äh, in Frieden ruhen kann.«

In Frieden ruhen, dachte Bonz. *Vermutlich gab es nichts, was Mary dringender brauchte.* »Ich bin gleich da.«

Die Leichenhalle wirkte hell und sauber, doch Bonz konnte den Geruch des Todes unter dem künstlichen Limonenduft wahrnehmen.

Bonz erkannte die Gesichter der Beamten nicht wieder, die ihn zu einer Aluminiumschublade führten und sie herauszogen. Die Leiche war von einem langen weißen Tuch bedeckt.

Als sie das Laken von ihrem Gesicht zurückschlugen, wirkte Mary irgendwie verändert ... *Das ist die falsche Leiche,* dachte Bonz im ersten Moment, doch dann begriff er, daß der Tod diese Veränderung bewirkt hatte. Die Lippen waren fast farblos, das Gesicht bleich und starr. Aber sie sah auch jünger aus, unschuldiger und kindlicher. Und sie schien beinahe über ihre geglückte Flucht aus dem Leben zu lächeln.

Bonz wollte ganz sichergehen. »Ich möchte ihren Arm sehen«, verlangte er. Seine Stimme klang leiser als gewöhnlich. Sie rollten das Laken hinunter, als würden sie eine feierliche Flaggenzeremonie durchführen, und enthüllten den einst so lieblichen und einladenden Körper.

Die Schädeltätowierung war verschwunden.

Trotzdem war Bonz sicher, daß es sich um Mary handelte. Sie sah zwar anders aus, war aber immer noch schön und anziehend wie vor einer Woche. »Es ist Mary«, sagte Bonz, drehte sich um und rannte fast aus der Leichenhalle hinaus.

Als er wieder in Marys Bude angekommen war, eilte er sofort ins Bad. Er hatte das Gefühl, Fäulnis und Verwesung der Leichenhalle hätten sich wie ein dünner Film über seine Haut gelegt. Er zog sich vor dem Badezimmerspiegel aus und betrachtete sich prüfend, um sicherzugehen, daß er noch vollständig vorhanden war ... Marys Arm ohne die Tätowierung hatte ihn zutiefst erschreckt. Sie hätte noch immer dort sein müssen – aber vielleicht hatte der Leichenbeschauer das häßliche Machwerk mit Make-up überschminkt, um ihr im Tod ein wenig Würde zu verleihen?

Er schaute wieder in den Spiegel und bemerkte eine Bewegung. In seinem Nacken kribbelte es.

Jemand versteckt sich in der Dusche ... Patrick?

Er warf sich auf den Plastikvorhang und knallte mit dem Kopf gegen die Fliesen. Die Duschkabine war leer.

Du Idiot, du verkraftest nicht mal einen Besuch in der Leichenhalle, was?

Er schüttelte den Kopf und grinste sein Spiegelbild spöttisch an.

Und dann bemerkte er wieder eine Bewegung im Spiegel, fast am äußeren Rand seines Blickfeldes. Doch diesmal unterdrückte er den Drang herumzuwirbeln, sondern konzentrierte sich auf die Stelle, wo sich etwas bewegt hatte, und versuchte herauszufinden, was dort vor sich ging.

Und dann sah er es – den altbekannten Schädel mit der roten Zunge, die zwischen seinen verrotteten Zähnen hing. Und dieser Schädel befand sich nicht irgendwo hinter oder neben ihm, sondern genau auf seiner Brust, direkt zwischen den Brustwarzen. Und er war viel größer als der auf Marys Arm.

Zitternd blickte er an sich herunter.

Die Zeichnung verschwand wie ein Nachbild, nahm die Farbe seiner Haut an, wurde zu einer Ansammlung von Sommersprossen und war fort.

Trotzdem hatte er das Gefühl, sie wäre noch da.

Bonz schüttelte den Kopf. Er brauchte einen Drink. Einen *großen* Drink.

Nackt saß er auf dem Boden im Wohnzimmer und trank den Tequila direkt aus der Flasche, bis sie fast leer war. Chewy kam zu ihm, knurrte und bleckte die speicheltriefenden Fänge. Bonz starrte den Dobermann erschreckt an. »Was ist denn los, Chewy? Bist du nicht mehr mein Freund, Junge?«

Der Hund kläffte als Antwort.

Bonz schaute nach unten und erkannte, daß er genau auf der Stelle hockte, an der Mary ihr Leben ausgehaucht hatte. *Nein, das konnte Chewy doch unmöglich wissen, oder?* »Bist du wütend, weil ich dort sitze, wo Mary gestorben ist? Vermißt du sie so?«

Bonz wich ein Stück zurück.

Der Kopf des Hundes riß klaffend auf und enthüllte den von Adern überzogenen Schädel. Helles Blut schimmerte auf dem knöchernen Hundekopf, als sich das fellbedeckte Fleisch zurückzog und wie eine Gummimaske von seinem Hals herabhing. Die Augen rollten wie nasse Murmeln in den freigelegten Höhlen. Die Zunge wurde immer länger, während sie zwischen den furchteinflößenden Fängen herabbaumelte. Der Hund ... das *Ding*, zu dem er geworden war ... schnappte nach ihm, und es bellte oder knurrte nicht mehr, sondern es schrie ihn an, schrie mit der Stimme eines Menschen.

Bonz sprang auf und raste zum Badezimmer. Doch trotz seiner hektischen Flucht hatte er das Namensschild bemerkt, das zwischen all dem Fleisch und Blut vom Hals des Hundes herabhing. PATRICK stand dort in gezackten, metallenen Buchstaben. *PATRICK.*

Die Zähne der Bestie bohrten sich in seinen Knöchel, doch dann hatte er das Bad erreicht und schlug die Tür hinter sich zu. Der Hund schrie wieder, kratzte an der dünnen Holztür und grub seine Krallen in den Rahmen.

Bonz geriet in Panik ... *wo war das verdammte Badezimmerfenster?*

Und dann hörte der Lärm plötzlich auf.

Bonz warf einen Blick in den Spiegel. Nein, er war eindeutig nicht mehr derselbe Mann wie noch am Vormittag. Seine Augen waren gerötet und von blutigen Ringen umgeben. Und die Veränderung ging weiter. Seine Haut spannte sich, als würde von innen etwas dagegen drücken und nach einer Öffnung suchen, durch die es entkommen konnte.

Plötzlich begriff er, weshalb Mary sich so verzweifelt gewünscht hatte, das Tattoo auszubrennen. Nicht weil es häßlich war oder sie an ihren Ex-Mann erinnerte. Sondern weil es *lebte*. Es *lebte*, und es war *Patrick*.

Eine Kralle bohrte sich durch seine Nase und riß ihm die Stirn auf. Sein Kopf fühlte sich plötzlich kalt und leer an.

Wie ein Blinder tastete er nach dem Medizinfläschchen und schraubte es auf. Sein Schädel spaltete sich jetzt und fiel auseinander. Doch es schmerzte nicht. Alles war wie betäubt.

Es gab nichts mehr, nur noch die Tabletten, die wie glühende Kohlen eine nach der anderen seine Kehle hinabglitten und Patrick von innen her ausbrannten.

5.

Corky stolperte ins Wohnzimmer, als wäre der Boden unter seinen Füßen plötzlich in Bewegung geraten, und mußte sich an der Wand abstützen. »Mann, das war vielleicht ein guter Stoff!«

Roberts lehnte sich zurück und blickte zu ihm auf. Sein Magen revoltierte. Das Biker Magazin im Rausch zu lesen, hatte ungefähr die gleiche Wirkung, als würde man versuchen, *Krieg und Frieden* möglichst schnell in einem fahrenden Auto durchzuarbeiten. Sein Magen brannte, als hätte er einen ganzen Beutel ungeschälter Zwiebeln verschlungen. Er wollte sich übergeben, sich von den abscheulichen Bildern reinigen, die noch immer in seinem Verstand lauerten.

Roberts stand auf. »Ich muß gehen, Corky. Mir ist nicht besonders gut.«

»Ach, du würdest dich gleich sehr viel besser fühlen, wenn du mit nach oben kämst. Jocko hat wirklich sehr guten Shit da. Du könntest ...«

»Nein, es ist mein Magen. Zuviel Whiskey. Du hättest mich nicht mit der Flasche allein lassen dürfen.« Roberts schwankte leicht und benutzte Corkys Schulter als Stütze. »Hast du ein Telefon? Ich möchte jemanden anrufen, der mich abholt.«

Corky bemühte sich, halbwegs nüchtern zu wirken. »Du brauchst jemanden, der dich fährt? Ich könnte dich auf meiner Maschine mitnehmen, genau wie vorhin ...«

»Nein, danke. Vor Jahren, noch auf der High-School, ist ein Freund von mir betrunken gefahren und bei einem Unfall ums Leben gekommen. Seitdem fahre ich nur noch mit Leuten, die nüchtern sind.«

»Ja, ich glaube, das kann ich verstehen. Ich kannte auch eine Menge guter Typen, die auf diese Weise gestorben sind.«

Beide schwiegen.

»Wie ist es nun ... hast du ein Telefon?«

»Ja, ist in der Küche.«

Roberts marschierte aus dem Wohnzimmer und nahm den Hörer des Telefons ab, das an der eierschalfarben gestrichenen Küchenwand hing. Das Gerät war glitschig und ölverschmiert und hätte eher zu einer Tankstelle gepaßt als zu einer Küche. Die Mischung aus Öl und Essensgerüchen ließ ihn schlucken, als er seine Nummer wählte. Er erklärte Schoenmacher, wo er sich befand, und legte wieder auf. Dann wankte er zur Spüle hinüber, schloß die Augen und verschluckte seinen Speichel, bis der Brechreiz wieder vergangen war.

Als er ins Wohnzimmer zurückkehrte, saß Corky auf der Couch und schnarchte laut. Die Augen des alten Bikers bewegten sich unter seinen geschlossenen Lidern.

Roberts verließ die Wohnung und hockte sich draußen auf die Betonstufen. Die saubere, frische Luft klärte seinen umnebelten Verstand ein wenig. Trotzdem erwartete er fast, jede Sekunde von einem Dobermann angegriffen zu werden, der aus der Dunkelheit heranstürmte. Endlich traf Schoenmacher ein. Roberts eilte in die Wohnung zurück und schob Corky ein Kissen unter den Kopf, damit er im Schlaf nicht erstickte. Der Biker schnarchte ungerührt weiter. Roberts schnappte sich ein paar der Magazine vom Tisch, ohne dabei allzu große Schuldgefühle zu verspüren, verließ die Wohnung und zog die Tür hinter sich zu.

Kapitel 11

1.

Am Mittwoch morgen erwachte Roberts mit dem schlimmsten Kater seines Lebens. Das Innere seines Kopfes fühlte sich an, als hätte jemand Rasierklingen an der Schädelwand befestigt, die bei jeder Bewegung in das zarte Gewebe seines Gehirns einschnitten. Der Schmerz war so groß, daß er KOPT anrief (»Muß mir einen Virus eingefangen haben, kann unmöglich kommen …«) Anschließend legte er sich wieder ins Bett, wo die weiche Umarmung der Kissen seinen Schmerz ein wenig linderte.

Und dann weckte ihn Schoenmacher, der im Wohnzimmer geschlafen hatte, gegen Mittag, indem er eine von Roberts' alten Led-Zeppelin-Platten abspielte. John Bonhams hämmerndes Schlagzeug dröhnte in seinen Ohren.

Der Rock and Roll mag vielleicht niemals sterben, dachte Roberts, als sein Schädel wieder anfing zu klopfen, *aber er kann jedenfalls höllisch weh tun.*

Nach einer langen kalten Dusche, mehreren großen Bechern Kaffee und einer Diskussion mit Schoenmacher über die richtige Einstellung der Lautsprecher ließen die Schmerzen allmählich etwas nach. Die beiden hockten zusammen im Wohnzimmer, lasen in Corkys Magazinen und genossen den kühlen Hauch der Klimaanlage.

Schoenmacher blätterte in einem Magazin mit dem Titel *Easyrider* und strich sich über den Bart. »Sieh dir mal die Tätowierungen von dem Mädchen hier an«, sagte er und reichte Roberts das Heft hinüber.

Roberts betrachtete die Frau. Sie war nackt, aber von herrlichen Ranken und Blumen bedeckt. Ihre Arme waren ausgebreitet, als würde sie die schwache, gelbliche Morgensonne im Hintergrund begrüßen. Die Ranken, die sich um die Rundungen ihrer Arme schlangen, wurden dicker, als sie die Achselhöhlen erreichten und verwandelten sich in buntgemusterte Schlangen, die sich liebevoll um ihre Brüste wanden und auf ihrem Brustbein zusammentrafen, wo sie sich ineinander verknoteten und gegenseitig anzüngelten. Die Tätowierung war nicht so gut wie jene, die er in der vergangenen Nacht bei Corky gesehen hatte, doch dann begriff Roberts, daß jede Tätowierung einzigartig war, so wie Schneeflocken oder Fingerabdrücke.

»Nette Titten … Tattoos, meine ich«, sagte er grinsend.

»Genau«, erwiderte Schoenmacher und nahm das Heft wieder an sich. »Hübscher als die von Judy, das steht mal fest.«

»Ach, jetzt hör endlich damit auf, ja?«

»Tut mir leid«, sagte Schoenmacher und zog ein trauriges Hundegesicht.

Roberts blätterte weiter in seinem Magazin, ohne sich um Dan zu kümmern. Er war wirklich nicht in der Laune, das angekratzte Ego des Wettermannes zu polieren.

Roberts wollte Corky die Hefte morgen, am Donnerstag, zurückgeben, wenn sie die Arbeit an seiner Tätowierung fortsetzten. Er suchte die Seiten nach Tattoos ab, um sie mit seinen eigenen zu vergleichen. Ein paar wenige entdeckte er, die von ähnlicher Qualität waren wie Corkys Arbeiten. Im Grunde waren die Künstler alle nicht schlecht, überlegte er, doch Corky war schon eine Ausnahme. Er konnte nicht genau sagen, was es eigentlich war, was Corkys Werke so hervorhob, aber er hatte einen Stil, der sich von den üblichen Panthern, Adlern, Schädeln und Flaggen unterschied. Seine Kunst reflektierte die Art, wie er die Welt sah. Er suchte sich irgendein winziges, an sich unbedeutendes Detail eines gängigen Motivs heraus und machte es zum Mittelpunkt des gesamten Werkes, zu jenem Teil, der die Aufmerksamkeit erregte und einen zwang, genau hinzusehen. Aber Corky war nicht nur einzigartig, sondern auch … nett. Intelligent, auch wenn er sich mitunter Mühe gab, das zu verbergen. Er war …

Roberts rutschte unbehaglich in seinem Sessel herum. Noch immer war ihm unklar, was Corky so sehr von allen anderen unterschied. Es ließ sich einfach nicht in Worten ausdrücken. Corky war eben … Corky.

Er ist dein Freund, Roy … warum hast du soviel Angst, das zuzugeben? Warum willst du dich auch von ihm distanzieren, so wie du das bisher mit jedem Menschen in deinem Leben gemacht hast?

Schoenmacher rülpste. Roberts warf ihm einen Blick zu und wünschte sich, er könnte sich wenigstens von ihm distanzieren. Dan war erst vor ein paar Tagen eingezogen, und schon kam es ihm so vor, als würde er das ganze Haus mit Beschlag belegen.

Zufällig stolperte Roberts wieder über die Geschichte mit dem Titel ›Ausgebrannt‹, die er am vergangenen Abend gelesen hatte. Er konnte sich nicht vorstellen, sich ein Tattoo ausbrennen zu lassen, so wie diese Mary es vorgehabt hatte. Sehr realistisch kam ihm das jedenfalls nicht vor – man mußte wohl schon äußerst verzweifelt sein, um zu solchen Methoden zu greifen. Jedenfalls schien es ihm eine recht übertriebene Maßnahme zu sein – ungefähr so, als würde man ein ganzes Gebäude niederbrennen, nur um ein Graffito loszuwerden, statt es einfach zu übermalen. Und was war es noch gleich, was Corky in jenem Interview gesagt hatte? Tätowierungen könnten ebensogut verhüllen wie enthüllen? Genau. Warum sollte man der eigenen Haut mit Feuer zu Leibe rücken, wenn man die Zeichnung auch durch etwas Besseres verdecken konnte?

Allerdings konnte sich Roberts durchaus vorstellen, so verzweifelt zu sein, wenn er von dem Tattoo-Killer tätowiert worden wäre. Dann würde er sich nicht einmal mit Feuer begnügen, sondern gleich zu einem Flammenwerfer greifen. Selbst wenn man diese Zeichnungen durch das beste Tattoo der Welt überdecken würde, und sei es auch von Picasso persönlich gestaltet, so könnte doch der psychische Schaden niemals geheilt werden. Die Arbeit des Tattoo Killers würde auch unter der Übermalung stets gegenwärtig bleiben, so wie das

Auge von One-Eyed-Jack immer noch unter der Hautschicht begraben war, die seine Augenhöhle bedeckte, wo es rumorte und ein unheimliches Eigenleben führte.

So betrachtet ergab die Geschichte doch einen Sinn. Der fiktive Patrick und der Tattoo Killer waren einander sehr ähnlich. Und wieder spürte Roberts, wie sich sein Magen hob.

Er schaute zu Schoenmacher hinüber, der in seinen Stoppelbart grinste, während er eine andere Nackte in dem Biker Magazin betrachtete. Wie konnte er sich nur so albern und unreif aufführen, nachdem der Tattoo-Killer seine eigene Katze tätowiert hatte? Nachdem klar war, daß der Killer wußte, wo er wohnte? Und nachdem KOPT diese Tragödie ausschlachtete, indem der Sender Clive tagtäglich vorführte?

Doch andererseits war Schoenmacher natürlich ein ganz anderer Typ als Roberts. Die Launen des Wettermannes wechselten ständig, in einem Moment war er noch überschwenglich, im nächsten trübsinnig und depressiv. Genau wie das Wetter mit seinen Hoch- und Tiefdrucksystemen. Vielleicht versuchte er auch nur, alle Gedanken an den Tattoo-Killer zu verdrängen, indem er sich ausschließlich mit Judy beschäftigte?

Roberts überlegte, daß es ihm selbst vermutlich auch nicht schaden könnte, etwas Abstand zu gewinnen, die ganze Angelegenheit nicht so persönlich zu nehmen. Warum machte er so eine große Sache daraus, genau wie der Typ in dieser Schauergeschichte – wie hieß er doch gleich? Bonz? Banzai? Bozo?

Roberts wollte der Name – Boozo? – nicht einfallen, und so schaute er wieder in das Heft.

Sein Blick fiel auf einen bestimmten Satz. Bonz – ach ja, Bonz – sagte: »Zuerst ein kleines Betäubungsmittel ...«

Wo hatte er das schon einmal gehört?

Roberts ließ das Magazin auf den Schoß sinken. Betäubung. Wer hatte Alkohol als Betäubungsmittel bezeichnet?

Corky.

Plötzlich erinnerte er sich wieder genau an alles: Corky hatte bei seinem ersten Besuch in dem Laden die Flasche

Bourbon als Betäubungsmittel bezeichnet. Und er erinnerte sich genau daran, wie dringend er den Schnaps gebraucht hatte, welche Angst er vor der Nadel gehabt und wie er soviel getrunken hatte, daß es ihn kaum noch kümmerte, was der Biker eigentlich auf seinen Rücken zeichnete ...

Betäubungsmittel.

Was hatte das zu bedeuten? Und weshalb nahm ihn dieses eine Wort so gefangen?

Schoenmacher unterbrach seinen Gedankengang. »Wenn du meinst, das Mädchen eben wäre toll gewesen, dann schau dir mal die hier an!« Er schwenkte ein ausgeklapptes Centerfold durch die Luft, als wäre es eine Flagge. Roberts hatte zufällig auch eine Ausgabe des *Hustler* von Corkys Tisch mitgenommen, und die führte ihm Dan jetzt vor.

Roberts grinste schief und wandte sich wieder seinem Magazin zu. Und plötzlich wurde ihm klar, was ihn so sehr daran störte, daß Corky den gleichen Satz benutzt hatte wie der Mann in der Geschichte. Es bedeutete, daß Corky keineswegs so klug und einzigartig war, wie er immer tat. Corky übernahm seine Sprüche und Weisheiten aus den Biker-Magazinen. *Hat er alles, was er mir bisher erzählt hat, bei anderen geklaut? War seine ganze Welterfahrenheit nichts als ein einziges großes Plagiat?*

Roberts gefiel es selbst nicht, daß er so über seinen Freund dachte, doch der Gedankengang ließ sich nicht so einfach wieder verdrängen. Schließlich war das die einzige Erklärung dafür, daß Corky den gleichen Ausdruck benutzt hatte wie der Autor der Geschichte – diesen Umstand für einen Zufall zu halten, wäre doch wirklich zu weit hergeholt, oder nicht?

Aber vielleicht gab es ja doch noch eine andere Erklärung. Vielleicht war es wirklich ein zufälliges Zusammentreffen. Oder es handelte sich um einen typischen Biker-Ausdruck, so wie seine Freunde manches als ›cool‹ bezeichneten.

Roberts unterdrückte einen Fluch, als ihm bewußt wurde, daß er sich schon wieder ausschließlich mit *Worten* beschäftigte. Selbst wenn ein Teil von Corkys Weisheiten aus Magazinen stammte, so war es dennoch eine gute Idee, sich eher auf Bilder zu konzentrieren statt auf Worte. Und ganz gleich, woher seine Philosophie stammen mochte, so hatte Corky doch recht: Worte waren nicht exakt, nicht real, nur Symbole.

Roberts betrachtete wieder die Illustration der Geschichte. Der Dobermann wirkte echt. Roberts glaubt fast, den heißen Atem zu spüren. So machtvoll konnte wirklich nur ein Bild sein.

Und dann fiel sein Blick auf die Zeile, die unter dem Titel stand.

J. R. Corcorrhan.

Corcorrhan.

Corky.

Es gab ein Wort, das man niemals los wurde. Der eigene Name.

2.

Roy Roberts zuckte zusammen, als jemand heftig an die Tür klopfte.

Er stand auf, wischte die plötzlich schweißnassen Hände an der Hose ab und ging zur Tür, während sich Schoenmacher weiter seiner Fleischbeschau widmete.

»Hallo, Jungs! Wie geht's denn so?« Lockerman stand grinsend vor der Tür und sah erheblich besser aus als in der ganzen Zeit, seit die Geschichte mit dem Tattoo Killer angefangen hatte.

Roberts erwiderte das Grinsen. »Ganz gut, Lock.« Sie klatschten zur Begrüßung die Hände gegeneinander.

Lockerman marschierte mit großen Schritten ins Wohnzimmer. Das Abzeichen auf seiner Uniform blitzte genauso wie seine Augen. Er stemmte die Hände in die Hüften und betrachtete die Biker-Magazine, die überall im Raum verstreut lagen. »Was zum Teufel ist das denn für Zeug?«

»Nur ein paar Überbleibsel von meinen Recherchen«, log

Roberts. »Ich wollte mich gründlich auf das Interview vorbereiten. Hast du's in den Nachrichten gesehen?«

»Klar, Mann. Meinen Glückwunsch.« Sie tauschten ihren Club-Handschlag aus, und Roberts fragte sich, weshalb Lockerman so aufgekratzt wirkte. »Tolle Geschichte. Dieser Bursche ... wie hieß er doch gleich?«

»Corky.«

»Ja, Corky ... Der Typ hat gute Arbeit dabei geleistet, das Nachrichtenmonopol unseres Irren zu knacken. Wahrscheinlich hat er ihm sogar ein bißchen Angst eingejagt. Ich meine die Stelle im Interview, wo er dem Arsch gedroht hat ... das heißt doch zumindest, daß die Biker diesmal auf unserer Seite stehen. Mir scheint, dieser Psycho hockt jetzt ziemlich allein in seiner Ecke!«

Roberts nickte. Lockerman kannte nicht einmal die halbe Wahrheit – er hatte Corkys gewalttätige Seite noch nicht so erlebt wie Roberts. Roy erinnerte sich noch gut an den Ausdruck in Corkys Augen, den wütenden Klang seiner Stimme ... und wie er auf die Geschichte mit dem Tattoo-Killer reagiert hatte, indem er in eine Bar ging und seinen Frust an irgendwem ausließ.

Schoenmacher strich sich über den Bart und sagte: »Das sind ja gute Nachrichten. Hoffentlich schnappst du diesen Kerl bald. Das soll keine Beleidigung sein, Roy, aber ich kann es kaum erwarten, wieder heimzukommen.«

Roberts grinste. »Mir würde es auch gefallen, wenn du wieder in dein Nest zurückfliegen würdest, Birdy. Heute morgen hast du mich ja pünktlich wie so ein verdammter Hahn aufgeweckt.«

»Birdy?« Schoenmacher blinzelte. »So hat mich seit Jahren niemand mehr genannt ... Naja, solange du mich nicht Hähnchen nennst, soll mir das recht sein.«

»Es klingt jedenfalls bedeutend besser als Schoenmacher«, warf Lockerman ein. »Was ist das überhaupt für ein Name?«

»Deutsch, soweit ich weiß. Meine Mutter kam aus Spanien, mein Vater aus Germanien. Also wird es wohl ein *spermanischer* Name sein ...«

Die drei lachten, bis ihnen die Tränen kamen. Schließlich ging Roberts in die Küche und holte Bier, mit dem sie versuchten, ihren Lachkrampf zu ersticken. Es war schon lange her, daß sie so guter Laune gewesen waren.

»Leute«, sagte Lockerman schließlich, »ich glaube, ich habe einen Plan.«

»Geht es um den Killer?« fragte Roberts mit einem Seitenblick auf Birdy, der nicht übermäßig interessiert wirkte. »Was denn für einen Plan?«

»Paß auf«, erklärte Lockerman. »Gestern habe ich mir überlegt, daß dieser Kerl geradezu lehrbuchmäßig gesellschaftsfeindlich eingestellt ist – er haßt nicht nur die Gesellschaft als Ganzes, sondern auch jede einzelne soziale Gruppe. Trotzdem braucht er die Gesellschaft, um zu existieren, um das zu sein, was er ist. Das bedeutet, er arbeitet zwar allein, erwartet aber, daß die Menschen Notiz von dem nehmen, was er macht. Normalerweise wäre das eher eine schlechte Nachricht, und in gewisser Weise trifft das auch zu, denn wir verfügen demnach nicht über die Möglichkeit, den Dreckskerl irgendwie aufzuspüren.« Lockerman setzte sich hin, beugte sich vor und stützte die Ellbogen auf die Knie. »Und so bin ich auf den Gedanken gekommen, daß es nur eine Chance gibt, ihn zu fassen, indem wir ihn nämlich auf frischer Tat erwischen.« Lockerman sah die beiden Männer an.

Roberts runzelte die Stirn. »Und was willst du damit sagen? Daß du weißt, wo er das nächste Mal zuschlägt? Heißt das denn nicht auch, daß er noch jemanden töten muß, damit man ihn schnappen kann? Weißt du, wen er im Moment im Visier hat …«

»Langsam, langsam, Roy.« Lockerman lehnte sich zurück. »Das alles trifft es nicht ganz genau. Sieh mal, wir haben einen Wagen abgestellt, der Tag und Nacht vor Dans … *Birdys* … Haus Streife fährt. Bis jetzt ist noch nichts passiert, aber falls er dort auftaucht, werden meine Leute ihn sich schnappen. Doch ich dachte eigentlich an etwas anderes – statt darauf zu warten, daß er zu uns kommt, könnten wir zu ihm gehen.

Warum stellen wir ihm nicht einfach eine Falle, locken ihn hinein und schlagen zu, bevor er wirklichen Schaden anrichten kann?«

Roberts' Gesicht leuchtete auf. »Und wie sieht nun dein Plan aus, Lock?«

»Lock? Du hast es wohl heute mit den Spitznamen, wie?« Lockerman akzeptierte kopfschüttelnd den neuen Namen. »Genau genommen habe ich noch keinen richtigen Plan. Ich dachte, wir könnten uns gemeinsam etwas ausdenken. Wir kennen diesen Mistkerl mittlerweile doch schon recht gut, nicht wahr? Er betrachtet sich selbst als den größten Künstler aller Zeiten, und er möchte auf Teufel komm raus in den Medien dargestellt werden. *In den Nachrichten.* Und da ihr beiden in der Nachrichtenredaktion arbeitet, dachte ich mir, ihr wärt vielleicht genau die Richtigen, um einen Köder für ihn auszulegen.«

»Hä?« meinte Schoenmacher, kratzte sich am Bart und rieb dann über seine Tränensäcke. »Was für einen Köder?«

»Weiß ich auch nicht. Aber ich bin sicher, daß uns zusammen etwas einfällt. Wie wäre es, wenn KOPT eine Art Kunstwettbewerb durchführt, wobei die Arbeit des Siegers in den Nachrichten vorgestellt wird ... oder wenn ihr irgendein künstlerisches Ereignis ankündigt, über das KOPT am nächsten Tag ausgiebig berichten will. Wer weiß, vielleicht taucht er ja dann auf und läuft genau in unsere Falle?«

Schoenmacher warf Roberts einen Blick zu. »Meinst du, er fällt auf etwas so Offensichtliches herein?« Er knackte wieder nervös mit den Fingerknöcheln.

Roberts zuckte die Achseln. »Einen Versuch wäre es schon wert. Buckman wird uns senden lassen, was immer wir wollen. Er will ohnehin jeden Tag irgend etwas bringen, das mit dem Killer in Verbindung steht. Ist ganz scharf auf diesen Tattoo-Scheiß.« Ihm fiel etwas ein, was er in einem der Magazine entdeckt hatte. »Wie wäre es damit: Wir melden, KOPT würde eine Tattoo Convention sponsern.«

»Tattoo Convention? Was zum Teufel soll das denn sein?«

»Ach, du weißt schon, da treffen sich Tätowierer aus allen

Himmelsrichtungen, zeigen ihre Arbeiten, stellen Verkaufsbuden auf, so ähnlich wie bei einer Messe.«

»Hm ... klingt nicht schlecht.« Lockerman fuhr mit dem Finger die Bügelfalte an seiner Hose nach. »Für so etwas müßte er eigentlich aus seinem Versteck herauskriechen – Tattoos bedeuten ihm schließlich alles.«

»Tja, aber ich werde besser erst mal mit Corky darüber sprechen, mal sehen, was er davon hält. Er kennt sich in dieser Szene sehr gut aus, und er würde es merken, wenn ein Fremder dort auftaucht. Und vielleicht könnte er sogar dafür sorgen, daß auch die anderen nach verdächtigen Personen Ausschau halten. Morgen treffe ich mich sowieso mit ihm, also könnte ich das dann gleich abklären.«

Lockerman stand auf und strich die Uniform glatt. »Gut.« Er trank sein Bier aus. »Also dann, Jungs. Ich habe jetzt Dienst und muß mich beeilen. Danke für das Bier.« Er machte ein paar Schritte in Richtung Tür. »Hört mal, warum versucht ihr beiden nicht, schon mal ein paar Details auszuarbeiten. Hängt euch ans Telefon und sucht nach einem geeigneten Ort, wo die Veranstaltung stattfinden kann. Aber es muß in einer geschlossenen Halle sein, damit wir den Laden notfalls dicht machen können. Vielleicht übernimmt das Departement sogar die Kosten. Außerdem rede ich mit dem Staatsanwalt, um festzustellen, ob das alles auch wirklich legal ist ... wenn wir Erfolg haben wollen, dürfen wir uns keine juristischen Fehler erlauben. Und holt die Genehmigung von eurem Chef ein. Ganz gleich, was es uns kostet, wir müssen den Burschen ausräuchern.« Er öffnete die Tür. »Wir sehen uns dann später.«

»Heute abend?«

»Vielleicht ... ich könnte ja ein paar Überstunden abfeiern.«

»Arbeite nicht zu viel«, grinste Schoenmacher hinter seinem neuen Bart.

»Erzähl keinen Quatsch, Birdy!« Lockerman zog die Tür hinter sich zu.

Den Rest des Nachmittags beschäftigten sich Roberts und

Schoenmacher mit der Vorbereitung ihres Plans. Ein Anruf bei Buckman genügte, um die Zustimmung einer Sponsorenschaft von KOPT für die Tattoo Convention zu erhalten (vorausgesetzt, der Sender bekam die Exklusivrechte für diese Veranstaltung und mußte keinerlei Kosten tragen). Die städtische Versammlungshalle in der Nähe des Flughafens war bis September ausgebucht, doch Roberts machte eine Schule ausfindig, die bereit war, am Samstag nachmittag ihre Turnhalle zur Verfügung zu stellen. Schoenmacher fertigte unterdessen ein Flugblatt an, das am Donnerstag vervielfältigt und dann überall in der Stadt verteilt werden sollte.

Um siebzehn Uhr dreißig unterbrach Schoenmacher seine Arbeit, um die Nachrichten anzusehen. Der Plan, den Killer einzufangen, mochte eine nette Ablenkung darstellen, durfte aber auf gar keinen Fall dazu führen, daß er Judys kleinen Besuch auf dem Umweg der Funkwellen versäumte.

Roberts schnappte sich einen Stapel von Corkys Magazinen und verschwand im Schlafzimmer. Da er heute nicht im Büro gewesen war, wollte er sich auch die Nachrichten nicht ansehen, er würde dann doch nur nach grammatikalischen Fehlern, stilistischen Unsauberkeiten und anderen Hinweisen seiner fehlenden Überarbeitung der Texte suchen. Außerdem gab es genug andere Dinge, über die er nachdenken mußte.

Taten sprechen eine deutlichere Sprache als Worte. Sein Gehirn spuckte dieses abgenutzte Klischee ohne sein Zutun aus.

Roberts hockte sich aufs Bett, las in den Magazinen und fühlte sich dabei an die Zeit erinnert, als er mit zehn Jahren im Krankenhaus gelegen hatte, um seine Mandeloperation auszukurieren. Damals hatte er auch im Bett gelegen und sich die Zeit mit Lesen vertrieben. Er verspürte sogar plötzlich wieder das Verlangen nach Eiskrem, jener Eiskrem, die er als Kind nicht bekommen hatte.

Zu seiner Überraschung entdeckte Roberts in den Heften noch zwei weitere Geschichten von J. R. Corcorrhan. Er las beide mit Interesse, doch ›Ausgebrannt‹ blieb diejenige, die ihn am meisten beeindruckte.

Wahrscheinlich, weil sie ihn an den Tattoo Killer erinnerte. Einen Verbrecher, der die Menschen zwang, seine Tattoos zu tragen, einen Feind, der immer zur falschen Zeit auftauchte, einen gefährlichen, gewalttätigen Mann. Die Parallelen waren deutlich erkennbar, die Geschichte ähnelte der Realität, so wie zwei Eisenbahngleise sich ähneln, die nebeneinander in die Ferne streben. Und Roberts stand mitten zwischen ihnen.

Vor allem aber setzten ihn die abgebildeten Tattoos immer wieder in Erstaunen. Kunstwerke, die in ein Museum gehörten, Bilder, die die Aufmerksamkeit der Medien verdient hätten, die einen zum Nachdenken zwangen. Fast so gut wie Corkys Arbeiten. Oder die des Tattoo Killers.

Roberts erinnerte sich an die Fotos, die er von den Arbeiten des Killers gesehen hatte. Sie waren schlampig und erschreckend, aber auch effektiv. Sie riefen eine Reaktion hervor, und das war es doch, worum es bei der Kunst wirklich ging, oder nicht?

Doch der Killer lebt in seiner Kunst … Er erzwingt die Reaktionen, und seine Kunst ist tödlich …

Roberts rieb sich heftig die Schläfen und wollte kaum glauben, daß dieser Gedankengang wirklich von ihm selbst stammte. Er stellte den Killer auf eine Stufe mit den Künstlern in den Magazinen, ja sogar mit Corky. Behandelte ihn wie das Mitglied einer Subkultur statt wie einen Psychopathen, der die Kultur, die Gesellschaft, ja sogar das Leben selbst angriff. Der alle Kunst ihres Sinns beraubte.

Ein Künstler umgibt sich mit Kunst. Diesen Gedanken hatte er in Corkys Haus gehabt … und schon wieder stellte er den Tattoo Killer und Corky auf eine Stufe … und er fragte sich, welcher Art die Kunst sein mochte, mit der sich der Killer umgab, was für Poster oder Gemälde oder Fotos an seiner Wand hingen, welche Kunstobjekte ihm am teuersten waren. Roberts sah sich in seinem Schlafzimmer um und entdeckte an den Wänden nichts als ein paar journalistische Auszeichnungen und gelbe Tapete.

Er schloß die Augen und fragte sich, ob in seinem Inneren, dort, wo es wirklich zählte, Kunst zu finden wäre.

Er war schon fast eingeschlafen, als Schoenmacher mit der Fingerspitze an die Tür klopfte. »Bist du beschäftigt, Roy?«

Roberts öffnete die Augen und verschränkte die Hände im Nacken. »Nein, ich ruhe mich nur etwas aus. Komm ruhig herein.«

Schoenmacher trat ein, zog den Stuhl unter Roberts' Schreibtisch hervor und setzte sich rittlings darauf. Er machte ein düsteres Gesicht und starrte auf den Boden. Roberts wußte, daß Dan entweder mal wieder eine seiner depressiven Phasen hatte oder sich schuldig fühlte, weil er in Roys Schlafzimmer eingedrungen war. »Ich sollte sie besuchen«, meinte Dan.

»Hä?« Roberts hatte mit seinen Vermutungen offenbar falsch gelegen, und Dan brütete über einer ganz anderen Geschichte.

»Ich sollte Judy besuchen. Sie weigert sich, meine Anrufe anzunehmen. Seit unserer Verabredung habe ich sie nur noch auf dem Bildschirm gesehen.« Er kratzte sich den Bart. »Wie kann ich ihr nur beweisen, wie sehr ich sie begehre?«

Roberts setzte sich aufrecht hin und lehnte sich mit dem Rücken gegen das Kopfstück des Bettes. »Hör mal, möchtest du, daß ich morgen mit ihr spreche, oder was?«

»Ach, ich weiß auch nicht. Ich käme mir blöd vor, wenn ich dich vorschicken würde. Und ich möchte auch nicht, daß sie denkt, ich wäre zu unreif, um die unangenehmen Dinge selbst zu erledigen.«

Roberts unterdrückte ein Kichern. »Tja, dann solltest du vielleicht doch besser selbst zu ihr gehen.«

»Aber ...« Schoenmacher stieß einen tiefen Seufzer aus. »Ach, ist ja auch egal.«

»Was?«

»Nichts.«

»Jetzt spuck's schon aus.«

»Nun ... ach, Scheiße. Ich wollte, ich könnte wieder zurück zu meiner Arbeit. Wenn ich dort versuche, mit ihr zu reden, könnte sie mich nicht so leicht ignorieren. Fahre ich aber zu ihrer Wohnung, macht sie mir vielleicht nicht einmal die Tür auf. Und so eine Abfuhr könnte ich nicht ertragen.«

»Meinst du nicht, daß du die Dinge etwas zu schwarz siehst? Wahrscheinlich hat sie sich nur höllisch erschrocken, als Clive ihr plötzlich auf den Schoß sprang. Vielleicht ist sie deswegen einfach verlegen.«

Schoenmacher blickte auf. »Könntest du das für mich herausfinden? Sondier einfach ein bißchen die Lage, aber so, daß sie nicht merkt, wer dahintersteckt.«

»Sicher, mach' ich. Kein Problem.«

»Toll.« Schoenmacher stand auf und schob den Stuhl an seinen Platz zurück. »Jetzt geht es mir gleich viel besser. Und versprich, mir alles zu erzählen, was sie sagt, auch wenn sie erklärt, sie würde mich abgrundtief hassen. Okay?«

»Okay, Birdy.«

»Schön. Dann gute Nacht.« Er schloß die Tür und ging wieder ins Wohnzimmer zurück, wo sein Schlafsack lag. Durch die Wand des Schlafzimmers drang dumpf die Titelmelodie der *Cosby Show*.

Roberts streckte sich wieder auf der Couch aus und rollte sich auf die Seite.

Er überlegte gerade, in welchem Maße ihn Schoenmacher noch ausnutzen würde, da legte sich der Schlaf über seine Gedanken.

3.

Er sah den Raum aus weiter Ferne, ungefähr so wie ein alter Mann, der in seine fast vergessene Heimatstadt zurückkehrt. Eine Heimatstadt in einer Schachtel. Die Bilder, die vor ihm vorbeizogen, waren von einem runden schwarzen Rand umgeben, als würde er alles durch einen Feldstecher beobachten ... oder durch zwei runde Löcher in einer Wand. Seine Augen kamen ihm vor wie die Augen eines gerahmten Porträts in einem billigen Horrorstreifen ... Augen, die den Bewegungen der Menschen in seinem Traum folgten.

Der Raum war ein Tattoo Shop. Und darin erkannte er sich selbst.

Er war der Künstler. Und Corky der Kunde, der seine Haut zur Verfügung stellte. Im Wartezimmer saß ein riesiger roter Kardinalvogel mit gerupften Federn auf der lederbezogenen Couch und blätterte in einem Magazin. Über dem Schnabel tauchte Schoenmachers Gesicht immer wieder auf und zog sich wieder zurück. Seine Ohren bestanden nur noch aus zerrissenen, dreieckigen Fleischstücken. Der Vogel trug goldenen Schmuck. Am auffälligsten war eine Halskette, von der ein Rechteck mit goldenen Buchstaben herabhing. Durch die wie bei einer Gefängniszelle vergitterten Fenster konnte er draußen einen Streifenwagen erkennen, in dem Lockerman gefangen war und verzweifelt versuchte, die Windschutzscheibe einzuschlagen, um hinauszugelangen ... als würde er sonst ersticken. Überall herrschte Dunkelheit, das einzige Licht kam von den rotierenden Lampen auf dem Polizeiwagen, dessen rote und blaue Strahlen durch das Schaufenster in den Raum fielen.

Der Traum-Roberts lächelte. Er ritzte Tinte in Corkys offensichtlich noch nie tätowierte Haut ein – zufällige Kritzeleien. Mit roter und blauer Tinte malte er ein Clownsgesicht auf Corkys Bizeps – wenn Corky den Muskel anspannte, würde der Clown lachen und dumme Witze erzählen. Dann benutzte er Sepia, um einen großen Tintenfisch auf Corkys behaarten Bauch zu skizzieren. Die Tentakel wanden sich bis in seine Schamregion hinab, und Corkys Bauchnabel wurde zum häßlichen toten Auge des Tieres. Und schließlich zeichnete der Traum-Roberts einen großen schwarzen Bilderrahmen auf Corkys Rücken.

»Was hast du damit vor?« fragte Corky. Seine Stimme klang jung und unschuldig, eher wie die eines Mädchens als die eines älteren Mannes.

Der Traum-Roberts schlürfte sein Bier – ein DU-BIST-VERDAMMT-Bier, wenn man dem Etikett glauben durfte – und knallte sich die Dose gegen die Stirn. Sie blieb dort stecken, als wäre sie in den Schädel eingedrungen. »Ich denke mir schon irgendwas aus. Spielt das eine Rolle? Hast du kein Vertrauen zu mir?«

»O doch, ich traue dir, Roy. Ich traue dir.«

Der Kardinalvogel im Wartezimmer zwitscherte: »Wann werde ich vollständig? Wann werde ich vollständig?«

»Laß mich in Ruhe arbeiten!« Der Traum-Roberts füllte den Rahmen mit einer grotesken Imitation des thronenden Königs vom Tattoo Killer. Nur saß der König diesmal auf einer Kloschüssel und streichelte einen Dobermann, in dessen Maul eine Rolle Toilettenpapier steckte.

Roberts stand noch immer hinter der schwarzen Wand und blickte durch die beiden Löcher. *Halt*, schrie er ohne Stimme, *du machst Dinge, die nicht real sind!*

Der Traum-Roberts blickte nicht auf.

Roberts sah hilflos zu und krallte sich in die Wand, die ihn daran hinderte, den Traum zu betreten. Die schwarze Wand war naß und glitschig und hinterließ Schleim unter seinen Fingernägeln.

Und Corky schrie … als würde er von innen her zerrissen.

Der Traum-Roberts griff nach seinem Gürtel und zog ein scharfes, mit Sägezähnen bewehrtes Fischmesser heraus.

Nein!

Der Traum-Roberts stieß die Klinge in Corkys Rücken und schnitt die Haut rings um den schwarzen Rahmen auf. Dabei bewegte sich sein Ellbogen, als würde er eine Säge benutzen.

Und dann hob der Traum-Roberts das Stück Haut hoch und schüttelte Blut und Schleim von der Rückseite. Die roten und blauen Lichter rotierten schneller und verbanden sich zu einem blitzartigen purpurnen Irisieren. Der Traum-Roberts drehte sich zu dem hinter der Wand verborgenen Roberts um und enthüllte ihm so die Leinwand aus Menschenhaut. Doch das Bild stellte nicht mehr den auf dem Thron hockenden König dar.

Es war ein perfekt eingerahmtes Porträt von ihm selbst. Als wäre das quadratische Stück Fleisch ein Spiegel.

Corky, der von all dem unbeeindruckt zu sein schien,

drehte sich zu dem Traum-Roberts um und rief: »Zeig es mir! Zeig es mir!«

Der Traum-Roberts warf die Haut in die Luft wie ein Pizzabäcker den Teig. Der nasse Fleischfetzen landete auf Corkys Kopf, hing ihm über die Ohren herab und tropfte rot auf seinen Nacken.

Der Traum-Roberts lachte und wandte sich wieder Roberts zu. Die Klinge schimmerte rot und silbern. Jetzt trug der Traum-Roberts eine schwarze Augenklappe und sah damit aus wie ein moderner Pirat. Langsam und bedrohlich näherte er sich dem Platz, von dem aus Roberts hilflos zuschaute.

Er versuchte sich loszureißen, doch seine Finger waren mit der schwarzen Wand verwachsen, genau wie seine Stirn und die Wangen.

Die Klinge kam näher.

Und dann wurde sein Blickfeld plötzlich von einem Schwirren roter Federn ausgefüllt. Der Kardinalvogel tauchte aus dem Nichts auf und hackte ihm die Augen aus ... und irgendwo tief in dem wirbelnden Rot spürte er den scharfen Biß kalten, nassen Stahls, der seinen Geist wie Gelächter zerfetzte.

Kapitel 12

1.

»Der Bezirksstaatsanwalt meint, die Tattoo Convention müsse echt sein, sonst hätten wir keine Chance, den Kerl vor Gericht zu bringen.«

Roberts preßte den Hörer fester gegen sein Ohr, um Lockerman trotz des Schreibmaschinengeklappers und sonstigen Lärms im Nachrichtenraum verstehen zu können. »Kapiere ich nicht. Warum reicht es nicht, wenn wir den Typ auf frischer Tat ertappen?«

»Weil das eine Falle wäre, Roy. Wir dürfen uns ja auch nicht mehr hinter Werbetafeln verstecken, um Raser zu erwischen. Scheiße, aber ich nehme an, es ist eine Verletzung der Persönlichkeitsrechte, jemandem eine Falle zu stellen. Nicht, daß unser Tattoo Killer solche Rücksichtnahme verdient hätte ...«

»Das ist wirklich Scheiße!«

»Ja, ich weiß. Wir könnten die Convention aber trotzdem veranstalten. Nur müßten wir KOPT dazu bringen, die Kosten zu übernehmen, oder uns Geld zu leihen, um es selbst zu bezahlen. Aber wie auch immer wir die Sache durchziehen, es muß echt sein, darauf müssen wir achten. Sonst wird jeder Richter den Fall abweisen. Und dann wäre der Dreckskerl auch noch durch das Gesetz geschützt, wonach niemand zweimal wegen derselben Sache vor Gericht gestellt werden darf.«

»Darf die Polizei denn trotzdem dort sein?«

»Ja. Du brauchst nur einen Streifenwagen anzufordern. Und ich werde in Zivil dort auftauchen, aus Sicherheitsgründen gewissermaßen. Viele dieser Tattoo-Künstler gehören schließlich zur Bikerszene. Und bekanntlich neigen Biker dazu, sich zu betrinken und dann Schlägereien anzuzetteln.

Es sollte also keine Probleme bereiten, die Genehmigung für Sicherheitsmaßnahmen zu erreichen.«

»Gut.« Roberts steckte sich eine Zigarette an. »Meinst du, wir werden bis Sonntag mit allem fertig? Es sind nur noch drei Tage bis dahin …«

»Teufel, ja. Wenn's nach mir ginge, könnte es jetzt schon losgehen.«

»Na, also schön. Hör mal, Lock, ich habe ziemlich viel zu tun. Wenn ich Buckman dazu bringen kann, die Kosten zu übernehmen, gebe ich dir Bescheid.«

»In Ordnung. Dann bis später.«

»Bis später.« Roberts legte auf und hämmerte wieder auf die Schreibmaschine. Ein paar Minuten später blickte er auf die Uhr. Gleich war Mittagspause. Der richtige Moment, um Birdy einen Gefallen zu tun.

Er ging zu Judys Büro und öffnete die Tür, ohne anzuklopfen. »Morgen, Judy.«

Die Frau schaute von der polierten Glasplatte ihres Schreibtischs auf. »Oh, hallo. Wie geht's denn so, Roy?«

Roberts zog sich einen der teuren Sessel heran. »Darf ich?«

»Aber natürlich. Nimm ruhig Platz.« Judy schob ihren Sessel ein wenig zurück und schlug die Beine übereinander. Roberts konnte ihre hübsch gebräunten Oberschenkel durch die Glasplatte hindurch erkennen und beeilte sich, seinen Blick auf ihre Augen zu richten.

»Was gibt's denn?«

»Nun, ich habe mich gefragt, wie du mit dieser ganzen Geschichte um den Tattoo Killer fertig wirst. Ich weiß ja, daß du bei Dan warst, als seine Katze so schrecklich zugerichtet heimkam. Dan hat's völlig aus der Bahn geworfen. Er wohnt bei mir, daher weiß ich, wie sehr ihn das alles mitgenommen hat.« Roberts kam sich wie ein Lügner vor, obwohl er wußte, wie betroffen Schoenmacher wegen Clive war, auch wenn er sich alle Mühe gab, diese Tatsache zu verschleiern. »Und daher wollte ich wissen, ob du vielleicht auch …«

»Mir geht's gut, wirklich. Und diese blöde Katze läßt mich ziemlich kalt.« Sie fuhr sich mit den Fingern durch das braune

Haar. »Heute morgen habe ich ihr sogar etwas Futter gebracht. Du solltest mal sehen, wie ihr Fell nachwächst. Ich wollte, mein Haar würde auch so schnell wachsen, aber …«

»Dan fehlt die Katze. Und du fehlst ihm auch.«

Judy runzelte die Stirn. Dann wandte sie sich ab, griff nach einem Pappbecher mit Kaffee und nahm einen Schluck. »Hat er von uns erzählt?«

Roberts kicherte. »Könnte man so sagen. Seit er bei mir eingezogen ist, hat er nicht mehr aufgehört, von dir zu reden. Er ist bis über beide Ohren in dich verknallt, Judy.«

Judy schlürfte ihren Kaffee. »Es wäre mir lieber, er würde nicht soviel reden. Ich war nur zweimal mit ihm aus, und jetzt glaubt er, ich wäre sein Eigentum oder so was.« Sie sah Roberts direkt an. »Aber ich gehöre ihm nicht. Und auch niemandem sonst.«

Roberts zuckte die Achseln.

»Niemandem«, fuhr Judy fort, »weder Dan noch Rick, noch Buckman, noch diesem Sender … niemandem.«

Roy fühlte sich langsam etwas unbehaglich. Vielleicht, weil er ganz ähnlich empfand wie Judy …

Sie preßte die Lippen zusammen, und an der Art, wie sich ihre Kiefermuskeln spannten, erkannte Roy, daß sie mit den Zähnen knirschte.

»Tut mir leid, Roy. Ich wünsche mir so langsam, ich wäre bei der Zeitung geblieben. Du weißt ja nicht, wie es ist, jeden Tag vor der Kamera zu stehen. Ständig spürt man, wie all diese Augen auf einen gerichtet sind, jede deiner Bewegungen verfolgen und alles registrieren, was du sagst. Das kann einem wirklich Angst einjagen.« Sie beugte sich zu einem Tischchen neben dem Schreibtisch hinüber und zog einen frankierten Briefumschlag aus einem Stapel anderer Papiere. »Hier, sieh dir das mal an …«

Roberts öffnete den Umschlag und zog ein zusammengefaltetes gelbes Blatt heraus. Es stank wie eine Umkleidekabine im Schwimmbad. Zwei mit Bleistift in wackeligen Buchstaben geschriebene Sätze standen darauf: »Judy, ich liebe dich. Wir zwei sollten ficken.«

»Das kam heute morgen mit der Post. Seit ich hier arbeite, habe ich vermutlich schon drei Tonnen von diesem Zeug in den Reißwolf gekippt. Ich weiß nicht, wer mir diese Briefe schickt, ob das Fans, Perverse oder Strafgefangene sind, aber üblicherweise steht immer das gleiche drin. Ich nenne es schon die Fick-Post. Es ist doch eine ganz passende Bezeichnung, meinst du nicht?«

»Ja«, antwortete Roberts sarkastisch, »sieht ganz so aus. Aber das hier geht ja wohl ein wenig über die üblichen Liebesbriefe hinaus ...«

»Nun, ich habe mich daran gewöhnt«, erklärte Judy, ohne auf seine Bemerkung einzugehen. »Aber woran ich mich nicht gewöhnt habe, sind Menschen wie Dan. Typen, die es vielleicht gar nicht so meinen, mir aber höllische Angst einjagen, wenn sie mir zu nahe kommen. Sieh mal, Dan und ich waren mal ... äh, intim, und ich habe ihm noch eine zweite Chance gegeben. Was ich besser nicht getan hätte. Denn er hat das ausgenutzt, als wäre ich ihm etwas schuldig. Und so etwas möchte ich nie wieder erleben.«

Roberts wurde blaß. Es wäre besser, wenn er sie jetzt nicht weiter über ihr Sexualleben erzählen ließ, insbesondere, wo es um Schoenmacher ging. Trotzdem sagte er: »Du glaubst doch nicht im Ernst, Dan würde solche Briefe schreiben, oder?« Er legte das Blatt auf den Schreibtisch. Judy warf einen Blick darauf und stieß es dann zu den anderen Briefen hinüber, die auf den Reißwolf warteten.

»Nein, wahrscheinlich nicht. Aber ich kann mir nicht helfen, ich glaube trotzdem, daß er genauso ist wie die Leute, die diese Briefe schreiben. Ich sehe ihm in die Augen und frage mich, ob er nicht doch so ist und was wirklich in seinem Innern vorgeht ... aber genau das weiß man nie, und das ist es, was mir soviel angst macht.« Sie nippte an dem Kaffeebecher, der, wie Roberts bemerkt hatte, längst leer war. »Er hätte mich beim letzten Mal genausogut vergewaltigen können.«

»Du solltest all das nicht mir erzählen, Judy. Sag es Dan. Und vielleicht gibst du ihm ja eine Chance, zu beweisen, daß er nicht so ist ...«

»Nein.« Judy tat so, als hätte sie den Becher geleert, knüllte ihn zusammen und warf ihn in den Papierkorb. »Würdest du ihm das bitte von mir ausrichten? Ich kann mich nicht noch einmal mit ihm treffen. Hier im Studio kann ich mit ihm zusammenarbeiten, solange er aufhört, mich so anzustarren ... aber das ist auch schon alles. Sag ihm das, Roy. Ich meine es ernst. Und wenn er mich auch nur einmal schief ansieht, werde ich laut ›Sexuelle Belästigung‹ schreien. Oder ich kündige. Mach ihm das klar, ja?«

»Meinst du das wirklich ernst, Judy? Dan ist im Grunde wirklich ein netter Kerl ...«

Judy starrte ihn an und raffte dann ein paar Papiere zusammen, als säße sie vor der Kamera.

»Okay«, erklärte Roberts, der den Wink verstanden hatte. »Ich werde es ihm ausrichten. Trotzdem sollte dir klar sein, daß du ihm das Herz brichst.«

Judy reagierte nicht.

Roy schloß die Tür hinter sich. »Blöde Kuh.«

Auf dem Rückweg zu seinem Schreibtisch erwog er, ein paar Tippfehler in den Text einzubauen, der über ihren Teleprompter laufen würde. Zweifellos hatte Dan bei ihrem Treffen ein paar Fehler gemacht.

Konnte sie nicht einfach darüber hinwegsehen? Begriff sie nicht, wie es war, einen Fehler zu machen? Vielleicht sollte er seinem Freund zuliebe dafür sorgen, daß sie selbst mal ein paar Fehler machte.

2.

Einer der Mitarbeiter sprang für Roberts ein, der auf diese Weise früher Feierabend machen konnte. Den größten Teil der Arbeit hatte er ohnehin schon selbst erledigt, so daß dem Studenten kaum mehr zu tun blieb, als noch ein paar Nachrichten auf Fehler zu überprüfen. Roberts sah jedenfalls keinen

Grund, Schuldgefühle zu entwickeln, als er den langweiligen Senderbau verließ und sich in seinen Wagen setzte.

Er hielt sich an die Geschwindigkeitsbegrenzung – was eher ungewöhnlich für ihn war, doch seine jüngsten Träume hielten ihn davon ab, schneller zu fahren –, und er mied auch jene Straßen, auf denen üblicherweise dichter Verkehr herrschte. Als er Corkys Laden erreichte, kamen ihm die Augen auf dem Schild leblos und uninteressant vor – ganz anders als damals, als er sie zum ersten Mal bemerkt hatte. Damals hatten seine eigenen Ängste ihnen Leben verliehen, doch mittlerweile hatte er reale Schrecken kennengelernt, die weitaus schlimmer waren als zwei gezeichnete Augäpfel. Er packte den Stapel Magazine, die neben ihm auf dem Beifahrersitz lagen, und marschierte wie ein Zeitungsbote in den Laden.

»Hallo, hier kommt der Schreibmaschinen-Mann.«

Roberts sah sich im Laden um. Corky war mit einem dicken, kahlköpfigen Mann – Jocko? – beschäftigt, dem die Tränen über die glänzenden Wangen liefen. Der Typ wirkte wie ein riesiges fettes Baby. Roberts mußte ein Lachen unterdrücken. Er legte die Magazine auf den Tisch.

»Hol dir ein Bier aus dem Kühlschrank. Ich bin gleich fertig.«

Roberts gehorchte. Aus irgendeinem Grund klang Corkys Freundlichkeit aufgesetzt. Fühlte er sich wegen des Riesenbabys unbehaglich?

Roberts öffnete die eiskalte Bierdose und leerte sie. Das tat gut. Er dachte an den Alptraum, in dem er sich selbst als Tätowierer gesehen hatte, doch diesmal knallte er sich die leere Dose nicht gegen die Stirn. Seit seinem letzten Besuch war der Laden gereinigt und aufgeräumt worden, was Roberts' Nerven ein wenig beruhigte. Es war ein dummer Traum gewesen, sagte er sich selbst.

Er setzte sich an den Tisch und blätterte die Magazine durch.

Etwa zwanzig Minuten später bezahlte der fette Mann ein ziemlich hohes Honorar und marschierte zur Tür hinaus. Sein

Gesicht wirkte finster und bösartig. Roberts war froh, daß er sein Lachen unterdrückt hatte.

Er tat so, als würde er die Magazine lesen, während Corky hinter seinem Schreibtisch Platz nahm und eine Bierdose aufriß. »Soll ich jetzt dein Tattoo vollenden?«

»Gleich«, erwiderte Roberts, »aber zuvor habe ich noch eine Frage an Sie, Mr. *Corcorrhan.*«

Corky setzte sich aufrecht hin und hätte fast sein Bier fallen lassen. »Was hast du da gerade gesagt?«

»Verrate mir mal, *J. R.*«, fragte Roberts, und er genoß Corkys überraschten Blick, »wie du auf die Idee zu der Geschichte ›Ausgebrannt‹ gekommen bist.«

Corky hockte mit offenem Mund da.

»Also, jetzt hol mich doch der Teufel. Wie hast du das denn herausgefunden?«

Roberts schlug das Magazin dort auf, wo die Story abgedruckt war, und kam sich ein wenig albern vor, als er wie Sherlock Holmes erklärte: »Elementar, mein lieber Corky. Du hast in der Story ein paar von deinen Standardausdrücken benutzt. Darauf habe ich mir den Namen des Autors angesehen und die entsprechenden Schlüsse gezogen.«

»Tatsächlich? Ich glaube, du würdest einen verdammt guten Privatdetektiv abgeben. Naja, trotzdem herzlichen Glückwunsch. Du hast mich erwischt.«

Aus irgendeinem Grund fühlte sich Roberts erleichtert. Corky hatte seine wahre Identität zugegeben. Und im Grunde hatte er sie trotz der Verwendung seines Künstlernamens auch nie wirklich verschleiert.

Corky holte noch zwei Dosen Bier aus dem Kühlschrank und gab eine davon Roberts. »Hier, deine Belohnung.«

»Warum hast du mir nicht erzählt, daß du Geschichten schreibst?«

»Ach, das waren nur ein paar Einfälle. Basierten auf wahren Begebenheiten, irgendwelchen Gerüchten oder Geschichten, die einem die Leute so erzählen, wenn sie etwas getrunken haben.«

Roberts warf ihm einen verschmitzten Blick zu. »Corky,

der Schriftsteller. Für jemanden, der Worte nicht besonders mag, gehst du aber recht gut damit um.«

Corky zuckte die Achseln und schien fast ein wenig zu erröten. »Irgendwas mußte ich doch mit dem Wisch anfangen, den sie mir am College verliehen haben, oder? Aber ich schreibe das Zeug nur zum Vergnügen. Hat nicht viel zu bedeuten. Jedenfalls bin ich kein zweiter Hemingway oder sowas.«

Roberts sah ihn einfach nur an und wartete darauf, daß er weitersprach.

»Erinnerst du dich, wie ich gesagt habe, ein Bild wäre soviel wert wie eine Million Worte? Nun, eine Million Worte sind auch soviel wert wie ein Bild. Manchmal funktioniert es in beiden Richtungen. Schreiben und Zeichnen sind zwei verschiedene Wege, um das gleiche Ziel zu erreichen, nämlich ein Bild zu schaffen. Mit Worten kann man ebenso zeichnen wie mit einer Nadel. Es hängt nur davon ab, was dir gerade vorschwebt. Und in beiden Fällen erzeugt man damit eine bestimmte Vorstellung, ein Bild, das im Verstand existiert.«

»Und wie ist es mit dieser Geschichte über One-Eyed-Jack, die du mir erzählt hast? Ist die wirklich passiert?«

»He, ich habe dir doch gesagt, das wäre eine wahre Geschichte, oder?«

Roberts nickte, ohne Corky jedoch so recht zu glauben.

»Ach, verdammt. Es ist wahr, ob du es nun glaubst oder nicht. Trotzdem schreibe ich sie vermutlich irgendwann mal auf und schicke sie an ein Magazin.«

Roberts betrachtete ihn lächelnd.

»Oh, jetzt hör schon auf, Schreibmaschinen-Mann. Sieh mal, das ist eben der Unterschied zwischen uns. Du schreibst Fakten. Ich schreibe Geschichten … manchmal jedenfalls. Das ist Kunst. Genau wie das Tätowieren. Ein Tattoo kann eine Geschichte erzählen, und eine Geschichte kann in gewisser Weise ein Tattoo zeichnen. Beide sagen etwas aus, über den Künstler, über den, der das Bild trägt, oder den, der die Geschichte liest. Verstehst du, was ich meine?«

»Klar, klingt logisch.« Roberts riß seine Bierdose auf. »Aber halt mir in Zukunft keine Vorträge mehr, ich wäre ein Mann des Wortes, okay?«

Roberts stand auf und ging zu dem Friseurstuhl hinüber. Er ließ sich hineinfallen und zog sein Hemd aus. »Okay, J. R., wie wär's, wenn du den Fleck auf meinem Rücken vollendetest, den du als Kunstwerk bezeichnest?«

Corky stand auf und deutete mit dem Finger auf ihn. »Denk bloß nicht, du könntest mich jetzt ›J. R.‹ oder so was in der Art nennen. Du wirst mich weiterhin mit ›Corky‹ anreden, denn soweit es uns beide betrifft, ist das mein richtiger Name.«

Roberts merkte, daß Corky nicht wirklich sauer war, aber er schien seine Äußerung durchaus ernst zu meinen. »Ist schon in Ordnung, Corky. Ich wollte dich nur ein bißchen aufziehen.«

Schweigend begutachtete Corky Roberts' Tätowierung. Es sah so aus, als könne er damit weitermachen, und so rieb er zur Vorbereitung Alkohol auf die Haut.

»Wie ich sehe, hast du meinen Rat befolgt und das Zinkoxid benutzt. Sehr gut. Ich werde zusehen, daß ich mit der Zeichnung bis heute abend fertig bin. Na, wie klingt das?«

»Hervorragend. Ich kann es wirklich kaum erwarten, endlich das vollständige Bild zu sehen.«

Corky füllte eine frische Nadel mit Tinte und schaltete die Maschine ein. Das vertraute Summen der Tintenpistole klang beruhigend und entspannend. Roberts wußte, daß alles gut verlaufen würde.

Corky begann mit der Schattierung der Umrißzeichnung. Mit hellblauer Farbe füllte er die Wangen des noch nicht genauer ausgearbeiteten Gesichtes aus. »Hast du dir den Kerl angesehen, der hier saß, als du gekommen bist?«

»Ja.« Roberts kicherte. »Hat geheult wie ein Baby. Und ich dachte, ich wäre schon schlimm ...«

»War der vierte Typ, den ich in den letzten beiden Tagen tätowiert habe. Ich sag' dir, dieses Interview war wirklich gut fürs Geschäft. Für nächste Woche habe ich auch schon ein paar Voranmeldungen. Vielleicht kann ich mir dann sogar einen neuen Vergaser für meine Maschine leisten.«

»Freut mich, wenn es dir geholfen hat. Mein Boß war auch sehr davon angetan. Der Kerl ist zwar ein Kotzbrocken, aber es kann nie schaden, wenn der Chef große Stücke auf einen hält, meinst du nicht?«

»Keine Ahnung. Ich bin mein eigener Chef.«

»Das muß toll sein. So sollte eigentlich jeder leben.«

Corky konzentrierte sich auf Roberts' Rücken. Am schwierigsten war es, den Mund richtig hinzukriegen. Er wechselte die Tinte und begann mit einem hellen Grün lange, spitze Fänge zwischen die Lippen zu zeichnen. Als er fertig war, grinste ihn der Mund bösartig an. Zwischen den Zähnen war ein großer blutunterlaufener Augapfel zu sehen, der auf die Schreibmaschine hinabstarrte.

»He, Corky, jetzt hätte ich fast die Convention am Wochenende vergessen. Wir haben zusammen mit meinen Kollegen bei KOPT beschlossen, in der Turnhalle der Central-High-School eine Tattoo-Ausstellung zu veranstalten. Eintritt und Teilnahme sind gratis. Außerdem gibt es Freibier und Hot Dogs, und ich dachte mir, du könntest vielleicht mit ein paar deiner Kollegen reden, damit sie kommen.«

Corkys Zunge fuhr zwischen seinen Lippen hin und her, während er arbeitete. »Du möchtest also, daß ein ganzer Haufen von uns dort seine Arbeiten ausstellt? Für die Tätowierungen werden wir aber trotzdem etwas verlangen, das ist dir doch klar, oder? Aber wenn es Freibier gibt, werde ich wohl ein paar überreden können, dort hinzukommen. Wann soll es denn stattfinden?«

»Am Sonntag.«

»Hm … Klingt nicht schlecht. Ich werde mal sehen, was sich machen läßt. Und was steckt wirklich dahinter? Sucht KOPT nach einer neuen Story, oder was?«

Roberts schilderte ihm den Plan, den Tattoo-Killer auf frischer Tat zu erwischen.

»He, das ist eine gute Idee. Solange das nicht wieder zu einem neuen Bullenauftrieb führt, kannst du auf mich zählen. Aber halt jetzt still. Ich will gerade die letzten Striche anbringen.«

Corky zeichnete hellrotes Haar, das unter einem grauen Hut hervorragte. Dann malte er krank aussehende rote Venen in die hervorquellenden Augen des Geschöpfes, als wäre es überrascht oder erschreckt. Das halb im Mund verborgene Auge wirkte dagegen ruhig und normal. Corky fügte noch ein paar rote Tupfer in den Schwanz seiner Schöpfung ein, die ihm ein leuchtendes Schimmern verliehen. Der hohe graue Hut saß schräg auf dem Kopf des Wesens und erinnerte an einen Gewehrlauf, aus dem Funken heraussprühten.

Roberts spürte, daß die Tätowierung fast vollständig war. Sie fühlte sich warm an, komplett. Er konnte es kaum erwarten, sie endlich zu sehen. Die ganze rechte Schulter juckte vor Aufregung, als wäre sie von Schorf überdeckt. Er leerte die Bierdose, die er bisher zwischen den Schenkeln festgeklemmt hatte.

Corky lehnte sich in seinem neuen Stuhl zurück, der quietschend protestierte, und betrachtete lächelnd seine Schöpfung. Dann hob er spöttisch den Daumen und meinte: »Es ist fertig. Die beste Arbeit, die ich bisher zuwege gebracht habe.«

Roberts stand nervös auf. Er fühlte sich wie ein Kind bei der Zeugnisverteilung. Rasch ging er zu dem Spiegel über dem Waschbecken hinüber und versuchte, über seine Schulter zu blicken, konnte außer verschwommenen Farben jedoch nichts erkennen.

Plötzlich stand Corky mit einem Spiegel in der Hand neben ihm. »Hier, Schreibmaschinen-Mann. Sieh es dir an.«

Roberts war verblüfft.

Es war tatsächlich die beste Tätowierung, die er je gesehen hatte, ob nun in Corkys Arbeitsmappe, den Biker Magazinen oder in seinen Träumen.

Die Schreibmaschine war natürlich noch immer da, schwarz schimmernd und mit ihren Tasten lächelnd. Doch darüber befand sich jetzt eine Kreatur, die gleichermaßen hübsch wie bedrohlich wirkte. Sie zeigte ein breites, zahnbewehrtes Grinsen. Von den Fängen, die einen Augapfel zermalmten, tropfte Tinte herab. Die Bestie schwitzte stark, schien sich dabei aber wohl zu fühlen, als würde sie sich gerade von ihren eigenen Ängsten befreien. Es sah aus, als wäre sie entschlossen bei der Arbeit, und sie arbeitete tatsächlich ... sogar an vielen Dingen zugleich.

Das geschwänzte Monster trug einen modischen Anzug, unter dem sich schwellende Muskeln abzeichneten, fast wie bei Hulk. Doch seine Stärke spiegelte sich eher in der Art, wie es die Dinge anging, als in den perfekt ausgebildeten Muskeln, die an die Titelbilder von Fantasy-Romanen erinnerten, obwohl sie realistischer wirkten. Diese Muskeln fielen dem Betrachter sofort auf, allerdings nicht so sehr wegen ihrer Größe, sondern ihrer *Anzahl* wegen. Roberts zählte sieben Arme, die vom Körper des Wesens ausgingen wie die Speichen eines Rades. Einer der Arme führte eine Flasche mit Alkohol zum Mund der Kreatur, ein anderer stieß dem Ding einen scharfen Bleistift in die Schläfe. Ein stark behaarter Arm ragte aus dem Bauch des Geschöpfes heraus und griff nach unten zwischen seine Beine, wo er gleichermaßen schützte wie reizte. Zwei weitere klauenbewehrte Arme ragten aus den Schulterblättern hervor wie Fledermausflügel, und ihre spitzen Krallen massierten die Schultern des teuflischen kleinen Wesens.

Die letzten beiden Arme, die aus den Schultern wuchsen, dort, wo Arme sich eigentlich auch befinden sollten, tippten. *Tippten.* Corkys Schöpfung beugte sich über die Schreibmaschine und hämmerte auf die Tasten mit Fingern, deren Spitzen wie winzige Fäuste geformt waren. Einzelne Tasten, neu gezeichnete Tasten, spritzten von der Maschine fort wie Zähne, die bei einer Schlägerei aus dem Gesicht gehämmert werden. Und jetzt war auch ein Blatt Papier in die Schreibmaschine eingespannt ... nein, kein Papier, *Haut*. Rote Buchstaben auf Haut.

Auf dem Kopf des grinsenden Biestes saß schief ein hoher grauer Hut mit einem schwarzen Band, der winzige bunte Gehirne versprühte. Und vorne in dem schwarzen Band steckte eine weiße Karte, auf der das Wort PRESSE zu lesen war. Roberts begriff, daß sein tätowiertes Alter Ego ein Journalist war.

Roberts war sprachlos.

»Gefällt es dir?« fragte Corky vorsichtig, obwohl er unübersehbar stolz auf sein Werk war.

Roberts drehte den Spiegel in seiner Hand, um das Tattoo aus verschiedenen Blickwinkeln zu betrachten, und entdeckte dabei immer neue Nuancen. »Gefallen? Es ist großartig, Mann! Geradezu perfekt! Ich hatte ja keine Ahnung, daß du eine ... derartige Bedeutung in ein Bild legen kannst.«

»Ich wußte doch, daß es dir gefällt. Als mir diese Idee kam, dachte ich gleich, es würde zu dir passen. Also habe ich mich an die Arbeit gemacht und es gezeichnet.«

Roberts konnte sich nicht von dem Anblick lösen, obwohl er wußte, daß er sein Leben lang Zeit haben würde, es zu betrachten. Es war jetzt für immer dort, ein Teil seiner selbst.

»Oh, warte einen Moment. Das hatte ich ja fast vergessen.« Corky ging in den Vorraum hinüber und wühlte in einer Schublade.

Roberts betrachtete sein Tattoo und schalt sich selbst, weil er je an Corkys Fähigkeiten gezweifelt hatte. Ihm war bewußt, daß er sich in letzter Zeit wie ein Idiot aufgeführt hatte. Corky bedachte ihn aus Freundschaft mit einer derart wunderbaren Arbeit, und jetzt fühlte sich Roberts schuldig, weil er ihm nicht wenigstens sein Vertrauen entgegengebracht hatte.

Corky kehrte mit einer Kamera zurück. »Dreh dich um, ich möchte ein Foto davon machen.«

»Ausgezeichnet.« Roberts ließ widerstrebend den Spiegel sinken, drehte sich um und posierte mit angespannten Muskeln für Corky. Dabei bemühte er sich, eine Haltung einzunehmen, wie er sie in den Biker-Magazinen gesehen hatte – die Muskeln vorgewölbt und einen harten, überlegenen Ausdruck auf dem Gesicht.

Corky drückte auf den Knopf, und der Raum wurde vom blendenden Licht des Blitzes überflutet. Die Kamera gab ein jaulendes Geräusch von sich und spuckte ein Bild aus.

Eine Polaroid – eine Sofortbildkamera.

Beide sahen zu, wie sich das Photo langsam entwickelte,

von Schwarz über ein psychedelisches Gelb bis hin zu einem leuchtenden Abbild des Journalisten auf Roberts' Rücken.

»Sieht ja toll aus. Kannst du auch eins für mich machen?«

Corky drückte auf den Auslöser. Klick, Blitz, surr, fertig war das Photo.

3.

Mark Michael Kilpatrick starrte auf den lebenden Fernsehschirm, betrachtete das rote Aquarium hinter der Glasscheibe. Er drückte gegen das aufgedunsene, verschorfte Fleisch am Rand des Fensters wie jemand, der die Zellophanverpackung eines Stücks Braten prüft, und beobachtete die Reaktion der Eingeweide. Dann drückte er das Gesicht gegen die kalte Scheibe, um den Anblick aus der Nähe zu bestaunen.

Augäpfel, Zungen und Zähne schwärmten aus und sammelten sich wieder, verwandelten sich in einen dreigesichtigen Kopf, eine rote Pyramide aus Gesichtern, die sich langsam drehte. Irgend etwas summte und vibrierte elektrisch im Innern. Der sich drehende Dämon rollte die ihn umgebenden Organe auf und zog sie in den Wirbel hinein.

Sein Gesicht war heiß und zerfloß im Glas. Er konnte nicht mehr atmen – seine Lungen füllten sich mit klebriger Flüssigkeit. Die Bilder verschwammen vor seinen Augen, wurden zu einer schwarzen, mit roten Punkten gesprenkelten Masse.

Sein Geist wurde in den Wirbel hineingezogen. Die Botschaft wurde weitergegeben, und die Rasierklingen zermalmten ihn.

Und spien ihn wieder aus.

Kilpatrick krabbelte von Carvers fort und kroch zu dem Aluminiummülleimer in der Ecke. Dort übergab er sich, erbrach Blut.

Die Botschaft war klar und eindeutig: *Drei Porträts existieren noch.*

Drei Augenblicke versklaven noch immer deine Kunst.

Drei Bilder WACHSEN.

Die Zeit lief ihm davon. Doch Kunst – *echte Kunst* – brauchte Zeit. Er würde sich nicht mehr beeilen, um den Schorf in seinem Innern abzukratzen. Sollte er ruhig hart werden und eine feste Verbindung eingehen. Um so leichter würde er sich später entfernen lassen. Langsam.

Und jetzt waren die Bilder fast reif.

Er schaute zu den Trophäen an der Wand hoch. Ein freier Platz war für seine nächste Schöpfung reserviert, eine leere Tafel, die geduldig darauf wartete, von ihm beschrieben zu werden.

Er schaute zu dem Körper auf der anderen Seite des Zimmers hinüber. Ein nackter, fetter Mann. Vollständig rasiert. Noch eine leere Tafel.

Kilpatrick krabbelte zum Nachttisch hinüber – seine Beine wollten ihn noch nicht tragen –, wo er seine Tintenflaschen aufbewahrte. Der dunkle Regenbogen, der den Ansturm seiner Inspiration erwartete.

Seine Stärke kehrte zurück. Er packte mehrere der Farbfläschchen und ging um das Bett herum zu dem Körper.

Bilder ergossen sich aus seinem Geist, flüssig wie heißer Regen.

Kapitel 13

1.

Am Samstag morgen schmerzte Roberts' Schulter höllisch, als hätte sie sich in eine einzige große Wunde verwandelt. Nach einer kurzen heißen Dusche entfernte er das von einem Müllsack stammende Stück Plastik, das er benutzt hatte, um die Tätowierung trocken zu halten – es abzureißen war fast so schmerzhaft, als würde man ein blutdurchtränktes Stück Verbandsmull abziehen. Dann betrachtete er das Tattoo im Spiegel. Es sah immer noch großartig aus, auch wenn es seiner Frische wegen nicht ganz echt wirkte, sondern fast wie eines jener Bilder, die er sich als Kind in die Haut eingerieben hatte. Bei diesem Gedanken fürchtete er fast, es würde auch das Tattoo nach und nach verblassen und verschwinden, so wie all die anderen Dinge in seinem Leben, die gut gewesen waren. Freude, Glück, Staunen, alles von der Zeit ausgelöscht.

Es tat weh. Roberts erwog, den Rest von Corkys Zinkoxid über die Tätowierung zu reiben, doch war dafür das Tattoo viel zu gut. Es war den Schmerz wert, der seine Enthüllung begleitete.

Roberts war froh, daß er Corky vertraut hatte. Seit der Fertigstellung des Tattoos hatte er keine Alpträume mehr gehabt, und er überlegte, ob das unvollständige Bild vielleicht für die verrückten Träume verantwortlich gewesen war, so wie auch schlechtes Essen üble Träume hervorrufen konnte.

Er trocknete sich ab – viel gab es da nicht zu tun, weil seine Haut schon fast getrocknet war, während er das Tattoo betrachtet hatte –, kämmte sich die Haare und rasierte sich. Im Schlafzimmer zog er sich bequeme abgeschnittene Jeans an. Die Fransen kitzelten seine Oberschenkel, dann ging er ohne Hemd ins Wohnzimmer.

Schoenmacher war bereits aufgestanden und trank Kaffee. Helle Sonnenstrahlen drangen durch die Spalten der Jalousie und ließen treibende Staubteilchen aufglitzern. Dan hockte vorgebeugt in einem der Sessel und hielt den Blick auf das Fernsehgerät gerichtet. Es sah fast so aus, als wäre er hinter einem Gitter aus Lichtbalken und Staubteilchen gefangen.

»Morgen, Birdy. Ist noch Kaffee da?«

»Ja, ich habe gerade eine frische Kanne aufgesetzt.« Er sah nicht vom Bildschirm auf.

Die Küche war sauber aufgeräumt. Roberts füllte seinen Lieblingsbecher mit der schwarzen Flüssigkeit und nahm einen Schluck. Der Schmerz in seiner Schulter ließ langsam nach ... vielleicht hatte er ja nur im Schlaf darauf gelegen? Und vielleicht wurde seine Haut langsam etwas widerstandsfähiger?

Roberts kehrte ins Wohnzimmer zurück und setzte sich neben Schoenmacher in einen anderen Sessel.

Schoenmacher schaute sich die Ankündigung der bevorstehenden Tattoo Convention an. KOPT berichtete nicht nur in den Nachrichten darüber, sondern verbreitete die Meldung auch als Füller zwischen den einzelnen Sendungen.

Schoenmacher hatte die Ankündigung in den Nachrichten vom vergangenen Abend auf Video aufgenommen und führte jetzt aus irgendeinem Grund die Aufzeichnung vor. Möglicherweise nur, um sie Roberts zu zeigen, der sie bisher noch nicht gesehen hatte. Da Schoenmacher der einzige war, der nicht zur Arbeit mußte, hatte er einen Großteil der mit ihrem Projekt verbundenen Lauferei übernommen. Während Roberts am Freitag im Sender gewesen war, hatte Dan die Flugblätter drucken lassen und überall in der Stadt aufgehängt. In erster Linie natürlich in der Nähe von Tätowierläden und solchen Kneipen, in denen sich vorzugsweise Soldaten herumtrieben, obwohl er aus irgendeinem Grund Angst gehabt hatte, dort aufzutauchen. Er wußte selbst nicht, wovor er sich eigentlich fürchtete, doch die Tatsache selbst war unbestreitbar. Und so klebte er die Flugblätter an Telefonzellen und Hauswände neben den Kneipen, die er nicht zu betreten wagte.

Roberts sah sich die Ankündigung genau an. Sie bestand aus kurzen Filmstreifen über Tätowierer (darunter sogar ein paar Schnipsel aus seinem Interview mit Corky), unterlegt mit der Stimme eines Sprechers – es klang nach Rick Montag –, der die Wichtigkeit des Ereignisses hervorhob. Roberts war wegen der marktschreierischen Präsentation des Werbespots, der eher an die Ankündigung eines Traktorenrennens erinnerte, fast etwas verlegen. Aber immerhin würde er seine Wirkung auf den Tattoo Killer wohl nicht verfehlen. »Wir ziehen die Sache also wirklich durch, was?«

»Das würde ich dir jedenfalls dringend empfehlen, nach all der Arbeit, für die ich meinen Urlaub geopfert habe«, brummte Dan, dessen brauner Bart jetzt sein Gesicht bedeckte, als hätte er sich eine Matte aus rostiger Stahlwolle umgehängt. »Jedenfalls glaube ich, daß ihr den Kerl wirklich erwischen könnt.«

Roberts drehte den Kopf zu ihm hinüber. »Was meinst du mit ›ihr‹? Du denkst doch nicht, du könntest dich da herausmogeln?«

Schoenmacher warf Roberts einen Blick zu, der um Verständnis bat, doch Roy bemerkte darin noch etwas anderes. Die Art, in der sich Dans Augen unruhig in seinem Gesicht bewegten, sprach von Furcht, fast schon von beginnender Panik. »Ich *kann* nicht zu dieser Convention gehen, Roy. Auf gar keinen Fall! Ich will überhaupt nicht in die Nähe dieses Kerls kommen. Er hat gedroht, mich zu töten, Roy!«

Roberts blinzelte verwundert. Er begriff Schoenmachers plötzliche Kehrtwendung nicht ganz. »Vorher warst du aber nicht so ängstlich ... Ich weiß ja, daß der Typ deine Katze tätowiert hat, aber das schien dir nicht so übermäßig viel auszumachen ...«

»Hat es aber, Roy, wirklich.« Schoenmacher wandte den Blick ab. »Das geht mir alles viel zu schnell. Ich werde damit nicht fertig. Es macht mir einfach angst.« Er legte eine Hand über den Mund. »Und davon abgesehen sollte ich ja eigentlich zu Hause sein und mich von all dem Scheiß ›erholen‹. Wenn Buckman herausfindet, daß ich auf der Convention war, stecke ich bis zum Hals in der Scheiße.«

Roberts rieb sich die Schläfe. Ihm war klar, daß Schoenmacher nach Ausflüchten suchte, aber es war auch etwas Wahres an dem, was er sagte. Schließlich hatte er sich nicht freiwillig gemeldet, sondern war regelrecht in die ganze Geschichte hineingezwungen worden. Und anders als Roberts oder Lockerman war er von dem Killer persönlich angegriffen worden. Vielleicht wäre es tatsächlich besser, wenn er die Sache einfach aussaß.

»Du hast recht, Birdy«, erklärte Roberts. »Außerdem hast du schon jetzt mehr als deinen Anteil zu dem ganzen Projekt beigetragen. Ich kann das völlig verstehen.«

Schoenmacher schaute ein wenig beschämt, doch in seinen Mundwinkeln zuckte es, als würde er ein Lächeln unterdrücken.

Sie schüttelten sich die Hände und gingen dabei von ihrem Clubgriff zu einem Kräftemessen über. »Es tut mir leid wegen Judy«, fügte Roberts hinzu. »Du wolltest ja, daß ich dir alles erzähle, was sie gesagt hat. Und da mußte ich einfach aufrichtig sein.«

»Das verstehe ich völlig.« Schoenmachers Griff lockerte sich. »Aber *sie* versteht nichts.«

Roberts ging in die Küche, um seinen Becher nachzufüllen. Schoenmacher ließ das Band zurücklaufen.

2.

Das Wetter war angenehm. Sie beschlossen zu grillen, zumal die Convention am Sonntag noch in ferner Zukunft zu liegen schien. Lockerman sprang wie ein Hürdenläufer über den Zaun und brachte Hot Dogs und süße Brötchen mit. Und in Erinnerung daran, wie rasch ihnen bei ihrem letzten Grillabend das Bier ausgegangen war, schleppte er auch noch einen mit Dosen gefüllten Rucksack.

Während Roberts das Fleisch über die glühenden Kohlen

legte, erläuterte Lockerman die Aufgaben, die Schoenmacher bei der Convention übernehmen sollte – jedem der drei waren spezielle Aufgaben zugedacht. Der Wettermann schaute derweil verlegen zum Himmel.

Schließlich eilte ihm Roberts zu Hilfe, indem er sich umdrehte und mit der Grillgabel auf Lockerman zeigte. »Birdy kommt nicht mit.«

»Was?« Lockerman zog die Augenbrauen hoch und starrte verblüfft zu Schoenmacher hinüber. »*Was?*«

Schoenmacher erwiderte den Blick aus den Augenwinkeln, ohne zu antworten.

»Du kleiner Hosenscheißer …«

»Hör auf, John«, unterbrach ihn Roberts. »Er hat in letzter Zeit eine Menge durchgemacht. Laß ihn in Ruhe.«

Schoenmacher setzte sich aufrecht hin und sah Lockerman direkt in die Augen. »Ich will einfach nicht hingehen, okay? Ich habe meinen Teil zur Vorbereitung deiner kleinen Operation beigetragen, und mehr werde ich nicht tun. Ich dachte, als Freund würdest du das respektieren.« Er stand auf und ging zur Hintertür. Über die Schulter fragte er: »Möchte noch jemand ein Bier?«

Für einen Moment herrschte Stille. Lockerman blickte über den Garten hinweg, während Roberts die Burger wendete.

»Klar, bring mir eins mit, Birdy«, sagte Roberts, ohne sich umzudrehen. Die Fliegentür knallte zu.

Lockerman setzte sich neben Roberts und starrte weiter in den Garten hinaus. Die Burger zischten und dampften, als würden sie Lockermans Gedanken nachahmen. »Das alles ist ein bißchen viel für ihn gewesen. Ich glaube nicht, daß man ihn jetzt schon mit so einer Aufgabe belasten kann – und es wäre wohl auch nicht besonders gut, das zu versuchen, solange er so nervös ist. Er könnte durchdrehen und die ganze Aktion verderben. Außerdem hat ihn der Killer ja schon einmal im Visier gehabt … wenn er Birdy dort entdeckt, könnte er sich ihn noch mal vornehmen.« Roberts stützte das Kinn in die Handfläche. »Uns kennt er wenigstens nicht, aber Birdy sieht er fast jeden Abend auf dem Bildschirm. Und wenn ihm etwas passiert ...«

Lockerman antwortete nicht.

»Also nimm es ihm nicht übel, okay?«

Lockerman schnitt eine Grimasse und nickte. »Okay, also schön. Wahrscheinlich hast du ja recht.« Er stand auf und ging ins Haus, um Schoenmacher zu suchen.

Roberts konnte ihre gedämpften Stimmen hören. Beide schienen sich zu entschuldigen. Er warf einen Blick auf das Gras in seinem Garten. Obwohl er in letzter Zeit nicht gemäht hatte, schien sich der Rasen erholt zu haben und bildete eine dichte dunkelgrüne Matte. Als hätte die Sonne die Farbe herausgelockt. Dan und John kehrten Arm in Arm zurück und brachten drei Dosen Bier mit. Beide schienen froh zu ein, ihren Streit beigelegt zu haben.

Den Rest des Nachmittags verbrachten sie damit, Bier zu trinken und möglichst jeden Gedanken an die bevorstehende Convention zu verdrängen. Roberts führte seine Tätowierung vor. Schoenmacher sagte, er sei neidisch und werde sein Birdy vielleicht irgendwann übermalen lassen. Lockerman meinte, er verstehe die ganze Aufregung nicht und redete sich dann mit der schwachen Entschuldigung heraus, Tätowierungen wären bei ihm unnütz, weil man sie auf seiner schwarzen Haut doch nicht sehen könnte. Die meiste Zeit über blieb Roberts ziemlich still, während Lockerman und Schoenmacher sich gegenseitig auf den Arm nahmen, um ihre Verlegenheit wegen des Streites zu überspielen. Roberts schaute zu, wie sich die beiden wie zwei zu groß geratene Pfadfinder aufführten und fragte sich, ob Corky wohl in ihre Gruppe passen würde oder ob es gleich Streit gäbe.

Allerdings bezweifelte er, daß Corky überhaupt Wert darauf legte, sich ihnen anzuschließen. Und umgekehrt galt das wohl auch.

Langsam gewann er den Eindruck, er wachse allmählich über seine Freunde hinaus. Ein Typ wie Corky wäre eher sein Fall. Jemand, der interessanter wäre. Erwachsener. Mehr er selbst.

Als die Sonne fast untergegangen war, verzog sich Schoenmacher ins Haus und legte sich auf die Couch. Lockerman sammelte seine Sachen ein und wollte ebenfalls aufbrechen. »Also, Roy«, meinte er und schüttelte ihm die Hand, »das hat mal wieder viel Spaß gemacht. Wir sehen uns morgen, wenn wir uns diesen Dreckskerl schnappen.«

»Ja, genau«, erwiderte Roberts, dem es aus irgendeinem Grund plötzlich an Begeisterung mangelte.

Lockerman klopfte ihm auf die Schulter. »Nicht mehr lange, dann hast du deine Story.« Er marschierte unsicher los und verzichtete diesmal auf einen Sprung über den Gartenzaun.

Während Roberts die Veranda aufräumte, wurde ihm klar, daß Lockerman mit seiner Bemerkung recht hatte. Die Festnahme des Tattoo Killers würde ihm eine Story liefern, die er wirklich gerne schreiben wollte. Und dann auch endlich schreiben durfte.

3.

Die Post wurde am Samstag wie üblich sehr spät ausgeliefert. Judy Thomas hegte den vagen Verdacht, der Briefträger käme nur deshalb samstags so spät, weil es irgendwo in ihrem Block eine gelangweilte Hausfrau gab, der er vorher noch seinen Stempel aufdrücken mußte. Doch dafür erhielt Judy samstags in der Regel immer sehr erfreuliche Post. Meistens steckten dann Versandhauskataloge in ihrem Briefkasten, die sie heiß und innig liebte, dazu ein paar Zeitschriften, mit denen sie sich das Wochenende vertreiben konnte, Briefe ihrer Mutter, und vielleicht noch ein paar andere angenehme Überraschungen. Gute Post eben: Keine Rechnungen, keine Werbesendungen, und vor allem keine Fan-Briefe.

Nicht, daß sie jemals daheim Fanpost erhalten hätte. Ihre Adresse stand nicht im Telefonbuch, und die einzigen, die, von der Stadtverwaltung und dem E-Werk einmal abgesehen, wußten, wo sie wohnte, waren ihre Kollegen bei KOPT.

Sie spähte hinter dem dunkelroten Vorhang hervor, um nach dem Briefkasten zu sehen. Nichts. Die Post war noch nicht da. Mist.

Judy ließ sich wieder auf die Couch zurücksinken und überlegte, ob der Briefträger all die guten Sendungen extra bis Samstag zurückhielt. Die Woche über bekam sie jedenfalls nie soviel Post. Vielleicht sortierte er ja das gute Zeug aus, um ihr eine besondere Freude zu bereiten.

Wenn das zutraf, erwartete er wahrscheinlich auch eine Gegenleistung dafür. Vielleicht noch eine Dame, die er seiner Wochenliste hinzufügen konnte. Noch eine *Eilzustellung*.

Judy ging in die Küche und suchte nach Kaffeebohnen. Die Kaffeemühle machte reichlich Krach. Judy fragte sich, ob die Nachbarn das hören konnten. Wahrscheinlich lauschten sie ohnehin und beobachteten ihre Wohnung in der Hoffnung, sie im Morgenmantel sehen zu können. Oder um festzustellen, ob sie heute später als üblich aufgestanden war. Alles nur, um neue Nahrung für ihre Tratschgeschichten zu finden.

Judy setzte sich an den Küchentisch und betrachtete traurig die einzelne Tulpe, die mitten auf dem Tisch in ihrer Glasvase stand und langsam verwelkte. Sie rückte den strammen Gummizug ihrer Shorts zurecht, strich das enge T-Shirt mit der Aufschrift UNIVERSITY OF COLORADO glatt und schob es so tief in die Hose, daß das Wort COLORADO fast völlig verschwand.

Ob Schoenmacher sich so ähnlich verhielt wie der Briefträger, sein wahres Ich für den ›besonderen Tag‹ ihrer Verabredung aufsparte und ihr bis dahin nur eine Fassade präsentierte, die nicht erkennen ließ, daß er im Grunde nur sexuelle Motive hatte?

Sie hörte das vertraute metallische Klappern des Briefkastens.

Judy goß sich noch eine Tasse Kaffee ein und nippte daran, um dem Briefträger genug Zeit zu geben, seine Runde fortzusetzen. Dabei betrachtete sie wieder die welke Tulpe und fragte sich, ob ihr wohl eine Tasse Kaffee helfen mochte.

Schließlich war die Tasse leer. Judy rollte sie noch eine Weile zwischen den Händen hin und her, um die Wärme in sich aufzunehmen, dann schlich sie leise zur Eingangstür und warf noch einen Blick durch den Spalt im Vorhang. Ein Stück eines weißen Umschlags ragte aus dem Briefkasten, und darunter das bunte Titelbild eines Katalogs. Vorsichtig drehte sie den Türknopf, öffnete langsam die Tür und streckte die Hand nach der Post aus. Als sie alles gepackt hatte, zog sie rasch den Arm zurück und schloß die Tür wieder.

Der Katalog stammte von T. S. Cruise, ihrem bevorzugten Bekleidungshersteller. Auf dem Briefumschlag stand ihre Adresse in schiefen Druckbuchstaben. Ein Absender fehlte. Stammte der Brief von irgend jemandem aus der Familie?

Judy ging in die Küche zurück, legte Katalog und Brief auf die hellblaue Platzdecke und schenkte sich noch einen Kaffee ein. Heute befanden sich nur zwei gute Sachen in der Post, also sollte sie sich genug Zeit nehmen, um alles richtig zu genießen. Langsam stellte sie die heiße Tasse ab, nahm den Umschlag und hielt ihn gegen das Licht. Die Innenseite war offensichtlich blau gefüttert.

Judy riß den Umschlag mit einem dünnen Plastikbrieföffner auf, dessen Griff mit Blumenbildern verziert war.

Dann zog sie den Brief heraus. Er bestand aus einem einzigen gelben Blatt. Der Gestank einer Umkleidekabine stieg ihr in die Nase, und noch bevor sie die in Druckschrift gehaltene Nachricht gelesen hatte, wußte sie, daß es sich um Fick-Post handelte: »ICH MEINE IMMER NOCH, WIR SOLLTEN FICKEN, DU NUTTE.«

Judy verschüttete den Kaffee, als sie den Brief auf den Boden warf. Wer schickte ihr diesen Brief? Und wer konnte so etwas an ihre Privatadresse senden? Niemand wußte, wo sie wohnte, dessen war sie sich ganz sicher. Niemand außer der Stadtverwaltung und den Kollegen.

Die Kollegen.

Dan Schoenmacher.

Kapitel 14

1.

Das Telefon läutete.

Roberts riß die Augen auf und griff nach dem Hörer auf seinem Nachttisch, wobei er den Wecker zur Seite stieß. Das ganze Schlafzimmer schien in Flammen zu stehen, so hell drang die Sonne durch die gelben Vorhänge.

Scheiße!

Er preßte den Hörer ans Ohr. Der Ton war schlecht, es knisterte wie bei einem falsch eingestellten Radio. Inmitten der statischen Geräusche erklang Lockermans Stimme. »Wo zum Teufel bleibst du, Roy? Ich habe schon den ganzen Laden nach dir abgesucht!«

»Bin gerade erst aufgewacht. Aber ich fahre sofort los.«

»Na schön, dann beeil dich aber, ja? Hier ist alles überfüllt. Wird ganz schön schwer werden, den Psycho in dieser Menge zu entdecken. Ich brauche unbedingt deine Hilfe.«

»Ich bin ja schon fast da!«

»Wir treffen uns am südlichen Ende der Turnhalle. Beeil dich.« Lockerman legte auf.

Roberts stieß die Laken beiseite – sie waren verschwitzt, obwohl er sich nicht an irgendwelche Alpträume erinnerte – und eilte ins Bad. Dort öffnete er den Wandschrank und warf einen Blick auf das Stück Plastik. »Scheiß drauf«, sagte er und stellte sich unter die Dusche. Wenn das Tattoo noch kein Wasser vertrug, würde es auch den Besuch auf der Convention nicht verkraften.

Er duschte, wusch sich rasch die Haare und stellte das Wasser ab. Als er anschließend einen prüfenden Blick auf das Tattoo warf, sah der vielarmige Affe auf seinem Rücken völlig in Ordnung aus.

Roberts zog sich alte, abgetragene Jeans an, schob einen breiten Ledergürtel durch die Schlaufen und schlüpfte schließlich in ein Muscle-Shirt. Er kam sich darin ein wenig nackt vor, aber das war es ihm wert – schließlich wollte er sein neues Tattoo vorzeigen.

Auf dem Weg nach draußen stieg er über Schoenmacher hinweg, der schnarchend und wie ein Käfer zusammengerollt in seinem Schlafsack lag. Roberts knallte die Haustür hinter sich zu, obwohl er wußte, daß er Dan dadurch aufwecken würde, doch das kümmerte ihn nicht im geringsten. Schoenmacher mußte zwar nicht mit auf die Convention kommen, doch das hieß noch lange nicht, daß er deswegen den ganzen Tag verschlafen durfte.

Der Wagen zog nicht richtig, als wäre er mit dem Ziel ihrer Fahrt nicht einverstanden. Roberts schlug eine Route ein, die ihn hauptsächlich durch Nebenstraßen führte, wo wenig Verkehr herrschte und auch selten Polizeiwagen auftauchten, und gab Gas, wobei er insgeheim betete, daß um diese Zeit noch keine Kinder auf Skateboards unterwegs wären. Er mochte ja *VERDAMMT* sein, aber deswegen mußte er noch lange nicht so fahren, als wäre er gerade aus dem Altersheim getürmt.

Er brauchte etwa zehn Minuten bis zur Central High.

Einen Parkplatz zu finden kostete ihn mehr Zeit.

Der Schulhof war mit Motorrädern zugestellt. Den meisten Platz nahmen die üblichen chromblitzenden Harleys und Chopper mit ihren überlangen Lenkern ein, die immer in Gruppen abgestellt waren (Gangs parkten ihre Fahrzeuge offenbar stets nebeneinander), aber es gab auch andere Marken und Typen wie Motocross-Maschinen oder Gespanne. Roberts sah sogar eine Maschine, deren hinteres Schutzblech in einen riesigen Drachen mit weit aufgerissenem Maul umgestaltet worden war.

Natürlich waren hier auch Autos abgestellt, von windschlüpfrigen Corvettes über ausländische Kombiwagen bis hin zu Jeeps. Die meisten waren auf Hochglanz poliert, aber es gab auch einige darunter, die mit rotem Schlamm bedeckt waren.

Wieso herrscht hier so ein Andrang?

Roberts konnte es kaum glauben – es sah aus, als wäre ein Zirkus in der Stadt. Schließlich fand er drei Blocks von der Schule entfernt doch noch einen Parkplatz.

Er marschierte in seinen Tennisschuhen zur Schule zurück. Anfangs hatte er sich beeilt, doch es sollte nicht so aussehen, als würde er laufen, deshalb wurde er langsamer und bemühte sich um einen lässig schwingenden Gang.

Drei betrunkene Biker tauchten schwankend auf und hätten ihn fast gerammt, als sie sich an ihm vorbeidrängten. Zwei von ihnen waren große, in Leder gekleidete Männer, die dritte eine Frau mit schmalem Gesicht, großen Zähnen und langem Haar. Sie ließen einen Joint kreisen. Roberts fiel die frische Tinte auf ihren Armen auf – herrliche neue Tattoos in strahlenden Farben.

Teilweise bin auch ich für diese Kunstwerke verantwortlich, dachte Roberts lächelnd, während er sich der langen Reihe von Motorrädern näherte, die den Haupteingang wie ein chromblitzender Burgwall schützten.

Drinnen schlug ihm als erstes Lärm entgegen – ein Grollen tiefer, gutturaler Stimmen, die um Preise feilschten, ihre Waren anboten oder sich lachend über diejenigen mokierten, denen Tränen des Schmerzes über die Wangen liefen. Rufe nach mehr Bier wurden laut, während im Hintergrund Heavy-Metal-Musik pulsierend hämmerte. Roberts nahm die miteinander vermischten Gerüche von Bier, Schweiß und Pisse wahr, während er die Menge beobachtete, die durch die quadratische Halle schlenderte und die Stände der Tätowierer begutachtete (*Corky muß das ganze Land benachrichtigt haben)*, die längs der Wände aufgereiht standen. Es gab so viele Menschen, so viele *unterschiedliche* Menschen, die zwischen den Ständen umhergingen: Biker und Soldaten, Studenten, Teenager, Yuppie-Pärchen, Musiker, einsame ältere Leute … es war fast so, als hätte sich hier ein Querschnitt durch die gesamte städtische Bevölkerung versammelt. Die Neugierigen, die Mutigen und die Verrückten waren hier zusammengekommen, hier in dieser Ausstellungshalle künstlerischen Wirkens.

Ich würde gerne mal erleben, daß so eine Menge in einem Museum zusammenkommt, dachte Roberts und wußte im selben Moment, warum das unmöglich war. Weshalb sollte man ein Museum besuchen und sich dort die Meisterwerke unter Glas ansehen, wenn man sich auch an einem Ort wie diesem aufhalten und dabei die zeitgenössischen Klassiker auf dem eigenen Arm mit sich herumtragen konnte. Außerdem wurden Museen von Snobs besucht, nicht von Menschen … *echten Menschen* … wie dieser verrückten Menge hier.

Roberts ging etwas weiter in die Halle hinein und fragte sich, wo sich die Südseite befinden mochte, an der er Lockerman treffen sollte. Ein großer, spitzbärtiger Mann mit einer Lederjacke tauchte neben ihm auf und versperrte ihm den Blick. »Runde zwei, Bruder! Runde zwei!«

Roberts warf einen Blick über die Schulter nach draußen, weil er im ersten Moment glaubte, der Mann würde sich auf einen Kampf beziehen, der sich dort abspielte.

Der Typ lehnte sich gegen ihn und benutzte Roberts' Schulter als Stütze. »Ich bin schon einmal ganz rumgegangen und habe mir an jedem einzelnen Stand ein kleines Tattoo verpassen lassen. Aber das reicht nicht! Ich will mehr!« Er rülpste, und Roberts wurde von Tequiladunst eingenebelt. »Noch eine Runde!« Der Mann stieß sich ab, hätte Roberts dabei fast zu Boden geworfen, und stürmte auf den ersten Tätowierer an der linken Seite zu, wobei er alle Leute aus dem Weg drängte, die ihm nicht schnell genug auswichen.

Roberts schnappte nach Luft, als der Betrunkene torkelnd verschwand. Beide Arme des Mannes waren buchstäblich von frischer Tinte *bedeckt* gewesen. Er konnte kaum glauben, daß der Typ tatsächlich jeden einzelnen Tätowierer aufgesucht hatte … und jetzt diese Runde noch einmal drehen wollte. Verrückter Kerl. Aber Mumm hatte er, das mußte man ihm lassen.

Roberts grinste kopfschüttelnd. Dann machte er sich auf den Weg zum gegenüberliegenden Ende der Halle und hielt nach Lockerman und Corky Ausschau.

Er kam an Ständen vorbei, die mit hastig angetackerten

Arbeitsproben geschmückt waren. Ein paar der Buden waren leer bis auf den einsamen Künstler, der auf einem Klappstuhl hockte und sich selbst tätowierte. In anderen drängte sich langhaariges Volk, um dem Künstler zuzusehen, der irgend jemandes Haut bearbeitete. Ein paar der Stände waren professionell ausgerüstet mit langen Theken, auf denen Bücher mit Arbeitsproben ausgelegt waren. Erstaunt bemerkte Roberts, daß diese Stände Nummern ausgaben – einer war bereits bei Nummer sechsunddreißig angekommen. Vier bis sechs Künstler arbeiteten dort gleichzeitig, Männer wie Frauen, und befaßten sich mit Kunden, die entweder auf Stühlen hockten oder lang ausgestreckt auf tragbaren Liegen ruhten.

Unter denjenigen, die sich tätowieren ließen, fanden sich ebenso unterschiedliche Typen wie unter den Tätowierern selbst. Manche verzogen vor Schmerz das Gesicht, andere grinsten und schienen weder die Nadel noch die gaffende Menge wahrzunehmen. Hübsche Blondinen, Soldaten, Biker, College-Studenten, Punks und sogar völlig unscheinbar wirkende Typen ließen sich tätowieren, viele davon offensichtlich zum ersten Mal.

Roberts fand das bemerkenswert. Ein paarmal schaute er den Künstlern bei der Arbeit zu, wobei er ihre Werke insgeheim mit Corkys verglich. Die meisten waren ziemlich gut, trotzdem hatte Roberts immer noch das Gefühl, die Bestie auf seinem Rücken sei das beste Tattoo auf der ganzen Convention. Und das war ein sehr angenehmes Gefühl – zu wissen, daß er ebenso aus der Masse herausragte wie seine Tätowierung. Und zugleich war er dennoch ein Teil des Ganzen, gehörte zu diesen einzigartigen Individualisten, die sich hier drängten und durch Ehrlichkeit und Mut miteinander verbunden waren.

Am anderen Ende der Halle machte er Lockerman ausfindig, der mit jemandem, den Roberts noch nie gesehen hatte, neben einem der Notausgänge stand. Beide hielten kleine Plastikbecher mit Bier in den Händen.

»He!« rief Roberts, als er näher kam. »Was für eine Menschenmenge! Ich glaube, da haben wir uns selbst übertroffen.«

Der Mann neben Lockerman lächelte nervös. Seine pickelbedeckten Wangen zitterten leicht. Roberts nickte ihm zu. Lockerman beugte sich vor und verlor dabei fast das Gleichgewicht. »Das ist Wahnsinn, Mann. Ich weiß nicht, wie dein Freund Corky das angestellt hat, aber offenbar hat er die gesamte Subkultur des Landes zu unserer kleinen Party eingeladen.«

Roberts verdrehte die Augen. Es sah so aus, als hätte Lockerman schon zuviel getrunken. »Wer ist das?« fragte er und deutete mit dem Daumen auf den anderen Mann.

»Anfänger. Krantz. Mußte ihn von Schoenmachers Wohnung abziehen. Der Captain wollte mir keine Männer zuteilen – ihm war klar, was hinter dieser Geschichte steckt. Meint, es käme nichts dabei heraus, aber was weiß der schon?«

Ich wette, er weiß nicht, daß du betrunken im Dienst bist, hätte Roberts fast geantwortet.

Lockerman schwankte wieder vorwärts und blies Roberts heißen Bieratem ins Ohr. »Wir haben keine Chance, den Killer in dieser Menge zu entdecken. Nur wir drei? Unmöglich.«

Roberts drehte sich um und zuckte die Achseln.

»War alles für'n Arsch«, erklärte Lockerman und verschüttete etwas Bier.

»Genau«, bemerkte Krantz und kicherte leise.

»Halt die Schnauze«, knurrte Lockerman undeutlich, »sonst reiße ich dir den Arsch auf.«

Roberts mischte sich eilig ein. »Wo gibt's denn hier Bier? Wir können uns ja zumindest auch ein bißchen amüsieren.«

Lockerman deutete zu einer Menschentraube hinüber, und Roberts entdeckte ein großes rotes Spruchband, auf dem in weißen Buchstaben BUDWEISER stand. Gleich daneben – und etwas kleiner war auch das Logo von Kanal 12 zu sehen.

Es erinnerte Roberts an Birdys Katze.

Roberts machte sich auf, um Bier zu besorgen. Er konnte noch immer nicht glauben, daß Lockerman wirklich betrunken war. Warum sollte er sich auch vollaufen lassen? Er hatte doch nicht etwa Angst, oder?

»Scheiße!« rief Roberts, ohne jemand Bestimmten zu meinen. Hätte er bloß nicht verschlafen, dann hätte er auf seinen Freund aufpassen können.

Er holte sich ein Bier vom Stand – Freibier für Künstler, KOPT-Mitarbeiter und (offensichtlich) Sicherheitskräfte – und stürzte es gierig hinunter. Ein Stück weiter bemerkte er einen Kameramann von KOPT, der durch die Menge wanderte, hier und da einen Künstler bei der Arbeit filmte und Material für den Bericht am Montag sammelte.

Roberts machte sich auf den Rückweg zu Lockerman. Und dann entdeckte er Corky, der gerade den Unterarm eines Soldaten tätowierte. Nach der Miene des kahlgeschorenen Jungen zu urteilen, genoß er den Schmerz seiner ersten Tätowierung. Sechs seiner Kumpel drängten sich vor dem Tisch in dem kleinen Stand und zogen den Soldaten auf.

Roberts betrat das Innere des Standes und fühlte sich in gewisser Weise privilegiert, weil er sich hinter dem Tisch aufhalten durfte, den Corky aufgestellt hatte, um sowohl die Zuschauer auf Distanz zu halten, als auch um ein paar seiner Arbeiten auszustellen.

Corky sah hoch und grinste. Eine Zigarette hing in seinem Mundwinkel. »Wie gehts denn so, Schreibmaschinen-Mann? Zeig diesem Corporal mal, was ich dir auf den Rücken gemalt habe – wir haben eben erst darüber gesprochen.«

Roberts drehte sich um und ging in die Knie, damit der junge Mann die Tätowierung genau sehen konnte. Dabei grinste er unwillkürlich vor Stolz.

»Wow, ist ja cool!« rief der Corporal. Seine Stimme klang noch jünger, als sein Aussehen vermuten ließ. Roberts konnte ihn bei all dem Getöse kaum verstehen. »Vielleicht sollte ich mir ja sowas zulegen. Wie wäre es mit genau dem gleichen, Corky? Nur müßte der Typ statt des Anzugs einen Tarnanzug und ein Gewehr tragen.«

Corky grinste und blies den Rauch durch die Nase. »Nichts zu machen, mein Junge. Schließlich habe ich schon mit dem hier angefangen. Außerdem ist das sein persönliches Tattoo. Ein Einzelstück. Von so was mache ich keine Kopien.«

Roberts fiel auf, daß Corky irgendwie anders wirkte. Energiegeladener. Unter den Achseln seines ärmellosen T-Shirts zeigten sich breite Schweißflecken, die sich bis auf Brust und Rücken ausdehnten. Die Jeans, die er trug, waren verwaschen und voller Tintenflecke. Sein Haar – und das war es, was ihn so anders erscheinen ließ – war ordentlich gekämmt und hinten straff zusammengebunden.

Roberts erkannte, daß sich Corky sorgfältig auf dieses Ereignis vorbereitet hatte. Er wirkte aufgedreht und genoß die ganze Angelegenheit offensichtlich … und verdiente sich dabei auch noch etwas Geld. Er arbeitete und hatte zugleich Spaß. Roberts beneidete ihn.

Er klappte einen der Stühle auseinander und schlürfte sein Bier. Im Moment hatte er noch keine besondere Lust, zu Lockerman zurückzukehren. Sein Freund hatte sich hängen lassen, hatte die Jagd nach dem Killer aufgegeben, bevor die Sache auch nur richtig anlief. Und dabei befand sich der Killer höchstwahrscheinlich genau in diesem Moment hier im Saal, irgendwo versteckt in der Menge.

Fast hoffte Roberts, der Irre würde sich dort unter den Menschen ein neues Opfer suchen. Das wäre Lockerman wenigstens eine Lehre.

Mit Sicherheit aber hatte diese Veranstaltung negative Folgen für den Killer. Die Convention war von besonderer Bedeutung für die Tätowierer- Szene, eine Chance für Künstler wie Corky, sich der Öffentlichkeit zu präsentieren, zu demonstrieren, daß Tattoos nichts waren, vor dem man sich fürchten mußte. Und zu beweisen, daß der Killer ein psychopathischer Einzelgänger war. Selbst wenn diese Menge zu groß war, als daß Lockerman und sein Grünschnabel den Tattoo Killer hätten ausfindig machen können, so schadete diese Convention dem Killer doch mehr als alles, was sie bisher unternommen hatten. Der Killer war innerhalb der Gemeinschaft zu einem Symbol des Terrors geworden, dessen Einfluß auf den Mythen und Mysterien beruhte, die sich um Tätowierungen rankten, und der die Kunst selbst in Verruf gebracht hatte. Doch nun traten die Künstler vor und zeigten der Welt, daß an ihrer Arbeit nichts Böses, nichts Psychotisches oder

Gefährliches war – und daß es sich bei ihnen selbst um ganz normale Menschen handelte, die sich lediglich durch ein besonderes Talent auszeichneten. Und Roberts spürte, daß er an dieser Veränderung im Bewußtsein der Öffentlichkeit seinen Anteil hatte. Die Nachrichten – die einseitigen Fernsehnachrichten, die immer nur die negativen Kräfte in der Welt darstellten – fanden jetzt ihr Gegengewicht in anderen, besseren Nachrichten, in jenen Nachrichten, die von Mund zu Mund weitergegeben wurden. Und das waren die Nachrichten, die wirklich von Bedeutung waren, weil sie sich mit den Menschen selbst beschäftigten.

Mir steigt das Bier zu Kopf, dachte Roberts und unterbrach seinen hochfliegenden Gedankengang. Der Lärm der Convention hüllte ihn ein. Er schaute zu Corky hinüber, dessen Augen vor Konzentration zu schmalen Schlitzen zusammengekniffen waren, während er die Tätowiermaschine über den Arm des Soldaten führte. Eine Schweißperle rann von seiner Schläfe herab und verschwand im Bart.

»HÄNDE HOCH, DU ARSCHLOCH!«

Roberts fiel fast vom Stuhl, als er herumwirbelte und in die Richtung starrte, aus der die Stimme kam. Es war Lockerman, der in Schußposition dastand, die Beine gespreizt, die schwarzschimmernde Waffe auf Corky gerichtet.

Die Pistole zitterte, als Lockerman heftig blinzelte, um seinen Blick zu klären. Sein Körper schwankte hin und her, als befände er sich an Deck eines Schiffs.

Roberts wollte nicht glauben, was er sah. »Lock ...«

»Halt die Klappe, Roy, und verschwinde da, bevor du was abkriegst.«

Die Soldaten, die Corky bei der Arbeit zugesehen hatten, wichen zurück. Ihre Aufmerksamkeit galt teils Lockerman und teils ihrem Kumpel, der sich noch innerhalb des Standes aufhielt, fast als erwarteten sie von ihm, daß er gleich eine heroische Tat vollbringen würde. Krantz stand hinter ihnen, öffnete sein Halfter und benutzte einen ihrer Körper als Deckung.

Corky sah nicht auf, sondern beendete die Linie, die er

gerade auf den Arm des Soldaten zeichnete. Die Augen des Jungen waren weit aufgerissen.

»Was ist denn los? Bist du völlig verrückt geworden? Das hier ist Corky ...«

»Ist mir gleich, wer oder was er ist. Sieh dir das Tattoo an, das er gerade zeichnet, Roy.«

Roberts warf einen Blick darauf. Es war eine Katze, kein Zweifel ... eine Katze mit menschlichen Brüsten, die von nackten Rippen herabbaumelten, und einem menschlichen Gesicht ... *genau wie bei Schoenmachers Katze.*

Corky legte langsam die Inkpistole zur Seite und sah Lockerman an. »Gibt's ein Problem?«

Lockerman blinzelte den Schweiß aus den Augen. Die schwankende Pistole war noch immer auf Corky gerichtet. »Du hast meine Tina umgebracht, du Hurenbock.«

Roberts' Gedanken überschlugen sich, und die Szene vor ihm schien sich in winzige Bruchstücke aus Licht und Ton aufzusplittern. Er hörte Corkys Stimme, die flüsterte, ICH MAG ES, DINGE ZU ZERSCHNEIDEN, ROY, ICH MAG ES, DINGE ZU ZERSCHNEIDEN ... Corkys Horrorgeschichte über Tattoos ... Tattoos, die anderen Menschen aufgezwungen wurden ... die direkt vor dem Tod zum Leben erwachten ... seine heftige, gewalttätige Reaktion, als er von dem Tattoo Killer hörte (über SICH SELBST) ... und er hatte es geschafft, ins Fernsehen zu kommen, oder etwa nicht? Ja, er war in den Nachrichten gewesen, und die ganze Zeit hatte er Roberts nur zu diesem einen Zweck benutzt, ihn zu einem Komplizen gemacht, der genauso schuldig war wie die Kreatur auf seinem Rücken, die Worte in ein quadratisches Stück Fleisch schrieb ...

Das Klicken, als Lockerman den Hahn seiner Waffe spannte, brachte ihn in die Wirklichkeit zurück. »Du hast meine Tina umgebracht, Arschloch, und JETZT WERDE ICH DICH TÖTEN!«

2.

Dan Schoenmacher ließ das Videoband zurücklaufen. Der Recorder sirrte, trotzdem schien es eine Ewigkeit zu dauern, bis die Kassette zurückgespult war. Als das Band endlich mit einem Geräusch, das wie eine Ohrfeige klang, stoppte, drückte Schoenmacher auf die Wiedergabetaste der Fernbedienung, die heiß in seiner Hand lag. Das KOPT Logo blitzte auf, und Dan schaltete die Zeitlupe ein.

Es sollte möglichst lange dauern.

Judys schönes Gesicht tauchte auf dem Schirm auf und verzog sich langsam zu einem Lächeln. Schoenmacher konzentrierte sich auf ihre angemalten Lippen, die sich bewegten, als würde sie ihm einen blasen.

Der Ton fehlte, doch sie sprach stumm zu ihm, verlas nicht etwa die Nachrichten, sondern erzählte ihm, wie sehr sie ihn liebte, und wie sehr sie ihn brauchte. Ihre Zunge lud ihn ein, sie in ihrem Haus zu besuchen, sie in die Arme zu nehmen und sie sanft und in Zeitlupe zu lieben, so wie sie das jetzt bei ihm machte, mit diesen hübschen rosafarbenen feuchten Lippen …

Als die Nahaufnahme von Judys Kopf endete, schaltete Schoenmacher das Fernsehgerät aus. Er stand auf, drückte auf das zuckende Glied in seinem Schoß und ging zu Roberts' Stereoanlage hinüber. Sie war nicht so gut wie seine eigene, ließ sich aber wenigstens ebenso laut einstellen. Er legte ›Hey Jude‹ auf und drehte den Lautstärkeregler bis zum Anschlag auf.

Pauls Stimme ging im Dröhnen der Bässe fast unter. Schoenmacher tanzte in Unterhosen durchs Zimmer, grölte den Text mit und schlug die Richtung zum Badezimmer ein.

Als er duschte, übertönte die Musik das Prasseln, mit dem die heißen Wassertropfen gegen die Wände der Kabine trafen. Nach dem Duschen tanzte er weiter, bis er das Wasser von sich abgeschüttelt hatte.

Anschließend betrachtete er sich im Spiegel. Der Bart hatte

sich mittlerweile zu einer dichten Matte ausgewachsen. In einem der Schränkchen entdeckte er eine Schere, mit der er wahllos dichte Büschel aus dem Bart herausschnitt. Schließlich nahm er Roberts' Rasierapparat und entfernte damit die restlichen Haare. Nachdem er sich den Schaum aus dem Gesicht gespült hatte, betrachtete er sich abermals im Spiegel. Sein Gesicht kam ihm nackt vor. Zart wie Babyhaut, und genauso verletzlich.

Dann wiederholte er die ganze Prozedur an seiner Schambehaarung.

»Judy wird mich lieben.«

Als er fertig war, zog er saubere Jeans und ein rot und schwarz gestreiftes Rugbyhemd an und fuhr zu Judys Haus.

In der Nachbarschaft spielten sich die üblichen sonntäglichen Aktivitäten ab – die Kinder spielten Ball, während die Eltern den Rasen mähten oder mit Freunden schwatzten. Schoenmacher stellte den Wagen genau vor ihrem Haus ab und rannte fast bis zur Tür. Auf sein Klopfen erfolgte keine Reaktion. Er versuchte es mit der Schelle, deren Klingeln im Haus widerhallte. Er hatte schon damit gerechnet, daß sie nicht reagieren würde, probierte aber trotzdem, gewissermaßen als letzten Versuch, den Türknopf aus.

Und die Tür öffnete sich. *Damit* hatte er nicht gerechnet.

Du läßt keinen Trick aus, was? Aber das gefällt mir.

Vorsichtig und ohne ein Geräusch zu verursachen, betrat er den Flur. Das Herz klopfte wie eine Baßtrommel in seiner Brust, und kalter Schweiß ließ das Hemd an seinem Rücken festkleben. Er war nervös. Und aufgeregt.

Ein leises summendes Geräusch war zu vernehmen, fast wie das Sirren eines Moskitos. Im ersten Moment dachte er, sie säße an der Nähmaschine, vielleicht sogar, um ein hübsches kleines Nachthemd zu entwerfen, das sie nur für ihn tragen würde. Oder noch besser: Es war ein Vibrator, und Judy lag auf ihrem Bett und stellte sich vor, er läge auf ihr.

Auf Zehenspitzen schlich er durch den Flur in Richtung des Geräuschs. Drei Türen gingen von dem kurzen Korridor ab. Judy befand sich im Schlafzimmer, dessen war er sich sicher. Er huschte an der linken Tür vorbei (das Bad, tropfendes Wasser und glänzendes Linoleum) und ging weiter zum Ende des Flurs, wo sich vermutlich das Schlafzimmer befand. Sprungfedern knirschten und ein Laken wurde zurückgeschlagen. Schoenmacher lächelte – sie wartete tatsächlich auf ihn.

Das Summen hörte auf.

Dan öffnete die Tür. Judy lag im Bett, nackt und provokativ auf dem Bauch. Ein rotes Seidenlaken war über ihre Hüften geworfen. Schoenmacher betrat leise das Zimmer und blieb einen Moment stehen, um die schlafende Schönheit zu bewundern.

Schließlich knöpfte er seine Hose auf.

Und dann legte sich ein tätowierter Arm um seinen Hals und riß ihn nach hinten. Schoenmacher verlor das Gleichgewicht und wurde auf die Knie gezwungen. Verzweifelt umklammerte er den kräftigen Arm, der nach oben griff, sich in seinem Haar verkrallte und seinen Kopf heftig zur Seite riß. Bei dem Ruck knackte es in seinem Genick.

Aus den Augenwinkeln sah Schoenmacher etwas Metallisches auf seinen Nacken zuschießen. Ein schmutziger, tintenfleckiger Daumen drückte einen Kolben nach unten. Die Welt verschwamm vor seinen Augen, als plötzliche Hitze seine Adern durchflutete, Augen und Schläfen brennen ließ und in sein Gehirn stürmte.

Er hörte Gelächter, das rasch verklang. Alle Energie verließ ihn. Keine Kraft mehr, um zu schreien. Gar nichts mehr.

3.

Corky blickte genau in den Lauf der Pistole. Er hatte die Arme vor der Brust verschränkt und verdeckte so seine geballten Fäuste. »Es ist eine Kopie«, seufzte er.

»Was für einen Scheiß erzählst du da, du Arschloch?«

»Hier, sieh's dir doch selbst an, du Blödmann. Der kleine Corporal hier *wollte*, daß ich das zeichne.« Corky hielt einen Zeitungsausschnitt hoch. In der Mitte des Artikels war ein Schwarzweißfoto von Schoenmachers Katze abgedruckt. Die Überschrift lautete: SENDERMASKOTTCHEN TÄTOWIERT.

»Oh, Gott!« stöhnte Roberts und fuhr sich mit den Fingern durchs Haar.

Lockerman blinzelte, als er versuchte, den Zeitungsausschnitt zu betrachten, den Corky genau vor die Pistole hielt.

Der Soldat, den Corky tätowiert hatte, schlich sich in gebückter Haltung von seinem Stuhl fort, um aus der Schußlinie zu entkommen. Roberts schaute zu ihm hinüber. Der Junge schwitzte heftig, ein schimmernder Film hatte sich über sein Gesicht gelegt, und in den kurzgeschorenen Haarstoppeln glitzerten Schweißperlen. Das fast fertige Porträt von Clive auf seinem Arm wirkte fast genauso verängstigt.

Roberts spürte, wie er plötzlich rot wurde.

Corky warf ihm einen Blick zu. »Würdest du deinem Freund bitte sagen, er soll seine Kanone aus meinem Gesicht nehmen?«

»Steck die Waffe weg, John«, sagte Roberts schuldbewußt.

Krantz' Mund klappte auf und enthüllte seine gelblich belegte Zunge. »Darauf werden Sie doch wohl nicht reinfallen, oder, Sarge?«

Lockerman wirbelte herum und richtete die Waffe mit wutverzerrtem Gesicht auf Krantz. »Halt bloß deine Schnauze, du dämliches Arschloch!«

Der Grünschnabel riß die Augen auf. Seine Pickel sonderten eine schmierige Flüssigkeit ab.

Lockerman ließ die Arme sinken, drehte sich um und verschwand in der Menge.

Corky richtete den Blick auf den Boden und schüttelte ungläubig den Kopf. »Bullen!«

Roberts erhob sich unsicher und ging zu Corky hinüber. »Er war betrunken. In letzter Zeit hat er keinen anderen Gedanken mehr gehabt, als den Killer endlich zu erwischen.

Wahrscheinlich ist er einfach ausgerastet, als er die Katze gesehen hat.« Er schaute zu dem Soldaten hinüber, der sich gerade den Schweiß von der Stirn wischte. »Jedenfalls sieht sie ziemlich realistisch aus. Ich kann das beurteilen, ich habe die Katze nämlich aus der Nähe gesehen.«

»Ich glaube, ich verschwinde jetzt«, erklärte der Corporal und griff nach seinem Tarnhemd.

»Setz dich gefälligst wieder hin«, knurrte Corky mit unterdrückter Wut. »Ich bin noch nicht fertig.«

Der Soldat gehorchte.

Corky drehte sich um und betrachtete Roberts von oben bis unten. Roy zuckte nervös die Achseln.

Corky starrte ihn an, als wüßte er, daß Roberts an ihm gezweifelt und tatsächlich gedacht hatte, er könne der Tattoo Killer sein.

Dann lachte er laut auf und schlug Roberts auf die Schulter, genau dorthin, wo sich die neue Tätowierung befand.

Roberts zuckte zusammen.

»Dann habe ich wohl sehr gute Arbeit geleistet, was? Nicht, daß es mir besonders gefallen würde, die Arbeiten von diesem Arschloch zu kopieren, aber von irgend etwas muß man ja leben.«

Roberts grinste schief.

Krantz hatte sich nicht von der Stelle gerührt, seit Lockerman die Pistole auf ihn gerichtet hatte. Sein Mund stand immer noch offen, doch seine Augen wirkten wie tot, als er sich in der Halle umsah.

Corky warf einen Blick auf den Grünschnabel und kicherte.

Roberts wurde sich bewußt, daß er ebenfalls lachte, wenn auch aus Erleichterung.

Überall in der Turnhalle wurden Begeisterungsrufe laut, so als hätten all die Menschen mit angesehen, was hier gerade geschehen war. Roberts sah sich mit vor Lachen tränennassen Augen um. Rote, gelbe und blaue Farbpunkte tanzten vor seinen Augen. Die Soldaten vor dem Stand spielten mit den Farben und schlugen sie hoch in die Luft.

Ballons. Eine Unmenge von Ballons sank von der Decke der Turnhalle auf die Menschen herab. Roberts wußte gar nicht, daß so etwas geplant war, und er überlegte lächelnd, wem sie diesen hübschen Einfall zu verdanken hatten.

Corky runzelte die Stirn und schob sich eine Zigarette zwischen die Lippen. »Was ist das nun wieder für ein Scheiß? Halten die das hier für einen Kindergarten oder so was?« Er zündete die Zigarette mit einem silbernen Feuerzeug an. Die orangefarbene Flamme bildete einen scharfen Kontrast zu den bunten Ballons, die in den Stand trieben.

Corky stieß den Rauch aus, hielt die Zigarette zwischen zwei Fingern und drückte das glühende Ende gegen einen grünen Ballon. Der Ballon platzte und versprühte einen dünnen Film grüner Farbe. Winzige grüne Punkte bedeckten Corkys Unterarm.

Roberts zuckte beim Knall des platzenden Ballons zusammen. »Was zum Teufel ...«

Corky verrieb die kleinen grünen Punkte auf seinem Arm. »Tinte«, erklärte er und zog die Augenbrauen hoch. »Grüne Tinte.«

Die Soldaten stießen die Ballons in die Luft und spielten Volleyball damit. Ein gelber Ballon zerplatzte und überschüttete einen der kahlgeschorenen Gefreiten mit gelber Farbe.

Roberts schaute sich beunruhigt in der Turnhalle um, in der inzwischen Tausende tintengefüllter Ballons zwischen den Menschen trieben. Er sah den gelbgesichtigen Soldaten, der sich angewidert über die Wangen wischte. Corky grinste und tat so, als würde er an seiner von grüner Farbe durchtränkten Zigarette ziehen.

Und dann fiel sein Blick auf Krantz, der einen roten Ballon in den Händen hielt. Sein Mund stand immer noch offen, doch in seinen Augen zeigte sich grausiges Erstaunen.

Der Ballon in seinen Händen war rot, aber von kurzen Härchen bedeckt, ganz ähnlich wie die Köpfe der Soldaten vor Corkys Stand. Er wirkte eingedellt und glitschig. Eine Öffnung am unteren Ende, die wie eine Wunde wirkte, war mit einer dicken Kordel zugebunden. Schwarzes Isolierband klebte auf einzelnen Falten, die an Augenhöhlen, Nasenlöcher, Lippen erinnerten …

»Collins!« kreischte Krantz auf und ließ den Ballon aus Menschenhaut fallen. Er zerplatzte auf dem Boden und bespritzte seine Hose mit etwas Rotem, bei dem es sich nicht um Tinte handelte.

Flash

Es ist schon eine Weile her, daß das reinigende Licht in seine Augen eingedrungen ist, und jetzt brennt es mit weißer Flamme die Kruste unter seinen Lidern fort und zersprengt die schützende Schicht. Der Schmerz ist ungeheuer angenehm, und als die tastenden Lichtfinger endlich die mentale Galerie erreichen und das Bild entflammen, erwacht es zum Leben wie ein Träumer, der von einem Orgasmus aufgeweckt wird …

Die kleine hölzerne, mit einer Schreibplatte verbundene Sitzbank erinnert Mark an den Stuhl, auf dem Dad ihn damals festgebunden hat – sie beißt in seine Haut und stellt so ein exquisites Foltergerät dar.

Mr. Limner steht an der Tafel und zeichnet das Nervensystem eines Regenwurms. Zoologie ist ein blödes Fach, denkt Mark, denn es hat gar nichts mit einem *Zoo* zu tun; immer geht es nur um die Organe von Tieren. Außerdem kann Mr. Limner gar nicht zeichnen – oder Diagramme entwerfen, wie er das nennt. Er ist ein miserabler Künstler. Alles, was er zustande bringt, sind ein paar dicke, wenig elegante Linien. Selbst vor drei Jahren auf der Grundschule hat Mark schon besser gezeichnet. Und jetzt, auf der Junior High, ist Mark der Beste in seiner Klasse (Miss Hackman, die Kunstlehrerin, hat das gesagt, obwohl ihm das natürlich selbst schon klar war.) Deshalb empfindet er es auch als Beleidigung, sich mit Mr. Limners Kritzeleien auseinandersetzen zu müssen, und das auch noch in einem Fach, das er überhaupt nicht mag.

Mark achtet nicht mehr auf den Lehrer, sondern holt seinen Bleistiftanspitzer aus der Hosentasche. Es ist ein kleiner Würfel mit einer dreieckigen Klinge im Innern. Doch er braucht den Spitzer nicht für seine Bleistifte. Statt dessen löst er unter der Bank mit routinierten Bewegungen die kleine Schraube, die die dreieckige Klinge an ihrem Platz hält. Als er fertig ist, steckt er Schraube und Würfel wieder in die Hosentasche und behält die kleine scharfe Klinge in der Hand.

Früher hatte er ein Taschenmesser, doch das haben ihm Ida und Ward, seine Pflegeeltern, weggenommen, weil sie fürchteten, er könne sich damit etwas antun. Jetzt muß er eben die kleine Klinge benutzen. Damit läßt sich genauso gut arbeiten ... eigentlich sogar noch besser, denn niemand kann sehen, was er in der Hand hält.

Er schiebt die Klinge zwischen Daumen und Zeigefinger und läßt die Spitze herausragen, als hielte er einen Bleistift. Manchmal schneidet er sich dabei, doch das spürt er kaum, und es stört ihn auch nicht. Er weiß, daß Schmerz nichts ist, wovor man sich fürchten müßte. Außerdem liefert Blut einen einzigartigen Farbton.

Mark ritzt eine Linie in die hölzerne Tischplatte, um eine Zeichnung zu erweitern, die er in der vergangenen Woche während Mr. Limners Unterricht begonnen hat. Die Zeichnung besteht aus einem Irrgarten miteinander verknüpfter Linien, die sich zur Darstellung einer nackten Frau mitsamt ihrer Geschlechtsteile verbinden. Die Frau ist schön, viel schöner, als Mommy je war. Fast so hübsch wie Ida.

Er mag seine Pflegeeltern nicht besonders. Immer werfen sie ihm vor, er wäre das Geld gar nicht wert, das sie bekommen, damit sie sich um ihn kümmern. Ständig spionieren sie ihm nach und nehmen ihm seine Sachen weg. Eine seiner Zeichnungen haben sie an den Kühlschrank gehängt, aber sie schauen sie nie an – der größte Teil des Bildes wird von Magneten verdeckt.

Ida trinkt ziemlich viel, genau wie Mommy früher. Und sie weint auch, was Mark niemals tun würde. Spät in der Nacht streiten sich Ida und Ward oft. Sie prügeln sich nicht wie Mommy und Dad, deshalb dauert es meistens länger. Mark gefällt es, wenn sie sich zanken und anschreien.

Mark ritzt eine neue Linie ein, die zwischen den Beinen der Frau wegführt. Wenn er das Flechtwerk ansieht, das den Körper der Frau bildet, schmerzen seine Augen fast – die Wirkung ist so ähnlich wie bei einer dieser optischen Täuschungen, wo man glaubt, eine Spirale würde sich drehen, obwohl das gar nicht der Fall ist.

QUIETSCH.

Mark blickt auf. Mr. Limner hat unabsichtlich mit dem Fingernagel über die Tafel gekratzt. Das passiert ihm immer wieder, weil er nicht weiß, wie man die Kreide richtig hält. Die Kinder in der Klasse haben alle eine Gänsehaut bekommen. Ein paar halten sich die Ohren zu, andere kichern. Mark schließt die Augen und genießt den Klang. In seinen Ohren klingt das Geräusch herrlich; es gefällt ihm, und es bringt ihn zum Lächeln.

»Tut mir leid, Kinder«, sagt Mr. Limner, ohne den Blick von der Tafel zu nehmen.

Mark wendet sich wieder seiner Zeichnung zu und verwandelt die Linie, die von den Beinen der Frau ausgeht, in ein Seil. Dann zeichnet er einen kleinen Jungen, der das Seil hält – so als wäre die Frau keine richtige Frau, sondern ein Luftballon, so ähnlich wie die, die kleine Jungs im Zoo bekommen.

Mark hält inne und steckt die Klinge in die Hosentasche. Seine Finger bluten. Er reibt mit den Wunden über die Stelle zwischen den Beinen der Frau. Die eingeritzten Linien verwandeln sich in winzige rotbraune Flüsse. Das Holz fühlt sich gut an in den Schnittstellen, es schiebt sich naß und glitschig in die Haut.

Der eingravierte Irrgarten verteilt das Blut wie Venen über den Körper der Frau. Etwas von dem Blut läuft am Seil entlang auf den Jungen zu. Mark wischt es fort.

Er lehnt sich in seinem Stuhl zurück, der ihn plötzlich an ganz anderen Stellen drückt. Jetzt kann er die Zeichnung aus einem anderen Blickwinkel betrachten, und auf einmal ist es gar kein kleiner Junge mit einem Luftballon mehr – jetzt, wo sich die Linien des Irrgartens mit dem Seil verbunden haben, sieht es eher so aus, als würde jemand der Frau das Innere nach außen reißen.

»Wow«, sagt Mark laut und begeistert. Er wühlt in seiner Tasche, holt die Klinge wieder heraus und fängt an, Eingeweide und Blitze zu zeichnen.

»Wie ich sehe, sind Sie ein Künstler, Mr. Kilpatrick.«

Mark hebt langsam den Kopf. Mr. Limner ragt vor ihm auf. Seine Brillengläser gleichen zwei weißen Scheiben, und in seinem Schnurrbart hat sich etwas Kreidestaub festgesetzt.

Mark weiß nicht recht, wie er reagieren soll. Bisher ist er noch nie beim Bekritzeln der Tischplatten erwischt worden. So nickt er einfach mit dem Kopf.

Mr. Limner kommt näher, geht halb um ihn herum und schaut ihm über die Schulter. »Und wie es aussieht, ein ziemlich verdorbener kleiner Schüler.«

Mark schluckt schwer und verdeckt den kleinen Jungen in seiner Zeichnung mit der Hand.

»Die Klasse ist entlassen.«

Mark wendet sich um. Alle Kinder der Klasse haben sich umgedreht und sehen zu ihm her. Ein paar sind von ihren Stühlen aufgestanden, um einen Blick auf die Zeichnung zu erhaschen.

»*Entlassen*, sagte ich!«

Alle sammeln ihre Schulbücher ein. Mark will es ihnen gleichtun, doch Mr. Limners Hand fällt schwer auf seinen Rücken. »Sie nicht, Mr. Kilpatrick.«

Als sie allein sind, lächelt Mark den Lehrer an.

»An Ihrer schmutzigen Zeichnung ist absolut nichts lustig, Mr. Kilpatrick. Ich will, daß du hundertmal an die Wandtafel schreibst: ICH WILL DIE TISCHPLATTEN NICHT MEHR BEKRITZELN. Verstanden?«

Mark nickt.

»Anschließend gebe ich dir ein Stück Schmirgelpapier, mit dem du diese häßliche kleine Zeichnung abschleifen wirst. Bis du damit fertig bist, werden deine Eltern hier sein. Sie werden – oder besser gesagt – du wirst einen neuen Tisch bezahlen.«

Mark runzelt die Stirn und sieht Mr. Limner direkt in die Augen.

»In Zukunft werden Sie gefälligst dem Unterricht folgen, Mr. Kilpatrick. Ich schätze es nämlich gar nicht, wenn man nicht aufpaßt.« Mr. Limner schlägt Mark wieder auf die Schulter. »Und jetzt los. Schreib an die Tafel, was ich dir gesagt habe. Ich gehe jetzt, aber denk ja nicht, ich würde dich nicht im Auge behalten. Ich merke *alles*.«

Mr. Limner dreht sich auf dem Absatz um und verläßt das Klassenzimmer. Seine Schritte hallen von den grüngestrichenen Betonwänden wider.

Statt aufzustehen, holt Mark die Klinge aus der Hosentasche und vollendet rasch die Zeichnung auf seinem Tisch. Die Schnitte sind tief, sowohl die im Holz als die in seinen Fingern.

Als er fertig ist, wünscht er sich, er könnte das Bild fotografieren. Es ist eins seiner besten Werke.

Langsam steht er auf und geht zur Tafel hinüber. Er nimmt die Kreide und versucht, damit den oberen Rand der Tafel zu erreichen, doch er kommt nicht heran. So dreht er sich um, holt sich Mr. Limners Stuhl und stellt ihn vor die Tafel.

Als er auf dem Stuhl steht, läßt er den Blick über das leere Klassenzimmer wandern und fragt sich, wie es wohl wäre, Kunst zu unterrichten.

Er läßt die Kreide zu Boden fallen, holt die Klinge aus seiner Tasche und schreibt: ICH WILL DIE TISCHPLATTEN NICHT MEHR BEKRITZELN.

Das Kreischen des Metalls auf der Tafel klingt viel besser als das Geräusch, das Mr. Limner mit seinem Fingernagel erzeugt hat. Es ist wie Musik, laute Musik. Mark schließt die Augen und neigt den Kopf hin und her, während er ein Lied aus längst vergangener Zeit anstimmt: »Ich SEHE dich, ich SAH dich, ich habe dich GESEHEN!«

Mark beendet den ersten Satz, klettert vom Stuhl und stößt ihn beiseite.

Ohne mit dem Lied aufzuhören, ritzt er am unteren Rand der Tafel ein: ABER ICH WILL DIE TAFEL BEKRITZELN!

Den Punkt unter dem Ausrufezeichen gräbt er mit einem heftigen Schlag in die Tafel. Die Klinge zerbricht in seinen Fingern und die Spitze bohrt sich in seine Handfläche. Blut quillt hervor.

Mark lächelt.

Er nimmt den Rest der Klinge, die jetzt eher einem Quadrat als einem Dreieck ähnelt, und schiebt sie langsam in die andere Handfläche. Dann klatscht er beide Handflächen gegen die Mitte der Tafel.

Mit dem dunkelroten Blut, das an der Tafel herunterläuft und Mr. Limners häßlichen Regenwurm verschmiert, schreibt Mark in großen Buchstaben: MIT MEINEN HÄNDEN.

Dann holt er seine Tasche und läuft aus der Klasse. Er weiß, er wird nie wieder zurückkehren, Mr. Limner, Ida oder Ward niemals wiedersehen.

Das Foto gleitet aus der Kamera und springt in seine Hand. Endlich sieht er die Zeichnung von seiner Tischplatte als Foto, das Foto, das er sich immer gewünscht hat … doch diesmal ist es real und viel, viel besser …

Seine Hände zittern, als er das Foto nimmt und versucht, mit dessen Kanten seine Handflächen aufzuschneiden. Aber das funktioniert nicht. Statt dessen drückt er das kalte feuchte Foto gegen seine brennenden Augen. Und weint …

Kapitel 15

1.

Die Turnhalle war leer. Rote, gelbe, grüne und blaue Farbspritzer bedeckten den Boden und die einzelnen Stände wie riesige bunte Regentropfen. Überall lagen Luftballons herum, die noch genau überprüft werden mußten. Uniformierte Polizisten durchstreiften die Halle – wobei sie einen großen Bogen um den Anfänger Krantz machten, der gerade seinen Partner verloren hatte – und suchten nach weiteren Teilen von Collins' Körper, abgesehen von dem zerplatzten Kopf, den aufgeblasenen Händen und dem luftgefüllten Hodensack, die bisher aufgetaucht waren. Bisher hatte man noch keinerlei Organe gefunden, nur Haut und Blut. Ein Leichenbeschauer ging mit einem Bündel Plastiktüten in der Hand umher und kratzte Blut und Hautfetzen zusammen. Lockerman war nirgends zu entdecken.

Roberts half Corky, seine Ausrüstung einzupacken. Trotz des widerwärtigen Schauspiels, dessen Zeuge er eben geworden war, empfand er vor allem Schuldgefühle. Der Widerwille, den er verspürte, richtete sich in erster Linie gegen sich selbst, weil er an Corky gezweifelt, ihm mißtraut hatte. Es war einfach dumm gewesen, auch nur für eine Sekunde zu glauben, Corky könne der Tattoo Killer sein. Roberts verstand sich selbst nicht so ganz. Offenbar war sein Mißtrauen tief in seinem Innern eingeschlossen gewesen, genau wie die Tinte in den Ballons, und erst durch Lockermans Auftritt war die Hülle geplatzt. Und jetzt fühlte er sich fast so wie Krantz, als dieser erkannte, daß der Ballon in seinen Händen das Gesicht seines Freundes trug … nur war in Roys Fall er selbst dieser Freund. Er hatte seine eigene Paranoia erkannt, und dieses Wissen beschmutzte sein Ego.

Er spürte das unbestimmte Verlangen, die Angelegenheit irgendwie mit Corky zu klären, die eigenen Gedanken zurückzunehmen und sich dadurch selbst zu reinigen. »Corky«, sagte er, während er einen Pappkarton packte, »tut mir wirklich leid, was passiert ist.«

Corky klappte seinen Stuhl auseinander, setzte sich und steckte sich eine Zigarette an. »Laß dir deswegen mal keine grauen Haare wachsen. Schließlich habe ich es selbst herausgefordert, als ich diese Katze kopierte.« Er blies den Rauch durch die Nase. »Andererseits war ich aber auch nicht der einzige hier, der so was gemacht hat. Eine ganze Reihe meiner Kollegen mußte ebenfalls diese Katze oder andere Tätowierungen des Irren nach Zeitungsfotos kopieren. Ziemlich krankes Zeug, wenn du mich fragst, aber im Moment scheint es im Trend zu liegen.«

Roberts schaute stirnrunzelnd auf. »Im Trend?«

»Ja, so was kommt immer wieder vor. Irgendwer läßt sich was eintätowieren, und die anderen trampeln hinterher wie eine Herde Schafe. Für meinen Geschmack ist das nichts als Phantasiemangel. Im Ersten Weltkrieg war es das Kilroy Tattoo, dann kam die Screaming Mimi ... und vor ein paar Jahren mußte ich an die zwanzig Batman Logos zeichnen. Echt bescheuert, Mann. Die Moden kommen und gehen, aber so ein Scheiß bleibt einem für immer erhalten. Manche Leute sind wirklich blöd.«

Roberts wollte es kaum glauben. Eben erst hatte er noch gedacht, die Convention würde den Einfluß des Killers auf die Öffentlichkeit vermindern oder wenigstens relativieren, und jetzt stellte sich heraus, daß die Veranstaltung ihn im Grunde sogar unterstützt hatte.

»Vielleicht denken die Menschen nach dieser widerlichen Geschichte mit den Ballons jetzt anders darüber. Wer weiß?« Corky zog kräftig an seiner Zigarette. Die grüne Farbe auf seinem Arm hatte mittlerweile die schmutzige Färbung von Galle angenommen.

»Was ist heutzutage nur mit den Menschen los?« fragte Roberts, ohne auf Corkys Bemerkung einzugehen. »Fahren die jetzt alle auf das Leid anderer ab? So was ist doch krank. Man muß doch selbst ein Psycho sein, um sich den Dreck des Killers auf den eigenen Körper tätowieren zu lassen ...«

»So ungewöhnlich ist das gar nicht«, meinte Corky. »Selbst heutzutage lassen sich die Leute noch immer Hakenkreuze auf die Stirn tätowieren. Und wer sollte sie daran hindern? Jeder nach seinem Geschmack ... das gilt im Guten wie im Schlechten.«

Roberts fluchte und schleppte den Karton nach draußen zu Corkys Wagen. Die frische Luft klärte seine Gedanken. Die Ereignisse in der Halle hatten etwas Irreales, Alptraumhaftes an sich gehabt. Auf dem Rückweg bemerkte er den Übertragungswagen von KOPT und erinnerte sich daran, daß die ganze Zeit über ein Kameramann in der Halle unterwegs gewesen war. Vermutlich besaßen sie also jetzt auch ein paar Aufzeichnungen von der jüngsten Aktion des Killers.

Da geht sie also hin, die Theorie von den ›guten Nachrichten‹, zusammen mit allem anderen, was wir durch diese beschissene Convention eigentlich erreichen wollten. Es tat ihm leid, daß er überhaupt wach geworden war.

Er kehrte zu Corky in die Halle zurück. Die im Gebäude verspritzte Tinte roch wie Medizin.

Corky sah ihm entgegen. »Mach nicht so ein finsteres Gesicht, Schreibmaschinen-Mann. Jetzt ist es ja vorbei. Niemand wurde verletzt ... naja, der Typ, den er in Luftballons verwandelt hat, war schließlich schon vorher tot. Und nicht du bist für alles verantwortlich, sondern der Irre dort draußen.«

»Mich kotzt nur an, daß mein Freund – dieser Bulle, der dir seine Kanone unter die Nase gehalten hat – betrunken war! Was für ein Arschloch! Vielleicht hätte er all das sogar verhindern können.«

»Nun, mir kam es so vor, als würde er die ganze Geschichte mit dem Tattoo Killer ein wenig zu persönlich nehmen. Nicht, daß ich nicht selbst nach dem Arsch Ausschau gehalten hätte ...« Corky grinste schief. »Aber dieser ganze Scheiß über *meine Tina* und so. Für mich klingt das so, als müßte man mal sehr ernsthaft mit deinem Freund reden.«

Roberts starrte ihn an. »Er zielt mit seiner Kanone auf dich, und du siehst ihm das nach?«

»Das habe ich nun auch wieder nicht gesagt. Ich würde ihm schon ganz gern in den Arsch treten, weil er meine Kunden erschreckt und seine Show auch noch gerade dann abgezogen hat, als ich mitten in der Arbeit steckte.« Corky zuckte die Achseln. »Aber er ist dein Freund, und das ist es, was ich an deiner Stelle tun würde. Ich habe schon öfter in Pistolenläufe geschaut, daher weiß ich, daß manche von diesen Leuten nichts als ein ernsthaftes Gespräch brauchen, um wieder in die Spur zu kommen.«

Roberts schüttelte den Kopf. Jetzt fühlte er sich noch schuldbewußter als zuvor. Corky hatte es weiß Gott nicht verdient, in dieselbe Schublade gesteckt zu werden wie der Killer.

Der Tätowierer ging in den hinteren Teil des Standes, wich dabei einem gelben Tintenfleck aus und fing an, irgendwelchen Kram in eine Kiste zu stopfen. »Ihr werdet diesen Kerl schon schnappen, da bin ich ganz sicher. Das einzige, was ihr dazu braucht, ist eine gewisse Entschlossenheit.« Er grunzte, als er ein elektrisches Gerät in die Kiste wuchtete. »Sag mal, ist da nicht einer von eurem Sender die ganze Zeit mit einer Kamera rumgelaufen?«

»Ja, und sie werden den ganzen Mist garantiert in den Nachrichten bringen.«

»Nun, vielleicht hat er ja was auf seinem Band, das euch helfen könnte, den Psycho zu finden. Teufel auch, wahrscheinlich war er die ganze Zeit über hier.«

Roberts nickte und verspürte einen leichten Hoffnungsschimmer. »Kann schon sein, daß du recht hast. Beschwören würde ich das allerdings nicht – ich gewöhne mir nämlich gerade das Wunschdenken ab.«

»Kümmerst du dich um den Kram auf dem Tisch?« fragte Corky, schnappte sich die Kiste, die er gerade gepackt hatte, und trug sie nach draußen zum Wagen.

Roberts ging zum Tisch hinüber und befestigte die Liste mit den Namen und Adressen von Interessenten mit einem

Gummiband auf einem Stapel von Flugblättern, die über *Die uralte Kunst des Tätowierens* berichteten. Neben diesem Stapel lagen zwei Ordner, einer rot, der andere schwarz. Der rote enthielt meist mit Leuchtfarben oder Bleistift gezeichnete Entwürfe, der schwarze hingegen erwies sich als Fotoalbum, in dem Corky seine besten Werke verewigt hatte.

Im hinteren Teil des Ordners entdeckte Roberts ein Foto seines eigenen Tattoos. Der Monsterjournalist schimmerte im Licht des Blitzes geheimnisvoll. Als er die Tätowierung mit Corkys früheren Arbeiten verglich, stellte er mit Stolz fest, daß er eines seiner besten Tattoos trug.

Corky kam zurück und grinste ihn an. »Dir gefällt wohl, was du da siehst?«

»Teufel, ja. Ganz besonders dieses hier.« Roberts deutete auf das Foto von sich selbst. Corky warf einen Blick darauf und lachte.

»Deshalb hast du also die Kamera in deinem Laden«, meinte Roy. »Ich wußte gar nicht, daß du all deine Arbeiten fotografierst.«

»Mache ich auch nicht. Nur die besten.«

»Oh, vielen Dank ...«

»Freu dich mal nicht zu sehr.« Corky grinste. »In dem Band war noch eine Seite frei, die ich unbedingt füllen wollte.«

Roberts grinste ebenfalls und blätterte weiter in dem Buch. Corky suchte unterdessen den Stand ab, ob er irgend etwas übersehen hätte – Wechselgeld, verlorene Brieftaschen oder dergleichen.

Auf einem der Fotos entdeckte Roberts schließlich eine weitere Kopie. Es handelte sich um eine exakte Replik der Illustration zu Corkys – oder J. R. Corcorrhans – Story ›Ausgebrannt‹. Auch dem geinkten Dobermann tropfte Speichel von den Fängen, und an seinem Hals baumelte ein goldenes Namensschild mit der Aufschrift PATRICK. Im Hintergrund schälte sich der Chopper aus dem muskulösen Fleisch heraus.

»He, Corky, hier hast du ja jemandem die Illustration zu deiner Geschichte ›Ausgebrannt‹ eintätowiert. Ich dachte, du machst keine Kopien?«

Corky blickte über die Schulter zu ihm hinüber. »Ach ja, das Tattoo. Nun, irgendwie gefiel mir das Bild, deshalb habe ich es kopiert. Dadurch werde ich aber noch lange nicht zu einem richtigen Kopierer. Schließlich kann man bei so einer Arbeit auch mal etwas dazulernen. Davon abgesehen habe ich das Tattoo eigentlich nur für den Typ gezeichnet, dem ich die Idee für diese Geschichte verdanke.«

»Was soll das jetzt wieder heißen?« *Noch mehr Plagiate?*

»Nun, die Idee selbst stammt nicht von ihm, ich mußte nur an ihn denken, als ich die Story schrieb. Irgendwie hat er mich nämlich an den Bösen in dieser Geschichte erinnert. Wenn du so willst, lieferte er mir die Inspiration für den Schurken – du weißt schon, denjenigen, der die Frau mit seinem Namen tätowiert hat. Der echte Typ ist natürlich in Wirklichkeit gar nicht so böse. Ist eben ein Einzelgänger. In letzter Zeit habe ich ihn nur zu Gesicht bekommen, wenn er seine Miete bezahlte. Im Grunde ist er ein scheuer, ruhiger Typ, er sieht nur eben so aus, verstehst du? Wie ein Killer, mit steinerner Miene und so. Dieses Tattoo habe ich ihm gemacht, weil ich in der Geschichte seinen Namen verwenden durfte.«

»Ah … *Patrick*, jetzt hab' ich's kapiert.«

»Nein, nicht so ganz. Er ist dieser Mieter, von dem ich dir erzählt habe. Sein richtiger Name ist Kilpatrick, aber ich habe ihn auf Patrick verkürzt, weil Killer schon sein Spitzname ist und er sicher nicht wollte, daß die Leute ihn mit dem Namen anreden, den ihm seine Mutter gegeben hat. Genau wie ich auch nicht will, daß man mich J. R. nennt. Kapiert?«

»Kapiert.« Roberts verzog sein Gesicht. »Killer ist auch wirklich ein Name, auf den man stolz sein kann. Und womit verdient dieser Killer sein Geld? Brennt er Tattoos aus? Oder arbeitet er für die Mafia und bringt Leute um?«

Corky grinste. »Sag ihm das mal direkt ins Gesicht …« Er steckte sich eine Zigarette an. »Nein, ich habe keine Ahnung, was er im Moment macht, und ich glaube, solange er seine Miete bezahlt, geht mich das auch nichts an. Früher hat er selbst mal Tattoos gemacht, aber da er nicht das geringste Talent besaß, hat er das Geschäft schließlich aufgegeben.

Damals hatte er einen Laden mit dem Namen ›Killer's Ink‹ sollte wohl so ein Wortspiel mit Killers Incorporated sein –, den er in seiner Garage betrieb. Hatte zwar einige Kunden, aber seine Arbeiten waren nicht besonders gut. Ziemlich ätzend sogar, um genau zu sein. Er besaß überhaupt keine eigene Vorstellungskraft und kopierte immer nur die Entwürfe anderer Künstler. Naja, immerhin muß man ihm zugute halten, daß er es wenigstens versucht hat.«

Roberts schüttelte lächelnd den Kopf und fragte sich, weshalb Corky immer so ein großes Theater um Namen machte.

»Ich wüßte ja zu gerne, wieso der Typ heute nicht hier aufgekreuzt ist«, überlegte Corky laut, als Roberts den Ordner zuklappte und sich wieder daran machte, auch die restlichen Sachen einzupacken.

2.

Kilpatrick öffnete die Augen.

Er sah zu Schoenmacher hinüber, der zusammengesunken auf dem Fußboden lag, und schob das Foto von Judy in die Gesäßtasche seiner Jeans. Das Bild war warm und naß von seinen Tränen.

Kilpatrick ging zum Wettermann hinüber. Schoenmachers Atem ging flach, aber er lebte noch. Das war gut. Kilpatrick wollte, daß er sein Bewußtsein wiedererlangte. Andernfalls wäre sein Plan ruiniert, und er hätte hier nur seine Zeit verschwendet.

Er packte Schoenmacher im Genick und bohrte die Finger in sein Fleisch. »Was machst du eigentlich hier, Wettermann. Es ist noch viel zu früh für dich ...« Kilpatrick schüttelte Schoenmacher, dessen drogenbenebelter Kopf hin und her kippte. »Ts, ts, ts ... Mir scheint, ich muß die Dinge jetzt beschleunigen.«

Er ließ Schoenmacher los, dessen Kopf mit einem dumpfen, hohlen Laut auf dem Boden aufschlug. Kilpatrick stand wieder auf, ging zum Bett hinüber und zog das rote Seidenlaken über Judys nackten Rücken. Dann fuhr er ihr mit der Hand, die in einem Latexhandschuh steckte, durch das Haar. »Ich schätze, du hast meine Briefe gar nicht bekommen, was? Aber das macht nichts, Schätzchen. Das macht gar nichts. *Jetzt* hast du sie ja.« Seine Hand glitt tiefer und umfaßte ihre Brust. Das zarte Fleisch war feucht vor Tinte und von frischen Nadelstichen zerkratzt.

Kilpatrick lachte auf und sah zu Schoenmacher hinüber. »Tja, ihr beiden Turteltäubchen, ich frage mich, was ihr hier vorhattet. Und weshalb wart ihr nicht auf dieser blöden Convention, hm?« Er nahm seine selbstgebastelte Inkpistole und benutzte die scharfe Spitze, um seine Fingernägel zu reinigen. »Habt ihr denn im Ernst geglaubt, ich würde zu diesem Zirkus erscheinen und wie eine Ratte in die Falle laufen? Nun, ja, natürlich bin ich hingegangen – das werdet ihr schon noch erfahren, sobald die Nachrichten anfangen.« Kilpatrick grinste zufrieden. »Ja, ich habe mich beizeiten in eure kleine Falle geschlichen und den Käse gestohlen.«

Schoenmacher stöhnte.

Kilpatrick schrak hoch. Bisher hatte noch niemand nach einer seiner Injektionen irgendwelche Reaktionen gezeigt.

Er eilte zu Schoenmacher hinüber und trat mit der stählernen Stiefelkappe gegen seine Schläfe. Dans Kopf wurde heftig zurückgeschleudert. Kilpatrick hockte sich neben ihn und verpaßte ihm noch eine Spritze.

»Tut mir leid«, erklärte er, als sich die Nadel in die Haut bohrte, »aber es muß sein. Ich mache das ja nicht gerne, nach allem, was du für mich getan hast. Du bist nämlich mein Glücksbringer, wußtest du das? Er zog die Nadel heraus und tätschelte Schoenmachers Kopf. »Wenn meine große Liebe dort drüben in jener Nacht, als ich dir die Botschaft auf deiner Katze zukommen ließ, nicht bei dir gewesen wäre, hätte ich ihr auch nicht bis nach Hause folgen können. Und den fetten Bullen, der sich vor deinem Haus versteckt hat, hätte ich auch nicht entdeckt – Mann, der war richtig gut. Jede Menge

Haut.« Kilpatrick legte den Kopf schief und betrachtete Schoenmacher prüfend. »Du bist aber auch gar nicht so übel.«

Er kroch zu Schoenmachers Füßen und zog ihm die Schuhe aus. »Schauen wir uns auch mal den Rest an, okay?« Er entkleidete Schoenmacher vollständig.

»Wirklich nett ... ich kann es kaum erwarten.«

3.

Als Roberts in seine Auffahrt einbog, hockte Lockerman auf der Türschwelle und hielt eine fast leere Flasche Johnnie Walker zwischen den Beinen. Roberts stieg aus und klingelte mit den Schlüsseln, als er zu dem Polizisten hinüberging. Lockerman wich seinem Blick aus.

»Was zum Teufel sollte dieser Scheiß auf der Convention?«

Lockerman grinste unbehaglich und nahm einen Schluck aus der Flasche.

Roberts blieb vor ihm stehen und starrte auf ihn hinunter. »Was für eine Art Bulle bist du eigentlich? Läßt dich vollaufen, erschießt fast meinen Freund Corky – und deinen eigenen Lehrling noch dazu – und verschwindest dann einfach!« Roberts schlug sich wütend gegen den Schenkel und verdrehte die Augen. »Was ist los mit dir?«

Lockerman stützte den Kopf in die Hände. »Ich weiß es nicht, Roy. Ich wollte einfach nur den Killer erwischen, und dann zieht mir der Captain plötzlich den Teppich unter den Füßen weg. Und wie zum Teufel sollte ich den Killer fangen, mit nur einem absolut unzuverlässigen Grünschnabel und dir selbst als Rückendeckung? Hä? Verrat mir das mal!«

Roberts nahm Lockerman die Flasche weg und holte aus, um sie auf das Nachbargrundstück zu werfen. Mitten in der Bewegung hielt er jedoch inne und trank selbst einen Schluck. *Sprich mit ihm,* hatte Corky gesagt. »Weiß ich auch nicht, aber du hättest trotzdem nicht aufgeben dürfen. Roberts setzte sich neben seinen Freund auf die Betonstufen. »Der Killer war dort. Wir haben ihn verpaßt. Er hat diese Ballons …«

»Ich weiß. Hab's im Radio gehört.«

»Na, dann weißt du ja auch, daß einer von deinen Anfängern getötet wurde …«

»Collins war sowieso eine Niete. Konnte nicht mal auf sich selbst aufpassen.« Lockerman griff nach der Flasche und nahm noch einen Schluck.

»Du bist betrunken, Lock. Stockbesoffen. Dieser Junge ist umgebracht worden, weil …« *Wegen dir,* dachte Roberts, sprach diesen Gedanken jedoch nicht aus. »… nun, weil der Killer ihn entdeckt haben muß, als er Schoenmachers Haus überwachte.«

»Das interessiert mich nicht mehr.«

Roberts stand wütend auf. »Geh nach Hause, ja? Schlaf deinen Rausch aus. Du erzählst Blödsinn, und ich habe keine Lust, mir das anzuhören.«

Lockerman rührte sich nicht von der Stelle, sondern betrachtete den Flaschenhals, als wolle er ihn küssen.

»Heute abend können wir so oder so nichts mehr machen, weil du nämlich sturzbesoffen bist und ich die Schnauze voll habe. Morgen sind wir dann hoffentlich wieder klar im Kopf. Ich werde mir die Videobänder von der Convention ansehen … und ich nehme an, du wirst auch so einiges zu bereinigen haben … und wer weiß, vielleicht haben wir ja Glück und finden irgendeinen Hinweis.«

»Ich habe gerade schon gesagt, daß mich das einen Scheiß interessiert. Mach, was du willst.«

Roberts stieß Lockerman mit dem Fuß an und zeigte auf das Nachbarhaus. »Geh.«

Lockerman stand auf, rutschte aus und griff nach dem Geländer. Er schwankte auf Roberts zu, klopfte ihm auf die Schulter und torkelte dann zu seinem Haus hinüber. Der trockene Rasen knisterte unter seinen Schuhen.

Dann drehte er sich plötzlich um, hielt mühsam das Gleichgewicht und sah Roberts an. »Heute war ihr Geburtstag, Roy.«

»Wessen ... Tinas?«

Lockerman hörte ihn gar nicht. »Heute war ihr Geburtstag, und bei all diesem verdammten Scheiß habe ich das vergessen. Alles habe ich vergessen!« Er schwenkte den Arm und schleuderte die Flasche gegen die Treppenstufen seines Hauses. Der Aufprall klang dumpf, als wäre die Flasche aus Pappmaché. »Ich hab's einfach ... vergessen.«

»Geh schlafen, John.«

Lockerman spuckte aus, fluchte leise und schwankte auf sein Haus zu. Das zerbrochene Glas knirschte unter seinen Sohlen.

Roberts fuhr sich mit den Fingern durchs Haar und packte dann den Türknopf. Es war abgeschlossen.

Er verdrehte den Kopf und sah zu Lockerman hinüber, der vor seiner eigenen Tür stand und versuchte, mit dem Schlüssel das Schloß zu treffen. »He, John! Ist Dan nicht da?«

»Nein. War schon abgeschlossen, als ich kam.« Er erwischte das Schloß, ließ sich gegen die Tür fallen, stieß sie durch sein eigenes Gewicht auf und stolperte ins Haus. Hinter ihm fiel die Tür krachend zu.

Roberts betrat das Wohnzimmer und stolperte dabei fast über Schoenmachers Schlafsack. Er ging zur Küche hinüber und holte zwei Bier aus dem Kühlschrank. »Jetzt bin ich aber mal dran«, meinte er erschöpft.

Er ließ sich in einen Sessel fallen und fragte sich, wo sich Schoenmacher herumtrieb. *Birdy ist ausgeflogen,* dachte er und lachte laut über den müden Scherz.

Der Fernsehschirm vor ihm war dunkel, doch er hatte trotzdem irgendwie den Eindruck, das Gerät sei eingeschaltet. Doch dann erkannte er, daß der Videorecorder auf Standby-Betrieb geschaltet war. Das rote Licht glühte ihn düster an und schien ihn zu beobachten.

Roberts schnappte sich die Fernbedienung und schaltete die Geräte ein. Er erwartete, wieder die Ankündigung der Convention zu sehen.

Statt dessen tauchte Judy Thomas auf dem Schirm auf und verlas eine Meldung über die neuen Glücksspielgesetze in

Cripple Creek, die Roberts selbst vor einer Woche verfaßt hatte.

Sofort begriff Roberts, daß Schoenmacher sämtliche Nachrichtensendungen aufgezeichnet hatte, um Judy jederzeit sehen zu können. Er empfand Mitleid für den Wettermann. Sich die Nachrichten anzusehen, nur um einen Blick auf die Frau zu erhaschen, die man niemals besitzen würde, war ungefähr so, als würde ein Junge von der High-School einen verstohlenen Blick in den Umkleideraum der Mädchen wagen … und die Nachrichten *aufzuzeichnen* war so, als würde man die Cheerleader unter der Dusche filmen.

Ist das der Grund, weshalb er nicht zur Convention kommen wollte? Wollte er lieber hier hocken und sich Judy ansehen?

»Das ist doch albern«, sagte Roberts laut und war überrascht über den finsteren Klang seiner Stimme. »Warum sollte er sich ein Videoband anschauen, wenn er sie morgen bei der Arbeit sowieso sieht?«

Sie sieht … und wenn er sie heute schon sehen wollte?

Roberts griff nach dem Telefon und rief den Sender an, um sich Judys Nummer geben zu lassen. Dann wählte er ihren Anschluß, ließ es sechsmal klingeln und legte verwundert wieder auf.

»Vielleicht hat er ja Glück gehabt?« sagte er laut, doch der Zweifel in seiner Stimme war unüberhörbar.

Er schaute wieder auf den Bildschirm. Judy lächelte und sagte etwas zu Rick Montag. *Alles nicht echt* dachte Roberts und erinnerte sich daran, wie er sie in Schoenmachers Auftrag aufgesucht hatte. Auch da war sie eiskalt gewesen und hatte geschauspielert. Und sie war nicht bereit gewesen, sich jemals wieder mit Schoenmacher zu treffen. »Er hat mich fast vergewaltigt«, hatte sie gesagt. »Beim nächsten Mal zeige ich ihn wegen sexueller Belästigung an …«

Birdy bringt sich selbst in Schwierigkeiten.

Roberts stürzte den Rest des Biers hinunter und griff nach den Schlüsseln. Dieser Tag, dieser lange, schreckliche Tag, war noch immer nicht vorbei. Lockerman hatte Scheiße gebaut, er selbst hatte Scheiße gebaut, die Convention war totale Scheiße gewesen … und jetzt war Schoenmacher an der Reihe. Aber vielleicht kam er ja diesmal noch rechtzeitig, um das Schlimmste zu verhindern.

FLASH

Die Explosion des Lichts läßt nach, löst sich auf wie das körnige Bild eines alten Fernsehgeräts. Klänge – statisches Rauschen, Vibrationen der Luft, wogende Wellen, pulsierende Partikel – alle funkelnd, alle singend. Glühwürmchen mit Stacheln aus Kathodenstrahlern leuchten in der Dunkelheit, als sich das Bild in seinem Verstand entwickelt und wieder zu flammenden Staubteilchen vergeht …

Sie ist besser als Mommy, und auch besser als Ida. Miss Hackman ist schön, reich und verständnisvoll. Sie schätzt Mark wegen seiner Kunst – und sie ist mehr als nur seine frühere Kunstlehrerin, seine Beschützerin. Sie ist seine Vertraute, und sie teilt ihre Geheimnisse mit niemandem außer Mark. Sie ist sein einziger Freund.

»Ich weiß, daß du eigentlich zu alt dafür bist, aber ich habe dir trotzdem einen Ballon und ein Eishörnchen mitgebracht«, sagt Miss Hackman, als sie zur Tür hereinkommt.

»Danke«, erwidert Mark, legt die Sonntagsbeilage mit den Comics zur Seite und beeilt sich, die Geschenke entgegenzunehmen. Eigentlich kommt ihm das albern vor, doch er hat diese Dinge früher nie gehabt, und er will versuchen, sie zu mögen.

Sie sitzen zusammen im Wohnzimmer. Mark hat das Haus für sie geputzt, und sie nickt beifällig. »Ich könnte jetzt sagen, du wärst wie der Sohn, den ich nie hatte, aber das wäre gelogen.« Miss Hackman leckt an ihrem eigenen Eis, und ihre Zunge färbt sich grün. »Du bist wie der Mann im Haus, den ich nie hatte.«

Mark wird rot. Noch nie hat ihn jemand einen Mann genannt. Und wenn sie das sagt, klingt das viel besser, als wenn er es sich selbst erzählt.

Irgend etwas kitzelt an seinem Bein. Er sieht nach unten

und entdeckt Bushy. Bushy ist Miss Hackmans Katze. Ihr schwarzes Fell ist vernarbt. »Die Narben stammen von all den Kämpfen, die sie ausgefochten hat, bevor ich sie gefunden habe«, erzählt Miss Hackman.

»Ich glaube, Bushy mag dich», sagt sie, hebt die Katze auf und setzt sie Mark auf den Schoß. Die Katze schnurrt und rollt sich unter Miss Hackmans streichelnden Fingern zusammen.

»Miss Hackman ...«

»Oh, nenn mich doch einfach Polly. Wir sind hier schließlich nicht in der Schule. Und wir sind doch beide erwachsen, nicht wahr? Also nenn mich Polly.«

»Okay, Polly.« Mark lächelt und wird rot. Seine Zunge ist von dem Eis wie betäubt. »Ich wollte mich nur bedanken, weil Sie mich aufgenommen haben. Es gab sonst niemanden, zu dem ich hätte gehen können.«

»Ja, Mark, das weiß ich. Aber solange du mir im Haus hilfst und immer daran denkst, niemandem von unserem kleinen Arrangement zu erzählen, brauchst du mir nicht zu danken.«

»Aber noch nie hat mich jemand ...«

»Dich mit dem Respekt behandelt, den du verdienst? Nun, ich bin sicher, du findest im Lauf der Zeit heraus, daß wir Künstler uns selbst umeinander kümmern müssen. Niemand sonst tut das – und schon gar nicht der Staat. Nein, wir Künstler müssen uns schon gegenseitig helfen, sonst verhungern wir. Entweder, weil es uns an Nahrung fehlt, oder an Inspiration.« Sie sieht ihn lächelnd an. »Es ist meine Pflicht, dich zu ernähren.«

Mark nickt nur, er weiß nicht, was er sagen soll.

Miss Hackman steht auf. »Komm mit. Ich möchte dir etwas zeigen.«

Mark folgt ihr eine wackelige alte Holzleiter hinauf, die durch die Küchendecke nach oben führt. Er versucht, nicht unter ihren Rock zu sehen, als sie vor ihm hinaufsteigt.

Sie erreichen das Ende der Leiter und befinden sich in einem kleinen, dunklen Raum, in dem es nach Öl riecht – Mark denkt, es riecht wie in Dads Werkstatt, nur weiblicher. Wie parfümiertes Schmieröl.

»Das hier ist mein geheimer Zufluchtsort«, sagt Miss Hackman und breitet die Arme aus. »Jeder Künstler muß so einen Ort haben. Dies ist mein Studio, der einzige Platz, an dem ich wirklich schöpferisch sein kann.«

Mark sieht sich in dem Zimmer um. Gerahmte Ölbilder bedecken die in düsterem Grün und Schwarz gehaltenen Wände. Ein paar rotweißblaue Farbflecke fallen ihm ins Auge. Aufgerollte und plattgedrückte Farbtuben verteilen sich über das ganze Zimmer. Ölspritzer bedecken den Boden und erinnern ihn an Blutflecke. Überall liegen Skizzen herum, die meisten sind mit Kohle auf Zeitungspapier gemalt. Eine einzige Glühbirne erleuchtet den Raum, verleiht den Schatten Gestalt und vertieft die Dunkelheit der Gemälde.

»Cool«, sagt Mark.

»Ja ... es ist cool.« Polly schüttelt ihr Haar zurück. »Ich habe dieses Zimmer noch niemals jemandem gezeigt. Du bist der erste, der es sehen darf. Die meisten der Bilder dürfte ich auch niemandem zeigen. Man würde mich als ultraliberal bezeichnen und zensieren. Und niemand würde eine Kunstlehrerin an der Junior High haben wollen, die derart schockierende Visionen malt. Die die Wahrheit dieser Welt erkennt. Wahre Kunst erschreckt die Mächtigen, denn sie sehen es als ihre Aufgabe an, die Wahrheit zu verbergen, damit die Massen angenehm und bequem leben können. Wahres Leben ist nicht bequem. Und das stelle ich mit meinen Arbeiten dar.«

»Zeigen Sie es mir«, sagt Mark eifrig.

Sie führt ihn in eine Ecke des Studios. Ihre Schritte klingen auf den Bodenbrettern wie dumpfe Herzschläge. Sie durchsucht einen Stapel von Leinwänden und zieht einige heraus. »Ich glaube, diese Serie wirst du zu schätzen wissen«, sagt sie und lehnt die Bilder gegen die Wand.

Mark konzentriert seinen Blick auf die farbige Leinwand und erkennt, was dort dargestellt ist. Jedes der Bilder zeigt ein Objekt, das in die Form der Vereinigten Staaten gezwungen werden ist, so als wäre es eine Landkarte. Auf dem ersten Bild ist ein aufgedunsener, schleimbedeckter Mann zu sehen, der auf den Knien hockt. Seine herabhängenden Genitalien bilden Florida und Texas, der abgeschlagene Kopf Alaska, der blutüberströmte Nacken Maine verströmt die Flüssigkeit, die den Ozean erfüllt. Klaffende Wunden auf seinem Körper enthüllen die Adern und Venen, die die Flüsse des Kontinents nachzeichnen.

»Das mag ich«, sagt Mark und denkt an seinen Dad.

Polly legt ihren Arm um seine Schultern. »Ich wußte, daß es dir gefallen würde.«

Auch das nächste Bild hat wieder die Form der Vereinigten Staaten. Diesmal ist es eine auf unmögliche Weise verdrehte und verzerrte nackte Frau. Pinsel ragen aus der Leinwand hervor wie lange Pfeile, und Mark entdeckt, daß es wirklich Pfeile sind, Pinsel, an deren Ende Federn kleben, während die Spitzen sich in den Körper der Frau bohren. Die Federn tragen die Farben der U.S.-Flagge, und die Spitzen der Pinsel sind in goldener Farbe gehärtet. Die Frau schreit vor Schmerz, ihre Geschlechtsteile sind von den pfeilähnlichen Pinseln durchbohrt, und goldene Bächlein rinnen aus ihnen heraus.

»Ich nenne diese Serie ›The United Rapes of America‹. Was hältst du davon?«

»Brillant«, sagt Mark. »Ich hatte ja keine Ahnung, daß Sie so gut sind!«

Polly sammelt die Bilder wieder ein und paßt besonders auf, die Nackte mit den Pfeilen nicht zu beschädigen. »Ich male einfach nur, was ich sehe, Mark. Genau wie du.« Sie dreht sich um und blickt ihn an. »Du beherrschst noch nicht alle Nuancen deines Handwerks, doch du fängst die Dunkelheit schon sehr gut ein. Du besitzt diesen Funken des Talents. Nenn es Intuition oder wie immer du willst. Eines Tages wird deine Kunst bedeutend sein.«

»Danke, Polly.« Marks Gesicht ist knallrot angelaufen, und sein ganzer Körper kribbelt vor Verlegenheit.

Irgend etwas Heißes, Feuchtes rinnt über sein Gesicht. *Tränen.*

Polly hockt sich vor ihn hin und blickt ihm in die Augen. »Mein Gott«, flüstert sie.

Mark wischt sich mit dem Arm über das Gesicht. »Tut mir leid. Ich wollte nicht weinen …«

»Nein« sagt sie sanft und drückt seinen Arm nach unten. »Laß dich anschauen. Du bist schön … ich muß dich malen, muß diesen Moment einfangen.«

Mark schluchzt auf. »Aber ich heule doch wie ein kleines Kind!«

Pollys Augen weiten sich. »Es ist wunderschön. Bitte, laß mich dich malen. Deine Unschuld, deine Schönheit …«

Der Ausdruck in ihren Augen überzeugt ihn. »Also gut, wenn Sie unbedingt wollen.«

»Ausgezeichnet«, sagt sie, steht auf und geht zu einer Staffelei hinüber, wo sie eine frische Leinwand auf dem hölzernen Rahmen befestigt. »Nimm dir bitte den Stuhl dort drüben und setz dich unter die Lampe, ja?«

Mark gehorcht. Der Stuhl ist aus Metall und genauso hart und unbequem wie der, auf dem Dad ihn bestraft hat.

Polly drückt Öl auf eine Palette. »Jetzt nicht mehr bewegen«, sagt sie und führt den Pinsel an die Leinwand. »Ich möchte, daß dieses Bild perfekt wird.«

Sie steht in der dunkelsten Ecke des Zimmers. Mark kann sie kaum erkennen. Die Lampe über ihm, die ihm vorhin noch so schwach vorkam, blendet ihn jetzt, wo seine Augen vor Tränen schwimmen. Er denkt an Dad, an Mommy …

Polly bewegt sich in der Dunkelheit. Das Rascheln von Stoff ist zu hören. »Genau so. Hör nicht auf zu weinen.«

Mark schnüffelt und versucht das salzige Wasser wegzublinzeln, das seine Sicht trübt. Es stört ihn nicht mehr, daß Polly seine Schwäche sieht. Es tut gut zu weinen, und es kommt ihm so vor, als würde er zum ersten Mal in seinem Leben Tränen vergießen.

»Jetzt nicht bewegen …«, sagt Polly. Der Pinsel fährt mit heftigen Bewegungen über die Leinwand. Mark erinnert sich an Dads Worte: *Sieh niemals weg.*

Er hebt den Kopf und schaut zu ihr hinüber, läßt den Tränen freien Lauf.

»Weißt du«, sagt Polly aus der Dunkelheit heraus, »alle

großen Künstler haben Selbstporträts angefertigt. Oder sie haben sich von Kollegen malen lassen, so wie ich das gerade bei dir mache. Das ist wichtig. Der wahre Künstler muß eins werden mit seinem Handwerk. Ein Maler muß in einem Gemälde eingefangen werden. Das hat durchaus seinen tieferen Sinn, mußt du wissen. Ich habe selbst ein paar Bilder von mir gemalt. Später, wenn wir hiermit fertig sind, werde ich sie dir zeigen.«

Marks Augen werden langsam wieder trocken. »Ich würde sie gern sehen.«

»Ja, das glaube ich«, antwortet ihre Stimme. »Es sind alles Aktbilder.«

Mark kichert verlegen.

Es wird still im Zimmer, nur das Geräusch, mit dem das feuchte Öl auf die Leinwand gestrichen wird, ist zu vernehmen. Es erinnert Mark an die Laute, die Mommy gemacht hat.

Möchtest du, daß ich ein Aktbild von dir male?« fragt Polly.

Marks Gesicht fühlt sich wie Beton an. »Natürlich«, sagt er, »wenn Sie meinen, ich sollte das tun.«

Das Geräusch des Pinsels hört auf. Polly tritt aus den Schatten hervor. »Warum ziehst du dich nicht aus?« Sie ist nackt. Ihre zarte Haut reflektiert das schwache, gelbliche Licht der Birne, die über Mark herabhängt.

Im ersten Moment glaubt er, es ist Mommy. »Polly!«

»Du mußt nicht verlegen sein«, sagt sie. »Ich male immer nackt. Nur so fühle ich mich wirklich frei. Ich kann nicht arbeiten, wenn ich durch Kleider eingeengt bin.«

»Nun ... also gut.« Mark zieht das T-Shirt aus. In der plötzlichen Kälte richten sich seine Brustwarzen auf. Als er die Jeans öffnet, wird er rot.

Polly steht vor ihm und bewegt ihren Unterkörper leicht hin und her, während sie ihn genau beobachtet. Die Hand, die sanft über ihre Hüfte streicht, hinterläßt eine gelbe Spur, genau wie ein Pinsel, und plötzlich erkennt Mark, daß es Farbe ist und nicht das Licht, das Pollys Haut so gelb und golden leuchten läßt wie die Frau auf der Karte ....

Die Lichtkristalle verlöschen und wirbeln davon wie glühende Asche. Kilpatrick greift danach, versucht den Schwarm von Farbtupfen zu umarmen, den Augenblick zurückzuholen – doch er ist fort, eingerahmt durch den weißen Rand des Fotopapiers, gefangen in seinem eigenen Licht, seiner eigenen Welt, die nicht mehr die seine ist.

Der Wettermann ist vollendet, zu einem Teil der Serie geworden. Seine hellen, strahlenden Farben stehen in starkem Kontrast zu dem gemusterten Teppich auf dem Fußboden. Kilpatrick öffnet seine Hose. Sein Geschlechtsteil ragt heraus, schwer und hart, und weist ihm den Weg zu dem farbenbedeckten Körper, der noch immer auf dem Bett liegt …

Kapitel 16

1.

Roberts entdeckte Schoenmachers Wagen genau vor Judys Haus. Er hielt direkt dahinter an, und drückte seine Zigarette am Rand des überquellenden Aschenbechers aus. Ein paar Funken fielen herab, landeten auf dem Teppich und verloschen stinkend. Roberts fluchte.

Verärgert sprang er aus dem Wagen und knallte die Tür zu. Die Nacht hüllte ihn wie eine schwarze Decke ein, und die Stadt kam ihm dunkler vor, als sie eigentlich hätte sein sollen. Und plötzlich erkannte er, wieso er dieses Gefühl hatte: In Judys Haus brannte kein einziges Licht.

Er eilte die Stufen zur Haustür hinauf und drückte auf die Klingel. Keine Reaktion. Er drückte nochmals.

Dann bemerkte er, daß die Tür nur angelehnt war. Ein schmaler dunkler Spalt schien ihn ins Innere des Hauses einzuladen

Er trat ein. Das Wohnzimmer bestand nur aus Schatten und formlosen Umrissen. Roberts tastete nach dem Lichtschalter und knipste das Licht an. Die plötzliche Helligkeit ließ ihn blinzeln.

Das Wohnzimmer wirkte makellos sauber und anheimelnd. Offensichtlich hatte Judy ihre Gehaltsschecks dazu verwendet, sich mit allem Komfort zu umgeben, den das Yuppieherz begehrte, wie die mit dichtem grauen Mohair bezogene Couch und das überdimensionale Fernsehgerät bewiesen. Oben auf dem Fernseher ruhte das Steuermodul des Kabelanschlußes, und unter dem Gerät reihten sich Videokassetten aneinander … doch nirgendwo war ein Recorder zu sehen. »Judy?« rief Roberts nervös. Er fühlte sich unbehaglich, weil er einfach ihr Haus betreten hatte.

Nach einem prüfenden Blick in die Küche (die genauso hübsch ausstaffiert war), ging Roberts langsam den Flur entlang. *So muß sich auch ein Einbrecher fühlen,* dachte er, während er sich über den rautenförmig gemusterten Teppich bewegte.

Als er am Ende des Flures angekommen war, legte er ein Ohr an die Tür und erwartete leises Schnarchen zu hören oder auch lustvolles Stöhnen, doch nichts als absolute Stille hallte in seinen Ohren wider.

Was hat Dan nur gemacht? Und wo ist er überhaupt?

Er stieß mit den Fingerspitzen gegen die Tür. Sie knarrte nicht, sondern schwang auf gut geölten Angeln zur Seite. In dem dunklen Schlafzimmer lag etwas auf dem Bett, bedeckt von schimmernden Laken, doch Roberts hätte nicht zu sagen vermocht, ob es ein Körper war oder zwei.

Er wollte sich schon umdrehen, um wieder zu gehen, überlegte es sich jedoch anders.

Mit einer Mischung aus Verlegenheit und Schuldbewußtsein schaltete er das Licht ein.

Unter der schimmernden roten Seidendecke lag eine Frau, aber nicht die richtige. *Eine schwarze Frau* schlief in Judys Bett.

Heilige Scheiße, bin ich im falschen Haus gelandet?

Die Frau wachte nicht auf, was merkwürdig war. Roberts schlich näher heran, um sich zu vergewissern, daß er sich nicht geirrt hatte.

Die schwarze Frau trug Judys Gesicht.

»Judy?« rief Roberts. Er stürzte vorwärts und hoffte, bei der Verfärbung handle es sich lediglich um irgendeine kosmetische Schlammpackung und nicht etwa um durch Schoenmachers Schläge hervorgerufene Blutergüsse …

Ihre Augenlider zuckten und öffneten sich.

Roberts fuhr zurück.

Das, wozu Judy Thomas geworden war, starrte wie eine Leiche zur Decke empor, ohne zu blinzeln, leer – als hätte jemand ihre Persönlichkeit ausradiert und nur die körperliche Hülle zurückgelassen.

Und jetzt erkannte Roberts auch, daß es sich bei der

Schwärze ihres Körpers nicht um natürliche Pigmentierung handelte. Ihre Haut war von Worten bedeckt, winzige Buchstaben zeichneten sich auf praktisch jeder Pore ab, selbst auf den Augenlidern, den Lippen, den Brustwarzen …

»Judy!« Roberts zog das rote Laken bis zu ihrem Hals hinauf und verhüllte die von Buchstaben entstellte Brust. Dann beugte er sich über sie und suchte nach der Person, die sich in ihrem Innern verbarg.

»Judy, was ist geschehen?« Eine dumme Frage; er wußte schließlich genau, was passiert war – der Tattoo-Killer hatte ihr das angetan.

Judy gab keine Antwort.

Roberts betrachtete forschend ihr Gesicht, als sei dort die Antwort verborgen. Und in gewisser Weise entdeckte er sie tatsächlich dort, eintätowiert in ihre Haut: MEINE BRIEFE, FICK MICH, LECK MICH, LECK DIE GANZE WELT, JUDY DU NUTTE, FOTZE, NACHRICHTENNACHRICHTENNACHRICHTEN …

Roberts wandte sich ab und schlug die Hände vors Gesicht. Der Killer hatte Judy die ganze Zeit über Fanpost geschickt – wahrscheinlich hatte er selbst einen dieser Briefe in der Hand gehalten, damals, als sie über Schoenmacher hergezogen war.

Mit Sicherheit waren auch noch andere Botschaften in diesem Überzug aus Vulgaritäten verborgen, der ihre Haut bedeckte. Ein Titel vermutlich. Initialen, die die Buchstaben MKI ergaben. Vielleicht sogar jenes Schild aus seinem Alptraum: DU BIST VERDAMMT.

Er sah wieder zu Judy, deren Augen noch immer ohne jeden Ausdruck nach oben starrten. Roberts mußte an Lockermans Foto von Tina denken. Was der Killer der Prostituierten angetan hatte, ähnelte dem hier in mehr als einer Weise. Außer, daß er Judy am Leben gelassen hatte.

Roberts beugte sich über sie, packte ihr Kinn und zwang sie, ihn anzuschauen. »Jetzt komm schon, Judy, komm wieder zu dir. Du mußt mir sagen, wo Dan ist …«

Ein schwarzer Speichelfaden rann über ihre Lippen.

Roberts erkannte, daß auch die Zunge und der Gaumen von dunklen Buchstaben bedeckt waren.

Er würgte und ließ ihren Kopf angewidert zurücksinken. Dann stürzte er aus dem Schlafzimmer in Richtung Küche, um die Polizei anzurufen.

Sein Fuß traf platschend auf den Teppich im Flur. Das aus dem Schlafzimmer fallende Licht enthüllte einen dunklen Fleck, der sich auf dem Stoff ausbreitete. Die Nässe drang unter einer Tür hervor, hinter der Roberts das Bad vermutete.

Er machte zwei Schritte, riß die Tür auf und schaltete das Licht ein.

Der Boden des Badezimmers glänzte vor Nässe. Schoenmacher hing über dem Rand der Wanne, den Kopf in das überlaufende Wasser getaucht. Frisches Wasser rann aus der Mischbatterie auf Dans Handgelenk und vermischte sich dann mit der rotgefärbten Brühe in der Wanne.

»DAN!« Roberts hatte das Gefühl, seine Augen würden aus den Höhlen quellen.

Er raste in die Küche, schnappte das Telefon, verschwendete wertvolle Sekunden, bis er herausgefunden hatte, wie das schnurlose Gerät eingeschaltet wurde, und tippte eine siebenstellige Nummer ein. Sofort unterbrach er die Verbindung wieder, als ihm klargeworden war, daß er instinktiv Lockermans Haus angerufen hatte – *ausgerechnet jetzt muß der Idiot betrunken sein* – und wählte die Notrufnummer 911. Zu seiner Überraschung bekam er sofort Antwort und meldete einen Selbstmordversuch. Als der Mann in der Notrufzentrale wissen wollte, zu welcher Adresse er den Krankenwagen schicken sollte, mußte sich Roberts konzentrieren, um ihm die Straße und die richtige Hausnummer zu nennen. Es fiel ihm unendlich schwer, einen klaren Gedanken zu fassen, nachdem er die Tätowierung gesehen hatte, die jeden Zentimeter von Schoenmachers nacktem Körper bedeckte: ein buntes Tattoo, das offensichtlich eine Wetterkarte darstellte.

2.

Kilpatrick konnte nicht aufhören zu lachen, als er die Fotos des Wettermannes und der Nachrichtenfrau oben über seiner Bildergalerie antackerte. Seine Trophäenwand sah jetzt aus wie die Comic-Darstellung einer Nachrichtensendung, in der die beiden darüber berichteten, wie er die Porträts zum Leben erweckt hatte. Fast war es so, als wäre er, Prinz Eisenherz, aus den gerahmten Bildern geflüchtet, die ihn einst gequält hatten, und nicht genau andersherum.

Doch er war nicht Prinz Eisenherz. Prinz Eisenherz war nur ein kleiner Wurm. Kilpatrick war König. Mark, König von Inkland. Und sein stolzes Zeichen lautete: MKI.

Er betrachtete den Wettermann, seinen Hofnarren. Die Fotografie sah genauso aus wie eins der Gemälde seiner alten Kunstlehrerin, ein neuer Beitrag zu ihrer Reihe ›The United Rapes of America‹. Aber es war viel besser als alles, was sie je zuwege gebracht hatte, soweit er sich überhaupt noch an ihre simplen Kunstwerke erinnern konnte. Der Wettermann war buchstäblich selbst zum Wetter geworden. Zu einer Karte, die die Stürme seiner inneren Hölle nachzeichnete.

Und auch die real existierende Hölle der Öffentlichkeit. Die Welt, in der sie alle lebten – jener rotierende Schleimball, der nicht rund, ja nicht einmal ein Planet war, sondern ein lebender, atmender Körper, ein menschlicher Körper gewunden und verdreht wie ein Gehirn. Wie Kilpatricks Gehirn.

Und auch die Nachrichtenfrau – seine Liebe – predigte die Botschaft, verbreitete seine Worte, ließ jedermann *sehen*, wie die Welt wirklich beschaffen war. Kilpatrick wußte, daß Judy nicht anders war als er selbst. Sie paßten perfekt zusammen. Ihr Mund gehörte ihm. Ihre Haut, seine Stimme. Und die inmitten der Worte verborgenen Visionen … gleich jener unbeholfenen Zeichnung, die er als Kind in die Tischplatte geritzt hatte …. sie waren es, die wirklich zählten.

Kilpatrick beobachtete, wie sich die schwarzen Buchstaben auf ihrer Haut verwandelten und ein pulsierendes Eigenleben führten. Die Worte lösten sich auf, die Buchstaben verschwammen, formten sich neu zu sich windenden Schlangen und Eingeweiden, glitschten umeinander wie körperlose Schwänze, die die Furchen zwischen den Tintenstrichen fickten, glitten in die rosigen Falten, die sich öffneten und schlossen – hier ein Anus, dort eine Spalte – fast so wie das einst hinter der Glaswand eingeschlossene Leben in dem von unzähligen Augen bedeckten Körper.

Kilpatrick riß sich vom Anblick der Moderatorin, seiner Botin, seiner Gefährtin, los. Sein Schwanz pochte schmerzhaft. Er wünschte, er hätte die Frau mit hergebracht, doch ihm war natürlich klar, daß die beiden am Leben bleiben mußten, wenn er wirklich an die *Öffentlichkeit* treten wollte. Sie mußten in den Nachrichten erscheinen, seine Botschaft über den Bildschirm verbreiten.

Er schaute zu Carvers hinüber, die in der Nähe der Tür in der Ecke lag. Tot. Nicht länger von Nutzen. Doch ihre Augen lebten noch immer, konnten noch immer sehen, und ihre Pupillen folgten ihm, als er sich näherte. Sie wollten ihn, diese verführerischen, feuchten, willigen Schlafzimmeraugen. Doch Augen konnten nur zusehen, was ihm jetzt nicht weiterhalf. Er trat gegen die Glasplatte auf ihrem Bauch, drückte die Scherben in das vertrocknete Zeug in ihrem Innern. Augen brauchte er jetzt nicht. Er wollte irgend etwas ficken, und zwar jetzt sofort, solange die schleimigen Säfte der Nachrichtenfrau auf seinem Schwanz noch feucht waren.

Die Kammer.

Fast hätte er sie vergessen. Er zog sich aus und ging hinein, wo ihm die anklagenden Augen der toten Frau auf dem Boden nicht folgen konnten. Die Kammer – wo die nasse Gebärmutter des Lebens und der Dämon auf ihn warteten.

Kapitel 17

1.

Am frühen Montag morgen saß Roberts auf der mit orangerotem Plastik bezogenen Bank im Wartezimmer des Parkrose Hospital. Der Schock klang immer noch in ihm nach, und zudem fühlte er sich schuldig an allem, was geschehen war.

Er hatte miterlebt, wie dem Killer an einem einzigen Tag drei Menschen zum Opfer gefallen waren. Die Ballons auf der Convention hatten ihn noch nicht übermäßig beunruhigt – damals war er zu beschämt über sich selbst und zu wütend über Lockerman gewesen, um wirklich wahrzunehmen, was vor sich ging –, und außerdem hatte er diesen Collins nicht einmal gekannt. Bei Judy und Schoenmacher lag der Fall jedoch völlig anders. Der eine war einer seiner besten Freunde, die andere eine Kollegin. Und sie waren am Leben geblieben. Roberts kam es fast so vor, als sei das eine speziell für ihn bestimmte Drohung gewesen, damit er die Geschichte auch wirklich in den Nachrichten brachte.

Auf der anderen Seite fühlte sich Roberts so schuldbewußt, als wäre er selbst für die Tätowierungen verantwortlich, teils, weil die ganze Convention seine Idee gewesen war, teils, weil er Schoenmacher allein zu Hase gelassen hatte. Auch seine Berichterstattung über den Killer trug zu den Schuldgefühlen bei, doch vor allem fühlte er sich für die Verwandlung der beiden verantwortlich, weil auch er selbst sie in Gedanken verwandelt hatte. Auf Judy war er eifersüchtig gewesen und hatte ihre Künstlichkeit gehaßt, die er selbst ihr aufgezwungen hatte, indem er ihr die Worte in den Mund legte, die sie jeden Abend verlas, und jetzt hatte der Killer die Worte buchstäblich in ihr verankert. Roberts hatte sie mit seinen Worten zu dem gemacht, was sie in der Sendung darstellte, und der

Killer hatte diesen Vorgang in Realität umgewandelt. Das gleiche galt für Schoenmacher, den er immer für ebenso unberechenbar gehalten hatte wie das Wetter – als er ihn zuletzt gesehen hatte, war er wütend auf ihn gewesen und hatte ihn als Schmarotzer empfunden, der sich in seinem Haus breitmachte –, und jetzt war er physisch durch den Killer verändert worden. Roberts wurde das Gefühl nicht los, er sei dadurch, daß sich seine Haltung den Freunden gegenüber in den letzten Tagen so plötzlich verändert hatte, irgendwie auch mit den Veränderungen verbunden, die der Tattoo Killer ihnen aufgezwungen hatte. Ganz so, als wäre all das seinen Wünschen entsprechend geschehen.

Nachdem die Polizei ihn am Abend zuvor nach Hause geschickt hatte, war er sogar aus lauter Angst wach geblieben, selbst seine Alpträume könnten unbewußt die Welt um ihn herum beeinflussen.

Roberts entdeckte Lockerman, der durch den Flur auf das Wartezimmer zuging. Von all seinen Freunden war der Polizist wohl derjenige, für den sich seine Gefühle am meisten gewandelt hatten. Höchste Zeit, das zu ändern, die Dinge zu bereinigen, denn sonst ...

»Ich bin sofort gekommen, als ich von der Sache hörte, Roy. Wie geht's Dan?« Lockerman sprach leise und wich Roberts Blick aus.

»Der Arzt meint, er würde durchkommen. Als ich all das rote Zeug in der Wanne sah, dachte ich, er hätte sich die Pulsadern aufgeschnitten, doch zum Glück stimmte das nicht. War nur Tinte und Blut von den Tätowierungen. Ich nehme an, er hat versucht, sich den ganzen Mist abzuwaschen, als er merkte, was mit ihm geschehen war ... Aber er war noch so von den Drogen umnebelt, daß er sich dabei fast ertränkt hätte.« Roberts schluckte schwer. »Aber er wird schon wieder, glaube ich. Wenigstens hat er überlebt.«

»Und Judy?«

»Verrückt geworden. So wie sie zur Decke starrte, hätte ich fast geschworen, sie wäre tot ...«

Lockerman senkte den Kopf. »Ich hätte dort sein müssen.«

Roberts nickte nur zustimmend, weil er nicht wußte, was er darauf erwidern sollte. Er hätte jetzt dringend eine Zigarette gebraucht – die Luft im Wartezimmer war heiß und stickig und roch intensiv nach medizinischem Alkohol, alten Verbänden und Krankheit.

»Ich möchte mich dafür entschuldigen, daß ich mich auf der Convention habe vollaufen lassen, Roy. War dumm von mir.« Er ballte die Fäuste, als wolle er sich selbst schlagen. »Aber es wird nicht wieder vorkommen, das garantiere ich.«

Eine Weile saßen die beiden Männer schweigend nebeneinander, ohne einander anzusehen.

Schließlich fragte Roberts: »Hat sich bei der Untersuchung irgendwas Neues ergeben?«

»Nun, ich habe die Berichte über die Convention gelesen. Die Überreste von Collins waren relativ frisch – er kann höchstens zwei Tage vor Beginn der Veranstaltung ermordet worden sein, falls das irgend etwas besagt. Auf den Ballons selbst fanden sich keinerlei Hinweise, keine Titel oder Initialen oder so was …«

»Dann war es vielleicht gar nicht unser Killer. Möglicherweise ist Corky nicht der einzige gewesen, der an jenem Tag etwas kopiert hat.«

»Das bezweifle ich, Roy, das bezweifle ich wirklich. Weshalb hätte denn ein anderer ausgerechnet Collins abschlachten sollen. Nein, das war ganz eindeutig der Killer.«

Roberts zuckte die Achseln. Im Moment mußten sie jede denkbare Möglichkeit ins Auge fassen.

Judys Haus wird noch immer nach Hinweisen durchsucht, aber ich bezweifle, daß man etwas findet. Nachher fahre ich selbst wieder hin.« Lockerman richtete sich auf. »Eine Sache ist merkwürdig, wenn auch vielleicht nicht von besonderer Bedeutung. Hinter ihrem Fernsehgerät hingen eine Menge Kabel, deshalb vermute ich, der Killer hat ihren Videorecorder mitgenommen. Hat wahrscheinlich nicht viel zu besagen, aber es könnte uns einen weiteren Hinweis auf seine Vorgehensweise liefern …«

»Was zum Teufel soll der Killer denn mit einem Recorder anfangen?«

»Woher soll ich das wissen? Vielleicht leiht er sich Splatter-Filme aus. Nein, das ist albern. Aber warte ... glaubst du, er nimmt seine Opfer auf Video auf? Kann eigentlich auch nicht sein, dann hätte er ja schon längst einen Recorder ...«

Roberts hob den Kopf und sah Lockerman zum ersten Mal direkt an. »Die *Nachrichten*. Er will die Nachrichten aufzeichnen, genau wie Dan.«

»Dan?«

»Ist jetzt nicht so wichtig.«

»Weshalb sollte er die Nachrichten aufnehmen?« Lockerman rieb sich über das Kinn. »Du glaubst doch nicht, er erwartet, man würde im Fernsehen zeigen, was er Dan und Judy angetan hat, oder? Das wäre doch völlig verrückt!«

»Ja, aber er ist ja selbst völlig verrückt« Roberts verzog nachdenklich das Gesicht. »Zumindest war ja genau das immer sein Hauptmotiv. Er wollte unbedingt in die Nachrichten kommen. Also hat er vielleicht vor, die Sendung aufzuzeichnen, in der über ihn berichtet wird ... oder er glaubt sogar, Judy und Dan würden so, wie sie jetzt aussehen, wieder zur Arbeit gehen.«

»Meinst du wirklich, er ist *dermaßen* verrückt?«

»Wer kann das schon sagen? Aber weshalb sonst hätte er ausgerechnet die beiden verschonen sollen? Alle anderen hat er umgebracht.«

Lockerman lehnte sich zurück und dachte darüber nach.

»Ich wette, genauso ist es«, erklärte Roberts, der sich immer mehr für diese Theorie erwärmte. »Aber jetzt verrate mir, was ihr auf Judys Körper entdeckt habt. Sollte mich nicht wundern, wenn das, was er dort aufgeschrieben hat, seine Botschaft an die Welt wäre.«

Ich habe mir die Tätowierung bisher noch nicht genauer angesehen«, erwiderte Lockerman. »Es gab zuviel zu tun«. Er seufzte. »Was für eine Verschwendung. Sie war wirklich hübsch.« Roberts begriff, daß er gerade an Tina Gonzales dachte.

»Nun, jedenfalls gibt es bestimmt irgendwo einen Hinweis. Es ist unmöglich, eine Million Worte zu schreiben, ohne wenigstens irgend etwas von dem zu enthüllen, was einen bewegt.«

Lockerman zog die Augenbrauen hoch. »Wie steht es mit dem Video von der Convention? Hat sich da etwas ergeben?«

»Scheiße, ich war noch gar nicht wieder beim Sender. Ich habe mir soviel Sorgen um Birdy gemacht, daß ich nicht mal dran gedacht habe. Verdammte Scheiße.«

Roberts spürte, wie sich in seinem Inneren etwas löste. Tränen stiegen in ihm auf. Er drückte gegen seine Augen, um sie zurückzuhalten. »Hör mal, John, ich habe ganz beschissene Angst. Höllische Angst. Du mußt mir versprechen, daß sowas wie gestern nie wieder vorkommt. Ich muß wissen, daß ich auf dich zählen kann.«

Lockerman hob eine Hand, um Roberts zu berühren, zog sie aber wieder zurück. »Du hast mein Wort, Mann.«

Roberts schluckte schwer. Er kämpfte noch immer mit den Tränen. »Er wird jetzt hinter mir her sein, das spüre ich ...«

»Jetzt fang bloß nicht an, die ganze Sache auf dich persönlich zu beziehen. Wenn du Glück hast, weiß der Killer nicht einmal, daß es dich gibt. Es ist ja nicht so, als wärst du in irgendeiner Weise an den Verbrechen beteiligt. Möglicherweise haben ihm die TV-Nachrichten genützt, aber das ist nicht dein Fehler, du arbeitest schließlich nur dort. Du tust nur deinen Job ...«

»Ja, aber mein Job stinkt.«

»Mach dir keine Sorgen, Roy.« Lockerman legte eine Hand auf Roberts Bein. »Ich passe schon auf dich auf. Und ich werde dieses Arschloch finden, und wenn ich dabei draufgehe.«

Roberts strich sich übers Gesicht, entdeckte aber keine Tränen. Sie warteten noch in seinem Innern, als wären sie für einen ganz besonderen Anlaß bestimmt. Er fragte sich, weshalb Männer so gut wie nie weinen, es sei denn, sie zwangen sich regelrecht dazu.

Lockerman brach gegen Mittag auf. Bis zu diesem Zeitpunkt hatten sie Schoenmacher noch nicht besuchen dürfen. Der Zustand des Wettermannes würde sich frühestens am späten Nachmittag stabilisieren, hatte der Arzt erklärt. Roberts fragte sich, ob sein eigener Zustand jemals wieder stabil sein würde.

2.

Am Dienstag nachmittag hockte Lockerman apathisch in seinem Büro. Selbst die zwei Kannen Kaffee, die in seinem Magen rumorten, hatten es nicht geschafft, ihn munterer zu machen. Es traf keineswegs zu, daß ihm alles gleichgültig gewesen wäre – im Gegenteil, er hatte sein Versprechen gegenüber Roberts völlig ernst gemeint –, nur sah es so aus, als würde er verlieren. Er verlor seine Freunde, seinen Schwung und seinen klaren Verstand. Und vor allem verlor er das Rennen gegen die Zeit. Er wollte den Psychopathen fassen, bevor der den nächsten Mord beging, doch wie es aussah, würde ihn der Killer um Längen schlagen.

Er schlürfte den bitteren Rest aus dem Plastikbecher und zwang sich, die Fotos noch einmal durchzugehen. Die Bilder aus dem Krankenhaus verstörten ihn mehr als die der anderen Opfer, sogar mehr als die von Tina. Vielleicht lag es daran, daß sich die Tätowierungen auf lebenden Menschen befanden, jedenfalls schaffte er es nicht, die Tattoos einfach als Beweismittel zu betrachten, so wie bei den anderen Opfern. Zudem wirkte der Kontrast zwischen dem kalten, klinisch sauberen Hintergrund der Polizeifotos und den abscheulichen Tätowierungen irgendwie besonders erschreckend. Als wären die beiden wirklich tot.

Lockerman zwang sich, nur auf die Fakten, die Details zu achten und die dahinter verborgene Wahrheit zu ignorieren.

Schoenmachers Körper war von einer Karte der Vereinigten Staaten bedeckt, die in ihren leuchtenden Farben an die

Computerbilder erinnerte, vor denen der Wettermann jeden Abend im Fernsehen stand. Wolken wirbelten über die Karte, ein paar Tornadosymbole waren zu sehen. Dazu die üblichen ›Hs‹ und ›Ls‹, mit denen die Hoch- und Tiefdruckgebiete gekennzeichnet wurden. Auch schlampig ausgeführte Temperaturangaben fehlten nicht. Dünne schwarze Linien zogen die Grenzen der Bundesstaaten nach, doch sie entsprachen nicht den echten Grenzlinien, sondern formten menschliche und nicht-menschliche Körper, die sich in einer Orgie wanden. An einigen Stellen erleuchtete eine kleine lächelnde Sonne mit ihren gelben Strahlen dieses Treiben. Blitze und schwarze Kommas, die Regentropfen darstellen sollten, waren in die zarte Haut von Schoenmachers Penis und Hodensack eingestichelt.

Lockerman spürte, wie sich sein Magen hob, und schob das Foto ganz unten in den Stapel auf seinem Schreibtisch.

Der Fotograf hatte gute – vielleicht *zu gute* – Arbeit geleistet, als er die Worte ablichtete, die Judys Körper in verschlungenen Linien bedeckten. Lockermans erster Eindruck war der eines riesigen Fingerabdrucks, so wanden sich die dunklen Worte in Bögen und Wirbeln über die Haut der Frau. Ein Irrgarten aus Worten. Aber auch Bilder waren darin verborgen, Darstellungen, die aus dem Labyrinth der Buchstaben entstanden und wieder vergingen. Doch Lockerman konnte nicht erkennen, was sie darstellten.

Das erste Bild zeigte ihr Gesicht. Die toten Augen, die Robert erwähnt hatte, reflektierten das Blitzlicht der Kamera. Das gesamte Gesicht – Augenlider, Kinn, Nasenflügel, Zunge, Ohrläppchen – war von sinnlosen, unverständlichen Worten bedeckt, in denen Lockerman kein Muster zu erkennen vermochte. Auch die übrigen Fotos zeigten mehr oder weniger das gleiche: offenbar zufällig verteilte Worte, die Haß, Selbstgerechtigkeit, Frauenfeindlichkeit und sexuelle Gier ausdrückten. Der ungebremste Wortschwall eines Verrückten.

Immerhin lieferte die Tätowierung den endgültigen Beweis, daß sie es mit einem Mann zu tun hatten. Die Tätowierung – und das Sperma, das man auf der Rückseite ihrer Schenkel entdeckt hatte.

Auf dem Foto der Handflächen entdeckte Lockerman schließlich, wonach er gesucht hatte: *viSION OF THE mATCHmakER.* Die Worte wurden von einem Riß in der Haut unterstrichen, doch die üblichen Initialen MKI waren nirgendwo in der Nähe des Titels zu finden. Allerdings war Lockerman sicher, daß er sie lediglich zwischen den unzähligen Buchstaben übersehen hatte. Was immer der Titel auch bedeuten sollte, eines war klar – Judy Thomas war das siebte Opfer des Killers. Schoenmacher mußte demnach die Nummer sechs sein, doch Lockerman fühlte sich nicht stark genug, um jetzt die Fotos nach der entsprechenden Inschrift abzusuchen.

Sieben Körper, dachte Lockerman und fragte sich, welche Verbindung zwischen ihnen bestehen mochte. Die Theorie, sie seien nach dem Zufallsprinzip ausgesucht worden, ließ sich nicht länger aufrechterhalten – insbesondere bei den letzten beiden Fällen nicht. Schoenmacher und Judy waren tätowiert und am Leben gelassen worden, damit sie im Fernsehen Zeugnis von der Arbeit des Killers ablegen konnten. Collins hatte er getötet, um ihn als eine Art Botschaft zu verwenden. Und der Mord an Rodriguez war offensichtlich als Racheakt geplant gewesen. Tinas Tod hingegen ergab überhaupt keinen Sinn, aber …

Mein Gott, ich kannte die Hälfte der Opfer!

»So langsam hörst du dich wie Roy an«, murmelte Lockerman. »Nimm die Sache bloß nicht persönlicher, als sie ist.«

Er lehnte sich zurück und schaute sich vorsichtig im Revier um, ob irgend jemand bemerkt hatte, daß er wie ein Schizophrener mit sich selbst sprach. Offensichtlich nicht. Zufrieden wandte er sich der Überlegung zu, welche Beziehungen zwischen ihm und den Opfern bestanden hatten und ob es tatsächlich irgendeine Verbindung gab.

Rodriguez war derjenige, den er von allen am wenigsten gekannt hatte. Der Killer konnte kaum wissen, daß Lockerman dem Kurator am Tag vor seinem Tod begegnet war. Er erinnerte sich noch gut an ihr Zusammentreffen. Lockerman war in das Museum spaziert und hatte die Schaukästen betrachtet wie ein Tourist. Rodriguez hatte sich als skurriler Mann mit ausgeprägtem Ordnungssinn erwiesen, der darauf bestanden hatte, daß sich Lockerman in das Besucherbuch eintrug, obwohl er ja dienstlich dort war. Lockerman tat der arme Mann leid. Ein so gewaltsames Ende hatte er nicht verdient. Ein Mann mit Verstand, der in einem Job ohne Aufstiegsmöglichkeiten gelandet war und sich um jedes winzige Detail seiner Arbeit kümmerte, um wenigstens für sich selbst das Gefühl zu haben, etwas von Bedeutung zu leisten.

Das Besucherbuch.

Lockerman fiel fast vom Stuhl, als er sich aufrichtete. *War es möglich, daß sich der Killer tatsächlich in das Besucherbuch des Museums eingetragen hatte?*

Ja, sofern er wie ein Besucher an den Schauplatz des Verbrechens zurückgekehrt war. Dafür hätte Rodriguez schon gesorgt, genau wie bei jedem anderen. Und der Killer hatte zweifellos unterschrieben, genau wie bei all seinen Opfern.

Rodriguez, du kleiner Teufelskerl ... vielleicht hast du ja letzten Endes doch noch etwas von Bedeutung getan.

Vielleicht aber auch nicht. Roberts stand auf und ging zur Asservatenkammer hinüber, um nach dem Besucherbuch zu suchen. Es war nicht dort. Roberts fluchte über die Grünschnäbel, die wieder einmal Mist gebaut hatten. Er warf einen Blick auf die Uhr – es war 16 Uhr 30, die Zeit reichte also gerade noch, um rasch zum Museum zu fahren.

3.

Im Museum herrschte soviel Betrieb wie in einer Leichenhalle. Kaum hatte Lockerman das Gebäude betreten, kam ihm der neue Kurator entgegen, ein junger Mann mit der Figur eines Gewichthebers, der kaum das College hinter sich haben konnte. »Wir schließen gerade …«

Lockerman holte seine Polizeimarke heraus. »Springs Police«, erklärte er und marschierte zu dem antiken Tischchen hinüber, auf dem das aufgeschlagene Besucherbuch lag.

Der neue Kurator nickte, verschränkte die Arme vor der Brust und schaute ihm zu.

Lockerman blätterte die Seiten des Bandes durch, das es an Umfang durchaus mit einem Telefonbuch aufnehmen konnte.

Judy, dachte er. *Dieses Gekritzel sieht aus wie Judy.*

Offenbar war er zu weit nach vorne geraten, denn die Eintragungen wirkten alt und verblaßt – eine Unterschrift bestand sogar lediglich aus einem ›X‹. Er blätterte wieder zurück, und die brüchigen Seiten knisterten unter seinen Fingern.

Dann entdeckte er seinen Namen, seine nachlässige Unterschrift, die noch von seinem ersten Besuch bei Rodriguez herrührte. Er benutzte diese Stelle als Ausgangspunkt für seine Suche, denn der Killer mußte – sofern er sich überhaupt eingetragen hatte – nach ihm das Museum besucht haben.

Zweiundvierzig Einträge später entdeckte er, wonach er gesucht hatte: die unverkennbar schlampigen Großbuchstaben des Killers.

MY MASTERPIECE – THE KING

Neben diesen Buchstaben war noch etwas hingekritzelt worden, das Lockerman nicht auf Anhieb entziffern konnte, doch er war überzeugt, daß es sich um eine Unterschrift handelte. Die Unterschrift des Tattoo Killers. Lockerman beugte sich vor und versuchte, das Geschreibsel zu deuten, wenigstens einen Namen zu erkennen, doch dafür war die Schrift einfach zu schlampig. Trotzdem handelte es sich hier um den ersten großen Fortschritt in diesem Fall. Experten waren sicher in der Lage, diese Worte zu entziffern, und vielleicht konnten sie auf dieser Grundlage sogar ein psychologisches Profil erstellen.

Lockerman schlug das Buch zu und löste dadurch eine Staubwolke aus. Der Ledereinband fühlte sich wie warme Haut an.

»He«, sagte der Kurator und legte den Kopf schief. »Was machen Sie denn da?«

Lockerman klemmte sich das Buch unter den Arm und marschierte zur Tür. »Wichtiges Beweisstück«, erklärte er und eilte zum Wagen.

Im Auto beschloß er, direkt heimzufahren Roy mußte das Buch einfach sehen.

4.

Das in Leder gebundene Buch lag warm auf seinem Schoß, als Lockerman den Wagen in seine Einfahrt lenkte. Die Dämmerung ließ das Haus freundlicher erscheinen und verbarg den heruntergekommenen Vorgarten.

Auf dem Weg zur Eingangstür bemerkte er, daß Roberts offenbar nicht zu Hause war – im Haus brannte kein Licht, und der Wagen stand auch nicht dort. Lockerman hätte den Nachrichten-Mann gern bei sich gehabt, während sie das Buch durchgingen und dabei vielleicht ein paar Bier tranken, wie Partner, die am gleichen Fall arbeiteten. Immerhin hatte er ja noch einiges gutzumachen.

Das Haus kam ihm leer und verlassen vor. Er schaltete das Licht ein und ging in die Küche, wo er sich ein Bier aus dem Kühlschrank holte. Wie üblich legte er auf dem Weg dorthin

Uniformhemd und Halfter ab und schleuderte die Schuhe von den Füßen – die Schuhe waren der mit Abstand schlimmste Teil der Uniform und erweckten den Eindruck, sie seien absichtlich besonders unbequem entworfen worden. Lockerman war schon immer der Meinung gewesen, wenn gute hochschaftige Basketballstiefel zur Standardausstattung gehörten, würde die Kriminalitätsrate rapide sinken. Er seufzte, ließ sich auf einen der Küchenstühle fallen und öffnete die Bierdose.

Vor ihm auf dem Tisch lag das Museumsbuch, der Grund für seine neuerwachten Hoffnungen.

Er griff zum Telefon, das sich in Reichweite befand, rief im Krankenhaus an und ließ sich mit Schoenmachers Zimmer verbinden.

Roberts antwortete mit müder Stimme: »Hallo?«

»Roy, hier ist John. Du kannst dir nicht vorstellen, was ich gerade entdeckt habe …«

Roberts unterbrach ihn. »Birdy ist völlig durchgedreht, Lock. Sie haben ihn gerade rausgebracht.«

»Was zum Teufel ist denn nun wieder los?«

»Er ist total durchgeknallt. Schlimmer als Judy.« Roberts' Stimme zitterte. »Ich habe so was noch nie erlebt …«

»Er wird schon wieder werden«, meinte Lockerman, der lieber über das Buch reden wollte.

»Da bin ich mir nicht so sicher. Du hast ja keine Ahnung, wie schrecklich das war. Als ich vorhin ins Zimmer kam, setzte er sich plötzlich im Bett auf und fing an, den Wetterbericht vorzutragen, als befände er sich im Studio. Faselte irgendwas von Sturmfronten im Süden und Hochdruckgebieten hier und dort und zeigte dabei auf die Tätowierungen auf seinem Körper. Völlig verrücktes Zeug, Mann. Hat mich fast umgehauen.«

»Lieber Himmel!«

»Ich habe dann die Schwestern gerufen, damit sie sich um ihn kümmern, aber kaum waren sie im Zimmer, sagte er ›Und jetzt zurück zu dir, Judy, und jetzt zurück zu dir‹. Immer wieder und immer wieder.«

»Nein!« Lockerman konnte kaum glauben, daß ausgerechnet Schoenmacher, den er nur als coolen Typen kannte, der immer zu einem Scherz bereit war, derart ausflippen konnte. »Vielleicht wollte er sich ja nur einen Spaß mit euch erlauben ...«

»Wohl kaum, John. Er ist abgedreht. Nicht mehr zurechnungsfähig.« Roberts hustete. »Weißt du, die ganze Zeit über, während er sein ›Und jetzt zurück zu dir, Judy‹ rief, fummelte er an sich rum unter seinem Nachthemd, holte sich einen runter wie irgend so ein Perverser. Das war wirklich krank, Mann. Ich wollte, ich hätte das nicht miterleben müssen.«

»Gott.« Lockerman schluckte schwer.

»Aber ich glaube, ich weiß, was er eigentlich wollte. Ich glaube, er hat versucht, das nächste Bild auf den Schirm zu holen. Du weißt schon, wie mit diesem kleinen Schalter, den er während der Sendung immer in der Hand hielt.«

»Er kommt aber doch wieder in Ordnung, oder?«

»Vielleicht. Sie haben ihm eine Spritze gegeben und ihn nach unten gebracht. Ich weiß es nicht genau, aber ich glaube, sie geben ihm Elektroschocks. Vielleicht geht es ihm danach besser, aber so wie früher wird er wohl nie wieder werden.«

Eine Weile schwiegen die beiden Männer.

Schließlich brach Lockerman die Stille. »Paß auf, ich glaube, wir sind unserem Ziel, diesen Irren festzunageln, einen Schritt näher gekommen. Ich war eben im Museum und habe mir das Besucherbuch geholt. Der neue Kurator ist ein Arschloch, aber wenigstens durfte ich das Buch mitnehmen. Jetzt stell dir vor: Der Killer hat sich tatsächlich eingetragen.«

Roberts schwieg, als hätte er nicht richtig mitbekommen, was Lockerman gesagt hatte.

Der Polizist erklärte ihm die ganze Geschichte, wie er sich an Rodriguez und dessen Besucherbuch erinnert und was er schließlich darin entdeckt hatte. Dann las er ihm langsam die Eintragung des Killers vor und beschrieb auch die hineingekritzelte Unterschrift.

»Himmel, was für ein Egomane!«

»Ja, so was macht wirklich nur ein Irrer. Ich wollte nur, er hätte mit seinem richtigen Namen unterzeichnet, statt den üblichen Unsinn hinzukritzeln.«

»Nun, du hast ja den Scheiß auf Judys Körper gesehen. Mit einem zweiten Shakespeare haben wir es jedenfalls nicht zu tun«, sagte Roberts. »Wie sieht dieses Gekritzel denn aus?«

Lockerman hielt sich das Buch dicht vor die Augen. »Ach, ich weiß auch nicht. Vielleicht ist es sogar seine richtige Unterschrift, aber nicht einmal das könnte ich genau sagen. Mal schauen. Kill ... und noch was. Kill ... or ... sink. Kill or sink?«

»Das ergibt keinen Sinn«, brummte Roberts. »Vielleicht Kelly? Kelly Sowieso?«

»Kann auch nicht sein. Unser Killer ist männlich, das steht fest.«

»Nun, ›Kill or Sink‹ hört sich nicht gerade so an, als würde es etwas bedeuten.«

»Na, zumindest sieht es so aus. Vielleicht könntest du ja später selbst mal einen Blick darauf werfen?«

»Ganz bestimmt. Ich komme vorbei, sobald die Besuchszeit vorüber ist und sie mich hier rauswerfen. Wenn's geht, möchte ich warten, bis sie Dan wieder raufbringen. Ich will sehen, ob sie ihn wieder hingebogen haben oder nicht.«

»Okay. Unterdessen versuche ich weiter, irgendeinen Sinn in diesem Geschreibsel zu entdecken.«

»Ist gut. Bis später.«

»Bis später, Roy.« Lockerman legte den Hörer auf.

Irgend etwas stach ihn in den Nacken, und er schlug danach. Doch es war kein Insekt. Er berührte eine Hand, und etwas Metallisches. »Was zum ...«, murmelte er.

Doch die Welt verschwamm vor seinen Augen. Er kippte nach vorn und vergoß das Bier über die dünnen, brüchigen Seiten des Buches.

FLASH

Die Birne blitzt auf wie illuminierte Titten.

Eine innere Explosion. Weiße Hitze, weißes Licht, eine Feuersbrunst aus Schmerz und Lust, als würde man sich auf der Oberfläche der Sonne lieben ...

Das Bild in seinem Geist ist lebendig, verbunden, die Fortführung eines früheren Augenblicks, ein Zwillingsfötus der Zeit, der nach seiner Mutter sucht ... und der dreigesichtige Dämon beugt sich vor und durchtrennt die Nabelschnur mit seinen schwarzen, nadelscharfen Zahnreihen ...

Mark ist nackt, enthüllt, und Polly beschmiert seinen Körper mit Ölfarbe. Er denkt an Mommy, an die drei kleinen Schweinchen, an Schmerz und Messer und elektrischen Strom. Er denkt, sie sollte aufhören.

Doch er schließt die Augen und läßt sie gewähren.

Die Farben fühlen sich kühl, glitschig und naß an. Wie Mommy, nur besser. Kühl, aber auch warm – innen jedenfalls. Ein Mantel. Ein Mantel aus Farbe.

Schutz, Liebe, Wärme. Nicht nackt. Nicht enthüllt.

»Inspiration«, hat Polly gesagt, »ist Erfahrung.« Sie massiert seine Schultern mit Öl, streicht mit den Fingern grüne Farbe über seine geschlossenen Lider und in die Augenwimpern. Alte Tränen mischen sich mit der Farbe. Seine Augen brennen – wenn Schmerz singen könnte, würde er kreischen, wie Mr. Limners Tafel unter seiner Klinge.

Die Dunkelheit hinter seinen geschlossenen Lidern verwandelt sich unter dem Druck von Pollys Fingern. Kreise und Quadrate aus Licht und Farbe entstehen, wirbelnde Funken, Monster in den Schatten. Wie beim Versteckspielen – er ist dran, er muß zählen. Und er findet Dinge, die sich nicht länger verbergen können, nicht einmal in seinem Innern.

Etwas Weiches gleitet in seinen Mund. Es schmeckt nach Chemikalien. Er streckt seine Zunge vor. Zarte Weichheit, in der Mitte ein harter Punkt aus Fleisch. Eine Brustwarze. Und auf diesem Stück Fleisch, das wie eine Pfeilspitze hervorragt, klebt etwas wie Papier, von der Farbe an seinem Platz gehalten.

»Nimm«, sagt Polly. »Schluck.«

Er leckt das Papier ab, schluckt es hinunter.

Polly stöhnt und zieht sich zurück. »Nicht das.«

Mark öffnet die Augen. Das Licht wirkt jetzt heller, intensiver.

Polly krümmt ihren Rücken, streicht Farbe auf Marks Brust, zieht mit ihren Fingern ein Labyrinth von Linien.

Mark betrachtet Pollys Körper. Er schämt sich nicht mehr. Olivgrüne und ziegelrote Farbe zeigt sich rings um ihre Brüste.

Ihr Körper windet sich im Tanz, scheint aus lauter feuchten Ballons zu bestehen – animalische Bewegungen psychedelischer Farben, die im Licht schimmern.

Irgend etwas kitzelt hinten in seinem Haar. Wie trockene Farbe, nur stärker.

Die Schatten umwabern Polly, als würde sie auf einem dunklen, wogenden Ozean tanzen.

Mark blinzelt, und das Licht bewegt sich in Zeitlupe. Weißschwarz. Ohne Verbindung. Kein Grau.

Polly schiebt ihre Hüften vor und sagt: »Wahre Kunst muß einfach sein. So einfach, daß sie komplex wird. Verstehst du das?«

»Ja«, sagt Mark. Seine Zunge fühlt sich an wie ein Radiergummi, und sie schmeckt auch so.

Polly verschwindet in die Schatten und kehrt mit einer Rolle brauner Leinwand zurück. Sie läßt sie auf den Boden fallen und tritt dagegen. Die Leinwand entrollt sich wie ein roter Teppich.

Polly setzt sich darauf, legt sich hin. Sie spreizt ihren Körper auf dem Teppich, während Mark zusieht. Polly bedruckt die Leinwand mit ihrem bemalten Körper, schafft zufällige Bilder. Schmetterlinge, Engel – Handabdrücke wie jene, die Mark auf der Tafel hinterlassen hat.

Doch Pollys Abdrücke sind geometrisch, eckig, unnatürlich. Irreal.

Sie erhebt sich, steht erschöpft in den Schatten. Farbe tropft von ihrem gemusterten Körper.

Mark weiß, daß Polly ihm Drogen gegeben hat. Drogen wie jene, die die coolen Typen an der Schule manchmal nehmen. Doch ihm gefällt das nicht. Er ist nicht mehr er selbst.

Polly kichert und blickt auf die farbverschmierte Leinwand hinunter. »Siehst du, das bin ich. Ein Selbstporträt. Sehr hübsch, finde ich.«

»Ich mag es nicht«, sagt Mark.

»Jetzt komm schon«, meint Polly und schneidet ihr jüngstes Gemälde mit einem scharfen Klappmesser von der Rolle ab. »Versuch es auch.«

»Nein«, erwidert er schlicht, aber bestimmt. Er umklammert die Lehnen seines Stuhls, wie ein König an seinem Thron festhält.

Polly kichert und schwenkt die Leinwand durch die Luft, damit sie schneller trocknet. Die Ränder kräuseln sich. »Magst du kein Selbstporträt machen, so wie ich?«

Marks Verstand entwirrt sich. Plötzlich fühlt er sich ganz, vollständig, in sich selbst ruhend. »Nein.« Langsam steht er auf. Der Raum pulsiert in seinem Herzschlag. Es ist jetzt hell im Zimmer … er kann sehen, alles sehen. Geometrische Muster tanzen vor seinen Augen. »Meine Kunst ist anders als deine. Du nimmst das Äußere in dir auf, wie ein Schwamm. Du bist nur eine Reflektion der Welt um dich herum, ein Opfer wie so viele andere.«

Polly runzelt die Stirn, als er sich nähert.

»Doch meine Kunst kommt von innen. Wie Strom aus einem Generator. Wie Licht aus der Sonne. Ich schaffe. Ich bin nicht *geschaffen*, so wie du.« Seine Stimme ist klar, sein Gesicht ruhig. Zum ersten Mal ist er sich bewußt, daß er die Kontrolle besitzt. Über alles.

Polly weicht einen Schritt zurück, ihr Mund steht offen. »Wow … du weißt soviel mehr, als ich jemals dachte. Es tut mir leid.« Sie greift nach ihrer Bluse. Mark sieht das Blut, das in ihre Haut schießt, die Röte, die unter der Farbe aufsteigt. Sie ist plötzlich verlegen.

Mark blinzelt, *weiß-schwarz.* Er streckt die Hand aus, streichelt Pollys Arm. »Ich kann es nicht erklären. Ich kann dir nicht genau sagen, was ich meine. Laß es mich dir zeigen.«

Polly sieht ihn an, läßt die Bluse fallen. »In Ordnung«, murmelt sie. Ihre Augen öffnen sich weit. Sie wartet.

Mark reibt über ihren Körper, verstreicht die Farbreste, bis sie sich vermischt haben, fast schwarz wirken. Sie schaut zu, als er seine Fingernägel in ihren Bauch gräbt und eine tiefe rote Wunde über ihren Nabel kratzt. Polly zuckt vor Schmerz, doch sie schaut zu.

Sie schließt die Augen nicht, und sie gibt keinen Ton von sich.

Ein dünner roter Blutfaden quillt aus der Wunde. »Verstehst du?« fragt Mark. Er steht jetzt hinter ihr und führt ihre Hände hinter ihren Rücken.

»Ich glaube schon. Es gefällt mir, Mark, wirklich.« Sie spürt seinen Körper an ihrem Rücken, die harte, pulsierende Wärme, die gegen ihren Oberschenkel drückt. Ein Arm greift um sie herum, gräbt sich in ihre Brust, zieht eine weitere Linie.

»Ja«, stöhnt Polly. »Jetzt verstehe ich.«

Mark schließt die Augen fest, als er sie umklammert, die Dunkelheit trinkt, die Formen, die sich ihm zeigen. Er greift hinter sich und packt eine Handvoll bemalter Pinsel. Er zieht sie aus der Leinwand. Die bunten Federn, die an ihren Enden kleben, kitzeln seine Handfläche.

Blind stößt er sie in Pollys Rücken, ihre pfeilförmigen, gehärteten Spitzen bohren sich zwischen den Rippen tief in ihr Fleisch. Ihr Körper versteift sich, ohne einen Laut von sich zu geben. Er macht es noch einmal. Tiefer. Sie sinkt zu Boden. Fällt auf die Leinwand.

Mark öffnet die Augen, stolz auf seine Schöpfung. Er verstreicht das herabrinnende Rot mit der Ölfarbe, verdünnt es.

Alles ist jetzt schwarz. Er steht auf, kehrt zu seinem Thron zurück und wartet darauf, daß die Farben trocknen, schaut zu, wie sie in dem hellen Licht, das aus seinen Augen strömt, ausdörren.

Es ist geschafft. Seine Galerie ist leer. Er ist frei.
Er ist wiedergeboren.

Kapitel 18

1.

Roberts fiel auf, daß Schoenmachers Gesicht unter all den tätowierten Farben blaß geworden war, von einigen roten Sprenkeln abgesehen, die denen auf der Schale eines Rotkehlcheneis glichen. Graue Kontaktcreme bedeckte seine Schläfen. Als sie ihn ins Krankenzimmer zurückbrachten, wandte sich Roberts ab. Er wollte den Freund nicht ansehen, den man seiner Würde, ja vielleicht sogar seiner Identität beraubt hatte. So, wie man auch ihn selbst beraubt, ihm einen guten Freund genommen hatte.

Er starrte auf den weißgekachelten Boden, der noch immer die Flecken von Schoenmachers Erguß zeigte. »Kommt er wieder ... in Ordnung?«

Eine nasale, arrogante Stimme antwortete: »Es ist noch viel zu früh, um das zu beurteilen. Aber es sieht nicht besonders gut aus. Die Drogen, die ihm injiziert worden sind, könnten eine Schädigung des Gehirns hervorgerufen haben. Ob dieser Schaden dauerhaft ist, läßt sich noch nicht feststellen.«

Roberts schaute den Mann an, einen schmalgesichtigen Typ, der sich hinter seiner weißen Jacke und der schweren Hornbrille zu verstecken schien. Das Namensschild auf der Jacke wies ihn als Dr. Frang aus. Seine hochnäsige, besserwisserische Art machte Roberts wütend. »Haben Sie *Hirnschädigung* gesagt? Meinen Sie nicht, es richtet noch weit mehr Schaden an, wenn Sie zehn Millionen Volt durch sein Gehirn jagen, Dr. Frangenstein?«

Dr. Frang sah Roberts ernst an. »Sir, wir tun, was wir können. Und wir werden uns weiterhin nach Kräften bemühen. Aber Ihr Freund hier kann froh sein, daß er überhaupt noch lebt. Wir tun alles, was in unserer Macht steht, damit er später, wenn er wieder genesen ist, noch ein produktives Leben führen kann …«

»Blödsinn«, knurrte Roberts. Sein Gesicht war rot angelaufen.

Frang schob seine Brille hoch und blickte wie ein strenger Schullehrer auf Roberts hinab.

Das Telefon neben Schoenmachers Bett läutete. Eine der Schwestern beugte sich vor und nahm den Hörer ab.

Schoenmacher wand sich in seinem Bett – Arme und Beine wurden von breiten Lederriemen fixiert. Er fing an, das Läuten des Telefons zu imitieren: »Rrring! Rrring!«

»Dan!«

Schoenmacher drehte den Kopf ruckartig wie eine kranke Eule in Dans Richtung. »Ich bin Birdy. Siehst du, wie ich fliege? Siehst du's?« Er stülpte die Lippen vor. »Rrring! Rrring! Hallo, Judy? Rufst du wegen meiner Einladung an? Komm zu Papa, mein Täubchen …«

Roberts vergrub das Gesicht in den Händen und wünschte, er könnte sich die Ohren zustopfen. Das war verrückt – *Schoenmacher* war verrückt. Aber auf eine lächerliche Weise verrückt, so wie jemand in einer wirklich miesen TV-Komödie. Nur war das hier *echt;* es geschah *wirklich.*

»Ich muß hier raus«, murmelte er und stürzte zur Tür.

Die Schwester drehte sich zu ihm um, eine Hand über die Sprechmuschel gelegt, während ihre Kollegin eine Nadel in Schoenmachers tätowierten Arm einführte. »Es ist für Sie.«

Roberts hielt inne, fuhr sich mit der Hand durch das Haar und stapfte dann zum Telefon. »Was ist?« fragte er wütend.

»Buckman hier. Hören Sie, Roberts … haben Sie ein Kamerateam dabei?«

»Was ist?« kreischte Schoenmacher im Hintergrund. Seine Stimme klang schrill, doch er schien den Kampf gegen die Wirkung des Medikaments zu verlieren.

»Ein Kamerateam. Für die Aufnahmen von unseren Leuten.«

Roberts kniff die Augen zusammen. »Was zum Teufel reden Sie eigentlich?«

»Über den Bericht. Sie sind doch dort, um einen Bericht über Schoenmacher und Thomas zu drehen, richtig?«

Roberts nahm den Hörer vom Ohr und betrachtete ihn, als halte er etwas ganz anderes in der Hand. Dann hielt er ihn wieder ans Ohr

»Buckman, hören sie jetzt genau zu, denn ich sage das nur ein einziges Mal. Lecken Sie mich am Arsch. Haben Sie kapiert? Lecken Sie mich!«

Er knallte den Hörer so heftig auf die Gabel, daß der Apparat einmal klingelte. Dann stürmte er aus dem Zimmer und rannte die Treppen hinunter. Unterwegs zog er die Packung mit Zigaretten aus der Brusttasche, schob sich eine zwischen die Lippen und steckte sie an, noch bevor er das Krankenhaus verlassen hatte.

Draußen machte er sich auf den Weg zu Lockermans Haus.

2.

Lockerman läßt die Tür niemals unverschlossen, dachte Roberts, als sich der Türknauf unter seinen Fingern drehte. Ein unheimliches Gefühl beschlich ihn – das hier erinnerte ihn etwas zu sehr an sein Eindringen in Judys Haus: der dunkle Flur, die absolute Stille, die instinktive Furcht, etwas Schreckliches sei geschehen …

Ganz ruhig, mein Junge. Vielleicht ist er ja in diesem Besucherbuch auf eine Spur gestoßen und legt dem Tattoo Killer genau in diesem Moment die Handschellen an.

Roberts bewegte sich auf die Küche zu, aus der ein langer weißer Lichtstrahl in das mit Schmutzwäsche übersäte Wohnzimmer fiel. Irgendwo im Hintergrund summte der Kühlschrank eine Melodie, die zu dem Rauschen des Blutes in Roberts Ohren paßte.

Vorsichtig trat er ins Licht.

Zuerst sah er ihn in dem strahlendhellen Licht der Deckenlampe gar nichts. Doch dann traten seine Umrisse langsam und surreal wie eine optische Täuschung hervor.

Lockerman sah aus wie ein bleicher Geist oder wie jemand, den man mit Mehl bestäubt hatte.

Oder wie ein Mann, dessen ganzer Körper weiß tätowiert worden war.

3.

Es kam ihm so vor, als hätte er den Dämon in seinem Verstand zum ersten Mal so gesehen, wie er wirklich war. Nicht dreigesichtig, sondern vielgesichtig, wenn man das überhaupt so nennen konnte. Eine Ansammlung von Sinnesorganen an Stellen, wo sie sich eigentlich nicht befinden sollten – einige dieser Gruppierungen hatte er für Gesichter gehalten, doch in diesem neuen Licht erkannte er, daß das unmöglich war, nur eine Einbildung. Der Dämon war ein mäandernder Mutant von wechselnder Gestalt, eine Mischung aus Organen, die sich drehten und umeinander kreisten, ihre Positionen austauschten, nur zusammengehalten durch etwas Nasses, Sehniges, doch unzweifelhaft Hautähnliches: Eine aufwärts gerichtete Nase erbrach Haare und Rotz gleich Seetang in einem Ozean aus Schleim; ein unmöglich weit aufgerissener Mund mit rasiermesserscharfen Zähnen, die in alle Richtungen ragten; die rot und silbern gefärbte Zunge wand sich wie ein Teppich voller Nadeln; ziellos rotierende Augäpfel, deren Iris an dunkle Regenbogen erinnerte, blickten überall hin, nur nicht zu ihm, als er die Bestie anstarrte, fast amüsiert, weil sie sich verändert hatte, ja immer noch veränderte, genau wie er selbst.

»Bist du real?« fragte Kilpatrick und legte den Kopf schief. Er genoß es, den Dämon herauszufordern, der ihn einst gequält und bestraft hatte. Doch nun, da er an die *Öffentlichkeit* getreten war, war der Dämon nichts weiter als ein Sklave.

Einer der Münder bewegte sich vorwärts. Die Zunge wand sich um seinen Schoß, das scharfe Silber wirkte warm, angenehm und sehr real.

Kilpatrick drängte sich gegen den saugenden Mund, seine Beine erzitterten unter den orgasmischen Stößen.

Es war eine Zeit des Neubeginns. Der Dämon aus seinem Geist bestrafte ihn nicht mehr grausam, sondern schenkte ihm Lust. Jetzt liebte ihn das Wesen. An die *Öffentlichkeit* zu treten hatte es glücklich gemacht – und ihn selbst ebenfalls. Doch von der Vollendung seiner Mission war er noch weit entfernt. Jetzt, wo er frei war von der Galerie schmerzvoller Erinnerungen, die ihn einst kontrolliert hatten, und wo er den Weg in die *Öffentlichkeit* gefunden hatte, war er endlich bereit, wahre Kunst zu schaffen – seine eigene Kunst.

»Ich muß jetzt gehen«, sagte er traurig zu der vielgesichtigen Kreatur und zog die Stirn in düstere Falten, als er die Tür der Kammer öffnete.

Draußen, im hellen Licht des Schlafzimmers, stieß Kilpatrick einen tiefen Seufzer aus.

»Du bist krank, du Arschloch«, rief Corky. Jeder einzelne Muskel des Bikers war angespannt. »Meinst du, ich wüßte nicht, was du dort in der Kammer hast? Meinst du, ich wüßte nicht, was du da treibst, du gestörter Pisser?«

Kilpatrick warf einen Blick auf seinen Vermieter, der mit schwarzen Ledergurten an den Bettrahmen gefesselt war. »Halt die Schnauze. Du bist doch viel zu blöd, um wahre Kunst überhaupt zu begreifen ...« Er schnappte sich Jeans und ein T-Shirt und zog die Sachen über seinen nassen Körper.

Corky blinzelte sich den Schweiß aus den Augen. »Jedenfalls prügle ich dir die Scheiße aus dem Arsch, sowie ich hier rauskomme!« Er zerrte stöhnend an den Fesseln. Die Anstrengung ließ seine Arme anschwellen wie bei einem Junkie, der sich die Venen abgebunden hat.

»Nein«, sagte Kilpatrick, ging zu der Wand mit den Fotos und Zeitungsausschnitten hinüber und studierte seine Sammlung.

»Nein, du wirst es nie begreifen ... deshalb werde ich dich unterrichten müssen.«

Corky ließ seine Muskeln erschlaffen. Der Gestank in dem Zimmer machte ihn fertig – er wagte nicht, tief einzuatmen, dazu roch es viel zu widerwärtig. Es kam ihm so vor, als würde die ekelhafte Luft ihm jegliche Kraft rauben. Im ersten Moment, als er zu sich kam, hatte er geglaubt, er wäre in einem Männerklo zusammengebrochen ... bis er schließlich erkannte, daß er sich in Kilpatricks Schlafzimmer befand, einem Zimmer seines eigenen Hauses. Doch dieser Raum hatte sich verändert ... und es stank erbärmlich nach Urin und Scheiße, nach Blut und verwesendem Fleisch ...

»Ja, ich werde dich gut unterrichten«, erklärte Kilpatrick und strich sanft über die Fotos der tätowierten Körper an der Wand. »Diese Vorstudien waren sehr hilfreich. Und jetzt, wo ich frei bin, will ich allen dienen. Der Öffentlichkeit. Dir.« Kilpatrick schloß die Augen. »Ich will dienen und ich will lehren.«

»Schieb ihn dir doch selbst rein, Killer.« Corky hatte zwar keine Ahnung, wovon Kilpatrick eigentlich redete, doch dieser Kommentar drückte genau aus, wie es in ihm aussah.

»Du mußt wissen, wir befinden uns alle in der Hölle, wir alle. Doch du hast Glück, du wirst der erste sein, dem das Licht gezeigt wird – der die Hölle sehen darf, für die du dein Leben lang blind warst.«

Corky grinste. Er wollte Kilpatrick auf keinen Fall merken lassen, wieviel Angst er hatte, wie sehr er sich schon jetzt fürchtete. »Du willst es mir zeigen? So, wie du es dem Mädchen da drüben gezeigt hast?« Er deutete mit dem Kopf zur gegenüberliegenden Ecke des Zimmers, hielt dabei aber die Augen geschlossen, weil er diesen Anblick nicht noch einmal ertragen wollte.

Kilpatrick schaute zu Cheri Carvers hinüber, deren zahllose Augen noch immer lebendig auf ihrem bleichen, leblosen Fleisch schimmerten. Die Glasscheibe, die den Blick auf ihre Eingeweide freigegeben hatte, war zerschlagen, zu langen Splittern zerborsten, die das grünschwarze Innere weitgehend verdeckten. »Ja«, erwiderte Kilpatrick. »Vielleicht verstehst du es doch. Sie konnte es auch nicht erkennen … zu Anfang jedenfalls. Aber ich habe ihr die Augen geöffnet.« Kilpatrick ging zum Nachttisch hinüber und bereitete eine Nadel für die Tätowiermaschine vor, die dort stand – ein professionelles Gerät, nicht der Eigenbau. »Und ich werde auch dir die Augen öffnen, damit du erkennen kannst, was wirklich in dir ist …«

Corky spürte plötzlich ein Kribbeln am ganzen Körper. Als wären seine eigenen Tattoos plötzlich zum Leben erwacht, als wüßten sie, was ihnen bevorstand und versuchten, sich von seiner Haut zu lösen.

Kilpatrick seufzte. »Oh, du bist ja so glücklich, mein Freund. So glücklich.« Er stellte das Tintenfläschchen ab. »Bei dir werde ich mir Zeit lassen.«

Corky spannte sämtliche Muskeln und kämpfte gegen die Fesseln, bis er in Händen und Füßen kein Gefühl mehr hatte.

Kilpatrick ging mit der Nadel in der Hand zum Fußende des Betts, stieg hinauf und hockte sich zwischen Corkys nackte Schenkel. »Wir werden dort beginnen, wo alle Schöpfung beginnt«, erklärte er und näherte sich Corkys entblößtem Geschlecht.

Die Tätowiermaschine erwachte summend zu elektrischem Leben. Sie übertönte Corkys Entsetzen, das in einem stummen Schrei aus ihm herausbrach.

4.

In seinem Schlafzimmer versuchte Roberts wieder zu Atem zu kommen und sich gleichzeitig mit zitternden Fingern eine Zigarette anzustecken. Einen Moment nachdem er Lockerman bewußtlos und entsetzlich zugerichtet auf dem Fußboden der Küche vorgefunden hatte, hatte eine Art Instinktsteuerung seine Handlungen übernommen. Aus der Ferne –

von dort, wohin sich der *echte* Roy Roberts geflüchtet hatte und verschreckt zusammengekauert zuschaute –, beobachtete er, wie sich sein Körper vorbeugte und nach Lockermans Puls fühlte. Als er feststellte, daß der Polizist noch lebte, schnappte er sich das in einer Bierlache auf dem Küchentisch liegende Museumsbuch und stürzte totenbleich aus dem Haus. Auf dem Rückweg hatte sein Körper so heftig gezittert, daß er das Buch mehrmals fallen ließ, und jetzt, hier in seinem Schlafzimmer, war er nicht einmal in der Lage, sich eine verdammte Zigarette anzuzünden.

Roberts schloß die Augen und hielt den Atem an, um seine Nerven zu beruhigen. Das Blut pochte in seinen Schläfen, und er fühlte sich benommen, als hätte er eine Überdosis Zucker zu sich genommen. Er rief sich zur Ordnung, erinnerte sich daran, daß Lockerman lebte und atmete. Er brauchte Hilfe, aber er würde überleben. Er war *nicht* tot.

Roberts stolperte zum Nachttisch hinüber, hob den Hörer ab und rief die Polizei an. Der Frau in der Zentrale nannte er Lockermans Adresse und fügte hinzu, ›ein Polizist brauche Hilfe‹, ein Ausdruck, den er aus diversen Filmen kannte. Dann legte er auf, ohne seinen Namen anzugeben. Er wollte warten, bis draußen die blaurot flackernden Lichter auftauchten und erst dann hinausgehen und erzählen, was er wußte.

Jetzt sah er es jedoch als seine vordringliche Aufgabe an, das in Leder gebundene Buch zu prüfen. Immerhin hatte er oft genug von Lockerman gehört, wie dessen Grünschnäbel dazu neigten, Mist zu bauen, wichtige Beweismittel wie etwa das Museumsbuch zu übersehen … hatte Lockerman das im Department überhaupt erwähnt? Gab es irgend jemanden, der ebenso intensiv wie Lockerman den Fall des Tattoo Killers bearbeitete, der über alles Bescheid wußte und in der Lage wäre, den Irren zur Strecke zu bringen, jetzt, wo John selbst zum Opfer geworden war?

Roberts bezweifelte das. Wenn irgend jemand Lockermans Partner war und dem Killer ähnlich dicht auf den Fersen saß, dann er selbst.

Der Journalist kehrte an den Schreibtisch zurück und

schlug die Seiten des großen biergetränkten Buches auf. Beim letzten Eintrag fing er an und suchte dann die einzelnen Blätter nach der Botschaft des Killers ab. Die meisten Unterschriften waren durch das urinfarbige Bier verwischt, und Roberts schickte ein Stoßgebet zum Himmel, die Eintragung des Killers möge unversehrt sein.

Und schließlich fand er die gesuchte Stelle. Die dicke schwarze Schrift sprang regelrecht aus der Seite heraus, als hätte sie nur auf ihn gewartet: MEIN MEISTERWERK – DER KÖNIG. Darunter stand die hingekritzelte Unterschrift, die Lockerman schon am Telefon beschrieben hatte. Roberts konzentrierte sich auf das Geschreibsel und sah, was auch Lockerman schon gesehen hatte: die Worte ›KILLORSINK‹, so zusammengezogen, daß sie praktisch wie ein einziges Wort erschienen.

Er zwang sich, wieder wie ein Redakteur zu denken, auch wenn ihm durchaus bewußt war, daß er seinen Job verloren hatte – einen Job, den er haßte, auf dessen Grundlagen er jedoch jetzt zurückgreifen mußte. Welche Bedeutung war hinter diesen Worten verborgen, was wollte der Killer wirklich damit aussagen? Denn genau darum ging es doch, oder etwa nicht? Der Eintrag war eine Botschaft, der Versuch, irgend etwas mitzuteilen.

Automatisch kamen ihm die fünf großen Ws wieder in den Sinn, die ewige Frage des Journalisten nach dem Wer-Was-Wo-Wann-Warum …

War ›Kill or Sink‹ das Motto des Killers, etwa so, wie andere ›alles oder nichts‹ riefen? Sollte das heißen, der Psychopath wollte endlos weitermorden?

Nein, nein, du rennst in die falsche Richtung, dachte Roberts und rieb sich die Augen. *Hör auf zu interpretieren, konzentrier dich auf die Worte …*

Er lehnte sich in seinem Stuhl zurück, verschränkte die Hände hinter dem Nacken und betrachtete aus dieser Haltung heraus das Buch. Die Schrift verschwamm vor seinen Augen.

Und dann sah er es. Er nahm das Buch auf, hielt es wie ein

weitsichtiger alter Mann von sich weg, blinzelte, las die verschwommene Schrift noch einmal.

Nicht ›Kill Or Sink‹ stand dort. Nicht drei Worte … nur zwei, zusammengezogen durch eine nachlässige Handschrift: Killer's Ink.

»Nein«, sagte Roberts. So einfach konnte es doch nicht sein. Ein derartiger Zufall war doch nicht möglich. Der Spitzname Killer war nicht ungewöhnlich, und auch wenn Roberts selbst sich diese griffige Phrase als Bezeichnung für den Psychopathen ausgedacht hatte, wurden der Unterzeichner dieser Botschaft und Corkys Nachbar dadurch doch noch nicht zu ein und derselben Person. Oder doch?

Roberts fiel wieder ein, was Corky über sein Aussehen, sein Verhalten gesagt hatte … daß er nicht auf der Convention gewesen und als Tätowierer erfolglos geblieben war.

»Scheiße«, murmelte Roberts und warf noch einen Blick in das Buch in der Hoffnung, er hätte sich vielleicht doch geirrt. Aber eine andere Deutung war nicht möglich.

In der Ferne wurden Sirenen laut.

Roberts schnappte sich das Buch und die Autoschlüssel. Ob es nun stimmte oder nicht, er mußte sich Gewißheit verschaffen und Corky fragen.

Und ihn warnen.

Kapitel 19

1.

Roberts lieferte sich ein regelrechtes Wettrennen mit den Einsatzwagen, um aus der Nähe von Lockermans Haus zu verschwinden, bevor die Polizei dort eintraf. Er trat aufs Gaspedal und raste mit quietschenden Reifen durch die Seitenstraßen. Das geisterhafte Heulen der Sirenen erklang immer näher, und Roberts hatte den Eindruck, er würde wirklich Geister sehen, Schemen, die im weißen Licht der Scheinwerfer auftauchten und deren Gesichter so bleich und unheimlich wirkten, daß er nicht hätte entscheiden können, ob es sich nun um erschrockene Passanten auf den Bürgersteigen handelte oder um Erinnerungen an John Lockermans entstellten Körper.

Natürlich hätte er bleiben und die Polizisten bei ihrer Arbeit unterstützen müssen, doch andererseits hatten sie im Moment wohl auch so schon genug zu tun. Außerdem würde er zurückkommen, sobald er mit Corky gesprochen hatte, und ihnen alles erzählen, was er wußte – und falls er recht hatte mit seiner Vermutung über den Killer, könnte er ihnen sogar sagen, wo sie ihn finden würden.

Zudem wollte er lieber warten, bis Lockerman das Bewußtsein wiedererlangt hatte. Roberts wußte nicht recht, ob er irgend jemanden außer seinem Freund ins Vertrauen ziehen sollte – schließlich war das hier *ihr* Kampf.

Das geisterhafte Heulen der Sirenen lag mittlerweile weit hinter ihm, und so bog er auf den Highway I-25 ein, um so schnell wie möglich auf die andere Seite der Stadt zu gelangen. Kurz darauf verließ er die Schnellstraße wieder, überfuhr ein Stopschild und erreichte wenig später den Motorradfriedhof vor Corkys Haus.

Vor dem Gebäude stand ein Motorrad, das er bisher noch nicht dort gesehen hatte – und außerdem ein neuer Ford, dessen Nummernschilder ihn als Mietwagen auswiesen.

Roberts stellte den Wagen am Rand des Bordsteins ab, stieg aus und eilte über den von Kies und Unkraut bedeckten Vorgarten zu Corkys Wohnungstür. Lediglich die trübe gelbliche Straßenlaterne an der Ecke erhellte die Umgebung. Hinter den heruntergelassenen Sonnenblenden und zugezogenen Vorhängen registrierte Roberts das vertraute elektrische Schimmern von eingeschalteten Fernsehgeräten.

Es knirschte unter seinen Sohlen, als er die dunklen Betonstufen zu Corkys Wohnung hinabstieg. Roberts hob die Hand, um anzuklopfen, erinnerte sich aber gerade noch rechtzeitig, wie dünn die Wände von Corkys Mietshaus waren. Ein Klopfen mochte durchaus die Aufmerksamkeit der übrigen Bewohner erregen ... unter denen sich möglicherweise auch der Tattoo Killer befand.

Sicher war sich Roberts dessen allerdings immer noch nicht. Er kam sich sogar ein wenig albern vor, weil er extra hergekommen war, um Corky zu bitten, die Eintragung in dem Besucherbuch zu prüfen und sie mit der Unterschrift auf einem Mietscheck oder etwas Ähnlichem zu vergleichen. Andererseits mochte das Gekritzel tatsächlich ›Killer's Ink‹ bedeuten und ... zum Teufel damit, Corky würde seine Beweggründe bestimmt verstehen.

Die Eingangstür öffnete sich, als er den Türknauf drehte. Roberts trat ein, warf einen Blick in das Wohnzimmer mit der vertrauten schwarzen Harley-Davidson-Flagge und ging weiter in die Küche. Auch hier hielt sich niemand auf, und die Tür zum Schlafzimmer war abgeschlossen.

»Scheiße«, sagte Roberts, ließ sich auf die Couch fallen und überlegte, was er tun sollte. Warten? Die Schlafzimmertür eintreten? Er stützte den Kopf in die Hände und dachte nach. Vielleicht war es ja am besten, zu Lockermans Haus zurückzukehren und alles der Polizei zu überlassen. Oder ... er könnte schließlich auch an sämtlichen Türen im Haus klopfen, sich erkundigen, ob jemand Corky gesehen hätte, und dabei vielleicht sogar einen Blick auf diesen Kilpatrick werfen, um herauszufinden, ob er wirklich so verrückt aussah, wie Corky erzählt hatte. Doch nein, er fühlte sich nicht in der Lage, dem Tattoo Killer gegenüberzutreten, nicht nach allem, was der seinen Freunden angetan hatte.

Auf dem Küchentisch entdeckte Roberts einen Notizblock und ein paar Buntstifte, und er beschloß, Corky eine Nachricht zu hinterlassen. Etwas anderes blieb ihm ja auch kaum übrig.

Also schrieb er: »Corky. Ruf mich bitte sofort an. Ich muß dich unbedingt sprechen …«

»Na, sieh mal einer an«, sagte eine Stimme hinter ihm. »Wen haben wir denn da?«

Roberts fuhr herum und wäre fast vom Stuhl gefallen.

Ein großer Hippie, dessen schmierige Wangen sich zu einem amüsierten Lächeln verzogen, blickte ihn an.

2.

»Wer sind Sie?« fragte Roberts mit leicht zitternder Stimme.

»Ich suche Corky. Ist er in der Nähe?« Der Mann stand hoch aufgerichtet da und schaute in der Küche umher.

Roberts fragte sich, ob es Kilpatrick war. Jocko – der Godzilla, der in der Wohnung über ihm auf dem Fußboden herumgestapft war – konnte es nicht sein, denn der war fett, während dieser Mann eher dünn wirkte, so dünn, daß die Muskeln auf seinen Armen für die knochige Gestalt viel zu dick erschienen. Er trug eine offene, ärmellose Jacke, die viel von seiner tätowierten Haut zeigte. Das schwarze Haar war lang, fettig und ungekämmt. Die düster glühenden Augen lagen tief in ihren Höhlen und erweckten zusammen mit den eingefallenen Wagen den Eindruck, der Mann habe schon seit geraumer Zeit keine Nahrung mehr zu sich genommen. Die fadenscheinigen Jeans waren so abgetragen, daß sich die

Kniescheiben durch den dünnen Stoff drückten. Und die Hose war voller *Tintenflecken.*

Roberts schluckte schwer. Seine Kehle fühlte sich so rauh an, als hätte er gerade eine Ladung Kies verschluckt. Der Geruch des Mannes hüllte ihn ein und erfüllte seine Lungen wie modriger Rauch. Der Gestank erinnerte ihn an Fisch.

Er ist es. Scheiße, er ist es.

»Was wollen Sie denn von ihm?« fragte Roberts. Seine Frage kam ihm im selben Moment sehr dumm vor.

»Das habe ich doch gerade gesagt«, erwiderte der immer noch grinsende Mann. »Ich suche Corky.« Er zog einen Stuhl unter dem Küchentisch hervor und stützte sich auf die Lehne. »Aber wer zum Teufel sind Sie eigentlich, und wieso sitzen Sie hier allein in Corkys Küche? Ich habe Sie hier noch nie gesehen.«

Roberts zuckte zurück, als der Atem des Fremden ihn traf. »Ich bin ein Freund von Corky – einer seiner Kunden. Corky ist nur mal kurz fort, um Bier zu holen. Muß jeden Moment wieder zurück sein.« Die Lüge klang selbst für seine Ohren fadenscheinig und durchschaubar.

Der Mann legte den Kopf schief. Seine Miene zeigte eine sonderbare Mischung aus Nachdenklichkeit und Grinsen. »Moment mal … vielleicht habe ich Sie doch schon einmal gesehen …« Er senkte den Blick und betrachtete Roberts Arme, als suche er dort etwas. »Haben wir uns vielleicht mal in Corkys Laden getroffen?«

»Ja«, grinste Roberts. »So wird's sein.«

Der Mann schüttelte den Kopf. »Nein, dort war es auch nicht. Trotzdem kommen Sie mir verdammt bekannt vor …« Er hob den Kopf und sah Roberts direkt in die Augen.

Roberts hielt dem Blick stand. Der Raum schien leise zu vibrieren, während sie sich anstarrten. Langsam wurde ihm von dem Gestank übel, der zu ihm herüberdriftete. Roberts fragte sich, ob er nicht vielleicht seinen eigenen strengen Geruch wahrnahm, der von seinen schweißnassen Achselhöhlen aufstieg.

Schließlich wandte der Hippie den Blick ab und griff in

seine Brusttasche, um eine Zigarette herauszuziehen. Roberts bemerkte Handschellen an seinen Handgelenken – nein, *schwarztätowierte* Handschellen aus Stacheldraht. Die nackte Brust unter der offenen Weste war so buntscheckig, daß es fast so aussah, als trage er ein künstlerisch gestaltetes T-Shirt. Düstere Drachen mit flammenden Augen blickten unter der Jacke hervor ... und dann entdeckte Roberts auf dem Bizeps des Mannes einen vertrauten Dobermann, der in seine Richtung kläffte.

Jetzt brauchte er keinen weiteren Beweis, um sicher zu sein, daß er Kilpatrick vor sich hatte. Er sah zwar keineswegs so aus, wie sich Roberts einen Killer vorgestellt hatte, aber er war es, daran bestand kein Zweifel. Roberts bemühte sich, möglichst gelassen und entspannt zu wirken. Der tätowierte Hund erinnerte ihn an etwas, daß er irgendwann einmal gehört hatte: *Ein Hund beißt nicht, wenn man ihm zeigt, daß man keine Angst vor ihm hat.* »Nette Arbeit«, bemerkte er und nickte zu Kilpatricks Arm hinüber. »Von Corky?«

Der Mann runzelte die Stirn, schaute auf seinen Arm hinunter und knurrte: »Ja, das ist eins von Corkys beschissenen Bildern. Aber er wird es noch lernen.« Das Grinsen kehrte zurück.

»Ich habe auch eins von ihm. Auf meinem Rücken.«

Kilpatrick stieß abfällig den Rauch aus. »Na und?«

Der Fischgeruch im Zimmer wurde langsam überwältigend. *Ich muß hier raus,* dachte Roberts und schaute sich nervös nach einer Fluchtmöglichkeit um. Die Hintertür wurde von einem überquellenden Mülleimer blockiert. Doch im Notfall dürfte er kein großes Hindernis darstellen. Das nikotinfleckige Fenster über der Spüle hingegen war zu klein, um hindurchzuspringen. Roberts senkte den Blick ...

Und entdeckte das Messer.

Die lange, gezackte Klinge ragte schimmernd zwischen den schmutzigen Tellern in der Spüle hervor. Corkys Fischmesser, das er in seinem Laden benutzt hatte, um den Tintenfisch auszunehmen.

Das ist es, was so widerlich stinkt ... alter Tintenfisch.

Kilpatrick murmelte irgend etwas.

»Was?« fragte Roberts und versuchte, die Aufmerksamkeit des Killers auf sich zu lenken, damit er das Messer in der Spüle nicht bemerkte.

»Ich weiß jetzt, wer Sie sind«, wiederholte Kilpatrick.

»Tatsächlich?« Roberts machte ein gespanntes Gesicht, als sei er selbst neugierig zu erfahren, wer er war.

»Ja, ich bin mir ganz sicher.« Kilpatrick blinzelte. »Sie sind der Typ, der zusammen mit Corky im Fernsehen war, richtig? Dieser Nachrichten-Mensch.« Er nickte langsam und lächelte. »Jetzt ergibt alles einen Sinn ...«

Roberts stürzte zur Spüle.

Kilpatrick war schneller.

3.

Corkys Haut kribbelte, als würden winzige Insekten darüber hinwegkriechen. Jeder Tintenfleck, jeder von der Nadel durchbohrte Nerv wurde zu einem mikroskopischen Wurm, der sich einen Weg durch seine Poren bahnte.

Ich zeige dir, was in deinem Innern ist, hatte Kilpatrick erklärt, als er anfing, Corkys Eier zu tätowieren, und sich dann langsam nach oben vorarbeitete. Zuerst war der Schmerz entsetzlich gewesen, als würde die Tätowiernadel wie ein Schnellfeuergewehr winzige vergiftete Pfeile in seine Hoden schießen. Sein ganzer Schoß war bei dieser Prozedur heiß und naß geworden ... zuerst hatte er geglaubt, er würde heftig bluten, bis er schließlich den Mut aufbrachte hinzusehen und erkannte, daß er pinkelte. Sein schlaffer, eingeschrumpfter Schwanz tröpfelte Urin über Kilpatricks in einem Latexhandschuh steckende Hand. Die Flüssigkeit rann an seinem Arsch hinab und breitete sich unter ihm aus.

Im ersten Moment hätte er fast darüber gelacht, doch dafür

war die ganze Situation viel zu real, viel zu krank. Und außerdem schmerzte es höllisch.

Er konnte nicht erkennen, was Kilpatrick eigentlich zeichnete, bis die Nadel auf ihrem Weg nach oben seinen Bauchnabel erreicht hatte. Noch immer schmerzte sein Hals von der Anstrengung, den Kopf so weit vorzubeugen, daß er sehen konnte, was der Irre da trieb. Voller Entsetzen riß er die Augen auf.

Insekten.

Eine Million winziger Spinnen mit Zangen und klauenbesetzten Fühlern wimmelten dort herum, und zwischen ihnen tummelten sich große schwarzbehaarte Spinnen und groteske Krabben mit menschlichen Gesichtern. Als er schließlich sah, wozu sein Hodensack geworden war – zu einem rötlichen Gewebe aus Spinnenfäden, gefüllt mit schleimigen schwarzweißen Eiern, die aufplatzten und den Insektenschwarm entließen –, da hatte ihn das kaum noch gekümmert, denn mittlerweile bedrohte ihn ein weitaus schlimmerer Schrecken.

Die sich windende Masse widerwärtiger Spinnentiere fraß die alten Tattoos von seinem Körper, die schwarzen Zangen rissen an seinem Fleisch.

Zumindest sah es so aus.

Doch eines stand jedenfalls fest: Kilpatrick übermalte seine wundervollen Arbeiten – die wunderbaren Tattoos auf Corkys Bauch; piktographische Werke, die er während seiner Zeit bei der Armee in Asien erworben hatte; das herrliche Vargas-Mädchen, das er in Alaska bekommen hatte, nachdem er allein aus diesem Grund eine dreiwöchige Reise dorthin unternommen hatte; seine *eigenen* Schöpfungen, darunter einige seiner besten Kunstwerke …

Die Erfahrungen vieler Jahre würden zerstört werden.

Und Corky konnte absolut nichts dagegen unternehmen.

Zu dem Zeitpunkt, als Kilpatrick ein ganzes Nest wimmelnder Insekten schuf – Fliegen und Moskitos mit Flügeln aus Rasierklingen und dolchartigen Stacheln –, hatte Corky gar nicht mehr hingesehen. Die Tätowiernadel, die grob in seine Haut gebohrt wurde, hatte ihren Biß, ihre Schärfe verloren, war zur stumpfen Schaufel des Totengräbers geworden. Und so weit es Corky betraf, hätte auch er selbst tot sein können. Man beraubte ihn seiner Haut. Warum sollte er dabei zusehen.

Plötzlich hielt Kilpatrick inne. »Was war das?«

Corky gab keine Antwort. Er wußte nicht, wovon der Irre sprach, und es war ihm auch gleichgültig.

»Da ist jemand in deiner Wohnung … erwartest du Besuch?«

Corky hatte daran gedacht, um Hilfe zu rufen, doch da hatte Kilpatrick schon eine Nadel – eine sehr viel längere Nadel als die der Tätowiermaschine – in seine Armbeuge gestoßen.

Die Welt verschwamm vor seinen Augen, als Kilpatrick hinausging und das Vorhängeschloß einschnappen ließ.

Und jetzt befand er sich hier, inmitten von düsteren Farben und Formen, die im Rhythmus seines Herzschlags pulsierten. Allein in der Dunkelheit, umgeben vom Gestank nach Schweiß und alter Scheiße, Zeitungspapier und Samen. Leder. Seinem eigenen Urin.

Und dem widerwärtigen Nest voller Spinnen in seinem Schoß. Er konnte sie nicht sehen, aber er spürte, wie sie sich bewegten, an ihm hochkrabbelten. Sie beendeten Kilpatricks Arbeit, bohrten sich in seine Poren, sonderten winzige Perlen ab, lebende Tintenperlen, die langsam bis zu seinem Nacken emporkriechen … und er kann sich nicht bewegen, kann sich nicht kratzen, um das Gekrabbel überall auf seinem Körper loszuwerden …

4.

»Heb es auf«, sagte Kilpatrick und deutete mit der scharfen Spitze des Fischmessers darauf.

Roberts bückte sich und nahm das Museumsbuch von Corkys Wohnzimmertisch.

Kilpatrick trat Roberts in den Magen. Der Reporter stürzte mit dem Buch in den Armen zu Boden. »Es war dumm von dir, das Buch mitzubringen. Es ist *meine* Botschaft, die darin steht, nicht deine. Was meinst du wohl, warum ich es in dem Haus von dem Scheißbullen zurückgelassen habe, hm?«

Roberts wand sich stöhnend auf dem Boden.

Kilpatrick riß die Harley-Davidson-Fahne von der Wand über Corkys Couch, hockte sich neben Roberts und fesselte mit dem schwarzen Stoff dessen Hände auf den Rücken.

»Steh auf«, befahl er, als er fertig war.

Mit den hinter dem Rücken gefesselten Händen hatte Roberts Probleme hochzukommen. Kilpatrick packte ihn am Gürtel und zerrte ihn auf die Beine. Dann bohrte er ihm das Messer in den linken Unterarm. »VORWÄRTS!«

Roberts stolperte durch die Wohnungstür nach draußen. Kilpatrick ließ die Messerspitze in Roberts Arm stecken und drehte die Klinge nur hin und wieder, um ihn in die gewünschte Richtung zu lenken – die Betonstufen hinauf und auf der anderen Seite wieder hinunter. Corky und Kilpatrick wohnten beide im Untergeschoß.

Als sie den Eingang erreichten, streckte Kilpatrick sein Bein an Roberts vorbei und öffnete die Wohnungstür mit einem Tritt.

Roberts schaute sich um. Das schwach erhellte Wohnzimmer war von Abfällen übersät: Kartoffelchipstüten, schmutzige Pappteller und Styroporbecher, dreckige Kleidung und zerrissene Zeitungen. Das ganze Zimmer stank – buchstäblich – nach Scheiße. In einer Ecke bemerkte Roberts einen verchromten Motorradlenker. Daneben standen Pappkartons aufgereiht. Ein paar der Kartons waren eingebeult und schief, offenbar enthielten sie nicht nur Kilpatricks Habseligkeiten, sondern dienten ihm auch als Sitzmöbel. Roberts erinnerte das Zimmer eher an eine Abstellkammer als an einen Wohnraum.

Kilpatrick warf das Buch auf einen der Kartons, wo es aufgeklappt liegenblieb.

Roberts spürte wieder einen schmerzhaften Stich im Arm.

»Weiter, Mr. TV-Reporter.«

Roberts warf einen Blick über die Schulter. Das Fischmesser zischte dicht an seiner Nase vorbei und zwang ihn, wieder nach vorne zu schauen.

»Versuch gar nicht erst, mich anzusehen, du Arschloch. Vorwärts.«

Kilpatrick stieß Roberts die Faust zwischen die Schulterblätter und führte ihn in Richtung einer durch ein Vorhängeschloß gesicherten Tür – das Schlafzimmer, wenn Roberts Vermutung zutraf. Wieder wurde er an einen Lagerraum erinnert, diesmal durch das Schloß. Und ihm wurde bewußt, daß auch er selbst hier gelagert werden sollte, als Teil einer psychotischen Sammlung.

Kilpatrick packte die Fahne, mit der Roberts gefesselt war, und drehte sie so fest zusammen, daß die Blutzirkulation in dessen Armen völlig unterbrochen wurde. Roberts stöhnte vor Schmerz, als seine Schultern nach hinten gerissen wurden. Sein Blick richtete sich unwillkürlich nach oben und fiel auf ein handbemaltes Holzschild, daß über der Tür angebracht war. Die Beschriftung darauf lautet: KILLER'S INK TATTOO SHOP.

Kilpatrick legte sein stoppeliges Kinn von hinten auf Roberts Schulter. »Keine Bewegung«, flüsterte er. Roberts wurde von einer Wolke stinkenden Atems eingehüllt.

Er hörte, wie Kilpatrick in seiner Hosentasche wühlte und schließlich einen Schlüsselring hervorholte. Der Psychopath ließ das Schloß aufschnappen und öffnete die Tür, allerdings nur einen Spaltbreit.

Roberts roch Urin und verdorbenes Fleisch.

Kilpatrick krallte seine Hand in Roberts Haar, riß ihn

zurück, um ihn aus dem Gleichgewicht zu bringen, und stieß ihn dann mit dem Kopf gegen den Türpfosten. Das Holz traf Roberts Stirn wie ein mächtiger Hammerschlag.

Er taumelte.

Kilpatrick schleuderte ihn durch die Tür und schaute zu, wie er auf einem Stapel Zeitungen landete.

Er stieg über Roberts Körper hinweg und knipste das Licht an. Corky lag reglos auf dem Bett. Er wirkte wie tot, war aber lediglich bewußtlos – Kilpatrick hatte ihm nur eine schwache Dosis verpaßt. Schließlich war die Tätowierung noch nicht fertig. Er bemerkte, daß die Tätowiermaschine auf dem Nachttisch noch immer an den kleinen Motor angeschlossen war, der die an einem Kabel hängende Nadel antrieb. Rasch ging er zum Tisch hinüber und sammelte all die scharfen Nadeln ein, die er bei der Vorbereitung von Corkys Tätowierung dort ausgebreitet hatte. Falls der Nachrichten-Mann das Bewußtsein wiedererlangte, bevor er zurückkam, sollte nichts im Zimmer herumliegen, was sich als Waffe einsetzen ließ.

Kilpatrick ging wieder zur Tür, trat gegen Roberts' Kopf, der im Weg lag, schlug die Tür zu und hängte das Schloß ein. Dann eilte er in die Küche. »Immer diese Unterbrechungen«, murmelte er, während er eine Schublade öffnete, in der sich Spritzen und kleine Fläschchen mit einer klaren Flüssigkeit befanden. »Wie soll ich denn da mit meiner Arbeit fertig werden?«

Er stieß eine Nadel in den Gummiverschluß eines Fläschchens – was ihn an frische, feste Haut erinnerte – und zog die Droge in die Spritze.

5.

Irgend etwas wie Riechsalz drang in seine Nase und holte ihn schmerzhaft und abrupt ins Bewußtsein zurück. Der starke Geruch, der ihn aufgeweckt hatte, wurde rasch von grellem Schmerz überlagert. Roberts öffnete die Augen und stöhnte.

Irgend etwas direkt vor seinem Gesicht starrte ihn an. Eine Wand voller Augen – unechte Augen. *Tätowierte* Augen, gezeichnet auf etwas, das wie eine verwesende Leiche aussah. Die tote Frau verströmte einen Geruch, der an eine Mischung aus fauligen Mandarinen und altem Schellfisch erinnerte. Roberts würgte. Sein Magen verkrampfte sich, doch er erbrach nichts als Luft.

In seinem Kopf drehte sich alles, als er versuchte, sich aufzurichten.

Das Licht schien aus unmöglichen Winkeln auf ihn einzuströmen und dabei sich drehende Schatten und gelbrosafarbene Wolken zu durchdringen. Als hätten sich seine Augen in zwei gewaltige Blutergüsse verwandelt.

Er blinzelte heftig, um die Sicht zu klären und merkte, daß eine Mischung aus Schweiß und Blut seine Lider verklebt hatte. Jedenfalls hoffte er, daß die Flüssigkeit von ihm selbst stammte und nicht etwa von der Leiche neben ihm.

Roberts rollte sich zur Tür, lehnte sich dagegen und schob sich vorsichtig daran hoch, bis er auf unsicheren Füßen stand. In seinem Schädel dröhnte es, als er mühsam das Gleichgewicht hielt und sich zu erinnern versuchte, was geschehen war. Er wußte, daß er sich in der Wohnung des Killers befand und ebenfalls ermordet werden würde –, doch wohin war der Irre verschwunden?

Mit den immer noch auf dem Rücken gefesselten Händen tastete er nach dem Türknauf. Er rührte sich nicht.

In diesem Moment bemerkte Roberts die Gestalt auf dem Bett.

Es war Corky – nackt, die Glieder ausgestreckt wie ein riesiger Seestern. Roberts hatte Mühe, seine Augen scharfzustellen, als er vorwärtsstolperte. Corkys Körper war von Tätowierungen übersät, ein Nest abscheulicher Insekten bedeckte Schoß und Bauch. Roberts hatte diese Tattoos noch nie gesehen, doch er erkannte, daß sie nicht annähernd so sauber und komplex ausgeführt waren wie Corkys übliche Arbeiten.

Dann bemerkte er die Tätowiermaschine und begriff sofort, was hier geschehen war. Der Killer tätowierte seinen Freund.

Roberts beugte sich vor und stieß Corky an. »He, wach auf!« flüsterte er, doch Corky rührte sich nicht. Roberts schaute in sein Gesicht. Die Augen standen weit offen, ohne etwas wahrzunehmen – genau wie Judy Thomas' tote Augen. Hatte der Killer ihn eines weiteren Freundes beraubt? Doch dann fiel Roberts ein, daß es wohl kaum nötig war, einen toten Mann zu fesseln. Er drehte sich um und packte Corkys Arm. Der Pulsschlag war spürbar, wenn auch langsam und schwach – ungefähr so mußte sich auch sein eigener Puls anfühlen.

Roberts ließ Corkys Arm los und atmete scharf durch die Nase ein. Es gurgelte und blubberte darin. Roberts wußte, daß sein Nasenbein gebrochen war, denn er konnte das Blut schmecken, das hinten in seiner Kehle hinabrann. Trotzdem brannte sich der im Zimmer herrschende Gestank einen Weg durch seine demolierte Nase. Der Geruch hier war viel schlimmer als der im Wohnzimmer und erinnerte an einen verwahrlosten Käfig.

Ein Käfig.

Plötzliche Wut überkam Roberts, als ihm bewußt wurde, daß er eingesperrt war. Sein Puls ging schneller und klopfte hart in seinen Schläfen, und sein Blick klärte sich. Auf der Suche nach einer Fluchtmöglichkeit bemerkte er eine gelbe Plastikblende vor einem staubigen Fensterrahmen. Er stürzte darauf zu und riß die Kunststoffverkleidung ab.

Grauer Zement starrte ihm entgegen. An den Rändern der festen Masse waren noch ein paar Reste des Vorhangstoffs zu erkennen. Das Fenster war zugemauert worden und versperrte nicht nur ihm und Corky den Weg aus diesem Raum, sondern auch dem Gestank. Roberts stieß einen Fluch aus.

Rasch ließ er seinen Blick durch den Raum wandern. Auf einem braunen hölzernen Frisiertisch stand ein altes Schwarzweiß-Fernsehgerät, dessen Schirm genauso stumpfgrau und leer wirkte wie die Betonwand. Oder wie Corkys Augen.

Neben dem Fernsehgerät stapelten sich leere Bierdosen, außerdem standen eine Schale und ein metallisch glänzender Kasten dort – ein Videorecorder. Judys Recorder.

Roberts ließ seinen Blick weiterwandern und rechnete fest damit, irgendwo auch auf ein indianisches Gewand zu stoßen. Statt dessen entdeckte er Kilpatricks Trophäensammlung – die von abscheulichen Fotos und Zeitungsartikeln bedeckte Wand. Roberts erkannt seine Freunde auf den Bildern, und auch jene Menschen, die er nur von den Polizeifotos her kannte. Die Bilder hier an der Wand sollten allerdings künstlerisch wirken. Die Körper waren so arrangiert, daß die Tätowierungen besonders gut zur Geltung kamen. Auch Lockermans Körper …

Lockerman … wie zum Teufel hat er ihn aufgespürt?

Roberts entdeckte die Antwort auf diese Frage im Mittelpunkt der grotesken Galerie – auf einem Artikel aus der *Gazette,* in der über den Einbruch im Museum berichtet wurde. Die Worte ›Police Sergeant John Lockerman‹ waren mit einem dicken schwarzen Stift umrandet worden. Zwei andere Worte wurden durch saubere Unterstreichungen hervorgehoben: ›Künstler‹ und ›zensiert‹.

Plötzlich hörte Roberts Schritte. Der Killer kehrte zurück.

Hektisch suchte Roberts nach einer Fluchtmöglichkeit. Sein Blick fiel auf die Abstellkammer. Dort könnte er sich verbergen, aber natürlich würde der Killer genau dort zuerst nach ihm suchen. Die Tätowiermaschine auf dem Nachtisch – *Nadeln,* schoß es ihm durch den Kopf. Er eilte hinüber und rutschte dabei fast auf dem Zeitungspapier aus, das den

Boden bedeckte. Doch er fand keine Nadeln, nur orangefarbene Plastikhüllen und mehrere mit Tinte gefüllte Fläschchen. Der Killer hatte die einzige Waffe im Zimmer entfernt.

Irgend etwas stieß gegen die Tür. Roberts geriet in Panik.

Es gab kein Entkommen. Er würde ebenfalls zum Opfer werden, auf schreckliche Weise vom Tattoo Killer entstellt, in etwas Häßliches verwandelt, gezwungen, mit den für alle Zeiten in die Haut eintätowierten kranken Visionen des Verrückten zu leben – oder zu sterben –, der eigenen Identität und Würde beraubt. So wie seine Freunde, so wie Corky.

Lieber würde er sterben, sich selbst töten, statt solche Qualen ertragen zu müssen. Den Killer der Chance berauben, sich auf seiner Haut zu verewigen. In Würde sterben. Zu den eigenen Bedingungen. So wie Bonz in Corkys Geschichte ›Ausgebrannt‹; wie Corkys selbstzerstörerisches Tattoo auf seinem Rücken ...

Und plötzlich wußte er, was zu tun war. Es blieb keine Zeit, darüber nachzudenken. Er schnappte sich rasch ein paar Utensilien, eilte zu der Stelle zurück, an der er zuvor bewußtlos gelegen hatte, und ließ den schmerzenden Kopf vorsichtig vor den Augen der toten Frau zu Boden sinken. Dabei arbeitete er die ganze Zeit wie Houdini an den Fesseln hinter seinem Rücken und schaffte es dank der Hilfsmittel, die er eingesammelt hatte, eine Hand zu befreien. Eilig arbeitete er weiter, ohne groß darüber nachzudenken, und schickte ein Stoßgebet zum Himmel, die Zeit möge ausreichen.

Er hörte, wie ein Schlüssel ins Schloß geschoben wurde. Ein metallisches Klicken ertönte.

Die Augen der toten Frau starrten ihn an und beobachteten sein Treiben. Wie ein Wächter. Fast kam es Roberts so vor, als würde die Leiche dem Killer tatsächlich berichten, was geschehen war, während er sich außerhalb des Zimmers aufhielt, wie ein Spion, der Meldung macht, doch dann schob er diesen ungesunden Gedanken beiseite. Er schloß die Augen, um Bewußtlosigkeit vorzutäuschen, und machte dabei die Feststellung, daß es sehr leicht und vor allem sehr angenehm wäre, wirklich in die Dunkelheit des eigenen Geistes zu fliehen.

Kapitel 20

1.

»Scheißstörungen!« brüllte Kilpatrick, als er ins Zimmer kam und mit dem stiefelbewehrten Fuß gegen Roberts' Kopf trat. Der Kopf schnappte zurück und schlug laut gegen die Kante des Frisiertischchens. Es klang, als würde jemand einen Nagel in ein Stück Holz schlagen.

Kilpatrick sah zu Roberts hinunter. Dessen Kopf war nach hinten gedreht, der Hals einladend gestreckt.

Kilpatrick ging neben dem Nachrichten-Mann in die Knie und betrachtete nachdenklich dessen Hauptschlagader, die deutlich sichtbar unter der Haut pulsierte. Er hob die Spritze und drückte leicht auf den Kolben, um die Luft aus der Kammer zu pressen. Ein dünner Strahl schoß aus der glänzenden Nadel und landete auf seinem Handgelenk. Langsam bewegte er die Spritze auf die angeschwollene Vene zu.

Dunkelrotes Blut tropfte auf den Hals. Kilpatrick runzelte die Stirn.

Er sah sich Roberts' Gesicht genauer an. Die Stirn war aufgeschlagen, das Haar blutverklebt. Die rote Flüssigkeit bedeckte das ganze Gesicht, lief über die Wangen, rann hinter den Ohren am Hals hinunter. Die Augen des Mannes zuckten unter den geschlossenen Lidern, die Höhlen selbst waren rote Teiche, in denen die Augäpfel regelrecht ertränkt wurden.

Kilpatrick stand auf und fluchte lauthals über sich selbst. »Scheiße! Mußtest du ihn unbedingt so fest treten, daß er sich den Schädel einschlägt?« Wütend ballte er die Fäuste und schüttelte den Kopf. Mühsam zwang er sich zur Ruhe und blickte wieder auf Roberts hinunter. »Sieh dir an, was du mit deiner Leinwand gemacht hast. Jetzt ist sie wertlos. Ich kann doch nicht auf … *so was* zeichnen. Und selbst wenn, wie soll er anschließend im Fernsehen auftreten? Was ist, wenn ich den Arsch umgebracht habe?«

Frustriert wollte er sich dem Abstellraum zuwenden, sich bei dem Dämon Antwort, Inspiration und Ruhe verschaffen. Dort, im warmen, feuchten Mutterschoß, in der Kammer der Kreativität.

Doch das ging nicht. Es gab noch Arbeit zu erledigen. Corky wartete.

Er schob die mit Drogen gefüllte Spritze in eine Schlaufe am Gürtel seiner Jeans. Vielleicht hatte er später noch Verwendung dafür. Möglicherweise ließ sich bei dem Nachrichten-Mann ja doch noch etwas retten – immerhin war noch eine Menge unbeschädigter Haut übrig.

Kilpatrick wandte sich um, griff nach der Tätowierpistole, holte eine frische Nadel aus der Hosentasche, füllte sie mit Tinte und setzte sie in die Maschine ein. Das Gerät erwachte in seiner Hand zu summendem Leben, als er den Strom einschaltete.

Langsam senkte er die Nadel auf Corkys rechte Brustwarze.

Roberts stöhnte.

Kilpatrick sah zu ihm hinüber. Schaltete das Gerät aus. Lauschte.

Er lebt tatsächlich noch … gut.

Kilpatrick warf die Tintenpistole aufs Bett, stand auf und ging zu Roberts hinüber. Das Blut, das von seinem Kopf herabtropfte, hatte sich über die Zeitungen auf dem Boden ausgebreitet und bildete eine große, ovale Lache. Kilpatrick dachte an seinen Vater.

Er schnalzte mit der Zunge. »Du kannst aber auch gar nichts richtig machen, was? Vielleicht sollte ich Ihnen ja eine Spritze geben, Mr. TV-Reporter … um Sie von Ihrem Elend zu erlösen.« Er tastete nach der Spritze an seinem Gürtel und streichelte die feuchte Nadelspitze.

Lässig ging Kilpatrick neben Roberts in die Hocke, warf einen prüfenden Blick auf dessen Gesicht und tätschelte ihm den glitschigen, nassen Kopf. »Das tut weh, nicht wahr? Ich wette, du möchtest, daß ich dich von dem Schmerz erlöse, habe ich recht?«

Roberts stöhnte abermals – ein Gurgeln drang aus seiner Kehle.

Kilpatrick spürte, wie sich ein Lächeln auf seinem Gesicht ausbreitete. »Zu schade«, meinte er kichernd. »*Leide!*«

Der neben ihm liegende Körper *schoß* empor, zwei bunte Handflächen streckten sich nach seinem Gesicht aus.

2.

Es schmerzte, sie in den fest geschlossenen, schwitzenden Händen zu halten, bis sich eine Möglichkeit bot, sie zu verwenden. Doch als der richtige Zeitpunkt kam, verschwand der Schmerz in seinen Handflächen und wurde durch einen Ausbruch von Kraft und Stärke ersetzt, wie er ihn selbst nie für möglich gehalten hätte.

Heftzwecke. Zwei große Handvoll Heftzwecke, der Plastikschale auf dem Frisiertisch entnommen und hinter dem Rücken verborgen, bis Kilpatrick sich über ihn beugte. Zwei Hände voller Stacheln und Spitzen.

Und er stieß die Arme vor und rammte die Handflächen in Kilpatricks ungläubig aufgerissene Augen. Es fühlte sich an, als würden sich Nägel in seine Hände bohren, doch das war ihm gleich – er drückte, schlug und preßte sie in das knochige Gesicht des Killers. Er spürte, wie die stählernen Spitzen in die Haut eindrangen – in Kilpatricks und in seine eigene, als er die Hände mit aller Gewalt gegen das Gesicht preßte, das zurückwich und vor Schmerz aufheulte.

Kilpatrick kreischte, ruderte mit den Armen und stolperte rückwärts. Er wischte sich mit den Fingern übers Gesicht und versuchte die kleinen Stacheln zu entfernen, die seine Wangen, die Nase, den Mund und die Augen bedeckten.

Roberts zog die Hände zurück. Sie waren naß, voller

Schleim und eiskalt. Er ballte eine Faust, holte aus und schlug mit aller Kraft in Kilpatricks Gesicht, um die Heftzwecke noch tiefer hineinzutreiben.

Dann griff er nach hinten, schnappte sich das Harley-Davidson-Banner, mit dem Kilpatrick ihm die Hände gefesselt hatte, und wischte sich damit das Rot aus Augen und Gesicht – rote Tätowiertinte, kein Blut; Tinte, die aus den Fläschchen auf dem Nachttisch stammte und die er benutzt hatte, um den Killer zu täuschen. Nachdem er Gesicht und Hände getrocknet hatte, sah er wieder zu Kilpatrick hinüber.

Der Künstler heulte und schlug nach seinem Gesicht, als hätte sich dort ein Bienenschwarm niedergelassen. Eine Reihe von Heftzwecken fiel in seinen Schoß hinab – grüne, gelbe, rote und schwarze Nadeln, alle feucht und blutbedeckt. Plötzlich ließ Kilpatrick die Hände sinken, öffnete den Mund und würgte ... und noch mehr Heftzwecken quollen über seine Lippen und rannen in einem Strom blutigen Speichels hinab. Er spie den Schleim aus, schnappte keuchend nach Luft und stöhnte qualvoll auf, als er einen Teil der Reißzwecken verschluckte.

Dort, wo sich eigentlich seine Augen befinden sollten, steckten ganze Klumpen bunter Heftzwecke, die an die vorgewölbten, facettierten Sehorgane von Insekten erinnerten. Die Masse aus Stahl und Plastik bewegte sich leicht, als die darunter verborgenen Muskeln zuckten.

Der Anblick war widerwärtig, und Roberts empfand so etwas wie Angst vor sich selbst, vor dem, was aus ihm geworden war – ein rasendes Tier, das einem anderen Menschen das Augenlicht geraubt hatte.

Kilpatrick hörte plötzlich auf zu weinen. Wie ein Schlafwandler beugte er sich vor und kam unsicher auf die Beine. Auf Roberts wirkte er nicht einmal mehr menschlich, die Heftzwecke, die sein Gesicht bedeckten, verliehen ihm das fremdartige Aussehen eines Außerirdischen. Es war fast so, als hätte er dadurch, daß er die Augen zerstörte, ein geheimes Siegel erbrochen, wodurch es einem in Kilpatricks Innern lauernden Wesen gelingen konnte, zu entkommen und dessen Gesicht umzugestalten.

Kilpatrick stürzte zwischen Corkys Beinen aufs Bett und ruderte mit einem Arm in der Luft herum, als suche er nach etwas. »Wo bist du, du Dreckskerl?« rief er mit gurgelnder Stimme. »Wo steckst du, Mr. TV-Reporter?«

Roberts, der auf dem Boden gehockt und sich um seine schmerzenden Hände gekümmert hatte, erhob sich, wich Kilpatricks tastendem Arm aus und starrte in das entsetzlich entstellte Gesicht.

Plötzlich bemerkte er, daß der Killer die Spritze aus seinem Gürtel gezogen hatte. Die Spitze richtete sich auf Corkys Oberschenkel, und Kilpatricks Daumen lag auf dem Kolben.

Roberts hechtete vorwärts, umklammerte Kilpatricks Handgelenk und versuchte verzweifelt, ihm die Spritze zu entwinden. Die Spitze kratzte über Corkys Bein und hinterließ eine lange blutige Spur auf der Haut.

Roberts holte aus und rammte den Ellbogen in Kilpatricks Gesicht. Der taumelte zurück und ließ die Spritze los. Roberts packte sie und stieß sie dem Killer in die Brust. Dann legte er die Handfläche auf den Kolben, drückte ihn mit aller Kraft nach unten und schob Kilpatrick dabei vom Bett. Der Killer stolperte nach hinten, rutschte auf den Zeitungen aus, die den Boden bedeckten, und knallte gegen das Fernsehgerät, dessen Bildröhre zersplitterte. Kilpatrick brach auf dem Boden zusammen. Die Spritze ragte wie ein Messergriff aus seiner Brust, die sich langsam auf und ab bewegte. Der Killer lebte. Roberts konnte seinen rasselnden Atem hören. Es klang wie das Keuchen eines Lungenkranken.

Eilig löste Roberts die Gurte, die Corky ans Bett fesselten, und benutzte einen davon, um Kilpatricks Arme zu binden – so fest, wie der Killer das zuvor bei ihm gemacht hatte. Dann fesselte er ihm auch die Beine und benutzte schließlich einen dritten Gürtel, um die beiden Riemen hinter seinem Rücken miteinander zu verbinden.

Corky schrie auf.

Roberts fuhr herum. Der Biker schlug nach seiner Brust

und versuchte, imaginäre Insekten fortzuwischen. Der Reporter legte ihm eine Hand auf die Schulter, und Corky blickte mit weitgeöffneten Augen zu ihm hoch. Sein Gesicht zitterte.

Roberts deutete zu Kilpatrick hinüber. Corky schaute in die angegebene Richtung und entspannte sich.

3.

Corky saß aufrecht im Bett und sah stumm zu Kilpatrick hinüber. Die Hände hatte er schützend in den Schoß gelegt, nur gelegentlich kratzte er sich dort oder am Bauch.

Kilpatrick rührte sich nicht. Roberts hatte die Spritze aus seiner Brust gezogen, und jetzt zeichnete sich dort ein kleiner roter Kreis ab. Er atmete noch immer sehr schwer, und sein von Heftzwecken bedecktes Gesicht glänzte naß.

Roberts ging zu den Fotos an der Wand hinüber und riß eins nach dem anderen ab. Zum Teufel mit der Spurensicherung, er wollte nur einfach nicht länger die Bilder seiner Freunde ansehen müssen.

Als er mit der Zerstörung der Galerie fertig war, schaute er zu Corky hinüber, der immer noch den bewußtlosen Körper auf dem Fußboden anstarrte. *Er braucht etwas anzuziehen,* dachte Roberts, ging zur Abstellkammer hinüber und öffnete die Tür.

Der Gestank schlug ihm wie heißer Wind ins Gesicht. Von den düsteren, naß und klumpig wirkenden Wänden tropfte Flüssigkeit herab wie in einer tiefen, unterirdischen Kaverne. Roberts konnte trotz der Dunkelheit einige Umrisse ausmachen: rote und schwarze Organe und Gedärme, auf denen kleine silberne Punkte – die Köpfe von Nägeln – erkennbar waren. Collins Innereien, an die Wände der Kammer genagelt.

Roberts schloß die Tür wieder. Er war selbst überrascht,

daß ihn Anblick und Geruch nicht mit Entsetzen erfüllten, doch er fühlte sich einfach nur müde und erschöpft. In den letzten Stunden hatte er eine Menge erlebt und durchgemacht, war mit Wahnsinn und Tod konfrontiert worden, und jetzt wollte er einfach nur heim und ins Bett.

»Paß auf ihn auf«, sagte er zu Corky, als er den Raum verließ und zu Corkys Wohnung ging, um ihm ein paar Sachen zum Anziehen zu holen. Als er das Apartment betrat, kam ihm der Gedanke, daß er auch gleich von hier aus die Polizei anrufen könnte. Sie stellten ihm eine Menge Fragen, doch er nannte ihnen nur die Adresse und legte den Hörer wieder auf. Er wollte das alles nur möglichst schnell hinter sich bringen, damit er endlich schlafen konnte.

Corkys Schlafzimmer war versperrt, doch im Wohnzimmer fand er eine Decke. Er nahm sie mit und hielt auf dem Rückweg draußen kurz an, um in der kühlen Nachtluft tief einzuatmen. Doch die frische, saubere Luft fühlte sich in seinen Lungen irgendwie falsch an, ungefähr so, als würde man duschen, während man noch bis zum Hals in schmutzigem Wasser stand.

Als er das Schlafzimmer wieder betrat, lag Kilpatricks Körper nicht mehr dort, wo er ihn zurückgelassen hatte. Corky hatte ihn in die Ecke neben dem Bett geschleift. Jetzt hockte er splitternackt neben ihm und bearbeitete seinen Arm mit der Tätowiermaschine. Roberts konnte nicht genau erkennen, was er dort machte, und im Grunde war es ihm auch egal. Er legte Corky die Decke um die Schultern, von wo aus sie wie ein Mantel über seinen nackten Rücken hinabfiel.

Corky äußerte seinen Dank mit einem Grunzen, ohne dabei die Arbeit an Kilpatrick zu unterbrechen.

Roberts hockte sich auf das Bett und schaute ihm zu. »Du solltest das nicht tun«, meinte er apathisch. »Sonst bist du auch nicht besser als er.«

Corky gab keine Antwort. Nur das Summen der Nadel erfüllte den Raum.

Roberts erhob sich und überlegte, ob er einfach gehen sollte, entschied sich dann aber, auf die Polizei zu warten. Er warf noch einen Blick zu Corky hinüber und fragte sich, ob der Mann überhaupt gehört hatte, was er sagte. Der Biker arbeitete ungerührt weiter und tätowierte schwarze Tinte in die Haut des Killers – schwarze Tinte, die das zudeckte, was einmal einen zähnefletschenden Dobermann dargestellt hatte. Roberts war es gleich. Er wollte das nicht mit ansehen, doch es störte ihn im Grunde auch nicht. So schloß er einfach die Augen und wartete.

Kapitel 21

1.

Das Telefon läutete.

Roberts schreckte aus dem Schlaf hoch. Jeder Nerv in seiner Haut schien zu schmerzen, als hätte er auf einem Nagelbrett geschlafen. Er richtete den Blick auf den Wecker. 2 Uhr nachmittags – viel zu früh, um schon aufzustehen. Ärgerlich nahm er den Hörer ab.

»Ja?« grunzte er.

»Bist du das, Schreibmaschinen-Mann?«

»Natürlich bin ich es, Corky. Schließlich hast du *mich* doch angerufen, oder?« knurrte Roberts und fischte eine Zigarette aus der Packung auf dem Nachttisch. Er zündete sie an und sog den Rauch tief in die Lungen. »Was willst du überhaupt? Du hast mich gerade geweckt.« Das Nikotin stieg ihm zu Kopf und weckte ihn vollends auf.

Corky schien ungern am Telefon zu reden. »Nun, äh … ich hatte dich hier vermißt. Seit dem Bullenauftrieb, als die Cops den Irren aus meiner Bude weggebracht haben, hast du dich nicht mehr blicken lassen …«

»Ich weiß«, erwiderte Roberts, griff nach der Flasche Gin auf dem Nachttisch, nahm einen Schluck und verzog das Gesicht. »War beschäftigt.«

»Blödsinn«, erklärte Corky. »Du hast deinen Job doch an den Nagel gehängt, oder hast du das vergessen?«

»Es ist nicht unbedingt nötig, mich daran zu erinnern, daß ich arbeitslos bin. Und schon gar nicht direkt nach dem Aufwachen …« Roberts nahm noch einen Schluck Gin. Sein Mund wurde taub.

»Nun, ich dachte mir, nachdem du ja nun keine Worte mehr für KOPT verdrehst, hättest du eigentlich genug Zeit, um mal in meinem Laden vorbeizukommen, damit ich mich weiter mit deinem Rücken beschäftigen kann.«

Roberts verdrehte die Augen. »Die Tätowierung ist *fertig,* Corky. Außerdem habe ich Besseres zu tun.«

»Was ist denn los? Hast du Angst?« mokierte sich Corky.

Roberts legte den Hörer auf.

Er schluckte auch den Rest des Flascheninhalts, um damit die Erinnerung an seine Träume auszulöschen. Dann ging er ins Bad hinüber, pinkelte, schöpfte eine Handvoll Wasser – seine Handflächen schmerzten noch immer – aus dem Waschbecken und schlürfte es geräuschvoll. Sein Gesicht wirkte im Spiegel immer noch rot. Die Farbe stammte von der roten Tinte her, die er über sein Gesicht gegossen hatte. Sie war inzwischen etwas verblaßt und ließ seine Zunge rosa wirken, als würde er gerade erröten. Genau deswegen hatte er sein Haus in letzter Zeit nicht verlassen. Er wollte nicht ständig so aussehen, als wäre er wegen irgend etwas verlegen.

Roberts ging zur Küche hinüber, holte sich ein Bier, um den Gin in seinem Magen zu beruhigen, setzte sich damit ins Wohnzimmer und schaltete das Fernsehgerät ein. Im Moment war ihm jedes Programm recht, solange es sich nicht um eine Nachrichtensendung handelte. Der Schirm leuchtete auf und zeigte den Musikkanal. Das Video einer Heavy-Metal-Band, die irgend etwas von Rache sang, lief gerade. Roberts achtete nicht auf den Text, sondern starrte nur die Tattoos auf den nackten Armen der schwitzenden Musiker an.

Schoenmachers Schlafsack lag noch immer offen und leer wie ein verlassener Kokon auf dem Boden. Clive hatte sich darauf zu einer Kugel zusammengerollt. Möglicherweise vermißte sie ihr Herrchen. Roberts hatte die Katze mit nach Hause genommen, als er seinen Schreibtisch bei KOPT ausräumte. Es war ihm nicht richtig vorgekommen, wenn sie bei Buckman im Sender blieb, statt ein richtiges Heim zu haben. So hatte er sie in dem Karton mit seinen Sachen aus dem Sendegebäude geschmuggelt und sie in der Hoffnung mitgenommen, Schoenmacher würde bald aus dem Krankenhaus entlassen und sie zurückhaben wollen.

Clives Fell war mittlerweile schon recht gut nachgewachsen und verdeckte den größten Teil der pornographischen Tattoos und des einfältigen Gedichts. Roberts beneidete sie darum. Er wünschte, er könnte auch irgend etwas wachsen lassen, wodurch die Geschehnisse der letzten Tage ausgelöscht würden.

Doch das war unmöglich. Die Erfahrungen mit Kilpatrick hatten ihn verändert, zum Schlechteren verändert. Obwohl er als einziger von allen Menschen, die mit dem Killer in Berührung gekommen waren, nicht *physisch* verändert worden war, hatten ihn die Erlebnisse doch innerlich genauso verwandelt wie all die anderen. Die Erinnerungen an den Künstler verfolgten ihn Tag und Nacht. Und er würde keinen seiner Freunde je wieder ansehen können, ohne dabei zugleich an den Killer erinnert zu werden. Sie alle waren für ihr ganzes Leben gezeichnet, trugen Narben, die niemals verheilen würden.

Selbst die Tätowierung auf seinem Rücken erinnerte ihn an den Killer. Und im Grunde galt das sogar für jede Tätowierung, wer auch immer sie tragen mochte.

Er betrachtete Clive und fragte sich, ob die Katze wohl noch an die unsäglichen Tätowierungen dachte, die tief unter ihrem Fell verborgen waren.

Vielleicht hast du ja wirklich Angst, genau wie Corky sagte. Angst, zu leben. Angst, Freunde zu haben und sie wieder zu verlieren. Ist das der Grund?

Er wußte es nicht. Er wußte es wirklich nicht.

Der Killer war fort, doch er lebte in seinen Zeichnungen weiter. Roberts hatte seinen Job aufgegeben, doch die Nachrichten wurden weiterhin gesendet. Die Welt hatte sich nicht geändert – NORAD hielt noch immer in Erwartung eines Nuklearkriegs Wache über der Stadt, Autounfälle töteten noch immer jeden Tag mehr Menschen, als der Killer insgesamt umgebracht hatte – die Liste ließe sich endlos fortsetzen. Die Welt drehte sich weiterhin um eine Achse aus Schmerz und Kampf. Roberts selbst war kein Held, er hatte rein instinktiv gehandelt, nur getan, was getan werden mußte … und es machte nicht den geringsten Unterschied.

Aber er *hatte* Corkys Leben gerettet. Er *hatte* seine eigene Haut gerettet. Das war doch schon *etwas.* Oder nicht?

Roberts leerte die Bierdose. Es gab nicht mehr viel, wofür er noch leben konnte, aber es gab immerhin noch Corky. Er schnappte sich die Katze, die protestierend miaute. Roberts streichelte sanft über ihr Fell, trug sie zum Wagen und fuhr zu Corkys Laden.

Die müden roten Augen über dem Geschäft blickten genauso apathisch wie seine eigenen.

2.

»Sieh mal einer an, wer doch noch aus dem Bett gekrochen ist«, rief Corky, als Roberts den Laden betrat und Clive sanft auf dem Boden absetzte.

Roberts nickte. »Hast du ein Bier?«

Corky grinste über Roberts' gerötetes Gesicht. »Aber sicher.« Er öffnete den kleinen Kühlschrank und holte zwei Dosen heraus.

Corky setzte sich gemütlich an seinen Schreibtisch, während Roberts seinem Blick auswich und sich lieber im Laden umsah. Er entdeckte ein paar neue Bilder an den Wänden, farbige Skizzen von Gesichtern ohne Augen, schöne Frauen in erotischen Posen, auf deren Bäuchen eckige Gesichter eingezeichnet waren, große Spinnen und abartig aussehende Krabben. Im Hintergrund des Ladens bemerkte Roberts ein ungemachtes Feldbett, unter dem sich Clive verkrochen hatte. Ihre Augen leuchteten grün aus dem Schatten. Überall waren leere Schnapsflaschen verstreut. Es sah so ähnlich aus wie in seinem eigenen Haus – offenbar hatte Corky mit den gleichen Problemen zu kämpfen wie er.

»Nun«, erklärte Corky, als würde er ein Gespräch fortsetzen, das noch gar nicht begonnen hatte, »heute morgen habe ich dich angerufen, um zu fragen, ob du ein neues Tattoo haben möchtest. Ich nehme an, du hast es dir inzwischen überlegt?«

Zum ersten Mal sah ihm Roberts in die Augen. »Ich will überhaupt nichts auf meinem Körper haben. Zumindest jetzt nicht.« Er nickte zu den Bildern hinüber. »Und so einen Scheiß schon gar nicht.«

Corky zuckte zusammen. »Das sind nur Skizzen. Für einen Künstler stellt jedes Ereignis im Leben eine Inspiration dar, ganz gleich, ob es gut oder schlecht war. Ich mußte diese Sachen einfach aus dem Kopf kriegen, das ist alles.« Er hob das T-Shirt hoch, um seinen Bauch zu enthüllen. »Übrigens war auch der Kammerjäger kürzlich hier.«

Roberts entdeckte eine neue Tätowierung auf Corkys Bauch. Ein riesiger, muskulöser Mann stand neben den krabbelnden Spinnen. In der Hand hielt er eine Tätowierpistole ... nur versprühte diese Pistole statt der Tinte eine Art Nebel über die vom Killer gezeichneten Insekten und tötete sie wie in einem Werbespot für Insektenspray.

Roberts lachte und spürte, wie sich seine Muskeln entspannten.

Corky zog das T-Shirt wieder herunter. »Zurück zum Thema«, meinte er grinsend. »Ich würde dir jedenfalls gerne ein paar neue Tattoos geben ... sobald du dazu bereit bist, natürlich. Und ich würde das umsonst machen – und zwar nicht, weil du arbeitslos bist, sondern weil du mein Kumpel bist und mir das Leben gerettet hast. Ich bin dir was schuldig, und deshalb mache ich dir folgendes Angebot: kostenlose Tattoos für den Rest deines Lebens, so viele, wie du nur haben möchtest, solange ich nicht nach einer Vorlage arbeiten muß. Abgemacht?«

»Sag mal, hast du eigentlich nicht gehört, was ich gerade gesagt habe?«

Corky zog nur die Augenbrauen hoch. »Abgemacht?«

Roberts zuckte die Achseln. »Also gut, na schön, abgemacht. Aber versuch nicht, mich zu irgend etwas zu drängen, okay?«

»Ist klar.« Corky leerte seine Bierdose, holte zwei neue aus dem Kühlschrank und reichte eine an Roberts weiter.

»Und wie geht's deinem Freund?«

»Welchem?« fragte Roberts und verdrehte die Augen.

»Dem Bullen. Dem, der mich erschießen wollte. Ich habe in der Zeitung gelesen, daß der Killer ihn erwischt hat.«

Roberts betrachtete die Bierdose in seiner Hand und wünschte sich, Corky hätte diese Frage nicht gestellt. Seit Lockerman von dem Killer tätowiert worden war, hatte er nur einmal mit ihm telefoniert. »Nun, der ist zur Zeit in Kanada.«

»Kanada? Schönes Land.«

»Er ist nicht wegen der Landschaft dort. Sie behandeln ihn dort mit Lasern. Wie man ihm sagte, müßte das ziemlich problemlos gehen, weil er nur mit einer einzigen Farbe tätowiert worden ist. Sie meinten, das ließe sich recht leicht ausbrennen ...«

»Scheiße, ich traue diesem Laserzeug nicht.«

»Jetzt mach aber einen Punkt, ja! Er kann sich schließlich nicht den ganzen Körper neu tätowieren lassen!«

»Vermutlich funktionieren diese Rubinlaser ja bei einigen Leuten«, meinte Corky. »Aber perfekt sind die auch nicht. Und ich persönlich würde keinem Arzt trauen, der mich mit Laserstrahlen beschießen will. Hast du mal *Goldfinger* gesehen?«

»Halt die Klappe, Corky, und trink dein Bier.«

Corky gehorchte.

Eine Weile saßen sie schweigend da und schlürften ihr Bier. Roberts stellte fest, daß er sich schon viel besser fühlte, nicht mehr so allein, so leer. Es war eine gute Entscheidung gewesen, herzukommen.

»Und was ist mit den Nachrichtenleuten – Judy Thomas und dem Wettermann?«

»Darüber würde ich lieber nicht reden. Soweit ich weiß, befinden sich beide noch in der Nervenklinik. Schoenmacher erholt sich anscheinend langsam, doch Judy ist noch immer durchgedreht. Es wird wohl alles seine Zeit brauchen, denke ich.«

»Das gilt für alles«, sagte Corky und strich sich den Bart.

Roberts nickte.

Corky betrachtete die Autos, die draußen am Schaufenster vorbeifuhren. »Hör mal, Schreibmaschinen-Mann. Ich habe mir überlegt, eine neue Geschichte über den Killer zu schreiben. Eine *wahre* Geschichte. Was hältst du davon?«

»*Was?*

»Nun, war nur so ein Gedanke …«

»Was ist los? Bist du verrückt?«

»He, mal langsam. Hör dir erst an, was ich zu sagen habe, bevor du mich verrückt nennst. Paß auf: Da du ja im Moment ohne Arbeit bist, könntest du mir eigentlich beim Schreiben helfen. Schließlich bist du ja ein Wortverdreher, und diese Sache müßte eigentlich genau auf deiner Linie liegen. Außerdem weißt du viel mehr über diesen Fall, also brauche ich so oder so deine Hilfe. Wir könnten einen Roman daraus machen, eine Tatsachengeschichte mit ein paar dramatischen Ausschmückungen. So wie in *Kaltblütig* …«

»Laß mich bloß damit in Ruhe!«

Corky hob die Hände. »Denk einfach mal darüber nach, Schreibmaschinen-Mann. Mehr verlange ich ja gar nicht. Allerdings wirst du nur durch Nachdenken um keinen Pfennig reicher.«

Roberts hörte ein kratzendes Geräusch und sah zum hinteren Teil des Ladens hinüber. Clive spielte mit irgend etwas Merkwürdigem. Es sah aus wie eine Blase aus Gummi. »Was hat Clive denn da? Eine tote Ratte?«

Corky schaute hoch und kicherte. »Nein, das ist der Sepia-Beutel – das Überbleibsel der Tintenfischtinte.«

»Was zum Teufel fängst du eigentlich mit diesem Zeug an? Benutzt du es für Tätowierungen, oder was?«

»Das solltest du eigentlich besser wissen. Schließlich ist es auf deinem Rücken.«

»Das ist nicht wahr!«

»Doch …« Corky grinste. »Vielleicht hätte ich es dir schon eher sagen sollen. Das war übrigens auch der Grund, weshalb dein Rücken damals so empfindlich und verschorft war. Die

Zinksalbe hatte ich dir als Mittel gegen die allergische Reaktion auf die Sepia gegeben. Die meisten Menschen reagieren beim ersten Mal so darauf. Es dauert ein bißchen, doch sobald sich die Haut einmal daran gewöhnt hat, funktioniert es bestens.«

Roberts schüttelte den Kopf und fluchte. »Du bist ein heimtückischer, verschlagener Mistkerl.«

»Nun komm schon … so schlimm war's doch gar nicht. Schließlich hast du's überlebt.«

Die Katze nahm den Tintenbeutel zwischen die Zähne und rannte los.

3.

Roberts saß an der Schreibmaschine und kam sich vor wie der bunte Affe auf seinem Rücken. Wütend hämmerte er in die Tasten und versuchte, die Worte ebenso schnell zu Papier zu bringen, wie sie in seinem Kopf auftauchten.

Corky trat hinter ihn und schaute ihm über die Schulter. »Erstaunlich«, meinte er. »Für jemanden, der gar nichts damit zu tun haben wollte, legst du ein bemerkenswertes Tempo vor.«

Roberts unterbrach seine Arbeit und lehnte sich zurück. »Ist schon merkwürdig – ich kann einfach nicht aufhören zu schreiben. Die Bilder entstehen einfach in meinem Kopf. Ich erinnere mich an alles. Wirklich an jedes Detail.« Er fuhr sich mit den Fingern durchs Haar.

»Vielleicht steckt ja doch ein kleiner Künstler in dir, Schreibmaschinen-Mann.«

»Von so was habe ich keine Ahnung … es ist einfach …, ich weiß auch nicht … unheimlich.« Roberts nahm einen Schluck Bier aus der warmen Flasche. »Ich dachte, wenn ich das hier gemeinsam mit dir mache, kommen nur all die schlimmen Erinnerungen wieder hoch, und das wollte ich wirklich nicht noch einmal durchmachen. Andererseits mußte ich aber so oder so ständig daran denken, also …«

»Also hilft das hier«, sagte Corky.

»Ja. Es ist, als würde ich durch das Schreiben alles loswerden. Es zwar noch einmal durchleben, es damit aber auch zugleich aus meinem Kopf vertreiben.«

Corky nickte. »Wie einen Traum.«

Roberts dachte an seinen alten Job, die Arbeit in der Nachrichtenredaktion, wo er über Fakten berichtet hatte. Mit Corky an der Geschichte des Tattoo-Killers zu arbeiten war besser als alles, was er je in seinem Leben getan hatte. Statt jeden Tag über die Schlechtigkeit der Welt zu berichten, konnte er hier dem Publikum die Wahrheit hinter den Fakten zeigen, die Menschlichkeit hinter dem Schrecken.

Corky klopfte ihm auf den Rücken. »Was hältst du davon, wenn wir eine Pause einlegen und ein paar Bier trinken? Nur um einige Gehirnzellen abzutöten …«

»Fang ruhig schon an … ich komme gleich nach.«

Roberts hämmerte auch den Rest der Seite voll, färbte das weiße Papier mit schwarzer Tinte. Die Bilder schrieben sich selbst aus seinem Kopf heraus, als besäßen sie einen eigenen Willen.

Er konnte es kaum erwarten, endlich fertig zu werden.

AUS DEN AUGEN, AUS DEM SINN

1.

Das Leben war flammend vor seinen Augen vorbeigezogen.

Und jetzt war dieser Blitz erloschen.

Doch Kilpatrick war wieder da, geschlagen mit Blindheit, für immer gefangen in den wurmähnlichen Windungen des endlosen Labyrinths seines Gehirns. Diesmal konnte er sich keine Fluchtluke zeichnen, denn hier gab es keine Tätowiermaschine. Keinen Ausgang. Keine Augen.

Im Innern gefangen. Ohne Ausweg.

Trotzdem war das Labyrinth seines Geistes ein unterhaltsamer Irrgarten. Es gab viele Orte, die er besuchen, viele Erinnerungen, die er erneut durchleben konnte. Genug Vergnügungen für ein ganzes Leben: die exquisiten Qualen, die Ausstellung, der aufwühlende Schauer, an die *Öffentlichkeit* zu treten, Meisterwerke zu schaffen, die für immer in der Welt dort draußen existieren würden. Er war erfolgreich gewesen, hatte seine Mission erfüllt: Er war an die *Öffentlichkeit* getreten, hatte die Geschichte beeinflußt, ihr seinen Stempel aufgedrückt.

Er hatte gewonnen. Jetzt konnte er sterben, glücklich sterben. Die Galerie war verschwunden – jene schrecklichen Bilder aus der dunklen Höhle ohne Ausweg, jener furchteinflößenden Kaverne in seinem Geist – ausgebrannt – *rein*gebrannt durch den Eintritt ins Licht. Fort. *Öffentlich.*

Er war gefangen, von Dunkelheit umgeben … und doch *frei.*

Und plötzlich war er wieder dort, hinabgezogen, von beißender Dunkelheit verschlungen, zurückgeschleudert in die leere Kaverne.

Nur war sie nicht leer.

Die Porträts, abgefallen wie Schorf, waren fort, das stimmte schon. Doch das tätowierte Wandgemälde der Hölle, das Kilpatrick einst geschaffen hatte, flammte noch immer dort.

Es war gewachsen, hatte sich über die Stellen ausgebreitet, wo sich einst die Porträts befunden hatten, und jeden Winkel der Höhle erfüllt.

Und es wartete.

Auf ihn.

Es lebte.

Und noch bevor der sich windende vielgesichtige Dämon sein Maul öffnete, um zuzubeißen, erkannte Kilpatrick, daß seine wirbelnden Organe eine Form angenommen hatten, ein Muster … und eine unheilvolle Collage sehr vertrauter Gesichter bildeten …

Und er begriff, daß er nicht geflüchtet war, sondern sich nur seine eigene Hölle geschaffen hatte.

2.

Die manischen Schreie, die in den Fluren des Hochsicherheitstraktes im Colorado State Hospital an das Ohr des Künstlers dringen, sind mehr als schizophrene Ausbrüche. Es sind Ausrufe der Bewunderung und des Beifalls: der hungrige Blick in die Augen des Blinden, die Ehrfurcht vor seinem vielfarbigen Fleisch, um das sie ihn beneiden und das sie verehren; die Schmerzensschreie, wenn ihr eigenes sterbliches Fleisch von den scharfgeschliffenen Plastikstücken durchbohrt wird, deren Spitzen in Wachskreide, mit Puder versetzte Wasserfarben oder ölige Fingerfarben getaucht wurden. Die Laute, die sich ihren Mündern entringen, sind kein Ausdruck der Krankheit, sondern leise gemurmelte Gebete.

Sie verehren ihn. Er ist ihr Prophet, gehüllt in einen Mantel aus vielfarbigem Fleisch. Ihr Priester, der Schöpfer der Visionen.

Er hebt die Arme, streckt ihnen die Handflächen entgegen. »Ich muß ruhen.«

Sie liebkosen ihn, während sie ihn zu seinem Schrein, seinem Schlafplatz, zurückgeleiten. Sie führen ihn an den vielen Geschenken vorbei, die sie ihm gegeben haben … von weltlichen Geschenken wie Puppen und Süßigkeiten bis hin zu wirklich bedeutsamen Dingen wie abgeschnittenen Fingern und mit Blut gefüllten Bechern. Doch alles wird vom Propheten gehütet, nichts ignoriert.

»Laßt mich nun allein.«

Sie zittern, kauen nervös an ihren Nägeln, als sie zu ihren armseligen Betten zurückkehren. Jene, die heute die Segnungen des farbigen Fleisches erhalten haben, die seine Schüler geworden sind, ihm ihr Fleisch und ihre Seelen gegeben haben, sie weinen vor Freude und hüllen sich in seine Aura. Heute nacht werden sie sehen. Sie sind erleuchtet worden.

Hier hat der Prophet endlich seine Anhänger gefunden. Seine Gläubigen. Seine Familie. Seine königliche Familie.

Einige sind gesegnet, beschenkt mit seinen Visionen, seiner wahren Kunst. Anderen wurden nur Symbole gewährt, simple Bilder. Doch alle – selbst jene, die von seiner Macht noch unberührt sind – tragen seinen Namen, sein Zeichen: MKI.

Mark, König von Inkland.

Mark Kilpatrick der Erste.

Der Herr von Killer's Ink.

(Einige haben es das Zeichen des Tieres genannt und gleichwohl gefleht, es auf Händen und Stirn zu tragen; jene, die das Zeichen fürchten, suchen nicht nach Ausflüchten, zögern nicht, ihr Fleisch zu opfern.)

Eine Fingerspitze bohrt sich in seine Schulter … der Nagel ist scharf wie eine Heftzwecke. Der Prophet zeigt keine Furcht. »Wer stört mich?«

Der Weise streckt seine Hand aus, die Finger gleiten über das Gesicht des Besuchers. Er spürt eine lange, gekrümmte Nase, ein stoppelbedecktes Kinn, speichelnasse Lippen. Und ein Stück Stoff, das einen Teil des Gesichts verdeckt.

»Ich bin es. Dein Lieblingsschüler. Einst bekannt als One-

Eyed-Jack, doch jetzt der Mann mit den vielen Augen genannt. Dein Seher.«

»Was gibt es?«

»Gerüchte. Ich hörte, du würdest vielleicht auf den Stuhl kommen. Andere sagen, sie würden dir Elektroschocks geben. Kann das wahr sein?«

»Nein ...«, erwidert Kilpatrick, »... und ja. All das habe ich bereits hinter mir. Einst war es deren Thron der Gerechtigkeit. Nun ist es meiner.

Der Besucher hustet nervös, flüstert: »Trotzdem meine ich, wir sollten rechtzeitig verschwinden. Ich habe eine Fluchtmöglichkeit entdeckt. Doch ohne dich will ich nicht gehen, Herr. Du mußt mit mir kommen. Wir werden diesen Ort verlassen und deine Lehre unter jenen verbreiten, die noch nicht sehen können ... Wir werden ihnen das Licht zeigen. Leg ihnen deine Hände auf. Berühre sie.«

Kilpatrick lächelt – und runzelt dann die Stirn. Sein Gesicht fühlt sich naß an, kalt. Er wünscht, es wäre möglich. Möglich, zu blinzeln und die heißen Tränen fortzuspülen, die plötzlich in den dunkelroten Wolken seiner Vision brennen.

ENDE

Band 13 721

Brian D'Amato

Der Preis der Schönheit

Deutsche Erstveröffentlichung

›Der beste Roman, den ich seit zehn Jahren gelesen habe.‹
(Peter Straub)

Jamie Angelo, ein vielversprechender junger New Yorker Künstler, hat eine geheime Passion: Er träumt von lebendigen Kunstobjekten, von perfekter weiblicher Schönheit. Und er kreiert sie – zunächst am Computer, dann leibhaftig mit allen Tricks der Schönheitschirurgie.
Eines Tages verliebt Jamie sich in die Performance-Künstlerin Jaishree, die ihn zu einem Vorhaben von schrankenlosem Ehrgeiz inspiriert: Er will ein Wesen schaffen, das nicht nur äußerlich, sondern auch geistig-seelisch seinen Idealvorstellungen entspricht. Er operiert Jaishree, und der Coup scheint zu gelingen. Doch dann geschieht das Unfaßbare ...

BASTEI LÜBBE

Sie erhalten diesen Band im Buchhandel, bei Ihrem Zeitschriftenhändler sowie im Bahnhofsbuchhandel.

Band 13 652

Michael Cadnum

Besuch der Toten

Deutsche Erstveröffentlichung

Er wirkt beinahe wie ein Sonnyboy, der junge Stratton Fields, Sproß einer angesehenen Familie aus San Francisco. Nur der berufliche Erfolg will sich einfach nicht einstellen: Als er bei einem Architektenwettbewerb einen vielbestaunten Entwurf einreicht, hagelt es zwar Expertenlob, aber den ersten Preis holt Strattons Konkurrent.
Der Partylärm nach der Preisverleihung ist noch nicht verklungen, da hält der Schrecken schon blutigen Einzug: Jurymitglied de Vrere, der Stratton ausgebootet hat, wird ermordet. Der Preisträger selbst verübt gar vor laufender Kamera Selbstmord. Gibt es eine Art unbarmherziger höhere Gerechtigkeit, die hier rasend Rache übt? Oder steckt der zunehmend von dunklen Halluzinationen heimgesuchte und erblich belastete Stratton hinter dieser Entfesselung unheimlicher Gewalt?

BASTEI LÜBBE

Sie erhalten diesen Band im Buchhandel, bei Ihrem Zeitschriftenhändler sowie im Bahnhofsbuchhandel.